한국야담 번역총서 02

청구야담
青邱野談

下

정환국 외 옮김

보고사
BOGOSA

해제

    이 책은 『청구야담』의 주요 이본을 대조하여 정본을 확정한 다음, 이를 역주한 것이다. 잘 알려져 있듯이 『청구야담』은 『계서야담』, 『동야휘집』과 함께 한국 3대 야담집이다. 서민성, 또는 민중성에 기반한 조선 후기 야담문학은 분명 한국문학사의 신기원이었다. 동아시아에서 그 유례를 찾아볼 수 없는 한국적인 단편 이야기 양식일 뿐만 아니라 신분제 사회에서 중하층의 욕망이 본격적으로 서사에 구축되었기 때문이다. 서구의 Novel이 시민사회의 성장과 욕망을 다뤘다고 할 때, 비슷한 시기 이에 필적할 만한 우리 서사는 단연 한문단편인 야담이었다. 이 야담이 집결한 곳이 3대 야담집이거니와 그중에서도 『청구야담』은 한반도를 지칭하는 '청구(靑邱)'라는 제명에서도 확인할 수 있듯이 가장 대표적인 저작인 셈이다. 도합 290편의 이야기가 저마다 자기 색깔을 발휘하고 있어서, 이것을 조합하면 조선 후기 사회와 인정물태가 총천연색으로 드러난다. 따라서 각 편은 모자이크의 조각에 해당한다. 요컨대 『청구야담』은 명실공히 조선시대를 대표하는 야담집이다.

    이런 대표성을 지닌 『청구야담』은 그동안 관련 연구에서도 큰 주목을 받아왔다. 1970년대 조선 후기 한문단편을 정선한 『이조한문단편집』(이우성·임형택 편역. 2018년 개정판이 나옴)은 야담 연구의 선풍을 일으킨 중심 텍스트로, 그 중심에 『청구야담』이 있었다(『청구야담』 소재 작품이 60여 편이 실림). 그리고 80년대 이후로는 한국 사회의 격변기에 상응하여 민중의 기질과 저항, 부(富)에 대한 욕망, 신분제의 동요, 인간 성정의 발현 등의 의미망으로 조선 후기 변화의 면모를 반영한 저작으로 주목을 받았다. 이런 연구의 축적으로 한국 야담=『청구야담』이라는 등식이 성립되기에 이르렀다. 그러다가 2000년대 이후 『청구야담』을 바라보는 시선에 조금씩 변화가 생기기 시작했다. 다른 야담집의 발굴과 연구가 진척되면서 이 책에 수록된 개개의 이야기가 이전 텍스트에서 발견되고 있다는 점, 성립 시기의 하한이 19세기 중엽까지 늦춰질 수 있다는 주장 등이 제기되면서 『청구야담』의 창작성, 독자성 등이 의심받기 시작했다. 이 과정에서 17세기 『어우야담』을 시작으로 18세기 초 『천예록』, 18세기 중후반에서 19세기 초엽의 『동패락송』·『학산한언』·『기리총화』·『계서잡록』 같은 야담집의 작자와 새로운 이야기, 그리고 창작 경향 등이 각광을 받았다. 이런 흐름에서 『청구야담』은 이런 기존 텍스트의 우량한 전통을 집적한 자료라는 점이 어느 정도 밝혀졌다. 그렇다고 기존 이야기를 단순 전재만 한 게 아니라는 주장도 나와, 『청구야담』의 독자성이 완전히 무너진 것은 아니었다.

그런데 따지고 보면 『청구야담』을 비롯한 3대 야담집이 모두 19세기 이후에 성립되었으며, 실려있는 이야기 대부분이 앞 시기에 유전되던 것들이다. 그러니 3대 야담집은 기존 이야기를 재정리한 것에 불과할 수 있다. 수록한 작품 수가 전후 야담집에 비해 월등하다는 점만 빼면 3대 야담집이란 명칭이 민망할 정도다. 이 중에서도 『청구야담』은 또 한 가지 곤란함 점이 있었다. 『계서야담』과 『동야휘집』은 정리자가 밝혀져 있는 반면, 이 책은 지금까지 편저자가 누구인지 알 수 없다. 그에 따른 차이도 분명한데, 일단 편저자가 밝혀진 두 야담집은 비록 전대 문헌에서 이야기를 집적했음에도 정리자의 문체와 시각에서 상당 부분 변개와 조정이 이루어졌다. 특히 『계서야담』은 『계서잡록』과의 연결선 상에서 이야기의 창작성도 어느 정도 인정되고 있다. 그런 만큼 두 작품집은 일관성이 있는 편이다. 그런데 『청구야담』은 이야기마다 어떤 한 작가가 썼다고 보기 어려울 정도로 문체와 필체가 제각각이다. 분명 이 책도 알려지지 않은 누군가가 정리했을 법한데 자기 방식으로 이야기를 일관성 있게 구현했다는 인상이 적다. 오히려 전대 문헌이나 이전 야담집의 이야기 가운데 선별하되, 각각의 이야기 특성을 그대로 전재한 경우가 많다. 이 점도 따지자면 결격이라 할 수 있다.

이처럼 『청구야담』은 몇 가지 약점이 드러나면서 이 책에 대한 이전과 다른 회의적인 시선이 자리하는 중이다. 그럼에도 단언하건대 야담사와 조선 후기 사회문화사에서 이 책만큼 중요한 대상은 없다. 비록 기존의 독자성이 의심받는다고 할지라도 더 강조되어야 하고 야담 연구에서 새롭게 주목해 봐야 할 점들이 보이기 때문이다. 다음은 그런 몇 가지 지점들이다.

첫째, 집성된 290편은 조선 후기 사회를 응축했다고 할 만큼 편마다 높은 문제의식과 함께 당대의 리얼리즘을 성취하고 있다. 현재 가장 많은 편수와 분량을 자랑하는 버클리대 소장 10책본으로 볼 때, 『동야휘집』처럼 특별한 체재나 소재별 배치 같은 것은 확인하기 어렵다. 오히려 권마다 불균질한 이야기가 수십 편씩 나열되어 있을 뿐이다. 그렇지만 어느 한 작품도 제외할 수 없을 만큼 편마다 자기 성격이 강렬하다. 그래서 이 290편을 모두 조합하면 조선 후기 민인들의 삶과 욕망, 사회와 문화, 정치와 경제, 제도와 이념의 문제가 여실하게 드러난다. 이만큼 이 시기 사회와 인정을 반영한 결과물은 없는 셈이다. 새삼 290편을 선별하고 집적한 편집자로서의 안목이 놀라울 뿐이다. 아마도 『청구야담』을 집적한 주체는 아주 뛰어난 이야기 감별사였지 않나 싶다.

한편 18세기-19세기 초까지의 야담집들은 구전이든 창작이든 새로운 이야기를 집성하고 있었다. 그러나 본격적인 한문단편으로 볼 만한 작품은 한정되거나, 필기류와 뒤섞여 있는 경우가 많았다. 또 『계서야담』이나 『동야휘집』 같은 경우는 편저자의 취향과 서술원리에 긴박되어 조선 후기 사회상을 전체적으로 조명하는데는 분명 한계가 있다. 이런 점에서 『청구야담』은 이전 야담의 우량한 전통을 집결시키면서 조선 후기 사회와 인물의 총체성을 구현하는 데 모자람이 없었다.

둘째, 『청구야담』은 다양한 서사 문체의 집약체이다. 앞에서 언급했듯이 이야기를 어디에서 가져왔는지에 따라 문체가 달라진다. 다만 계보가 밝혀진 이야기라 하더라도 약간의 변개가 이루어졌는데, 그게 지금 밝혀진 이전 자료를 토대로 한 것인지, 아니면 또 다른 전승 자료에서 가져온 결과인지는 불확실하다. 요컨대 『청구야담』 채록자가 자기식으로 조정, 변개하지는 않은 듯하다. 물론 약간의 조정은 불가피했을 것이다. 그러나 기존 자료의 문체까지 건들지는 않은 것 같다. 이런 정황과 관련하여 한두 가지 환기할 점이 있다. 하나는 현재 남아 있는 이본들의 존재 양태이다. 여러 이본 중에 본 번역의 교감본으로 삼은 8책본이나 10책본의 경우 어느 한 본도 전체가 동일한 필체는 거의 없다. 이들 이본은 단수가 아닌 복수의 필사자가 동원됐다는 증거다.

또 하나는 성립 시기 문제다. 대개 19세기 전반, 주로 1820~30년대를 상정하려고 하지만, 권5의 정현석(鄭顯奭, 1817~1899)의 희문(戲文) 이야기 때문에 이 성립 시기는 난처해졌다. 이 이야기는 배경이 1857년까지 잡히기 때문이다. 이 작품을 빼면 시대적 배경의 하한은 기껏 1820년대까지다. 한편 19세기를 배경으로 한 작품이 약 14편 정도 확인되는데, 이들 이야기는 모두 이전의 전승 사례가 없는 것들이다. 분명한 것은 1850년대 이후에 『청구야담』이 비로소 성립되었다고 보이진 않는다. 따라서 이 책이 본격적으로 성립된 시기는 19세기 초전반이었고, 이후 이본, 특히 화수가 많은 8책본·10책본의 경우 후대에 더 추가된 형태일 가능성이 크다. 이처럼 『청구야담』은 단번에 정리된 것이 아니라 계속 이야기가 추가되는 활물 같은 텍스트였다. 이런 과정에서 정리하는 누군가가 자기식으로 통제를 하지 않음으로써 그 자체로 한문단편의 다양한 서사체의 경연장이 되었다. 따라서 앞에서 결격이라고 봤던 이 양태가 오히려 한국 야담의 적층성과 동태성을 그대로 보여주는 사례로 주목할 만 하다. 다시 말해 『청구야담』은 여러 이야기가 다종의 문체로 각축을 벌이는 한문단편의 박물관이었다.

셋째, 인물과 배경의 전국성이다. 아무래도 야담 문학은 한문으로 기록되다 보니 기본적으로는 식자층 위주로 향유된 단편 양식이었다. 그래서인지 등장 인물도 선비인 경우가 많다. 그렇긴 하나 하위층의 이야기와 소재를 적극적으로 수용한 터, 각계각층의 인물이 저마다의 개성을 발휘한다. 어떤 이야기는 실제로는 다른 누군가의 경험일 법한데 저명한 인물로 바꿔치기한 혐의가 있어 보인다. 이런 점을 상정하면 지방·무명의 선비와 여성을 포함한 중하층이 서사의 중심이라 할 만하다. 그런데 이런 인물의 전체성보다 주목할 부분이 공간적 배경이다. 대개 『청구야담』 이야기 서두엔 인물과 배경이 제시되는데, 인물의 됨됨이와 처지도 각양각색이지만 그 공간이 어디냐에 따라 이야기의 성격이 결정되는 경우가 많다. 이를테면 한양은 상거래와 입신출세의 권역이며, 평양은 기녀와 유흥 지대로 표상되고, 경기 일원은 치부의 공간으로 설정되곤 한다. 그런가 하면 전국의 도회지는 물론 산간벽지가 모두 이야기 공간이다. 특히 지역의 특산이나 환경이 서사의 향방과 조응한 경우도 적지 않다. 요컨대 지역의 정체성이 서사 환경으로 작동하고 있는 것이다. 조선 후기 한반도의 인문지리와 문화지도를 구현할 수 있을 만큼 다채롭다. 따라서 이런 『청구야담』의 이야기의 전국성은 다른 야담집에서 보기 힘든 지점이거니와, 야담이 한양을 중심으로 한 시정사회 속에서 창작되고 향유됐다는 기존의 이해를 재고하게끔 한다. 앞으로 이 점 더 천착해 볼 사안이다.

넷째, 조선 후기 당대인의 욕망이 가장 현실적으로 드러난 예로 이만한 책도 없다. 290편은 실로 다양한 소재와 문제의식을 담고 있어서 앞으로도 새롭게 해석해 볼 여지가 많이 남아 있다. 지금까지 논의된 『청구야담』

의 성격은 신분제의 동요에 따른 중하층의 부상과 저항, 치부담(致富談)과 애정담의 비상함, 역동적인 시정사회의 인정세태 등으로 요약할 수 있겠다. 이런 면모는 1980년대 이후 한국 사회의 변화 국면에 조응함으로써 그 시의성을 획득한 바 있다. 그런데 이런 지점들은 『청구야담』 전체를 통관하는 주제라기보다는 특정 부분이나 일부 작품에서 특화된 사례이다. 그러나 이런 면모가 작품성을 제고했음은 분명하다. 그럼에도 정작 290편 전반을 관통하는, 또는 기저에 깔린 키워드는 뭘까. 기실 조선 후기 야담의 가장 핵심적인 주제는 뭐니 뭐니 해도 '출사(出仕)'와 '치부'이다. 출사는 상층 사대부, 그중에서도 궁벽한 처지에 몰린 몰락한 선비들의 욕망이고, 치부는 계급과 계층을 초월한 부에 대한 욕망으로 그 무게중심이 좀 더 중하층으로 쏠려 있다. 이런 흐름은 『동패락송』을 필두로 18세기 중후반의 야담집에서부터 활성화되기 시작해 『청구야담』에서 더 다기하고 보편화된 양태로 나타난다. 이 두 층위는 당대의 계층성에 따른 욕망이지만 결과적으로 누구나 '잘 살고 싶은 바람'인 것이다. 용어만 다를 뿐이지 지금 우리 시대의 욕망과 별반 다르지 않다. 이 점 『청구야담』이 지금 시대와 호흡할 수 있는 가장 중요한 지점으로, 앞으로 더 본격적인 분석과 의미부여가 필요하다.

이렇게 여러 논란이 있음에도 풍부한 이야기로 여전한 논의 거리를 제공해주는 『청구야담』은 야담문학의 정수이자 조선 후기를 조망하는 데 제일 윗자리에 놓이는 텍스트이다. 그런데 그동안의 관심과 연구에 비해 이 책의 번역은 의아할 정도로 진척이 더뎠다. 사실 한국 야담 연구는 그 시작부터 단추가 잘못 끼인 형국이었다. 무엇보다 원전 텍스트 비평이 이루어지지 않은 상태로 이루어졌기 때문이다. 하나의 야담집이라 하더라도 다수의 필사 이본이 존재하는 게 조선 후기 야담과 그 향유의 가장 큰 특징이다. 요컨대 특정 이본이나 저본을 선택할 경우, 해당 야담집에 대한 전면적인 검토는 애초에 불가능에 가깝다는 말이다. 이런 문제에 고민하여 일부 이본 연구와 텍스트 비평이 없지는 않았지만, 정작 이는 연구일 뿐이었다. 이를 교감한 정본이라든가 텍스트를 상호 비교한 결과물 같은 것은 애초에 시도되지 않았다. 그래도 현재는 조금씩 이런 결과물이 나오는 추세이기는 하다. 기실 이 작업이 난망했던 데는 현실적인 문제가 있었다. 이본 수집과 교열을 한 연구자가 감당하기에는 역부족이었기 때문이다. 이는 번역에서도 마찬가지였다. 하나의 이본을 선택하여 그것만으로 해당 야담집 전체라며 번역하기 일쑤였다. 『청구야담』의 경우도 마찬가지였다. 오히려 다른 야담집보다 심했다. 한문본은 제외하고 한글본을 가지고 이를 풀어내는 정도에서 정리된 게 초기 번역이었기 때문이다. 그 뒤로 한 두 번역이 더 나왔지만, 특정 이본(국립중앙도서관본·규장각본)만을 대상으로 한 것이었다. 한국 최고의 야담이라고 하면서 정작 텍스트 정비는 거의 이루어지지 않고 있었던 셈이다.

그런데 본 원문교감을 통한 번역은 사실 뜻밖의 상황에서 시작되었다. 필자를 포함해 본 번역진이 위의 문제점을 직시하고는 있었으나, 이에 책임감을 갖고 상응한 결과물이 내기 위해 준비한 것은 아니었다. 사정은 이렇다. 때는 2006년경으로 거슬러 올라간다. 그 당시는 『청구야담』에 대한 이본 연구가 새로 발표되기도 하고, 이야기의 수용 양상을 밝히는 연구도 있던 즈음이었다. 마침 대만에서 연구원으로 있었던 정선모 박사(현 중국 남경대학교 교수)를 통해 『청구야담』 이본을 하나 얻게 되었다. 이 본은 교토대 소장 8책본으로, 아직 한국 학계에 알려지지 않은 것이었다. 꽤 선본(善本)으로 각 권마다 필체가 다른 게 복수의 필사자가 동원된 이본이었다. 왠지 이 본에 관심이 갔고, 이듬해 대학원 수업에서 기존에 알려진 주요 이본과 교감하는 작업을 해보았다. 총 10편 정도를 교감했는데 이 본은 확실히 주요 이본 가운데 하나였다. 그럼에도 그때는 이렇게 일회성으로 한번 시연해 본 것이었다. 그런데 이 경험은 우리에게 매우 중요했다. 급기야 동국고전문학 연구팀을 만들어 『청구야담』

교감과 번역을 시작하였다. 그때가 2013년 1월이다. 우리는 버클리대 소장 10책본을 저본으로 하여 앞에서 언급한 교토대본 등 총 7종의 이본을 대조본으로 하여 한 사람이 1편씩 비교해 오고, 세미나에서는 이들 이본을 나누어 살피면서 교감을 해 나갔다. 이 교감이 끝나면 교감본을 토대로 번역을 하는 식이었다. 매주, 또는 격주 토요일 오전 10시부터 오후 5~6시까지 이어졌다.

이 원문교감·번역을 시작한 지 3년이 되는 해에 본 연구팀을 근간으로 하되 보다 전문적인 연구팀을 확대 구성하였다. 이 팀은 〈조선후기 야담집의 교감 및 정본화〉라는 타이틀로 한국학 분야 토대연구지원사업에 신청, 선정되었다. 『청구야담』을 포함한 총 21종의 조선 후기 야담집 전체의 원문을 교감하는 사업이었다. 우리는 교감 정본화 사업과 『청구야담』 번역을 병행해야 했다. 그리하여 해당 사업이 종료되는 2019년 7월경 『청구야담』 교감 번역도 1차 마무리가 됐다. 총 6년여 기간 동안 우리는 주말 토요일을 거의 이 작업에 바친 셈이다. 그 사이에 『천예록』으로 인연을 맺은 캐나다 브리티시컬럼비아대학교(UBC) 아시아학과 한국어문학 교수인 로스 킹 선생도 우리 세미나에 참여하였다. 그는 구미 지역에서 한국학을 선도하는 학자로, 한국에 들어올 때마다 같이하였다. 유일한 우리 번역팀의 옵서버로 특히 야담의 한국식 용어 등에 관심을 보여주었다. 그는 여러모로 정리하는 데 도움을 주었다. 흐뭇한 동행 가운데 하나였다. 이후 필자는 다시 1년 남짓 최종 수정과 보완을 하여 2차 번역을 완료하였다.

그런데 번역이 마무리되었을 즈음, 본 야담집 교감과 정본화 사업에 공동연구원으로 참여했던 이강옥 교수께서 『청구야담 상·하』(문학동네, 2019)를 세상에 내놨다. 우리 십여 명이 6년 동안 작업한 것을 이 교수는 오롯이 혼자서 감당한 것이다. 이 책은 버클리대본을 저본으로 하여 여러 이본을 교감하고 그 바탕 위에서 번역하였기 때문에 우리의 경우와 비슷한 과정을 거친 결과물이었다. 당연히 기존에 나온『청구야담』번역과는 차원이 다른 성과였다. 이 책으로 비로소『청구야담』은 한자에 익숙하지 않은 현대 대중도 쉽게 접할 수 있게 되었다. 서로 의도한 것은 아니었지만 막상 이 책이 나오고 보니 우리로서는 김이 새는 건 어쩔 수 없었다. 그러나 한편으로는 잘 됐다는 생각도 들었다. 우리팀의 번역이 끝난 뒤 이 책을 검토해 보니, 교감한 이본도 좀 다르고, 번역과 주석 등에서 차이도 적지 않았다. 또 상당 부분은 보완되었거나 교정된 걸 확인할 수 있었다. 아무래도 여러 연구자가 힘을 합친 결과이지 않을까 싶다. 이 교수와 우리는 서로 비슷한 시기에『청구야담』의 교감과 번역에 매달려 두 개의 결과물을 학계와 대중에게 내놓게 된 것이다. 이것으로 더욱 완정한『청구야담』번역이 이루어진 것 같아 다행이라 생각한다. 실제 독자 제현께서 양쪽을 읽고 비평해주기를 기대한다.

우리 책에는 오롯이 번역만 실었다. 원문을 교감한 표점 정본은 이미 『정본 한국 야담전집 07』(보고사, 2021)에 편재되어 있기 때문이다. 필요한 경우 이 책을 참고해 주기 바란다. 본 번역연구팀은 앞으로 이 전집의 교감된 정본을 가지고 다른 야담집도 계속 번역해 나갈 예정이다. 여기 공동번역자인 남궁윤, 홍진영, 곽미라, 정난영, 최진영, 한길로, 최진경, 정성인, 양승목, 이주영, 김미진, 오경양 말고도 이주현, 정민진, 유양 등 과정생들도 이 책이 나오기까지 무던히 애를 썼다. 이들의 앞날에 학운이 가득하기를 빈다.

마지막으로 야담 전집의 출판부터 번역까지 독려해 준 보고사 김흥국 사장님과 편집을 맡아준 이경민 대리님 등 편집부 선생님들께 두 손 모아 고마움을 전한다.

2023년 5월
번역진을 대표하여 정환국 씀

차례

청구야담 권7

청구야담 권8

청구야담 권9

청구야담 권10

청구야담 상권 차례

청구야담 권1

청구야담 권2

청구야담 권5

청구야담

권6

수절한 최씨 효부가 호랑이를 감동시킴

홍주(洪州) 땅에 사는 최씨(崔氏) 여인은 자색이 제법 뛰어났다. 그러나 열여덟에 남편을 잃고 집에는 병든 장님 시아버지만 있었다. 최 씨는 죽기를 각오하고 개가하지 않은 채 물을 긷고 절구질하며 남의 품삯을 받아 시아버지를 극진히 봉양하였다. 출타할 일이 있으면 먹을거리를 좌우로 줄지어 놓아두고서, '아무 음식은 여기에 있어요.'라며 시아버지가 손으로 더듬어 찾아 먹을 수 있게 하였다. 그래서 이웃에서 효부라며 칭찬이 자자했다. 하지만 그녀의 부모는 자식도 없이 일찍 과부가 된 사정이 불쌍하여 그녀의 마음을 억지로 돌려 다른 데 시집을 보내려 하였다. 그래서 심부름꾼을 보내,

"모친의 병세가 지금 위중합니다."

라고 전갈하여 데려오게 하였다. 최 씨는 이웃 사람에게 대신 시아버지께 밥을 해서 올려주라고 신신당부하고서 정신없이 친정으로 달려갔다. 그런데 가서 보니 모친은 멀쩡했다. 최 씨가 속으로 몹시 의아해하던 중에 부모가 이러는 것이었다.

"네 나이 스물도 되지 않았는데 이렇게 의지할 데 없는 과부가 되어 청춘을 헛되이 보내고 있으니 인생이 딱하지 않느냐. 여기저기 물색하여 좋은 신랑감을 점찍어 놨으니 내일 바로 혼례를 치를 것이야. 고집부려 거절하지 말거라."

최 씨는 이 상황에서 우선 속여야 했다.

"알았어요."

이 대답에 부모는 이만저만 기쁜 게 아니었다. 그러나 최 씨는 깊은 밤이 될 때까지 기다렸다가 몰래 몸을 빼 친정을 빠져나왔다. 맨발인 채 홀로 시댁을 향해 달려갔다. 그곳과의 거리는 80리나 되었다. 겨우 20리 정도 갔으나 그녀의 두 발은 이미 부르터 한 걸음도 옮기기 어려웠

다. 한 고개에 이르렀을 때 큰 호랑이 한 마리가 길을 막고 웅크리고 있는 것이었다. 더 갈 수 없게 되자 최 씨는 호랑이를 보고 외쳤다.

"너는 영물이니 내 말 좀 들어 보거라."

그러면서 자신의 사정을 있는 그대로 일러 주고는 다시 말했다.

"내가 죽으려고 했으나 여의치 못했단다. 네가 나를 해치고 싶다면 당장 잡아먹거라."

급기야 호랑이 앞으로 곧장 다가갔다. 그러나 호랑이는 멈칫 뒤로 물러섰다. 이러기를 여러 차례 하다가 갑자기 호랑이가 땅에 납작 엎드렸다.

"너는 혹시 연약한 내가 깊은 밤 홀로 가는 걸 불쌍히 여겨 나더러 네 등에 타기를 바라기라도 한 게냐?"

그러자 호랑이는 머리를 끄덕이며 꼬리를 흔들었다. 최 씨가 등에 올라타 목덜미를 끌어안자 호랑이는 나는 듯이 내달렸다. 잠깐 사이에 벌써 시댁 문 앞에 도착해 있었다. 등에서 내린 최 씨는 호랑이에게 일렀다.

"너는 필시 허기질 거야. 우리 개 한 마리로 달래거라."

집으로 들어간 최 씨가 개를 끌고 나오자 호랑이는 이 개를 덥석 낚아채 사라졌다.

그로부터 며칠이 지나 이웃 사람이 이런 말을 전하였다. 큰 호랑이 한 마리가 함정에 빠져 이빨을 바드득 갈며 아가리를 벌린 채 날뛰고 포효하고 있다. 사람들은 감히 접근할 수 없어 굶어서 엎어질 때까지 기다려야 할 상황이라는 것이었다. 최 씨는 소식을 듣자마자 이 호랑이가 바로 그 호랑이인가 싶어 가서 살펴보았다. 하지만 한밤중에 본 터라 털 색은 비슷해 보였으나 분명 그 호랑이인지는 확실하지 않았다. 그래서 호랑이에게 물었다.

"네가 그전 밤에 나를 태워 왔던 호랑이더냐?"

그러자 호랑이는 머리를 끄덕이며 눈물을 흘리는데 마치 애걸하는 모습 그대로였다. 최 씨는 비로소 그간의 사정을 이웃 사람들에게 이야기해주고 부탁했다.

"저것이 비록 사나운 호랑이기는 하지만 나에게 있어서는 착한 짐승이랍니다. 만약 나를 봐서 풀어주신다면 가난해서 재물은 없지만 호피 값¹에 상당하는 돈을 마을에 내겠어요."

이 말에 이웃 사람들은 너나 할 것 없이 혀를 끌끌 찼다.

"효부의 말이니 어찌 들어줘야 하지 않겠소? 그러나 저 호랑이를 놓아주면 필시 다칠 사람이 많을 텐데 이를 어찌한단 말이오?"

"혹여 함정을 여는 방도를 나에게 알려주고 다들 피해 계시면 내가 알아서 놓아주겠어요."

마을 사람들이 그녀의 말대로 하게 하자, 최 씨는 마침내 함정을 열어 호랑이를 풀어주었다. 풀려난 호랑이는 최 씨의 옷자락을 물고서 차마 놓지 못하더니 한참이 지나서야 떠나갔다.

6-2
이 비장이 검술을 겨루어 중을 죽임

제독(提督) 이여매(李如梅)²의 후손 아무개는 완력이 세고 검술에 뛰어

1　호피 값: 원문은 '皐比之價'인데 여기서 '고비(皐比)'란 호피를 뜻한다. 『좌전』·장공 10년조의 "우문(雩門)에서 몰래 나와 호피를 뒤집어쓰고서 먼저 쳐들어간다[自雩門竊出, 蒙皐比而先犯之]."에서 유래했으며, 주로 전장에 나갈 때 막강한 모습을 보여주는 형세를 비유하였다. 이것이 후대에 고비를 자리로 깔고서 강학했다 하여 학문하는 의미로도 쓰였다.

2　이여매(李如梅): 임진왜란 때 명(明)나라 제독으로 조선 원병을 이끌었던 이여송(李如松)의 동생이다. 그는 1598년 정유재란이 일어나자 2차 원병의 부총병(副摠兵)으로 조선에 와서 경리(經理) 양호(楊鎬)와 함께 울산성 전투에 참가하는 등 활약하였다. 참고로 이여송 일가는 요동 지역의 군벌로, 부친 이성량(李成梁)부터 이여송·이여매 등의 형제, 그리고 일족인 이여재(李如梓) 등 모두 아홉 명이 이름을 떨쳐 '이가구호장(李家九虎將)'이라 불렸다.

났다. 그가 일찍이 전주 감영의 막료가 되어 부임하던 중 금강(錦江)에 이르렀을 때다. 거기엔 한 여인네 일행이 있었다. 이들은 함께 배를 타고 강을 건너게 되었다. 배가 중류로 들어섰을 때 어떤 중이 강가에 막 도착해서는 사공을 불렀다.

"빨리 배를 돌려 다시 대라!"

사공이 젓던 노를 돌리려 하자, 이 아무개는 꾸짖으며 돌리지 못하게 했다. 그러자 중은 몸을 솟구쳐 공중으로 날아오르더니 배 안으로 뛰어들었다. 그는 가마 안에 여인이 있는 걸 보고는 가마 발을 걷고 쳐다보더니,

"생김새와 맵시가 제법 예쁜걸!"

라며 멋대로 희롱하는 말을 내뱉는 것이었다. 아무는 한주먹에 때려죽이고 싶었으나 놈의 힘이 어떤지 몰라서 우선 참고 있었다. 이윽고 배가 닿자 하선하여 뭍으로 올랐다. 아무는 큰 소리로 중을 나무랐다.

"네가 못된 중놈이라지만 승(僧)과 속(俗)이 다르고 남녀가 유별하거늘 어찌 감히 아녀자를 범하며 희롱한단 말이냐?"

말이 끝나기가 무섭게 가지고 있던 철채찍을 힘껏 휘둘러 내리치자 중은 그 자리에서 꼬꾸라져 죽었다. 그는 시신을 들어다가 강물에 던져 버렸다. 그리고 마침내 전주에 도착하여 감사를 알현하고 금강에서의 일을 보고하였다. 그런데 막사에 주재한 지 몇 개월이 지난 즈음, 포정문 (布政門)³ 밖에서 시끄럽게 떠드는 소리가 났다. 이를 누구도 제압하지 못하고 있었다. 감사가 하문하자 문지기가 들어와 아뢰었다.

"누군지 모르는 웬 중놈이 들어와 사또님을 뵙겠다 하옵니다. 막아도 막무가내이옵니다."

3　포정문(布政門): 관찰사, 즉 감사가 업무를 보던 감영의 정문이다. 여기서는 전라 감영이었던 전주 감영의 정문을 말한다. 이 포정문은 대개 3개의 문에 2층 규모의 문루 형태였다. 현재 남아있는 포정문으로는 공주의 충청 감영과 대구의 경상 감영 등이 있다.

이러는 사이 이 중은 곧장 안으로 들어오더니 대청으로 올라와 감사를 배알하였다.

"너는 어디 사는 중이며 무슨 일로 찾아왔느냐?"

"소승은 강진(康津) 사람이옵니다. 이(李) 비장이 지금 감영에 있사옵니까?"

"그건 왜 묻느냐?"

"이 비장이 소승의 스승을 쳐 죽였기로 소승이 그 원수를 갚고자 왔습지요."

그러자 감사가 둘러댔다.

"이 비장은 마침 상경하였느니라."

"그럼 언제쯤 돌아옵니까?"

"한 달 말미를 청해 갔으니 내달 열흘 경에나 내려올 수 있을 것이니라."

"그럼 소승이 그때 다시 오겠나이다. 제아무리 높이 날고 멀리 내달린다 해도 소인 손아귀를 벗어나진 못할 겝니다. 그자에게 도망치거나 숨을 생각은 아예 말라고 전갈해 주옵소서."

이 말을 남기고 중은 바로 하직하고 떠났다. 감사가 이 비장을 불러 사정을 말해주고 나서 물었다.

"자네가 저 중을 대적할 수 있겠는가?"

이 비장은 할 수 있다고 하였다.

"소인은 가난한 형편이어서 고기를 먹은 적이 드물어 기력이 건실하진 못합니다. 매일 큰 소 한 마리를 먹으면 좋을 텐데요. 한 달 동안 큰 소 서른 마리를 잡아먹을 수 있다면 저놈이 뭐가 두렵겠습니까?"

"그거야 비용이 천 냥도 들지 않을 터 뭐 어려울 게 있겠느냐?"

감사는 이렇게 말하고 고기 곳간을 맡은 이방에게 분부하여 매일 소한 마리를 이 비장에게 제공해 주도록 했다. 이 비장은 또 감사에게 황색 비단 협수(夾袖)⁴에 자색 비단 전복(戰服)을 제작해 줄 것을 청하였다. 감사는 이것도 들어 주었다. 그는 다시 칼 장인을 시켜 쌍검을 제작하게 해달라고 했다. 장인이 백 번 담금질하여 쌍검을 완성하니 그 예리함은 무쇠도 끊을 정도였다. 10일 동안 소 열 마리를 먹자 그의 체구가 꽤 비대해졌고, 20일이 지나 스무 마리를 먹고 나자 체구가 도리어 수척해지더니 한 달이 되어 소 서른 마리를 다 먹고 났을 땐 비대하지도 수척하지도 않은 게 보통 사람과 다름없었다. 예리한 기운이 몸에 쌓이고 힘이 넘쳐났다. 이제 그자가 오기만을 기다렸다. 강진의 중은 기약한 날짜에 맞춰 다시 찾아와 감사를 뵙고 여쭈었다.

"이 비장이 돌아왔사옵니까?"

"막 돌아왔느니라."

마침 옆에 모시고 있던 이 비장이 버럭 소리를 치며 꾸짖었다.

"내 여기 있노라. 네놈은 뭔데 감히 이리도 당돌하단 말이냐?"

"여러 말 필요 없고 오늘 나와 사생결단을 내자고!"

중은 이렇게 말하고 뜰로 내려가서 바랑 속에서 싸서 말아둔 칼을 꺼내 손으로 겨눴다. 다름 아닌 서릿발 도는 장검이었다. 비장도 뜰로 내려섰다. 황색 협수와 자색 전복을 입고 손에는 한 쌍 백련검(百鍊劍)을 들었으며, 한 켤레 착추화(着錐靴)[5]를 신고 있었다. 마침내 둘은 마주하여 춤추듯 뒤집히며 서로가 자리를 맞바꾸면서 진퇴를 거듭하였다. 얼마 뒤 검광이 번쩍이더니 하얀 동이 모양을 이루었다. 둘이 공중으로 치솟아 구름 속을 뚫고 들어가더니 아득히 시야에서 사라졌다. 관아 뜰에 가득 모인 구경꾼들은 혀를 내두르며 앉아서 승부가 나기를 기다렸다.

---

4 협수(夾袖): 조선 후기 군복의 겉옷 안에 입었던 속옷[中衣]의 일종이다. 소매가 좁고 간편하다 하여 붙여진 이름이며, 우리말로는 '동달이'라고 한다. 다른 이름으로 소매를 덧댔다고 하여 '협수(裌袖)', 또 소매가 독특하다 하여 '수의(袖衣)'라고도 했다. 깃과 소매의 색이 달라 그 위에 융복을 입으면 차림새가 화려하였다.

5 착추화(着錐靴): 바닥에 못을 박은 가죽신이다. 이 또한 전투화의 일종으로 전투시에 미끄러짐을 방지하고 기민하게 움직이기 위한 것이었다.

해가 기울어진 뒤 붉은 피가 점점이 땅에 떨어졌다. 이어서 중 몸뚱이는 선화당(宣化堂) 아래에, 머리는 포정문 밖에 떨어졌다. 구경꾼들은 이 비장이 무사한 줄 알았으나 어스름이 깔릴 즈음에도 그는 그림자도 보이지 않았다. 다들 이상하다 하며 괴이쩍어했다. 초저녁이 되어서야 이 비장은 검을 짚고서 내려왔다. 감사가 묻자 사례하며 아뢰었다.

"다행히 사또님의 은덕으로 고기를 먹은 덕분에 원기를 보충한 데다 황색과 자색 복장으로 놈의 눈을 어지럽게 했기에 이자의 목을 벨 수 있었습니다. 그렇지 않았다면 저는 겨루지 못했을 것입니다."

감사가 다시 물었다.

"중의 머리가 떨어진 지는 진작인데 자네는 뭔 일로 이리 늦게 내려왔는가?"

그의 답이 이랬다.

"소인은 이왕 칼 기운을 탔던 터에 고국이 그리워져 농서(隴西)[6]의 선영으로 가서 일장통곡하고 오느라고 늦었지요."

6-3

이 무변이 깊은 산골짜기에서 맹수와 싸움

인조(仁祖) 때 도성의 무변 이수기(李修己)가 있었다. 풍채가 기걸하고 기골이 장대한 데다 남다른 힘을 겸비한 자였다. 그가 한번은 관동 지역에 볼 일이 생겨 양양(襄陽) 길로 접어들게 되었다. 마침 해는 벌써 지고

---

6 농서(隴西): 중국 감숙성(甘肅省) 일대를 가리킨다. 여기서 이 비장이 고국이라 한 것은 중국의 이씨(李氏) 본관이 이 농서 일대이기 때문이다. 한대(漢代) '사호석(射虎石)' 고사로 유명한 장군 이광(李廣)과 흉노에게 항복하여 오명을 뒤집어썼던 그의 손자 이릉(李陵) 등 장수로 활약한 이들이 모두 농서 출신이었다.

난 뒤라 그만 길을 잃고 말았다. 구불구불 산골짜기를 수십 리 경유했지만 인가를 찾을 수 없었다. 순간 멀리 숲 사이로 등불이 보였다. 말을 달려 당도하니 덩그러니 집 한 채가 있었다. 바위 고개 사이에 자리한 너와를 얹은 판잣집으로 꽤 널찍했다. 한 나이 든 여자가 문을 열고 나와 맞았다. 이수기가 들어가자 스무 살 남짓 가량의 젊은 여인만 눈에 들어왔다. 그녀는 매우 아름다웠으며 정갈하고 연한 소복을 입고 있었다. 홀로 노모를 모시고 살고 있었던 것이다.

집은 지붕 하나에 방이 위 칸 아래 칸으로 나뉘었고, 벽을 사이에 두고 통하는 지게문이 나 있었다. 손님을 아랫방에 묵게 하고 정결한 밥과 맛난 찬에 향기로운 술을 내왔다. 접대하는 뜻이 대단히 은근했다. 이생은 몹시 이상하여 물었다.

"자네 남편은 어디 갔는가?"

"마침 출타했습니다만 이제 돌아올 겁니다."

여자의 대답이었다. 밤이 깊어가자 과연 한 사내가 들어왔다. 8척 장신에 생김새도 더없이 건장했으며 말투도 우레같이 컸다.

"이런 깊은 밤중에 누구이기에 여인네가 홀로 거처하는 방에 들어와 묵고 있는 게냐? 해괴하기 짝이 없군. 이유 없이 놔둘 순 없지!"

이생은 두려움에 떨며 나와서 사정을 얘기했다.

"멀리서 온 길손이 깊은 밤길을 잃고 헤매다가 간신히 여기에 온 것이오. 주인장은 안쓰럽게 봐주진 못할망정 도리어 이리 책망한단 말이오?"

그러자 사내가 갑자기 얼굴을 펴며 웃었다.

"손님 말씀이 옳소. 내 그저 장난을 쳐 본 거니 심려하지 마시오."

그러더니 마당 가운데다 관솔불을 환히 밝히고 사냥한 걸 쭉 늘어놓았다. 노루와 사슴, 멧돼지가 언덕처럼 쌓였다. 이생은 공포심에 떨었다. 하지만 주인은 이생을 보며 만면에 희색을 띤 채 멧돼지와 사슴을 잡아 가마솥에다 넣고 푹 삶았다.

야밤이 되자 주인은 등잔을 들고 방으로 들어와 이생더러 일어나라고 청하였다. 동이에 가득 단술을 담고 쟁반에 고기를 잔뜩 썰어 와서는 큰 술잔을 거푸 들어 권하였다. 그 뜻이 몹시도 친밀했다. 주량이 보통 아니었던 이생은, 주인도 의협의 부류라는 생각이 들어 허리띠를 풀고 가슴을 열어젖히고서 주는 족족 받아 마셨다. 이윽고 술이 거나해지자 기분이 날 듯이 좋아졌다. 서로 주거니 받거니 얘기도 무르익었다. 그런 중에 느닷없이 주인이 다가와 이생을 손을 덥석 잡는 것이었다.

"당신의 기골을 보니 범상치 않구려. 필시 열혈남아로 용맹이 남과는 다를 듯하오. 내겐 너무 분통해서 꼭 죽여야 할 원수가 있소. 하지만 사생을 같이할, 의기가 넘치고 용감한 사람과 함께하지 않고서는 이 일을 도모하기 어렵소. 당신 어떻소. 이 불쌍한 나를 위해 허락해 주지 않겠소?"

이생이 물었다.

"실제 어떤 일이 있었는지 말부터 해 보시오."

주인은 눈물을 뿌리며 사정을 들려주었다.

"어찌 차마 다 말하리오? 우리 집은 대대로 이곳 골짝에 살며 제법 잘 산다는 말을 들었었소. 그런데 십 년 전 느닷없이 한 사나운 범이 찾아오지 않았겠소. 여기서 십 리 남짓 떨어진 근방 깊은 산속에 웅크린 채 날마다 마을 사람들을 잡아먹어 몇이나 먹이가 됐는지 모를 정도요. 이 때문에 모두 흩어져 여기 남아있는 이가 없게 되었소. 우리 집도 할아버지 할머니와 부모 형제까지 삼대가 모두 물려 죽었소. 사태로 보면 당장 버리고 떠나야 했으나 너무 갑작스러워 피할 곳도 없었소. 채 열흘 사이에 잇달아 해를 입게 된 것이오. 이젠 이 몸 하나만 남았으니 혼자 살아서 뭣하겠소? 나도 힘깨나 쓰기에 기필코 저놈을 죽이고 난 다음에 거취를 결정하고자 했소. 그래서 저놈과 몇 차례 겨뤄보기도 했소. 벌써 여러 해가 지났으나 나와 저놈의 힘이 비등한 데다 형세도 비슷해서 끝내 승부를 내지 못한 상황이오. 만약 용감한 남정네의 도움을 조금만 받아도 죽일 수 있을 것 같았소. 해서 그런 사람을 구한 지 오래되었소. 그러한데 아직 그런 사람을 만나지 못하였기에 더없이 원통한 심정으로 날마다 통곡하는 게 일이었소. 지금 당신을 만나보니 범상한 분이 결코 아니오. 그래서 감히 말을 꺼낸 거라오. 어떻소? 안타까운 이 상황을 생각해 주시겠소?"

이 얘기를 들은 이생은 몹시 뭉클해져 다가가 주인의 손을 꽉 잡았다.

"아, 효자시군! 내 어찌 한번 손쓰는 수고를 마다하여 주인의 소원을 이루지 못하게 하겠소? 그대를 따라가리다."

주인은 벌떡 일어나더니 절을 올리고 감사해 마지않았다. 그때 이생이 물었다.

"칼을 가지고 찔렀으면 될 터인데 그대는 왜 찌르지 못하였소?"

"이놈이 워낙 오래 묵은 산 노물(老物)이라 내가 칼이나 총포를 들고 가면 영락없이 숨어서 나타나지 않고, 병기를 들지 않을 때면 그때마다 나와서 덤벼들지 뭐요. 그러니 죽이기 어려웠고 나도 여러 차례 위험에 빠지곤 하여 쉽게 덤벼들진 못하고 있소."

이생은 위로하였다.

"이제 나도 함께하기로 했으니 며칠 기운을 보충한 다음에 가보기로 합시다."

이리하여 그곳에 머물러 날마다 함께 술과 고기를 실컷 먹었다. 10여 일이 지난 어느 날, 날이 맑게 개고 공기가 상쾌했다.

"갈 때가 되었소!"

주인은 이렇게 말하고 이생에게 예리한 검 한 자루를 쥐여 주고서 함께 출발했다. 동쪽으로 10여 리를 지나자 산골로 접어들었다. 몇 개의 고개를 넘자 점점 산은 깊어지고 계곡물도 이어졌다. 나무와 숲이 빽빽한 속에서 느닷없이 탁 트인 골짜기에 평탄한 밭뙈기가 펼쳐졌다. 맑은 시내가 돌아 흐르고 백사장이 빛나고 있었다. 시내 위 정상에는 높다란 바위가 우뚝 솟아 있었다. 검푸르고 깎아지른 듯 서 있는 게 바라만 봐도 어두침침하고 무시무시했다.

주인은 이생을 숲 사이 깊숙한 곳에 숨어 있으라고 하고 단신에 맨주먹으로 시냇가로 내려갔다. 거기서 그는 길게 휘파람을 불었다. 한참 이어진 소리가 맑고 우렁차 아무나 불 수 있는 게 아니었다. 그때 갑자기 먼지와 모래가 바위 위에서 몇 차례 일더니 온 골짝에 가득 찼다. 햇빛을 가려 주변이 어두울 정도였다. 잠시 뒤 바위 꼭대기에 쌍 횃불 빛이 깜박이며 번쩍였다. 이생이 숲속에서 유심히 보니 어떤 물것이 바위 사이에 걸려 있었다. 마치 한 자락 검은 비단에 한 쌍의 빛이 그 사이에서 반짝이는 것 같았다. 주인은 그것을 보고 팔을 휘두르며 고함을 쳤다. 그러자 그것이 단번에 뛰어 물 찬 제비인 양 날아왔다. 어느새 주인과 뒤엉켜 있는데 다름 아닌 큰 흑범 한 마리였다. 대가리와 눈깔이 사납고 흉측한 게 예사 범과는 판이했다. 사람을 놀라 자빠지게 하여 제대로 볼 수 없을 정도였다.

이 범이 사람처럼 몸을 일으키자 주인은 혼자 머리를 곤추세워 범의 가슴팍 사이를 들이박은 채 허리를 꽉 붙잡았다. 그러자 범이 대가리를 바로 숙이지 못하고 앞발로 주인 등을 긁어 팠다. 하지만 생가죽 갑옷을 입고 있어서 단단하기가 쇠 같아 저 예리한 발톱으로도 뚫지 못했다. 주인은 다리로 범의 뒷다리를 걸어 기어이 넘어뜨리려고 하자, 범은 두 다리를 꼿꼿이 세우고 넘어지지 않으려고 했다. 밀고 밀리며 서로 일진 일퇴를 거듭하는 방휼지세(蚌鷸之勢)[7]라 결판이 나지 않았다. 이때 비로소 이생이 숲속에서 나와 칼을 치켜들고 곧장 달려들었다. 그를 본 범이 크게 으르렁거리며 포효하니 바위가 쪼개질 듯하였다. 그러면서 몸뚱이

---

7 방휼지세(蚌鷸之勢): 서로 잡아먹을 수도 놓아줄 수도 없는 난처한 상황을 말한다. 방(蚌)은 조개이며 휼(鷸)은 황새로, 물가에서 황새가 조개를 쪼자 조개가 황새 부리를 물어 뒤엉켜 있었는데, 지나가던 어부가 둘 다 잡았다고 한다. 이것을 '어부지리(漁父之利)'라 한다.

를 빼려 했으나 주인에게 워낙 꽉 잡혀있던 터라 발버둥 치며 허우적거렸다. 눈에선 번갯불이 번쩍번쩍했다. 이생은 전혀 동요하지 않고 곧장 다가가 칼로 범의 허리를 찔렀다. 몇 차례 계속 찌르자, 범은 몸부림치며 울부짖더니 이윽고 땅에 푹 꼬꾸라져 피가 샘솟듯이 흘러내렸다.

주인은 칼을 가지고 범의 배를 가르고 뼈를 발라 장을 담글 정도로 갈래갈래 찢었다. 심장과 간을 꺼내 입에 넣고 다 씹어 먹어 버렸다. 그러고는 실성한 듯 통곡을 하였다. 해가 뉘엿뉘엿 넘어가자 주인은 이생을 데리고 집으로 돌아왔다. 그는 머리를 조아리며 수없이 절을 하고 눈물을 흘렸다. 이생도 감격하고 느꺼워 주체할 수 없이 흐르는 눈물을 닦았다.

이튿날 주인은 밖에 나가 큰 소 다섯 마리와 두 마리 준마를 이끌고 왔다. 일일이 사람이 딸려 있었다. 거기에 짐승 가죽과 인삼 등속을 망태 가득 실었다. 또 작은 칠 궤짝 몇 개를 꺼내왔는데 거기에도 꽉 차 있었다. 그리고 처음 만났던 아름다운 여인을 가리키며 말했다.

"이 여자는 내가 가까이한 적이 없소. 일찍이 값을 후하게 치르고 얻은 양민의 딸이오. 내가 수년 동안 이 재물을 모은 것은 오로지 원수를 갚아주는 분을 만나 보답코자 함이었소. 사양하지 말고 거두어 주었으면 좋겠소. 나는 다른 곳에 집과 땅을 마련해 두었으니 그것으로 살아가기에 충분하오. 이제 떠나려 하오."

다시 눈물을 흘리며 절을 하였다. 이생은 이미 의리로 도운 터라 따로 재물을 탐낼 이치가 있겠는가? 그래서 사양하였다.

"내가 비록 무변에 지나지 않으나 어찌 이런 물건들을 받겠소? 더 이상 말하지 마오."

그래도 주인은,

"몇 년을 여기에 마음을 쏟은 건 오로지 오늘을 위해서였소. 당신은 왜 그런 말을 하오?"

라고 하며 일어나 읍을 하며 인사한 다음 여인을 돌아보며 일렀다.

"너는 이 물건들을 가지고 가서 은인을 잘 섬겨라. 만약 딴 사람을 섬기거나 함부로 재물을 썼다간 천 리 바깥에 있더라도 내가 다 알게 될 것이며 필시 네 목숨을 결딴내고 말 테다."

말이 끝나자 순간 자취 없이 떠나 버렸다. 이생이 불렀으나 돌아보지도 않으니 어쩔 도리가 없었다. 마침내 이생은 여인과 재물을 싣고 함께 돌아왔다. 그는 이 여인을 적당한 임자를 골라 시집보내주려 했으나 그녀가 죽어도 가지 않겠다고 하였다. 결국 자신의 부실(副室)로 삼았다.

6-4

남사고가 우리나라의 십승지를 뽑음

우리나라에는 비경(秘境)이면서 복지(福地)인 땅이 많다. 남사고(南師古)[8]는 몸을 숨겨 살 만한 곳 열 군데를 꼽았는데 다음과 같다.

첫째는 풍기(豊基)의 금계촌(金鷄村)[9]으로 군의 북쪽 소백산 아래 서수(西水) 일대이다. 둘째는 화산(花山)의 소라국(김羅國) 옛터[10]로 내성

---

8 남사고(南師古): 1509~1571. 호는 격암(格庵), 본관은 영양이다. 점술과 풍수지리에 뛰어나 16세기의 대표적인 도술가로 일컬어진다. 문집으로『격암일고(格庵逸稿)』가 있으며,『남사고비결(南師古祕訣)』등 비서가 따로 전한다. 권1 제17화 '삼베옷 노인의 예언 이야기' 참조. 따로「남격암십승지론(南格庵十勝地論)」이란 저작이『정감록』의 이본 가운데 실려 있는데, 아래의 몸을 숨겨 살만한 곳 열 군데와 일치한다.

9 풍기(豊基)의 금계촌(金鷄村): 현재 경상북도 영주시 풍기읍 금계리 일대로, 특히 이곳의 금선(錦仙)계곡은 그윽하기로 유명하거니와, 금선정(錦仙亭)은 명당의 상징이라 할 만하다.

10 화산(花山)의 소라국(김羅國) 옛터: 현재 경상북도 봉화군 춘양면 일대이다. 소라국은 화산, 즉 안동에 있었던 신라 초기의 부족국가로,『신증동국여지승람』에 의하면 춘양

현(內城縣) 동쪽의 춘양면(春陽面)에 있다. 셋째는 곧 보은군 속리산 아래에 있는 증항(甑項)[11]의 근처이다. 넷째는 운봉현(雲峰縣) 두류산 아래의 동점촌(銅店村)[12]이다. 다섯째는 예천군 금당동(金堂洞)[13]이며, 여섯째는 공주 유구천(維鳩川)과 마곡천(麻谷川)[14] 두 물길 사이이다. 일곱 번째는 영월군 정동향에 있는 상류지역[15]이며, 여덟 번째는 무주의 풍북동(豊北洞)[16]이다. 아홉 번째는 부안군 호곡(壺谷) 아래 변산(邊山)의 동편[17]이며 열 번째는 합천의 가야산 남쪽 만수동(萬壽洞)[18]이다.

이런 곳들은 모두 난리를 만나면 몸을 숨기기 좋은 지역으로, 혁암(赫巖)[19]이 기록한 것 중에 골랐다.

현(春陽縣) 옛 읍치 남쪽에 그 터가 남아있다고 한다.

11 증항(甑項): '시루 고개'라 하여, 현재 속리산 남쪽의 보은군과 상주시 경계 구병산 아래에 위치한 시루봉 지역이다.

12 동점촌(銅店村): 운봉현 두류산, 즉 지리산 북편 남원 지역의 마을로 비정되나 현재 그 정확한 위치는 미상이다.

13 예천군 금당동(金堂洞): 현재 경상북도 예천군의 금당실 마을이다. 물에 떠 있는 연꽃을 닮았다 하여 붙여진 이름이며 태조 이성계가 도읍지로 정하려고 했으나 큰 냇물이 없어 아쉬워했다는 전설이 있을 정도로 명당으로 알려져 있다. 조선 중기 『대동운부군옥(大東韻府群玉)』을 편찬한 권문해(權文海, 1534~1591)의 고향이기도 하다.

14 유구천(維鳩川)과 마곡천(麻谷川): 현재 충청남도 공주군의 두 물줄기로, 유구면 일대를 흐르는 쪽이 유구천, 사곡면 쪽의 물줄기를 마곡천이라고 한다. 이 두 물줄기 사이에 산이 있어서 피신하기에 용이하다.

15 영월군 정동향에 있는 상류지역: 영월군의 동편은 남한강의 상류지역인 동강으로, 어라연(魚羅淵) 등의 물길이 깊은 계곡을 형성하고 있다.

16 무주의 풍북동(豊北洞): 이 부분은 논란이 있다. 일단 저본에는 '茂豊北洞'인데 '茂州豊北洞'이라고 되어 있는 이본에 의거하여 번역하였다. 현재 전라북도 무주군에는 무풍면이라는 지역이 있는데, 아마도 이 일대를 지칭하는 것으로 판단된다. 요컨대 '무풍면의 북쪽 일대'로 읽힐 수 있는 대목이다.

17 호곡(壺谷) 아래 변산(邊山)의 동편: 지금의 변산반도 일대로, 호곡의 정확한 위치는 미상이다. 참고로 변산은 승지(勝地)이자 요새로, 이른바 '변산 군도'의 요람이기도 했다.

18 만수동(萬壽洞): 정확한 위치는 미상이나 현재 가야산 남쪽의 해인사 계곡과 가야면 일대에 해당하는 지역으로 판단된다.

여기에 내가 들은 것으로 말해보겠다.

근기(近畿) 지역으로 양주의 산내촌(山內村)[20]이 있다. 치소의 북쪽 80리에 있는데 어영창촌(御營倉村)[21] 동쪽 기슭에서 갈라진 물길[水口]로 20리를 들어가면 땅이 널찍이 펼쳐져 산 아래에까지 이어져 있는데 이곳은 사방이 10리 땅이다. 비탈진 언덕이 있고 그 사이사이마다 촌락이 제법 많아 급한 상황이 닥치면 충분히 몸을 숨길 만하다. 수구 밖으로 강이 있으니 바로 영평(永平)과 철원(鐵原)의 두 물길이 합류하는 곳[22]이다. 또 양근(楊根)에는 소설촌(小雪村)[23]이 있다. 이곳은 치소 북쪽 4리에 있으며, 이 마을은 미원(迷原) 땅으로 접어들었을 때 가장 깊고 험준하지만 주변이 넓고 평온하다. 임진·병자란에 이곳만 아무 일 없이 무탈하였으니 참으로 살만한 곳이다. 다음은 인천의 영종도(永宗島)이다. 고려 말 40년 동안 왜구들의 난리를 당해 연해의 고을들은 불태워지고 약탈당하는 참화를 입지 않은 곳이 없었으니, 그중에서도 강화(江華)와 교동(喬桐)[24]이 더욱 심했다. 하지만 이 영종도만은 왜적선이 오지 않아 편안하게 생활하며 화란이 일어나지 않았다. 우리 조정에 와서도 임진·병자의 병란을

---

19 혁암(赫巖): 미상이다. 그런데 여기 이야기 뒤에도 계속 나오는 것으로 보아 아무래도 남사고의 호인 격암(格庵)의 오기이거나, 남사고의 다른 호일 가능성이 높다.

20 양주의 산내촌(山內村): 현재 경기도 연천군 청산면 대전리에 속한 산안골이다. 이곳은 과거 양주의 북쪽에 위치해 있었으며, 한탄강 상류의 여러 지류가 합류하여 강으로 둘러싸여 있었다.

21 어영창촌(御營倉村): 어영청 관할의 창고가 있어서 붙여진 마을 명칭일 텐데 확인되지 않는다.

22 두 물길이 합류하는 곳: 바로 산안골 앞에 있는 대탄(大灘)이다. 이곳은 과거 영평현(포천 일대) 백운산에서 나오는 물길과 철원군에서 발원한 물길이 합류하는 곳으로 한탄강의 상류지역에 해당한다.

23 소설촌(小雪村): 현재 경기도 가평군 설악면 설곡리 일대이다. 과거 이 지역은 양근(楊根)의 미원(迷原) 지역이었으며, 이곳에 소설암(小雪庵) 등이 있었다.

24 교동(喬桐): 강화도 서북쪽에 있는 섬으로, 신라 경덕왕 때부터 이 명칭으로 불리었다. 1629년 부(府)로 승격되어 그 수령을 수사(水使)가 겸임하게 하였다. 1895년 인천부의 관할이 되었고, 현재는 강화군에 편입되어 교동면이 되었다.

면할 수 있었으니, 이곳은 필시 지리적으로 아주 길한지라 복지가 될 만하다.

강원도는 춘천의 기린곡(麒麟谷)[25]이 가장 깊고 후미져 사람의 발길이 거의 닿지 않는다. 또 불곡(佛谷)[26]이 있으니 낭천(狼川, 즉 화천)과 경계를 접하고 있으며, 소양강의 물길을 거슬러 올라가면 또 한 물줄기가 있다. 이 불곡 입구로부터 암벽이 깎아지른 듯 험준하여 길이 끊어졌는데 큰 나무를 얽어 붙여서 사다리를 만들었다. 드나드는 자들은 이것을 잡고 오르내려야 한다. 그 안으로 20리를 더 들어갈 수 있지만 모두 기암괴석의 절벽 돌길이다. 이곳을 통과해 들어가게 되면 순간 환히 트여 평야가 멀리 펼쳐져 있다. 밭은 비옥하고 마을이 적잖이 들어서 있다. 이곳에서 귀한 것은 생선과 소금이니 이는 외부인이 들어오지 못하기 때문이다.

또 자기(自記)[27]가 있으니, 낭천 고을의 동쪽 다리진(多里津)[28]에서 동북쪽으로 가다 보면 길이 다하는 곳에서 대천미촌(大天彌村)과 소천미촌(小天彌村)[29]을 만나게 되는데 더없이 깊고 후미진 곳이다. 한 천미촌은 양구

---

25 춘천의 기린곡(麒麟谷): 현재 강원도 인제군 기린면으로, 과거 춘천도호부 소속의 기린현(基麟縣)이었다가 행정구역 개편 때 인제군으로 통합되었다. 내린천이 흐르고, 지금도 오지라고 하는 곰배령이 여기에 있다.

26 불곡(佛谷): 강원도 춘천시 북산면과 화천군 간동면 경계에 있는 오봉산(五峰山) 일대를 가리키는 것으로 짐작된다. 이 산 일대는 문수봉 등 불가 관련 지명이 많은 바 불곡도 이 일대 골짜기를 지칭하는 것으로 판단된다.

27 자기(自記): 자신이 기록한 것이라는 의미인 듯하다. 이 이야기는 기본적으로 『학산한언(鶴山閑言)』의 내용을 전재한 것인바, 이로 미루어 앞의 '내가 들은 것'의 나는 신돈복(辛敦復)으로 추정된다. 그리고 이 부분에서 '자기(自記)'라고 했으니 신돈복의 다른 기록이라는 추정이 가능하다. 뒷부분에서 다시 '도선의 비기'를 거론하고 있는 것으로 볼 때, 이 부분은 강원도 지역에 대한 부기로 이해된다. 그럼에도 이 용어에 대한 정확한 판단을 내리기는 어렵다. 참고로 『학산한언』에는 이 부분을 '비기(秘記)'로 표현하여 도선의 비기의 내용인 것처럼 서술하였다.

28 다리진(多里津): 현재 강원도 화천군 대이리 일대로 추정된다. 이곳은 마탄(馬灘)의 하류로 대리진(大利津)이라고도 한다. 『대동여지도』에는 낭천과 풍천(楓川) 사이로 표기되어 있다.

29 대천미촌(大天彌村)과 소천미촌(小天彌村): 양구군 천미리 일대로, 현재 평화의 댐 인

(楊口)에 속하고 또 다른 천미촌은 회양(淮陽)에 속하는데 회양에 속한 마을이 더 빼어나다. 다시 남교(南橋)의 갈역(葛驛)[30] 남쪽을 경유하여 물길로 들어서서 10리쯤을 가면 유명한 오세동(五歲洞)이 있다. 이곳은 칠십동(七十洞)이라고도 불린다. 또 계산(雞山)[31]의 저현(猪峴) 서쪽을 경유하여 동대천(東大川)[32]을 건너게 되는데 이 물길을 따라 60리쯤 가면 인가가 40호 정도 되는 꽤 널찍한 곳이 나온다. 이곳에서 순곡(筍谷)을 물으면 이 마을을 따라 30리쯤을 가서 그 동편으로 곧장 50리를 더 내려가게 되는데, 이곳이 유명한 점어연(點魚淵)[33]이다. 이런 곳들은 모두 난을 당했을 때 숨을 만한 곳이다.

또 청하산(靑霞山)[34]이 있다. 이곳은 평강(平康)[35]의 동북쪽, 안변(安邊)[36]의 서남쪽으로 그 아래의 사방 40리가 깊고 후미진 지역으로 토지가 매우 비옥하며 외부인이 들어오기 힘들다. 고성(高城)의 운전(雲田)[37]은 통

근이다. 지금도 천미계곡은 깊기로 유명하다.

30 남교(南橋)의 갈역(葛驛): 현재 인제군 용대리 일대이다. 이곳은 영동으로 넘어가는 길목으로 설악산의 입구이기도 하다. 그러므로 '오세동(五歲洞)'은 현재 설악산 내의 오세암 주변을 가리키는 것 같다. 참고로 이곳 갈역을 읊은 시로 삼연(三淵) 김창흡(金昌翕, 1653~1722)의 「갈역잡영(葛驛雜詠)」(176수)이 잇다.

31 계산(雞山): 미상이다. 다만 동대천의 상류지역인 평창, 정선에 걸쳐 있는 계방산(桂芳山)이 있는데 위치상 이 산 정도라야 한다.

32 동대천(東大川): '어천(魚川)'이라고도 하며, 삼척시에서 발원하여 정선군의 북서쪽을 경유하여 영월의 동강으로 합류, 남한강으로 유입되는 물길이다.

33 점어연(點魚淵): 동대천, 즉 어천에 있는 특정 연못일 텐데 현재 그 위치를 특정할 수 없다. 다만 정선에 화암약수가 있고, 어천이 정선군 애산리에서 유래한 점을 상정하면 아마도 이 일대의 어느 곳이었을 것으로 추정된다.

34 청하산(靑霞山): 회양과 안변 사이에 있는 산으로, 회양에서는 정서편에 위치한다.

35 평강(平康): 즉 평강현. 현재 강원도 평강군으로 동쪽으로는 김화, 남쪽으로는 철원, 북쪽으로는 안변과 접해 있다.

36 안변(安邊): 강원도 안변군으로 과거 도호부가 있었으며 동쪽으로는 흡곡, 남쪽으로는 평강과 접해있다.

37 고성(高城)의 운전(雲田): 현재 강원도 고성군 북편 운전리이다. 고려시대부터 운암현(雲巖縣)으로 있다가 조선시대 통천군에 소속되었고, 행정개편 때 고성에 편입되었다.

천(通川)과 접경지역으로 사방 30리에 걸쳐 빈 땅이 많으니 역시 숨을만한 곳이다. 정선(旌善)은 본래 무릉도원으로 일컬어지는 곳이다. 그중에 별파(別派)와 성마(星磨)[38]는 천혜의 험준한 지역으로, 한 장부만으로 요새 하나를 감당할 만한 땅이다. 위험이 닥쳤을 땐 모두 이곳으로 피란한다.

황해도에는 곡산군(谷山郡) 서쪽 30리에 명미촌(明媚村)[39]이 있다. 산천이 시원스레 펼쳐져 있고 고을이 널찍하니 사방이 탁 트여 있으며 그 사이로 큰 냇물이 가로지른다. 땅은 비옥하고 사람은 많지 않다. 또 서쪽면의 이녕방(頤寧坊) 마음동(馬音洞)은 깊은 산 긴 골짜기 안에 자리 잡고 있다. 사방이 높다란 산으로 둘러싸여 있고 가없는 숲은 해를 가려 콩과 조 따위가 자라기에 딱 맞으며 채소류도 많이 난다. 임진년 왜구의 병화가 수백 리를 휩쓸었으나 이곳만은 아무 일 없이 무사했다고 한다. 우계(牛溪)의 기록[40]에도 이런 말이 있다. '명미촌에 터를 잡고 살아야 할 것이며, 난리가 일어나면 마음동으로 들어가야 하리.'

신계(新溪)[41]에 별세계가 있으니 현의 동쪽에 있다. 첩첩 고개를 넘고

외금강산의 초입이기도 하다.

38 별파(別派)와 성마(星磨): 별파는 '벽파(碧波)'로, '벽파령'이라고도 불렸다. 성마는 성마령으로, 모두 정선군의 서편이며 진부와 경계에 있는 고개이다. 깎아지른 듯 치솟은 고개가 마치 별을 잡을 만큼 높다는 뜻에서 붙여진 이름이다. 두 고개는 가리왕산 일대로 서로 인접해 있으며, 『대동여지도』에는 이 두 고개 표기 옆에 '극험(極險)'이라고 쓰여 있다.

39 명미촌(明媚村) 이 지역은 찾아지지 않는다. 이어지는 이녕방의 마음동(馬音洞)도 마찬가지이다.

40 우계(牛溪)의 기록: 우계는 즉 성혼(成渾, 1535~1598)이며 기록은 그의 문집 『우계집(牛溪集)』(권6) 「잡저(雜著)」를 말한다. 이 기록에 따르면, 정상무(鄭象武)가 우계를 방문하여 이곳 곡산군 명미촌과 이녕방 마음동이 세상의 난리를 피할 수 있는 곳이라고 알려주었다 한다. 다만 마음동이 여기서는 '조음동'으로 나와 있다.

41 신계(新溪): 즉 황해도 신계군으로, 원래 곡산군에 속해 있다가 조선시대에 와서 신계군으로 독립되었다. 주변의 곡산군, 수안군과 함께 '산중고읍(山中古邑)'으로 일컬어져 왔으며, 정유재란 때 당시 왕실의 비빈 일행이 이 지역으로 피신 와서 선조의 손자를 낳은 일도 있었다.

넘어야 마을 입구에 다다를 수 있다. 지세가 극히 높다랗고 험준해 더위잡아 올라가기도 어렵다. 그곳을 통해 들어가고 나면 넓고 평탄하며 기름진 땅이 펼쳐지는데, 사방 둘레가 30여 리쯤 되고 사람이 거처하기에 좋다. 이 지역 사람들은 이곳을 대부분 알고 있다. 또한 피란처로 적당했다.

충청도는 충주 월악산(月岳山) 아래 땅이 매우 맑고 깨끗하다. 고려 말에 왜구가 쳐들어왔을 때 이곳에선 비바람과 천둥 번개가 내리쳐 왜구들이 혼비백산하여 퇴각하였다. 재차 쳐들어왔을 때도 마찬가지여서, 왜구들은 이곳을 경계하여 감히 접근하지 못했다. 그 곁으로 송계촌(松溪村)과 덕산촌(德山村)[42] 등이 있는데, 모두 깊고 평온하며 땅도 양질이어서 숨어 살 만한 곳이다. 단양군(丹陽郡)에는 가차촌(駕次村)[43]이 있는데, 군의 남쪽 10여 리 거리에 있으며 인가는 5, 60호이다. 땅은 기름지고 비옥하여 쌀농사가 잘되며 두 산이 주변을 두르고 있다. 기암과 물길이 빼어난 곳으로 상선암(上仙巖)[44], 중선암(中仙巖), 하선암(下仙巖)이 있다. 사면이 다 험한 절벽으로 사람만 겨우 통행할 수 있다. 연촌(煙村)의 동남쪽에는 독락산성(獨樂山城)[45]이 있다. 그 서쪽, 남쪽, 북쪽으로는 모두 깎아지른 듯 가파른 절벽이어서 다시 성을 쌓을 필요가 없다. 동편만 약간의 성가퀴를 둘렀다. 암석이 어지럽게 널려 있으며 그 위쪽 중턱에 쌍천(雙泉)이

---

42 송계촌(松溪村)과 덕산촌(德山村): 현재 충청남도 예산군 덕산면 일대로, 송계촌의 존재 여부는 현재로서는 확인되지 않는다. 아마도 덕산 주변에 있던 마을이었을 것으로 짐작이 간다. 덕산은 가야산 아래 자리잡아 명당 지역으로 흥선대원군의 부친인 남연군(南延君) 묘가 있었다. 1866년에 독일 상인에 의해 일어난 남연군 묘 도굴 사건은 유명하다.

43 가차촌(駕次村): 현재 충청북도 단양군 단성면 장회리와 고평리 일대로 추정된다. 이 지역은 단양의 관문과 가까웠는데, 현재는 충주호 준설로 많은 부분이 수몰되었다.

44 상선암(上仙巖): 충청북도 단양군 단양천 상류에 있는 바위로, 흔히 중선암, 하선암을 합쳐 삼선암(三仙巖)이라 부른다. 도담삼봉과 함께 단양팔경 중의 하나이다.

45 독락산성(獨樂山城): 단양군 단성면 도락산(道樂山)에 축조된 석성으로, 현재는 대부분 무너진 상태이다. 『신증동국여지승람』에 의하면, 이곳은 몹시 험준하고 오르기 어려워 적군을 방어하기에 용이했으며, 수천 명을 수용할 수 있었다고 한다.

있으니 족히 수십 명을 수용할 만하다. 이곳은 예로부터 피란처였다. 죽령(竹嶺)의 동쪽엔 교내산(橋內山)[46]이 있다. 이 안은 아주 널찍하여 나무숲이 무성하게 우거져 있으며 절벽 사이의 시내가 자르듯 가로질러 있다. 그래서 마을 입구에는 큰 나무로 이은 다리가 놓여 있는데 이 나무다리를 제거하면 마을 길이 통하지 않는다. 마을 사람들은 이 산허리에 대부분 살고 있다. 영춘(永春)은 강길 한 가닥으로만 통할 수 있으니 곳곳이 숨어 지낼 만한 장소이다. 혁암(赫巖)은 태백산, 소백산 두 산이 험준하다고 하면서 그 남쪽으로는 풍기와 영주, 북쪽으로는 단양과 영춘, 동쪽으로는 봉화와 안동이 모두 길지라고 하였다. 나는 도선(道詵)의 비기(秘記)[47]에서 들었으니, '태백이 가장 좋고, 금강산이 그 다음이며 지리산이 또 그 다음이다.'라고 했으며 또, '태백산, 소백산이 가장 좋으니 두 산 근처 땅은 모두 예로부터 길지이다.'라고 하였다.

경상도는 이렇다. 안동(安東)의 내성(奈城)[48] 북쪽 면에 큰 내[49]가 흐르는데 골짜기 물길을 따라 60리쯤을 깊이 들어가 다시 북쪽 방향으로 5, 6리쯤 잔도를 지나면 한 땅이 있다. 이곳은 기이하면서도 깊숙하여 도원(桃源)과 같다. 또 춘양면(春陽面)은 기이한 경치를 자랑하는데 복지 가운데 가장 으뜸이 될 만하다. 태백산의 남쪽에 위치해 있으며, 고을이 넓고 확 트여 평야가 멀리 넓게 펼쳐져 있다. 커다란 내가 그곳을 돌아 흐르고

---

46 교내산(橋內山): 단양군에 속한 다리안 계곡 일대로, 소백산의 북서쪽 부분이다.
47 도선(道詵)의 비기(秘記): 신라 후기 때 도선선사(道詵禪師, 827~898)가 지었다고 하는 풍수비기서이다. 우리나라 비기서의 시원이 되며, 현재는 남아 있지 않으나 후대에 지속적으로 인용되거나 일컬어졌다.
48 내성(奈城): 현재 경상북도 봉화군 봉화읍 일대로, 주로 과거에는 내성(乃城)으로 일컬어지다가 1950년 이후 봉화로 편입되었다.
49 큰 내: 곧 내성천이다. 봉화군 선달산에서 발원하여 남서쪽으로 흘러 영주, 예천을 경유하여 문경시에 이르러 낙동강으로 합류한다. 여기서는 원류 쪽, 즉 태백산 자락의 춘양면 쪽으로 물길을 거슬러 올라가는 지점을 말한다. 지금으로 보면 봉화군 물야면 일대가 된다.

그 사이로 떠 있는 산기슭들이 곱고도 빼어나다. 골짜기마다 촌락들이 들어서 있으며 논도 그 사이사이에 들어차 있다. 물길 갈라지는 곳은 서남쪽에 있는데, 그 물길을 따라 20리를 가야 비로소 마을로 들어설 수 있다. 마을의 폭은 4~50리가 되며 동쪽으로 가면 삼척(三陟)의 경계가 된다. 여기로 생선과 소금이 모이니 사람 살기에 이처럼 적합하다.

전라도에는 덕유산 남쪽에 원학동(猿鶴洞)[50]이 있다. 평소 동천복지(洞天福地)로 일컬어지는 곳으로 맑은 시내와 흰 돌이 상하 50리에 펼쳐져 있다. 사람들은 그 시작이 어디인지를 알지 못할 정도이다. 적상산(赤裳山)[51]은 사면이 깎아지른 절벽으로 그 안에 시내가 있다. 옛사람들은 이 험준함을 이용하여 성을 삼았으며, 지금은 사고(史庫)가 이곳에 있다. 담양(潭陽)에는 추월산(秋月山)[52]이 있는데 솟은 절벽이 사방을 에워싸고 있다. 그 안으로 시냇물이 흐르고 서북쪽으로는 좁은 돌길이 나 있으니 맨몸이라야 지나갈 수 있다. 여기 모든 지역은 피신하거나 방어하기에 적당한 곳이다.

우리나라 산천은 깊고 막힌 곳이 많으니 난을 만나 몸을 숨겨야 할 곳이라면 어찌 여기 거론한 것에 그치겠는가? 군읍으로 논해본다면, 강릉·삼척·울진·평해(平海) 등지가 병화를 겪어본 적이 없으며, 비인(庇仁)[53]과 남포(藍浦)[54]도 병화를 겪지 않았다. 그러니 혁암의 말은 틀림없어

---

50 원학동(猿鶴洞): 현재 경상남도 거창군 마리면 일대로, 덕유산에서 내려오는 물길이 걸쳐있다. 이곳 진동암(鎭洞岩)이라는 바위에 지금도 '원학동'이라는 글귀가 새겨져 있다.

51 적상산(赤裳山): 현재 전라북도 무주군 적상면에 있는 산으로 덕유산 북쪽의 지맥 가운데 하나이다. 붉은색 바위들이 마치 붉은 치마를 입은 것 같다 하여 붙여진 이름이다. 여기에 『조선왕조실록』을 보관했던 적상산사고가 남아 있다.

52 추월산(秋月山): 담양군의 서북쪽에 위치하며, 동쪽으로는 전라북도 순창군에 걸쳐 있다. 현재 이 산 아래에 담양호가 조성되어 있으며, 그 주변으로 시가문학의 산실인 식영정(息影亭), 면앙정(俛仰亭) 등이 자리 잡고 있다.

53 비인(庇仁): 현재 충청남도 서천 지역이다. 본래 백제의 비상현(比象縣)이었는데, 757

믿을 만하다.

완산의 기녀가 포의 선비에게 행하첩을 받아냄

정승 박신규(朴信圭)[55]가 과거에 급제하지 않았을 때이다. 완산(完山, 즉 전주)을 지나가는데 마침 그곳 관찰사가 성대한 잔치를 열었다. 박 공은 지나가는 유생으로서 이 잔치의 말석에 앉게 되었다. 이 자리엔 도내의 병사(兵使)와 수령들이 다 모여 있었다. 잔치가 끝나가자 기녀들은 잔치에 참석한 손님들에게 행하첩(行下帖)[56]을 받느라 정신이 없었다. 부유한 수령이나 힘 있는 목사는 다투어 쌀과 베 등의 물품을 써주었다. 그런데 한 기녀만은 수령들에게 행하를 청하지 않고 유독 박 공의 앞에 와서 써달라 하였다. 박 공은 피식 웃었다.

"나는 포의(布衣)로 지내는 딱한 선비로 마침 이곳을 지나가다가 성대

년 비인으로 고쳐 서림군(西林郡, 지금의 서천군)의 영현으로 삼았으며, 1018년 가림 현(嘉林縣, 지금의 林川)에 속하였다가 뒤에 감무를 두었다. 1413년 현감을 두었다. 조선시대에 해상교통과 군사상의 중요지역으로, 전라도·경상도 지방의 세곡선(稅穀 船)이 지나는 교통의 요지였다.

54 남포(藍浦): 남포는 보령시 남포면 지역이다. 이곳은 대리석 산지로 유명하여 '남포석' 은 '위원석(渭源石, 평안도 위원이 산지)'과 함께 대표적인 벼룻돌이다.

55 박신규(朴信圭): 1631~1687. 자는 봉경(奉卿), 호는 죽촌(竹村), 본관은 밀양이다. 1660년에 과거에 급제하여 경상도관찰사, 형조판서, 호조판서 등을 역임하였다. 여기 전주판관과 전라도관찰사가 된 이력은 사실로 1670년에 전주판관이, 1676년에는 전 라도관찰사가 되었다. 유고(遺稿)나 저서는 따로 확인되지 않으며, 다만 장응일(張應 一)과 김학배(金學培)에 대한 만장(輓章)이 『청천당선생문집(聽天堂先生文集)』(권6) 과 『금옹선생문집(錦翁先生文集)』(권6)에 실려 전한다.

56 행하첩(行下帖): 행하(行下)는 대개 경사스러운 일이 있을 때 주인이 하인들에게 내려 주는 금품이나, 놀이나 잔치가 끝난 후 연회를 펼친 광대나 기생들에게 내려주는 보수를 말한다. 이를 적은 문서를 행하첩이라 한다.

한 잔치에 참여하였을 뿐이다. 어찌 너에게 줄 물품이 있겠느냐?"

"소녀 모르는 바 아니에요. 하오나 상공께서는 귀인으로 앞날이 매우 창창하십니다. 그러니 미리 넉넉하게 물품을 내려주기 바라옵니다."

박 공은 다시 웃으면서 넉넉하게 써주었다.

그 뒤 박 공은 전주의 판관(判官)[57]이 되어 내려왔다. 이 기녀가 전에 받은 행하첩을 들이밀자 공은 픽 웃었다.

"내 녹봉이 적어 다 줄 수는 없으니, 그때 쓴 것의 반만 줄테다."

그 뒤 다시 박 공은 전라도 관찰사가 되었다. 이젠 나머지 물품을 다 내어주면서 그녀에게 물었다.

"자네가 그때 어떻게 이럴 줄 알았는가?"

그러자 기녀의 대답이 이랬다.

"그때에 지방의 지체 높은 유지들이 자리를 꽉 채우고 있었는데, 공께서는 벼슬도 없는데 참여하셨지요. 거동과 태도가 당당하고 빼어난 게 좌중에서 특출나지 뭡니까. 다른 기녀들이 행하첩을 청하면 수령들이 앞다투어 적어주었지만, 공께서는 태연히 못 본 척하시더군요. 이 때문에 공이 높은 벼슬에 오를 줄 알았답니다."

6-6

판서 박공이 아뢰는 소리를 잘못 알아들음

판서 윤이제(尹以濟)[58]는 평소 불량한 농지거리와 천박하고 패악한 말

---

57 판관(判官): 종5품직으로, 중앙의 여러 관서나 지방관의 행정을 지원하던 관원이다. 특히 지방의 대읍이나 큰 진영에서 수령의 부관 격으로 민간의 잡다한 송사를 처리하였다.

58 윤이제(尹以濟): 1628~1701. 자는 여즙(汝楫), 본관은 파평이다. 1663년 과거에 급제

을 좋아하여 입에서 떠나질 않았다. 이것이 그의 장기인 양 여겼다. 박신규(朴信圭) 공은 윤 공과 아주 친해 만날 때마다 추악한 말로 서로 수작하곤 하였다. 참판 정약(鄭鑰)[59]은 박 공에게 아버지뻘이 되었다. 그래서 평상시 박 공은 그를 매번 툇마루를 내려와서 맞이하곤 하였다.

하루는 정 공이 꼭두새벽에 박 공을 찾아갔다. 정 공은 당시 병조참판으로 재직하고 있었는데, 하인들이 아무개 영공(令公)께서 오셨다고 크게 외쳤다. 그때 마침 윤 공은 형조참판으로 있었다. 박 공은 잠결에 '병'을 '형'으로 잘못 듣고 윤공이 온 줄 알고 누워서 일어나지도 않았다. 창밖에까지 다가갔는데도 인기척도 없자, 정 공은 몹시 의아해했다. 잠시 뒤 박 공은 방 안에 누운 채 큰 소리로 한바탕 더러운 말들을 쏟아냈다. 이 말에 적이 놀란 정 공은 문밖에서 바로 돌아가 버렸다.

윤 공이 왔으면 필시 상스러운 말로 답을 했을 터인데, 아무런 소리도 들리지 않자 박 공은 다시 육두문자로 욕을 해댔다. 그러나 역시 응답이 없었다. 하인이

"이미 가셨습니다!"

라고 아뢰자, 박 공은 그제야 상황을 전해 듣고 알게 되었다. 화들짝 놀라 바삐 가마를 타고 정 공을 찾아가 사죄하였다. 이에 정 공은 정색하였다.

"나라에서 자네들의 패륜을 모르고 재상의 자리에 앉히다니! 그 천박하고 추악한 말들을 좋아라 주고받으면서도 부끄러운 줄을 모르는군. 조정의

하여 경기도 및 평안도관찰사와 형조판서, 공조판서 등을 역임하였다. 여기 이야기처럼 형조참판을 지내기도 했다. 숙종 시기 남인으로서 정치적 부침을 거듭하다가 1694년 갑술옥사 때 파직되었다.

59 정약(鄭鑰): 생몰년 미상. 본관은 초계이며 생력도 미상인데, 숙종 시기에 도승지와 강원도관찰사 등을 역임한 사례가 보인다. 따로 정륜(鄭鑰, 1609~1686)이라는 인물이 비슷한 시기에 있었다. 정륜은 자가 극념(克恬), 본관은 초계로, 1644년 과거에 급제하여 역시 강원도관찰사를 지냈으며, 예조 및 공조참판 등을 역임하였다. 윤이제의 아버지뻘이 되고 참판을 지낸 점으로 볼 때, 이 인물을 잘못 표기한 것이 아닌가 싶다.

벼슬아치를 욕보이다니 이를 이제 어찌할 텐가? 내 자네가 더러운 말들을 나에게 쏟아낸 게 아니라는 걸 모르는바 아니네만, 정작 듣고 나니 경악을 금치 못했네. 보고자 하는 생각이 싹 가셔 되돌아왔을 뿐이네."

이에 박 공은 연거푸 사죄할 뿐이었다. 이때부터 그는 버릇을 좀 고치게 되었다.

6-7

한강에서 시신을 건져 이증은 형벌을 받음

상공 이완(李浣)[60]이 형조판서로 있을 때였다. 함경도 출신 엄 씨(嚴氏)가 장령(掌令)[61]인 이증(李曾)[62]과 전답 및 노비 문제로 송사를 벌이게 되었다. 엄가가 정당했고 이증은 부당한 사안이었다. 이 공이 이 건을 이미 판결냈고, 엄가로서는 마땅히 판결문을 받으러 와야 했다. 그런데 며칠이 지나도 아무런 소식이 없었다. 그래서 이 공은 이런 짐작을 하게 되었다. 먼 지방의 천한 백성으로 조정의 높은 벼슬아치와 큰 소송을 벌여

---

60 이완(李浣): 권2 제14화 '허생의 오동화로 이야기' 참조. 참고로 그는 효종 7년인 1656년에 형조판서가 되었다.
61 장령(掌令): 조선시대 사헌부의 정4품 관직으로 주로 감찰 업무를 담당하였다. 이 때문에 품계는 높지 않았으나 이조전랑과 함께 실권을 행사하는 요직 가운데 하나였다.
62 이증(李曾): 1610~1658. 자는 성오(省吾), 본관은 전주이다. 1651년 과거에 급제하여 사헌부 지평 등을 역임한 것으로 나오나, 나머지 관력은 불분명하다. 참고로 『조선왕조실록』에 이 이야기와 같은 맥락으로 그에 관한 일이 기록되어 있는데, 구체적인 사항은 차이가 난다. 그 내용은 다음과 같다. "전 장령 이증이 재령 백성 최홍원과 노비 문제로 송사를 벌였다. 이증이 그의 노복을 시켜 홍원을 도성의 저잣거리에서 죽여서는, 밤을 틈타 강물에 던져 그 자취를 없애려고 했다. 포도대장 이완이 이 노복을 체포하여 사실을 듣고 이증을 잡아다 국문하라고 명하였다. 그러나 이증은 자복하지 않아 여러 차례 물고를 당한 끝에 옥에서 죽었다.(前掌令李曾, 與載寧民崔弘源爭奴婢相訟. 曾使其奴撲【僕】殺弘源于都市中, 乘夜投江, 欲滅其迹. 捕盜大將李浣, 捕其奴以聞, 命拿鞫李曾, 曾不服累受刑訊, 斃於獄.)"(『효종실록』 권20, 9년(1658) 9월 25일 조)

이기긴 했으나 고립무원의 상황이겠구나. 이런 경우 필시 숨기거나 죽여서 흔적을 없애려고 할 것이다. 이를 염려한 이 공은 재바른 염탐꾼을 모아 이증의 집을 몰래 엿보게 하였다. 그러던 중, 그 집의 아이종을 유인하여 붙잡았다. 계속해서 꼬치꼬치 캐묻자 아이종이 대략의 단서를 실토했으나 여전히 자세한 정황을 아뢰지는 않았다. 공이 이 아이종에게 슬쩍 매질을 가했더니 마침내 이렇게 부는 것이었다.

"처음에는 술과 음식으로 달래다가 마침내는 죽이고 말았습니다요. 사람을 사서 시신을 들쳐 메고 남성(南城)[63]을 넘어가 한강 물속에 집어넣어 버렸습니다."

이 공이 조정에 들어와 임금께 아뢰었다.

"나라가 나라다울 수 있는 것은 정령을 바로 하여 기강을 세우는 데 있사옵니다. 지금 조정의 신료가 법을 무시하고 멋대로 소송의 상대자를 쳐 죽였나이다. 단지 신분과 권세 때문에 법을 바로 세우지 못한다면 나라가 어찌 망하지 않겠습니까? 이번 경우 반드시 시신을 수습한 연후에 그 죄를 다스려야 할 것이옵니다. 소신이 수색하여 시신을 찾는다면 기필코 이증을 직접 죽이겠나이다."

당시 이 공은 훈련대장을 겸하고 있었다. 그리하여 군졸과 지역주민을 불러내고 한강의 배들을 모두 동원한 다음 철로 된 갈고리를 많이 만들어 거미줄 치듯 한강을 덮었다. 수색 끝에 시신을 찾았다는 깃발이 올라왔고, 이윽고 그 시신을 급히 운구해왔다. 이 공이 일어나 서안을 치면서,

"이증은 이제 죽었다!"

---

63 남성(南城): 현재 동작구 사당동, 방배동에 걸쳐 있었던 '남성'을 가리키는 것으로 보인다. 이곳에 옛 성터가 남아 있어서 그 바깥쪽 마을을 '성뒤마을'이라 했다. 여기에 성이 축조된 시기는 정확하지 않으나 한강 이남의 주요 방호 지역이었음을 짐작케 한다.

라고 하였다. 검안을 해 보니 과연 엄가의 시신이었다. 이에 이 공은 형조의 관리와 군졸을 대거 풀어 이증의 집을 에워싸고서 그를 체포하였다. 이증은 마침내 감옥 안에서 폐사하고 말았다. 조정의 신료들은 술렁이며 두려워하였다.

6-8
포교가 흙집을 짓고 염탐하는 도적을 사로잡음

상공 이완(李浣)이 포도대장으로 있을 때였다. 하루는 생선 파는 저잣거리를 지나다가 수상한 놈을 발견하게 되었다. 이 공은 영리한 포교를 골라 분부하기를,

"스무날 안에 자세히 탐문하여 그자를 붙잡아 오도록 하여라. 이 시한을 넘기게 되면 죽을 줄 알아라."

라고 하였다. 장교는 영을 받고 나왔으나 막막하기가 바람을 잡는 것 같았다. 할 수 없이 매일 그 근처로 가서 돈과 술, 먹을 걸 들고 술꾼들과 어울렸다. 저잣거리에 앉아서 바둑과 장기를 종일 두었으나, 전혀 수상한 놈을 찾을 수가 없었다. 매번 바둑과 장기판이 끝나면 한숨만 푹푹 쉴 뿐이었다. 바둑과 장기가 심중에 없었을 뿐더러 입을 꽉 다문 채 말도 없었다. 십여 일이 지나도록 종적은 더더욱 드러나지 않았다.

그러던 어느 날, 그가 바둑을 두고 나서는 느닷없이 눈물을 흘리는 것이었다. 그와 친한 한 장사치가 물었다.

"자네는 술도 마시고 바둑도 두며 호탕한 의협으로 자임했거늘, 근자의 자네를 보니 연거푸 한숨만 쉬며 답답해하는군. 바둑은 안중에도 없는 게 괴이쩍었거니와 지금은 또 눈물까지 보이니 정녕 이상하네. 뭔 사정인지 들려주겠나?"

장교는 사정을 다 알려주면서,

"내가 이렇게 영을 받았으니 그자를 잡지 못하면 죽게 된다네. 죽는 거야 뭐 애석하겠는가마는 늙으신 어머니가 계신다네. 그래서 이렇게 슬퍼하는 것이고."

라고 하였다. 그러자 장사치가 알려주었다.

"맞아! 과연 행적이 수상한 사람이 있지. 벌써 몇 년째 수시로 가게들을 드나드는데 종일토록 하는 게 없지 뭔가. 차림새도 좋고 먹는 것도 잘 먹지. 그자는 항상 수진방(壽進坊)[64]에서 나왔다가 가곤 하니 자네 그곳으로 가서 뒤를 밟아보게."

장교는 그의 말에 따라 수진방을 정탐하여 그자가 물길이 시작되는 곳에 흙집을 짓고 살고 있다는 걸 알게 되었다. 그리하여 한밤중 그자가 오기를 기다렸다가 붙잡았다. 방 안에는 다른 것은 없고 조보(朝報)[65] 몇 뭉치만 있을 뿐이었다. 장교가 마침내 그를 포박해 와 포도대장에게 보고하였다. 그자는 입을 막고 아무 말도 하지 않았다.

"빨리 나를 죽여라!"

라고 할 뿐이었다. 이 공은 새끼줄로 온몸을 묶고서 진흙을 발라[66] 죽이게 하였다. 그자는 외국인으로 나라 사정을 염탐하러 온 자였다.[67]

---

64 수진방(壽進坊): 권5 제1화 '염시도 이야기' 참조. 따로 방명(坊名)을 '수진(壽盡)'이라 하여 원래의 '장수한다'는 의미와 반대로 쓰이기도 하는데, 여기 이야기와 조응하고 있다.

65 조보(朝報): 원문은 '朝紙'로, 조선시대 관에서 내리는 관보(官報)이다. 이와 관련한 이야기로 9권 10화 '우하형 수급비 이야기'가 흥미롭다. 거기에 자세히 소개하였다.

66 진흙을 발라: 형을 집행하는 방법이나 정확한 사례는 찾아지지 않는다. 다만 '도모지(塗貌紙)'라 하여 온몸을 묶고 물에 적신 종이를 얼굴에 붙여 질식사시키는 방법이 있는데, 이와 유사한 형태였을 것으로 판단된다.

67 그자는 …… 온 자였다: 이 이야기와 관련된 정황이 『승정원일기』 1625년 11월 9일조에 나온다. 오랑캐, 즉 청나라에서 첩자를 자주 보내 국내 사정을 염탐하는 사례가 있어 조보에 군사적인 내용을 싣지 말자는 상소가 이어졌다.

귀신에게 괴로움을 당해 밥상을 차려줌

남문(南門, 즉 남대문) 밖에 양반 심생(沈生)이 살고 있었다. 가시나무 사립문에 벽을 뚫어 창문을 낸 가난한 집에, 옷을 서로 바꿔 입고 외출하는[68] 처지였다. 병사 이석구(李石求)[69]와 동서 간이어서 간혹 그의 도움으로 죽이라도 얻곤 하였다. 그런 그가 지난해 겨울 겪은 일이다.

대낮에 한가로이 앉아 있는데[70] 갑자기 바깥채 반자[板子] 위에서 쥐가 오가는 소리가 들렸다. 심생은 담뱃대를 가지고 위를 두들겼다. 쥐를 쫓을 때 사용하는 방법이었다. 그러자 반자 속에서 사람 소리가 들렸다.

"나는 쥐가 아니고 사람이오. 당신을 만나보려고 산 넘고 물 건너 여기까지 찾아왔으니 이리 박대하지 마시오."

심생은 놀랍고 의아했다. 도깨비가 아닌가 싶은데 그렇다고 어떻게 백주대낮에 돌아다니면서 사람 눈에 띌 이치가 있단 말인가? 적이 아찔하고 얼떨떨해하는 사이 또 반자 위에서 소리가 났다.

"내가 먼 길을 오느라 배가 몹시 고프니 밥 한 그릇 내주면 고맙겠소."

심생은 밥을 내주지 않고 곧장 안채로 들어가 이 상황을 얘기했으나 식구들은 아무도 믿는 이가 없었다. 그런데 심생의 말이 끝나기가 무섭

---

68 옷을 서로 바꿔 입고 외출하는: 원문은 '易衣而出'이다. 집안사람이 옷 한 벌을 가지고 외출할 때마다 번갈아 가며 입는다는 뜻으로 형편이 어려움을 말한다. 이는 『예기』·「유행(儒行)」 편에 "옷은 서로 번갈아 입고 외출하며, 이틀에 하루치의 음식을 먹는다[易衣而出, 幷日而食]."에서 유래한 것으로, 원래는 선비가 검소한 생활을 해야 한다는 취지였다.

69 이석구(李石求): 1775~1831. 자는 주경(柱卿), 본관은 전주이다. 효령대군의 후손으로, 1794년 무과에 급제하여 공충도수군절도사, 삼도통제사, 좌포도대장 등을 역임하였다. 그의 부친 이득제(李得濟)는 훈련대장을 지내는 등 이 시기 무반 집안으로 유명했다.

70 앉아 있는데: 원문에는 이 부분에 "卽當宁丙子也"라는 원주가 달려 있다. 앞의 이석구의 생몰년을 상정해 볼 때 여기 병자년은 1816년이 된다. 즉 당저(當宁)는 순조가 되며, 병자년은 순조 16년이다.

게 공중에서 소리가 들렸다.

"당신들 말이오, 모여서 날 험담하느라 이러쿵저러쿵하지 마시오!"

여자들은 기겁하여 달아났다. 귓것은 여자들을 쫓아다니며 계속 소리를 쳤다.

"겁내서 도망칠 필요 없소. 나는 귀댁에 오래 머물 참이라 곧 한식구와 같거늘 어찌 이리 소원하게 거리를 두려 하오?"

그래도 여자들은 서편으로 달아나고 동편으로 숨어들었다. 하지만 귓것은 가는 곳마다 쫓아가 머리 위에서 연거푸 밥을 달라며 소리쳤다. 하는 수 없이 정갈한 한 상 밥과 찬을 차려 마루에 내놓았다. 짭짭 밥을 먹는 소리와 후루룩 숭늉 따위를 마시는 소리가 나더니 잠깐 사이에 다 비워졌다. 다른 귀신이 흠향하는 것과는 아예 달랐다. 몹시 놀란 주인 심생이 물었다.

"너는 무슨 귀신이며, 어떤 연유로 내 집에 들어왔느냐?"

그러자 귓것이,

"나는 문경관(文慶寬)이라 하오. 떠돌아다니던 중에 우연히 당신 집에 들어오게 되었소. 지금 한번 배불리 먹었으니 이제 떠나려 하오."

라고 하면서 작별하고 떠갔다. 그런데 이튿날도 그것이 다시 찾아와 어제처럼 먹을 것을 달라고 하더니 다 먹고는 바로 가버렸다. 이때부터 날이면 날마다 찾아왔고, 어떤 때는 하룻밤 묵으며 한담을 나누기도 하였다. 그러다 보니 안팎의 집안 식구들은 익숙해진 지 꽤 되었다. 그러나 여전히 두려움은 가시지 않았다. 그러던 어느 날, 주인이 벽에 붉은 부적을 쓰고 그 외에 벽사(辟邪)하는 물건들을 그 앞에 죄다 벌여 놓았다. 다시 온 귓것이 화를 냈다.

"나는 사악한 요물이 아니거늘 이런 방술에 겁먹겠소? 얼른 치워 '오는 사람은 막지 않는다[來者不拒]'는 뜻을 보이시오."

주인은 이도 어쩔 수 없어 부적과 물건들을 철거하고 물었다.

"너는 앞으로 닥칠 화복을 미리 알 수 있느냐?"

"그래, 모조리 다 아오."

"그럼 우리 집의 장래가 어떠하냐, 길하냐 흉하냐?"

"당신은 쉰아홉까지 살 수 있으나 평생 평탄한 삶을 살진 못할 거요. 당신 아들은 몇 살까지 살 것이며, 손자가 비로소 과거급제의 영광을 얻겠으나 역시 현달하지는 못할 거요."

이 말을 들은 심생은 놀라워하며 또 물었다.

"집안 아무 부인은 수를 얼마나 누리며 아들은 몇이나 낳겠는가?"

귓것은 묻는 것에 일일이 대답하고 이런 요청을 하였다.

"내 쓸 데가 있으니 돈 2백만 내주는 은전을 베푸시오."

다시 심생이 물었다.

"네가 보기에 우리 집이 가난한 것 같으냐 부자인 것 같으냐?"

"뼈에 사무치도록 가난하오."

"그렇지. 그럼 돈을 어디서 마련하겠느냐?"

그러자 귓것은 이런 사실을 확인해 주었다.

"당신 집에 아무 궤짝 안에 얼마 전 빌려와서 넣어 둔 두 꿰미의 돈이 있지 않소. 어째서 이걸 줄 수 없다고 하는 거요?"

"그거야 내가 온갖 수단을 써서 애타게 구걸한 끝에 빌려다 놓은 돈일세. 지금 자네에게 주고 나면 난 저녁밥도 지을 수 없으니 어찌한단 말인가?"

그래도 계속 요구하였다.

"당신 집에 얼마간 쌀이 남아 있으니 저녁거리야 충분하지 않소. 어째서 거짓말로 기워 미봉하려 하시오? 내 당장 저 돈을 가져갈 테니 화내지 마시오."

그러고는 훌쩍 가버렸다. 심생이 궤짝을 열어 보니 자물쇠는 그대로 채워져 있는데 돈은 남아있지 않았다. 그는 가슴이 먹먹해 오더니 점점 답답해져 이만저만 속이 상하는 게 아니었다. 이에 부인네는 친척 집으로 보내고 자신은 사이가 좋은 친구 집으로 가서 얹혀살게 되었다. 하지만 귓것이 다시 그곳으로 찾아와 역정을 내는 것이 아닌가.

"무슨 일로 나를 피해 여기 먼 데까지 와서 떠도는 것이오? 당신이 천 리를 달아나 숨어본들 내가 꺼릴 게 있겠소?"

그러더니 이번에는 친구 집주인에게 밥을 내오라고 하였다. 집주인이 주지 않자 귓것은 욕설을 퍼부었다. 점점 심해지더니 그릇을 깨부수며 밤새 난리를 쳤다. 주인은 심생을 원망하며 깨진 그릇 값을 물어내라고 했다. 그러니 여기서도 편히 있을 수 없어 새벽녘에 자기 집으로 돌아와야 했다. 한편 귓것은 부인이 더부살이하는 곳까지 찾아가 아까 같은 야료를 부렸다. 그리하여 부인도 부득이 집으로 돌아오고 말았다. 귓것의 왕래는 이전과 같아졌다. 하루는 그것이 말하였다.

"이제 작별해야겠소. 멀리 떠나니 몸을 잘 보중하기 바라오."

"네가 어디로 가든지 제발 빨리 떠나거라. 우리 일가가 편해지게."

"우리 집은 영남의 문경현(聞慶縣)에 있소. 고향에 돌아가려고 큰마음을 먹었으나 다만 노잣돈이 없소. 엽전 열 꿰미만 노자로 주었으면 하오."

"내가 가난해서 입에 풀칠하기도 어려운 줄을 너도 익히 알고 있지 않느냐. 그 많은 돈을 어디서 구해 오란 말인가?"

"이런 취지로 절도사 댁[71]에 가서 부탁하면 손바닥 뒤집듯 쉬울 텐데 어찌 마련할 생각은 하지 않고 내 요청을 거절하려 하오?"

"우리 집은 죽 한 그릇 옷 한 벌도 다 절도사의 도움을 받고 있네. 그 은혜 골육과 같거늘 아직 티끌만한 보답도 못 하고 있어서 항상 면목이 없지. 부끄럽고 마음도 몹시 편치 못하네. 하물며 지금 또 무슨 낯짝으로 다시 엽전을 천 개나 달라고 하겠는가 말이다!"

"이미 그 댁에서도 내가 당신 집에서 소란을 피운 걸 잘 알고 있을

---

71 절도사 댁: 여기에 "指沈生姻婭李石求"라는 원주가 들어 있다. 즉 절도사는 동서 이석구를 가리킨다.

테니, 간곡하게 사정하여 '이 돈만 마련하면 마귀가 사라질 것이다.'고 아뢰면 되지 않겠소. 환란을 구할 방도가 있거늘 왜 내주지 않겠소?"

심생은 기가 막혀 말도 나오지 않았지만 이자를 속여 넘길 수도 없었다. 곧 이 절도사를 찾아가 사정을 갖추어 아뢰었다. 절도사는 과연 개탄스러워하면서도 승낙하고 돈을 내주었다. 심생은 이 돈을 허리에 차고 집으로 돌아와 궤짝 속에 꼭꼭 감추고 아무렇지도 않게 앉아 있었다. 얼마 지나지 않아 귓것이 또 찾아와 희희낙락 웃으며 말했다.

"많은 후의와 선물을 받았고 이제 노자까지 받게 되니, 이것으로 먼 길 나서는 데 아무 걱정이 없게 되었소."

이에 심생이 그를 속였다.

"내가 누구에게 돈을 얻어 네 노잣돈을 마련했겠느냐?"

그러자 귓것은 씩 웃었다.

"진작부터 선생이 굳고 신실한 사람이라 여겨왔거늘 지금 와서 농을 치시오?"

이윽고 다시 말을 이었다.

"내가 이미 궤짝 안에서 선생의 돈을 꺼내고 그중 2꿰미 5푼은 남겨둬 조그만 정성이나마 표했소. 선생은 술이나 팔아 한번 취하게 드시오."

그러면서 인사말을 남기고 떠났다. 심생의 집 식구들은 남녀노소 할 것 없이 춤을 추며 서로 기뻐했다. 그런데 열흘쯤 지났을 때 다시 공중에서 귓것이 안부를 묻는 것이었다. 심생은 화가 치밀어 올랐다.

"내가 남에게 애걸복걸하여 열 꿰미 돈을 마련해 네게 주지 않았느냐. 그렇다면 너는 감사한 줄 알아야지 지금 또 약속을 어기고 은혜를 저버린단 말이냐. 그러고도 다시 와서 괴롭히니 내 관왕묘(關王廟)[72]에 하소연

---

72 관왕묘(關王廟): 즉 관묘(關廟)로, 임진왜란 시기에 관왕의 음우를 입어 전란을 극복했다고 하여 도성 두 곳에 그의 묘를 건립했다. 하나는 남대문 옆에 세워 '남관왕묘'(남묘)라 했으며, 또 하나는 동대문 밖에 세워 '동관왕묘'(동묘)라 했다. 지금은 동묘만

하여 너를 작살내 달라고 할 것이야!"

그런데 귓것의 답이 이랬다.

"난 문경관이 아닌데 어째서 배은망덕하다고 하는 거요?"

"그렇다면 너는 도대체 누구냐?"

"나는 문경관의 처예요. 당신 집에서 귀신을 잘 대접해 준다고 들어서
먼 길을 마다하지 않고 이렇게 찾아온 것이고요. 당신은 즐겁게 맞아줘
야지 도리어 욕을 해대니 왜 그래요? 게다가 남녀 사이는 서로 경대하는
게 선비 된 자의 행실이 아닌가요. 당신은 만 권 책을 읽었을 텐데 배운
게 어떤 것인가요?"

심생은 하도 기가 막혀 헛웃음만 나왔다. 이 귓것도 날마다 찾아왔다
고 한다.

이후의 일은 전혀 들어서 아는 게 없으니 아쉽다. 당시 호사가들이
다투어 심생 집을 찾아가 귓것과 말을 주고받았다고 한다. 이 때문에
심생의 문 앞은 수레와 말로 붐벼 시끄러웠다. 학사 이희조(李羲肇)[73]는
직접 하룻밤 묵으면서 대화를 나누기까지 했다. 아! 괴이한 일이다.

6-10
공훈을 이뤘어도 조강지처를 잊지 않음

광해군 대에 대북파(大北派)[74] 가운데 한 재상이 있었다. 그는 부귀와

남아 있다.

73 이희조(李羲肇): 1776~?. 『계서잡록』의 저자 이희평(李羲平)과 형제로, 순조 연간에
교리(校理)와 대사간, 성균관 대사성을 역임하였고, 1818년에는 서장관으로 사행을
다녀오기도 하였다. 실록에 의하면, 1845~1846년 사이에는 사헌부 대사간을 지낸
것으로 나온다.

74 대북파(大北派): 1602년 정인홍(鄭仁弘, 1536~1623)을 중심으로 북인이 정권을 장악

영예가 비할 데 없었다. 그의 아들도 졸지에 승진을 거듭하여 승선(承宣) 자리에 올랐다. 크고 화려한 저택에 금과 곡식은 그득 쌓여있었다. 그런 데 그의 사위인 김생(金生)이란 자는 몹시도 고단하고 기구한 처지인지라 부인 집안에 얹혀살고 있었다. 집안의 장인 장모와 식구 그리고 종들까지도 모두 그를 싫어하며 박대하였다. 심지어 말 끄는 어린 동자들마저도 그를 '김생'이라 불렀으니, 높여 받드는 이가 아무도 없었다. 하지만 아내만은 그를 아끼고 가여워하며 살뜰한 정을 나누었다.

김생은 날이면 날마다 새벽에 나가서 아침에 들어왔다가 다시 나가 저물녘에야 들어왔다. 들어올 때면 감히 재상과 부인 그리고 승선의 앞으로 발길을 들이지 못하고 번번이 작은 문을 경유하여 곧장 아내의 방으로 직행하였다. 아내는 문에 기대어 가만히 기다리고 있다가 툇마루를 내려와 그를 부축해 들어가서는 직접 도포와 옷가지를 받아주고 손수 밥상을 내왔다. 하지만 재상의 겸인붙이나 종들까지도 모두 갖은 고기반찬을 물리도록 먹는데도 김생에게 제공되는 음식은 쓴 나물 몇 가지뿐이었다. 아내는 그때마다 화를 참지 못하고 김생을 마주하고서는 눈물을 줄줄 흘렸다. 그러면 김생은 한번 웃으면서 말하였다.

"남에게 얻어먹는 신세라 이것도 외려 분에 넘치거늘 무어 서운해하겠소?"

그러던 어느 날, 김생이 느지막이 아내의 방으로 들어갔더니 아내가 보이지 않았다. 홀로 앉아 꽤 시간이 지날 즈음 아내가 홀연 담장 뒤편을 통해 몸을 숨긴 채 들어오는 것이었다. 김생이 그 까닭을 따져 묻자 아내의 말이 이랬다.

___

한 이후, 북인은 다시 고위 관료와 신진 세력의 갈등으로 대북과 소북으로 나뉘었다. 대북파는 광해군을 지지하여 당대에 위세를 떨쳤다. 정인홍을 비롯해 이이첨(李爾瞻, 1560~1623), 허균, 홍여순(洪汝諄, 1547~1609) 등이 대북파의 대표적인 인물이다. 야담에서는 주로 정인홍과 이이첨을 부정적인 대상으로 상정하곤 한다.

"아침에 어머니께서 저를 심하게 나무라셨어요. '네가 먹고 입는 것은 다 부모에게 의지하면서 맞이하고 배웅하는 일은 김생에게만 하지! 아침 저녁으로 좋아죽는 걸 보니 금슬이 얼마나 좋던지. 헌데 저 김생이라는 자는 마흔이 넘도록 그저 우리 곡식만 축내고 네 삶을 끝장내고 있구나. 추악함이 이렇게 심할 수 있단 말이냐! 이 일만 생각하면 머리카락이 쭈뼛쭈뼛 서고 이가 갈리거늘, 너는 외려 저놈 챙기기를 부모보다 열 배는 더하는구나. 네가 이전대로 계속할 것이라면 저놈을 따라 집을 나가 너희들 좋을 대로 알아서 실컷 먹고 뜨시게 지내든지……'라고 하셨지요. 이 말을 듣고 저는 다시 어머니의 꾸지람을 살까 봐 감히 문을 통해 대놓고 들어올 수가 없었어요. 해그림자가 뉘엿뉘엿해져 서방님이 돌아왔겠다 싶어 변소에 간다는 핑계를 대고서 몰래 도망하여 이렇게 온 것이니 천만 너그러이 이해해주세요."

김생은,

"장모님의 훈계가 이미 저러했는데 자네는 무엇 하러 왔는가?"
라고 할 뿐이었다. 잠시 뒤 계집종이 저녁밥을 내어왔다. 아내는 이 계집 종에게 단단히 일렀다.

"절대 내가 여기 있다는 걸 말하지 말거라!"

계집종은 알았다면서 나갔다. 배가 고팠던 김생은 밥과 반찬을 마구 집어 먹었다. 그런데 밥상 위에 닭다리 하나가 놓여있었다.

"서방님, 절대 그것은 드시지 마세요."

"무슨 말이오?"

"아까 솥에다 닭 한 마리를 삶았는데 고양이가 그 닭을 훔쳐 가서는 살과 껍질은 다 먹어버리고 닭다리 하나만 측간 옆에 떨어뜨렸어요. 계 집종들이 이 일을 떠들어대자 어머니는 '이것이 저 인간에게는 좋은 고 기 음식이 되겠구나! 꼭 그놈 밥상 위에 두어 아주 잠깐이라도 주둥이를 즐겁게 해줘라.'라고 했답니다. 과연 그래서 이게 여기 상에 놓인 거예요.

이 닭다리는 아주 더러우니 입에 가까이 대지도 마셔요."

"장모님께서 내려주신 한 조각 고기이니 이거야말로 특은(特恩)인걸. 감히 들고 먹지 않을 수 있겠소?"

말을 마치고는 남김없이 다 먹어버렸다. 그러고 몸을 일으키더니 다시 나가려고 하였다.

"조금 있으면 날이 저물어 인정 종이 울릴 참인데 서방님은 어디로 가시려고요?"

"오늘 밤 삼경이 되면 당신은 뒷동산에 올라가 동편으로 저 궁궐 주변을 둘러보시게. 떠들썩한 소리가 들릴 터인데 만약 칼부림이 좀 오래간다 싶으면 반드시 결단을 내려 자결하시오. 혹여 순식간에 진정이 되면 몸을 잘 보중하여 살아있어야 하고."

아내가 연신 잘 알겠다고 하자, 김생은 급히 서둘러 밖으로 나갔다.

아내는 그날 밤 잠을 이룰 수 없었다. 시간이 흘러 삼경의 북소리가 울리자 남들이 잠든 틈을 타 뒷동산 등성이에 올라 저 멀리 궁궐 거리를 바라보았다. 고요하니 사람 소리 하나 없었다. 남편이 괜히 허튼소리를 했다 싶어 등성이에서 막 내려오려던 참이었다. 갑자기 횃불이 하늘을 밝히는 것이었다. 동시에 사람들이 고함을 지르고 말이 울부짖으며 날듯이 대궐 문으로 들이닥쳤다. 마치 비바람이 퍼붓는 듯한 형세였다. 잠깐 소리가 야단스럽더니 단번에 우르르 몰려 들어갔다. 궁성 안을 보니 궁전[75] 주변에 간간이 불빛이 보일 뿐, 그리 시끄럽지는 않았다. 그때 재상 부자는 모두 궐에서 숙직하느라 집 안에 남자라고는 아무도 없었다. 아내는 끝내 그 이유를 알 수 없었다. 그저 방으로 돌아온 뒤로도 의아해할 뿐이었다.

---

75 궁전: 원문은 '楓林'으로 되어 있는데, 이본에 '楓宸'으로도 되어 있는바 이 경우 궁전을 의미하게 되므로 이를 따랐다.

다음 날 새벽에 계집종이 재상에게 올릴 아침 밥상을 가지고서 궁궐로 들어가려 하였다. 그런데 궐문의 큰길에서는 천을 헤아리는 기병들이 가로막은 채 채찍을 휘두르고 곤봉을 내리치며 사방 사람들을 물리치고 있었다. 계집종은 주인의 힘을 믿고서 그 사이를 뚫고 지나가려고 했더니 대오에 있던 한 무관이 채찍을 내리쳤다. 계집종은 발끈하여 욕을 해댔다.

"나는 아무 동네의 아무 대감 댁 식솔이다. 보잘것없는 장교 따위가 어찌 이렇게 나를 겁박하는가?"

그러자 무리의 병졸들이 어이없다며 웃었다.

"너의 주인이 바로 역도의 우두머리거늘, 너같이 하찮은 것이 감히 권세를 팔아?"

그러고는 우르르 달려들어 짓밟아 몰아내었다. 계집종은 위급한 상황을 겨우 벗어나 온몸이 피로 물든 채 집으로 돌아와 이 사실을 알렸다. 집에서는 깜짝 놀라며 믿어야 하나 말아야 하나 하던 중에 부인이 말했다.

"우리 집은 임금님의 은혜를 두텁게 입었거니와 다른 음모를 꾸민 일도 없었단다. 어찌 하루아침에 수렁으로 떨어질 리 있겠느냐? 이는 필시 저 무뢰한 김생이 반역을 꾀하다가 일이 발각돼 국문당하게 되자, 무고하여 우리 집을 끌어들여 억하심정을 드러낸 것일 게야. 네 서방 참 잘한다 잘 해!"

김생의 아내도 몹시 의심이 들고 혼란스러워 고개를 숙인 채 대답하지 못했다. 얼마 지나지 않아 낭관(郞官) 몇이 대문으로 달려들어 와서 아무는 문서를 뒤져 찾아내고, 또 아무는 창고를 수색하여 점거하였다. 온 집안 식구들은 크게 통곡하며 낭관들을 향해 왜 그러느냐고 물었지만 저들은 입을 막고 아무 응답이 없었다. 그래서 당장 늙은 종을 시켜 몰래 나가 상황을 수소문해 오라고 하였다. 한참 뒤에 돌아온 종이 이렇게 아뢰었다.

"어젯밤 새 왕이 즉위하고 옛 임금이 폐위되어 쫓겨났습니다. 조정의 대신들은 대비[76]를 유폐시킨 일 때문에 반역의 형률로 논죄되었다고 합니다. 그래서 소인은 대감께서 이 화를 면치 못하겠다 싶어 급히 대리청 (大理廳)[77]으로 가서 하옥된 이들을 하나하나 확인해 봤습니다. 그랬더니 대감 나리와 도련님이 혹독한 형벌을 받으셔서 골수가 다 문드러져 있었습니다. 조만간 사지가 찢기는 형벌을 당할 것이라고 합니다. 불쌍하게도 이제 마님과 아씨들은 다 관적(官籍)[78]에 올라가게 될 것입니다. 소인들 또한 어디로 떠돌며 헤매게 될지 모르겠습니다."

부인이 이 말을 듣고 한바탕 절규하더니 그대로 혼절하여 땅에 쓰러졌다. 집안의 남녀노소도 모두 한데 모여서 통곡하며 엎어졌다. 그러던 중 아까 그 늙은 종이 불현듯 눈물을 닦고는 일어나 연신 부인을 불렀다.

"좀 전에 경황이 없어 한마디 빠뜨린 게 있습니다."

"그래, 말해보거라!"

"소인이 문틈으로 몰래 살펴봤더니 호두각(虎頭閣)[79] 위에 한 젊은 분이 앉아 계셨답니다. 금박을 한 붉은 비단옷을 입고 있었는데 김생과 너무도 닮아 있었습니다. 혹시 김생이 이번 일로 저 자리를 얻은 건 아닐까요?"

부인은 아서라 하였다.

"세상에 외모가 비슷한 경우야 이전부터 한정이 있었더냐. 저놈이 어찌 졸지에 금박에 붉은 비단옷을 입겠느냐?"

그러자 김생의 아내가 끼어들었다.

---

76 대비: 즉 선조의 계비이자 영창대군(永昌大君)의 생모인 인목대비(仁穆大妃)를 말한다. 1608년 광해군이 즉위했을 때 소북파가 영창대군을 옹립하려는 사건이 일어나자, 대북파의 주도로 영창대군은 죽고 모친인 인목대비는 유폐되었다.

77 대리청(大理廳): 즉 전옥서(典獄署)로, 조선조 옥사를 관장하던 관서이다.

78 관적(官籍): 관아의 노비를 기록한 문서이다. 신분이 관노 등으로 떨어지는 일을 지칭하기도 한다.

79 호두각(虎頭閣): 의금부에서 죄인을 심문하던 전각이다. 이 건물은 정당 앞쪽에 붙어 앞으로 튀어나와 있었는데, 그 모습이 호랑이 머리와 흡사하다고 하여 붙여졌다.

"세상만사는 다 예측할 수 없는 법이니 일단 다시 가서 살펴봐요."

부인은,

"네가 저놈을 이렇게 한결같이 믿다 보니 걸핏하면 망상을 해대는구나! 이러니 내 속에서 천불이 나지."

라고 하였으나, 종도

"소인이 다시 한번 가보겠습니다. 만약에 아니면 그만이고요."

라고 맞받았다. 그대로 종은 담장을 뛰어넘어가 날 듯이 금오문(金吾門, 즉 의정부 정문) 울타리에 이르렀다. 두 명의 소속 하인들이 똑같이 왕의(王衣)[80]를 입고서 큰길에서 '물렀거라' 소리치고 있었으며, 이어서 열 명의 기수가 양쪽으로 나뉘어 길을 열고 있었다. 높다란 초헌(軺軒)에는 한 점잖은 재상이 앉아 있었다. 그의 도포와 옷가지는 매우 화려하였고 무리들이 구름 같이 따르고 있었다. 늙은 종이 시선을 바로 하고 쳐다보니 영락없이 김생이었다. 그래서 그 뒤를 쫓아 따라갔다. 앞선 길을 열던 자들이 곧장 궐문 안으로 들어가자 재상도 따라 들어갔다. 조금 뒤에 나와서는 직방(直房)[81]으로 돌아들어갔다. 종이 소속 하인들에게 물었다.

"저분은 뉘시오?"

"판서 김 아무 나리시오."

"관향은 어디시오?"

"아무 본관이시오."

"지금은 무슨 직책이시오?"

"이조판서이시며, 의금부도사(義禁府都事)와 어영대장(御營大將)을 겸하시고, 동춘추(同春秋)·동성균(同成均) 사복(司僕), 장악원(掌樂院) 사역(司譯), 내의원(內醫院) 사사(四司)의 제조(提調)까지 보고 계시오."

---

80 왕의(王衣): 정확한 의미는 미상이나 임금이 내려준 관복을 지칭하는 것으로 판단된다.
81 직방(直房): 즉 조방(朝房)으로, 조정 신료들이 조회가 열리기까지 대기하는 공간이다.

이 말을 들은 종은 몹시 기뻐하며 돌아와 이 사실을 아뢰었다. 그러면서 김생의 이름자와 관향, 연세 등을 아가씨에게 여쭸더니, 아까 하인들이 대답한 내용과 하나도 틀린 것이 없었다. 부인은 그제야 얼굴이 확 펴지며 김생의 아내를 돌아보았다.

"내가 귀인을 몰라보고 이렇게 냉대하다니! 이 두 눈알을 다 찔러 그 죄를 빌고 싶구나. 하지만 지금 화가 코앞에 닥쳤으나 구할 길이 없구나. 안타깝게도 네 아비와 오라비가 다 칼을 받게 되었구나. 네가 혹여 낳고 키워 준 은혜를 생각해서 막대한 허물을 용서해준다면 이야말로 마른 뼈에 다시 살이 붙고 얼어붙은 풀뿌리에 다시 봄이 찾아오는 격이 아니겠느냐? 유념해주거라."

김생의 아내가 대답하였다.

"김생이 귀하고 높은 자리에 오른 걸 알고도 아버지와 오라비의 화를 구할 수 없다면 저는 칼에 엎드려 죽고 말 거예요. 어머니께서는 부디 제발 걱정 놓으세요."

그러고서는 종이를 찾아서 짧은 편지 한 장을 썼다.

소첩이 아직 차마 죽지 못하고 구차하게 먹고 숨 쉬며 버텨온 이유는 실로 한 번 죽고 나면 당신은 더욱 외로운 신세가 되어 마음을 열고 위로받을 데가 없어질 것이기 때문이었지요. 그랬기에 지금까지 항상 이것만 생각하며 살아왔지요. 이제 천도(天道)가 좋은 복을 맞아 고관에 오르시어 영예로운 몸이 되셨다고 하니, 옛날에는 춥고 고단했으나 지금은 따뜻하고 빛이 나게 되었군요. 첩은 이제 당신에게 누가 되어서는 안 되겠지요. 제 운명의 길이 어그러져 집안의 화는 점점 혹독해지니 한 번 죽지 않고서는 이 심정을 드러낼 길이 없네요. 이제 아버지와 오라비의 실낱같은 목숨과 저의 이생에서의 삶을 끝까지 함께할까 해요. 인연의 업은 이미 이루어졌으니 저 떠가는 구름이요 흐르는 물이지요. 혹시라도 유마(維摩)[82]께서 이를 아시게 된다면 내세에서 이 빚을 조금이나마 갚을 수 있을지! 당신은 천만 진중하시어 너른 집과 보드라운 요에서도 지난날의 초라했던 집[83]을 잊지 마시고, 붉은 수레와 높은 깃발[84]에도 힘들게 걸어 다녔던 때를 잊지 마시고, 비단 웃옷에 고운 바지에도 헌 삼베 도포[85] 입었던 때도 잊지 마시고, 낙타의 육봉(肉峰)이나 곰발바닥[86]을 드셔도 성긴 채소 먹던 때를 잊지 마소서. 부디 황천에서의 이 바람을 저버리지 말기 바라요.

편지를 다 쓰고는 종을 시켜 쏜살같이 김생에게 전달하였다. 마침 김생은 관서에서 일을 처리하고 있었던 참이었다. 갑자기 이 편지를 받아 보고서는 흐느껴 울었다. 흐르는 눈물이 가슴을 적셨다. 다음 날 조회가 끝나자 김생은 관대를 벗고 엎드려 임금께 아뢰었다.

"바라옵건대 신의 훈첩(勳帖)과 직위를 내려 바치오니 조강지처를 지키게 해 주시옵소서."

임금이 그 연유를 하문하자, 김생은 하나하나 진언하였다. 이에 마음이 움직인 임금은 특별히 김생의 장인을 죽이는 대신에 멀지 않은 살 만한 곳에 귀양 보내는 것으로 끝냈다. 김생은 수레와 의복을 성대하게

---

82 유마(維摩): 즉 유마힐(維摩詰). 유마거사라고도 하는데, 그가 재가불자로서 보살행을 실천하였기 때문에 붙여진 별칭이다. 따라서 불가에서 보살행을 지칭할 때 대표적으로 거론되었다.

83 초라했던 집: 원문은 '篳蓬'으로, '필문봉호(篳門蓬戶)'의 줄임말이다. 집이 몹시 가난함을 표현할 때 쓴다.

84 붉은 수레와 높은 깃발: 원문은 '朱輪高牙'로, 주륜은 주로 높은 문관을, 고아는 높은 무관을 뜻한다.

85 헌 삼베 도포: 원문은 '縕袍'로, 묵은 솜을 넣어 만든 도포 또는 낡은 삼베로 만든 도포라는 의미로, 가난한 이의 옷차림을 뜻한다.

86 낙타의 육봉(肉峰)이나 곰발바닥: 육봉은 낙타 등에 솟은 혹으로, 곰발바닥과 함께 귀한 식재료로 꼽혔다.

꾸미고서 직접 아내를 맞이했다. 그리고 함께 임금이 특별히 내려준 화려한 집에 들어가 부부의 정[87]을 다하였다. 아내의 모친도 이 집으로 모셔 와 여생을 마쳤다.

6-11

충직한 여종이 삼절을 이루어 아비의 목숨을 구함

서울에 심씨(沈氏) 성을 가진 선비가 있었다. 그의 노비들이 도망쳐 선산(善山)에 살고 있었다. 이를 추적하여 샅샅이 조사해보니 그 수가 꽤 많았다. 선비가 그중 한 부유한 노비를 찾아갔다. 이 노비에게는 '향단(香丹)'이라는 딸이 있었다. 나이 19세로 자태가 고왔다. 선비는 그녀를 자기 방에 들여 푹 빠져서는 돌아가는 것도 잊고 있었다.

한편 노비들은 주인을 해치려는 계획을 세우고 이미 날짜도 정해 놓은 상황이었다. 그런데 향단이 이 사실을 알게 되었다. 그녀는 밤이 되자 이전보다 훨씬 더 친밀하게 애정을 나눴다. 노닥거리며 희롱하는 등 못하는 짓이 없었다. 급기야 선비의 도포와 바지를 벗겨 자기가 입고 자기 저고리와 치마는 선비에게 입혔다. 한참을 함께 어울리던 여자는 갑자기 물러나 앉아 울먹이는 것이었다. 선비가 괴이쩍어 왜 그러느냐고 묻자, 그녀는 고개를 숙인 채 낮은 목소리로 말하였다.

"주인님, 큰 화가 닥쳤습니다. 오늘 밤 문밖에 쳐놓은 촘촘한 덫을 빠져나가기는 어려울 테니 이를 어찌하오리까?"

---

87 부부의 정: 원문은 '鳧藻'로, 오리가 마름풀 속에서 노는 모습을 뜻한다. 그 모습이 매우 화락해 보여 부부 사이의 금슬을 의미하게 되었다. 원래는 군대에서 병사들 사이의 단결이 잘 되는 상황을 뜻했으나, 후대에 남녀 간의 화락한 모습으로 의미가 전화한 것이다.

선비는 깜짝 놀라 어쩔 줄 몰라 했다. 다시 여자가 말했다.

"저들은 다 집안붙이로 제 아비도 저들을 막지 못하고 어쩔 수 없이 함께하고 있답니다. 하지만 아비는 주모자가 아니니 용서해줬으면 해요. 지금 저는 나리의 옷으로 바꿔 입고 몸을 대신하렵니다. 나리께선 그저 밖에서 소녀를 나오라고 부르는 소리가 들리면 즉시 이 옷차림으로 머리를 흐트려 얼굴을 싸맨 채 재빨리 달려 나가세요. 다행히 이 화를 벗어나게 된다면 꼭 제 아비의 죽음만은 면하게 해주세요."

말을 마치고 나자 얼굴이 눈물범벅이 되었다. 선비는 너무나 감동하였고 그녀가 더없이 불쌍하였다. 한밤중이 되자 문밖에선 일제히 수많은 횃불을 밝힌 채 흉도들이 에워싸며 들어왔다. 과연 그녀의 말대로 여자를 불러냈다. 선비는 여자 옷을 입고서 머리를 풀어헤쳐 얼굴을 가리고서 뛰쳐나와 내달렸다. 마을과 관아와의 거리는 그리 멀지 않았기에 선비는 곧장 관문에 당도하여 고함을 지르며 문지기를 찾았다. 고을 수령이 듣고 깜짝 놀라 관문을 열고 불러들이라 했다. 다름 아닌 머리를 풀어헤친 한 여자가 아닌가.

자초지종을 물어 상황을 파악한 수령은 즉시 포졸들을 대거 준비시켜 이들을 거느리고 말을 달려 출동하였다. 흉도들이 아직 흩어지지 않은 때라 한 놈도 빠짐없이 일일이 결박 지었다. 방으로 들어가 여자의 상태를 확인해보니 이미 난도질당해 피가 방 안에 흥건했다. 저들은 이 여자를 죽이고 난 뒤 나중에 잘못된 줄 알고 흩어 달아나려는 즈음이었다. 그러나 관아의 포졸들이 들이닥쳐 아무도 벗어나지 못했던 것이다. 수령은 당장 상부에 보고하고 이들을 모두 죽였다. 다만 여자의 아비만은 선비가 간청한 관계로 다행히 죽임을 면할 수 있었다.

아! 이 여인은 주인을 위해 충성을 다했고 지아비를 위해 열절을 이루었으며, 아비를 위해 효성을 다 바쳤다. 한 번 죽음으로 삼강(三綱)을 다 갖추게 된 것이다. 본 고을에서는 그녀를 위해 정문을 세워 기렸다.

명마가 옛 주인을 찾아 천 리를 달림

예전 광해군 때였다. 한 수령이 새로 부임하여 해묵은 원통한 옥사를 해결해 주자, 옥사에 걸렸던 나이 든 여인이 은혜를 갚고자 막 낳은 망아지를 치마폭으로 덮어 가지고 와 관아에 바쳤다.

"소첩의 아비가 살아생전에 말 사백 마리를 쳤답니다. 매번 말다운 말이 없다며 푸념하시더니, 어느 날은 한 암말을 가리키며 '저것이 신마(神馬)를 낳을 게다.'라고 하셨답니다. 지금 이 망아지는 저 암말이 낳은 것이옵니다."

그런데 수령이 임기를 마치고 서울로 돌아갈 때까지도 이 망아지는 여전히 어린 상태였다. 전창위(全昌尉) 유정량(柳廷亮)[88]은 당시에 백락(伯樂)[89]으로 일컬어졌던 인물이다. 그가 이 말을 백금을 주고 샀다. 말이 크고 늠름해지자 과연 준마가 되어 '표중(豹重)'이라고 이름까지 붙여졌다. 광해군이 이 소식을 듣고는 빼앗아 버렸다. 그 뒤 전창위는 조부 유영경(柳永慶)[90]의 옥사에 연루되어 고부(古阜)로 귀양을 가 위리안치되었다.

하루는 광해군이 이 말을 타고 후원(後苑)을 돌았는데, 말이 느닷없이

---

88 유정량(柳廷亮): 1591~1663. 자는 자룡(子龍), 호는 소한당(素閒堂), 본관은 전주이다. 1604년 14세 때에 선조의 딸 정휘옹주(貞徽翁主)와 혼인하여 전창위에 봉해졌다. 인조와 효종 연간에 사은사로 청나라에 다녀왔으며 도총관을 지내기도 하였다. 실제 1608년 조부 유영경(柳永慶)이 정인홍(鄭仁弘), 이이첨(李爾瞻) 등의 대북파에 의해 사사되고, 그 여파로 그는 1612년 전라도 고부에 유배된 사실이 있다. 한편 그가 백락처럼 말을 잘 감별했던바, 그 관련 내용이 남경희(南景羲, 1748~1812)의 『치암집(癡庵集)』(권7), 「전창위상마설(全昌尉相馬說)」로 전한다.

89 백락(伯樂): 춘추시대에 준마를 잘 알아보기로 유명했던 손양(孫陽)이다. 후대에 '천리마는 항상 있으나 백락은 항상 있는 것은 아니다'라는 말이 회자되어, 훌륭한 안목을 가진 사람을 일컫는 이름이 되었다.

90 유영경(柳永慶): 1550~1608. 자는 선여(善餘), 호는 춘호(春湖)이다. 1572년 과거에 급제하여 황해도관찰사, 병조참판 등을 지냈다. 소북의 영수로 영창대군을 옹립하려다가 실패하고 경흥(慶興)에 유배되어 사사되었다.

몇 길 높이로 날뛰었다. 광해군은 흔들리다 떨어졌으나 마침 따르던 위병의 호위로 살 수 있었다. 말은 그길로 후원 담을 뛰어넘어 내달려서는 하루 만에 고부까지 갔다. 전창위는 칠흑 같은 밤, 문 안으로 갑자기 뭔가 풀썩 들어오는 소리를 듣고서 횃불을 잡고 살펴보니 바로 이 말이었다. 방문 안으로 뛰어 들어오더니 벽 사이의 협실로 서서히 자신을 숨기고서 엎드린 채 일어나질 않았다. 전창위는 너무 놀랍고 기이하여 그대로 벽실 안에 두고서 일 년 동안 길렀다. 광해군은 노발대발하여 현상금을 걸고 대대적으로 수색케 하였다. 전창위가 안치된 곳까지 세 번에 걸쳐 샅샅이 뒤졌으나 끝내 발각되지 않았다.

그러던 어느 날 말은 느닷없이 갈기를 곧추세우며 왔다 갔다 하더니 목을 빼고서 길게 울었다. 얼마 지나지 않아 반정(즉 인조반정)의 소식이 들려왔다. 전창위가 적소(謫所)에서 풀려나 일행이 경기지역에 이르렀을 때, 말은 홀연 산속 후미진 소로로 들어섰다. 종들이 끌어당겨 큰길로 향하려 했으나 말은 제압당하지 않고 소로를 고집하는 것이었다. 전창위는 이 말이 기이한 행동을 많이 했던 터라 결국 가는 대로 내버려 두라고 했다. 한 수풀이 우거진 곳에 이르렀을 때 어떤 자가 그 숲속에 숨어 있었다. 전창위가 그자를 보니 바로 평소 자기 집안의 원수였다. 복수를 하려던 차에 생각지도 않게 여기서 만난 것이다. 하인들을 시켜 묶어 잡아 왔다. 마침내 그자는 자복하고 죗값을 치르게 되었다. 이를 두고 사람들은 누구나 기이한 일이라고 하지 않은 이가 없었다. 인조는 이 소식을 듣고 말에게 자품(資品)을 내려주도록 명하였다. 전창위가 죽고 삼년상을 치른 뒤, 이 말은 아무것도 먹지 않다가 죽어 성의 동대문 밖에 묻혔다.

재바른 서리가 속임수를 써 어리석은 수령을 놀림

아무가 일찍이 산간 고을의 현령이 되어 그곳을 다스렸다. 그는 그야 말로 청렴결백하여서 물건 하나도 함부로 취하지 않았다. 그러나 성품이 본래 오활한 데다 옹졸하였으며 일 처리도 허술하였다. 임기가 다 되어 돌아가야 하는데 행랑은 썰렁하여 여장을 꾸릴 형편도 못 되었다. 절박한 마음이 절로 들었다.

현(縣)의 아전 아무개는 평소 그가 가까이하고 신임하던 자로 됨됨이가 백이면 백 영리하였다. 그런 그는 사또가 여럿 중에서 자신을 발탁하여 일을 도맡게 한 점에 감사하여 한번 충정을 바치고자 하였다. 지금 현령이 곤궁한 지경에 놓여 진퇴양난인 걸 보니 속으로 몹시 안타까웠다. 그래서 사람들을 물리치고 은밀히 아뢰었다.

"사또께옵서 청렴결백함을 자처하시어 어려움[91]을 안고 지내셨습니다. 이제 과만(瓜滿)[92]이 다 돼가는데 여장도 마련키 어려우시다니요. 소인이 정성을 바쳐 보답하고자 했던 터라 한 가지 묘책을 생각해 냈습니다. 이는 비단 돌아가시는 염려가 없을 뿐만 아니라 앞으로 상전댁도 윤택하고 남을 겁니다."

"네 말이 이치가 있으면 왜 듣고 따르지 않겠느냐?"

아전의 얘기는 이랬다.

"아무 좌수(座首)의 집이 우리 고을에서 갑부인 줄은 사도께서도 이미 알고 계신 바입니다. 오늘 밤 소인과 작당하여 도둑의 수단을 써 보는

---

91 어려움: 원문은 '氷蘗'으로, 얼음을 마시고 황벽나무를 먹는다는 뜻이다. 황벽나무는 위나 장에 효과가 있는 목재로, 옛날에 곤궁할 땐 이 껍질을 식용으로 사용했다고 한다. 그래서 어렵거나 괴로운 상황에 처해 있음을 비유한다.

92 과만(瓜滿): 관직의 임기가 만료되는 것을 가리키는 말이다. 오이가 익을 무렵 교체되어 돌아온다는 말에서 유래했다.

게 어떨지요. 그러면 천금은 당장 손에 넣을 수 있습니다."

이 말에 현령은 대로하였다.

"네 이놈! 그런 불법한 일에 감히 나를 관여시킨다고. 수령이 돼가지고 어찌 도둑질을 한단 말이냐? 망령 든 소리 말거라. 곤장으로 네 죄를 다스려야겠다."

그래도 아전은 물러서지 않았다.

"사또께서 이렇게 고집만 부리시니 공채(公債) 수백 금은 장차 무엇으로 갚으며 노자 5, 60꿰미는 어디서 마련하시렵니까? 게다가 댁으로 돌아가신 후엔 풍년든 해에도 마님은 굶주림에 슬퍼하실 것이며, 겨울이 따뜻해도 자제 도련님께선 추위에 울먹이겠지요. 집안 살림은 텅텅 비고 가마솥에 티끌이 쌓이면 그땐 소인의 말이 절로 생각나실 겝니다. 게다가 어둠이 깔린 밤에 하는 짓이라 귀신도 헤아리지 못할 일입니다. 이거야말로 이른바 '무력으로 빼앗아 정도로써 다스린다[逆取順守]'[93]는 것입니다. 바라건대 재삼 고려하고 고려해 주십시오."

현령은 묵묵히 앉아 곰곰이 따져보다가 그의 말에 점점 걸려들게 되었다. 이윽고 눈살을 찌푸리며 말했다.

"그래 한번 해보자. 내가 어떤 차림으로 나가면 되겠느냐?"

"탕건에, 발막(發莫)[94]에 가뿐한 복장이면 되십니다."

이리하여 현령은 아무 아전과 하나가 되어 밖으로 나왔다. 그때 거리엔 인정종 소리가 이미 그쳐 인기척도 점차 끊어졌다. 달이 지고 안개가

---

93 무력으로 빼앗아 정도로써 다스린다[逆取順守]: 이는 탕무(湯武), 즉 하나라 걸왕(桀王)을 쳐서 은나라를 세운 성탕(成湯)과 은나라 주왕(周王)을 쳐서 주나라를 세운 무왕(武王)의 권도를 지칭한다. 『사기』·「육가전(陸賈傳)」에 "탕무는 역성혁명으로 나라를 취하여 정도로 다스렸다[湯武逆取而以順守之]."에서 유래하였다.

94 발막(發莫): 마른 신의 한 가지로, 주로 상층의 나이 든 남성이 신었던 고급 신이다. 모양새는 뒤축과 코에 꿰맨 솔기가 없고, 코의 끝이 넓적하며 가죽 조각을 덧대고 주변을 분으로 칠했다.

자욱하여 밤은 칠흑같이 어두웠다.[95] 사다리를 이용해 좌수의 집 담장을 넘어 잠입한 다음 곳간 문 앞에 당도했다. 구멍을 뚫고 안으로 들어갔는데, 아전이 깜짝 놀라는 것이었다.

"잘못하여 술 곳간으로 들어오고 말았습니다! 한데 소인이 평소 주량이 센지라 이 향긋한 술들을 마주하고 보니 절로 입꼬리에 침이 고이네요. 필이부(畢吏部)의 고사[96]나 시험해보는 게 어떨지요."

그러더니 현령이 신고 있던 발막 한 짝을 벗겨 큰 술잔으로 삼아 두 손으로 받들어 올렸다. 현령도 이 지경이 되고 보니 더 이상 다투지 못하고 억지로 받아 다 마셨다. 아전은 거푸 발막으로 네다섯 잔을 들이켜고는 취한 척 큰 소리로 떠들기 시작했다.

"소인은 지금껏 술을 마시고 귀가 달아오르면 장가(長歌) 한 가락을 뽑는 데 제법 기량이 있습니다요. 지금 기분 좋은 흥이 마구 일어나니 가만있을 수가 없네요. 사또께선 장단을 치며 한번 들어보세요."

놀라 자빠질 뻔한 현령은 손을 휘저으며 급히 막아섰다. 그런데도 아전은 더 따지려 들지 않고 큰 소리로 노래를 시작했다. 삽살개가 문에서 짖고 방에서 잠들었던 사람들이 놀라 깼다. 이윽고 장정 두셋이 단잠에서 놀라 깨서는 '도적이야!' 하고 고함을 지르며 뛰어나왔다. 아전은 이 틈을 타 몸을 빠져나와 물건으로 곳간 구멍을 막아버렸다. 수령이 빠져나가려고 해도 나갈 수 없게 되자, 황급한 상황에서 어찌할 줄 몰랐다. 그러니 술독 사이에 몸을 숨길 밖에. 장정이 횃불을 잡고 그쪽을 비춰보고는 외쳤다.

---

95 칠흑같이 어두웠다: 원문에는 이 부분에 "百忙中, 有此閑筆(한참 정신없는 중에 여기서는 한가로운 필치를 구사하였다)"라는 원주를 달아놓았다.

96 필이부(畢吏部)의 고사: 필이부는 육조시대 진(晉)나라 때 이부랑(吏部郞)을 지낸 필탁(畢卓)을 가리킨다. 필탁은 평소 술을 너무 좋아하여 이부랑으로 재직할 때도 업무는 보지 않고 술에 빠져 있었다. 한번은 이웃집 사랑에 술이 익었다는 소식을 듣고 야밤에 술독[甕]에 들어가 훔쳐 마시다가 발각되어 꽁꽁 묶이게 되었다. 다음날 확인해보니 필이부여서 주인은 술독 사이에서 연회를 열어주어 한껏 취하게 해주었다. 이 고사를 '필탁옹하(畢卓甕下)'라 한다.

"도적이 술 곳간에 있나이다!"

자물쇠를 따고 곳간 문을 열고 들어가 붙잡아 누르며 꽁꽁 묶었다. 독 안에 든 자라를 잡듯, 손으로 낚아채 잡아다가 가죽 부대에 집어넣고 대문 앞 버드나무 가지에 매달았다. 다음날 관아에 고하여 단단히 다스릴 참이었다. 한편 아전은 이때 그의 집 사당으로 몰래 들어가 한 줌 불을 질러놓고 외쳤다.

"불이 났다!"

집안사람들은 다들 나와 정신없이 불을 끄느라 사당 쪽으로 갔다. 집안에는 좌수의 부친만이 남게 되었다. 이 어른은 반 귀신인 99세 노인으로 별당에 멍하니 앉아 있었다. 아전은 슬그머니 별당으로 들어가서 이 노인을 끌어내 버드나무 밑으로 옮긴 다음 부대에 대신 넣어두고 현령을 부축해 부랴부랴 도망쳤다. 현령은 부모가 낳을 때 두 다리만 만들어 준 걸 한스러워할 정도로 나는 걸음으로 도망쳐 동헌으로 돌아왔다. 숨은 헐떡이고 목은 다 쉬었다. 마음속에선 무명(無明)의 업화(業火)[97]가 일어났으나 누를 길이 없었다. 눈을 부릅뜬 채 고래고래 고함을 질러댔다.

"네놈이 나를 죽이려고 했군, 죽이려고 했어! 세상에 어디 자기 원님을 도둑으로 만들고, 도둑이 돼서도 술을 퍼마시고 노래를 부르는 놈이 있단 말이냐?"

하지만 아전은 외려 웃는 것이었다.

"소인의 절묘한 계책이 비로소 들어맞았네요. 사또께서 부대에서 빠져나오고 난 뒤 좌수의 구순 노친을 대신 넣어 두었답니다. 아무도 이 사실을 아는 사람은 없고요. 사령들을 보내 가서 당장 끌고 오라 하여 옥에 가둬 두십시오. 내일 아침 관아가 열리면 좌수보고 들어오라고 하

---

97 무명(無明)의 업화(業火): 원래는 불가어로 사견(邪見)이나 망상으로 이치에 어두워져 [無明] 악업(惡業)이 불이 해치듯 몸을 해치는 것[業火]을 뜻한다. 다만 여기서는 '걷잡을 수 없는 화' 정도를 의미한다.

십시오. 그 앞에 부대를 풀어놓고 불효한 죄를 밝히고 칼에 씌워 단단히 가둔 다음 이러이러하시면 수천 금을 앉아서 차지할 수 있을 겁니다."

원님은 하는 수 없이 그의 말에 따라 이른 새벽부터 좌수를 들라 하였다. 좌수가 관아에 들어와 배알하자, 동헌 마루로 올라와 앉으라고 한 다음 바로 물었다.

"그대 집에서 간밤에 도둑놈을 잡았다 하지. 지금 옥에 가둔 도둑을 끌어내 그대 앞에서 엄히 징치하겠노라."

곧 사령들에게 끌고 나와 가죽 부대를 풀게 했다. 그랬더니 그 안에서 한 늙은이가 기지개를 켜며 나왔다. 좌수가 보니 다름 아닌 자기 부친이었다. 놀랍고 두렵고 부끄러워 어쩔 줄 몰라 하다가 계단을 내려와 넙죽 엎드렸다.

"이분은 바로 소생의 노부이옵니다. 집안사람들이 잘못 알고 잡아넣은 듯하오니 그 죄 만 번 죽어도 마땅하옵니다."

현령은 책상을 내리치며 대로하였다.

"내 진작 네가 불효한 자로 온 고을에 소문이 자자함을 들었거니와 이번에 이렇게 아무 이유 없이 강상을 무너뜨린 죄를 저질렀으니 용서할 수 없구나!"

그러면서 수하 사령을 불러 좌수를 번쩍 안아 땅에 엎어 놓고 살위봉 (殺威棒)[98] 스무 대를 사정없이 치라 하였다. 좌수의 살이 터져 피가 튀겼다. 이내 사형수에게 씌우는 20근 칼을 씌워 하옥시켰다. 좌수는 아무리 생각해봐도 이는 실로 예교를 어지럽힌 큰 죄인지라 살아날 길이 없어 보였다. 다만 아무 아전이 원님과 가장 긴밀한 사이라는 걸 들었던 터라 몰래 그와 접촉하여 애걸하였다.

---

98 살위봉(殺威棒): 범인을 구금하기 전에 범인의 기를 꺾기 위해 때리는 몽둥이, 또는 그런 행위를 말한다.

"자네가 이 무거운 죄를 벗겨 준다면 수천 금으로도 보답이 부족할 걸세."

먼저 백금(白金) 200냥을 탁자 위에 내놓았다. 아전은 거짓으로 어려운 일이라며 내빼다가 한참 만에 그럼 한번 해보자며 응낙하였다. 아전은 받은 200냥[99]을 밤에 몰래 자기 집에 가져다 놓은 다음, 관아로 들어가 현령에게 아뢰어 죄수를 관대하게 처분하여 방면해 주도록 했다. 돈은 한 푼도 남기지 않고 고스란히 현령의 집으로 보냈다.

얼마 후 신관 사또가 내려와 동헌에서 인끈을 교환하게 되었다. 현령은 '저 아전을 남겨 두었다간 이 일이 필시 세고 말거야.'라는 생각이 들었다. 해서 신관 사또에게 은밀히 부탁하였다.

"우리 관아의 아무 아전은 간사하고 교활하여 권력을 농단할 수 있으니 가만두어서는 안 될 게요. 내가 떠나고 나면 공은 반드시 이자를 죽여야 하오. 그래야 온 고을이 편안히 지낼 수 있으리다."

이렇게 재삼 신신당부하고 떠났다. 신관 사또는 구관의 부탁이 필시 본 바가 있어서 그럴 것이고, 또 부탁을 거절해 버리기도 어려웠다. 이튿날 공무가 시작되자마자 아무 아전을 잡아 오라고 하여 불문곡직하고 바로 쳐 죽이려고 했다. 아전은 속으로 헤아려보았다.

'내가 신관 사또에게 죄를 지은 게 없는데. 이는 분명 구관 사또가 자기 일이 발각될까 싶어 나를 죽여 입을 막으려는 게야. 처음부터 안 했으면 몰라도 이미 했으면 그만둘 수 없는 법[一不做二不休][100], 마땅히 살 방도를 강구해야겠군.'

---

99 200냥: 원문은 '二千金'으로 되어 있으나 앞과의 맥락상 이렇게 번역하였다.

100 처음부터 안 했으면 몰라도 이미 했으면 그만둘 수 없는 법: 현재 중국의 속담이라 한다. 처음 이 말이 나온 것은 당나라 현종 때 안록산(安祿山)의 난 와중에 장광성(張光晟)이란 신료에게서였다. 그는 난이 일어나자 기회를 봐 반군에 가담하여 참모로 활약하다가 전세가 역전되자 정부군에 투항했다. 결국 죄가 발각되어 형장의 이슬로 사라졌는데, 이때 끌려가면서 남긴 말이라고 한다.

그리고 신관 사또를 올려다보니 왼쪽 눈이 애꾸였다. 이에 큰 소리로 애원하였다.

"소인은 사또께옵서 교체하시는 지금 특별한 죄를 짓거나 허물이 없 사옵니다. 다만 구관 사또께 눈을 고쳐드린 이유로 이렇게 죽는 화를 만났으니 어찌 애달프지 않겠사옵니까?"

신관 사또는 깜짝 놀라 물었다.

"네가 무슨 기술이 있어서 애꾸눈을 치료했단 말이냐? 말해보거라. 너를 살려 줄 테니."

"소인이 소싯적에 강호를 허랑하게 떠돌다가 한 이인을 만나서 청낭 (靑囊)[101]을 전수받았는데, 이는 세상에 전해지지 않는 비결이었습죠. 먼 눈이야 직접 손봐 말끔히 치료할 수 있사옵니다."

신관 사또는 매우 기뻐하며 그의 결박을 풀게 하고 동헌 마루로 맞아 자리를 내주면서 말했다.

"전임 사또는 참으로 인정이 없구나! 이런 큰 은혜를 입고도 보답은커 녕 도리어 죽이려 하다니. 나도 눈이 하나 멀었는데 네가 잘 치료해 줄 수 있겠느냐?"

아전은 한참을 살펴보더니 입을 열었다.

"이 증세는 가장 고치기 쉬운 경우이옵니다. 사또께옵서 밤을 타 잠깐 소인의 집으로 납시면 신묘한 비법을 시험해 보겠나이다."

사또는 너무 기분이 좋아 날이 더디 가는 게 너무 힘들었다. 날이 저물 자 편한 복장으로 혼자 관아를 나섰다. 아전은 벌써 자기 집 문밖에서 그를 기다리고 있었다. 도착하자 맞이하여 뒤채로 모셔 술잔과 산가지를 벌여놓고 수륙의 진미도 한껏 대접하였다. 술이 반쯤 거나해지자 사또가

---

101 청낭(靑囊): 복서(卜筮)나 의술, 의서를 넣는 주머니로, 복술이나 의술을 뜻한다. 전설 적인 의원인 화타(華陀)가 남긴 비결을 '청낭비결(靑囊秘決)'이라고 한다.

하문하였다.

"밤이 깊었구나. 이제 치료해 보겠느냐?"

아전은 '예예' 할 뿐이었다. 이윽고 누런 암송아지 한 마리를 끈으로 묶은 다음 술상 자리 앞에 두는 것이 아닌가. 사또야 놀랄밖에.

"이 물건을 무얼 하러 여기에 내왔느냐?"

"이것이 바로 기가 막힌 처방이옵니다. 이놈과 한바탕 교접하고 나면 눈은 저절로 치료가 되옵니다."

사또는 믿을 수 없어 일어서려 하였다. 이에 아전은 웃으면서,

"구관 사또께옵서 소인을 죽이려 하는 것도 바로 이 때문입지요."

라고 하였다. 사또는 반신반의하여 선뜻 앞으로 다가가지 못했다. 아전이 재삼 독촉했다. 사또는 눈을 고치는 게 급선무인 데다 술기운도 거나해져, 바지와 허리띠를 내리고 양 무릎을 꿇은 채 다가갔다. 아전의 말에 따라 몽롱한 상태로 진퇴를 거듭했다. 송아지는 울음소리를 내며 발굽과 이빨을 드러내며 발광하였다. 그래도 간신이 일을 치렀다. 아전은 문밖까지 나가 배웅하며 아뢰었다.

"소인이 내일 아침 관아에 가서 배알하고 경하를 드릴 텐데 그때 막걸리 석 잔으로 대접해선 아니 되옵니다."

신관은 돌아와 동헌에 앉아 촛불을 켠 채 아침이 오기를 기다렸다. 거울을 들어 자신을 비춰보니 밤새 잠을 못 자 오른쪽 눈마저 멀어지려 했다. 분통도 터지고 부끄럽기도 해서 관아의 발 빠른 교졸을 시켜 성화같이 아전을 붙잡아 오라고 했다. 그런데 그때 아전이 채색 끈으로 암송아지에 코뚜레를 하고 홍색 비단옷을 입혀서 천천히 관아로 들어오고 있었다. 그가 큰 소리로,

"속히 대문을 여시오! 사또 나리 실내마마께서 행차하셨소."

라고 외치는 것이었다. 온 고을이 놀라자빠졌다. 추문이 빗발치자 신관 사또는 부끄러워 내당에 숨어 감히 얼굴을 들지 못했다. 며칠 뒤 밤을

틈타 현감 자리를 버리고 상경해버렸다고 한다.

6-14

산신이 거짓 묘를 써서 길지를 지키려 함

옛날에 전의 이씨(全義李氏)[102]의 선조가 부모상을 당해 고이 모실 곳을
마련코자 하였다. 선산 곁에 한 산자락이 있었는데 아주 양지바르고 지
세가 수려했다. 이곳을 장지로 정하려고 하자 풍수 보는 자가 말렸다.

"이 혈이 아직껏 주인이 없었던 까닭은 뫼 구덩이를 팔 때마다 천둥이
치고 비가 내리는 변고가 있었기 때문입니다."

그러나 이 씨는 허황된 말이라며 물리치고는 날을 정해 하관하기로
하였다. 그런데 상여가 도착했을 때 우뚝하니 봉분 하나가 이미 그곳을
차지하고 있었다. 따라온 누군가가 말했다.

"어떤 나쁜 놈이기에 하룻밤 사이에 남의 땅을 훔쳐 투장(偷葬)[103]을
했지?"

이 씨는 한참을 고민하던 끝에,

"이것은 사람이 한 짓이 아닐 성 싶다. 우선 파서 봐야겠다."

---

102 전의 이씨(全義李氏): 지금 세종특별시 권역에 있던 전의군을 본관으로 하는 성씨로
고려 초 개국공신 이도(李棹)가 시조이다. 다음 언급처럼 조선시대 문과급제자가 190
명, 무과급제가 44명 등이 배출되었다고 한다. 참고로 권1 23화 '박진헌 이야기'에
나온 이지무(李枝茂)의 본관이 전의이다.

103 투장(偷葬): 남의 산야나 선영에 몰래 묘를 쓰는 행위를 말한다. 잘 알려져 있듯이
조선 후기 쟁송 가운데 가장 많고 오래 지속된 것이 산송(山訟)인데, 이 산송이 일어나
는 핵심은 투장에 있었다. 요인은 여러 가지가 있었으나, 대개는 풍수지리와 산지
점유 때문이었다. 아무튼 이 투장은 조선 후기 사회 변동을 비춰보는 데 거울과도
같은 사례이다. 참고로 여기서도 전의 이씨와 고령 신씨 사이의 투장 문제가 상정되
어 있거니와, 조선 후기 파평(지금의 파주)에서 파평 윤씨와 청송 심씨 사이의 산송은
400년 가까이 진행된바 있다.

라고 하였다. 사람들이 모두 말렸으나 이 씨는 듣지 않고 고집을 부려 바로 봉분을 헐었다. 그 안에는 널이 하나 있었다. 옻칠이 거울처럼 비치었으며 붉은 글씨로 명정(銘旌)에 '학생고령신공지구(學生高靈申公之柩)'[104]라고 적혀 있었다. 이 씨는,

"과연 내 짐작을 벗어나지 않았군!"

하면서 밖으로 들어내서는 큰 도끼로 깨부쉈다. 널 안에는 사기그릇이 가득 차 있었다. 그런데 햇볕을 쬐자 녹아서는 순식간에 다 사라져버렸다. 사람들이 다들 축하하며 이 기이한 사정을 물었더니 이 씨의 대답이 이러했다.

"내 들자 하니 산신령은 좋은 묏자리[大地]면 특별히 지켜 남에게 빼앗기지 않으려 한다네. 그래서 이런 방해와 장난을 친 거지. 내 어찌 여기에 속겠는가?"

그리하여 무탈하게 장례를 치를 수 있었다. 지금 전의 이씨는 문무관할 것 없이 대대로 좋은 벼슬을 이으며 명문거족이 되었다고 한다.

6-15

인색한 구두쇠 선비가 부채 하나도 아까워함

먼 시골에 형편이 어려운 한 선비가 있었다. 그는 집안 살림살이에 하도 인색했기에 고을에서 악명이 자자했다. 언젠가 초여름에 소금에 절인 조기 한 마리를 사게 되었다. 그는 이 조기를 들보에 매달아 놓고서 밥을 먹을 때마다 집안 식구들더러 조기를 한차례 쳐다만 보고 밥을 다

---

104 학생고령신공지구(學生高靈申公之柩): 왜 고령 신씨를 특정했는지 알 수 없으나, 고령 신씨의 경우도 전의 이씨처럼 조선시대 명문세가 중의 하나였던 만큼 이 점을 의식하여 이렇게 표기한 것이 아닌가 싶다.

먹도록 하였다. 그러면서,

"조기 맛이 좋구나! 그래도 이게 맨밥 먹는 것보다야 낫지."

라고 하였다. 그런데 어린 자식이 애비의 뜻을 이해하지 못하고 밥을
먹는데 두 번이나 쳐다보는 것이었다. 선비는 그 자식을 나무랐다.

"아직 입이 싱거운게냐! 왜 다시 쳐다보느냐?"

이러니 집안 식구들은 감히 조기를 다시 쳐다볼 수 없었다.

또 한번은 어떤 사람이 선비에게 부채 한 자루를 준 일이 있었다. 그는
자식들을 불러 부채를 보이면서 일렀다.

"이 부채는 정말 좋은 상품인데, 몇 년을 쓸 수 있겠느냐?"

그의 자식 중엔 맏이만 그나마 그를 좀 닮았고 나머지는 그쪽이 아니
었다. 둘째가 먼저 대답하였다.

"부채 하나의 수명이야 일 년이면 넘치겠지요."

다시 셋째에게 물었으나 대답이 둘째의 말과 똑같았다. 곧 선비는 아
주 못마땅해하였다.

"우리 집안을 망칠 자들은 필시 너희일 게야!"

그러면서 맏아들을 쳐다보았다.

"그러면 네가 한번 말해보거라."

그러자 맏아들이 아버지 앞에 무릎을 꿇고 대답하였다.

"동생들은 아직 나이가 어려서 아껴 쓰는 방법을 잘 모르고 있습니다.
부채 하나로 20년은 쓸 수 있습니다."

이 말에 선비는 얼굴색을 다소 누그러뜨리더니 약간의 칭찬까지 보태
면서 물었다.

"그래, 그 방법이 뭐냐?"

"부채는 한 번 폈다가 접는 사이에도 조금씩 해지기 마련이니, 누가
부채를 다 펼쳐 쓴단 말입니까? 부채질은 하지 않고 자루만 잡은 채,
대신 머리를 흔든다면 어찌 20년만 가겠어요?"

이 말에 좌중은 모두 껄껄 웃었다고 한다.

아! 사치를 한껏 부려 주색에 빠지고 선조의 업을 실추시키는 저 부잣집 자제들을 보면 이 선비의 집이 차라리 낫지 않겠는가? 그러나 사치와 인색은 잃음이 한가지이니 잘 따져 중도(中道)의 행실을 얻어 함께한다면 비로소 괜찮을 것이다.

6-16

지혜롭고 식견 있는 여종이 명당자리를 차지함

관동(關東)의 곽생(郭生)은 지체가 높고 집안이 화려했다. 나이 지긋한 어른으로 꽤 넉넉하게 살았다. 그는 날마다 산승(山僧)[105]과 바둑 따위를 두었다. 너나 하며 격의 없이 장난도 치고 농지거리도 하는 것이 마치 또래들이 함께 노는 모양새였다. 그의 아들이 세 번이나 그러지 마시라고 해도 듣질 않았다. 그래서 집안사람들은 이 승려가 더없이 미웠으나 어찌할 방법이 딱히 없었다.

그 뒤 곽생이 죽어 상을 마칠 때 쯤 산승이 찾아와 조문하였다. 슬퍼하던 상주가 왜 왔냐며 따지자, 그는 따로 해명하려고 하지도 않은 채 다만 이렇게 말했다.

"소승은 선친 나리께 망극한 은혜를 입었습니다. 저 같은 천한 것을 자신과 대등하게 대해 주셨습니다. 죽어서도 그 은혜에 보답해야 하는데 이제 갚을 길이 없어졌습니다. 바라옵건대 길지 한 곳을 바칠 테니, 편히

---

105 산승(山僧): 이 이야기의 전승담 중 하나인 「치원수납득발복(痴媛隨衲得發福)」(『동야휘집』 권5)에는 이 산승이 '성지(性智)'로 되어 있다. 성지는 선조·광해군 때 도참설로 유명한 승려로, 여기 이야기처럼 관동의 태백산에서 수도한 것으로 알려져 있다. 특히 광해군 대에는 조정에 드나들며 궁전의 터를 잡고 이를 주관하기도 하였다.

하관하십시오. 그러면 만분의 일이라도 갚을 수 있을 것 같습니다."

아들 곽가는 이 말에 퍽 신뢰가 가지 않았다. 하지만 자신도 풍수를 아는 사람으로 널리 명산을 찾아다녔으나 아직껏 딱 마음에 드는 명당을 찾지 못하고 있었던 터였다. 그러니 우선 저 승려의 말을 따라 그곳이 좋을지 아닐지를 보고 결정하는 것도 괜찮을 성싶었다. 이에 승려와 함께 산에 올라가 맥을 좇아 혈을 찾았다. 그러던 중 승려는 한 곳을 가리키며 말했다.

"이곳은 인시(寅時)에 장사를 치르면 묘시(卯時)에 발복한다[106]는 곳으로 누대에 공경대부가 날 땅입니다. 이제 더 볼 것도 없습니다."

곽가가 좌향을 따지며 자세히 살피더니 말을 받았다.

"풍수서에 이르지 않았던가? '황제는 구중궁궐에 언제나 계시고, 장군은 군막을 나오지 않는다고.' 대개 산이 둘러싸고 물길이 안아 돌고 바람이 모이고 햇볕이 드는 땅을 귀하게 여긴다네. 이 혈은 내룡(來龍)이 비록 높다랗게 이어져 있는 듯하나 온통 겁살의 기운[107]을 띠고 있으며, 중첩된 안산이 툭 솟은 것 같지만 다시 보면 너무 넓거나 멀지 않은가? 득수(得水)와 득파(得破)[108]도 모두 부합하지 않으니 아무래도 다른 곳을 더 봐야겠네."

승려는 다시 한 산등성이를 가리켰다.

"이곳은 어떠합니까?"

곽가는 다가가 보고는 몹시 기뻐하였다.

"내 땅자리를 많이 봐왔지만, 이처럼 진선진미(盡善盡美)한 곳은 본 적

---

106 인시(寅時)에 장사를 치르면 묘시(卯時)에 발복한다: 원문은 '寅葬卯發'로, 명당자리에 묏자리를 쓰면 당장 발복한다는 풍수상의 용어이다.

107 겁살의 기운: 내맥 가운데 하나로 '겁살룡(劫殺龍)'이 있다.

108 득수(得水)와 득파(得破): 묏자리 상의 산맥에서 흘러나오는 물의 흐름을 지칭하는 용어이다. 그 처음 물길이 보이는 지점을 득수, 물길이 끝나는 지점을 파문(破門)이라 하는데, 이 파문을 얻었다 함이 득파이다.

이 없었다네."

연신 고마움을 표하자 승려가 물었다.

"이 땅은 군수 한 사람을 낼 수 있는 데 불과하거늘 공께서는 큰 걸 버리고 작은 것을 취하시니 이 웬 까닭이란 말입니까?"

"내가 땅을 보는 눈[道眼][109]은 노승 못지않거니와 부친의 장례를 치르는 일도 다른 사람의 배나 신경을 쓰고 있으니 잔말하지 말게."

라고 하고는 그를 데리고 돌아와 좋은 날을 잡아 군수만 난다고 하는 땅에 잘 장례를 치렀다.

처음 곽가가 묏자리를 보러 갈 때 한 어린 계집종더러 대로 엮은 밥광주리를 지고서 뒤따르게 하였다. 이 계집종은 아주 지혜롭고 영리하여 한번 묏자리를 평하는 얘길 듣고는 작은 주인이 발복 자리를 포기하는 걸 몰래 탄복하였다. 그리고 집으로 돌아온 계집종은 어미에게 말했다.

"아무 혈 자리를 조만간 남이 차지할 것 같아요. 아버지의 유해를 이 자리에 이장하여 훗날 면천하기를 바라는 게 좋겠어요."

모친은 그러자고 하였다. 이리하여 두 여자는 밤을 틈타 이전 무덤을 몰래 팠다. 그러고는 아무 혈 자리에 구덩이를 파고 하관하되 봉분을 만들지는 않았다. 계집종은 다시 어미에게 말했다.

"우리가 이곳에 남아 있으면 끝내 종의 신분을 면치 못할 거예요. 저와 함께 멀리 달아나 종적을 감추는 게 어떻겠어요?"

모친은 평소 이 딸아이를 아꼈던 터라 그 제안에 따르기로 했다. 이슥한 밤에 도망을 쳐 경기 지방으로 숨어들어 남의 고용살이를 했다. 모녀는 실을 뽑고 베를 짜 생계를 꾸리는 데 매우 부지런하였다. 여기에 하늘과 신령이 도왔는지 하는 일마다 순조롭게 잘 풀렸다. 이내 집을 사고

---

109 땅을 보는 눈[道眼]: 풍수에서 지형과 묏자리를 보는 실력이라는 의미이다. 이외에도 범안(凡眼), 법안(法眼), 신안(神眼) 등의 용어가 있는데, 모두 안목의 수준을 구분하는 것으로 도안은 법안과 신안 사이에 위치한다.

밭을 장만하여 엄연한 부잣집이 되었다. 그곳 마을에서는 어린 소녀의 신통한 재주를 극구 칭찬하였으며, 부잣집 자제들은 다투어 아내로 맞이하려고 했으나 그녀는 다 거절하였다.

"저이들이 비록 곡식 천 섬을 쌓아놓고 있다 하더라도 본바탕이 미천하니 저의 원하는 바가 아니어요."

이 마을에 김씨 성을 가진 자가 있었다. 그는 사대부가의 후예였으나 일찍이 고아가 되었고 집도 가난하였다. 남의 집 머슴으로 살며 나이 서른이 훌쩍 넘었는데도 아직 정해진 짝도 없었다. 게다가 됨됨이가 굼 뜨고 어리석어 온마을의 웃음거리가 되곤 했다. 그런데 그녀는 이러는 것이었다.

"이 사람이 아니면 저는 죽어도 시집가지 않을 거예요. 상것 천것들에게 욕을 보는 것은 저에게 수치랍니다."

모친이 만류했으나 끝내 어쩔 수 없었다. 마침내 둘은 화촉을 밝혔다. 그녀는 남편보고 농사일은 일절 끊으라 하고 스승을 모셔 와 학문을 익히도록 했다. 그러나 이 남편이 본시 미련하여 한 해 내내 고생하며 배워도 한 글자도 터득하지 못하는 것이었다. 다만 성품은 우직하여 그녀가 가르쳐준 거라면 하나도 어김없이 잘 따랐다. 그녀는 남편을 출세시킬[110] 생각을 품고, 서울 안에 한 띳집에 세 들어 살게 되었다. 마침 이곳은 이이첨(李爾瞻)[111]의 집과 이웃하고 있었다.

그녀는 남편더러 종일 의관을 정제하고 꼿꼿하게 책상에 앉아 책을

---

110 출세시킬: 원문은 '遷喬'로, 새가 골짜기에서 나와 높은 나무로 옮겨간다는 뜻이다. 곧 천한 사람이 신분 상승을 하여 출세한다는 의미이다. 『시경(詩經)』·소아·「벌목(伐木)」장의 '出自幽谷, 遷于喬木.'에서 유래하였다.

111 이이첨(李爾瞻): 1560~1623. 자는 득여(得輿), 호는 관송(觀松), 본관은 광주(廣州)이다. 1582년 과거에 합격하여 예조판서, 대제학 등을 역임하였다. 선조·광해군 연간에 대북(大北)의 영수로서 권력을 장악, 광창부원군(廣昌府院君)에 봉해졌다. 뒤에 서인(西人)이 집권하게 되면서 그는 역적이 되었으며, 이후 문학 작품 등에서 타자화된 인물로 상정되곤 하였다.

펴고 있으되, 경망한 말은 일절 하지 말도록 했다. 남편은 그녀의 말을 전적으로 따랐다. 그러다보니 동네 안에서 그를 보고 떠들썩하니 도덕군자라고 지목하게 되었다. 이이첨이 집을 출입할 때면 높은 가마를 탔다. 그래서 그가 거처하는 마루를 내려다 볼 수 있었다. 그의 모습은 늠름하니 아무도 범접할 수 없는 기상이 있어 보였다. 이렇게 시간이 꽤 지나도 그 처음과 끝이 전혀 흐트러짐이 없었다. 겸인이나 책객들은 물론 종들까지도 듣고 본 바에 따라 이이첨 앞에서 한입으로 이야기했다. 이 때문에 이이첨은 벌써 경계하는 마음이 생겼다. 그녀는 또 송아지 한 마리를 몰래 사서는 집 안에서 키웠다. 건초는 먹이지 않고 콩잎으로 대신하니 이 송아지는 아주 살지고 윤기가 났다.

마침 그때 이이첨이 중병에 걸려 비장(脾臟)이 상하고[112] 입이 깔깔하여 산해진미라도 전혀 젓가락을 댈 수 없었다. 집안사람들은 애가 탔으나 어떻게 해야 할지를 몰랐다. 그녀는 이 일을 몰래 알아채고 송아지를 잡아 포를 떠서 이이첨의 안채에 보냈다. 이이첨이 한 점을 맛보자 앓던 위가 순간 열려서 뭐든 먹고 소화시킬 수 있었다. 이렇게 몇 개월이 되자 소 한 마리를 다 해치웠고, 병은 그에 따라 다 나았다. 이이첨은 아주 기뻐하며 한번 틈을 내어 찾아가 남편이 공부하는 걸 물을 참이었다. 계집종들은 이이첨이 오려 한다는 말을 듣고 달려와 그녀에게 아뢰자, 그녀는 남편에게 이렇게 당부하였다.

"이 정승께서 오시기를 기다리시되 겸손하게 인사만 차리세요. 절대로 입을 열어 본색을 드러내지 마셔요."

남편은 알았다고 하였다. 며칠 지나지 않아 과연 이이첨은 마부가 끄

---

112 비장(脾臟)이 상하고: 원문은 '脾敗'로, 오패사증(五敗死證)이라 하여 다섯 가지 사망에 이르는 병증 가운데 하나이다. 나머지 심패(心敗), 폐패(肺敗), 간패(肝敗), 신패(腎敗) 등이 있는데, 대부분 심장·폐·간·신장 등의 오장에서 생기는 중증으로 다양한 증상이 있다고 한다.

는 말만 타고 찾아왔다. 남편 김가가 담을 넘어 도망을 치려 하자 이이첨이 만류하여 붙잡았다. 인사를 나누고 접대를 하는데 하나같이 머뭇거렸다. 서안에 『주역』이 놓여있기에 이이첨이 그 깊은 뜻을 물었더니, 김가는 아니라며,

"저 같은 모자란 자가 어찌 『주역』의 이치를 알겠습니까?"

라고 하였다. 몇 번이고 캐물었으나 끝내 응하지 않아 이이첨은 결국 물러갔다. 이런 김가의 지조에 더욱 탄복한 이이첨은 자주 의정에게 부탁하여 벼슬자리 추천서가 올라가도록 하였다. 이윽고 제수의 영이 몇 번이나 내려졌으나 그는 꿈적 않고 방에 누워있을 뿐 나오지 않았다.

그녀는 다시 교외로 이사를 하였고 얼마 뒤에 세 아들을 낳았다. 이들은 다 자질이 빼어났고[113] 재주와 식견도 출중하여 지체 높은 집안에 장가를 가 문장[114]으로 크게 이름이 났다. 어느 날 그녀는 자식더러 상소 한 편을 지어 이이첨의 허물을 낱낱이 거론하면서 다른 여지는 없도록 하라고 했다. 이에 아들은 걱정이 되어 여쭈었다.

"어머니께서는 어쩌려고 우리 집안을 망하게 할 말을 내라고 하시는 지요? 저 이이첨은 권세가 온 나라를 기울일 만하옵니다. 만약 그를 범한다면 엄청난 화가 뒤따를 거예요. 게다가 부친을 천거해주어 여기에까지 이르렀는데 지금 그를 배신하다니 불길하옵니다."

그러자 모친은 크게 꾸짖었다.

"너희들이 식견이 높다지만 내 말을 따르지 않는다면 맹세코 너희들

---

113 자질이 빼어났고: 원문은 '玉樹芳蘭'으로, '지란옥수(芝蘭玉樹)'라고도 한다. 진(晉)나라 사안(謝安)과 관련된 고사에서 이 용어가 유래하였다. 주로 훌륭한 자질을 가진 자식들을 비유할 때 쓰인다. 참고로 『진서(晉書)』·「사안전(謝安傳)」에 "비유컨대 지란과 옥수 같아, 뜰 섬돌에 자라게 하련다(譬如芝蘭玉樹, 欲使其生於庭階耳)."로 나와 있다.

114 문장: 원문은 '文史'인데, 이본 중에 '文辭'로 되어 있는 것도 있는바 이를 따라 문장이라고 번역하였다.

을 보지 않을 것이야!"

이 말에 자식들은 어쩔 수 없이 소장을 지었고, 모친은 즉시 남편더러 이를 베껴 써서 올리도록 했다. 이 상소로 인해 과연 남편은 견책의 벌을 받았다. 그런데 천도가 바뀌어 임금이 새로 옹립되니 적신들의 무리는 뿌리가 뽑혀 낱낱이 징치를 당했다. 하지만 남편은 지난해에 올린 상소 한 장으로 세상의 장려를 받아 고관대작으로 천수를 누렸다. 아들 셋도 차례로 과거에 급제하여 각자 청요직을 차지했으며 모두 정직한 청백리였다.

그 후 어느 날, 세 아들이 한 권귀(權貴)를 공격하고자 하여 함께 모의하였다. 모친이 이 사실을 알고 밤에 때를 잡아 주변 사람들을 다 물리치고서 아들들을 불렀다. 그리고 조용히 타일렀다.

"너희들이 근원도 모른 채 귀한 자제인양 방자한 태도로 남의 집안에 화를 입히려 하는구나. 이 어미는 우리 자손들이 이런 짓을 하지 않았으면 한단다."

자식들은 이 말이 떨어지기가 무섭게 자신들의 근원이 어떤지를 여쭈었다.

"허어! 이 어미는 종이었단다. 젊어서 곽 아무개 집 종으로 있었지. 여차여차하여 여기까지 이르게 됐단다. 그러니 너희들은 겨를 없이 겸손해야 하거늘 도리어 이렇게 기세등등하다니! 우리를 보통 사람과 비교할 수 있겠느냐?"

이 말에 자식들은 부끄럽고 열없어하며 물러났다. 이때 마침 도둑놈이 들어왔다가 몰래 이들 얘기를 듣게 되었다. 이자는 후한 사례를 얻고자 하여 쏜살같이 곽가의 집에 가서 알렸다. 곽가는 형편이 몹시 곤란해졌음에도 의지할 데가 따로 없던 상황이었다. 그러니 이 사정을 듣고 기쁠밖에. 곧바로 김가의 집으로 찾아가 여종을 시켜 그 어미에게 자신이 왔다는 통지를 하게 하였다. 모친은 곽가가 왔다는 말을 듣고 매우 기뻐하였다.

"우리 친정 오라버니가 오셨군요!"

즉시 그를 맞아들여 정성껏 대접하였다. 주위에 사람이 없을 땐 주인과 종의 예로써 매우 공손하게 대하였다. 곽가도 사정이 어쩔 수 없어서 친척 오라비로 김가의 집을 출입하였으며, 거기서 풍족한 도움을 받을 수 있었다. 게다가 김가 자식들의 주선으로 음직의 벼슬자리까지 얻을 수 있었다. 그리고 과연 산승의 말대로 군수 자리에까지 이르렀다고 한다.

6-17

최규서가 꿈을 빙자하여 오래된 무덤이 무사함

봉조하(奉朝賀)[115] 최규서(崔奎瑞)[116]가 소싯적 용인(龍仁)의 한 민가에서 벗들과 함께 과거 공부를 하고 있었다. 어느 날 공부 자리가 끝나 최공만 홀로 남아있는데, 갑자기 한 벼슬아치가 나타났다. 그는 모습과 거동이 빼어나고 위엄 있어 보였다. 몇 사람과 함께 들어와서는 곧장 자리에 앉았다. 공이 그의 의관을 보니 요새 세상의 복장이 아니었다. 퍽 기이하여 어디서 왔냐고 물었더니 그의 대답이 이랬다.

"나는 이 세상 사람이 아니오. 바로 앞 조정의 벼슬아치라오. 내 거처

---

115 봉조하(奉朝賀): 조선시대 고위 관원이 퇴직한 뒤에 특별히 제수된 직함이다. 실무직이 아니고 그에 대한 예우로 종신토록 녹봉을 받았으며, 국가에 의식이 있을 경우에 일시적으로 조정에 참여하였다. 이 제도는 1457년에 주로 공신들을 예우하기 위해 마련되었으며, 처음에는 봉조청(奉朝請)이라고 불렀다가 뒤에 봉조하로 고쳤다.

116 최규서(崔奎瑞): 1650~1735. 자는 문숙(文叔), 호는 간재(艮齋), 본관은 해주이다. 1680년 과거에 급제하여 대사간, 대사헌, 이조판서, 영의정 등을 역임하였다. 그는 소론의 영수로서 활약했으며, 1723년 영의정에 올랐으나 곧바로 물러나 봉조하의 직첩을 받고 용인으로 퇴거하였다. 전라도관찰사로 재직할 때는 선정으로 이름이 나 부서(簿書), 공방(工房), 기악(妓樂)이 다 한가로워졌다는 의미로 '삼한(三閒)'이라고 일컬어졌다. 저서로 『간재집(艮齋集)』이 있다.

가 이 민가의 서쪽 방 아래에 자리하고 있는데, 민가에서 아침저녁으로 불을 때 내 집이 끓는 듯한다오. 실로 견디기 어려운 지경이라오. 내 손주 하나는 곁에 있다가 한쪽 넓적다리가 다 그을려 익어버렸다오. 그대는 날 위해 저 집이 이사하게 하여 내 거처를 보전해주지 않겠소? 유명의 길이 비록 다르나 내 결초보은하리다.”

이에 공이 물었다.

“당신은 어째서 아까 벗들이 모여 앉아 얘기 나누는 중에 찾아와서 말하지 않고, 하필 나 혼자 있을 때를 기다렸다가 온 것이오?”

“다른 사람들은 정신이 무르고 약하여 이 말을 알리기가 어렵소. 그대는 남보다 뛰어난 사람이라 이렇게 틈을 보아 찾아와 말하는 거요.”

“그러면 한번 힘써 보리다.”

그러자 그는 인사를 하고 떠나갔다. 다음 날 아침, 공이 그 집 주인을 불러 물었다.

“자네가 이 집을 지을 때 혹여 다른 무언가를 본 게 있는가?”

그러자 주인의 답은 이랬다.

“서쪽 방 아래에 오래된 무덤이 있지 않았나 싶었지요. 허나 속설에 ‘오래된 무덤 위에 방을 두면 심신이 편해진다’라고 하기에 더는 살피지 않고 그 자리에 집을 지었지요.”

이 말을 들은 공이 말했다.

“내 이상한 꿈을 꾸었으니 자네 어서 빨리 이사하지 않으면 필시 큰 화가 생길 걸세.”

주인이 이사할 비용이 없다고 하자, 공은 바로 열다섯 꿰미의 돈을 주어 그날로 다른 곳으로 이사하게 하였다. 그 뒤 저 벼슬아치가 밤을 틈타 공의 집을 찾아와 감사해하였다. 매우 고마워하고 기뻐하면서 이런 말을 덧붙였다.

“공은 필시 크게 귀해질 몸으로 오복을 다 갖추고 있소. 다만 공경의 자리에 오르고 나면 꼭 물러나야 하오. 그래야 오복이 완전해질 것이오. 그렇지 않으면 화가 있을 것이니 또한 조심해야 하오."

공은 이 말을 항상 깊이 새기고 있다가 마침내 그의 말을 따라 아직 연로하지 않았는데도 벼슬자리에서 물러나 용인에 터를 잡았다고 한다.

6-18

부인이 사악한 귀물을 내쫓아 목숨을 건짐

정승 이유(李濡)[117]가 홍문관(弘文館)에 재직할 때의 일이다. 하루는 종묘 담장 밖 순라곡(巡羅谷)[118]을 지나가고 있었다. 비가 보슬보슬 내리는데, 느닷없이 대삿갓을 쓰고 도롱이를 입은 한 사람이 나타났다. 그의 두 눈은 횃불이 타듯 하였으며 외다리로 콩콩 뛰어왔다. 공과 시종하던 구실아치들이 그를 보고는 모두 괴이한 모습에 깜짝 놀랐다. 그 순간 그자가 구실아치에게 물었다.

"오는 길에 가마 하나와 마주치지 않았소?"

"보지 못했소."

그러자 그자는 바람처럼 사라져 버렸다. 그런데 공이 올 때 과연 제생동(濟生洞)[119] 입구에서 가마 하나와 마주친 적이 있었다. 공이 즉시 말을

---

117 이유(李濡): 1645~1721. 자는 자우(子雨), 호는 녹천(鹿川), 본관은 전주이다. 세종의 다섯째 아들인 광평대군(廣平大君) 이여(李璵)의 후손으로, 1668년 과거에 급제하여 경상도관찰사, 호조·병조판서, 그리고 삼정승을 두루 역임하였다. 송시열(宋時烈)의 문인으로 김창집(金昌集), 이이명(李頤命) 등의 노론 대신들과 돈독한 교유를 하였다. 여기 이야기처럼 그는 젊었을 적 홍문관에서 교리, 수찬 등을 지낸바 있다.

118 순라곡(巡羅谷): 즉 종묘의 순라길로, 종묘 주변을 빙 두른 길이다. 창덕궁 쪽을 서순라길, 그 반대편을 동순라길이라 불렀다. 여기서는 서순라길을 가리키는 것으로 보인다.

119 제생동(濟生洞): 현재 종로구 계동과 가회동 일대의 조선시대 동명이다. 이곳에 조선 초부터 설치된 국립 의료기관인 제생원(濟生院)이 위치한 데서 유래하였다.

돌려 그의 뒤를 밟았더니 곧장 제생동의 한 집에 이르게 되었다. 이곳은
바로 공의 이종팔촌 집안 사람들이 병을 피해 요양하는 거처였다. 대개
이 집의 며느리가 괴질에 걸려 몇 달이 지나도록 사경을 헤매고 있다가
그날은 제생동의 일가 친척집에 병을 피해 잠시 머무르려던 참이었다.
공은 말에서 내려 집 안으로 들어가 주인을 만나 자기가 본 내용을 낱낱
이 이야기하고, 함께 며느리가 있는 방으로 들어가 볼 것을 청했다. 방에
들어가니 궐물(厥物)이 과연 자부의 베갯머리에 걸터앉아 있었다. 공은
아무 말도 하지 않고 뚫어지게 쳐다보자, 이것은 곧 밖으로 나가 뜰 가운
데 섰다. 공이 뒤따라 나와 다시 노려보자, 그것은 다시 용마루로 뛰어올
랐다. 공이 계속 올려다보자 곧 공중으로 뛰어올라 사라져버렸다. 이에
며느리는 순간 정신이 돌아와 아픈 적이 없는 사람 같았다. 그런데 공이
떠나고 나자 며느리는 다시 아파했다. 급기야 종이 백여 조각을 잘라
하나하나 수결(手決)을 적어 온방에다 붙이자, 이 요물은 마침내 사라졌
고 며느리의 통증은 완전히 가셨다.[120]

6-19

두 역리가 자기 가문을 자랑함

송라역(松羅驛)[121]의 역리로 있는 윤가(尹家)는 바로 연산군 때에 황해감

---

120 이 이야기는 『학산한언』에도 실려 있는데, 내용은 동일하나 끝에 신돈복의 부언이
붙어있다. 거기에는 이와 유사한 일을 허백당(虛白堂) 성현(成俔)이 겪었다고 나와
있고, 또 이 궐물(厥物)의 실체를 '산정(山精)'으로 보고 있어 흥미롭다.

121 송라역(松羅驛): 조선시대 경상도 청하현(淸河縣)에 있었던 역이다. 청하현은 지금 포
항시 청하면과 송라면 일대 걸쳐 있었던 고을로, 북쪽으로 영덕현(盈德縣)과 남쪽으
로 흥해군(興海郡)과 접경이었다. 당시 영일현(迎日縣)의 대송역(大松驛)과 함께 이
지역의 주요 역참이었다.

사를 지낸 윤상문(尹尙文)[122]의 후손이다. 상문이 이 역으로 귀양 온 뒤로 그의 자손들은 역리로 지내왔다. 경상감사가 순시할 때면 말 관리를 맡아 분주히 다니느라 먼지를 뒤집어쓰곤 했다. 그러다가 수행원들에게 뺨을 맞기도 하는 등 곤욕이 이만저만 아니었다. 한번은 윤가 아전이 분통이 터져 이를 걷잡지 못하고 일가 역리에게 이런 말을 했다.

"우리가 감사공(監司公, 즉 윤상문)의 후손으로 한번 역리로 떨어지고 나서는 매번 봄가을로 이런 큰 욕을 당하네요. 혹시 우리 선조께서 그 당시 순행하실 적에 역리를 가혹하게 몰아붙여서 후손인 우리가 그 업보를 받는 걸까요?"

그러면서 흐르는 눈물을 주체하지 못했다. 그때 마침 장수역(長水驛)[123] 역리 하가(河家)가 옆에 있다가 웃으며 말했다.

"자네 선조께서 황해감사셨다니 황해도에 가서 이 억울하고 괴로운 사정을 얘기해 보는 게 좋겠네. 나의 억울하고 곤란한 사정은 자네들보다 훨씬 더하다네. 나의 선조는 바로 경상감사를 지내신 하경재(河敬齋)[124] 상공이시네. 이분의 증손 연정(蓮亭) 진사공(進士公)[125]이 장수역으

---

122 윤상문(尹尙文): 미상이다. 다만 그가 청하현 쪽으로 유배를 온 것으로 봐서 연산군, 명종 연간에 사화(士禍)를 당한 사림의 일원이었던 것 같다.

123 장수역(長水驛): 장수(長水)는 '장수(長壽)'로도 표기한다. 이 역은 영천군(永川郡) 소속으로 『신증동국여지승람』에는 "신녕현(新寧縣) 서쪽 5리에 있으며, 군(郡)에서의 거리가 42리이다."라고 나와 있다. 현재 경상북도 영주시 신녕면이며, 이곳은 조선시대 장수도(長水道)로 장수도찰방이 주재하는 주요 군사적 요충지이기도 했다.

124 하경재(河敬齋): 즉 하연(河演, 1376~1453). 경재(敬齋)는 그의 호이며, 자는 연량(淵亮)이다. 정몽주의 문인으로 대사헌, 대제학, 형조판서를 거쳐 삼정승을 역임했다. 실제 1425년에 경상감사를 지낸바 있다. 조선 초기 성리학 발전에 큰 기여를 하였으며, 당대 황희(黃喜), 맹사성(孟思誠) 등과 견줄 만큼 치적이 있었다. 안평대군 및 집현전 학사들과 교유하며 남긴 시문도 많다. 특히 그가 경상감사 때 편찬한 『경상도지리지(慶尙道地理志)』는 조선조 지방지의 선편에 해당한다.

125 연정(蓮亭) 진사공(進士公): 즉 하탄(河灘, 1465~1502)으로, 연정은 그의 호이며 자는 계호(季浩)이다. 여기 언급대로 입신하지 않고 점필재 김종직의 문하에서 탁영(濯纓) 김일손(金馹孫, 1464~1498)과 도의로 교유하였다. 1498년 김종직의 「조의제문(弔義

로 귀양 온 뒤로 우리도 이런 곤경에 처해 있다네. 자네가 눈물을 뿌린다면 우리는 통곡을 해야 할 판이네. 게다가 자네 선조 감사공께서 얼마나 엄하고 혹독하게 다스렸는지는 지금으로선 알 수 없는 일이네만 우리 선조이신 경재공은 후덕하여 인정을 베풀었던 터 조정의 신료나 외간 사람들 모두 그 은택을 입었다네. 또 연정공은 점필재(佔畢齋, 즉 김종직)의 문인이었던 이유로 연루되어 죄적(罪籍)에 오르셨네. 혹여 하늘이 복을 내려줬다면 우리는 세상에 이름을 크게 떨쳤을 걸세. 그러나 여기서 이렇게 답답하고 구차하게 갖은 곤욕을 치르고 있지 않은가. 이게 천명인지 인사(人事)인지?"

그러면서 더 껄껄 웃는 것이었다. 윤가는 그의 손을 붙잡고 미안해했다.

6-20

세 통인이 다투어 자기 고을을 자랑함

영조 기유년(1729)에 경상감사가 순시차 순흥(順興)에 당도하여 부석사(浮石寺)[126]를 구경할 때였다. 순흥 고을과 안동·예천(禮泉)의 통인(通引)[127]들이 원님을 모시고 와서 한자리에 모이게 되었다. 그중에 안동 통

帝文)」 파동으로 일어난 무오사화 때 연루되어 신녕현으로 유배를 왔다가 4년 뒤에 죽었다. 이 때문에 조선 전기 영천 지역의 대표적인 문인학자로 일컬어졌다.

126 부석사(浮石寺): 현재 영주시 부석면 북지리 봉황산(鳳凰山)에 자리한 사찰로, 676년 의상대사가 창건하였다. 『삼국유사』에 창건 설화가 전하는 등 이 지역 유서 깊은 사찰 가운데 하나이다. 참고로 조선시대에는 순흥이 영주 권역 안에 있었다.

127 통인(通引): 원문은 '지인(知印)'인데 이렇게 번역하였다. 통인은 지방 관아에 소속된 이속으로, 수령의 신변에서 사환 일을 맡았다. 중앙 관서에 배속된 이들은 청지기[廳直]라 하여 구분하였다. 지인도 비슷한 역할을 하였으나 주로 함경도와 평안도의 큰 고을에 둔 향리직을 지칭했다. 한편 통인도 지역마다 부르는 명칭이 달랐는데, 경기도와 영동 지역에서는 통인이라 했고, 삼남지역에서는 '공생(貢生)'이라 했으며, 황해도·함경도 등지에서는 '연직(硯直)'이라 불렀다. 따라서 여기서는 공생이라 하는 것

인은 배행영리(陪行營吏)[128]로 온 그의 숙부가 받은 다과상의 남은 음식을
받아들고 순흥 통인에게 뽐내며 자랑하였다.

"너희 고을은 이런 찬을 먹어보지 못한 지 오래됐을 거야. 맛이나 조
금 보아라."

"네가 우리 고을에 영리가 없다고 이렇게 멸시하는 모양인데, 네 선대
에는 우리 고을의 향리 자손의 발 씻어주는 것도 면치 못했지."

순흥 통인이 이렇게 받아치자, 안동 통인은 얼굴을 붉히며 발끈하였다.

"그게 무슨 소리냐? 어디 그럴 리가 있단 말이냐?"

그러자 순흥 통인이 맞받았다.

"너는 듣지 못했더냐? 고려 때 안문성공(安文成公)[129]께서 왕명을 받들
어 너희 고을을 지나실 때 통인을 시켜서 발을 씻겼다는 글이『고려사』
에 실려 있거늘![130] 네 숙부에게 물어보면 아실 게다."

이렇게 주고받는 사이, 마침 옆에 있던 예천 통인이 순흥 통인에게
이런 말을 하는 것이었다.

"우리 고을엔 고려 때 공훈을 세운 분으로 임대광(林大匡)[131]이 계시며,

_____

이 어울리나 익숙하지 않아서 통인이라 칭했다.

128 배행영리(陪行營吏): 감영이나 병영(兵營), 수영(水營) 등에서 감사나 병사가 출타할
    때 뒤따르는 아전이다. 여기서는 안동 통인의 숙부가 대구 감영의 아전으로 이때
    감사를 수행하고 있었다.

129 안문성공(安文成公): 즉 안향(安珦, 1243~1306)으로 문성공은 그의 시호이다. 잘 알려
    져 있듯이 고려 후기에 우리나라에 성리학을 최초로 도입하여 조선 성리학의 선구자
    가 되었다. 그가 바로 순흥 출신으로 대대로 향리 집안이었다고 한다. 그의 위패를
    모신 곳이 1550년 사액된 소수서원(紹修書院)이다.

130 『고려사』에 실려 있거늘: 실제 관련 기록이 『고려사·열전』(권18) 제신(諸臣)·안향
    (안향) 조에 다음과 같이 실려 있다. "嘗至安東, 令吏洗足, 吏曰: '吾屬邑吏, 子何辱我
    耶?' 謀群吏, 將詰之, 有老吏, 視珦狀貌, 出語曰: '吾閭人多, 此公後必貴顯, 勿易視.' 居三
    年, 廉使褒其政淸, 遂徵爲版圖佐郎."

131 임대광(林大匡): 고려 말의 장군으로, 우왕(禑王) 때 활약하였다. 특히 춘천 등지에
    왜적이 침입하여 약탈을 일삼자 조전원수(助戰元帥)로 도체찰사 우인열(禹仁烈)과 합
    세하여 격퇴시킨 사적이 전하고 있다.

지금 조정의 통인으로 윤별동(尹別洞)¹³² 선생이 계시지. 이분은 과거에 급제하여 성균관 대사성, 예문관 제학(提學)이 되셨다가 박사(博士)로 원손(元孫)께 예우를 받았지. 또 황공(黃公)¹³³이 계신데 무과에 급제하여 무예를 떨쳐 공훈이 서책에 올랐으며, 두 번이나 창원대도호부사(昌原大都護府使)에 제수되었지. 이는 안동이든 순흥이든 따라오지 못할걸."

이에 안동 통인이 대응하였다.

"우리 고을은 지금 조정에서 문과 생원 진사는 없지만 무과는 주렁주렁 이어졌지. 작년에 공훈에 오른 화원군(花原君)¹³⁴도 바로 우리 고을 통인 출신으로 나와는 일가이지. 어디 감히 우리 고을을 당해 내겠는가?"

한 비장이 이들의 말씨름을 듣고 감사에게 보고했다. 감사는 다름 아닌 영성군(靈城君) 박문수(朴文秀)였다. 영성은 세 고을의 통인들을 불러 전후 정황을 자세히 묻고 나서 세 고을 수령에게 다음과 같이 전갈하였다.

"여기 세 고을 통인들이 큰 쟁송을 벌이고 있으니 다들 모여 결판을 내야 하겠소."

그리하여 결국 예천의 손을 들어주었다. 순흥과 안동의 통인들은 저

---

132 윤별동(尹別洞): 즉 윤상(尹祥, 1373~1455)이다. 별동은 그의 호이며, 자는 실부(實夫), 본관은 예천이다. 그는 부친 윤선(尹善)이 예천의 향리였는데 과거시험에 합격하여 양반 신분이 되었다. 정몽주의 문인으로 성리학에 밝았으며, 예조정랑, 대사성 등을 역임하였다. 특히 1448년 예문관제학으로 있을 때 원손(元孫), 즉 단종의 입학례에 특명으로 박사가 되어 참여한 바 있다. 저서로『별동집(別洞集)』이 전한다.

133 황공(黃公): 황경중(黃敬中, 1569~1630)으로 판단된다. 자는 직지(直之), 호는 오촌(梧村), 본관은 창원이다. 1602년 무과에 과거에 급제하여 수찬, 교리를 거쳐 원주목사, 창원부사를 역임하였다. 암행어사로 수재민 진휼에 힘쓴 것으로 유명하며, 1630년 창원부사로 재직 중에 사망하였다.

134 화원군(花原君): 즉 권희학(權喜學, 1672~1742)으로, 자는 문중(文仲), 호는 감고당(感顧堂)이며 본관은 안동이다. 안동의 이속으로 1697년 주청사(奏請使)였던 최석정(崔錫鼎, 1646~1715)의 군관으로 사행을 다녀와 교련관(敎鍊官)이 되었고, 이후 여러 고을의 첨사와 군수 등을 역임하였다. 1728년 이인좌의 난 때 전공을 세워 분무공신(奮武功臣) 3등에 책록되고, 화원군에 봉해졌다. 화원(花原)은 화산(花山), 즉 안동의 별칭이다.

마다 억울해했다고 한다.

상주의 아전이 대대로 충절을 다함

상주(尚州)의 아전 이경남(李景南)[135]은 임진왜란이 일어나자 의병을 일으켜 결사대를 조직하였다. 이어 판관 권길(權吉)[136]의 휘하에 들어가 신임을 크게 받았다. 계사년(1593) 가을, 명나라 장수 오유충(吳惟忠)[137]이 본 고을에 주둔하고 있을 때 문서를 기록하는 일을 맡아 물 흐르듯 기민하게 잘 처리하였다. 또한 군사 일을 논의할 적에는 단심이 끓어올라 격정을 쏟아냈다. 오유충은 그를 매우 아껴 비단과 그릇 따위로 포상해 주었으며, 별부(別部)의 파총관(把摠官)[138]을 맡겼다. 훗날 군공을 세운 덕으로 동지중추부사에 올랐다.

광해조 정사년(1617)에 폐모의 논의가 일자, 상소를 지어 갖은 고생을 겪으면서도 상경하였다. 궐문에서 7일 동안 엎드렸으나 올릴 수 없게

---

135 이경남(李景南): 생몰년 미상. 호는 호옹(壺翁)으로, 임병양란 시기 상주의 의병장이었다. 여기 이야기와 비슷한 사실은 이 지역 동해사(東海寺)의 사적을 기록한 『동해사사실기(東海寺事實記)』에 나와 있는데, 사실관계에 차이가 있다.

136 권길(權吉): 1550~1592. 자는 응선(應善), 본관은 안동이다. 음보로 상주판관을 지냈다. 임진왜란 때 순변사 이일(李鎰)과 함께 결사 항전하다 죽어 상주 충렬사(忠烈祠)에 배향되었다.

137 오유충(吳惟忠): 생몰년 미상. 자는 여성(汝誠), 호는 운봉(云峰)이다. 절강성 출신으로 임진왜란 때 유격장군으로 조선에 파견되어 평양을 탈환하였고, 정유재란 때는 부총병으로 활약하였다. 『선조실록』에 의하면, 그가 상주에 주둔했던 시점은 1593년 9월 즈음이다.

138 파총관(把摠官): 파총관은 종4품의 무관직으로, 명나라 군대의 직제에서 사(司)를 통솔하였다. 즉 대장 휘하에 5개의 영(營)이 있고, 이는 영장(營將)이 통솔하였으며, 이 영 아래에 5개의 사를 두었다. 사 아래에는 다시 5개의 초(哨)를 두고 초관(哨官)이 지휘하였다. 이 병제는 임진왜란을 거치며 조선에 도입되었다.

되자 숭례문 밖에서 상소문을 불태워버리고 통곡하다가 고향으로 돌아왔다. 인조 병자년(1636)에 청나라 오랑캐가 미친 듯이 날뛰어 파천한 임금은 남한산성에서 포위되었다. 그의 아들 지원(枝元)은 경상도관찰사를 따라 근왕병(勤王兵)이 되었다. 그때 이경남은 직접 '너는 서서(徐庶) 같은 효자[139]가 되지 말 것이며, 나는 왕릉(王陵)의 현모(賢母)[140]를 본받고자 하노라[汝莫作徐庶孝子, 吾欲效王陵賢母].'라는 14자를 써주며 아들을 독려하였다. 정축년(1637) 임금이 성을 내려와 항복하자, 이경남은 두루마기를 입고 패랭이를 쓴 채 주저 없이 상주 동쪽에 있는 동해사(東海寺)[141]에 몸을 숨겼다. 거기서 '도해팔영(蹈海八詠)'[142]을 지어 자신의 뜻을 드러냈다.

그는 항상 오유충이 하사한 술잔에 술을 가득 따라 마시면서 하는 말이 있었다.

"이 세상의 시간은 잊고 술잔 속 세계에 취하려네."

대개 그 술잔 바닥에 명나라 연호[143]가 있었기 때문이다. 임종 때에도

---

139 서서(徐庶) 같은 효자: 서서는 삼국시대에 활약했던 장수이다. 처음 유비의 참모였으나 모친이 조조에게 붙잡히자, 모친을 구하기 위해 조조에게 귀순하였다. 그러면서 유비에게는 제갈량을 추천한 것으로 유명하다. 부모를 위해 나라를 저버리는 짓을 하지 말라는 취지로 이렇게 표현한 것이다.

140 왕릉(王陵)의 현모(賢母): 왕릉은 한나라 고조 유방(劉邦)의 휘하 장수였다. 항우 군과 대치하였을 때, 그의 모친이 항우에게 인질로 붙잡힌 적이 있었다. 그때 그의 모친은 자신 때문에 고조를 배반하지 말라고 전하면서 자결하였다(『한서(漢書)』·「왕릉전(王陵傳)」). 이경남은 이 현모처럼 하겠다는 의미로 이렇게 표현하였다.

141 동해사(東海寺): 한산사(寒山寺)라고도 하며, 경상북도 상주시 동편 식산(息山)에 위치한 사찰이다. 상주 지역이 배의 형상을 하고 있어서, 이 배가 동해로 나가리라는 의미에서 이름이 이렇게 붙여졌다고 한다. 1398년 무학대사가 창건한 것으로 알려져 있다.

142 도해팔영(蹈海八咏): '도해(蹈海)'는 전국시대 제(齊)나라 노중련(魯仲連)의 고사에서 유래한 말이다. 그는 진(秦)나라의 군대가 한단(邯鄲)을 포위했을 때 '바다에 몸을 던져 죽겠다[蹈東海而死]'라는 유명한 말을 남겼다. 이 말을 들은 진나라 군대가 후퇴했다고 했다.(『사기』·「노중련열전(魯仲連列傳)」) 이경남은 이 노중련의 지조를 이어받아 지키겠다는 의미로 이 시를 지은 것이다. 참고로 『동해사사실기』에는 그가 도해정(蹈海亭)이라는 정자를 짓고서 이 시를 지었다고 나와 있다.

정신이 또렷하여 검남(劍南) 육유(陸游)의 '황제의 군대가 북으로 중원 땅을 평정하는 날, 잊지 말고 제사 때 나에게 고하거라[王師北征中原日, 家祭無忘告乃翁].'[144]라는 시구를 읊으며 편안한 모습으로 떠났다. 이리하여 그는 대명처사(大明處士)로 일컬어졌다. 일찍이 상주 서쪽 묵서산(墨西山)[145]에 묻힐 자리를 잡고서 옷과 신발을 함께 넣어줄 것을 명하였으며, 스스로 널의 명문까지 썼다. 그 명문은 이러하다.

황제의 조정이 세상을 통합함에 참으로 백 년이 흡족할러라! 안타깝구나, 나는 가정(嘉靖) 연간에 태어나 지금 세상에 이르러 더 이상 용납될 곳 없다니! 애오라지 묵태(墨胎)의 서산(西山)[146]에 묻힐 밖에.

식자들은 그를 두고, '살아서는 노중련의 바다를 밟았고, 죽어서는 백이숙제의 산에 묻혔다'고들 하였다.

이경남의 아들 지원(枝元)은 인조조에 병자호란을 당했을 때 호장(戶長)[147]으로 있었다. 그는 자원하여 관찰사 심연(沈演)[148] 공을 따라서 근왕

---

143 명나라 연호: 『동해사사실기』에는 오유충이 내려준 것으로 '성화(成化) 술통', '만력(萬曆) 술잔', '선덕(宣德) 화로' 등이 있다고 하였으니, 여기 연호는 '만력'으로 판단된다.

144 황제의 군대가 …… 나에게 고하거라: 이 시구는 육유(陸游, 1125~1210)의 유언시인 「시아(示兒)」의 마지막 구절이다. 육유는 자가 무관(務觀), 호는 방옹(放翁)으로 남송 시대 대표적인 시인이다. 특히 그의 시 중에는 금나라에 대한 항전의 메시지를 담은 작품들이 있는바 이 시 또한 그런 맥락이다.

145 묵서산(墨西山): 현재 상주시 화서면에 있는 '서산'을 가리키는 것으로 판단된다. 이곳은 화령으로, 상주 의병의 산실이자 6.25때 화령 전투 등이 있었던 지역이다. 참고로 상주 서남쪽 공검면에도 서산이 있다.

146 묵태(墨胎)의 서산(西山): 즉 백이·숙제가 은거했던 수양산이다. 묵태는 고죽국 왕족의 성씨로 백이·숙제가 이 고죽국의 왕자였다.

147 호장(戶長): 조선시대 향직의 우두머리로 호구나 세금, 부역 등을 관장하는 실무직이다. 이 호장은 임시로 맡거나 겸직할 경우는 섭호장(攝戶長), 매년 정월 초하루에 대궐에 올라가 임금을 알현하는 정조호장(正朝戶長), 나이가 들어 퇴임하여 고문 역할을 하는 안일호장(安逸戶長) 등으로 구분된다.

병이 되어 달천(㺚川)에 이르렀다. 그러나 강화가 맺어졌다는 소식을 듣고 통곡을 하고는 남쪽 고향으로 돌아왔다. 이때 영회시(詠懷詩)를 남겼다. 이후 갑신년(1644) 3월 숭정황제(崇禎皇帝)가 흉액을 당했다는 소식[149]을 접하고는 동해사(東海寺)의 일월암(日月庵)으로 올라가 단을 만들고서 통곡하였다. 매번 명나라 태조(太祖)·신종(神宗)·의종(毅宗) 이 세 황제의 기일이 되면 명수(明水) 한 잔에다 향불을 피우고서 이곳에서 제사를 올렸으니, 이 단을 대명단(大明壇)[150]이라 한다. 같은 고을의 처사 채득기(蔡得沂)[151]가 일찍이 성의 서쪽에 있던 지원의 여막으로 찾아와서는 함께 동강(東江, 즉 낙동강)의 별서에서 숨어 살자고 하였다. 그러자 지원은 농을 쳤다.

"동해를 밟은 높은 자취와 서산에 숨은 은자는 그 뜻이 하나이거늘, 하필 이웃을 맺은 다음에야 가능한 것이겠소?"

이 말에 채득기는 감탄해 마지않았다.

"서산에 숨은 은자야 그대가 감당할 만하거니와, 내가 동해를 밟은 높은 자취라니! 그저 도피하는 것뿐인데."

---

148 심연(沈演): 1587~1646. 자는 윤보(潤甫), 호는 규봉(圭峰), 본관은 청송이다. 1612년 과거에 급제하여 한성부윤, 대사간, 경기도·경상도관찰사 등을 역임하였다. 1624년 이괄의 난 때 인조를 공주로 호종하였으며, 병자호란 때는 경상도관찰사로서 군대를 이끌고 남한산성으로 출병하기도 하였다.

149 숭정황제(崇禎皇帝)가 흉액을 당했다는 소식: 즉 숭정황제의 자결을 뜻한다. 1644년 이자성(李自成)이 북경을 함락하자 숭정황제는 처와 딸을 먼저 죽이고 자신도 경산(景山)에서 자살하였다. 이때가 4월인데, 여기서 3월이라 함은 착오이다.

150 대명단(大明壇): 동해사 일월암 서편에 세워진 제단이다. 『동해사사적기』에는 이경남이 여기서 대명황제를 위해 매년 제일(祭日)이면 분향배곡(焚香拜哭)했다고 한다. 사적은 한장석(韓章錫, 1832~1894)의 「경천대사(擎天臺辭)」에도 나온다. 다만 여기서는 아들 지원(枝元)이 행한 제의로 상정되어 있다.

151 채득기(蔡得沂): 1605~1646. 자는 영이(詠而), 호는 우담(雩潭)·학정(鶴汀), 본관은 인천이다. 다양한 서적에 박람강기하여 제자백가는 물론 천문·지리·역학 등에도 조예가 깊었다. 1637년 화의가 이루어지자 상주로 내려가 지금의 경천대 주변에 무우정(舞雩亭)을 짓고 은거하였다.

그리고서 '서산정사(西山精舍)' 네 글자를 써서 문미에 걸어두었으니, 백이숙제를 기약하고 있음을 알 수 있다. 그는 군자감정(軍資監正)[152]에 추증되었다.

이지원의 아들 근생(根生)은 열아홉 살에 호장이 되었다. 이는 대대로 충효를 실천한 집안이라서 특별히 상주부사가 이를 치하하는 뜻으로 내려준 것이다. 그는 관아의 정문이나 전문(殿門)[153]을 지나갈 때면 반드시 두 손을 모은 채 종종걸음으로 지나갔다. 물러나 집 안에 거처할 때도 관아의 출행 소리가 들리기만 하면 꼭 대청을 내려와 엄숙히 절하였다. 세상에서 그를 매우 가상하게 여겼다. 회갑 날 병을 치료하느라 동해사에 있으면서, 자식들에게 이러한 내용의 편지를 내려주었다.

나는 숭정 3년(1630)에 나고 여덟 살에 정축의 변고[154]를 당했으며 열다섯 살에 의종황제께서 승하하셨다는 소식을 들었노라. 이후 47년이라는 세월이 훌쩍 지났구나! 내 천조(天朝)에서 늙지 못하고 이렇게 회갑일이 어느덧 돌아왔으니, 세상을 돌아보매 흐느껴 울 만한 일이로다. 어찌 술을 놓고서 지나간 세월에 대한 회포를 더할 수 있겠느냐? 『시경』에 '슬프도다 부모님, 나를 낳아 갖은 고생 다하셨네[哀哀父母, 生我劬勞].'[155]라 하였고, 정자(程子)께서도 '사람이 부모님이 안 계시면, 생일날에 갑절로 비통하도다[人無父母, 生日當倍悲痛].'[156]라고 하였단다.

---

152 군자감정(軍資監正): 군자감의 정(正)이다. 군자감은 군의 물품을 맡아보던 기관으로 도제조와 제조, 정과 부정 등의 관원으로 각 1인을 두었다.

153 전문(殿門): 지방관아의 전패(殿牌), 즉 임금을 상징하는 '殿' 자를 새겨 놓은 패목을 모셔둔 건물의 문이다.

154 정축의 변고: 즉 삼전도(三田渡)에서 인조가 청나라에 항복한 사건으로, 이를 통상 '삼전도의 치욕'이라 한다.

155 '슬프도다 부모님 …… 고생 다하셨네': 『시경』·소아, 「육아(蓼莪)」 편의 한 구절로, 부모가 돌아가심에 효도를 다하지 못해 슬퍼하는 내용이다.

156 사람이 부모님이 …… 갑절로 비통하도다: 정자(程子), 즉 송대 정주학의 창시자로

매년 이날이 되면 오히려 이러했거늘, 하물며 회갑날에는 어떻겠느냐? 너희들은 내 이 뜻을 받들어 조문객을 부르지 말도록 하여라.

그 뒤 참의(參議)로 추증되었다.

이근생의 아들 시발(時發)은 숙종 경오년(1690)에 정조호장(正朝戶長)으로 임금을 배알하였다. 그때 인현왕후가 사저로 물러나 있었다. 그는 대궐에 숙배의 예를 마치고 여러 호장들에게 말하였다.

"지금 우리 왕후께서 별궁으로 물러나 계시니 신하된 자로서 마땅히 함께 배알을 해야 할 것이오."

그러나 호장들은 이 제의를 따르지 않았다. 시발은 탄식을 하며,

"옛사람 중에도 홀로 서궁(西宮)에 숙배한 자가 있었지!"[157]

라고 하면서 서궁을 바라보고서 헌배(獻拜)하였다. 또 성이 무너졌던 정축년이 다시 돌아오자, 그 감회에 젖어 세상의 흥망은 바둑판 놀이와 같다고 하여 '박희전(博戲傳)'을 지었다. 이 모두 통분한 단심에서 나온바 황명(皇明)의 치욕을 씻으려는 것이었다. 왕왕 이 전을 읽은 자는 북으로 선우대(單于臺)에 올라 황룡부(黃龍府)에서 실컷 술을 마시겠다는 뜻[158]이 담겨있다고들 하였다.

알려진 정이(程頤)가 한 언급으로 『근사록(近思錄)』에 이 내용이 들어있다.

157 옛사람 중에도 …… 자가 있었지: 서궁은 인목대비(仁穆大妃)가 유폐되었던 궁궐로 지금의 덕수궁이다. 이 언급은 앞서 그의 증조인 이경남이 폐모 논의를 반대하며 대궐 문에서 엎드린 사실을 염두에 둔 것으로 보인다. 따로 송시열의 부친 송갑조(宋甲祚)가 이렇게 했었다고 한다.

158 북으로 선우대(單于臺)에 …… 마시겠다는 뜻: 선우대는 한나라 때 흉노의 누대로, 무제가 한때 흉노를 치고 이 누대에 오른 일이 있었다. 황룡부(黃龍府)는 금나라의 도읍으로, 대금항쟁의 상징이었던 악비(岳飛)가 반격을 하면서 선언하기를 "곧바로 황룡부까지 쳐들어가서 제군들과 통쾌하고 마시고 싶다[直抵黃龍府, 與諸君痛飮爾]." 라고 한바 있다. 즉 한나라 때와 송나라 때 북쪽의 오랑캐를 무찌르고자 했던 취지를 여기에 끌어온 것이다.

이시발의 아들은 삼억(三億)이다. 경종 신축년(1721)에 오재(寤齋) 조정
만(趙正萬)[159] 공이 본주에 부임하여 남성루(南城樓)[160]를 중수하게 되었다.
이 역사를 삼억더러 감독하도록 하였다. 중수를 마치자 편액을 '홍치구
루(弘治舊樓)'[161]로 할 것을 청하면서 이에 관한 기문을 지었다.

　　성상 원년 신축년 가을, 목사공의 명을 받들어 남루의 중수사업을
맡았다. 시월 보름에 마쳤음을 고하고 편액을 걸고자 하는데, 주작문
(朱雀門)·진남문(鎭南門)·무남루(撫南樓) 등의 이름을 쭉 써놓고 이 중
하나로 정하려 한다. 가만히 생각건대 이 누각은 명나라 효종황제
(1488~1505 재위) 때 처음 낙성하여 그 뒤 200여 년 만인 오늘에 중수
하였다. 그러나 이 누 밖의 세상은 온통 다 무너져 오직 이 상량(上樑)
의 글귀만이 전날처럼 뚜렷하게 남아있을 뿐이다. 옛날을 되새기매
그 감회를 이길 수 없으니 흐느껴 울 만하다. 만약 주 선생(朱先生, 즉
주자)께서 보신다면 필시 흥이 절로 나 「백주(栢舟)」[162]를 읊고자 하실
터이다. 아니면 이 누대에 올라 문산(文山)[163]의 굽히지 않는 마음을

---

159 조정만(趙正萬): 1656~1739. 자는 정이(定而), 호는 오재(寤齋), 본관은 임천이다.
　　1681년 과거에 급제하고 호조참판, 공조판서, 형조판서 등을 역임하였다. 실록에 의
　　하면, 1722년 즈음에 상주목사를 지낸 것으로 나와 있다. 송시열의 문인으로 김창협
　　(金昌協)과 막역했으며, 인현왕후의 폐위 문제로 정치적 부침을 겪기도 하였다. 글씨
　　에 뛰어났으며, 저서로 『오재집(寤齋集)』이 있다.
160 남성루(南城樓): 옛 상주 읍성의 남문으로, 현재 상주시 남성동(南城洞)에 그 터가
　　남아있다.
161 홍치구루(弘治舊樓): 홍치(弘治), 즉 명나라 효종 연간에 처음 만들어진 누각이라는
　　뜻이다. 아래 기문에 그 사정이 나온다.
162 「백주(栢舟)」: 『시경』·용풍(鄘風)의 시편으로, 절개를 지키겠다는 의지를 담은 내용
　　이다. 위(衛)나라 세자 공백(共伯)이 일찍 죽자 그의 부모가 아내 공강(共姜)을 개가시
　　키려 하자, 공강은 개가하지 않고 절개를 지키겠다며 부른 노래로 알려져 있다.
163 문산(文山): 즉 문천상(文天祥, 1236~1282). 자는 이선(履善), 문산은 그의 호이다. 원
　　나라 군대가 쳐들어와 포로가 되었는데, 쿠빌라이가 그의 재능을 아껴 벼슬을 내리려
　　했으나 끝내 거절하고 죽임을 당했다. 그가 옥중에서 지은 「정기가(正氣歌)」가 유명

불러일으킬 자도 있지 않겠는가?

이 기문의 내용으로 목사에게 아뢰니,

"좋다."

라고 하였다. 그리하여 '홍치구루'로 편액을 걸었다. 영조 무신년의 난리[164] 때, 그는 이방 아전으로 충분이 끓어올라 깃발에 '가슴 가득한 단심, 적을 섬멸하고야 말리[滿腔丹忱殲賊乃已].'를 혈서로 썼다. 또 아전들을 엄히 단속하고 백성들을 잘 보호하여 안심시켰다. 그래서 사람들마다 죽음을 각오하는 마음을 두지 않은 이가 없었다. 한편 적진에서 보낸 조생(曹姓)이라는 첩자가 있었다. 그자는 난리를 피한다는 핑계로 아전들의 방에 들어와서는 한껏 적의 형세를 얘기하여 인심을 동요시켰다. 삼억은 당장 그자를 묶으라 하여 진영으로 압송하고, 마침내 본주로는 얼씬도 못 하게 했다고 한다.

이삼억의 아들 경번(慶蕃)은 영조 기사년(1749)에 정조호장(正朝戶長)으로 상경하여 궐문에 나아가 배알하였다. 임금이 아무아무 고을의 호장들을 들라고 명을 내렸는데, 경번도 그중에 끼게 되었다. 사알(司謁)[165]을 따라 대궐의 문들을 지나서 어전의 섬돌 아래에 엎드렸다. 임금이 하문하였다.

"상주 호장은 어디에 있느냐?"

경번이 약간 앞으로 나아가 엎드리자, 임금은 낭품(郎品)의 자리로 나와 예를 갖추라고 하였다. 그러더니 다시 하문하였다.

"고을의 백성들은 모두 고충이 없느냐?"

하다. 이 때문에 후대에 절개를 지킨 대표적인 문신으로 추앙되었으며, 악비는 대표적인 무신으로 회자되었다.

164 무신년의 난리: 즉 이인좌(李麟佐)의 난. 1728년 이인좌가 청주성에서 봉기하였던바, 비교적 거리가 가까웠던 상주에서 이삼억이 이를 진압하고자 하는 의지를 드러낸 것이다.

165 사알(司謁): 정6품 잡직으로, 임금의 영을 전달하는 일을 맡아보았다.

경번은 일어났다가 다시 엎드렸다.

"전하의 교화가 널리 퍼져 집들마다 편안하옵나이다."

"고을의 아전들이 백성들을 괴롭히곤 한다는데, 그런 일이 있느냐?"

"신이 소매 속에 가져온 것이 있사옵니다. 천하의 전하께서 바로 앞에 계시니 말로 상달키 어렵사옵니다. 종이와 붓을 청하옵나이다."

임금은 두루마리 종이와 붓 그리고 벼루를 내려주도록 명하였다. 경번은 마침내 섬돌 아래로 내려와, 원 문서에서 대략적인 내용을 가려 뽑아 이를 베껴 올렸다. 임금이 모두 읽은 뒤 좌우 신하들에게 말하였다.

"저 먼 지방의 호장이 이처럼 박식할 줄은 미처 몰랐구나!"

이에 가까이 와 얼굴을 들라고 명하고서 다시 물었다.

"이방[166]을 지낸 적이 있느냐?"

"없사옵니다."

"지난번 어사의 별단(別單)을 보니, 관아 정사의 득실과 민생의 좋음과 병폐 등은 모두 이방을 어떤 자로 뽑았느냐의 여부에 달려 있다고 하였지. 그런데 너와 같은 자가 이방을 못하고 있었다니 이는 수령의 과오로다. 지금 너에게 역승(驛丞)[167]의 직책을 제수하고자 하나 이방을 지내지 못했다고 하니 일단 있어 보거라."

그러면서 다시 하문하였다.

"너는 지금 호장 중에 어떤 위치이냐?"

"이제 막 정조호장의 첩을 받았사옵니다."

"너 같은 재목이 어찌 차례를 뛰어넘지 않을 수 있겠느냐? 특별히 통

---

166 이방: 원문은 '由吏'로, 이 '유리'는 해유(解由)를 담당하던 아전이라는 의미이다. 주로 호조에서 후임자에게 사무를 이관하는 일을 맡아보았다.

167 역승(驛丞): 조선시대 각도의 역참을 관리하던 종9품 외관직인데, 16세기 이후로는 이를 종6품 찰방(察訪)으로 대신하게 하였다. 아마도 '郵丞'이라고 한바, 역승과 찰방을 범칭한 것으로 보인다.

덕랑(通德郎)[168]으로 승계하는 것이 옳도다."

이에 밖으로 나가 어주(御酒)를 받으라 하고, 물러가라는 명을 내렸다. 경번은 여러 호장들과 함께 곡배(曲拜)의 예를 올리고 종종걸음으로 나왔다. 대궐 문에 이르자 사알이 자리를 베풀고 술과 상을 차리고서 상주 호장을 불러 어명에 따라 어주를 내려주었다. 경번은 일어났다가 다시 엎드리며 이를 다 마시고 다시 네 번 절하는 사은례를 올렸다. 여러 호장들은 담을 치듯 둘러싸 구경하면서 놀라운 일이라며 부러워해 마지않았다.

6-22

의성 출신이 삼대에 걸쳐 효를 실천함

오천송(吳千松)[169]은 의성(義城) 사람으로 부모를 모시는 데 효도를 다하였다. 집안 형편이 찢어지게 가난하여 아침저녁 끼니도 잇기 어려웠다. 그럼에도 남의 집 품팔이를 하여 그 품삯으로 받은 돈이나 쌀을 가지고 돌아와 부모를 봉양하였다. 매일 이렇게 하였다. 부모상을 당하자 몸소 봉분 흙을 짊어가며 장례일을 빈틈없이 처리하였다. 그리고 마침내 묘 아래에 여막을 짓고서 삼년상을 마쳤다. 마을 사람들은 그가 있었던 여막을 '시묘터[侍墓基]'[170]라고 불렀다.

---

168 통덕랑(通德郎): 조선시대 정5품 문관의 품계이다. 해당 관직으로는 육조의 정랑, 사헌부의 지평, 사간원의 헌납, 홍문관의 교리 등이 있다.

169 오천송(吳千松): ?~1639. 본관은 해주로, 여기 이야기처럼 경상도 의성현의 효자로, 부친 오충지(吳忠智)와 모친 진주 강씨를 극진히 모신 것으로 유명하였다. 임진왜란 때는 군공을 세워 가선대부의 품계를 하사받기도 하였다.

170 시묘터[侍墓基]: 이곳은 현재 의성군 의성읍에 위치한 소원정(溯源亭)이 있는 곳으로, 그 뒤편에 「효자가선대부해주오공수려유지비(孝子嘉善大夫海州吳公守廬遺址碑)」라는 그의 유허비가 남아있다. 비문은 권상익(權相翊, 1863~1934)의 『성재집(省齋集)』에 실려 있다.

그의 손자 철조(哲祖)[171]는 태어난 지 채 일 년도 되지 않아 부친상을 당했다. 커서 그는 매번 부친의 얼굴도 모르고 또 부친의 상도 받들지 못한 걸 평생의 지극한 한이라 여겼다. 그래서 평소 남들과 장난치며 웃는 일이 없었으며, 매사 죄인인 양 조심스러워하였다. 모친은 조금 멀리 떨어진 형의 집에 있었다. 하지만 그는 공무에 바쁜 와중에도 아침저녁으로 문안드리는 일을 한 번도 거르지 않았다. 또 바람 불고 비 오는 날이나 춥고 덥다고 해서도 한 번도 거른 적이 없었다. 맛난 음식으로 대접하며 모시기를 시종일관하여 느슨해진 적이 없었다. 모친상을 당하게 되자 그는 너무 슬퍼한 나머지 예를 넘어섰으며, 장사와 제사에는 정성을 다 바쳐 아쉬움이 남을 여지가 없게 하였다. 이후 부친이 돌아간 지 60년이 되었을 때도 제사상을 차리고 가슴을 쥐어뜯으며 슬퍼하였는데 초상 때와 다르지 않았다. 그러고는 최복(縗服)을 입고 묘 곁에 여막을 짓고서 평소 즐겨하던 술과 담배를 완전히 끊은 채 푸성귀를 먹고 죽을 마시면서 삼년상을 마쳤다. 이에 마을 사람들이 이 사실을 관아에 아뢰자, 수령은 그의 효심에 감복하여 정려(旌閭)의 포상을 나라에 청하려고 하였다. 그러자 그는 복받쳐 울면서 이 일을 그만 멈춰달라고 간청하였다. 대개 그의 남다른 행위가 마음속으로부터 나온 것이어서 세상에 알려지는 걸 바라지 않았기 때문이다.

그의 아들은 아무개이다. 부친이 허증(虛證)[172]을 앓았는데, 의원의 말이 '삼(蔘)'을 쓰면 직방(直放)이지요.'라고 하였다. 그때는 몹시 추운 철이었다. 그는 직접 지리산의 영원사(靈源寺)[173]로 찾아가 삼을 구하였다. 그

---

171 철조(哲祖): 1645~1717. 자는 자숙(子淑)이다. 여기서 거론된 부친은 오필달(吳必達)인데, 오필달이 오천송의 아들인지는 확인되지 않는다.

172 허증(虛證): 기가 허한 증세에 대한 총칭이다. 대개 의학에서는 기력의 유무를 실증(實證)과 허증으로 구별하는데, "사기가 성하면 실증, 정기를 빼앗기면 허증[邪氣盛則實, 精氣奪則虛.]"(「통평허실론(通評虛實論)」, 『소문(素問)』 권8)이라고 한다.

173 영원사(靈源寺): 현재 경상남도 함양군 지리산 자락에 위치한 사찰이다. 정확한 창

러던 중 홀연 노승이 나타나 한 마른 줄기를 가리키면서 그것을 캐보라고 하였다. 바로 인삼으로, 큼지막한 여섯 뿌리를 얻은 것이다. 그 와중에 노승은 온데간데없었다. 이 삼을 가지고 돌아오니 절 안의 무뢰배 대여섯이 다가와 빼앗으려고 했다. 그러자 호랑이가 옆에서 지키면서 계속 으르렁대기자 저들은 모두 도망가 흩어져버렸다. 이리하여 삼을 가져와서는 달여 올리니 부친의 병이 바로 나았다. 또 모친이 병이 들자 두 번이나 손가락을 베어 며칠을 연명하게 할 수 있었다. 뒤에 이 사실이 조정에 알려져 이들 삼대는 모두 정려의 상을 받았다.

6-23

위급한 지경에 처했을 때 익재가 꿈에 나타남

백사(白沙) 이 상국(相國, 즉 이항복)이 태어난 지 아직 돌이 되지 않았을 때이다. 한번은 유모가 그를 안고서 우물 근처로 갔다. 주변에 내려놓고 있다가 그만 졸고 말았다. 상국이 엉금엉금 기어 우물 속으로 거의 들어가려는 찰나, 유모가 꿈을 꾸었다. 훤칠하게 키가 큰 흰 수염의 어른이 나타나 지팡이로 그녀의 정강이를 내리쳤다.

"뭐 하느라 아이를 돌보지 않느냐?"

통증이 심해 놀라 깬 유모가, 한달음에 뛰어가 상국을 구했다. 그 뒤로도 며칠 동안 정강이가 아팠기에 이 일이 몹시 이상하다 싶었다. 그 뒤 집안에서 제사를 올릴 때 방조(傍祖) 익재공(益齋公)[174]의 영정을 사당

건 연대는 미상으로, 신라 때의 고승이었던 영원(靈源)이 창건하였다는 이야기가 전해진다.

174 익재공(益齋公): 즉 이제현(李齊賢, 1287~1367). 자는 중사(仲思), 익재는 그의 호, 본관은 경주이다. 충렬왕 대부터 공민왕 때까지 지공거, 문하시중 등 요직을 두루 거치

안에 걸어두었다. 유모가 이 영정을 보고서는 소스라치게 놀라는 것이었다.

"지난번 제 정강이를 때린 분이 바로 이 영정 모습 그대로입니다."

익재는 전 왕조의 어진 재상이다. 영령(英靈)이 3, 4백 년 뒤에도 사라지지 않고 위험천만한 지경에 처한 어린 후손을 구해내었으니, 이 어찌 다만 신령하다고만 하고 말 것인가? 또한 백사공이 보통 아이와는 다르다는 걸 알고 천지신명의 음우가 내린 것이 아니겠는가.

해학을 잘하는 백사공이 은근히 풍자함

선조 경자년(1600)에 백사공(白沙公)은 호남의 체찰사로 내려갔다. 임금이 역모에 관한 사항을 낱낱이 조사하라고 영을 내렸던 바다. 그런데 공은 이런 계를 올렸다.

"역적은 새나 짐승, 물고기처럼 여기저기에서 나는 물건이 아닌지라 낱낱이 조사하기가 어렵습니다."

사람들은 이를 두고 모두 기담(奇談)이라고 하였다.

나라 법에 관직이 삭탈된 자는 비록 대신이었다 할지라도 '급제(及第)'라고 칭하였다. 한음공(漢陰公)[175]이 영의정에 있다가 삭탈관직이 되어 급

면서 국정을 담당하였다. 특히 당대에 문명으로 원나라에까지 알려졌으며, 원나라에서 생활하는 동안 그곳 학자들과도 교유가 있었다. 또한 성리학의 수용과 발전에 공헌하였고, 이른바 고문(古文)을 창도한 것으로 후대에 평가를 받고 있다. 저서로 『익재난고』와 『역옹패설(櫟翁稗說)』이 있다. 참고로 이항복은 이제현의 방손인데, 경주 이씨 상서공파 이과(李薖)의 후손이며 이제현은 따로 익재공파의 파조이다.

175 한음공(漢陰公): 즉 이덕형(李德馨, 1561~1613). 자는 명보(明甫), 한음은 그의 호, 본관은 광주이다. 1580년 과거에 급제하여 대제학, 이조판서, 영의정 등을 역임하였다. 남인과 북인으로 정권이 나뉘어 있었던 시기에 특별히 당색에 얽매이지 않은 채 국정

제로 불렸고, 그때 백사공은 좌의정으로 여론의 혐의를 입게 되었다. 그래서 이를 두고,

"내 벗이 이미 급제하였거늘 나는 언제 급제하게 될까나?"

라고 하였다.

또 동교(東郊)[176]로 물러나 있었는데, 한 백성이 찾아와 아뢰었다.

"소인이 호역(戶役) 때문에 도저히 살 수가 없사옵니다."

그러자 백사공이 대꾸하였다.

"나도 호역 때문에 살지 못할 판이네."

당시 공은 '호역(護逆, 역적을 비호함)'이라는 명목으로 탄핵을 입었던바, '호역(戶役)'과 음이 같았기에 이렇게 말한 것이다. 공이 농을 잘 치기가 이와 같았다.

이때는 나라에 일이 많았다. 해당 부서에서는 일을 처리할 때마다 대신들과 의논하여 계를 올리게 되었다. 그러다 보니 번거롭고 수고롭기가 짝이 없었다. 어느 날 예조의 낭관이 어떤 일에 대해 의견을 수렴하느라 자리를 같이하고 있었다. 공이 생각을 정리하여 대답하려는 즈음, 마침 어린 계집종이 안에서 나와서 아뢰는 것이었다.

"말에게 먹일 콩잎이 다 떨어졌사옵니다. 어떤 걸로 대체하옵니까?"

공이 버럭 소리를 질렀다.

"말 먹일 콩잎 대체하는 것까지 대신과 의논한단 말이냐?"

이를 들은 사람들은 배를 잡고 웃었다.

계축년 역적들에 대한 옥사(즉 계축옥사)가 일어나 자산(慈山)[177] 사람

을 잘 이끌었다. 그러다가 1613년 영의정으로 있을 때 폐모론을 반대하다가 대북파에 의해 관직을 삭탈 당하고 그해에 사망하였다. 평소 절친했던 이항복은 그의 죽음을 슬퍼하며 직접 염을 하였다고 전해진다. 저서로 『한음문고(漢陰文稿)』가 있다.

176 동교(東郊): 권2 제7화 '한 서생의 득남 이야기' 참조. 참고로 『국조인물고』에 실린 그의 행장에는 1615년 대북파 정인홍(鄭仁弘) 등에 의해 삭탈관직당하고 문외출송 되어 동교에 임시로 머물렀다가 망우동으로 거처를 옮겼다는 언급이 있다.

이춘복(李春福)이 남에게 고발당했다. 의금부 낭관이 자산에 당도하여 그를 잡으려고 하였다. 그런데 경내에는 이춘복이라는 자는 없었고 이원복(李元福)이라는 자가 있었다. 낭관이 이 사정을 조정에 아뢰자 국청(鞫廳)[178]에서는 이원복을 잡아들여 심문하려고 하였다. 그때 공은 위관(委官)[179]으로서 그 자리에 있었다. 여러 의견이 이미 확정되어 도저히 뒤집을 수 없는 상황이었다. 그래서 아예 말을 꺼내지 않으려고 했으나 그자가 죄도 없이 뒤집어쓸까 두려워 마침내 이렇게 말하였다.

"내 이름도 저들과 엇비슷하니 장계를 올려 직접 변호한 뒤에야 면제받을 수 있겠군!"

이 말에 주변에 있던 사람들이 껄껄 웃었으며, 이리하여 이 일은 결국 잠잠해졌다. 당시 옥사가 크게 일어나 죄를 집행하는 법[180]이 매우 엄격하였음에도 불구하고, 공은 꿈쩍도 하지 않으면서 한마디 말로 해결하였던 것이다. 사람들은 모두 이런 그를 대단하게 여겼다. 공은 또 어느 날 상황이 분명하지 않은데도 거짓으로 자복하는 자를 보고는 탄식하였다.

"내 일찍이 소나무 껍질을 찧어서 떡을 만든다는 얘기를 들었었는데, 지금 사람을 찧어서 역적을 만드는 일을 보게 되는구나!"

이처럼 공은 넓은 기상에 해학까지 곁들였기에 옥사에서 공에게 힘입어 바로잡힌 사례가 매우 많았다.

---

177 자산(慈山): 평안도 순천군(順川郡) 자산면이다. 과거 평양에서 의주로 가는 사행길의 요지 중 하나였다.

178 국청(鞫廳): 조선조 때 역적 등의 중죄인을 신문하기 위해 임시로 설치한 관청이다.

179 위관(委官): 국청 등에서 죄인을 심문할 때 임시로 뽑은 재판관으로, 주로 대신 가운데서 임명되었다.

180 죄를 집행하는 법: 원문은 '收司之律'로, 여기서 수사는 관련자에 대한 죄를 고발하는 일이나 제도를 의미한다.

의원 조광일이 침술로 사람들의 병을 치료함

호우(湖右)[181]의 조생(趙生)은 이름이 광일(光一)[182]로, 진작에 홍주(洪州)의 합호면(合湖面)[183]에 우거하고 있었다. 그는 대갓집에 발을 들여놓은 적이 없거니와 자기 집에 높은 벼슬아치가 방문하는 일도 없었다. 사람됨이 소탈하면서도 정직하여 사물에 거스름이 없었다. 오직 치료하는 것을 좋아하였다. 그의 의술은 옛 방식을 따라 탕약을 쓰는 게 아니었다. 대신 항상 작은 가죽 주머니 하나를 휴대하였는데, 그 안에는 동침(銅針), 철침(鐵針) 수십여 개가 들어있었다. 모양도 길거나 짧고 둥글거나 모난 것이 다 달랐다. 그는 이것으로 종기를 터뜨리고 부스럼을 치료하였으며, 어혈을 뚫고 풍을 풀고 기력을 북돋워 그 자리에서 효험을 보았다. 스스로 '침은(針隱)'이라고 하였으니 대개 침술에 정통하여 정수를 얻은 자였다. 한번은 꼭두새벽에 일어나 있었다. 어떤 노파가 남루한 차림으로 기어 와서는 그의 대문을 두드렸다.

"저는 아무 마을에 사는 아무개의 어미랍니다. 우리 아들이 아무 병을 앓아 지금 거의 죽게 될 지경입니다. 제발 목숨을 살려주세요."

조생은 즉각 알았다고 하면서,

"알겠네. 우선 먼저 출발하게. 내 당장 뒤쫓아 가리다."

하고 바로 일어나 맨몸으로 그의 뒤를 쫓아가면서도 싫은 기색이 없었

---

181 호우(湖右): 충청의 우도로 주로 충남지역을 지칭한다.

182 광일(光一): 조선 후기의 의원이다. 그의 생력은 구체적으로 알려지지 않았는데, 홍양호(洪良浩)의 「침은조생광일전(針隱趙生光一傳)」(『이계집』 권18)에 그에 관한 기록이 처음 등장한다. 이 내용은 다시 유재건(劉在建, 1793~1880)의 『이향견문록』에 재수록 되었으며, 그 내용은 이 이야기와 대동소이하다.

183 홍주(洪州)의 합호면(合湖面): 홍주는 지금의 충남 홍성군이며, 합호면은 그 위치가 홍주목 관아 동북쪽 50리에 있었으며, 지금 당진시 합덕읍 대합덕리 일대에 해당한다. 여기에 합덕지가 있다. 한편 『이향견문록』의 「조의사광일(趙醫師光一)」조에는 그가 태안(泰安)에서 대성(大姓)이며 집안 형편이 어려워 합호에 우거했다는 언급도 있다.

다. 이처럼 그는 그냥 헛되게 보내는 날이 없었다.

하루는 비가 내려 길이 진창이 되었다. 조생은 대삿갓을 쓰고 나막신을 신고서 바삐 길을 나섰다. 그를 보고 묻는 자가 있었다.

"어딜 가는 거요?"

"아무 마을에 사는 아무개의 부친이 병이 났네. 지난번에 내가 침을 놓아 드렸으나 효과를 못 봤다고 해서 말이야. 그때 오늘로 날을 잡았기에 지금 침을 놓아주러 다시 가는 걸세."

"자네에게 무슨 이익이 있다고 이처럼 직접 생고생을 한단 말이오?"

조생은 웃기만 할 뿐 더 이상 대꾸하지 않고 지나갔다. 그의 됨됨이가 대체로 이와 같았다. 혹자는 그에게 이렇게 물었다.

"의술은 천한 기예이고, 여항은 비천한 곳이라오. 자네 같은 능력이라면 왜 귀하고 현달한 사람들과 사귀어 공명을 취하지 않고 이런 여항의 못난 백성들과 지내는가? 어째 스스로를 중하게 여기지 않는단 말이오!"

이 말에 조생은 씩 웃었다.

"대장부가 재상이 되지 못한다면 차라리 의원이 되는 게 낫지. 재상은 도(道)로 백성들을 구제하고 의원은 기술로 사람을 살린다네. 그 궁함과 영달함은 현격히 다르지만 공덕은 마찬가지라네. 그런데 재상의 경우는 때를 얻어 그 도를 실천하더라도 행운과 불운이 있는 법이라네. 남이 바치는 것을 먹기에 그에 따른 책임이 있는 법이네. 만에 하나라도 제대로 처리하지 못하게 되면 허물과 벌이 따르지. 우리 의원의 경우는 그렇지 않아서 의술로 자신의 뜻을 실천하기에 얻지 못하는 것이 없다네. 치료를 못 해 그냥 놔두고 떠나더라도 나를 탓하지는 않는다네. 그러기에 나는 이 의술을 즐긴다네. 내가 이 의술을 펴는 것은 이익을 추구하는 게 아니라 내 뜻을 이루는 일이니, 귀천을 가릴 필요가 없는 거지. 나는 세간의 의원이라는 자들을 싫어한다네. 자기가 의술을 가졌답시고 남에게 교만을 떨며 문밖에 가마가 이어지고 집에 술과 고기를 마련한 채

내왕하기를 기다려도 서너 번 넘게 청한 뒤에야 겨우 왕진하지 않던가. 또 그들이 왕진하는 곳은 세력 있는 집안 아니면 부유한 집안들이지. 만약 가난하면서도 힘이 없는 사람들이면 아프다는 핑계로 거절하기도 하고 자리에 없다며 피하기도 하여 골백번을 청해도 한 번도 일어난 일이 없지. 이것을 어찌 어진 사람의 마음이라 하겠나? 내가 민간으로만 돌아다니며 귀하고 힘 있는 이들과 어울리지 않는 것은 저들을 나무라기 위함이네. 저 귀하고 현달한 이들에게는 어찌 나와 같은 의원이 적겠는가? 슬프고 딱한 바는 여기 여항의 궁한 백성들뿐이라네. 내가 침을 가지고 사람들을 찾아다닌 지 십여 년이 되었다네. 어떨 때는 하루에 몇 사람을 치료했고 한 달이면 열 명 넘는 사람들을 살려냈으며, 완전히 살려낸 사람만도 족히 수백 명은 된다네. 내 나이 지금 사십여 세이니 여기서 더 수십 년을 하면 만 명을 살릴 수 있을 걸세. 사람을 살리는 데 만수(萬數)를 채운다면 내 일은 다 마치는 것이겠지."

아! 조생은 의술이 뛰어났음에도 명예를 구하지 않았으며 널리 베풀었으되 보답을 바라지 않았다. 위급한 사람이면 달려갔으되 반드시 어렵고 힘없는 자들을 먼저 챙겼으니, 그는 남보다 한참 어진 사람이다.

6-26

어린 홍차기가 신문고를 울려 부친의 목숨을 구함

충주에 홍차기(洪次奇)[184]라는 한 아이가 있었다. 아직 뱃속에 있을 때

---

184 홍차기(洪次奇): 1759~1772. 자는 양여(養汝), 본관은 풍산이다. 임진왜란 때 동분서주한 모당(慕堂) 홍이상(洪履祥, 1549~1615)의 후손으로 알려져 있다. 다른 자료에는 '洪此奇'로도 나와 있다. 그의 효행은 유명하여 강세진(姜世晉)의 「홍효자차기전(洪孝子次奇傳)」(『警弦齋集』 권2)과 홍양호(洪良浩)의 「홍효자차기전(洪孝子次奇傳)」(『耳

그의 부친 인보(寅輔)가 살인에 연루되어 옥에 갇히게 되었다. 그가 태어나 젖 먹은 지 몇 달 만에 모친 최 씨(崔氏)가 억울한 사정을 알리려 서울로 올라갔다. 그래서 차기는 작은아버지에게서 길러졌다. 그래서 자신이 인보의 아들인지 모른 채 작은아버지를 아버지라 불렀다.

두세 살 무렵 아이는 다른 아이들과 놀다가 매번 까무러치듯 울며 밥을 먹지 않는 것이었다. 그의 유모가 왜 우냐고 물어도 대답하지 않은 채 한참이 지나서야 그쳤다. 이렇게 달에 세 번이나 울어 집안 식구들이 괴이하게 여겼다. 뒤에 고을 사람을 통해서 그날을 따져보니 바로 충주 관아에서 죄인을 심문하던 날이었다. 이를 들은 사람들은 기이해 마지않았고, 집안사람들은 그의 마음이 다칠까 염려하여 부친의 일을 더욱더 숨기게 되었다.

그가 열 살이 되었을 때, 부친은 점점 나이가 들어가는데도 감옥에서 나갈 기약이 없었다. 아들 얼굴을 보지도 못하고 하루아침에 죽게 될까 두려워졌다. 해서 집안사람을 시켜 사실을 알리고 그를 옥문으로 데려오도록 했다. 도착한 차기는 부친을 끌어안고 대성통곡을 하였다. 차기는 돌아가지 않고 충주 고을에 그대로 남아 땔나무를 짊어지고 와 쌀과 바꾸어 부친을 봉양하였다.

몇 년 뒤 모친 최 씨가 여러 번 상언(上言)[185]을 했으나 답이 없었고, 결국 서울에서 객사하고 말았다. 모친을 반장(返葬)한 뒤에 차기는 통곡하며 부친을 하직하였다.

溪集』권8) 등도 전하며, 『이향견문록』에도 「홍동자차기(洪童子次奇)」라는 제목으로 전한다. 실제 그의 묘소는 지금 충주시 노은면 가신리에 있으며, 정려각의 비문인 「효자풍산홍차기비갈(孝子豊山洪此奇碑碣)」은 1795년 당시 이가환(李家煥)이 충주목사로 있으면서 지은 것이다.

185 상언(上言): 조선시대 국왕에게 올리는 문서로, 주로 사인(私人)이 올리는 것이기에 관원으로서 올리는 상소(上疏)와는 구별된다. 특히 집안 일 등으로 여성들이 국문으로 상언을 올리기도 했는데, 18세기 초엽 김만중(金萬重)의 딸 김씨 부인이 집안을 보존하기 위해 남긴 국문 상언은 문학사적으로도 의미가 크다.

"어머니는 아버님의 원통함을 씻으려고 했으나 이루지 못한 채 한을 머금고 돌아가셨습니다. 게다가 장성한 아들도 없사옵니다. 소자가 비록 어리지만 제가 아니면 누가 다시 아버님을 죽음에서 건져 내겠사옵니까?"

부친은 약한 그가 안타까워 허락하지 않았다. 그러자 차기는 몸을 빼 몰래 빠져나와 단신으로 서울로 올라가 신문고(申聞鼓)를 두드렸다. 이 일이 안찰사에게 내려져 조처하라고 했으나 또 답이 없었다. 그래서 차기는 서울에 그대로 머물며 낙향하지 않았다.

이듬해 여름, 마침 큰 가뭄이 들자 임금은 서울과 지방의 중죄인들을 사면하라는 유지를 내렸다. 차기는 대궐 밖에 엎드린 채 조정에 들어가는 공경대부들을 만나기만 하면 눈물로 부친의 원통함을 호소하였다. 이렇게 십여 일을 하자 그를 본 이들은 모두 감동하여 밥을 가져다 먹이기도 하고 머리를 빗어 서캐를 털어주기도 하였다. 형조판서가 죄수 사면에 관한 의론을 가지고 입시하여 그의 부친의 정상을 아뢰자, 임금은 안타까워하면서 안찰사에게 명하여 상황을 상세히 살펴서 보고하도록 하였다. 안찰사는 이 옥사가 오래 묵어 사정이 불분명하다고 하면서 가부간의 처리를 상주(上奏)하자, 임금이 특명을 내려 죽이지 않고 영남으로 유배 보내도록 하였다.

처음 안찰사에게 영이 내려졌을 때, 차기는 찌는 듯한 더위를 무릅쓰고 3백 리를 내달려 왔다. 안찰사 앞으로 나아가 울부짖으며 부친의 목숨을 살려달라고 애원하였다. 상주를 하자 차기는 다시 파발보다 빨리 서울로 올라갔다. 그런데 아직 1백 리쯤 못 미쳤을 때 병이 나고 말았다. 옆에 있던 시종이 조금 쉬어갈 것을 권했으나 차기는 듣지 않고 서울의 객관에 이르렀다. 그는 병을 무릅쓰고 다시 궐문에 엎드렸는데, 천연두까지 크게 퍼져 4일 만에 이미 인사불성이 되고 말았다. 그때도 잠꼬대하듯,

"아버지께서 살아 계셔?"

라고 묻는 것이었다. 사면령이 내려져 주위 사람들이 소리쳐 이 사실을

알려주자 차기는 놀라 깨어났다.

"진짜야? 아니면 나를 달래기 위함이야?"

이에 판결문을 보이며 읽어주었다. 차기는 눈을 떠 보더니 두 손을 모으고 세 번이나 하늘에 기도하였다. 그러고는 벌떡 일어나 춤을 추는 것이었다.

"아버지가 살아나셨구나, 살아나셨어!"

그러더니 마침내 엎어져 더 이상 말을 못하였다. 이날 밤, 차기는 끝내 숨을 거두고 말았다. 그의 나이 열네 살이었다. 부친이 감옥에 들어간 해에 태어나 감옥에서 나오는 날 죽은 것이다. 멀고 가깝고 할 것 없이 이 소식을 들은 사람들은 그를 위해 눈물을 흘리지 않은 이가 없었다.

6-27

의사 장후건이 나라를 위해 목숨을 바침

의사(義士) 장후건(張厚健)[186]은 의주 사람이다. 형제 다섯 명이 모두 담력이 있고 용맹하였다. 정묘호란 때 맏형 후순(厚巡)은 나머지 삼형제와 함께 싸우다 죽었다. 그때 후건은 여덟 살로 늙은 모친과 시쳇더미 속에 엎드려 있다가 죽임을 면했다. 그가 장성해서 눈물을 뿌리며 맹서를 했다.

"남아가 세상에 태어나 정묘년의 원수를 갚지 못한다면 눈을 감을 수 없으리라."

마침내 말타기와 활쏘기를 익히고 병서를 독파하였다. 병자년에 장군 임경업(林慶業)을 따라 먼저 복귀하는 적장을 요격하여 포로로 붙잡힌

---

186 장후건(張厚健): ?~1641. 그는 여기 이야기처럼 최효일, 차예량 등과 함께 병자호란 시기에 의주에서 활약하였다. 참고로 황경원(黃景源, 1709~1787)의 『명배신전(明陪臣傳)』에 그의 사적이 들어 있다.

남녀들을 도로 빼앗아 풀어주었다. 외삼촌 최효일(崔孝一)[187]도 강개한 선비였다. 둘은 뜻이 서로 맞아 함께 이런 모의를 하였다.

"숙부님의 지략과 용기라면 중국에 들어가서 분명 장군이 될 수 있을 겁니다. 명군을 이끌고 곧장 심양(瀋陽)을 치면 필시 우리나라에 구조를 요청할 것입니다. 그러면 우리나라는 돕지 않을 수 없는 처지라 반드시 청북병(淸北兵)[188]을 내야만 합니다. 그때 저와 뜻을 같이하는 장사들이 그 사이에서 일어나게 되면 저들은 앞과 뒤로 군대를 맞게 될 겁니다. 그러면 우리의 원수 갚는 일은 이루어지겠지요."

효일이 이 제의를 받아들여 계획이 정해지자 몰래 호걸들을 결집시켰다. 이에 응하는 자가 수백 명이었고, 이들은 다투어 군량을 운반하였다. 의주 부윤인 황일호(黃一皓)[189]가 은밀히 이 소식을 듣고 효일 등을 불러 주변의 사람을 물리친 채 얘기를 나누었다. 듣고는 매우 절묘하다 싶어 말하였다.

"최효일은 명나라 조정으로 들어가고 차예량(車禮亮)[190]은 심양으로 들어가라. 후건은 이곳에 있다가 대응하면 나도 응당 협력하여 도울 것이다."

그러면서 몰래 당포(唐布) 50단과 백금 100냥을 내려주었다. 최효일이 배를 타고 서쪽으로 가면서 함께 모의했던 이들과 강 머리에서 전별하였다. 술이 거나해지자 효일은 시를 지었다.

---

187 최효일(崔孝一): ?~1644. 자는 원양(元讓)이며, 의주 출신이다. 선조 때 무과에 급제하여 형조좌랑, 훈련판관 등을 지냈다. 차예량 등과 함께 이 시기 거사를 도모하다가 실패하고 1644년 숭정황제가 죽자 통곡하다가 절명하였다.

188 청북병(淸北兵): 북쪽 오랑캐 지역을 쓸어버리기 위해 파견하는 군대라는 뜻이다. 일반적으로 명나라의 요청에 의해 출병하게 된 조선의 군대를 이렇게 일컬었다.

189 황일호(黃一皓): 1588~1641. 자는 익취(翼就), 호는 지소(芝所), 본관은 창원이다. 음보로 운봉현감, 임천군수 등을 역임하였으며, 1635년 문과에 급제하여 1638년에 의주부윤이 되었다. 여기 이야기처럼 거사를 도모하다가 죽임을 당하였다.

190 차예량(車禮亮): ?~1641. 자는 여명(汝明), 호는 풍천(風泉), 본관은 연안이다. 병자호란 전후 과거를 단념하고 고향에서 최효일 등과 함께 명나라를 도와 청나라 칠 것을 모의하였다. 차예량과 최효일 등은 후대에 여러 문인들이 입전하였던바, 대표적으로 이옥(李鈺)의 「차최이의사전(車崔二義士傳)」이 있다.

만고의 세월이 긴 밤에 묻혔으니
어느 때 해와 달은 밝을는지.
남아의 이 한 줌 눈물은
이번 거사 때문만은 아니라네.

萬古爲長夜
何時日月明
男兒一掬淚
不獨爲今行

장후건이 이에 화답하였다.

장한 뜻은 저 멀리 사막으로 달리고
단충의 이 마음 해와 함께 밝다네.
예주(豫州)[191] 땅엔 천 년 뒤인 이제
노를 치며 거사를 할 그대 있으리라.

壯志馳沙漠
丹忱向日明
豫州千載後
擊楫有君行

차예량이 또 화답하였다.

---

[191] 예주(豫州): 원래는 중국 구주(九州)의 하나로, 현재 호남성 일대에 위치한 주명이다.
여기서는 동진(東晉) 때 조적(祖逖)이 예주자사가 되어 황하 이남 지역을 수복하였기
때문에 끌어왔다. 그는 처음 군사를 모집하여 장강을 건널 때 노를 두드리며 "중원을
평정하지 못하고 다시 이 강을 건너면 이 큰 강과 같이 되리[不能淸中原而復濟者,
有如大江]."(『진서(晉書)』 권62, 「조적전」)라고 맹세했다. 이 시에서는 최효일의 결의
를 이에 붙인 것이다.

북막의 뜬구름 어두컴컴하지만
남쪽 하늘의 해는 외려 밝다네.
신주(神州)¹⁹²의 이 큰 사업을
가는 이 배 한 편에 모두 맡긴다네.

北幕雲猶黑
南天日尙明
神州大事業
都付一舟行

최인일(崔仁一)¹⁹³이 마지막으로 화답하였다.

오랑캐에 당한 수치 눈물을 뿌리나
품은 마음 밝은 해와 달에 걸었노라.
남아의 끝없는 계책을
이 가는 배에 가득 실었노라.

淚灑犬羊恥
心懸日月明
男兒無限計
滿載此舟行

마침내 최효일은 바다를 건너 곧장 오삼계(吳三桂)¹⁹⁴의 군영으로 찾아

---

192 신주(神州): 곧 중원 땅, 명나라를 가리킨다.

193 최인일(崔仁一): 미상이나 최효일의 동생으로 비정된다. 당시 거사를 함께 모의했던
일원 가운데 한 사람인 셈이다.

194 오삼계(吳三桂): 1612~1678. 자는 장백(長白)이며, 요동 출신의 명나라 장군이다. 내
부의 이자성 군대와 외부의 청군 사이에서 활약하였다. 일례로 1644년 이자성이 북경
을 점령하자 청나라에 구원을 요청하여 이를 격파하였으며, 최후에는 청나라에 투항
하였다. 그의 군대는 명나라의 마지막 거점이 되어 조선과도 긴밀한 관계에 있었다.

갔다. 오삼계는 크게 기뻐하며 그를 파총(把摠)으로 임명하였다. 후금 사람들이 이 소식을 듣고 우리나라를 의심하여 투항한 한족을 선발하여 염탐하라고 보냈다. 이 간첩이 의주에 이르러 장후건을 방문하였다. 자신을 최효일의 의붓아들이라고 하면서 이런 사정을 아뢰었다.

"부친 최공께서 지금 오삼계 장군 휘하에 계신데, 조만간 남장(南將) 장(張) 아무개[195]와 함께 수군을 거느리고 동쪽으로 내려오실 겁니다."

장후건은 이 말을 믿고 한글로 여덟 폭의 편지를 써서 옷깃에 숨겨 보냈다. 그 대략은 이러하다.

숙부님이 서쪽으로 들어갔다는 소식을 들은 조정에서는 우리나라에 화를 끼칠까 염려하여 가족을 죄다 가두었습니다.

또 이런 내용도 있었다.

연전에 용골대(龍骨大)[196]가 왔을 때 삼정승과 육조의 판서들을 붙잡고 김상헌(金尙憲)[197] 공 등을 포박하여 돌아가느라 온 나라가 발칵 뒤집혔답니다. 지금 또 우리나라를 노략질할까 두려우니, 바라건대 숙부님께서는 하루빨리 명나라 장수와 함께 군사를 거느리고 돌아오소서.

---

195 남장(南將) 장(張) 아무개: 미상. '남장'은 평남장군(平南將軍), 정남장군(征南將軍) 등의 약칭일 터나 장 아무개가 누구인지는 구체적으로 확인되지는 않는다.

196 용골대(龍骨大): 1596~1648. 병자호란 때 선봉이 되어 10만 대군을 거느리고 조선에 쳐들어왔던 청나라 장수이다. 이에 앞서 1636년에는 사신으로 조선에 와서 청나라 황제의 존호를 쓰고 군사협정을 맺으라고 강요하기도 했다.

197 김상헌(金尙憲): 1570~1652. 자는 숙도(叔度), 호는 청음(淸陰)·석실산인(石室山人), 본관은 안동이다. 1596년 과거에 급제하여 예조판서, 좌의정 등을 역임하였다. 호란 시기에 대표적인 척화론자로 활약하여 후대에 숭명배청의 상징적인 인물로 추숭되었다. 1639년에 그는 청나라가 명나라를 공격하기 위해 우리 쪽에 출병을 요구하자 이에 반대하는 소를 올렸다가 이 일로 1640년 청나라에 압송되었다. 여기 상황은 이 사건을 가리킨다.

차예량은 심양으로 들어갔으나 아직껏 소식이 없습니다.

또 있었다.

만약 황 부윤을 통해 명나라 조정과 통할 수 있다면 동지 아무아무들은 좋은 소식이라 하여 너나 할 것 없이 좋아할 겁니다.

첩자가 이 편지를 가지고 심양으로 들어갔다. 금주(金主, 홍타이지)는 포로로 잡혀있던 사람을 불러 내용을 해독하고서는 대로하여 당장 사람을 보내 급히 체포해오게 하였다. 정후건의 편지에 나온 열한 명[198]과 부윤 황일호는 모두 죽임을 당했으니 이때는 신사년(1641) 11월 9일이다. 장후건이 붙잡혀 갈 때 집안 식구들은 통곡하였으나 그는 태연하게 이렇게 말했다.

"사람은 다 죽는 법, 그 죽을 때를 얻기 어려울 뿐이다. 지금 내가 나라를 위해 복수를 하려 했으나 기미가 먼저 탄로가 나 공을 이루지 못한 게 한스러울 뿐, 이 죽음이야 부끄러울 게 없구나."

이 말을 들은 이들은 눈물을 흘리지 않는 이가 없었다.

6-28

청화 이양소가 절개를 지켜 은둔함

이양소(李陽昭)[199]는 자가 여건(汝建)으로, 고려 말엽에 살았던 사람이

---

198 열한 명: 참고로 이옥의 「차최이의사전」에는 여기 해당되는 인물로 안극함(安克誠), 장후건, 차예량의 동생인 차충량(車忠亮), 충량의 아들 차맹윤(車孟胤) 등이 거론되어 있다.

다. 우리 태종과 동년 생으로, 홍무(洪武) 임술년(1382)에 같이 진사가 되었다. 젊어서는 서로 친했으나 혁명이 일어나자 연천(漣川)의 도당곡(陶唐谷)[200]으로 숨어버렸다. 태종은 그를 계속 찾았다. 한번은 몸소 그의 집을 방문하여, 술을 마시며 옛날 우정을 얘기하다가 함께 시를 지었다. 태종이 먼저 지었다.

가을비 반쯤 개이고 사람은 반쯤 취했네.
秋雨半晴人半醉

이양소가 이에 대구를 지었다.

저물녘 구름이 걷히자마자 달이 막 떠오르네.
暮雲初捲月初生

달이 막 떠오른다는 '월초생(月初生)'은 바로 태종이 젊을 때 아꼈던 여자의 이름이었다. 태종은 자리에서 내려와 손을 붙잡으며,

"자네는 참으로 나의 친구일세."
라고 하였다. 뒤 수레에 모시도록 명을 내렸으나 이양소는 한사코 거절하며 따라가지 않았다. 이 지역 사람들은 그가 거처하던 곳을 '왕림리(王臨里)'라고 불렀으며, 지금도 이곳을 '어막허(御幕墟)', '어수정(御水井)'[201]

---

199 이양소(李陽昭): 1367~?. 자는 여건(汝建), 호는 금은(琴隱), 본관은 순천이다. 정몽주의 문인으로 태종 이방원과 함께 공부하였다고 알려져 있으며, 여기 이야기처럼 고려에 대한 절개를 지킨 인물이다. 참고로 그에 관한 사적이 홍양호(洪良浩)의 「청화이공양소전(淸華李公陽昭傳)」(『耳溪集』 권18)에 실려 전한다.

200 도당곡(陶唐谷): 현재 경기도 연천군 연천읍 현가리에 있는 '도당골'이다. 이곳 근방에 위치한 산이 청화산이다.

201 어수정(御水井): 도당골에서 한탄강을 따라 서남쪽에 위치해 있는데, 행정구역 상으

이라고 부른다.

처음에 이양소가 태종과 함께 곡산(谷山)의 청룡사(靑龍寺)[202]에서 수학하였다. 그곳 산수를 좋아하여 일찍이 '훗날 이곳에서 군수를 했으면 좋겠다'라고 말한 적이 있었다. 그래서 이때에 태종은 그 말을 기억해내고 특별히 곡산군수에 제수하였다. 이것으로 그를 불러내리려고 할 참이었다. 그러나 양소는 역시 이 명에도 응하지 않았다. 태종은 그의 뜻을 높이 사 그가 거처하던 곳의 산 이름을 '청화(淸華)'라고 내려주었다. 이는 대개 백이(伯夷)의 맑은 풍모[淸風][203]와 희이(希夷)의 화산(華山)[204]을 취한 것이다. 그 뒤로도 여러 번 불렀으나 한 번도 응하지 않았다. 이에 태종은 그가 거처한 곳에 집을 지어주도록 명하고 편액을 '이화정(李華亭)'이라 하였다. 이양소는 이번에도 그곳에 거처하고 싶지 않아 깊은 산골로 들어가 초가를 얽고서 '안분당(安分堂)'이라고 이름하였다. 그곳 뜰에 살구나무를 심고 거문고를 뜯고 글을 읽으며 생을 마쳤으니, 스스로를 '금은(琴隱)'이라 일컬었다.

임종을 맞아 그는 자기 명정에 '고려 진사 이 아무개[高麗進士李某]'라고 썼다. 태종이 이 소식을 듣고 탄복하였다.

"살아서는 그의 뜻을 꺾을 수 없었고, 죽어서도 관직으로 그의 이름을 더럽히지 않았구나!"

로는 전곡읍 은대리이다. 현재도 이곳을 어수물 또는 어수동으로 부른다.
202 곡산(谷山) 청룡사(靑龍寺): 황해도 곡산에 있던 절로 추정되나 현재는 확인하기 어렵다. 참고로 황해도 곡산에 청룡리(靑龍里)라는 지명이 있는바, 이 지역에 있었을 가능성이 없지 않다.
203 백이(伯夷)의 맑은 풍모[淸風]: 백이·숙제의 높은 절개를 표현한 것이다. 일찍이 주자가 백이·숙제의 사당 앞에 '백세청풍(百歲淸風)'이라고 쓴 바 있다. 이는 맹자가 백이·숙제를 평하여 "성인(聖人) 가운데에서 청(淸)한 자[夷齊聖之淸者]"(『孟子』·「萬章下」)라고 한 데서 따온 것으로 짐작되며, '청풍 같은 절의'를 상징한다.
204 희이(希夷)의 화산(華山): 희이는 당나라 말에서 송나라 초까지 살았던 진단(陳摶)의 사호(賜號)이다. 그는 당나라가 망하고 오대시대가 열리자 벼슬하지 않고 화산에 은거하였다. 뒤에 송나라 태종은 그의 절개를 높이 칭송하고 '희이선생(希夷先生)'이라는 호를 하사하였다.

특별히 시호를 '청화공(淸華公)'으로 내려주었다. 또 국사인 무학(無學)[205]을 보내 장지를 찾아 철원 땅으로 잡아주었다. 그런데 양소의 아들은 '내 묻힐 곳이 연천을 떠나서는 안 된다'는 부친의 유언을 알렸다. 수령이 이 사실을 아뢰자, 태종은 철원 땅 10리를 떼어 연천에 속하게 하라고 영을 내렸다. 이어서 그 땅을 둘러 묘역으로 조성하게 하고 전답과 숲을 모두 하사하였으며 묘지기를 두었다. 또 그의 아들을 불러 관직을 주었다.

그 당시 원천석(元天錫)[206], 남을진(南乙珍)[207], 서견(徐甄)[208] 등이 역시 이 양소와 함께 세상을 등지고 뜻을 굽히지 않았기에, 사람들은 이들을 '고려사처사(高麗四處士)'라고 하였다.

6-29

의원 피재길이 신묘한 처방을 내어 이름을 떨침

피재길(皮載吉)[209]이라는 자는 의원집 자제이다. 그의 부친의 직업은 종

---

205 무학(無學): 1327~1405. 고려 말 조선 초의 승려로 속명은 박자초(朴自超)이다. 조선이 개국되자 왕사(王師)가 되어 한양으로의 천도를 주도하였으며, 풍수를 잘 보는 것으로 유명하여 그와 관련된 일화가 후대에 많았다.

206 원천석(元天錫): 1330~?. 자는 자정(子正), 호는 운곡(耘谷), 본관은 원주이다. 그는 고려가 망하자 강원도 원주의 치악산에 은거하면서 지조를 지켰다. 태종이 그를 세 번이나 찾아갔으나 끝내 응하지 않았던 일화가 유명하다. 저서로 『운곡유고(耘谷遺稿)』가 있다.

207 남을진(南乙珍): 1331~1393. 호는 병재(丙齋)·사천(沙川), 본관은 의령이다. 그는 고려 말 과거에 급제하여 참지문하부사 등을 역임하였으며, 정몽주(鄭夢周)·길재(吉再) 등과 교유하였다. 조선이 개국하자 적성(積城)의 감악산(紺嶽山)에 들어가 은거하였다. 그 은거처를 '남선굴(南仙窟)'이라 한다.

208 서견(徐甄): 고려 말의 지사로 호는 여와(麗窩), 본관은 이천이다. 고려왕조에서 벼슬하면서 당시 정도전 등과 대립하였으나, 정도전이 실권을 장악하고 나서는 유배를 당하였다. 조선이 개국한 뒤로는 벼슬에 나가지 않고 죽었다. 『동문선』에 실려 있는 그의 시 「술회(述懷)」는 망국의 한을 노래한 내용이다.

기를 치료하는 일로, 특히 고약을 잘 만들었다. 그가 죽었을 때 재길은 아직 나이가 어려 아비의 의술을 전수받지 못한 상태였다. 그런데 모친이 보고 들은 것으로 여러 처방을 가르쳐주었다. 한편 재길은 의서를 읽어본 적이 없었고 다만 약재를 모아 고약을 달일 줄만 알았다. 일체 부스럼에만 소용되는 고약을 팔아 생활을 꾸려가며 여항 사이를 전전했으나 감히 의원 축에는 끼지 못했다. 그런데 사대부가들이 이 소식을 듣고 그를 불러들여 고약을 써보았는데 꽤 효험이 있었다.

계축년(1793) 여름, 정조가 머리에 부스럼을 앓아 침과 약을 번갈아 써보았으나 한참 동안 효과가 없었다. 그래서 부스럼은 얼굴과 턱 등 여러 곳에까지 번지게 되었다. 게다가 당시는 한여름이라 거처에서 쉬는 것도 편안치 않았다. 이에 내의원들은 무슨 수를 써야 할지 몰라 했다. 조정의 신료들은 날마다 열을 이루어 안후를 여쭈었다. 그러던 중에 '재길'이라는 이름을 아뢰는 자가 있어 영을 내려 그를 불러들였다. 천한 출신의 재길이 벌벌 떨고 땀을 흘리며 마주하지 못하자, 좌우의 여러 의원은 속으로 비웃었다. 임금이 그를 가까이 오라 하여 진찰하게 하면서,

"두려워 말라. 네 재주를 다 펼쳐보거라!"

라고 하였다.

"신에게 처방이 하나 있사온데 써볼까 하옵니다."

그러자 물러가 조제하여 올리라는 명이 내렸다. 재길은 이에 웅담을 약재에 섞고 이것을 달여 고약으로 만들어 부스럼 난 곳에 붙였다. 임금이 하문하였다.

"며칠이면 낫겠느냐?"

---

209 피재길(皮載吉): 생몰년 미상. 18세기에 활동한 의원으로, 본관은 홍천이다. 그의 집안 대대로 의원을 지냈다. 한편 홍양호의 「피재길소전(皮載吉小傳)」(『이계집』 권18)는 제하에 '癸丑奉敎製'라 하여 여기 이야기처럼 계축년(1793)에 정조의 명으로 지었음을 알 수 있다. 그 내용은 여기와 거의 동일하다.

"하루가 지나면 통증이 가시고 사흘이면 아물 것이옵니다."

과연 그의 말대로였다. 임금은 약원(藥院)에 유시하는 글을 내렸다.

"고약을 붙인 지 얼마 되지 않아 전날의 통증을 씻은 듯 잊게 되었도다. 요즘 세상에 생각지도 않게 이런 숨겨진 재주와 비법이 있었다니! 이 의원은 참으로 명의라 할 만하며, 이 고약은 신방(神方)이라 하겠노라. 이자가 수고한 것에 대해서 의논할지어다."

약원의 신료들이 계문을 올려,

'우선 내침의(內鍼醫)로 임명하여 6품의 조복을 내리시고 정직(正職)으로 임명하소서.'

라고 청하자, 임금은 윤허하고²¹⁰ 곧 나주 감목관(監牧官)²¹¹으로 제수하였다. 약원의 의원들은 하나같이 놀라면서 두 손을 모은 채 그의 재주를 인정하게 되었다. 이에 재길의 이름은 나라 안에 쫙 퍼졌고, '웅담고(熊膽膏)'는 마침내 천금방(千金方)이 되어 세상에 전해졌다.

6-30

방성이 떨어져 태어난 문기방이 순국함

장흥(長興) 사람 문기방(文紀房)²¹²은 강성군(江城君) 익점(益漸)²¹³의 후손

---

210 임금은 윤허하고: 정조가 피재길을 침의(鍼醫)에 임명한 사실은 『정조실록』(권38) 17년(1793) 7월 16일조에 나와 있다. 한편 『일성록(日省錄)』에는 같은 해 7월 7일조에 피재길을 내직에 임명할 자리가 없어 외직인 감목관으로 제수했다는 기록이 따로 있다.

211 감목관(監牧官): 종6품직으로 지방의 목장(牧場)을 관할하였다.

212 문기방(文紀房): ?~1597. 자는 중률(仲律), 호는 농제(聾齊), 본관은 남평이다. 1591년 무과에 급제하였으며 임진난과 정유재란 때 전라도 의병으로서 활약하였다. 활약한 상황은 여기 이야기와 같으며, 순절한 뒤 남원의 충렬사에 배향되었다. 한편 이 이야기는 홍양호의 『이계집』(권18)에 「의사수문장문기방전(義士守門將文紀房傳)」으

이다. 부친인 문형(文炯)이 꿈을 꾸었는데, 지붕 위로 큰 별이 뚝 떨어져 그 빛이 땅을 환하게 비췄다. 주변에 있던 사람들이,

"저 별은 방성(房星)²¹⁴이다!"

라고 하였다. 놀라 꿈에서 깨고 나니 등이 땀으로 젖어 있었다. 그리고 그날 밤 아들이 태어났는데, 이름을 '기방(紀房)'이라고 하였다.

어려서 죽마를 타고 놀 때에는 종이를 오려 깃발을 만들고는 자기가 장군이라고 나서니 다른 아이들은 그의 영을 죄다 따랐다. 15세에 역사서를 읽다가 「장순·허원전(張巡·許遠傳)」²¹⁵을 보고는 비분강개하여 무릎을 치면서 책을 덮고 눈물을 흘리기까지 했다. 그의 힘은 당할 자가 없었고 말타기와 활쏘기에도 뛰어났다. 재종제인 명회(明會)와 함께 신묘년(1591) 무과에 급제하여 수문장에 발탁되었다.

임진년(1592)에 섬나라 오랑캐가 대거 군대를 일으켜 쳐들어오자, 기방은 명회와 함께 창의하여 향병(鄕兵)을 거느리고 전라병사 이복남(李福男)²¹⁶ 휘하로 들어갔다. 정유년(1597) 8월 왜적이 숙성령(宿星嶺)²¹⁷을 넘

로 실려 전한다.

213 강성군(江城君) 익점(益漸): 즉 문익점(文益漸, 1329~1398). 자는 일신(日新), 호는 삼우당(三憂堂)이다. 1360년 과거에 급제하여 김해부사록(金海府司錄)과 순유박사(諄諭博士) 등을 지냈다. 그가 1363년 서장관으로 원나라 사신으로 갔을 때 목화씨를 들여온 것으로 유명하다.

214 방성(房星): 이십팔수(二十八宿) 중의 하나이며 동쪽 하늘에 있는 별자리로 천마(天馬)를 상징한다. 그래서 이 별의 정기가 땅으로 내려오면 명마가 난다고 알려져 있다.

215 「장순·허원전(張巡·許遠傳)」: 『신당서(新唐書)』(권192)의 열전 중 하나이다. 장순과 허원은 안녹산(安祿山)이 장안으로 쳐들어왔을 때 끝까지 싸우다 순절한 인물로 후대에 순절자의 상징으로 회자되곤 하였다.

216 이복남(李福男): 1555~1597. 자는 수보(綏甫), 본관은 우계이다. 선조 때 무과에 급제하여 남원부사, 나주목사, 전라병사 등을 역임하였다. 여기 내용처럼 남원성 전투에서 전사하였으며, 문기방과 함께 충렬사에 배향되었다. 참고로 그의 아들 경보(慶寶)는 일곱 살의 나이에 일본에 포로로 끌려갔으며, 그의 후손이 지금도 '이가(李家)'라는 성을 쓴다고 한다.

217 숙성령(宿星嶺): 현재 남원시 주천면과 구례군 산동면 사이에 있는 고개로 '숙성치(宿星峙)'라고도 부른다.

어오자 전라병사는 순천에서 남원으로 돌아들어 갔다. 이 와중에 병사들은 거의 다 흩어지고 편비장(偏裨將) 50여 명만이 남아 있을 뿐이었다. 적의 예봉이 성 아래로 밀고 들어오자 기방과 명회는 눈을 부라리며 손에 침을 탁 뱉고는 외쳤다.

"오늘은 여한 없이 죽어 나라에 보답할 때로다!"

북을 울리며 행군하여 남문을 통해 진입하였다. 왜적이 여러 겹으로 포위하자 시위를 당겨 활을 마구 쏘아 셀 수 없을 정도로 적을 죽였다. 오른손 손가락 마디가 다 떨어져 나가자 다시 왼손으로 활을 쏘았다. 이 왼손가락마저 떨어져 나가자 기방은 시구 하나를 소리쳐 외쳤다.

　내 평생 순국할 뜻
　허리춤의 옥룡검은 알리라!
　平生殉國志
　腰下玉龍知

명회가 이어서 외쳤다.

　북소리 아래 힘이 다하니
　누가 위태로운 사직 지키랴?
　力盡鼓聲裡
　誰扶社稷危

그러고는 적삼 소매에 혈서를 쓴 뒤 마침내 전라병사와 함께 전장을 누비다가 죽었다.[218] 종 단쇠[甘金]가 피 묻은 적삼을 품고 시쳇더미에

---

218 전장을 누비다가 죽었다: 이때가 그해 8월 16일로, 남원성이 함락된 날이었다.

엎드려 숨어 있다가 나중에 도망쳐 집으로 돌아와 순절한 정황을 낱낱이 아뢰었다. 그리고 피 묻은 적삼으로 고산(高山)[219]에서 장례 지냈다. 기방과 명회 둘 모두 선무원종(宣武原從)[220] 2등에 녹훈되었다. 뒤에 전라도의 선비 200여 명이 글을 올려 포상과 증직을 청하였다. 해당 부서에서 이에 대한 답을 본도에 내렸으나 오래도록 실행이 안 되었다고 한다.

6-31

충언을 올리고 사당에 들어가 통곡하고 떠남

우육불(禹六不)이라는 자는 정승 조현명(趙顯命)[221]의 겸종이다. 그는 사람됨이 전혀 꾸밈이 없고 우직하였으나 술을 너무 좋아하고 여색을 탐하는 문제가 있었다. 조 정승 집의 여종인 막대(莫大)는 집안의 돌아가신 할머니의 교전비(轎前婢)이다. 퍽 곱고 예뻤다. 육불이 그녀를 첩으로 얻어 너무 푹 빠진 바람에 매번 행랑을 출입하곤 하였다.

그러던 어느 날, 육불이 조 정승의 집에 있었을 때다. 새로 부임한 통제사가 인사차 찾아왔다. 육불이 고풍(古風)[222]을 청하자 돈 2냥을 주었

---

219 고산(高山): 현재 전라북도 고창군과 전라남도 장성군에 걸쳐 있는 산이다.

220 선무원종(宣武原從): 국란 때에 무공을 세운 공신들에게 내려주는 등급이다. 참고로 임진란과 관련한 녹훈은 1604년에 선무공신(宣武功臣), 1605년에 선무원종공신(宣武原從功臣) 등 두 차례에 걸쳐 이루어졌던바, 문기방의 경우는 후자로 녹훈되었음을 알 수 있다.

221 조현명(趙顯命): 1690~1752. 자는 치회(稚晦), 호는 귀록(歸鹿)·녹옹(鹿翁), 본관은 풍양이다. 1719년 과거에 급제하여 부제학, 경상도관찰사, 이조판서, 우의정, 좌의정 등을 역임하였다. 그는 당시 호조판서였던 박문수(朴文秀)와 함께 호전법(戸錢法) 등을 실시하여 양역(良役)의 개혁을 도모했으며, 영조의 탕평책을 지지하여 적극 협조하기도 하였다. 1728년 이인좌의 난 때 공을 세워 풍원부원군에 봉해졌다. 당대 문명이 높았던 동계(東谿) 조귀명(趙龜命)의 사촌 형으로, 『동계집(東谿集)』의 간행을 주관하기도 했다. 저서로 『귀록집(歸鹿集)』이 있다.

다. 육불은 이 돈을 받지 않고[223] 도로 그의 앞에 던지며 말하였다.

"돌아가셔서 이 돈으로 대부인 마님의 옷이나 지어드리시지요."

통제사는 잔뜩 화가 났으나 참고 한참을 쳐다보고는 가버렸다. 그 뒤에 통제사는 포도대장이 되어 서울로 올라왔다. 곧장 이렇게 영을 내렸다.

"너희 포교 중에 우육불을 잡아들이는 자가 있으면 내 후한 상을 내리리라!"

며칠이 지나 과연 육불이 붙잡혀 왔다. 포도대장은 난장(亂杖)의 형을 내리려 할 참이었다. 그런데 누군가가 이 사정을 급히 조 정승에게 고하였다. 그때 마침 조 정승은 어영대장으로서 수레를 타고 포도청 정문 앞을 지나가고 있었던 터라 수레를 멈추고 전갈하였다.

"그자는 바로 나의 겸인이다. 비록 죽을죄를 지었다 하나 한번 만나보고 작별하고 싶으니 잠시 풀어주기를 바란다."

포도대장은 부득이하여 그를 내보내면서 붉은 줄로 묶은 채 포졸 10여 명이 뒤를 따라가도록 했다. 우육불이 정승을 뵙더니 눈물을 흘리면서,

"대감마님, 제발 저 좀 살려주세요!"

라고 하였다.

"네가 죽을죄를 지었는데 내가 어떻게 살릴 수 있겠느냐? 허나 네가 이미 죽을 몸이라면 네 손이나 한번 잡아보고 작별을 고하고 싶구나. 묶은 걸 풀어주었으면 좋겠다."

포교가 대장의 영이라 어렵다고 하자, 조 정승은 화를 내며 꾸짖었다.

"속히 풀지 못할까!"

---

222 고풍(古風): 새로 부임하게 되는 벼슬아치가 관련 관청의 하급 관리들에게 선물을 주던 일을 말한다. 이런 관행이 언제부터 행해졌는지는 불확실하나, '고풍'이라는 용어 자체에서 알 수 있듯이 제도화된 관습이라기보다는 관리들 사이에 불문율처럼 이루어졌음을 알 수 있다.

223 받지 않고: 원문은 '受'로 되어 있으나, 이본에는 '不受'로도 나와 있는바 번역은 후자를 취하였다.

포교는 어쩔 수 없이 영에 따라 육불을 풀어주었다. 조 정승이 그의 손을 잡자마자 그대로 수레의 발 디딤판 위에 올려 앉히고는 곧장 어영청(御營廳)의 집사(執事)에게 분부를 내렸다.

"뒤를 쫓아오는 포청 소속 포교들이 있으면 모조리 결박하라!"

군졸들이 일제히 '네!' 하며, 수레를 돌려 쏜살같이 돌아왔다. 정승은 육불을 집 안에 꼼짝 말고 있으면서 문밖을 나가지 못하게 했다.

육불은 조 정승이 죽은 뒤엔 그의 아들인 정승 조재호(趙載浩)[224]를 모셨다. 아들 정승이 옳지 않은 일을 행할 때마다 그래서는 안 된다고 간청하자 정승은,

"네가 무엇을 안다고 감히 이런단 말이냐?"

라고 꾸짖었다. 그러자 육불은 곧장 사당으로 들어가 대감을 부르며 통곡하였다.

"대감마님 댁은 이제 오래지 않아 망하고 말 것입니다. 소인은 여기서 하직하고 물러나렵니다."

그러더니 다시는 조 정승 집에 가지 않았다.

임오년(1762)이 되자 나라에서 금주령을 내렸다. 그야말로 엄하기 짝이 없었다. 술을 끼니처럼 달고 있던 육불로서는 한동안 마시지 못하게 되자 그것으로 병이 생겨 조만간 목숨을 보존키도 어려울 지경이었다. 이에 막대가 몰래 술 한 동이를 빚어 밤이 깊은 뒤에 마시라고 권하였다. 놀란 육불이 물었다.

"이것을 어디서 얻어왔단 말인가?"

---

224 조재호(趙載浩): 1702~1762. 자는 경대(景大), 호는 손재(損齋), 본관은 풍양이다. 1739년 우의정 송인명(宋寅明)의 천거로 관직에 올라 경상도관찰사, 이조판서, 우의정 등을 역임하였다. 1762년 사도세자가 화를 입자 그를 도우려고 했다는 죄목으로 종성(鍾城)에 유배되어 사사되었다. 저서로 『손재집(損齋集)』이 있다. 그런데 실제 그는 조문명(趙文命, 1680~1732)의 아들로 조현명과는 숙질간이다. 여기서 조현명의 아들이라고 한 것은 착오이다.

"당신이 병이 났으니 이렇게 몰래 빚었지요."

그러자 그는 막대를 밖으로 나오라고 부르더니 손으로 자신의 상투를 잡아끌고 들어가게 하였다. 그러고는,

"우육불을 잡아들였나이다!"

라고 하였다. 그는 다시 자신이 직접 분부하였다.

"네 놈은 어째서 술을 빚지 말라는 법을 어겼느냐?"

또 자신이 대답하였다.

"소인이 어찌 감히 그렇게 하겠습니까? 소인의 무식한 아내가 소인이 병이 났다고 빚은 것이옵니다."

다시 관원으로서 분부하였다.

"참수를 할 게야!"

그러더니 머리를 베는 시늉을 하고서는 말하였다.

"이렇게 되면 어쩔 텐가? 나는 미천한 백성이거늘 어찌 감히 나라의 금령을 어길 수 있겠는가? 절대 이것은 안 되는 일이네."

마침내 술항아리를 깨버리고 마시지 않았다. 그는 이 병 때문에 일어나지 못했다고 한다.

6-32

강에서 만사로 애도하자 죽은 사람이 일어남

옛날 호서지방 안에 한 선비가 있었다. 매제를 맞아들였는데 3일도 안 되어 병으로 인해 다시는 일어나지 못했다. 선비의 집에서 초상을 치르고 과부인 누이와 함께 시댁으로 상여를 보내게 되었다. 선비도 그 행렬을 따라 강을 건너던 중에 비통한 마음을 금할 수 없어서 만사(輓詞)를 지었다. 그 내용은 이러하다.

묻노라, 강물 위의 배야!

예부터 지금까지

시집온 이 몇이며

장가든 이 몇이겠는가마는

이런 행선은 없었도다.

붉은 명정이 앞서고 흰 가마 뒤따르니

청상의 과부요 백골의 신랑이라.

강 위의 배야, 빨리 돌아가려 하지 말아라!

낭군의 혼은 아직 동상(東床)에 누웠나니.²²⁵

강 위의 배야, 돌아가기를 뜸들이지 말거라!

낭군의 집에는 십년간 외아들 키워낸 모친 있다는데.

아침이고 저녁이고 모친께서는

오지 않는 아들만을 기다렸거늘

오는 것이 네 상여일 줄은!

이런 이치를 누가 다시 하늘에라도 물어봐 줄꺼나

어린 계집종은 뱃전에 기대어 울며 또 말하네.

저 원앙새도

저처럼 짝을 지어 날아

물로 산으로²²⁶ 향하거늘.²²⁷

---

225 동상(東床)에 누웠나니: 동상은 '동상(東廂)'이라고도 하며, 사위의 별칭이다. 동진 시
대 서성(書聖)이라 불렸던 왕희지(王羲之)와 관련된 일화로, 사윗감을 찾던 자가 찾아
왔을 때 그가 동편평상[東床]에 거리낌 없이 누워있었으나 결국은 사위가 되었다는
고사에서 유래하였다. 이 용어로 인해 '서상(西廂)'이라는 표현은 신부 내지 아내를
지칭하게 되었다.

226 물로 산으로: 물의 북쪽과 산의 남쪽이라는 뜻으로 보통 살기 좋은 곳을 의미한다.
여기서는 금슬 좋은 원앙새가 이런 곳을 난다고 표현함으로써 과부의 외로운 처지를
상대적으로 부각시켰다.

227 향하거늘: 『계서야담』에도 이 이야기가 실려 있는데, 거기에는 이 부분 다음에 "어찌
하여 우리 상전께선 한 번 가서는 다시 돌아오지 않으시는가?[奈何吾上典, 一去不復

問爾江上船

古又今

娶而來幾人

嫁而歸幾人

未有如此行

丹旌先素轎後

青孀婦白骨郞

江上船歸莫疾

郞魂猶在臥東床

江上船歸莫懶

聞有郞家十年養孤兒之萱堂

萱堂朝萱堂暮

望子不來

來汝喪

此理誰復問蒼蒼

小婢依船泣且語

彼鳥元央

猶自雙雙飛飛

水之北山之陽

　이 내용을 관 앞에 써 두고는 한바탕 하염없는 곡을 하였다. 그로부터
잠시 뒤 갑자기 긴 무지개가 강 물속에서 나와 관 위로 뻗쳤다. 이윽고
관이 저절로 갈라지더니 죽었던 이가 다시 일어났다고 한다. 또한 기이
하도다! 이 일은 제해(齊諧)[228]에 가까운데 우선 기록해둔다.

────────────

還]"라는 내용이 첨가되어 있다.
228 제해(齊諧): 기이한 이야기, 또는 기이한 이야기를 모아놓은 책. 원래 『장자』·「소요
　유」의 "齊諧者, 志怪者也."라는 언급에서 유래하였다. 이후 여러 문헌에서 이 표현은
　기이한 이야기를 범칭하는 용어 또는 이런 이야기를 모은 책 등으로 사용되었다.

청구야담

권7

젊어서 궁핍했던 홍 상국이 뒤늦게 현달함

정승 기천(沂川) 홍명하(洪命夏)[1]는 판서 김좌명(金佐明)[2]과 함께 동양위
(東陽尉)[3]의 사위였다. 김 공은 젊은 나이에 과거에 합격하여 명망이 높았
지만, 홍 공은 사십이 되도록 딱한 선비 신세를 면치 못했다. 집도 가난
하여 동양위 집에 얹혀살았다. 그러다 보니 장모인 옹주(翁主)[4]부터 아랫
사람까지 모두 그를 천대하였다. 처남인 신면(申冕)[5]은 일찍이 과거에 급
제하였다. 그러나 됨됨이가 교만하고 또 방자하여, 홍 공을 누구보다도
박대하여 하인 보듯 하였다.

---

1 홍명하(洪命夏): 1607~1667. 자는 대이(大而), 기천은 그의 호, 본관은 남양이다. 신익
성의 첫째 사위로, 1644년 과거에 급제하여 대사헌, 형조판서 등을 거쳐 1665년에
좌의정에 올랐다. 급제 시기와 관력은 이 이야기와 약간의 차이가 있다. 성리학에
조예가 깊었으며, 효종대에 비등했던 북벌론에 깊이 개입하기도 했다. 저서로『기천
집(沂川集)』이 있다.

2 김좌명(金佐明): 1616~1671. 자는 일정(一正), 호는 귀계(歸溪)·귀천(歸川), 본관은
청풍이다. 신익성의 셋째 사위로, 1644년 과거에 급제하여 병조좌랑, 이조참판, 공
조·병조·호조판서 등을 역임하였다. 이 이야기와는 달리 당시 흔들리던 대동법을
시행하는 데 주력하였으며, 서인 정권의 세력다툼에 휘둘리지 않고 정사를 잘 처리
하였다. 글씨에도 뛰어나 안동의「권태사묘비(權太師廟碑)」, 양주의「김식비(金湜
碑)」등이 남아 있다. 저서로『귀계유고(歸溪遺稿)』가 있다.

3 동양위(東陽尉): 즉 신익성(申翊聖, 1588~1644). 자는 군석(君奭), 호는 낙전당(樂全
堂), 본관은 평산이다. 상촌 신흠(申欽)의 아들로, 정숙옹주(貞淑翁主)와 혼인하여 선
조의 부마가 되었다. 동양위는 부마가 되어 받은 봉호이다. 호란 시기에 척화파로서
활약하여 심양에 억류되기도 하였다. 시문에 뛰어나 부친 신흠, 아들 신최(申最) 등과
함께 삼대에 걸쳐 문명을 날렸다. 저서로『낙전당집(樂全堂集)』,『청백당일기(靑白堂日
記)』등이 있다.

4 옹주(翁主): 즉 정숙옹주(貞淑翁主, 1587~1627). 선조의 셋째 딸로 신익성과 혼인하였
다. 참고로 선조가 그녀에게 보낸 편지글 중에 중국 공안소설인『포공안(包公案)』
한 질을 보내면서 부마인 신익성에게 주라는 내용이 있는데, 이는 고전소설사에서
주목되는 대목 중 하나로 꼽는다.

5 신면(申冕): 1607~1652. 자는 시주(時周), 호는 하관(遐觀)이다. 신익성의 장남으로,
1637년 과거에 급제하여 이조좌랑, 예조참의, 대사간 등을 역임하였다. 1651년 김자
점의 옥사에 연루되어 국문을 받다가 죽었다. 이 이야기에서 그의 옥사와 죽음이
숙종대라고 한 것은 사실과 다르다.

홍 공이 어느 날 밥상을 받았는데 마침 꿩 다리가 찬으로 나왔다. 신면은 이 꿩 다리를 들어서는 개에게 던져줘 버리고서,

"거지꼴 선비 밥상에 꿩 다리가 무어람?"

라고 하는 것이었다. 그래도 홍 공은 미소를 지을 뿐 조금도 화난 내색을 하지 않았다. 동양위만은 그가 분명 늦더라도 크게 현달하리라는 걸 알아봤다. 해서 매번 아들을 혼내면서 홍 공에게 마음을 더 쏟았다.

한편 김 공이 문형(文衡)이 되었을 때, 홍 공은 몇 편의 표(表)를 지어 보이면서 물었다.

"내가 과거 공부를 할 만한가?"

김 공은 쳐다보지도 않은 채 부채질만 하면서,

"이게 표(豹)인지, 표(彪)인지?"[6]

라고 하자, 홍공은 웃으며 표를 거두었다.

그 뒤 하루는 동양위가 출타했다가 오후 늦게 돌아왔다. 작은 행랑에서 연주하고 노래하는 소리가 들려 주변에 물었더니, '영감 신공과 참판 영감 김 공, 그리고 다른 정승 몇몇이 풍악을 울리며 노는 중'이라고 하였다.

"홍 서방은 자리에 있더냐?"

"서방님은 아랫방에서 자고 있습니다."

동양위는 눈살을 찌푸렸다.

"어린애들이 해괴한 짓거리를 하고 있군!"

곧 홍생을 불러다 물었다.

"자네는 어째서 저들 놀이판에 함께 어울리지 않았는가?"

"재상들의 모임에 저 같은 유생이 참여할 수야 없지요. 하물며 손님으로 부르지도 않았는걸요."

---

6 이게 표(豹)인지, 표(彪)인지: 상대를 조롱하는 취지의 언급으로 판단된다. 일차적으로는 표문의 '표(表)' 자를 음차하였고, 다음으로 여기 표(豹)와 표(彪)는 표범과 범의 얼룩무늬를 뜻하는바 이에 빗대어 표문의 글자를 비하한 것이다.

라고 답하였다.

"그렇다면 자네는 나와 한번 노는 게 좋겠네."

그러면서 음악을 연주하라 하고, 둘은 실컷 즐기다가 자리를 마쳤다.

이후 병이 들어 위독해진 동양위는 홍 공의 손을 잡더니 술잔을 들어 권하였다.

"내 자네한테 한 가지 부탁할 말이 있네. 이 잔의 술을 마시고 내 임종의 유언을 들어주게."

홍 공은 조심조심 마다하였다.

"무슨 하교를 내리실지 모르겠으나 먼저 하교를 받든 다음에 이 잔을 마시겠습니다."

동양위는 거듭 권하였다.

"이 술잔을 들고나면 내 말하겠네."

그래도 홍 공은 한사코 이를 따르지 않았다. 동양위가 네다섯 차례나 권했으나 끝내 듣지 않자, 이내 술잔을 바닥에 던지고는 눈물을 글썽였다.

"우리 집은 망했구나!"

그러더니 운명하였다. 대개 유언은 자식을 부탁하는 말이었던 것 같다.

그 뒤 홍 공은 과거에 급제하여 십여 년 사이 좌의정 자리에 올랐다. 숙종대에 신면의 옥사가 일어났다. 임금이 재상 홍 공에게 하문하였다.

"신면은 어떤 자인가?"

홍 공은 '모른다'라고 아뢰었다. 이리하여 그는 형벌을 받고 죽었다. 신면의 평소 하던 짓에 홍 공의 감정이 쌓인 지 오래되었기 때문이다. 다만 동양위가 홍 공을 이미 알아주었던 바, 한마디 말로 신면을 구하여 자기를 알아주었던 동양위의 마음에 보답해야 하는 것이 맞다. 이렇게 하지 않았으니 홍 공의 처사는 참으로 혀를 찰 만하다.

홍 공이 정승의 자리에 오른 뒤에도 김좌명 공은 여전히 문형의 자리에 있었다. 북경에 글을 올릴 일이 있으면, 이 글은 문형이 맡아서 사륙

체로 지어 먼저 대신들에게 보이고서 올리는 게 통상적인 예였다. 그래서 김 공은 자신이 지은 표문을 대신들에게 열람시켰다. 하지만 홍 공은 부채질만 하면서,

"이게 표(豹)인지, 표(彪)인지?"

라고 하였다. 이 역시 그의 좁은 도량을 보여주는 면이라 하겠다.

7-2

처음에 가난했던 진사 유생이 뒤에 부를 누림

유생(柳生) 아무개는 서울 출신이다. 일찍 문명(文名)이 있어 20세 전에 사마시에 합격하였다. 하지만 집안이 몹시 가난하였고 수원(水原) 땅에 살고 있었다. 재주와 성품이 다 빼어난 그의 아내 모씨가 바느질로 살림을 꾸리고 있었다.

어느 날 문밖에서 전하는 말이 '어떤 여자가 칼춤을 추는데 기가 막히다.'라는 것이었다. 유생이 그녀를 불러 안뜰로 들어오게 해서는 솜씨를 발휘해 보라고 했다. 안으로 들어온 여자는 물끄러미 유생의 아내를 쳐다보더니, 곧장 대청마루로 올라가 서로 껴안고 대성통곡을 하는 것이었다. 연유를 알 수 없었던 유생은 그의 아내에게 왜 그러느냐고 물었다. 그러자 '진작 알고 지내던 사람이어서 그랬다.'고 답하는 것이었다. 이 때문에 칼춤 추는 재주는 보지도 못하고 2, 3일을 머무르게 한 뒤 보냈다.

그로부터 5, 6일이 지났을 때 준마가 끄는 세 개의 새 가마가 저 멀리 앞길에 나타났다. 그 앞에는 계집종 여럿이 있었는데 역시 말을 타고 있었다. 뒤에 따로 모시는 행렬은 없었다. 이 가마가 곧장 유생의 집으로 향해 왔다. 유생은 의아하여 사람을 시켜 물었다.

"어디서 오는 여인들이기에 우리 집으로 들어오는 것이오?"

하지만 수행하는 이들은 대답도 하지 않은 채 문으로 들어가더니, 내문(內門)[7] 안에다 가마를 내렸다. 그리고 말과 종들은 다 주막으로 가서 쉬었다. 유생은 의아한 마음이 갑절로 커져 아내에게 글로 물었더니, '나중에 알게 될 터이니 억지로 물을 필요가 없어요.'라고 하는 것이었다. 이날부터 저녁밥과 반찬이 정결하면서도 넉넉하여 생선과 고기 할 것 없이 다 갖추어졌다. 유생은 속으로 더욱 의심나고 궁금하여 다시 글로 물었으나,

'굳이 물으려고 하지 말고 실컷 드시기나 하세요. 때가 되면 알게 될 테니 며칠 동안은 안채에 들어오실 필요도 없어요.'

라고만 하는 것이었다. 다음 날 아침 저녁밥도 마찬가지였다.

며칠이 지나 아내는 글로 서울로 올라가자고 청하였다. 괴이쩍은 유생은 중문 안으로 들어가 잠시 아내를 만나서 물었다.

"안에 와있는 저이는 어디서 왔소? 아침저녁 밥상이 전에 비해 어떻게 이리 풍성한 게요? 서울로 가자고 한 것은 또 무슨 말이오? 무슨 사정이 있어서 서울로 가자고 하는 거며, 어떻게 갈 채비를 해서 떠난단 말이오?"

그러자 아내가 웃었다.

"꼭 그렇게 물으시지 마세요. 곧 알게 될 거예요. 서울 가는 데 필요한 사람과 말은 신경 쓸 필요가 없어요. 알아서 준비하고 기다릴 터이니 그저 갈 채비만 하시면 된답니다."

유생은 의아하다 못해 괴상하다 싶었으나 아내가 하는 대로 놔둘 수밖에 없었다.

이튿날 세 가마가 전처럼 준마에 매여 있었고, 자신이 타던 말도 이미 안장을 얹은 채 기다리고 있었다. 유생은 말을 타고 그들 뒤를 따라 경성

---

7 내문(內門): 부녀자의 거처로 들어가는 문으로, 통상 여인들의 거처를 뜻한다. 뒤의 '중문', '안대문[中大門]' 등도 같은 맥락이다.

(京城)의 남대문에 도착하였다. 이윽고 회동(會洞)[8]의 한 저택으로 들어서서 세 가마는 내문으로 들어갔다. 유생 자신은 안대문 바깥에서 말에서 내렸다. 안으로 들어가니 바로 빈 행랑 한 채가 있었다. 그곳에는 대자리와 방석이 깔려 있었으며 서책, 붓, 벼루 등속과 타구(唾具), 요강 등의 집기가 좌우에 쭉 놓여있었다. 겸종 같아 보이는 관대를 한 자 몇이 사환으로 대령해있었다. 조금 뒤 하인 네다섯이 뜰에 들어와 알현하였다. 유생이 물었다.

"너희들은 누구냐?"

"소인들 모두 이 댁의 종이옵니다."

"이 댁은 뉘 댁이냐?"

"진사 나리 댁이옵니다."

또 물었다.

"여기에 놓여있는 물건은 어디서 가져온 것이더냐?"

"모두 진사 나리께서 사용하실 물건들입니다."

유생은 놀라고 어안이 벙벙하여 마치 구름과 안개 속에 앉아있는 것 같았다. 저녁밥을 먹고 나서 촛불을 밝히고 앉자, 그의 아내가 글을 써서 알려왔다.

'오늘 밤 한 아리따운 여인을 보낼 터이니, 외롭고 적적한 회포를 달래시어요.'

유생이

'그 여인은 누구요? 그리고 이게 무슨 일이오?'

라고 답신하자, 아내는

'이제 조만간 아실 거예요.'

---

8 회동(會洞): 즉 회현동(會賢洞)으로, 지금의 서울 중구 회현동 일대이다. 이 일대에 어진 사람들이 많이 모여 살았던 데서 이름이 유래되었다고 한다. 조선시대에는 따로 '호현(好賢)'으로 불리기도 했다.

라고만 하였다. 밤이 깊어지자 겸종들이 모두 밖으로 나가고 내문에서
계집종 둘이 한 절세의 가인을 모시고 나왔다. 곱게 단장하고 한껏 차려
입은 여인이 촛불 아래에 앉았다. 다른 시녀가 침구를 가지고 들어왔다.
유생이 여인에게 누구냐고 물었으나, 그녀는 미소만 지을 뿐 아무 대답
이 없었다. 이윽고 그녀와 함께 잠자리에 들었다.

　다음 날 아침 그의 아내는 글로 새사람 얻은 걸 축하하고, 또 알려왔다.

　'오늘 밤은 바꿔서 다른 미인을 보낼게요.'

　유생은 이 연유를 알 수 없어 그대로 맡겨둘 뿐이었다. 그날 밤 계집종
이 전날처럼 한 미인을 모셔 왔다. 그녀의 외모를 훑어보니 정말 다른
여인이었다. 유생은 그녀와도 동침을 하였다. 이튿날 아침, 그의 아내는
다시 글로 축하해주었다. 오후가 되자 문밖에서 느닷없이 벽제소리가
나더니 한 하인이 안으로 들어와 아뢰었다.

　"권 판서 대감 나리 행차가 들어오고 있습니다!"

　깜짝 놀란 유생은 대청에서 내려가 두 손을 모은 채 섰다. 이윽고 백발
의 한 노재상이 수레를 타고 들어왔다. 유생을 보더니 흐뭇한 모습으로
손을 잡고 대청으로 올라가 좌정하였다. 유생이 절을 올리고 여쭈었다.

　"대감께서 어떤 존귀한 분인지 모르오나 소생으로서는 아직 한 번도
뵌 적이 없사옵니다. 어떻게 여기까지 왕림하셨는지요?"

　그러자 노재상은 그를 보며 웃었다.

　"자네는 아직 달콤한 꿈[繁華夢]에서 깨어나지 못했는가? 내 이제 얘기
를 할 터인데, 자네 같은 좋은 팔자는 고금에 찾기 어렵다네. 오래전 자
네 처가와 우리 집 그리고 역관인 현 지사(玄知事)[9]의 집은 담장을 마주하

9　현 지사(玄知事): 현각(玄珏, 1640~1711)으로 추정되며, 아니면 그의 부친인 현덕우
　(玄德宇, 1617~1680)일 가능성도 있다. 이들 부자는 17세기 대표적 역관 가문인 천령
　현씨로, 각각 통정대부와 가선대부의 품계를 받았다. 다만 이 가운데 현덕우는 몰년
　이 대출척이 있었던 경신년(1680)으로 확인되며 여기 이야기는 갑술환국(1694)을

고 있었지. 같은 해 같은 달 같은 날에 세 집에서 다 딸아이를 낳았다네. 매우 드물고 기이한 일이어서 세 집에서는 늘 서로 아이들을 보내 함께 보곤 하였지. 조금 자라자 세 딸은 아침저녁으로 붙어 다니며 소꿉놀이를 했다네. 이때 이 아이들은 저들끼리 맹세하기를 같이 한 사람을 섬기자고 했다지. 나도 이 사실을 몰랐고, 두 집도 역시 몰랐다네. 그 뒤 자네 처가가 이사를 가게 된 뒤 소식이 끊기고 말았다네. 내 딸은 측실에게서 태어났지. 머리를 올릴 때가 되어 혼사를 정하고자 했더니 그 애는 죽음도 불사하며 거부하더군. '이미 앞서 약속하여 자네 아내를 따라 한 사람을 섬기기로 했으며, 그 외에는 비록 부모 집에서 그대로 늙어 죽더라도 결코 다른 집안으로 갈 생각이 없다.'라고 말일세. 현 지사네 딸도 마찬가지였다네. 나무라보기도 하고 달래보기도 했으나 끝내 마음을 돌릴 수 없어 스물다섯 살이 되도록 다른 사람에게 시집을 보내지 못했다네. 지난번에 듣기로 현 지사의 딸은 칼 재주를 익혀 남장하고서 사방팔방을 돌아다니며 자네 처를 찾으려 했다는군. 그러다 일전에 수원 땅에서 마주친 것이고. 그제 밤에 내문에서 나온 아리따운 아이는 바로 내 서녀(庶女)이고, 어젯밤에 나온 아리따운 아이는 바로 현 지사의 딸이라네. 이 집과 하인들, 그리고 집기와 서책 및 전답 따위는 나와 현 지사가 마련한 것이라네. 자네는 단번에 두 미인과 집과 재산까지 얻었으니, 옛날 양소유(楊少遊)[10]라도 이보다 더하진 못할 걸세. 자네야말로 좋은 팔자일세!"

그러더니 사람을 시켜 현 지사를 불러오게 하였다. 잠시 뒤 금관자에 홍대(紅帶)를 한 어떤 노인이 와서는 인사를 하였다. 권 판서가 그를 가리키며,

---

배경으로 하고 있는바, 정합하지는 않다.

10 양소유(楊少遊): 곧 김만중(金萬重)의 『구운몽(九雲夢)』에 나오는 주인공 이름이다. 그런데 여기서 권대운이 '옛날 양소유'라고 표현한 것은 시기상 맞지 않는다. 이것으로 볼 때 권대운의 이 언급은 후대의 시점에서 서술되었음을 알 수 있다.

"이 사람이 바로 현 지사라네."

라고 하였다. 세 사람은 마주 앉아 술과 안주를 성대하게 차려놓고 종일 토록 더없이 즐거워하다가 파했다. 권 판서는 바로 권대운(權大運)[11]이다. 유생은 아내와 두 첩과 더불어 한집에서 화목하고 즐겁게 몇 년을 보냈다. 그러던 어느 날 아내가 남편에게 말하였다.

"지금 조정을 보니 남인이 때를 얻어 권 판서께선 남인의 우두머리로 국정을 맡고 있습니다. 하지만 최근의 일들을 보면 인륜을 저버리는 행위가 많아 오래지 않아 필시 망하고 말 것입니다. 망하게 되면 그 화가 우리에게까지 미칠까 염려스럽군요. 이 화를 면할 길은 우리가 서둘러 시골로 내려가는 것만한 게 없겠어요."

유생은 이 말이 옳다고 하여 집과 재산을 모두 처분하고 아내와 첩들을 데리고 시골로 돌아갔다. 그리고 다시는 경성에 올라오지 않았다. 갑술년(1694) 곤전(坤殿)의 복위[12]가 있고 나서 남인들은 모두 죽임을 당하거나 귀양을 가게 되었고, 권대운도 그 안에 끼게 되었다. 유생만은 이일로 형벌을 받지 않았다. 그의 아내는 '여자 중에 식견 있는 자'라고 할 만하다. 어찌 당시 남인 재상들이 미칠 바이겠는가!

---

11 권대운(權大運): 1612~1699. 자는 시회(時會), 호는 석담(石潭), 본관은 안동이다. 1649년 과거에 급제하여 개성유수, 평안도관찰사, 호조·예조·병조판서 등을 역임하였다. 숙종 시기 남인의 중심인물로서 정치적 부침을 거듭하였다. 예컨대 우의정으로 있던 경신대출척 때는 남인의 실각으로 인해 귀양을 갔으며, 1689년 기사환국 때는 다시 영의정으로 등용되었다. 그러다가 1694년 갑술환국 때 서인이 집권하면서 다시 관직이 삭탈되었다. 이 이야기에서는 그를 '판서대감'이라고 하였으나, 사건의 흐름상 기사환국(1689) 이후 갑술환국(1694) 이전의 상황으로 보이는바, 이때는 영의정의 지위에 있었다.

12 곤전(坤殿)의 복위: 즉 인현왕후가 복위된 사건을 가리킨다. 인현왕후는 1689년 기사환국 때 장희빈을 앞세운 남인 정권에 의해 폐위되었다가, 이해 갑술환국 때 복위되었다. 우리가 알고 있는 『인현왕후전』에 이 과정이 잘 드러나 있다.

부제학 이병태가 해영에서 숙부를 문안함

부제학 이병태(李秉泰)¹³는 성품이 지극히 효성스럽고 처신이 청렴하여 남에게 털끝 하나도 취하는 법이 없었다. 부제학의 지위에 올랐어도 집은 무릎 하나 제대로 펴지 못할 정도였고, 옷은 몸을 제대로 가리지 못했다. 하지만 말과 주장은 맑고 드높아 패악한 이를 염치 아는 자로, 게으른 이를 일으켜 세우는 기풍¹⁴이 있었다. 부모를 여읜 뒤로는 숙부인 감사공(監司公)¹⁵을 모셨다.

감사공이 황해감사로 있을 때 병환이 매우 심각하였다. 그 당시 부제학이었던 이 공은 상소를 올려 사정을 임금께 아뢰고 숙부를 찾아뵙겠다며 애걸하였다. 임금은 특별히 윤허하였다. 이 공은 이웃과 친척 집에서 둔한 말과 하인을 빌려 해영(海營)¹⁶으로 출발하였다. 그런데 도중에 말이 폐사하는 바람에 맨몸으로 걸어서 해주에 도착하였다. 감영에 이르렀으나 문지기가 가로막아 들어갈 수 없었다. 문지기는 찢어진 갓에 해진 도포를 걸친 이 공을 보고 거지와 진배없다고 하여 막고서 들이지 않았다. 이 공이 관찰사의 친조카라는 사실은 알지 못했기 때문이었다. 이

---

13 이병태(李秉泰): 1688~1733. 자는 유안(幼安), 호는 동산(東山), 본관은 한산이다. 1723년 과거에 급제하여 홍문관부제학, 예조·호조참의, 합천군수 등을 역임하였다. 특히 합천군수로 있을 때 지역의 기민을 구제하는 데 앞장서다가 임지에서 병사하였다. 뒤에 청백리에 녹선되어 이조판서에 추증되었다.

14 패악한 이를 …… 세우는 기풍: 원문은 '廉頑起懦之風'으로, 『맹자』·「만장(萬章)」 하편의 "聞伯夷之風者, 頑夫廉, 懦夫有立志."라는 구절에서 유래하였다. 이는 백이숙제처럼 훌륭한 덕을 지닌 인물에 의해 사람들이 감화된다는 의미이다.

15 감사공(監司公): 즉 이집(李潗, 1670~1727). 호는 한주(韓州)이다. 1703년 음보로 목릉침랑을 지냈으며, 1725년 늦은 나이에 과거에 급제하여 청주목사, 한성부우윤 등을 거쳐 1727년 황해도관찰사가 되었다. 부임 후 민생에 힘쓰다 여기 이야기처럼 병을 얻어 그해 임지에서 죽었다. 저서로 『한주집(韓州集)』이 있다.

16 해영(海營): 즉 황해도의 감영으로, 감영이 해주(海州)에 있었기 때문에 이렇게 불리었다.

공도 이에 대해 직접 따지지 않고 잠시 문밖에서 기다렸다. 그러던 중 서울에 있을 때 이 공을 뵌 적이 있는 신연(新延)[17]하는 하인이 보고서 깜짝 놀라 다가가 절을 올렸다. 그러고는 이 공을 인도하여 안으로 들어갔다. 문으로 들어서니 감사공이 이 공의 행색을 보고 이렇게 꾸짖었다.

"이 무슨 꼴이더냐? 이러면 조정을 욕보이는 게야! 네가 이미 임금께 아뢰어 휴가를 얻었다면 부제학을 맡은 몸으로 역말을 타고 오는 게 옳다. 그런데 지금 거지 행색으로 이렇게 걸어서 내려왔으니 이제 우리 황해도 백성들은 부제학의 자리에 있는 이가 다 이런 사람인 줄로 알겠구나. 이야말로 조정에 누를 끼치는 일이 아니겠느냐? 당장 물러가거라."

이 공은 감히 문 안으로 들어가지 못하고 어쩔 줄 몰라 몸을 움츠린 채 책실로 물러났다. 잠시 뒤 관아 안에서 한 벌의 옷과 갓, 새 망건, 옥관자, 홍대 등을 보내서는 이것으로 갈아입고 오라는 것이었다. 이 공은 숙부의 엄한 훈계에 눌리어 부득이 이 명에 따라 옷을 갈아입었다. 위아래 복장을 일신하고서 비로소 징헌(澄軒)[18]에 나아가 절을 올렸다. 감사공이 씩 웃었다.

"이제야 부제학인 줄 알아보겠구나."

이 공은 한 달 남짓을 머무르다 돌아가겠다고 인사를 드렸다. 출발할 즈음 갓과 망건 등을 다 벗어 따로 싸둔 채, 다시 올 때의 의관을 입고서 돌아갔다.

---

17 신연(新延): 지방의 장교나 이속이 새로 부임하는 감사나 수령을 맞던 일을 말한다.
18 징헌(澄軒): 동헌(東軒)에 대한 별칭으로 보이나 구체적인 사례는 잘 찾아지지 않는다. 따로 '월징헌(月澄軒)'이라 하여 사적인 자신의 거처를 지칭한 사례가 보이기도 한다.

옥계 노진이 선천에서 아름다운 기녀를 만남

옥계(玉溪) 노진(盧禛)[19]은 어려서 부친을 여읜 데다 집도 가난하였다. 그는 남원(南原) 땅에 살고 있었는데, 장성한 나이가 되었어도 혼인하지 못한 처지였다. 그의 당숙은 무관으로 막 선천부사(宣川府使)가 되었다. 모친은 옥계더러 이 당숙을 찾아가 혼수를 청해보라 하였다. 이에 옥계는 땋은 머리[編髮]인 채로 걸어서 길을 나섰다.[20] 선천의 관문에 이르렀으나 문지기가 막아 관아로 들어갈 수가 없었다. 하는 수 없이 길에서 서성여야 했다. 그때 마침 새로 단장한 옷을 입은 한 어린 기녀가 그 앞을 지나갔다. 그녀는 발걸음을 멈추어 서서 옥계를 뚫어지게 보더니 물었다.

"도령께서는 어디서 오셨어요?"

옥계가 사실대로 말해주자, 그녀가 나섰다.

"우리 집이 아무 동네 몇 번째에 있는데 여기서 그리 멀지 않아요. 도련님 꼭 우리 집에서 묵으셔야겠어요."

옥계는 알았다고 하였다. 그 뒤 겨우겨우 관문으로 들어가 당숙을 뵙고는 찾아온 이유를 여쭈자, 당숙은 얼굴을 찡그렸다.

"신연(新延)이 얼마 안 된 데다 관채(官債)[21]도 산더미 같아 심히 민망한

---

19 노진(盧禛): 1518~1578. 자는 자응(子膺), 옥계는 그의 호, 본관은 풍천이다. 1546년 과거에 급제하여 대사간, 충청도 및 경상도관찰사, 대사헌, 예조판서를 지냈다. 당대의 학자인 기대승(奇大升), 김인후(金麟厚) 등과 교유하였으며, 효행으로 이름이 났다. 남원의 창주서원(滄州書院)과 함양의 당주서원(溏州書院)에 제향되었으며, 저서로『옥계집(玉溪集)』이 있다.

20 걸어서 길을 나섰다: 선천(宣川)은 평안북도 서남해안에 위치한 군으로 북쪽으로 의주와 경계이다. 따라서 지금 전라도 남원에서 선천까지 걸어서 갔다는 것이니, 그 거리가 만만치 않았음을 알 수 있다.

21 관채(官債): 원래 의미는 조선시대 민간인이 관아에서 대출받은 빚을 말한다. 다만 여기서는 부사가 관에 진 빚이거나 관아의 채무 전체를 의미하는 것으로 판단된다.

상황이구나."

그러면서 퍽 냉랭하게 대하였다. 옥계는 나와서 묵을 요량으로 인사를 드리고 관아 문을 나와 곧장 아까 그 기녀의 집을 찾아갔다. 그랬더니 기녀는 기뻐하며 맞았다. 그리고 모친더러 정갈한 저녁밥을 마련하여 올려 달라고 하였다. 밤이 되자 이들은 함께 잠자리에 들었다. 그리고 기녀가 말을 꺼냈다.

"제가 우리 고을의 부사 나리를 보니 수단이 영 시원찮아요. 아주 가까운 친지간이라고 할지라도 혼수를 넉넉히 도와줄지 모르겠네요. 도련님의 기골과 외모를 뵈니 앞으로 크게 현달하실 터인데, 뭣 하러 구걸하는 신세를 자처하시나요? 저에게 따로 모아놓은 은 5백여 냥이 있어요. 여기서 며칠 머무르시되 다시 관아로 들어가실 필요 없이 이 돈을 가지고 곧장 돌아가시는 게 좋겠어요."

하지만 옥계는 이 제안을 거절하였다.

"그것은 안 되네! 내 행동이 이랬다저랬다 가벼우면 당숙께서 꾸짖지 않겠는가?"

그래도 그녀는 물러서지 않았다.

"도련님은 가까운 친지로서의 정을 믿으시겠지만 가까운 친지라고 어찌 다 믿을 수 있겠어요? 여기서 며칠을 머무른들 남의 따가운 눈총을 받기나 할 거고, 돌아가게 된들 수십 금의 여비나 챙길 뿐일 것이니 이를 어디에 쓰겠어요? 그러니 여기서 곧장 돌아가는 것만 못해요."

옥계는 며칠 동안 낮에는 관아에 들어가 당숙을 뵙고 밤이면 기녀의 집에서 묵었다. 그러던 어느 날 밤, 기녀는 등불 아래에서 행장을 꾸리고 은자를 꺼내어 보자기에 넣었다. 새벽이 되자 마구간에서 한 필의 말을 끌고 와서 짐을 싣고는, 옥계더러 속히 떠나라고 하였다.

"도련님은 십 년 안짝으로 반드시 크게 귀한 몸이 될 거예요. 저는 몸을 잘 간수하며 기다리겠어요. 다시 만날 기약은 이 한 길밖에 없어요.

그러니 옥체 잘 보중하기를 바라요."

그녀는 눈물을 뿌리며 문 밖으로 나가버렸다. 옥계는 어쩔 수 없이 당숙에게 하직 인사도 드리지 못한 채 길을 나섰다. 아침이 되어 옥계가 돌아갔다는 소식을 들은 부사는 속으로 그의 짓이 엉뚱하다 못해 맹랑하고 괴이타 싶었다. 하지만 내심 자기 돈을 쓰지 않았으니 나쁘지 않은 일이었다. 옥계는 집으로 돌아와 받아 온 은자로 아내를 맞이하고 가산을 불려 먹고 입는 것이 더 이상 궁하지 않았다. 이에 과거 공부에 전념하여 4, 5년 뒤에 급제하였으며, 임금마저 알아볼 만큼 이름이 크게 알려졌다.

얼마 안 있어 옥계는 어사가 되어 관서 지방으로 감찰을 나오게 되었다. 그는 곧장 기녀의 집을 찾았더니 모친만 홀로 남아 있었다. 모친이 옥계를 보더니 안면이 익은지라 옷자락을 붙잡고 울며 말했다.

"내 딸이 낭군을 보낸 그날 나를 내버려 두고 도망을 쳤다오. 어디로 갔는지 알지 못한 채 지금 몇 년이 흘렀다오. 이 늙은 몸은 밤낮으로 딸을 생각하면서 눈물이 마를 때가 없었고……."

옥계는 망연자실하였다. 그러면서 '내가 여기에 온 것은 순전히 옛날의 정인을 만나기 위함이었는데, 지금 그림자도 보이지 않으니 내 마음과 기운이 다 내려앉는구나. 하지만 필시 저이가 나를 위하느라 자취를 감췄을 거야.'라는 생각이 들었다. 그래서 다시 물었다.

"당신 딸이 그렇게 한번 떠난 뒤로 지금까지 생사 여부를 들은 바가 없소?"

"근자에 듣자 하니, 내 딸이 성천(成川)[22] 경내의 산사에 들어가 종적을 감췄다는데 애를 직접 본 사람은 없다고 합니다. 풍문으로 들은 말이라

---

22 성천(成川): 평안도 동남부에 위치한 성천군으로, 동쪽은 양덕군, 동남쪽은 황해도 곡산군, 서남쪽은 강동군과 수안군 등과 접경이다. 선천과는 거리가 상당히 떨어져 있다.

믿을 만하지는 않소만. 이 몸이 늙어 기력이 없는 데다 사내자식이 없어서 얘가 있는 곳을 찾아볼 수 없었다오."

옥계는 이 말을 듣자마자 곧장 성천 땅으로 찾아갔다. 경내의 사찰을 다 방문하여 샅샅이 뒤졌으나 끝내 종적을 알 수 없었다. 그러다가 한 사찰을 찾아갔는데, 이 사찰 뒤편에는 천 길 절벽이 있고 그 위에 작은 암자가 있었다. 깎아지른 게 발 디딜 곳마저 없어 보였다. 옥계는 여라(女蘿) 넝쿨을 붙잡고 등나무 덩굴에 매달려 천신만고 끝에 그곳에 올라갈 수 있었다. 두세 명의 승려가 있어서 물었더니 이런 말을 전해주었다.

'4, 5년 전에 한 스무 살가량 된 여인이 약간의 은자를 예불하는 상좌(上座)에게 주면서 아침저녁 공양에 써달라고 하였습니다. 그러고는 불탁(佛卓)[23] 아래로 들어가 엎드린 채 머리를 풀어 헤쳐 얼굴을 가리었답니다. 아침저녁 공양은 창문 구멍을 통해 넣어주었으며, 혹 대소변을 볼 때면 잠시 문을 나왔다가 다시 들어가고 했답니다. 이렇게 한 지 이미 몇 년이 되었고요. 소승들은 다 이분을 보살이요 생불이라 여겨 감히 그 앞에 가까이 가지도 못한답니다.'

옥계는 내심 그가 기녀임을 알아차렸다. 이내 상좌승을 시켜 창틈으로 이렇게 전갈하라 하였다.

"남원의 노(盧) 도령이 지금 낭자를 찾아 여기에 왔는데 어째서 문을 열고 나와 맞이하지 않는가?"

그러자 그녀는 상좌승을 통해 물었다.

"노 도련님께서 오셨다면 과거에 급제했나요? 하지 못했나요?"

옥계가 이미 과거에 급제한 뒤 지금 어사로 여기에 왔노라고 알렸다.

"첩이 이렇게 몇 년 동안 자취를 감춘 채 고생고생한 건 다 낭군님을

---

23 불탁(佛卓): 불상을 모신 자리. 그 아래로 수도하는 작은 공간이 있는데, 여기 이야기에서 기녀는 남들이 보지 못하도록 이곳에서 지내고 있는 상황이다.

위한 것이었지요. 어찌 기쁜 마음으로 당장에 나가 맞지 않을 수 있겠어
요? 하지만 몇 년째 귀신의 꼴을 하고 있는지라 당장 장부의 행차에 보
이기가 곤란하옵니다. 저를 위해 열흘 남짓만 기다려 주시면 삼가 더러
움을 씻고 치장하여 본모습을 되찾을 테니, 그 뒤에 만나봄이 좋을까
싶습니다."

옥계는 그녀의 말을 따라 그곳에 머물러 기다렸다. 십여 일이 지난
뒤 그녀는 곱게 화장하고 아름답게 꾸미고 나왔다. 마주한 둘이 서로
손을 잡으니, 슬픔과 기쁨이 교차하였다. 그곳 승려들도 비로소 이들의
사연을 알고서는 안쓰러워하며 감탄하지 않은 이가 없었다. 옥계는 고을
관아에 통지하여 가마와 말을 빌려 그녀를 선천으로 태워 보내 모친과
상봉하게 하였다. 어사의 소임을 다 마치고 복명한 뒤, 비로소 사람과
말을 보내 그녀를 데려와 함께 살면서 죽을 때까지 사랑하고 아꼈다고
한다.

7-5

공중에서 혼령이 나타나 귤 세 개를 던짐

좌랑 이경류(李慶流)[24]는 병조좌랑으로 있을 때 임진왜란을 맞았다. 그
의 둘째 형[25]은 붓을 내던지고 무관직에 올라 있었다. 조방장(助防將) 변

---

24 이경류(李慶流): 1564~1592. 자는 장원(長源), 호는 반금(伴琴), 본관은 한산이다.
1591년 과거에 급제하여 성균관 전적, 사헌부 감찰, 병조좌랑 등을 지냈다. 여기 이야
기처럼 병조좌랑으로 있을 때 임진왜란이 일어나자 출전하여 전사하였다. 그의 사적
에 관한 이야기는 『동패락송』, 『계서야담』 등의 여타 야담집에도 두루 실려 있는바,
야담 이야기의 한 유형으로 널리 유행한 것을 확인할 수 있다.
25 둘째 형: 즉 이경함(李慶涵, 1553~1627). 자는 양원(養源), 호는 만사(晚沙)이다. 1585
년 과거에 급제하여 승문원 지평, 성주목사, 병조참판 등을 역임하였다. 광해군 대에
폐모론이 일어나자 이를 반대하다가 탄핵을 당했으며, 인조반정 이후 한성부 우윤(右

기(邊璣)[26]가 출정할 때 둘째 형을 종사관으로 쓰라는 임금의 재가가 있었다. 그런데 그 이름이 이 공의 이름자로 잘못 쓰이게 되었다. 그러자 둘째 형이,

"내가 재가를 받았는데 네 이름으로 잘못 적혔구나. 내가 가는 것이 옳다."

라고 하였으나 공은 받아들이지 않았다.

"이미 제 이름으로 재가가 났으니 제가 마땅히 가야지요."

그러면서 곧장 행장을 꾸려 모친께 떠나는 인사를 올리고 급히 진영으로 나아갔다. 변기가 경상우도로 출전하였으나 대패하여 달아났다. 진중에 이끄는 대장이 없어지자 병사들은 큰 혼란에 빠지고 말았다. 이 공은 순변사(巡邊使) 이일(李鎰)[27]이 상주(尙州)에 주둔하고 있다는 소식을 듣고는 필마단기로 그곳으로 달려갔다. 윤섬공(尹暹公),[28] 박호공(朴篪公)[29]과 함께 막하에 있으면서 다시 전투를 치렀으나 불리해져 진이 다 무너

尹)을 맡으며 정계에 복귀하기도 하였다.

26　변기(邊璣): 생몰년 미상. 임진왜란 시기에 활약했던 무장이다. 이전에는 강진현감, 고령첨사, 강화부사 등을 지냈다. 당시 그는 조방장으로서 조령을 방어하는 책임을 맡고 있었다. 이후의 행적에 대해서는 문헌마다 기록이 달라 정확한 몰년 등을 알 수 없다.

27　이일(李鎰): 1538~1601. 자는 중경(重卿), 본관은 용인이다. 1558년 무과에 급제하여 임진왜란 이전에는 함경도북병사, 전라병사 등을 거쳤으며, 특히 북방 이민족을 진압하는 데 공을 세웠다. 임진왜란이 일어나자 경상도순변사로서 상주에서 왜적을 맞았으나 패퇴하였고, 다시 충주에서 신립과 합세하여 싸웠으나 대패하였다. 이후 함경도병사가 되어 북방 경계에 힘쓰기도 하였다. 『제승방략』을 보완한 『증보제승방략(增補制勝方略)』을 남겼다.

28　윤섬공(尹暹公): 1561~1592. 자는 여진(如進), 호는 과재(果齋), 본관은 남원이다. 1583년 과거에 급제하여 사헌부지평, 사복시정 등을 거쳤으며 1587년에는 서장관으로서 명나라에 다녀왔다. 이때의 공으로 용성부원군(龍城府院君)에 봉해졌다. 임진왜란 때는 여기 이야기처럼 상주전투에서 활약하다 전사하였다.

29　박호공(朴篪公): 1567~1592. 자는 대건(大建), 본관은 밀양이다. 1584년 18세로 과거에 급제하여 홍문관수찬으로 관직에 올랐으며 임진왜란 때는 교리로서 이일의 종사관이 되어 참전하였다. 참고로 그의 이름은 '朴篪'로도 표기하는데, 이때는 '박지'로 읽힌다.

졌다. 이 싸움에서 윤 공과 박 공은 모두 전사하였다. 이 공이 진 밖으로 나오자 집의 사내종이 말을 잡고 기다리고 있었다. 이 공을 보고는 눈물을 흘리며 여쭈었다.

"일이 이 지경이 되었으니 빨리 한양으로 돌아가시는 것이 좋겠습니다."

공은 오히려 웃었다.

"나랏일이 이러하거늘 내 어찌 차마 살기를 꾀하랴?"

그러면서 붓을 찾아 늙은 모친과 큰형[30]에게 영결하는 글을 써서 도포 자락 안에 숨겨 사내종더러 전해주게 하였다. 다시 적진을 향하려고 하자 종이 끌어안고 울면서 놓아주지를 않았다.

"네 정성도 갸륵하구나. 내 너의 말을 따라야겠다. 다만 내가 지금 몹시 허기가 지니 밥을 얻어왔으면 좋겠구나."

종이 이 말을 믿어 의심치 않고 인가를 찾아 밥을 얻어서 돌아왔더니 이 공은 이미 떠나고 없었다. 종은 적진을 바라보며 통곡하고는 돌아갔다. 이 공은 밥을 얻어오라는 핑계로 종을 보내고 몸을 돌려 다시 적진으로 나아갔던 것이다. 적진에서 맨손으로 적을 쳐 죽이다가 결국 해를 당하고 말았다. 이때가 그의 나이 24세였고[31] 이날은 4월 24일이었다. 그리고 그곳은 상주 북문(北門)[32] 밖 너른 들이었다.

그의 종이 말을 끌고 돌아와서야 집안 식구는 비로소 그가 죽었다는 소식을 들을 수 있었다. 집에서는 편지를 보낸 날로 기일을 잡아 발상하였

---

30 큰형: 즉 이경홍(李慶洪). 참고로 이경류의 형제는 모두 여섯으로, 첫째가 경홍(慶洪), 둘째가 경함(慶涵), 셋째가 경심(慶深), 넷째가 경류, 다섯째가 경황(慶滉), 여섯째가 경하(慶河)이다.

31 이때가 그의 나이 24세였고: 실제 이경류가 죽을 때의 나이는 29세인바, 사실과는 차이가 있다.

32 북문(北門): 현재 상주시 북문동에 있었던 상주 성문 가운데 하나로, '현무문(玄武門)' 이라 하였다. 참고로 상주성은 조선 초기 경상 감영이 자리하면서 재축조되었으며, 1910년대까지도 잘 보존되어 있었다(참고로 1912년 상주성 사대문 기념엽서가 나와 있음). 이 북문 밖 너른 들이 다름 아닌 상주평야이다.

다. 종은 스스로 목을 찔러 자결하였으며, 말도 아무것도 먹지 않다가 죽었다. 그가 보내온 옷가지로 염을 하여 관에 넣고 광주(廣州) 돌마면(突馬面)[33] 선영의 왼편 기슭에 장사지냈다. 그리고 그 아래에 죽은 종과 말도 묻어주었다. 상주의 사림들은 단을 설치하고 제사의 예를 올렸으며 조정에서는 도승지로 추증하였다. 정조 연간 을묘년(1795)에 임금은 친필로 '충신의사단(忠臣義士壇)'이라고 써서 상주 북쪽 너른 땅에 사당[34]을 세우고 세 종사관[35]을 함께 배향하여 봄가을로 제사를 올리도록 명하였다.

이 공은 죽은 뒤 매일 밤이면 집으로 찾아왔다. 목소리와 웃는 모습은 꼭 살아있을 때 같았다. 부인 조 씨(趙氏)와 말을 주고받는 것이 평소와 다름이 없었다. 찬을 갖춰 올리면 평상시처럼 먹고 마셨다. 나중에 보면 음식은 그대로였다. 매번 날이 저문 뒤에야 찾아와서는 새벽닭이 울 때 대문을 통해 나갔다. 한번은 부인이 물었다.

"당신의 유해는 어디에 있나요? 알려주시면 반장(返葬)을 하려고요."

공은 슬픈 표정으로,

"수없이 쌓인 백골 더미 안에서 어떻게 찾아내겠소? 그대로 내버려 두는 것만 못하지. 게다가 내 백골이 묻힌 곳은 탈 날 일이 없소."

라고 하였다. 나머지 집안일을 처리하는 것도 평소와 똑같았다. 소상(小祥) 이후로는 간간이 찾아오다가 대상(大祥)이 되자 작별을 고하였다.

"오늘 이후로는 이제 오지 않을 거요!"

---

33 광주(廣州) 돌마면(突馬面): 현재 경기도 성남시 분당구 일부와 중원구 일부에 해당하며, 분당중앙공원 내에 있는 한산 이씨 묘역을 지칭한다. 이 묘역에 현재 이경류의 묘와 정려비가 남아있다.

34 사당: 현재 경상북도 상주시 연원동에 있는 '충의단'이다. 처음 영조 연간에 이 지역 사림들에 의해 만들어진 사당이 조성되었으며, 이후 정조 연간에 이곳에 '경절단(景節壇)'이라는 제단을 짓고, 정조가 '충신의사단'이라는 단호를 내리면서 제문을 직접 지어 제사를 받들게 하였다.

35 세 종사관: 상주전투에서 순절한 윤섬, 박호, 이경류를 말한다.

그때 그의 아들 제(穧)[36]는 겨우 네 살이었다. 공이 그를 쓰다듬으며 탄식을 금치 못하였다.

"이 아이는 필시 과거에 급제할 것이나 불행하게 될 거요. 그 불행이 닥치면 그때 내 다시 찾아오리다."

이윽고 문을 나가더니 그 후로 다시 모습을 보이지 않았다. 그 뒤 20여 년이 지난 광해군 대에 이 공의 아들 제는 과거에 급제하였다. 가묘를 찾아뵐 적에 공중에서 신은을 부르더니 나아가고 물러날 때를 알려주는 것이었다. 사람들은 모두 기이해했다.

늙은 모친은 병을 달고 있었다. 때는 마침 오뉴월 사이였는데 목이 타는 증세가 있었다. 그래서 시중드는 자에게 일렀다.

"어떡하면 귤 하나 먹을 수 있겠느냐? 귤을 먹을 수 있다면 이 갈증이 가시겠구나."

며칠 뒤 공중에서 형을 부르는 소리가 났다. 큰형이 뜰로 내려가 공중을 쳐다보니 구름과 안개 속에서 이 공이 귤 세 개를 던져주는 것이었다.

"어머니께서 귤을 바라셔서 제가 동정호(洞庭湖)에서 구해 왔습니다. 이것을 드시게 하면 병이 바로 나을 겁니다."

도암(陶菴)이 쓴 신도비명[37]에 '공중에서 귤을 던지니, 그 신명의 황홀함이여[空裏投橘, 神怳惚兮]'라고 한 것은 바로 이 일이다. 매번 기일에 제

---

36 아들 제(穧): 1589~1631. 1616년 과거에 급제하여 예조정랑, 도호부사 등을 지냈다. 그의 생년으로 볼 때 이해는 6세가 되는바, 여기서 네 살이라고 한 것과는 차이가 있다.

37 도암(陶菴)이 쓴 신도비명: 도암은 이재(李縡, 1680~1746)의 호로, 자는 희경(熙卿), 본관은 우봉이다. 18세기 전반 노론의 핵심적인 인물로, 탕평책을 부정했던 준론(峻論)을 주장하였다. 신도비명은 실제 그가 쓴 이경류의 묘갈(墓碣)을 말하며, 이 글은 『도암집』(권31)에 「종사이공묘갈(從事李公墓碣)」이라는 제목으로 실려 있다. 참고로 뒤 구절은 이 묘갈의 끝에 붙은 명문(銘文)으로, 전체 내용은 다음과 같다. "天地之間, 氣剛烈兮. 不生與存, 死與滅兮. 是或融結, 山岳峷兮. 又爲雷霆, 洩壹鬱兮. 商水湯湯, 平原忽兮. 空裏投橘, 神怳惚兮. 猇唫鶴飛, 非我匹兮. 有菀梧楸, 安此室兮. 冠佩莘莘, 享祀潔兮. 鍾玆忠孝, 慶長發兮."

사를 올릴 때면 합문(闔門)³⁸한 뒤에 꼭 수저 소리가 났다. 종가에서 제사를 올릴 때 올린 떡에 사람의 머리카락이 들어간 적이 있었다. 제사가 끝난 뒤 바깥채에서 종을 부르는 소리가 들렸다. 그래서 집안사람들이 괴이하다 싶어 귀를 기울여보니 사랑채에서 들리는 것이었다. 종이 '예' 하며 들어가자 떡을 찐 계집종을 잡아들이라고 하면서 분부하였다.

"신도(神道)에선 산 사람의 머리카락을 꺼리거늘, 너는 어째서 살피지 못했단 말이냐? 네 죄에는 매질 밖에!"

그러면서 종아리를 때리도록 하였다. 이때부터 기일이 돌아올 때마다 비록 한참이 지났어도 집안사람들은 조금도 소홀히 하지 못했다고 한다.

7-6

정자에서 용력을 발휘하여 뱀 떼를 섬멸함

판서 이복영(李復永)³⁹은 세거지인 결성(結城)의 삼산(三山)⁴⁰ 땅 바닷가에 살았다. 매번 밀물과 썰물이 들고 날 때면, 바다 위에 세 섬이 세 산봉우리처럼 보였다. 그래서 호를 삼산이라 하였다.

뒤편에 사방을 난간으로 두른 산정(山亭)이 있었다. 공은 이곳에 거처하였다. 산정 앞에는 오래 묵은 큰 홰나무가 있었다. 아침마다 이 나무

---

38 합문(闔門): 제사 때 헌작한 뒤 귀신이 음식을 흠향하도록 문이나 병풍으로 가려주는 의식이다.

39 이복영(李復永): 1719~1794. 자는 초지(初之), 호는 삼산(三山), 본관은 한산이다. 한성주부, 태인현감, 고성군수를 거쳐 1791년 공조판서가 되었다. 그 외의 생력은 드러나 있지 않다.

40 결성(結城)의 삼산(三山): 결성은 과거 결성현으로, 지금의 충청남도 홍성군 결성면 일대이다. 삼산은 결성면과 인접한 태안군 안면읍 인근의 한 섬으로, 현재 삼봉해변이라는 이름이 남아있다. 한편 지금의 광천지역을 과거 삼봉이라고 일컫기도 한 만큼 정확한 규명이 필요하다.

안에서 안개가 피어올라 뜰을 가득 채우곤 했다. 매일 이와 같았다. 어느 날 이 공이 문을 열고 자세히 살펴보니, 안개에 쌓인 가운데 그 홰나무 구멍에서 웬 물체가 대가리를 내미는 것이었다. 공은 괴상하다 싶던 차에 마침 곁에 마상총(馬上銃)[41]이 있어서 저것을 향해 쏘자 적중하였다. 물체는 대가리를 빼더니 들어가 버렸다.

잠시 뒤 느닷없이 벼락이 치는 소리가 났다. 이 공이 깜짝 놀라 쳐다보니 큰 홰나무가 부러져 있고, 한 거대한 구렁이가 피를 흘리며 몸뚱이를 반쯤 드러내고 있었다. 크기는 몇 아름이나 되는지 모를 정도였다. 뿔과 갈기도 돋아 있었다. 이어서 그 구멍에서 뱀들이 기어 나왔다. 그 수를 헤아릴 수 없는 지경이었다. 큰 것은 대들보나 서까래만 하였고 작은 것은 손가락이나 설대[簡竹]만 했다. 이것들은 끊임없이 이어져 사방을 빙 둘러 정자 쪽을 향해 기어 왔다. 공은 웃옷을 벗고 총을 뽑아 총신을 쥐었다. 난간 주변을 빙빙 돌며 뱀 머리가 난간에 근접해오는 족족 내리찍는데, 빠르기가 비바람이 몰아치는 듯했다. 한 귀퉁이라도 놓치게 되면 해를 당할 상황이었다. 아침 해가 뜰 때부터 저녁밥을 먹을 때까지 잠시도 쉴 수 없었다. 흐르는 피는 뜰에 가득했으며 비린내와 역겨움이 하늘을 뒤덮었다.

뱀이 다 죽자 공도 지쳐 숨을 헐떡이며 드러누웠다. 집안 식구들은 공이 오래도록 정자에서 나오지 않아 이상하다 싶었다. 찾아가 보았더니 죽은 뱀이 언덕처럼 쌓여있었다. 소스라치게 놀란 식구들은 건장한 사내종 네다섯을 시켜 이것들을 바다 속으로 쓸어 내버리도록 하였다. 이리

---

41 마상총(馬上銃): 기마병이 사용하는 총으로, 말 위에서 쏠 수 있도록 총신이 짧은 것이 특징이다. 잘 알려져 있듯이 동아시아에 처음 조총이 전래된 것은 일본에 교역으로 왔던 포르투갈 상인들을 통해 이루어졌으며, 임진왜란 시기에 조선에서도 총을 만들 수 있었다. 이후 청나라에도 전래되었던바 마상총이 언제부터 나왔는지는 불분명하다. 아마 17세기 이후 청나라 기병제도에서 연유했을 가능성이 크다.

하여 마침내 이런 일은 사라졌다. 이 공의 용력이 이와 같았다.

그가 젊었을 적에는 이런 일도 있었다. 기녀 2, 30명을 시켜 각자 큰 붓에 먹물을 묻히고서 빙 둘러서게 한 다음, 이 공은 그 안에 있으면서 저들더러 붓으로 자기 옷에 점을 찍게 하였다. 다 끝나고 나서 보니 한 점 먹물 자국도 없어 다들 놀랍고 의아해했다. 이윽고 발을 들어 보이자, 먹 자국은 거기에 다 있었다. 대개 먹물을 발로 받았기 때문이다.

촉석루에서 암행어사가 자신을 숨김

영성군(靈城君) 박문수(朴文秀)[42]가 젊었을 때의 일이다. 외숙[43]이 진주(晉州)로 부임하는 길에 따라갔다가, 그곳에서 한 기녀를 보자마자 푹 빠졌다. 저들끼리는 서로가 같은 날 죽기로 맹세하기까지 하였다. 하루는 서실에 있는데 볼썽사납도록 못생긴 한 계집종이 물을 길어서 지나가고 있었다. 주변의 사람들이 그녀에게 손가락질하며 낄낄거렸다.

"저 계집은 서른이 다 됐는데도 얼마나 못생겼는지 아직껏 음양의 이

---

42 영성군(靈城君) 박문수(朴文秀): 1691~1756. 자는 성보(成甫), 호는 기은(耆隱), 본관은 고령이다. 1723년 과거에 급제하였는데, 여기 이야기처럼 증광시에 합격하였다. 이후 대사성, 경상도와 함경도 관찰사, 어영대장 등을 역임하였다. 1727년 이인좌(李麟佐)의 난이 일어나자 여기 이야기처럼 오명항(吳命恒)의 종사관으로 출전 공을 세워 영성군에 봉해졌다. 그는 소론에 속했으며, 영조 시기 실제적인 탕평책을 구현하는 데 앞장섰다. 특히 네 번에 걸쳐 어사로 파견된 행적과 함경도진휼사로 나갔을 때 기민을 구제한 일 등이 소재가 되어 일명 '암행어사 박문수' 설화가 많이 유전되었다.

43 외숙: 이태좌(李台佐, 1660~1739)로 추정된다. 박문수의 외가는 이항복 집안으로, 그는 외가에서 어린 시절을 보내며 외숙인 이태좌에게 학문을 배웠다고 알려져 있다. 이태좌는 자가 국언(國彦), 호는 아곡(鵝谷), 본관은 경주이며, 1699년 과거에 급제하여 암행어사, 형조·이조판서, 우의정 등을 지냈다.

치도 모른다지. 만에 저 계집을 가까이하는 자가 있다면 그야말로 적선(積善)이라 반드시 천지신명의 도움을 받을 거야."

박문수가 이 말을 들었다. 그날 밤, 계집종이 또 지나가자 바로 불러들여 잠자리를 같이했다. 그녀는 매우 즐거워하면서 돌아갔다.

이후 한양으로 돌아와 과거에 급제한 박문수는 10년 동안 암행(暗行)하라는 어명을 받들게 되었다. 한번은 진주에 이르러 전에 아꼈던 기녀의 집을 방문했다. 문밖에 서서 밥 좀 주십사 하니 안에서 한 노파가 나왔다. 한참을 쳐다보더니,

"괴상하네, 괴상해!"

라고 하는 것이었다.

"할멈은 왜 그러시오?"

"당신의 얼굴이 전전 사또 계실 때 박 서방님의 모습과 너무 똑같네요. 그래서 괴상하다 한 것이지요."

"내가 과연 박 서방이오."

노파가 깜짝 놀랐다.

"이게 웬일이랍니까? 서방님이 이렇게 구걸하는 신세가 되어 올 줄은 생각도 못 했네요. 일단 제 방으로 들어가 잠깐이라도 앉아서 밥을 자시고 가세요."

박문수가 노파의 방으로 들어가 자리를 잡고 물었다.

"자네 딸은 어디에 있소?"

"관아의 수청기(隨廳妓)로 계속 번을 서느라[44] 나오지 못하고 있답니다……."

노파가 불을 지펴 밥을 하고 있는데, 느닷없이 신발 끄는 소리가 나더

---

44 계속 번을 서느라: 원문은 '長番'으로, 교체 없이 장기간 관역(官役)을 지는 것을 말한다. 이와 달리 입출번(入出番)은 정해진 시간 동안만 부역하는 것을 이른다.

니 그 기녀가 부엌으로 들어왔다.

"모처의 박 서방이 와 있단다."

"언제 여기에 왔대요? 무슨 일이 있어서 왔다고 합디까?"

"행색이 가엾더구나. 갓은 찢기고 옷은 해진 게 영락없는 비렁뱅이 꼴이더라. 사정을 물었더니 외가인 전전 사또 집에서 쫓겨나 지금은 여기저기를 떠돌면서 밥 동냥을 하고 다닌다는구나. 여기가 옛날에 오래 있었던 곳인 데다 아전들도 잘 알아 돈이나 몇 푼 얻어볼까 하여 무작정 왔다고 한단다."

그러자 그녀는 낯빛이 바뀌었다.

"그런 소리를 왜 저보고 하세요?"

"널 보려고 왔다는데 기왕 왔으니 한번 들어가 보는 게 좋겠다."

"만나본들 뭔 득이 있겠어요? 저런 사람은 보고 싶지 않아요. 내일 병사(兵使) 나리의 생신이라 고을 수령들이 많이 모일 거예요. 촉석루(矗石樓)⁴⁵에서 기악(妓樂)이 열릴 터인데, 감영에서는 기생들의 옷단장을 잘 하라는 분부가 엄하답니다. 제 옷상자 안에 새로 지은 한 벌이 있으니, 어머니가 가져다주세요."

"내가 어떻게 안다고. 네가 들어가 가져오렴."

그녀는 어쩔 수 없어 문을 열고 들어갔다. 얼굴에 화난 기색이 역력했다. 눈길 한 번 주지 않고 방벽을 따라가서는 옷상자를 열어 새 옷을 꺼내 뒤도 보지 않고 나와 버렸다. 그러자 박문수는 그 어미를 불러서 말했다.

"주인이 이처럼 쌀쌀맞으니 내 더 이상 오래 머물 수 없겠소. 이제 가겠네."

---

45 촉석루(矗石樓): 진주의 남강 가에 있는 건물로, 영남의 3대 누각 중 하나이다. 당시 대구에 경상도 좌영(左營)을, 진주에 경상도 우영(右營)을 두었는데, 촉석루는 바로 이 우영 내에 있었다.

노파가 붙잡았다.

"나이가 어려 물정을 모르는 아이니 어떻게 나무라겠어요? 밥이 거의 다 되었으니 잠시 앉아 드시고 가시지요."

"밥 먹을 생각이 싹 가셨네."

그러면서 문을 나왔다. 다시 옛날 계집종의 집을 찾아갔다. 그 계집종은 아직도 물을 긷고 있었다. 물을 길어오던 계집종이 그의 모습을 보고는 한참 동안 살폈다.

"이상하다, 이상해!"

"너는 왜 사람을 보고 이상하다고 하느냐?"

"손님께서는 지난날 이곳의 책방 도령이셨던 박 서방님과 너무 닮으셨어요. 하여 속으로 적이 이상하다 한 것이고요."

"그래, 내가 과연 박 서방이란다."

이 말에 계집종은 물동이를 땅에 던져버리고 손을 잡고 대성통곡을 하였다.

"이 무슨 일이랍니까? 또 이 모양은 무엇이고요. 제집이 여기서 멀지 않으니 함께 가시어요."

박문수가 그녀를 따라가 보니, 두세 칸 작은 집이 있었다. 방으로 들어가 앉자 그녀는 눈물을 흘리며 동냥하는 이유를 물었다. 박문수가 앞서 기녀의 어미에게 대답한 대로 말해주자 그녀는 깜짝 놀랐다.

"이렇게까지 어려워지셨다니요! 저는 서방님께서 크게 현달하리라 여겼는데 이 지경이 될 줄 알았겠어요? 오늘은 제집에 계셨으면 해요."

그러고는 한 허름한 옷상자를 꺼냈다. 거기에 명주옷 한 벌이 있었다. 이 옷으로 갈아입으라 하자, 박문수가 물었다.

"이 옷이 어디서 났느냐?"

"이 옷은 제가 여러 해 동안 물을 길어 받은 품삯으로 마련한 것이에요. 모은 돈으로 옷감을 사서 사람을 시켜 재봉하여 둔 것이랍니다. 이생에서 서방님을 만나게 된다면 저의 마음을 보여주고 싶었기 때문이지요."

그러나 박문수는 사양하였다.

"내가 오늘 이렇게 해진 옷차림으로 찾아왔거늘 지금 갑자기 이 옷을 입게 되면 사람들이 수상하게 생각하지 않겠느냐? 나중에는 입을 테니 우선 놔두어라."

그녀는 부엌으로 들어가 저녁밥을 차리다가 뒤편으로 가더니 중얼중얼했다. 누군가에게 욕지거리하는 것 같았다. 거기에 다시 그릇이 깨지고 부서지는 소리가 났다. 박문수가 괴이쩍어 이유를 물었더니 그녀의 대답은 이랬다.

"남쪽에선 귀신을 섬기지요. 제가 서방님을 보내고 난 뒤에 신위(神位)를 모셔 아침저녁으로 기도를 올렸답니다. 죄다 우리 서방님이 입신양명하기를 바란 거였지요. 귀신이 영험함이 있다면 서방님이 어찌 이런 지경에 이르렀겠어요? 이 때문에 아까 제기를 깨부수고 신위를 불태워버린 것이랍니다."

박문수는 웃음을 참으면서도 그 정성에 감격하였다. 그녀가 저녁밥을 차려 올리자 그는 단번에 먹어 치우고 그곳에 묵었다. 다음날 이른 아침, 아침밥을 재촉하여 먹고는,

"내 가볼 곳이 있구나."

하고 곧장 문을 나섰다. 먼저 촉석루로 가서 누 아래에 몸을 숨겼다. 해가 뜬 뒤 관리들은 분주하게 주변을 치우고 잔치 자리를 마련하였다. 잠시 뒤 병사와 본관사또가 나왔으며, 이웃 고을의 수령 10여 명도 모두 이 모임에 참석하였다. 그때 박문수는 느닷없이 윗자리로 올라와 병사를 보고 말하였다.

"지나가는 길손인데 성대한 연회에 끼고 싶어 왔나이다."

그러자 병사는,

"저 모퉁이에 앉아 구경하는 거야 나쁠 게 없지."

라고 하였다. 이윽고 자리는 술과 음식이 넘쳐나고 악기 소리와 노랫소리로 떠들썩해졌다. 그 기녀가 사또의 뒤에 서 있었는데, 곱고 환한 옷차림에 아름다운 자태가 묻어났다. 병사가 돌아보며 씩 웃었다.

"사또가 요새 저것에 푹 빠진 모양이군? 낯빛이 예전만 못한 걸 보면 말일세!"

사또도 웃으며 대답하였다.

"어찌 그럴 리가 있겠습니까? 허울만 그렇지 실제는 그렇지 않사옵니다."

병사가 다시 웃었다.

"필시 그럴 리가 없지."

그러더니 기녀를 불러 술잔을 올리라 하였다. 기녀가 술잔을 들어 차례차례 올리며 다가오자 박문수도 청하였다.

"이 길손도 잘 마시니, 한 잔 청하오."

그러자 병사가,

"따라 주거라!"

라고 하였다. 기녀는 술을 따라 지인(知印)에게 주며 말하였다.

"저 손님에게 주시오."

박문수가 미소를 지었다.

"이 길손도 사내인지라 기녀가 직접 따라주는 술을 마시고 싶소."

병사와 사또가 정색하였다.

"마시는 거야 좋지만 어찌 기녀가 따라주는 것까지 바라는가?"

박문수는 어쩔 수 없이 그대로 받아 마셨다. 찬이 나와 다른 사람들 앞에는 저마다 큰 상이 놓였으나, 자신 앞에 차려진 것은 몇 개 그릇에 지나지 않았다. 박문수가 다시 물었다.

"다 양반이거늘 어째서 음식에 위아래를 둔단 말이오?"

사또는 화를 냈다.

"윗분들 모임에 어찌 그리 요구가 많은가? 음식을 얻어먹었으면 속히 가기나 할 것이지 뭔 말이 그리 많단 말인가?"

박문수도 화를 냈다.

"나는 어른이 아니란 말이오? 이미 아내와 자식도 두었고 수염과 머리도 희끗해졌거늘 내가 어린애란 말이오?"

사또는 역정을 냈다.

"이 거지가 패악질을 하다니, 쫓아내야 되겠구나!"

그러면서 관아 하인에게 분부하여 쫓아내라 하였다. 누 아래에 서 있던 예속이 박문수를 보고 소리를 질렀다.

"당장 내려오시오!"

"내가 왜 내려가? 사또가 내려가야지!"

이에 사또가 격분하였다.

"이런 미친놈이 있나? 너희들은 어째서 저놈을 끌어내리지 않느냐?"

호령이 서릿발 같았다. 지인 무리가 그의 소매를 붙잡고 등을 떠밀자 소리를 질렀다.

"너희들은 물렀거라!"

이 말이 떨어지기도 전에, 문밖에서 역졸들이 고함을 쳤다.

"암행어사 출두야!"

병사 이하 다들 얼굴빛이 사색이 되어 허둥지둥 달아나기 바빴다. 박문수는 높은 데 자리 잡고 껄껄 웃었다.

"그래, 그렇게 나가는 게 당연하지."

이어 병사가 앉았던 자리에 앉았다. 병사부터 각 고을의 수령들까지 사모관대를 갖추고 뵙기를 청하며 하나하나 나와 뵈었다. 인사를 다 받고 나자, 박문수는 그 기녀를 잡아들이라 하였다. 그리고 다시 기녀의 어미를 부른 다음 기녀에게 분부하였다.

"예전에 나와 네가 서로 사랑했던 것은 뭐란 말이냐? 산이 무너지고 바다가 마르도록 좋아하는 마음 변치 말자고 약조하지 않았더냐? 지금

내가 이런 행색으로 왔으면 너는 옛날의 정을 생각하여 좋은 말로 위로
해 주는 게 맞거늘 어째서 화를 낸단 말이냐? 속담에 '동냥은 못 줄망정
쪽박을 깬다[不給粮而破瓢]'더니, 바로 너를 두고 한 말이로다. 일로 보면
당장에 때려 죽여야 하지만 너를 어찌 죽일 수 있겠느냐? 낮춰서 태형(笞
刑)을 내리노라."

기녀의 어미에게는,

"너는 그나마 사람의 도리를 알았더구나. 내 너 때문에 딸아이를 죽이
지 않는 것이니라."

라고 하면서, 쌀과 고기를 내어주라 명했다.

"내가 보아온 여자가 있으니, 어서 빨리 불러오너라!"

그리하여 물 긷던 계집종더러 동헌으로 올라오라 하여 곁에 앉히고
그녀를 다독였다.

"이야말로 진정 정이 있는 여자다. 이 여자를 기안(妓案)에 올려 행수
(行首)[46]의 일을 수행토록 하고, 아무개 기녀는 강등시켜 급수비(汲水婢)로
내쳐라."

관아의 이방을 불러들여 아무 이유도 따지지 말고 돈 200냥을 속히
가져오라 하였다. 박문수는 이 돈을 계집종에게 주고 떠났다.

연광정에서 병조의 장교가 영을 내림

정승 김약로(金若魯)[47]가 평안감사로 있다가 병조판서로 승진하게 되

---

46 행수기(行首妓): 각 관아에 속한 관기의 우두머리로, '도기(都妓)'라고도 한다.

47 김약로(金若魯): 1694~1753. 자는 이민(而敏), 호는 만휴당(晚休堂), 본관은 청풍이다.
1727년 과거에 급제하여 승지, 개성유수 등을 거쳐 평안도관찰사가 되었으며 이후

었다. 때는 그가 평양 감영에 부임한 지 얼마 안 됐던 터라, 강산과 누대며 멋들어진 노랫가락과 화려한 기녀들을 아무래도 잊고 가기 어려웠다. 이 때문에 화병이 크게 난 그는,

"병조의 아랫것들이 혹여라도 뫼시러 온다면 내 당장 때려죽이고 말겠노라."

라는 등 으르렁거렸다. 이러자 병조의 소속 관리로 감히 평양으로 내려가려는 자가 없었다. 이에 용호영(龍虎營)[48]의 장교들이 상의하게 되었다.

"판서 나리의 영이 저와 같다니 정말이지 감히 내려갈 수도 없고, 그렇다고 이 때문에 내려가지 않는다면 이 또한 때를 놓쳤다는 죄명을 쓰게 될 게야. 이를 장차 어찌한단 말인가?"

그러자 그중 한 장교가 나섰다.

"내가 무사히 뫼셔 오겠네! 그러면 자네들은 나를 후하게 대접하겠는가?"

다들 그러겠다고 하였다.

"자네가 내려가서 무사히 뫼셔 온다면야 우리는 당연히 술과 음식을 한껏 마련해서 기다리겠네."

"그렇다면 내 지금 채비해서 떠나겠네."

그러고는 순뢰(巡牢)[49] 중에 덩치가 크고 힘이 센 자 20명을 선발하여

병조판서, 좌의정 등을 역임하였다. 실제 그는 여기 이야기처럼 평안도관찰사에 임명된 지 2년 만에 병조판서로 제수되었다. 역사적으로는 동생 김상로(金尙魯)와 함께 사도세자를 탄핵하는 데 앞장선 것으로 알려져 있다.

48 용호영(龍虎營): 조선시대 국왕을 직접 호위하던 친위군영으로, 이 직제는 좀 복잡한 역사를 거쳤다. 원래 조선 전기에는 친위군이 내금위(內禁衛), 겸사복(兼司僕), 우림위(羽林衛) 등 3개 부대를 두었으나, 효종 때 이를 내삼청으로 통합하였다. 그러다가 현종 때 내삼청을 금군청(禁軍廳)으로 개칭하였으며, 숙종 때에는 별도로 금군별장을 차출하여 병조 예하에 두었다. 그리고 1755년 금군청을 용호영으로 개칭하였다. 따라서 금군청의 일부는 병조 예하에 있었으므로 여기 용호영 장교는 병조 예속인 셈이다.

49 순뢰(巡牢): 즉 순령수(巡令手)와 뇌자(牢者)이다. 순령수는 '순령수(巡令守)'라고도 하며 군영에서 대장의 영을 전달하며 수행하던 무관이며, 뇌자는 군영 안에서 죄인을 다스리던 병졸이다.

새 군복으로 갈아입힌 다음, 외치는 소리와 곤장 사용하는 법을 모두 익히게 하고서 이들과 함께 평양으로 떠났다.

그때 김약로는 매일 연광정(練光亭)에서 풍악을 울리고 있었다. 그런데 저 멀리 장림(長林)[50] 사이로 삼삼오오 짝을 지어 오는 자들이 보였다. 약로는 속으로 매우 의아했다. 잠시 뒤 옷차림이 말끔한 한 장교가 종종 걸음으로 연광정 안에까지 들어왔다. 그는 그곳의 하인들에게 '병조의 교련관(敎練官)이 뵈러 왔다.'고 아뢰도록 하였다. 김약로는 대로하여 상을 치며 고래고래 소리를 질렀다.

"병조의 교련관이 무슨 일로 왔단 말이냐?"

장교는 당황하거나 서두르지 않고 계단을 올라와 군례(軍禮)를 마친 뒤에 곧장 호령하였다.

"순령수(巡令手)는 속히 나와 뵈어라!"

말이 다 떨어지기도 전에 20명의 순뢰가 달려들어 뜰아래에서 절을 하고 나서 양쪽으로 나뉘어 섰다. 그 신수며 군복이며 평양 감영의 나졸들과는 하늘과 땅 차이 정도가 아니었다. 장교는 대뜸 다시 큰소리로 호령하였다.

"좌우의 시끄러운 소리를 금하라!"

이 말을 몇 차례 하고서 엎드린 채 품달하였다.

"사또께서 관찰사로 이곳에 행차하셨다고 해도 정말 이러해서는 아니될 일이옵니다. 더구나 지금은 병조판서이시며 대장군으로 행차하시는데, 저것들이 어찌 감히 이처럼 시끄럽게 떠들 수 있으며 이곳 장교들은 이를 금지하지도 않는단 말입니까? 해서 이곳 장교들을 붙잡아 들여 죄를 다스려야겠습니다."

---

[50] 장림(長林): 대동강 남편에 긴 모래사장과 함께 펼쳐져 있던 숲 이름이다. 솔숲으로 평양 대동강변의 승경처 가운데 하나였다. 북변의 평양성 남문인 대동문과 그 옆 연광정에서는 정남향으로, 강 건너편이다.

그러면서 다시 호령하였다.

"좌우의 소란을 금하게 하고 이곳 장교들을 속히 잡아들이라!"

이에 순뢰들이 동시에 명령을 받들어 나와서는 쇠사슬로 목을 묶어 잡아들였다. 장교는 저들에게 분부를 내렸다.

"사또의 행차는 그분이 한 도의 관찰사라 해도 이렇게 시끄럽고 소란해서는 아니 되거늘, 하물며 지금은 병판 대감이자 대장군의 행차이지 않으냐? 너희들은 어찌 감히 이런 난잡한 것들을 금하지 않는단 말이냐?"

그러면서 법을 집행하라 하자, 순뢰들이 가지고 온 병조에서 쓰는 맨 몽둥이[白棍]을 들고서 소매를 걷어붙인 채 내리쳤다. 그 소리가 집채를 흔들 정도였다. 이들의 응명하는 소리와 곤장 사용하는 법이 죄다 경영 (京營)에서의 예를 따른지라, 평양 감영에서 시행하던 류는 함께 언급할 정도가 못 되었다. 약로는 그제야 속이 확 뚫린 듯하여 노기를 풀고 앉아서 한양에서 온 장교가 하는 대로 놔두었다. 일곱 대를 때리자 장교가 다시 품달하였다.

"이번 건은 곤장 일곱 대를 넘을 수 없사옵니다."

저들을 풀어주고 끌어내라는 것이었다. 약로는 마음이 몹시 열적어 감영의 이속을 불러 일렀다.

"감영의 부과기(付過記)[51]도 가져와서 저 장교에게 주거라."

이에 부과기를 받은 장교는 하나하나 죄를 따져서 어떤 자는 5대, 어떤 자는 8, 9대를 치고 끌어내었다. 약로는 다시,

"지워진 표시[52]가 있는 이전 부과기까지 장교에게 주거라."

---

51 부과기(付過記): 관아나 군영에서 관원의 공무상 과실을 기록한 장부이다. 관리가 허물을 저질렀을 때 그 과오를 별지에 써서 정안(政案)에 붙여 두었다. 이는 후일 도목정사(都目政事)할 때 자료로 삼았다.

52 지워진 표시: 원문은 '爻周'로, 수정 기호 중 하나이다. 효는 글자 그대로 '×' 표시이며, 주는 동그라미 표시를 의미한다. 여기서는 이 표시를 하여 죄목을 지운 것을 말한다.

라고 하였다. 장교가 앞서 한 것처럼 이를 이행하자, 김약로는 매우 기뻐하였다.

"너는 나이가 몇이며 어느 집안사람이냐?"

장교는 자신이 몇 살이고 아무 집안사람이라고 답하였다.

"그렇다면 너는 평양이 초행이더냐?"

"그렇사옵니다."

"이렇게 좋은 경치를 두고 어째서 한 번도 놀러 와 즐기지 않았단 말이냐?"

그러고는 체하기(帖下記)[53]를 들이라 하여, 돈 100냥과 쌀 5섬을 써서 주었다.

"내일 이 누정에서 한번 놀아보거라. 음식과 풍악은 내가 마땅히 갖추어 주겠노라."

마침내 익히 알던 사람인 양 믿고 맡기게 되었다. 그는 며칠을 묵고서 일행과 서울로 올라갔다. 이 이야기는 단번에 전해져 우스갯거리가 되었다.

7-9

재상이 홀로 된 딸을 가난한 무변에게 맡김

한 재상의 딸이 출가했다가 1년도 안 되어 남편을 잃고 친정 부모 곁에서 과부로 살고 있었다. 하루는 재상이 출타했다가 집 안으로 들어오다가 아랫방에 거처하고 있는 딸을 보게 되었다. 그녀는 곱게 단장을

---

53 체하기(帖下記): 관아에서 하인이나 상인들에게 돈이나 물품을 내어줄 때 적어주는 증서이다. 참고로 '체(帖)'는 상관이 하급 관원에게 주는 문서를 가리킨다.

하고 화려한 옷을 입고는 거울 앞에서 자신을 비춰보고 있었다. 얼마나 지났을까, 거울을 던져버리더니 얼굴을 가리며 통곡을 하는 것이었다. 재상은 이 모습을 대하고 몹시 측은한 마음이 들어 밖으로 나와 앉아서는 수 식경이나 말이 없었다.

그때 마침 친지 중에 자기 문하에 출입하는 무변이 찾아왔다. 집도 없고 처도 없는 자나 대신 젊고 건장한 사내였다. 다가와 절하며 문안을 올리자, 재상은 주변의 사람들을 죄다 물리치고 그에게 말하였다.

"자네 신세가 이처럼 곤궁하니 내 사위가 돼 줄 수 있는가?"

그자는 황공해 할 뿐이었다.

"이 무슨 분부신지요? 소인은 하교하신 뜻이 무엇인지도 모르오니 감히 영을 받들지 못하겠나이다."

"내 장난으로 하는 말이 아니니라."

라며 재상은 궤 속에서 은자 한 봉지를 꺼내주면서 말했다.

"이걸 가지고 가서 튼튼한 말과 가마를 빌려다 놓거라. 오늘 밤 파루종이 칠 때까지 기다렸다가 우리 집 뒷문 밖에 와서 대기하여라. 절대로 때를 놓쳐서는 안 되느니라."

무변은 반신반의했으나 일단 은자를 받았다. 그리고 재상의 말씀대로 가마와 말을 준비한 채 후문에서 대기하게 되었다. 과연 어둠 속에서 재상이 한 여자를 데리고 나왔다. 그녀를 가마 안으로 들이면서 타일렀다.

"곧장 북관(北關)으로 가서 거기서 살도록 하여라. 이제 이 집에는 발 디딜 생각하지 말고."

무변은 이게 무슨 영문인지 알 수 없어 그저 가마를 따라 도성을 나와 북쪽으로 향했다. 한편 집 안으로 들어온 재상은 딸이 살던 아랫방에 들렀다가 통곡을 하는 것이었다.

"내 딸이 자결하다니!"

집안사람들이 놀라고 황망하여 누구나 할 것 없이 애달파 했다. 재상은 바로 단속에 들어갔다.

"내 딸이 평소에 누구도 만나보려 하지 않았더니라. 해서 내가 직접 염을 할 테니 남매간이라 해도 들어와 볼 필요 없느니라."

그리고는 혼자서 직접 염을 하여 싼 다음 시신 모양을 만들어 이불을 덮어 놓았다. 비로소 시가에 부음을 알리고 입관하여 시가 선산 아래에 장사를 지냈다.

몇 년 뒤, 재상의 아들 아무개가 암행어사가 되어 북관을 시찰하게 되었다. 그가 한 지역에 당도하여 어떤 집에 들렀다. 그 집 주인이 일어나 맞았는데, 곁에는 글 읽는 아이 둘이 있었다. 생김새가 시원하고 수려한 게 자기 집 사람들 얼굴과 빼닮아 있었다. 몹시 괴이쩍은 마음이 들었다. 암행어사는 해가 이미 저문 데다 피곤하여 여기서 묵게 되었다.

밤이 깊어지자 안에서 문득 한 여자가 나왔다. 그녀는 어사의 손을 잡고 눈물을 흘리는 것이었다. 깜짝 놀라서 한참 쳐다보니 바로 이미 죽었다던 자기 누이였다. 흠칫 놀랍고 의아하기 짝이 없어 어찌 된 일이냐며 물었더니, '아버지의 지시에 따라 이곳에 와서 살게 되었고, 아들 둘을 낳았는데 바로 저 애들이다.'라는 얘기를 들려주었다. 어사는 입을 다문 채 반 식경이나 말이 없다가 간단히 막힌 회포나 풀고 새벽까지 기다렸다가 인사하고 떠났다.

어사는 복명하고 집으로 돌아왔다. 밤에 부친을 모시고 앉았을 때 마침 주변이 조용하였다. 그는 낮은 소리로 아뢰었다.

"이번 북관 시찰에 괴상한 일이 있었습니다."

재상은 눈을 부릅뜨고 뚫어지게 바라보며 대꾸하지 않았다. 아들은 감히 더 얘기하지 못하고 물러 나왔다. 이 재상의 성명은 여기 적지 않는다.

영남의 구실아치가 양반을 기롱하여 제수를 바침

충주 이성좌(李聖佐)[54]는 이광좌(李光佐)[55]의 종형이다. 확 트여 얽매임이 없던 성격이라 항상 이광좌를 역적이라 공격하면서 왕래를 아예 끊어버렸다. 또 평소 남구만(南九萬)[56]의 됨됨이를 아주 싫어하였다. 한번은 그가 집에 있는데, 어떤 개장수가 '개 사려!'라고 외치며 문 앞을 지나가고 있었다. 이성좌가 그자를 잡아들여 볼기를 까고 때리려 하였다. 그러자 개장수는 큰소리로 욕지거리를 해댔다.

"남구만은 개돼지다!"

이렇게 연거푸 욕을 해대자 이성좌는 박자를 맞추며,

"통쾌하다, 통쾌해!"

라고 하면서 그를 풀어주었다. 이렇게 세속을 놀라게 하는 일이 많았다.

이광좌가 경상도 관찰사로 있을 때, 성좌의 집이 종가였기 때문에 매번 기제사와 절제사(節祭祀)에 제수를 보냈다. 그런데 제수를 가지고 갔

---

54 이성좌(李聖佐): 생몰년 미상. 백사 이항복(李恒福)의 둘째 아들인 정남(井男)의 증손이며, 삼연 김창흡(金昌翕)의 처남이다. 일찍 부친을 여의고 김창흡과 절친하게 지낸 것으로 알려져 있다. 기타 생력은 불분명하지만, 김창흡이 지은 그 부친의 묘표(「外舅吏曹正郞李公墓表」)에 그가 부사(府使)를 지낸 것으로 나와 있다. 한편 『영조실록』에는 1728년에 그를 충주목사에서 체직했다는 기사가 나오는데, 여기 충주라고 한 것은 이 때문이다.

55 이광좌(李光佐): 1674~1740. 자는 상보(尙輔), 호는 운곡(雲谷), 본관은 경주이다. 이항복의 맏아들 성남(星男)의 증손으로, 이성좌와는 팔촌간이다. 1694년 과거에 급제하여 전라도·함경도관찰사와 병조판서, 우의정, 영의정 등을 역임하였다. 여기 이야기처럼 경상도관찰사를 지냈다는 관력은 보이지 않는다. 영조 초기에 남구만과 함께 소론의 핵심적인 인물로 활약하였다.

56 남구만(南九萬): 1629~1711. 자는 운로(雲路), 호는 약천(藥泉)·미재(美齋), 본관은 의령이다. 1656년 과거에 급제하여 전라도관찰사, 형조판서, 대제학과 삼정승 등을 두루 역임하였다. 당대 소론의 영수로 국정 전반에 관여하였으며, 문장에도 뛰어나 주요 공문을 작성하기도 하였다. 이외에 역사와 문학, 서화 등에도 두루 밝아 박학다식한 면모를 보였다. 저서로 『약천집(藥泉集)』이 전하며, 따로 『청구영언』에 시조 「동창이 밝았느냐」가 실려 전한다.

던 이속들이 매번 얻어맞고 왔다. 그래서 제수를 받들어 가야 될 때가
되면 이속들은 모두 맡지 않으려고 피하였다.

그러던 중 한 구실아치가 제수를 받들어 가겠다며 자원하고 나섰다.
감영의 위아래 할 것 없이 모두 희한하다 하면서도 그를 올려보냈다.
이 구실아치는 제물을 챙겨 상경하였다. 이른 아침 이성좌의 집으로 찾
아갔는데, 그는 아직 침소에서 일어나지 않은 상태였다. 대신 집안사람
을 시켜 제수의 수를 따져 받아놓으라고 하였다. 그런데 이 구실아치는
제수를 넘기지 않고 바로 사라지고 말았다. 다들 의아해할 밖에. 그런데
다음 날도 그랬고 그다음 날도 마찬가지였다. 잔뜩 화가 난 이성좌는
구실아치를 잡아들이라 하여 직접 족쳤다.

"너는 어떤 놈이기에 제수를 받아 왔으면 들여놓는 게 맞거늘, 사흘
내내 잠시 왔다가 곧 사라져 버리는 게냐? 이렇게 사람을 갖고 놀 듯
하다니, 너희 감영[57] 아랫것들의 작태가 진정 이렇단 말이냐? 이야말로
너희 감사가 지시해서 그런 것이렷다? 네 죄는 죽어 마땅하다!"

그러자 구실아치가 엎드려 아뢰었다.

"한 말씀만 드리고 죽겠사옵니다."

"무슨 말이냐?"

"소인이 모시는 관찰사께서는 제수를 쌀 때 도포를 입고 각 물품을
벌여놓고서 무릎을 꿇은 채 하나하나 확인하셨고, 다 싸서 말에 실을
때에는 계단에서 내려와 두 번 절을 하고서 보냈사옵니다. 이는 다른
게 아니라 이 제수가 소중하기 때문이었지요. 하온데 지금 나리께서는
세안과 빗질도 하지 않으신 채 누워서 받으려 하시다니요. 소인은 의를

---

57 너희 감영: 원문은 '達營'으로, 즉 대구 감영이다. 원래 조선 초에는 경주부에 감영을
두었으나 경상도가 땅이 넓고 인구가 많아 낙동강을 경계로 좌도와 우도로 나누고,
감영은 우도의 출발점이 되는 상주로 옮겼다. 그러다가 임진왜란을 거치며 대구와
안동을 옮겨 다니다가 1601년 대구로 정해졌다.

욕되게 할 수 없었사옵니다. 그래서 이렇게 올리지 못한 채 사흘이나 지체하게 되었습니다. 이 제수는 조상의 기일에 올리는 예물이니, 나리께서 이렇게 함부로 해서는 결코 안 될 것이옵니다. 비록 소인 같이 천한 하인들이라도 모두 제수의 중요함을 아는 게 영남의 풍속이온데, 하물며 경화(京華)의 사대부들은 말할 것이 있겠습니까? 바라건대 나리께서 의관을 바로 하시고 자리와 상을 낸 다음 당에서 내려와 서시면 소인이 삼가 제수를 올리겠나이다."

이성좌는 어쩔 수 없이 그의 말대로 하였다. 그러자 구실아치가 각각의 제수 물품을 들어서는 큰소리로,

"이것은 무엇이옵니다!"

라고 하였다. 이렇게 하기를 한 식경이 지나서야 마쳤다. 이성좌는 손을 모은 채 서 있으면서 속으로 퍽 가상하게 여겼다. 그가 돌아갈 때는 답서를 써주었다. 거기엔 구실아치가 예를 알고 일 처리가 밝다는 등의 칭찬을 늘어놓았다. 이광좌가 이 사실을 듣고는 껄껄 웃으며 구실아치의 직급을 올려주었다고 한다.

7-11

이 병사가 지붕 위를 뛰어다니며 용력을 발휘함

병사(兵使) 이일제(李日濟)[58]는 판서 기익(箕翊)[59]의 손자이다. 용맹하고

---

58 이일제(李日濟): 1718~1766. 자는 사안(士安), 본관은 전주이다. '이일제(李逸濟)'라야 맞다. 같은 이야기인 『동야휘집』의 「사호수만궁제악(射虎手滿彎除惡)」(8-3)에 '李逸濟'로 나오며 실록과 전주 이씨 족보에도 이와 같다. 관력은 잘 알려져 있지 않으나, 1746년 별천되어 훈련원정을 지냈으며 1763년에 경상우병사가 되었다는 기록이 보인다. 그리고 일본 통신사행에 군관으로 동행하여 서양식 화포와 일본의 진법도 등을 구해온 것으로 유명하다.

센 힘은 당할 자가 없었으며 나는 새처럼 재빨랐다. 어린 나이 적에도 호방하여 거리낌이 없었던 터라 글공부를 제대로 하지 않았다. 판서공은 그런 그를 항상 걱정하였다. 14, 5세에 관례를 치렀으나 아직 장가는 들지 않았다.

어느 날 밤, 그는 몰래 기생집을 찾았다. 그곳에는 액예(掖隷)[60]와 포교 (捕校) 것들이 쫙 깔려서 술자리가 거나한 상태였다. 일제는 여리여리한 소년으로 곧장 들어가 자리에 앉아서는 기녀들과 시시덕거렸다. 그러자 좌중의 고약한 액예와 포교들이 한 소리로,

"이렇게 무례한 어린놈이 있다니 때려죽여야 해!"

라고 하면서 일제히 일어나 발길질을 해댔다. 일제가 그중 한 놈의 발을 잡아채서 큰 작대기처럼 쥐고 한 번 휘두르자 여럿이 모두 땅에 엎어졌 다. 이어 붙잡았던 한 놈을 내던져 버리고 문을 나가서는 지붕으로 날아 올랐다. 지붕을 타고 내달리는데 한 번에 대여섯 칸을 뛰어넘기도 하였 다. 이때 마침 한 포교는 오줌을 누러 문밖으로 나온 바람에 이 일에 엮이지 않은 상황이었다. 그는 일제가 나는 듯 가는 것을 보고 매우 이상 하다 싶어 자신도 지붕 위로 뛰어올라 뒤를 밟았다. 그랬더니 이 판서의 집으로 들어가는 것이었다. 이 포교는 바로 이 판서와 친지간이었다. 다 음 날 아침 포교가 찾아와 이 일을 알리자 판서공은 손자를 매질하고 아예 문밖출입을 못 하게 하였다.

그 뒤 이일제는 꽃 구경차 벗들을 따라 남산의 잠두봉(蠶頭峰)에 올랐 다. 마침 수십 명의 한량이 소나무 그늘 아래 모여 있다가 그가 오는

---

59 기익(箕翊): 1654~1739. 자는 국필(國弼), 호는 시은(市隱)이다. 음보로 영동현감 등을 지냈고, 1713년 과거에 급제하여 강원도관찰사, 병조참판, 공조판서 등을 역임하였 다. 1694년 성균관 유생 시절에 다른 유생들과 함께 송시열의 신원을 청하는 상소를 주도하기도 하였다.

60 액예(掖隷): 왕실과 궐내의 제반 잡무를 관장하던 액정서(掖庭署)에 속한 구실아치이다.

것을 보고는 동상례(東床禮)[61]를 실컷 맛보게 해주어야겠다며 일시에 같이 일어나 그의 소매를 붙잡았다. 거꾸로 매달려고 하는 참이었다. 하지만 일제는 그 자리에서 몸을 솟구쳐 뛰어올랐다. 부러뜨린 소나무 가지로 좌우 가릴 것 없이 휘둘러 저들이 바람에 날리듯 쓰러지자 그대로 내려왔다. 이때부터 그의 이름이 점점 퍼져 별천(別薦)에 들어 무관직에 제수받았으며, 직위가 아경(亞卿, 즉 참판 자리)에까지 올랐다.

판서 조엄(趙曮)[62]이 일본에 통신사로 가게 되자, 조정에 청하여 이일제를 막료로 삼았다. 항해를 하던 즈음 상선(上船)에서 불이 났다.[63] 불길이 하늘을 뒤덮자 배에 탄 사람들은 저마다 살고자 급히 왜인의 구급선으로 뛰어내렸다. 이 배에도 불이 옮겨 붙을까 걱정이 되어 노를 저어 그곳을 피하였다. 그래서 불이 붙은 상선과는 거리가 거의 수십 칸 떨어지게 되었다. 그제야 정신을 차리고서 서로 머릿수를 세어보았는데 이일제 한 명만이 보이지 않았다. 다들 놀라고 두려워하면서 그가 불에 타죽었다고 여겼다. 그런데 잠시 뒤 멀리서 사람 소리가 들려왔다. 다들 뱃머리에 서서 그쪽을 바라보니 바로 이일제였다. 이에 배를 멈추고 기다리자, 이일제는 불길 속에서 날아올라 이쪽 배로 뛰어올랐다. 놀라며

---

61 동상례(東床禮): 새신랑이 되면 치른 통과의례로, 신랑을 거꾸로 매달아 놓고 발바닥을 때리는 일 등이 그것이다.

62 조엄(趙曮): 1719~1777. 자는 명서(明瑞), 호는 영호(永湖), 본관은 풍양이다. 1752년 과거에 급제하여 동래부사, 경상도·평안도관찰사, 공조판서, 이조판서 등을 역임하였다. 1763년 계미통신사행의 정사(正使)였는데, 그때 일본에서 고구마 종자를 들여온 것으로 유명하다. 따로 『해사일기(海槎日記)』를 남겼다. 한편 이 사행에서 나온 기록이 많은데, 원중거(元重擧)의 『승사록(乘槎錄)』, 남옥(南玉)의 『일관기(日觀記)』, 성대중(成大中)의 『일본록(日本錄)』, 김인겸(金仁謙)의 『일동장유가(日東壯遊歌)』 등이 있다.

63 상선(上船)에서 불이 났다: 실제 통신사행에서 배에 불이 난 것은 1748년의 일이다. 이 사행의 정사는 홍계희(洪啓禧)였으며, 이때 이일제가 부방군관으로 동행했었다. 따라서 이일제가 계미통신사행에 갔다고 한 이 설정은 사실과 다르다. 상선(上船)은 상사, 즉 정사(正使)가 탄 배를 말한다. 참고로 조명채(曺命采)의 『봉사일본시문견록(奉使日本時聞見錄)』에 불이 났을 당시의 상황이 기록되어 있다.

대단하다 하지 않은 이가 없었다. 처음 이일제는 상선의 짐칸 위층에서 술에 곯아떨어져 있었던 타라 불이 난 지도 몰랐다. 다른 사람들도 급박한 상황에서 미처 확인하지 못하고 있었다. 비로소 잠에서 깨어난 이일제가 불길을 보고는 바로 옆 배로 뛰어내렸던 것이다. 그의 남다른 용력이 이와 같았다.

7-12

재상 심희수가 아름다운 기녀를 얻어 명성을 이룸

일송(一松) 심희수(沈喜壽)[64]는 일찍 부친을 여의고 공부할 때를 놓쳤다. 머리를 땋은 어릴 적부터 방탕하고 호기 부리기를 일삼아 밤낮으로 유곽 거리와 기생집을 드나들었다. 왕손이나 고관 자제들의 연회나 기녀들이 노래하고 춤추는 모임이라면 가지 않은 적이 없었다. 헝클어진 머리에 뻗친 구레나룻, 찢어진 신에 해진 옷차림으로도 전혀 부끄러워하지 않았다. 그래서 사람들은 모두 그를 '미친 아이[狂童]'라고 하였다.

어느 날 그는 또 권세 있는 고관의 연회에 찾아가 홍안녹발(紅顔綠髮)의 기녀들 사이로 섞여 들어갔다. 좌중이 침을 뱉으며 꾸짖어도 아랑곳하지 않았고, 때리며 쫓아내도 가지 않았다. 기녀 중에 젊고 잘 나가는 일타홍(一朶紅)이라는 아이가 있었다. 그녀는 금산(錦山)에서 막 올라와 자태와 노래와 춤 모두가 당대에서 독보적이었다. 어린 심희수는 그녀의

---

64 일송(一松) 심희수(沈喜壽): 1548~1622. 자는 백구(伯懼), 일송은 그의 호이다. 1572년 과거에 급제하여 금산군수를 거쳐 대제학, 예조판서, 우의정 등을 역임하였다. 다만 금산군수의 경우 이 이야기처럼 자청한 게 아니라, 정치적 알력 속에서 좌천의 성격으로 내려간 것이었다. 또한 실제 이조낭관을 역임하였는지는 불분명하다. 한편 중국어 등에 뛰어나 명나라 사신의 접반사(接伴使)로도 활약하였다. 저서로 『일송집(一松集)』이 있다.

아름다움에 빠져 자리 옆에 붙어 앉았다. 일타홍도 전혀 싫어하거나 부담스러워하는 기색 없이 사이사이 추파를 던지며 넌지시 그의 행동을 살피곤 했다. 그러더니 일어나 측간을 가면서 손짓으로 불렀다. 심희수가 일어나 따라갔더니 그녀가 귓속말로 물었다.

"도련님 집은 어디세요?"

심희수는 아무 동네 몇 번째 집이라고 자세히 일러주었다.

"그럼 도련님이 먼저 가 계세요. 제가 곧 뒤따라갈게요. 기다려 주신다면 저는 믿음을 저버리지 않을 거예요."

심희수는 기대 이상이라 너무 기뻐, 집으로 먼저 돌아와 깨끗이 치우고 기다렸다. 아직 날이 저물지 않았을 즈음 일타홍이 과연 약속대로 찾아왔다. 심희수는 기쁘고 행복한 마음을 누를 길 없어 그녀와 무릎을 맞댄 채 이야기를 주고받았다. 한 어린 계집종이 안에서 밖으로 나왔다가 이 광경을 목격하고 다시 들어가 그의 모친에게 고하였다. 모친은 아들의 허랑방탕함을 걱정하던 터라 불러서 꾸짖을 참이었다. 이때 일타홍이,

"급히 어린 계집종을 불러주세요. 제가 들어가 대부인 마님을 뵐까 해요."

라고 하였다. 심희수는 그녀의 말을 따라 계집종을 불러 모친께 전갈하도록 하였다. 일타홍은 안으로 들어가 섬돌 아래에서 절을 올렸다.

"저는 금산에서 새로 올라온 기생 아무개이옵니다. 오늘 아무 재상댁의 잔치에 갔다가 우연히 귀댁 도련님을 보게 되었습니다. 다른 사람들은 모두 도련님을 미친 아이라고 지목하지만, 천첩의 못난 소견으로는 도련님은 아주 귀한 분이 될 기상을 가졌사옵니다. 하지만 지금 기운은 아주 거칠어 '여색에 빠진 아귀[色中餓鬼]'라 할 만하옵니다. 이제라도 이를 다잡지 못한다면 장차 사람 도리를 못 할 지경에 이를까 싶사옵니다. 그러니 상황에 따라 잘 이끌어주는 것이 좋겠사옵니다. 첩은 오늘부터

도련님을 위하여 노래하고 춤추는 화류계에서 자취를 거두어, 도련님과 붓과 벼루, 서적 사이에 함께하면서 성취할 길을 찾고자 하옵니다. 대부인 마님의 뜻은 어떠신지요? 첩이 혹여라도 정욕 때문에 이런 말을 하는 것이라면 하필 처지가 어려운 과부댁의 광동(狂童)을 택했겠습니까? 첩이 곁에서 모시더라도 결코 정을 좇아 몸이 상하는 일이 없도록 할 것이오니, 이 점은 염려하지 마옵소서."

이에 부인이 말하였다.

"우리 아이가 일찍 부친을 여읜 터, 학업을 일삼지 않고 마구잡이로 날뛰는 일에만 전념하였단다. 이 늙은 몸이 이 애를 잡아주지 못해 밤낮으로 마음을 태우고 있단다. 지금 무슨 좋은 바람이 너 같은 고운 여자를 데려다주어 우리 집 미친 아이가 성취할 길이 생겼단 말이냐? 이렇게 큰 은혜가 어디 있겠으며, 내 무엇을 싫어하고 혐의하겠느냐? 하지만 우리 집이 원래 가난하여 아침저녁을 잇기도 어려운데 호사를 누리던 기생인 네가 춥고 배고픔을 견디며 이곳에 있을 수 있겠느냐?"

"첩은 전혀 개의치 않사옵니다. 절대 심려치 마옵소서."

마침내 그녀는 그날부터 유곽에 발길을 아예 끊고 심희수의 집에 몸을 숨긴 채, 머리를 빗기고 때를 씻기는 일을 한시도 게을리하지 않았다. 해가 뜨면 심희수더러 책을 끼고 이웃집에 가서 배우게 했다. 집으로 돌아온 뒤에는 책상머리에 앉아 저녁부터 새벽까지 학업에 매진하도록 하였다. 과업(科業)의 일정을 단단히 세워 조금이라도 나태해지려는 기색을 보이면, 그녀는 발끈하며 낯빛을 고쳐 떠나겠다는 뜻을 보였다. 겁을 주어 이끌기 위함이었다. 심희수는 그녀를 몹시 사랑하여 헤어지는 게 두려웠기에 과거 공부를 게을리할 수 없었다.

혼사를 논의할 때가 되자, 심희수는 일타홍이 있다는 이유로 따로 아내를 얻으려 하지 않았다. 일타홍은 저의를 알아차리고 그 이유를 다그치더니 이내 엄히 꾸짖었다.

"당신은 명문가의 자제로 앞길이 만 리이거늘 어쩌자고 이 천한 기생 하나 때문에 인륜지대사를 폐하려 합니까? 첩은 결코 저로 인해 이 집안이 망하게 되는 걸 원치 않아요. 첩은 이제 떠나겠어요."

심희수는 이 말에 마지못해 아내를 얻었다. 한편 일타홍은 나긋나긋한 자세와 상냥한 소리로 삼가 공경하여 그의 아내를 노부인 모시듯이 섬겼다. 심희수에게는 날짜를 정해, 사오일 안채를 출입하면 그 중 하루만 자기 방에 들 수 있도록 했다. 혹여 이 날짜를 어길 시면 반드시 문을 닫아걸고 들이지 않았다. 이렇게 하기를 몇 해가 되자, 심희수는 공부하기 싫은 마음이 이전보다 더욱 커졌다. 그러던 어느 날 책을 일타홍에게 내던지며 벌렁 드러누워 버렸다.

"네가 과거 공부하기를 그렇게 닦달하지만 내가 못 하겠다는데 어쩔텐가?"

그의 나태해진 심사를 알아차린 일타홍은 입씨름으로는 어렵겠다 싶었다. 마침 심희수가 출타한 때를 타 노부인께 아뢰었다.

"서방님이 공부하기 싫어하는 병이 근래에 더욱 심해져 첩의 정성으로도 어찌할 수 없는 지경이옵니다. 그래서 첩은 이제 사뢰고 떠나갈 것이옵니다. 첩이 지금 떠나는 건 바로 서방님이 더욱 학문에 매진하도록 하기 위한 수단이옵니다. 비록 문을 나서지만 어찌 영영 떠나겠사옵니까? 과거에 급제한 소식을 듣게 되면 기필코 당장 돌아오겠사옵니다."

그러더니 일어나 하직의 절을 올렸다. 노부인은 그녀의 손을 잡고 만류하였다.

"네가 와서 우리 집의 철없고 모자란 아이가 엄한 스승을 만난 것 같았느니라. 다행히 이렇게 무지몽매한 티를 벗게 되었으니 다 너의 힘이란다. 그런데 어찌 책읽기를 싫어하는 작은 일로 우리 모자를 버리고 간단 말이냐?"

일타홍은 다시 일어나 절을 하였다.

"첩도 목석이 아닌지라 왜 이별하는 아픔을 모르겠사옵니까? 하나 서방님을 더 학문에 힘쓰게 할 방도는 이것 하나밖에 없사옵니다. 서방님이 집에 돌아와 소첩이 떠나며 과거에 급제한 뒤에야 다시 만나겠다고 약조한 말을 듣게 되면, 반드시 발분하여 학업에 힘쓸 것이옵니다. 이 기간이 길면 육칠 년이요, 짧으면 사오 년 사이옵니다. 그때까지 몸을 정결히 간수하며 과거에 오를 때를 기다리겠습니다. 부디 이 뜻이 서방님에게 잘 전해지기를 바랄 뿐이옵니다."

그러더니 뒤도 돌아보지 않고 대문을 나섰다. 그녀는 부인이 없는 나이 많은 정승의 집을 여기저기 물색하다가 한 곳을 찾게 되었다. 그 집 주인을 뵙고 이렇게 부탁하는 것이었다.

"화를 당한 집안에서 살아남은 몸으로 어디 의지할 데 없는 고단한 처지이옵니다. 계집종의 자리에라도 낄 수 있게 해주신다면, 작은 정성이나마 바치고자 하옵니다. 바느질이나 술과 음식 따위를 삼가 살펴 맡을 수 있겠는지요."

늙은 정승은 그녀의 단아하면서도 슬기로운 모습을 보니 가엾고도 사랑스러웠다. 그래서 집에 머물면서 일하도록 허락해 주었다. 일타홍은 그날로부터 부엌에 들어가 찬을 담당했다. 그 맛이 일품이었고 입맛에도 딱 맞았다. 이에 정승은 더욱 기특해하며 아꼈다.

"이 노인이 기막히고 딱한 팔자였는데 다행히 너 같은 아이를 만나 옷과 음식이 몸과 입에 딱 맞게 되었구나. 이제는 내가 의지할 데가 생겼구나. 내 이미 마음으로 허락했고 너도 정성을 다하니, 지금부터 부녀의 정을 맺는 것이 좋겠구나."

이리하여 그녀를 안채에 들게 하고는 딸로 불렀다.

한편, 심희수가 집으로 돌아와 보니 이미 일타홍이 간 곳을 알 수 없었다. 괴이쩍어 여쭈니 모친은 그녀가 떠나면서 한 말을 전해주며 나무랐다.

"네가 공부하기를 싫어한 까닭에 이 지경에 이르렀다. 앞으로 무슨 면목으로 세상에 나갈 수 있겠느냐? 저 애는 이미 네가 과거에 급제할 때가 다시 만날 날이라고 했다. 그 됨됨이로 보아 필시 식언일 리가 없다. 네가 만약 과거에 급제하지 못한다면 이생에서는 다시 만날 기약이 없을 것이야. 이제 오직 네 생각에 달렸다."

심희수는 이 말을 듣고 뭔가를 잃어버린 듯 속이 탔다. 며칠 동안 한양의 도성 안팎을 두루 찾아다녔으나 끝내 종적이 묘연하였다. 그제야 속으로 이런 맹세를 하였다.

'내가 한 여인에게 버림을 받았으니 무슨 면목으로 사람들을 대하겠는가? 저이가 과거에 급제한 뒤에야 만나겠다는 약속을 하였으니, 내 마땅히 각고의 마음으로 공부하여 그녀를 다시 만날 기회로 삼으리라. 만일 과거에 급제하지 못해 이 약속을 저버린다면 내 살아서 또 무엇하리!'

마침내 문을 걸어 잠그고 찾아오는 이를 거절한 채 밤낮으로 책읽기를 멈추지 않았다. 그리하여 불과 몇 해 만에 과거에 장원급제하였다. 신은으로 유가(遊街) 하는 날이 되자, 선배 어른 정승들을 두루 찾아뵈었다. 이들은 바로 그의 부친과 친했던 분들이었다. 여기저기 찾아뵙고 인사를 올렸다. 그 중에 한 늙은 정승이 기뻐하며 맞이하였다. 옛일을 추억하고 지금 일을 이야기하느라 그곳에 머물며 한동안 대화를 나누었다. 이윽고 안에서 주찬이 나왔다. 그런데 신은이 잔과 쟁반에 차려진 음식들을 보더니 슬픈 표정을 지으며 낯빛이 변하는 것이었다. 정승이 이상하다 싶어 이유를 묻자, 심희수는 마침내 일타홍에 대한 전말을 자세히 털어놓았다. 그리고 다시,

"시생이 이토록 작심하고 공부하여 과거에 급제하게 된 것은 전적으로 정인을 다시 만나기 위함이었습니다. 지금 여기 차려진 음식을 보니 꼭 일타홍이 만든 것 같습니다. 그래서 이렇게 마음이 아픈 것이고요."

라고 하는 것이었다. 정승은 그녀의 나이와 생김새를 묻고는 말하였다.

"내게 양녀 한 아이가 있는데 어디서 왔는지 모르고 있었네. 이 아이가 아니겠는가?"

그 말이 끝나기도 전에 갑자기 한 고운 여인이 뒷 들창을 밀치고 들어왔다. 그러더니 신은을 끌어안고는 통곡을 하는 것이었다. 신은이 일어나 주인에게 절을 올렸다.

"어르신, 이제 이 따님을 시생에게 허락해 주셔야겠습니다."

"내가 죽음을 앞둔 나이로 다행히 이 딸을 얻어 내 목숨을 의지했다네. 그러하니 지금 보낸다면 이 늙은이로서는 양손을 잃는 거나 마찬가지라네. 일이 참 난처하군. 허나 그 사정이 매우 기이한데다 서로 사랑함이 이와 같으니 내 어찌 허락하지 않을 수 있겠나?"

이에 신은은 다시 일어나 절을 하며 연신 감사해 마지않았다.

날이 이미 어두워져 깜깜해졌다. 심희수는 일타홍과 한 말에 같이 타고 횃불을 밝혀 길을 인도하며 집으로 돌아갔다. 대문에 도착하자 급하게 모친을 불렀다.

"홍랑이 왔어요, 왔다구요!"

모친은 기적 같아 기쁨을 주체하지 못하고 버선발로 중문 안까지 와서 일타홍의 손을 잡고서 섬돌에 올랐다. 집 안은 웃음으로 넘쳐나 예전의 좋았던 때를 되찾았다. 심희수는 그 뒤 이조의 낭관(郎官)[65]이 되었다. 어느 날 저녁 일타홍은 옷깃을 여미며 말하였다.

"첩이 한마음과 정성으로 오로지 나리의 성취를 위해 십여 년 동안 딴마음을 품은 적이 없답니다. 그래서 고향 부모님의 안부도 들을 수 없었지요. 이는 첩이 밤낮으로 마음을 태우는 부분이랍니다. 나리께서는 이제 뭐든 할 수 있는 지위에 계시니 첩을 위해 금산의 수령 자리를 구하

---

65 이조의 낭관(郎官): 원문은 '天官郎'으로, 천관은 이조의 별칭이면서 육조 가운데 으뜸이라는 의미이다. 참고로 호조는 지관(地官), 예조는 춘관(春官), 병조는 하관(夏官), 형조는 추관(秋官), 공조는 동관(冬官)이라 하였다.

시어 살아생전에 부모님을 뵐 수 있게 해주세요. 이 지극한 한을 풀 수 있겠어요."

"그거야 아주 쉬운 일이지!"

심희수는 고을수령 자리를 구하는 소를 올려 과연 금산의 수령이 되었다. 이에 일타홍을 데리고 함께 내려갔다. 부임하던 날 일타홍 부모의 안부를 물었더니 다행히도 모두 무탈하였다. 3일 뒤 일타홍은 관아에서 술과 음식을 한껏 갖추어 본가로 찾아갔다. 부모님께 절하고 친척들을 모아 3일 내내 큰 잔치를 벌였다. 옷가지와 살림살이를 극히 풍성하게 마련하여 부모께 드리고서 아뢰었다.

"관부는 일반 집과 다르고, 관가의 안사람은 더더욱 여타의 여인네들과는 다르옵니다. 부모님과 형제들이 혹여 이런 연줄로 출입이 잦으면 남의 구설을 부르고 관아의 정사에 누가 될 것이옵니다. 소녀는 이제 관아로 들어가옵니다. 한 번 들어간 뒤로는 다시 나올 수 없거니와 서로 자주 소식도 전할 수 없을 것이옵니다. 서울에 있는 양 아시고 다시 서로 왕래하거나 소식을 전하지 마시어 안과 밖의 구분을 엄격하게 하옵소서."

그러면서 하직의 절을 올리고 들어가고는 바깥과 한 번도 통하는 일이 없었다. 그렇게 거의 반년이 지났다.

어느 날 안채의 계집종이 소실의 뜻이라며 찾아와 심희수더러 들어오기를 청하였다. 그런데 마침 공무가 있어 그는 당장 움직일 수가 없었다. 그런데도 계집종이 연달아 와서 들어오기를 청하는 것이었다. 이상하다 싶어 안채로 들어가 왜 그러느냐 물었더니, 일타홍은 새로 지은 치마와 저고리를 입고 새 이부자리를 펴두고 있었다. 특별히 아파 보이지는 않았으나 얼굴엔 슬픈 기색이 역력했다.

"첩에게 오늘은 나리와 영영 이별하여 먼 길을 떠나는 날입니다. 나리께선 보중하시어 부귀와 영화를 오래도록 누리소서. 부디 첩 때문에 아프거나 상심하지 마시고. 첩의 시신은 나리의 선영 아래로 반장해 주옵소서. 이것이 소원이옵니다."

이 말이 끝나자 바로 죽고 말았다. 심희수는 애통하게 곡을 하였다.

"내가 외직으로 나온 건 단지 홍랑 때문이었거늘, 지금 그녀가 죽은 몸이 되었으니 어찌 나 홀로 남아 있겠는가?"

이내 사직의 단자를 올려 체직을 시켜달라고 하였다. 그리고 그녀의 관과 동행하여 금강에 이르렀다. 여기서 도망시(悼亡詩)를 남겼으니, 그 시는 이러하다.

> 한 떨기 붉은 연꽃 상여에 실려 가니
> 향혼은 어디선가 머뭇거리네.
> 금강의 가을비 명정을 적시니
> 가인의 남은 이별 눈물이런가.[66]

> 一朶紅蓮載柳車
> 香魂何處乍踟躕
> 錦江秋雨丹旌濕
> 疑是佳人泣別餘

---

[66] 이 시는 다른 야담집의 '일타홍 이야기'마다 조금씩 차이가 난다. 먼저 『천예록』의 「簪桂逢重一朶紅」에는 "一朶名花載柳車, 香魂何處去躊躇. 錦江秋雨銘旌濕, 知是佳人別泣餘."로 되어 있다. 『동패락송』에는 "一朶名花載柳車, 香魂何處去躊躇. 錦江秋雨丹旌濕, 疑是佳人別淚餘."로 되어 있다. 또 『동패락송』의 경우 남용익(南龍翼)의 『기아(箕雅)』에 이 시가 실려 있다고 전하고 있다. 그런데 이 『기아』의 시 또한 실제로는 차이가 난다. 『기아』의 시는 다음과 같다. "一朶芙蓉載柳車, 香魂何處去躊躇. 錦江春雨丹旌濕, 應是佳人別淚餘."(「有悼」) 한편 『청구야담』과 문헌 전승 관계가 있는 『계서잡록』에는 "錦江秋雨銘旌濕, 知是佳人泣別時."라는 뒷부분의 두 구절만 남아있다.

이 학사가 유기장의 데릴사위가 되어 몸을 숨김

연산군 대에 큰 사화(士禍, 즉 갑자사화)가 일어났다. 이대 이씨 성을 가진 자가 교리(校理)가 있었다. 그는 목숨을 보전코자 도망하여 보성(寶城) 땅까지 이르게 되었다. 목이 몹시 마르던 참에 개울가에서 물을 긷는 여자아이를 보았다. 한달음에 가서 물을 달라고 하자, 이 아이는 바가지에 물을 뜨더니 개울가 버들잎을 따서 그 안에 띄워 주는 것이었다. 그가 적이 괴이쩍어 물었다.

"지나는 길손이 목이 몹시 말라 급히 마실 것을 찾는데 어째서 버들잎을 물에 띄워 주는 것이냐?"

그러자 그녀가 대답하였다.

"제가 손님께서 너무 목말라 하는 걸 보았어요. 혹여 찬물을 급히 마시다가는 필시 탈이 생기겠더라고요. 그래서 버들잎을 띄워 드렸죠. 그래야 천천히 마시게 되지 않겠어요."

그는 깜짝 놀라고 기특해하였다.

"너는 누구 집 딸이더냐?"

"개울 건너 유기장(柳器匠) 집의 딸이랍니다."

그는 이에 그녀의 뒤를 따라 유기장 집으로 가서는 사위가 되어 몸을 의탁하겠다고 요청하였다. 하지만 서울에서 대접받던 그가 어찌 유기(柳器)[67] 짜는 걸 알랴? 그러다 보니 날마다 하는 일 없이 낮잠 자는 게 일상이었다. 유기장 부부는 화가 날 밖에.

"우리는 사위를 맞으면 유기 만드는 일을 도와줄 거라 기대했었지.

---

67 유기(柳器): 고리나 대오리 따위로 짠 그릇류로, 고리짝이나 버들고리[柳箱] 등이 이에 해당한다. 유기장(柳器匠)은 '고리장'이라고도 하며, 이 유기를 만들어 파는 전문인을 일컫는다. 따로 '유기장수'는 유기(鍮器), 즉 놋그릇을 팔러 다닌 장사꾼을 지칭하는 말로 주로 조선 말엽에 새롭게 등장한 직업군이었다.

한데 지금 저 새서방은 아침저녁 밥만 먹고 밤낮으로 흐리멍덩하니 잠만 자네 글쎄. 이게 밥버려지지 뭐야."

그날로부터 아침저녁 밥을 반으로 줄여서 내어주었다. 그의 아내는 딱하고 안타까워 매번 솥 바닥의 눌은밥을 더 얹어 건네주었다. 이와 같이 부부의 정이 퍽 돈독했다.

몇 년이 지나 중종(中宗)이 보위에 올랐다. 조정이 일신되어 혼조(昏朝, 연산군)에서 죄를 얻어 쫓겨나거나 관직을 삭탈 당한 이들은 모두 풀려나 복직하였다. 이생도 다시 관직을 되찾을 기회가 왔다. 행문(行文, 공문)을 팔도로 내려 대상자를 찾게 하였다. 그 소식이 쫙 퍼져 이생도 풍문으로 듣게 되었다. 그때는 마침 초하루로 주인어른이 관아에 유기를 납품하려던 참이었다. 이생은 장인에게 부탁하였다.

"이번 관가에 삭납(朔納)⁶⁸할 유기는 제가 가져가 납품하겠습니다."

장인이 뭐라고 나무랐다.

"자네 같은 잠보가 어디가 동쪽인지 어디가 서쪽인지도 모르면서 어떻게 관아에 유기를 납품한단 말이야? 내가 직접 납품할 때도 매번 퇴짜를 맞거늘, 자네가 어떻게 관아에 무사히 들일 수 있겠냐고?"

이렇게 허락해 줄 뜻이 없었다. 하지만 그의 아내가 거들었다.

"한번 해보고 안 되면 그만이잖아요. 왜 가보지도 못하게 한단 말이에요?"

딸의 간청에 장인은 결국 허락해 주었다. 이생이 유기를 등에 짊어지고서 관문 앞에 당도하여 곧장 관아 마당으로 들어갔다. 동헌 가까이에

---

68 삭납(朔納): 초하룻날 납품한다는 뜻이다. 관아에서 조달할 물품은 주로 매달 초하루에 수급했던 데서 유래하였다. 이는 박지원이 『연암집(燕巖集)』의 「공작관문고(孔雀館文稿)」에서 순찰사에게 "삭납지지는 두어 권에 불과한데다, 비록 명색은 관납이나 본래 넉넉한 값으로 사서 썼으며 지금은 또 값을 더 쳐주고 있습니다[所謂朔納紙地, 不過數卷, 雖名官納, 自來優價買用, 而今又添給價本矣]."라 한 대목에서 사례가 확인된다.

이르자 큰소리로,

"아무 유기장이 그릇 납품차 와서 대기합니다!"

라고 외쳤다. 마침 고을 수령은 다름 아닌 평소 이생과 아주 친하게 지내던 무변이었다. 그는 이생의 얼굴을 보고 또 그 목소리를 듣고는 깜짝 놀랐다. 자리에서 일어나 마루를 내려와서는 이생의 손을 잡고서 윗자리로 이끌었다.

"아니, 이 공이 아니시오! 어디에 몸을 숨기고 있다가 이런 모양새로 여기까지 이르렀소? 조정에서 오래전부터 백방으로 찾느라 관영(官營)에 관문(官文)이 내려와 있으니 속히 상경하는 것이 좋겠소."

그러면서 술과 찬을 내오게 하고, 또 의관을 내와 옷을 갈아입도록 하였다. 이생은 감격하였다.

"죄를 지은 몸으로 유기장의 집에 빌붙어 살면서 지금까지 목숨을 이어오고 있었네. 어찌 다시 천일(天日, 즉 임금)을 뵈올 줄 생각했겠는가?"

수령은 이(李) 교리가 읍내에 있다고 감영에 보고하여 역마를 속히 출발시켜 상경하게 했다. 이에 이생이 말하였다.

"삼 년 동안의 주인과 손님의 정의를 돌아보지 않을 수 없네. 게다가 조강지처의 살가움도 있으니 내 장인에게 작별을 고해야겠네. 지금은 갈 테니 자네는 내일 아침에 내가 사는 곳으로 찾아오시게."

"알겠소."

이생은 왔을 때의 옷으로 갈아입고 관아 문을 나가 유기장의 집으로 향했다.

"이번 유기는 아무 탈 없이 잘 납품했습니다."

라고 이생이 장인에게 아뢰자, 장인이 놀랐다.

"희한하군! 옛말에 '솔개도 천 년을 묵으면 꿩을 잡는다[鴟老千年, 能搏一雉]'[69]고 하더니, 정말 빈말이 아니었군. 우리 사위도 남을 따라 할 수 있는 일이 있다니! 신기하군, 신기해! 오늘 저녁밥은 몇 술갈 더 얹어주어야겠군."

다음날 이른 아침, 이생은 일찍 일어나 대문과 마당에 물 뿌리고 비질까지 했다. 이를 본 장인은 더욱 놀랐다.

"우리 사위가 어제는 유기를 관아에 잘 넣더니, 오늘 아침엔 또 마당을 쓸기까지 하다니. 오늘 해는 서쪽에서 뜨겠군 그래."

이어 이생은 마당에 멍석을 깔았다.

"멍석은 깔아서 뭐하려고?"

"본관사또가 오늘 아침 여길 들를 겁니다. 그래서 이렇게 까는 것이고요."

장인은 쓴웃음을 지었다.

"자네는 웬 잠꼬댄가? 사또께서 무엇 하러 우리 집에 납신단 말인가? 이야말로 천부당만부당한 헛소리지! 이제 생각해보니 어제 유기를 잘 넣었다고 한 것도 필시 길가에 버리고 돌아와서는 꾸며낸 거짓말이겠군."

그런데 이 말이 끝나기도 전에 관아의 물품 담당 아전이 채색 방석을 가지고 와서는 숨을 헐떡이며 방 안에 까는 것이었다. 그러면서,

"사또님께서 행차하십니다. 지금 곧 당도하실 겁니다."

라고 하였다. 유기장 부부는 겁에 질려 어찌할 줄 모른 채 머리를 감싸고서 울타리 사이로 숨어버렸다. 잠시 뒤 '물렀거라!' 하는 소리가 대문 앞까지 들리더니 사또가 말을 타고 들어왔다. 말에서 내린 사또는 이생의 방으로 들어와 그동안 적조했던 사이의 안부를 나누고 따로 물었다.

"형수는 어디 계시오?"

그러면서 불러오라고 하자, 이생이 아내더러 나와 인사를 하라고 하였다. 그녀는 나무 비녀에 베치마로 앞에 나와 절을 올렸다. 입은 옷은

---

69 솔개도 천 년을 묵으면 꿩을 잡는다[鵰老千年, 能搏一雉]: '솔개도 오래면 꿩을 잡는다'는 속담이다. 꿩 사냥을 했던 한반도 북쪽 지방에서 많이 사용되며, 현재는 북한 지역의 속담으로 되어 있다.

비록 해졌으나 용모와 거동은 단정하면서도 기품이 있어 상것 여자가 아니었다. 본관 수령이 깍듯이 대했다.

"이 학사께서 어려운 형편에 있으면서도 다행히 형수님 덕분에 오늘을 맞았소. 의기 있는 남자라도 이보다 낫지는 못할 것이외다. 이것 참 절로 감탄할 밖에요!"

그녀는 옷깃을 여미며 대답하였다.

"외려 저는 지극히 미천한 촌 아낙으로 군자를 모시게 되었습니다. 하지만 이렇게 귀인이신 줄은 까마득히 몰랐기에 뫼시고 함께한 범절이 무례하기 짝이 없었답니다. 이렇게 큰 죄를 지었으니 어찌 사또 나리의 치사를 감당할 수 있겠습니까? 나리께서 오늘 이렇게 상것들이 사는 누추한 곳에 왕림하셨으니, 이런 영예는 또 없을 겁니다. 적이 생각건대 천한 계집의 집 때문에 복력이 손상되지 않을까 싶습니다."

수령은 이 말을 듣고 나서 아랫것들을 시켜 유기장 노부부를 불러들이라 했다. 그리고 술상을 내려주고 점잖게 대하였다. 이윽고 이웃 고을의 수령들이 줄을 이어 찾아왔으며 관찰사도 막객을 보내 안부를 전하였다. 유기장의 문밖에는 사람과 말 소리로 시끄러웠다. 구경하는 사람들도 담을 치듯 하였다. 이생이 수령에게 부탁하였다.

"저이가 상것이기는 하지만 나와 이미 동등한 위치이니 반드시 배필로 맞아야겠네. 여러 해 동안 고생했는데도 한결같이 정성스러운 마음으로 극진히 대해 주었네. 내 지금 귀해졌다고 해서 바꿀 수는 없네. 가마를 빌려 저이와 함께 가고자 하네."

그러자 수령이 당장 그 자리에서 가마 하나를 내어 행장을 꾸려 보내 주었다. 이생이 궁궐로 들어가 임금을 뵙게 되었다. 중종 앞에 엎드렸는데 임금이 떠돌게 된 전말을 하문하였다. 이생은 그간의 사정을 매우 자세하게 아뢰었다. 임금은 재삼 감탄해 마지않으며 영을 내렸다.

"이 여인은 첩으로 대해서는 아니 되겠구나. 특별히 후처로 삼아주는 것이 좋겠다!"

이리하여 이생과 여인은 해로하여 부귀와 영화가 견줄 데 없었으며 자식도 많이 두었다. 이 이야기는 판서 이장곤(李長坤)[70]의 일이라고 한다.

7-14

허씨의 둘째 아들이 치산하여 부자가 됨

옛날 여주(驪州) 땅에 허씨(許氏) 유생이 살고 있었다. 집이 너무 가난하여 자기 몸 하나 건사하기 힘들 지경이었으나 성품은 아주 어질고 후덕했다. 세 아들을 두어 모두 학문에 전념하게 하였다. 대신 자신은 몸소 친지들을 찾아다니며 먹을 것을 구해와 글공부하는 아들들의 양식을 대주었다. 그를 잘 알든 잘 모르는 사이든 다들 그가 어질고 착했기에 찾아오면 꼭 잘 대접하고 먹을거리도 적지 않게 내주었다.

그런데 그 뒤 몇 년 사이에 예상치 못한 역병으로 유생 내외가 세상을 떴다. 아들 세 형제는 밤낮으로 눈물을 흘리며 곡을 했다. 그런데 장례비용을 마련할 수 없어 겨우 초장(草葬)[71]만 해야 했다. 3년이 지나 탈상은 했으나 집안 형편은 더욱 말할 수 없는 지경이 되었다. 둘째는 이름이

---

70 이장곤(李長坤): 1474~1519?. 자는 희강(希剛), 호는 학고(鶴皐)·금헌(琴軒), 본관은 벽진이다. 1502년 과거에 급제하여 교리, 평안도병마절도사, 함경도관찰사, 이조판서, 병조판서 등을 역임하였다. 김굉필(金宏弼, 1454~1504)의 문인이자 당대 사림파의 주요 인물로 정치적 부침을 거듭하였다. 1504년에는 갑자사화에 연루되어 거제도에 유배되었고, 다시 함흥으로 달아나 양수척(揚水尺)의 무리 속에 숨어 살았다. 여기 이야기는 이것을 소재로 각색한 것으로 보인다. 병조판서로 있던 기묘사화(1519) 때는 관직을 삭탈 당하였으며, 이후 은거하다 생을 마쳤다. 저서로 『금헌집(琴軒集)』이 있다.

71 초장(草葬): 장례를 제대로 치를 수 없어 시신을 임시로 파묻고 이엉으로 덮어 놓은 상태를 말한다.

홍(弘)[72]으로, 한번은 형과 동생에게 이런 말을 하였다.

"일찍이 우리가 그나마 굶어 죽지 않은 것은 선친께서 인심을 얻은 덕에 먹을거리를 남들이 도와주었기 때문이오. 이젠 삼 년이 이미 지나 선친의 은덕도 다 끝났으니 어디에 하소연할 데도 없구려. 이런 곤궁하기 짝이 없는 상황이면 우리 형제는 굶어 죽을 일밖에 다른 대책이 없소. 각자 살길을 찾아야 하지 않겠소. 오늘부터 우리 형제는 평소 하던 일들을 찾아가는 게 좋겠소."

형과 아우는 한목소리로 하소연했다.

"우리가 어려서부터 해온 건 글공부 밖에 없지 않은가. 그 외 농사나 장사 같은 일이야 돈이 없어 힘써 볼 수도 없을 뿐 아니라 방도도 모르니 장차 어떻게 하겠는가? 배고픔을 참고 과업을 일삼는 것밖에 다른 도리가 없지."

이에 허홍이 말했다.

"사람 생각은 각자 다른 법이니 자기가 좋아하는 걸 따르면 되지요. 하지만 우리 삼 형제가 다 유업(儒業)을 일삼다간 삶을 다하기 전에 굶주림과 추위로 먼저 죽을 판이오. 형님과 아우는 기질이 퍽 약하니 다시 학업을 궁리하는 게 좋겠소. 나는 십 년을 기한 삼아 온 힘을 다해 재산을 불려 훗날 우리 형제가 잘 살 수 있는 밑천을 마련하고자 하오. 오늘부로 파산을 하여 형수와 제수는 당분간 본가로 보내고, 형님과 아우는 책 상자를 짊어지고 산사로 가시오. 거기서 중들의 남긴 밥을 구걸하여 먹으면서 십 년 뒤 다시 만나는 걸로 합시다. 대대로 물려받은 것이라곤 이 집터와 보리밭 세 마지기에 어린 여종 하나뿐이오. 이것들은 종가의 물건이니 이젠 종가에 돌려주어야 하나 내가 우선 빌려 치산의 밑천으로 삼겠소."

---

[72] 홍(弘): 이본 가운데는 '공(珙)'으로 나와 있기도 하다.

이리하여 그날로 허홍은 형 동생과 눈물을 뿌리며 작별하였다. 형수와 제수씨는 친정으로 돌려보내고 형과 동생은 산사로 보냈다. 그리고 아내가 신혼 때 가져온 패물과 장신구를 파니 겨우 7, 8냥이 되었다.

때마침 면화가 풍년이었다. 허홍은 있는 돈을 다 털어 미역을 샀다. 이 미역을 짊어지고 부친이 평소 왕래하며 먹을거리를 구했던 친지 집들을 두루 찾아다녔다. 가면 미역을 내놓고 그 자리에서 면피용 폐백[面幣]이라 하며 그에 상당한 목화를 달라 청했다. 친지들은 그 정성이 갸륵하여 넉넉히 내어주며 좋고 나쁘고를 따지지 않았다. 이렇게 얻은 목화가 몇백 근은 되었다. 이것으로 아내더러 밤낮으로 실을 뽑게 하고, 자신은 이걸 가지고 나가 팔아 다시 귀리 10여 섬을 무역하였다. 둘은 매일 죽을 쑤어 자신과 아내는 한 그릇으로 반씩 덜어 먹고 여종에게는 한 그릇을 다 주었다.

"네가 만약 너무 배가 고파 견디기 어려우면 마음대로 나가더라도 내 책하지 않으마."

이 말에 여종은 울면서 답하였다.

"상전께선 반 그릇만 드시고 저에겐 한 그릇을 다 주시는데 어찌 감히 배고프다고 하겠어요? 굶어 죽는 한이 있어도 나갈 생각이 없어요."

이렇게 여종은 상전을 따라 실을 뽑고 베 짜는 일을 열심히 하였다. 허생은 혹은 거적자리를 짜고 혹은 신을 삼아 밤잠을 설치며 잠시도 쉬지 않았다. 가끔 친구가 찾아오기라도 하면 예외 없이 울 밖에 자리를 내주고,

"자네 지금 인정 없다며 꾸짖지 말게. 십 년 뒤에나 얼굴 보세나." 라고 하면서 한 번도 문밖을 나와 만나는 법이 없었다. 이렇게 3, 4년이 흐르자 재산이 점점 불었다. 마침 문 앞에 논 열 마지기와 며칠 갈아야 하는 넓이의 밭을 팔려는 사람이 있었다. 그는 값을 치르고 이 논밭을 다 샀다. 그런데 봄 농사철이 되자 걱정이 되었다.

"그리 많지 않은 전답이니 사람을 써서 갈고 파종할 필요가 있겠는가? 내가 직접 밭에 가서 열심히 가는 게 낫지. 그런데 농사일을 어떻게 하는지 모르니 이를 장차 어쩜담?"

급기야 이웃에 사는 농사일을 잘 아는 농부를 불러 술과 음식을 한껏 차려주고 두둑에 앉으라고 했다. 그리고 직접 쟁기를 잡고 그가 가르쳐주는 대로 갈아엎고 파종을 했다. 밭을 갈고 가래질할 때는 꼭 남들보다 세 배로 공을 들였기에 추수했을 때 곡식 수확은 남보다 곱절은 되었다. 밭에는 연초 모종을 심었다. 당시 극심한 가뭄이어서 아침저녁으로 물을 끌어와 밭에 대주어야 했다. 이런 노력으로 이 지역의 연초 모종은 죄다 말라비틀어졌으나 허생의 밭에 심은 연초 모판만은 그야말로 무성했다. 서울의 장사치가 이것을 보고 수백 금을 주고 미리 구매했다. 모판을 옮겨 심어 잎이 무성해지자 다시 높은 가격이 책정됐다. 이렇게 담배 농사로 얻은 이익이 근 4백 금이었다. 이렇게 또 5, 6년이 되자 재산은 점점 더 늘어 노적가리가 4백, 5백 섬은 되었다. 이제 백 리 안에 있는 전답은 모두 허생의 차지가 된 것이다. 그래도 허생은 먹고 입는 게 검소하여 이전과 다름이 없었다.

형과 동생이 산사에서 처음 내려와 그를 찾아왔다. 허생의 아내가 세 그릇의 밥을 정갈하게 차려 올렸다. 그러자 허생은 눈을 부릅뜬 채 야단을 치고는 다시 죽을 끓여 오라고 하였다. 형이 화가 나서 꾸짖었다.

"네 재산이 이처럼 풍족해졌거늘 내게 밥 한 그릇도 주지 못한단 말이냐?"

"제가 진작 십 년으로 기한을 삼았지 않나요. 십 년이 되기 전에는 편히 밥을 먹지 않기로 마음에 맹세했답니다. 형님도 십 년이 지나야 저희 집의 밥을 먹을 수 있어요. 형님께서 저에게 화가 나셨겠지만 저는 하나도 개의치 않아요."

화가 단단히 난 형은 죽도 먹지 않고 산사로 되돌아가고 말았다. 그리고 이듬해 봄, 형과 동생은 나란히 기량을 발휘하여 소과에 합격하였다. 허생은 적잖은 돈과 비단을 가지고 상경하였다. 창방(唱榜)의 물품을 마련하여 광대를 데리고 형제가 거처하는 집으로 갔다. 하지만 정작 잔칫날 광대들을 불러 타일렀다.

"우리 형님과 아우가 지금은 비록 소과에 합격했으나 또 대과가 있으니 산사가 올라가 공부를 계속해야 한다. 너희들이 여기에 남아 있는 건 이로울 게 없다. 너희 집으로 각자 돌아가는 게 좋겠다."

그러면서 각각 돈을 주고 돌려보냈다. 형과 동생을 앞에 두고는 고언을 하였다.

"십 년 기한이 아직 차지 않았으니 당장 산사로 가서 기한이 다 차면 그때 내려오는 게 좋겠소."

그러면서 그날부로 산사로 전송하였다. 마침내 십 년의 기한이 도래했을 때 허생은 어엿한 만석꾼이 되었다. 이에 올이 가는 명주와 비단을 끊어다가 새로 남녀 의복 각각 두 벌을 지었다. 그리고 형수와 제수씨 집에 사람과 말을 보내 약속한 날을 잡아 모셔 오도록 했다. 또 산사에도 사람과 말을 보내 형과 동생을 맞아왔다. 마침내 이들은 단란한 한 집안이 되었다.

며칠이 지난 뒤 허생은 형과 동생에게 이런 건의를 했다.

"이 집은 좁고 막혀 있어 몸 하나 편히 들일 수 없소. 내가 따로 지어놓은 집이 있으니 거기로 들어가 사십시다."

이리하여 이들은 함께 떠나 몇 리쯤을 가자 고개가 나왔다. 이 고개를 하나 넘자 위아래로 큰 골짝이 나타났다. 그 안에 대궐 같은 집이 있었다. 전면에 긴 사랑이 줄지어 있고, 하인들과 소와 말이 안에 차고 넘쳤다. 본채와 안채와 사랑채 등 세 구역으로 구분되어 있었다. 사랑채는 따로 떨어져 있었으나 아주 널찍하고 확 트여 있었다. 삼 형제의 안 사람들은 각자 안채 하나씩을 쓰고 형제들은 한 방에서 함께 지내게 되었다.

긴 베개와 큰 이불로 함께하니 화락함이 무르녹았다.

놀랄 수밖에 없는 형이 물었다.

"여기는 누구 집이며, 이렇게 장관이란 말인가?"

"이곳은 제가 직접 지은 집이지요. 집안 식구들도 알지 못하게 해 두었던 거고요."

허생은 이렇게 답하고 집안 하인을 시켜 나무 궤짝 네다섯 짝을 가져오게 하여 앞에 놓으라고 했다.

"이것은 논밭과 토지 문서요. 이제 우리가 균등하게 재산을 나누자고요."

그러면서 말을 덧붙였다.

"우리 집 재산이 이렇게 될 수 있었던 것은 다 제 아내가 온 힘을 다한 덕이오. 이 수고에 보상이 없을 수 없소."

이에 스무 섬 지기 논 문서를 아내에게 주고, 세 사람은 각자 쉰 섬지기 문서를 나누었다. 이후부터는 먹고 입는 게 더없이 풍성하고 정결했다. 이웃한 종가나 친척 중에 어려운 형편에 있으면 두루 양껏 도와주어 사람들은 모두 그를 칭찬하였다.

하루는 허생이 느닷없이 슬퍼하며 눈물을 흘리는 것이었다. 형이 이상하여 물었다.

"지금은 우리가 먹고 입는 게 삼공(三公)과도 바꾸지 않을 정도이거늘 뭐가 부족해서 이렇게 괴로워하는가?"

이유는 이랬다.

"형님과 아우는 진작 과거 공부하여 모두 소과에 급제하고 출세를 했지 않소. 그러나 이 동생은 생계에 골몰하느라 학업은 황무지나 다름없으니 아둔한 인간이 되고 말았소. 선친께서 기대한 걸 이 동생은 저버렸으니 어찌 가슴 아프지 않겠소? 지금은 나이도 이미 늙어빠져 유업을 다시 시작할 수도 없구려. 그러니 붓을 내던지고 무업(武業)에 종사해야겠소."

허생은 그날로 활과 화살을 준비하여 활쏘기에 매진하였다. 몇 년 뒤 그는 무과에 붙었다. 상경하여 벼슬자리를 구해 내직(內職)의 자리를 얻었다. 이후 품계가 올라 안악군(安岳郡)[73]의 군수에 제수되었다. 그런데 부임할 날짜가 정해졌을 때 돌연 아내의 상을 당하고 말았다. 허생은 장탄식을 하였다.

"내 이미 영감하(永感下)[74]에 녹봉으로 봉양하지 못했거니와, 그나마 외직에 부임하려 한 것도 일생토록 고초를 겪은 늙은 아내를 위해 한 번이라도 영광스럽게 해 주고 싶어서였다. 그런데 지금 아내마저도 죽고 말다니. 이제 내가 무엇 하러 관직에 나가겠는가?"

그대로 그는 글을 올려 체직시켜 달라고 청하고 고향으로 내려와 여생을 마쳤다고 한다.

7-15

신주를 쓰는 데 한문이 언문보다 나음

큰쇠[大金]는 양반집의 종이었다. 어릴 때부터 주인을 직접 모셨기에 배우지는 못했으나 글자(즉 한자)를 약간이나마 알고 있었다. 상전이 간성(杆城)에 부임했을 때, 큰쇠가 따라가 관아에서 한 해 남짓 머물렀다. 그런 그가 일이 생겨 상경길에 올랐다. 오는 길에 산길로 접어들었다. 그러니 주막이라곤 거의 없었다. 그러다 아무 지역의 한 마을에 이르러

---

73 안악군(安岳郡): 황해도 서북부에 위치한 고을로, 구월산(九月山)과 재령강을 끼고 있었다. 이곳은 임꺽정 등 구월산을 근거지로 한 도적이 많았다. 때문에 군사적으로 중요한 지역이어서 군수는 주로 무관 출신이 임명되었다. 근대에 들어와서도 동학군의 주무대였고, 기독교가 전파되는 통로 역할을 하기도 했다.

74 영감하(永感下): 부모가 돌아가신 상황이란 뜻이다. 평생토록 부모의 은혜를 생각하며 슬퍼한다 해서 영감(永感)이라 한다.

민가를 빌려 묵게 되었다. 이 집에서는 마침 상이 나서 밤새 시끌벅적하였다. 그런 가운데 주인은 자꾸 문밖으로 나가 멀리 바라보면서 이런 말을 했다.

"약속을 해놓고 오지 않으니 대사 치르는데 낭패로군! 이를 장차 어쩐다?"

그 모습이 매우 바쁘고 급해 보였다. 큰쇠가 왜 그러느냐고 묻자 대답이 이랬다.

"오늘 새벽이면 부친의 장례를 치러야 한다오. 해서 제주관(題主官)[75]을 아무 동네의 생원에게 부탁드려 거듭 약조를 받아 놓았었소. 헌데 아직껏 소식이 없소. 대사를 그르칠 판이오."

그러면서 물었다.

"손님은 서울 사람이니 필시 제주를 할 줄 알게요. 부디 나를 위해 써주면 어떻겠소?"

큰쇠는 자신도 제주하는 법을 모르면서도 원래 성격이 단순하고 무식한지라 흔쾌히 응낙하고 말았다. 주인은 매우 기뻐하며 술과 안주를 잔뜩 차려주었다.

새벽이 되자 발인하여 큰쇠더러 뒤를 따르게 하고 묏자리로 올라갔다. 하관한 이후 평토(平土)를 하고 나서 큰쇠에게 고인의 이름자를 써 주기를 청하였다. 큰쇠는 이미 허락해 버린 터라 이제 와서 사양할 수도 없었다. 그래서 쓰려고 했으나 제주의 법식도 몰라 반 식경 동안 고민에 빠졌다. 그러다가 '춘추풍우초한건곤(春秋風雨楚漢乾坤)'[76]이라고 썼다. 이는 대

---

75 제주관(題主官): 제주(題主)를 담당하는 임시직 또는 제주를 맡은 사람을 뜻한다. 제주는 장례에서 하관하고 묘를 쓰는 중에 신주(神主) 즉 위패에 고인의 명호(名號)를 쓰는 것이다. 참고로 상례(喪禮)에 따르면 고인의 혼을 깃들게 하기 위한 절차가 세 단계이다. 그 첫 번째 단계는 막 사망했을 때 입던 옷을 흔드는 초혼(招魂)이고, 두 번째 단계에서는 염을 하고 난 후의 혼백(魂帛)이고, 마지막이 이 제주이다.

76 춘추풍우초한건곤(春秋風雨楚漢乾坤): 춘추의 비바람과 초(楚)와 한(漢)의 다툼을 의

개 그가 장기판에서 익히 보고 들어 왔던 문구였다. 다 쓰고 나자 주인은
교의(交椅) 위에 봉안하고 예에 따라 제사를 올렸다.

그러던 중 도포를 입은 한 사람이 산 아래에서 올라왔다. 그는 한껏
술 냄새를 풍기고 있었다. 주인은 그를 맞이하면서 역정을 냈다.

"생원께선 왜 우리 대사를 망치게 하려는 거요?"

그는,

"내가 친구에게 붙잡혀 술에 취한 바람에 오지 못했소. 이제야 놀라
깨서 급히 온 것이고. 제주는 누가 썼소?"

라며 물었다.

"다행히 서울 올라가는 분이 와 계시기에 대신 써주었소."

"그렇다면 다행이오. 그거 한번 봅시다."

이 말을 들은 큰쇠는 깜짝 놀라서 속으로 혼잣말을 했다.

'내가 쓴 게 필시 저 양반의 눈에 걸리고 말겠구나. 이러다간 한없는
욕을 받게 되겠군.'

그러면서 측간에 간다고 핑계 대고는 몸을 피해 도주하려고 하였다.
바로 그때 생원이 제주한 것을 보고는 웃는 것이었다.

"이것은 진서(眞書)이니 내가 쓰는 언문보다 훨씬 낫구려……."

큰쇠는 비로소 마음을 놓고 실컷 먹고 취하였다. 해가 뉘엿뉘엿해져
서 인사를 하고 길을 나섰다. 주인은 수없이 '고맙다!'는 말을 했다고
한다.

미한다. 바둑이나 장기에서 치열한 형세를 가리켜 쓰는 표현이다. 참고로 『가곡원류』
에서 곡을 부르는 명칭으로 이 용어가 쓰인바 있다.

평양 감영을 찾아간 부인이 기녀를 살려줌

조태억(趙泰億)[77]의 처 심 씨(沈氏)는 본래 의심이 많고 질투가 심한 성격이었다. 그래서 조태억은 그녀를 호랑이처럼 두려워하여 집밖에서 딴짓을 한 적이 없었다.

그의 형 조태구(趙泰耉)[78]가 평양감사가 되었을 때의 일이다. 승지였던 조태억이 마침 왕명을 받들어 사행을 가게 되었다. 가는 길에 평양 감영에서 며칠을 묵었다. 여기서 처음으로 아끼는 기녀를 두게 되었다. 심 씨가 그런 사정을 듣고는 당장 떠날 채비를 하고 오라비더러 길을 인도하게 했다. 곧장 평양 감영으로 가서 이 기녀를 때려죽일 심산이었다. 조태억은 이 소식을 듣자 아연실색하여 말문이 막히고 말았다. 조태구도 깜짝 놀라,

"이를 이제 어쩐다?"

라고 하며 기녀를 피신시키려고 하였다. 그러자 기녀는 이렇게 답하는 것이었다.

"소첩이 피신할 필요가 없사옵니다. 제가 알아서 살 방도가 있으니까요. 다만 형편이 어려워 이를 꾸릴 수 없을 뿐이옵니다."

조태구가 그 이유를 물었더니,

"소첩이 진주와 옥구슬로 몸을 단장해야 하는데 돈이 없사옵니다. 이

---

77 조태억(趙泰億): 1675~1728. 자는 대년(大年), 호는 겸재(謙齋), 본관은 양주이다. 조태구와 조태채의 종제로, 1702년 과거에 급제하여 우부승지, 대사성, 대제학, 좌의정 등을 역임하였다. 그는 소론으로 숙종, 경종 연간 노론과의 정쟁으로 부침을 거듭하였다. 1710년 일본에 통신사로 다녀와『동사록(東槎錄)』을 남긴 바 있다. 1723년에는 원접사로 의주에 간 사실이 있거니와, 여기 이야기에서 평양을 들른 일은 이런 그의 경력에 의거한 것이다. 저서로『겸재집(謙齋集)』이 있고『동사록』은 이 책에 실려 전한다.

78 조태구(趙泰耉): 1660~1723. 자는 덕수(德叟), 호는 소헌(素軒)·하곡(霞谷)이다. 1686년 동생 조태채와 함께 과거에 급제하여 형조참의, 대사성, 우의정 등을 지냈으며, 1706년에 평안도관찰사로 부임한 기록이 있다. 편서로『주서관견(籌書管見)』이 있다.

렇게 한스럽고 안타까울 수가 있을까요."

라고 하였다.

"네가 만약 살 방도가 있다면야 천금이라도 내가 알아서 마련해주겠노라. 네가 하고 싶은 대로 해 보거라."

그러면서 막객을 시켜 필요한 대로 돈을 제공해주라고 하였다. 한편 중화(中和)와 황주(黃州)[79]로 비장들을 보내 심 씨 일행을 맞게 하면서 주전(廚傳)[80]을 갖춰 보내 이바지하도록 하였다. 일행이 황주에 도착했을 때, '평양 감영의 비장이 와서 대기하고 있으며 또 이바지도 대기 중입니다.'라는 전갈이 왔다. 심 씨는 싸늘히 웃었다.

"내가 무슨 사행 가는 대신이라고 비장들이 문안하겠단 말인가? 게다가 나는 노자도 넉넉하거늘 저 이바지는 어디에다 쓰려고?"

그러고는 이것들을 다 물리쳐버렸다. 중화에 이르러서도 이처럼 딱 잘라 거절하고 물리쳤다. 다시 길을 나서 재송원(裁松院)[81]을 지나 이제 장림(長林) 안으로 들어가는 참이었다. 그때는 늦봄이라 십 리에 펼쳐진 장림에 봄기운이 무르익어 곳곳에 보이는 맑은 강과 경치가 퍽 아름다웠다. 심 씨는 가마 발을 걷고서 경치를 완상하며 장림을 지나갔다. 장림이 끝나는 지점에서 멀리 바라보니, 백사장은 비단이 깔린 듯하고 강물은 거울처럼 맑았다. 강 언덕에는 회칠한 성가퀴가 쭉 둘렀으며, 물 위에는 장삿배가 여기저기 모여 있었다. 연광정(練光亭), 대동문(大同門), 을밀대(乙密臺), 초연대(超然臺)[82]의 누각은 단청이 번쩍번쩍하고 집채는 아스라

---

79 중화(中和)와 황주(黃州): 현재 황해도 중화군과 황주군이다. 평양의 남쪽에 위치하며, 서울에서 평양으로 진입할 때 거치는 주요 경유지이다.

80 주전(廚傳): 즉 음식과 역마로, 지방을 오가는 관원에게 역참에서 이를 제공하는 일을 말한다.

81 재송원(裁松院): 평양부 서남쪽 10리쯤에 있던 역원(驛院)이다. 남쪽에서 평양을 갈 때 이 역이 마지막이었다. 바로 옆으로 장림(長林)이 펼쳐져 있다.

82 연광정(練光亭), 대동문(大同門), 을밀대(乙密臺), 초연대(超然臺): 모두 부벽루와 함께

하여 사람의 눈을 사로잡았다. 심 씨는 절로 탄성이 나왔다.

"과연 최고의 승경이로구나, 명불허전이로다!"

그렇게 감상하며 가던 즈음, 먼 백사장 위로 느닷없이 한 점 꽃이 사뿐사뿐 다가왔다. 점점 가까워져 보니 다름 아닌 한 기녀였다. 연두저고리에 다홍치마를 입고 수놓은 안장을 채운 말 한 필을 타고서 백사장을 가로질러 오는 것이었다. 심 씨는 속으로 매우 괴이하여 가던 말을 멈추고 그녀를 쳐다보았다. 그녀는 앞으로 다가와 말에서 내려서는 꾀꼬리 같은 목소리로 공손히 인사를 올렸다.

"아무 기생이 뵙고자 하나이다!"

심 씨가 그녀의 이름을 듣고는 뭐라 할 수 없는 불같은 화가 삼천 길로 치밀어 올랐다. 바로 큰 소리로 매섭게 꾸짖었다.

"아무 기생? 아무 기생이란 말이지? 뭔 일로 와서 뵙겠다는 거냐?"

그러면서 그냥 말 앞에 서 있으라고 하였다. 그러자 기녀는 낯빛을 바로하고 공손히 말 앞에 섰다. 심 씨가 그녀를 보니, 얼굴은 이슬을 머금은 복사꽃 같고 허리는 바람에 흔들리는 버들 같았다. 비단옷에 진주와 옥구슬로 위아래를 꾸민 모습이 그야말로 경국지색이었다. 뚫어지게 쳐다보던 심 씨는,

"너는 몇 살이더냐?"

라고 물었다.

"열여덟이옵니다."

"너는 과연 명물이로구나. 장부가 너 같은 명기를 보고도 가까이하지 않는다면 졸장부라 해야겠군. 내가 여기에 온 것은 애초 너를 죽이기 위함이었다. 그런데 너를 보니 명물이라, 내가 꼭 손을 써야만 하겠느냐?

대동강 가에 있던 누대와 명승이다. 대동문은 평양성의 남문이며, 연광정은 대동문 우측에 있는 정자이다. 을밀대는 평양성 동편에, 초연대는 대동문 남쪽에 있었던 누대이다.

너는 가서 우리 집 영감을 모시거라. 다만 영감은 숯손님[炭客][83]이니, 만약 너무 깊게 빠지게 하여 병이라도 생기게 된다면 너의 죄는 죽어 마땅할 것이야! 조심하고 조심하여라."

말을 마친 심 씨는 곧장 말을 돌려 한양으로 돌아갔다. 조태구가 이 소식을 듣고 급히 사람을 보내 전갈하였다.

'제수씨가 길을 나서 성 밖에까지 왔으면서 왜 성안으로 들어오지 않는거요? 잠시라 성안으로 들어와 감영에서 며칠이라도 묵고 돌아가는 게 좋겠소.'

이 전갈에 심 씨는 쓴웃음을 지었다.

"내가 걸태(乞駄)질이나 하는 사람이 아니거늘 성에 들어가서 뭘 한단 말입니까?"

돌아보지도 않고 떠나 한양 집으로 돌아가 버렸다. 그 뒤 조태구가 기녀를 불러 물었다.

"너는 얼마나 대단하기에 곧장 호랑이굴로 들어가서도 이렇게 살아 돌아왔단 말이더냐?"

기녀의 대답은 이랬다.

"부인의 성품이 비록 사납고 질투가 많으시나 이번에 천 리 길을 오는 여정이었잖아요. 어찌 구구한 아녀자들이 할 수 있는 일이겠어요? 말이 발로 차고 깨무는 걸 보면 필시 걸음[步]도 짐작할 수 있는 것이니, 사람도 이와 같습니다. 소첩은 죽으면 그만일 뿐이거늘, 이를 피한다고 해서 면할 수 있겠어요? 그래서 곱게 단장을 하고 가서 뵈온 것이옵니다. 만약 맞아 죽게 된다면 그거야 어쩔 수 없는 일이겠지요. 그렇지 않다면 혹여

---

83 숯손님[炭客]: 정확한 의미는 불명확하나 다음 두 가지 정도의 뜻으로 이해된다. 먼저 '숯사람'의 음차라고 가정하면, 집안 외에는 물정을 모르는 또는 경험이 없는 사람이라는 의미가 된다. 다음으로 '다 탄 숯'이라는 의미로, 늙어 기력이 다한 사람의 의미로도 볼 수 있겠다.

소인을 보고 가엾게 여겨 주지 않을까 바랐기에 이리 한 것이지요."

7-17

평양 기녀가 멋진 남자와 추한 남자 다 잊지 못함

평양의 한 기녀가 있었다. 그녀는 타고난 자질과 노랫가락, 춤사위로 어려서부터 이름을 날렸다. 그런 그녀가 한 말이 있었으니, '많은 남자를 겪어봤으나 잊을 수 없는 두 사람이 있는데, 한 사람은 곱고 아름다워서 잊을 수 없고 또 한 사람은 너무 추악하여 잊을 수 없다.'라는 것이었다. 남들이 이 사정에 관해 묻곤 하였는데 그녀의 대답이 이러했다.

　　어렸을 때 연광정(練光亭) 연회에서 관찰사를 모신 적이 있었지요. 해가 뉘엿뉘엿해질 때쯤 난간에 기대어 장림(長林)을 바라보니 한 젊고 고운 사내가 나귀를 타고 나는 듯이 오고 있었지요. 강변까지 달려와서는 배를 불러 대동문으로 건너오는 길이더군요. 풍채와 거동이 멋지고 호탕하여[84], 바라보면 마치 신선 가운데 한 사람인 것 같았지요. 마음이 취한 듯 흔들려 측간에 간다는 핑계로 누대를 내려와 그가 거처하는 곳을 찾아 갔답니다. 바로 대동문 안에 있는 객점이 아니겠어요. 사정을 자세히 파악하고는 연회가 끝나기를 기다렸다가 촌 아낙네의 옷으로 바꿔 입고서 밤을 틈타 그가 거처하는 집을 찾아갔지요. 창구멍을 통해 몰래 엿보니 옥 같은 미소년이 촛불 아래에서 책을 보고 있었답니다.

---

84 멋지고 호탕하여: 원문은 '動盪'인데, 이는 '동탕(動蕩)'과 같다. 일반적으로 동탕은 마음이 뒤흔들리는 상황을 표현하는 말인데, 우리 쪽에서는 사람의 외모가 준수하고 호탕하다는 의미로도 쓰인다.

‘이와 같은 멋진 사내와 잠자리하지 못한다면 죽어서도 눈을 감지 못하겠어.’

라는 생각이 절로 들더군요. 그리하여 창밖에서 기침 소리를 냈지요. 젊은 사내가 누구냐고 묻기에,

"주인집 아낙이어요."

라고 했지요. 그러자 또 묻더군요.

"무슨 일로 이 밤에 여길 찾아왔는가?"

"저희 집에 장사꾼들이 많이 들어와 묵는 바람에 잘 곳이 없답니다. 해서 윗목 한 자리라도 얻어 자고자 해서요."

"그렇다면 들어와도 괜찮소."

문을 열고 그대로 들어가 밝힌 촛불 뒤편에 앉았지요. 그런데 젊은 사내는 곁눈질 한 번 주지 않고 단정히 앉아서 책만 보더군요. 밤이 깊어지자 이내 촛불을 끄고 눕더군요. 나는 일부러 앓는 소리를 냈지요. 그러니까 사내가 묻더군요.

"왜 앓는 소리를 내는 건가?"

"제가 예전부터 가슴과 배가 아팠었는데 지금 방구들이 차다 보니 묵은 증상이 다시 도졌네요."

"그렇다면 내 등 뒤 따뜻한 자리로 와서 눕게."

해서 나는 사내의 등 뒤에 누웠지요. 그런데 한 식경이 지나도 역시 돌아보지도 않더군요. 다시 말을 했지요.

"나리는 어떤 사람인지 모르겠네요. 내시는 아니겠지요?"

"무슨 말이오?"

"소첩은 주인집 아낙이 아니라 바로 관기랍니다. 오늘 연광정에서 나리의 모습을 보고 속으로 퍽 연모하게 되었지요. 이런 차림으로 찾아뵌 건 한 번이라도 직접 만나보기 위해서랍니다. 첩의 바탕과 자태가 그리 못나지 않았고 나리의 연배도 그리 많지 않거늘, 아무도 없는

고요한 이 밤에 남녀가 함께 있으면서도 눈길 한 번 주지 않으니 내시가 아니면 무어란 말이어요?"

그러자 사내가 씩 웃었지요.

"네가 관가의 것이라고? 그렇다면 왜 진작 말하지 않았더냐? 난 네가 주인집 아낙인 줄 알고 그랬던 것이니라. 너는 이제 옷을 벗고 이리오너라. 함께 자자꾸나."

이리하여 함께 놀았는데, 그 풍류와 흥취는 바로 화류장(花柳場)의 탕자와 다름이 없었지요. 두 사람이 주고받은 정에 기쁨이 넘쳐났지요. 새벽이 되자 사내는 일어나 서둘러 채비하고 떠나면서 저에게 이렇게 말하더군요.

"뜻밖에 이렇게 만나 한밤의 인연을 맺었구나. 하지만 이렇게 갑자기 헤어지게 되니 뒷날에 다시 만나기는 어려울 게다. 이별하는 이 마음 어찌 말로 할 수 있겠느냐? 여행길에 따로 정을 표시할 물건이 없으니 시 한 수나 남겨 주노라."

그러더니 저더러 치마폭을 펼치라 하고는 이렇게 써 주었지요.

물은 먼 길손인 양 머묾 없이 흘러가고
산은 가인인 양 마음을 품은 채 보내네.
은촛불은 새벽녘 비단 휘장 속에 차가워지고
온 숲은 비바람 속에 구슬픈 소리를 내누나.

水如遠客流無住
山似佳人送有情
銀燭五更羅幌冷
滿林風雨作秋聲

다 쓰고 나자 붓을 던지고 일어났답니다. 저는 사내의 소매를 붙잡고 울면서 사는 곳과 이름을 물었으나 그는 다만 웃을 뿐이었지요.

"나는 산수와 누대를 찾아 떠도는 사람이니라. 사는 곳과 이름을 물어 뭐하겠느냐."

그러고는 훌쩍 떠나버렸지요. 저는 집으로 돌아와 사내를 잊으려 했으나 잊히지 않았답니다. 해서 매번 치마에 써 준 시를 부여잡고서 울었지요. 이것이 바로 '곱고 아름다워서 잊을 수 없는 사람'이랍니다.

또 일찍이 수청기로 관찰사 나리를 모시고 있었을 때였답니다. 하루는 문지기 병졸이 와서 고하기를, '아무 고을의 마름인 아무개 동지(同知)가 찾아뵙고자 문밖에 와 있습니다.'라고 하더군요. 관찰사 나리께서 그를 들어오게 하여 만나게 되었지요. 뚱뚱하고 덩치가 큰 촌놈이었지요. 그자는 베옷에 짚신을 신었고 반쯤 색이 바랜 홍대(紅帶)를 허리에 차고 있었지요. 관자놀이에는 금관자가 달렸는데 완전히 구릿빛이었답니다.[85] 얼굴은 사나웠고 생김새는 추악한 게 그야말로 '천봉장군(天蓬將軍)'[86]이었지요. 관찰사 앞으로 다가와 절을 올리자 나리께서 물었지요.

"너는 무슨 일로 이 먼 곳까지 왔느냐?"

"소인이 먹고 입는 건 그리 구차하지 않으니 사또께 특별히 바라는 게 있어서 온 것은 아니올시다. 다만 평생의 소원이 어여쁜 기생 하나를 얻어 욕정을 풀고 싶은 거랍니다. 이 때문에 천 리를 멀다고 하지 않고 왔습죠."

관찰사가 이 말에 웃으면서,

---

85 허리에는 반쯤 …… 완전히 구릿빛이었답니다: 여기 홍대와 금관자는 모두 고관들이 패용하는 복식인바, 이 마름의 차림새에는 어울리지 않는다. 홍대가 색이 반쯤 바랬고 금관자가 구릿빛이었다는 것으로 보아 아마도 선대의 것을 착용하지 않았나 싶다. 이로 볼 때 마름 집안과 관찰사 간에 친분이 있었음을 상정해볼 수 있다.

86 천봉장군(天蓬將軍): 원래 도가의 신장(神將) 이름인데, 후대에 흔히 사납고 흉악한 외모를 가진 인물을 가리키는 표현으로 쓰였다.

"네가 그런 마음이 있다면 이 중에 마음에 드는 기생 하나를 택해 보거라."

라고 하더군요. 그자는 관찰사의 영을 듣자마자 곧장 수청방(守廳房)으로 들이닥치더군요. 방에 있던 기녀들은 일시에 바람에 쓰러지듯 우박에 흩어지듯 달아났답니다. 그자는 뒤를 쫓아가 한 기녀를 붙잡아서는 '얼굴이 예쁘지 않군'이라고 하며 다시 한 기녀를 붙잡았더군요. 그러더니 이번에는 '이 아이는 몸매가 별로군'이라고 하더니, 결국 제 앞으로 다가오더군요. 저를 붙잡고 살펴보더니,

"얘가 좋겠군!"

라고 하며 끌어안고 담장 모퉁이로 데리고 가더니 억지로 욕을 보이지 뭡니까. 저는 그때 힘이 약했기 때문에 달리 저항할 수가 없었지요. 또 죽으려 해도 여의찮아 그자가 하는 대로 내버려 둘 밖에요. 잠시 뒤 그자에게서 벗어나 집으로 돌아왔답니다. 따뜻한 물로 몸을 씻었으나 비위가 상해 마음을 진정할 수 없었고, 며칠간 밥도 먹지 못했답니다. 이것이 바로 '추악해서 잊을 수 없는 자'랍니다.

7-18

남곡 김치의 생과 사가 모두 기이함

감사 김치(金緻)[87]는 호가 남봉(南峰)으로, 백곡(栢谷) 김득신(金得臣)[88]의

---

87 김치(金緻): 1577~1625. 자는 사정(士精), 다른 호로 심곡(深谷)이 있으며, 본관은 안동이다. 1597년 과거에 급제하여 교리, 대사간, 부제학 등을 지냈다. 광해군 대에 이이첨의 심복으로 영창대군의 살해모의에 가담하기도 하였다. 인조반정이 일어나자 대북파로 몰려 귀양을 갔다. 그 후 다시 기용되어 동래부사를 거쳐 1625년 경상도관찰사를 지냈다. 특히 그는 점술과 천문에 능통하여, 예언이나 사후세계에 관련된 이야기가 다수 전한다. 저서로 『심곡비결(深谷祕訣)』이 있다.

부친이다. 젊었을 때부터 운명을 점치는 데 정통하여 신기하게 맞추는 일이 많았다. 혼조(昏朝, 즉 광해군 대)에서 벼슬하여 홍문관 교리가 되었다가 뒤늦게 후회하고 병을 핑계로 관직을 그만두었다. 용산(龍山)의 위쪽에 터를 마련하여 문을 걸어 잠근 채 출입하지 않았으며, 찾아오는 사람도 일절 끊어버렸다. 그러던 어느 날 모시는 자가 와서,

"남산골에 사는 심생(沈生)께서 뵙기를 청하옵니다."

라고 아뢨다. 김 공은 거절하며 전갈하였다.

"귀한 손님이 내가 병을 앓고 있는지도 모르고 왕림하였구나! 사람 만나고 일하는 걸 그만둔 지 이미 오래인지라 지금 손님을 맞을 수 없어 매우 아쉽다고 하여라."

그러고는 돌려보냈다. 한편 그는 평소 자신의 사주로 평생의 운수를 점쳤는데, 그때마다 물수변[氵]의 성을 가진 사람의 힘을 얻으면 큰 화를 면할 수 있다고 나왔다. 순간 '찾아온 손님이 바로 물수변의 성씨이니 이 사람이라면 나에게 힘이 되지 않겠는가?'라는 생각이 들었다. 급히 시종을 시켜 쫓아가 가고 있는 그를 다시 모셔 오도록 하였다. 이 사람은 바로 심기원(沈器遠)[89]이었다. 심생이 시종을 따라 돌아오자 김 공은 연신 바삐 일어나 그를 맞았다.

"이 늙은이가 세상일을 끊고 그만둔 지가 오래되었소. 존객께서 이렇

---

88 백곡(栢谷) 김득신(金得臣): 1604~1684. 자는 자공(子公), 백곡은 그의 호이다. 어릴 적 천연두를 앓는 등 건강이 좋지 못해 관로에 진출을 못하다가, 1662년 과거에 급제하여 예조좌랑, 장악원정 등을 역임하였다. 특히 시에 뛰어나 이식(李植, 1584~1647)으로부터 '당대의 제일'이라는 평을 들었고, 『종남총지(終南叢志)』라는 시화집을 남긴바 있다. 저서로 『백곡집(栢谷集)』이 있다.

89 심기원(沈器遠): 1587~1644. 자는 수지(遂之), 본관은 청송이다. 권필(權韠)의 문인으로, 성균관 유생 때 인조반정에 참여하여 그 공으로 동부승지, 병조참판 등에 특진되었으며, 청원군(靑原君)에 봉해졌다. 이후 이괄의 난(1624)과 호란 시기에 도검찰사, 유도대장 등을 거쳐 우의정, 좌의정 등을 역임하였다. 1644년 회은군(懷恩君) 덕인(德仁)을 추대하려는 반란을 도모했다가 일이 발각되어 죽임을 당했다. 이 사건을 일명 '심기원의 옥사'라고 부른다.

게 왕림하셨으나 마침 병을 앓고 있어서 영접의 예를 갖추지 못하였소. 부끄럽기 그지없소이다."

"이전에 뵈온 적은 없사오나 어른께서 운수를 점치는 데 정통하다는 걸 들었습니다. 그래서 외람됨을 피하지 않고 감히 이렇게 찾아와 여쭙는 것이옵니다. 저는 마흔의 궁한 선비로 운수도 기구하답니다. 지금 이렇게 찾아뵈온 것은 어르신의 신통한 눈으로 한번 제 운명을 확인해보기 위해서랍니다."

그러더니 소매 속에서 사주를 꺼내 보이며 덧붙였다.

"제가 올 때 한 절친한 벗이 자신의 사주를 부탁하기에 뿌리치기가 곤란하여 부득이 함께 가져왔나이다."

김 공은 두 사주를 하나하나 뜯어보더니 극구 좋다며 추켜세웠다.

"부와 귀가 다 목전에 있으니 다시 물을 것도 없겠소."

마지막에 심생은 또 하나의 사주를 꺼내 보였다.

"이 사람은 부귀를 원하지 않는답니다. 다만 평생 병이 없기를 바라는 터라 제 수명이 언제까지인지를 알고 싶어 할 뿐입니다."

김 공이 쓱 한 번 보더니, 당장 시종을 시켜 자리를 펴고 서안(書案)을 놓아두라고 하였다. 그리고 자신은 일어나 의관을 정제하고는 다시 무릎을 꿇은 채 꼿꼿이 앉았다. 사주를 서안 위에 두고서 향을 피우더니 말하였다.

"이 사주는 그 귀함에 대해서는 따질 수 없을 정도로 비상한 사람의 운수요. 그러니 삼가 받들지 않을 수 있겠소!"

이후 심생이 물러갈 것을 여쭈려고 하니 김 공이 만류하였다.

"이 늙은이가 병중이라 시름으로 어지러워 보내드리기가 어렵소. 그러니 존객께서는 잠시 머무르며 병으로 시름겨워하는 마음을 달래주었으면 좋겠소."

그러고는 머물러 묵도록 하였다. 밤이 깊어 주위에 아무도 없을 때가 되자, 김 공은 심생에게 가까이 다가가 무릎을 맞대고 말하였다.

"내 실은 병은 핑계였소. 이 늙은이가 유감스럽게도 요즘 시대에 두 번이나 벼슬을 하였지 뭐요.[90] 일찍이 조정에 발을 들였다가 늦게야 그 잘못을 깨닫고 병을 핑계 삼아 문을 닫고 칩거하였소. 이제 조정이 뒤엎어질 때가 머지않았구려. 그대가 와서 물은 취지를 나는 이미 짐작하고 있으니, 외면하지 말고 사실을 얘기해주었으면 하오."

깜짝 놀란 심생은 처음에는 감추려고 하였으나 끝내는 사정을 다 얘기해 주었다.

"거사는 이루어질 터이니 조금도 의심하거나 염려하지 마시오. 언제 거사를 할 참이오?"

"아무 날로 정하였습니다."

김 공은 한참을 따져보더니 이윽고 말하였다.

"이날이 좋긴 좋소만, 이런 큰일은 살파랑(殺破狼)[91]이 든 날로 날짜를 잡은 뒤에야 가능하다오. 그런데 이날은 작은 일이라면 좋으나 큰일을 일으키기에는 좋지 않다오. 내가 그대를 위해 길일을 택해 주리다."

그러면서 책력을 펼쳐 한참을 보고 나더니 말하였다.

"3월 16일[92]이 과연 길일이오. 이날은 살파랑이 들게 되는 날이니 거사를 해야 할 때오. 비록 고변하는 사람이 있게 되더라도 조금도 해될 게 없고 끝내 거사가 순조롭게 이루어질 것이오. 그러니 반드시 이날로

---

90 두 번이나 벼슬을 하였지 뭐요: 원문은 '出脚'으로, 조정에서 물러 나왔다가 다시 발탁됐다는 뜻이다. 즉 광해군 대에 두 번 벼슬한 걸 후회한다는 취지이다.

91 살파랑(殺破狼): 큰 격변이나 변란을 예고한다는 뜻이다. 고대 점성학에서 칠살성(七殺星), 파군성(破軍星), 탐랑성(貪狼星)은 각각 숙청, 전란, 탐욕 등을 상징하는 별들로, 이 세 별자리가 서로 호응하게 되면 큰 변란이나 반정 따위가 일어난다고 한다.

92 3월 16일: 즉 이날은 인조반정이 일어난 날이라는 것인데, 역사상 인조반정이 일어난 날은 같은 해 3월 13일이었다. 실제로는 3월 12일에 거사가 일어났고 13일에 인조가 등극하였다.

거사를 하는 것이 좋겠소."

심생은 그가 몹시 기묘하다고 여기며 말을 이었다.

"그렇게만 된다면 어른의 함자를 삼가 저희의 공신록 책자에 기록해 넣겠습니다."

하지만 김 공은 거절하였다.

"그것은 내가 바라는 것이 아니오. 다만 명공(明公)⁹³께서 이번 거사를 성공한 뒤에 죽음이 코앞에 닥친 목숨을 구하시어 화를 입지 않게 해주시오. 이것이 내가 바라는 바요."

심생은 흔쾌히 알겠다고 하면서 떠나갔다. 반정이 성공한 날,⁹⁴ 대부분 김 공의 죄는 용서할 수 없다는 논의가 중론이었으나 심생이 극력으로 이를 막아 구해주었다. 그래서 김 공은 경상도관찰사로 특진 되었다가 생을 마쳤다.

김 공은 그 전에 자기의 사주를 가지고 중원(中原) 땅의 한 술사에게 물은 적이 있었다. 그랬더니 시 한 구절을 써 주었는데 이러했다.

화산(華山)⁹⁵의 소를 탄 나그네
머리엔 일지화(一枝花)를 꽂았구나.

華山騎牛客
頭戴一枝花

그런데 그 의미를 알 수 없었다. 그런 그가 경상도관찰사가 되어 순행

---

93 명공(明公): 높은 직위에 있는 사람을 부를 때 쓰는 표현으로, 대개 상대방에 대한 존칭으로 쓰인다.

94 반정이 성공한 날: 원문은 '更化之日'로, 인조반정의 성공을 가리킨다.

95 화산(華山): 즉 안동이다. 안동의 북쪽을 둘러친 산을 화산이라 부른다. 이곳 출신인 변영청(邊永淸), 류경심(柳景深), 장문보(張文輔) 등 세 사람을 문재가 뛰어나다고 하여 '화산삼걸(華山三傑)'로 일컫기도 했다.

차 안동부에 들렀다가 갑자기 학질을 앓게 되었다. 병을 물리칠 방법을 두루 찾았더니 어떤 자가 '학질을 앓는 날이면 검은 소를 반대로 타면 바로 낫는다'고 알려주었다. 그래서 일러준 대로 소를 반대로 탄 채 관아 뜰 안을 빙빙 돌다가, 소에서 내리자마자 방 안에 드러누웠다. 두통이 몹시 심해져 한 기녀를 시켜 머리를 지압하도록 했다. 그러던 중 기녀의 이름자를 물었더니 '일지화(一枝花)'라고 하는 것이었다. 김 공은 그때 갑자기 중원 땅 술사의 시구가 떠올랐다. 탄식할밖에.

"삶과 죽음에는 정해진 것이 있구나!"

이에 새 자리를 깔도록 명하고 새 옷으로 갈아입은 다음, 정갈한 복장으로 베개를 바로하고 누웠다. 그리고 편안히 죽었다.

그날 삼척부사 아무개가 관아에 있다가 갑자기 김 공이 많은 시종을 대동한 채 관아 문으로 들이닥치는 것을 보았다. 깜짝 놀라 일어나서는,

"공께서는 무슨 일로 남의 관할지로 넘어오셔서 저를 찾아왔나이까?"

라고 물었다. 김 공은 웃으면서 대답하였다.

"나는 산 사람이 아니네. 좀 전에 나는 이미 작고하여 염라왕으로 부임하는 길이라네. 자네도 만나보고 또 부탁할 것도 있어서 왔네. 내가 염라왕으로 부임하려는데 새로 지은 예복이 없어서 면이 안 서네. 자네가 평소 우리의 정의를 생각하여 도포를 마련해주지 않겠는가?"

삼척부사는 속으로 이게 말도 안 되는 상황임을 알았으나, 억지로 청하는지라 옷상자 속에서 비단 한 필을 꺼내주었다. 김 공은 기뻐하면서 받더니 인사를 하고 떠났다. 부사가 너무 놀랍고 의아하여 사람을 보내 확인해보게 하였다. 그랬더니 과연 그날 김 공이 안동부 순소(巡所)에서 죽었다는 것이었다. 이 일로 김 공이 염라왕이 되었다는 이야기가 세상에 쫙 퍼지게 되었다.

구당(久堂) 박장원(朴長遠)[96]은 김공의 아들 백곡(柏谷)과 절친한 벗이었다. 일찍이 북경(北京)에서 자신의 운수를 점쳐 왔는데, 거기에는 '아무

해 아무 달에 죽게 된다……'라고 쓰여 있었다. 그해 정월 초하루가 되자, 구당은 사람과 말을 보내 백곡을 모셔 오게 했다. 구당은 한 장의 종이를 주면서 편지를 쓰라고 하였다. 그러자 백곡이,

"누구에게 쓰란 말인가?"

라고 묻자,

"자네 선친께 편지 한 통을 써 주었으면 하네."

라고 대답하였다. 백곡은 당혹스러워하며 쓰지 않았다.

"자네는 내가 허튼소리 한다고 생각하는가? 그런지 안 그런지는 따지지 말고 일단 나를 위해 써 주게!"

이렇게 재삼 간청하자 백곡도 어쩔 수 없어 붓을 들었다. 구당은 입으로 내용을 불러주며 백곡더러 쓰게 하였다. 그 내용은 이러하다.

제 절친한 친구 박 아무개의 수명이 올해로 끝나게 되었나이다. 엎드려 바라옵건대 어여삐 여기고 불쌍하게 보시어 그의 수명을 늘려주옵소서…….

겉봉에는 '아버님 전[父主前]'이라 하고, 속 봉투에는 '소자 아무개 이같이 아뢰나이다[子某白是]'라고 썼다. 다 쓰고 나자 구당은 방 한 칸을 깨끗이 치우고 백곡과 함께 향을 사르고 나서 이 편지를 태웠다.

"이제 나는 죽음을 면할 게 분명해!"

과연 구당은 그해를 편안히 넘기고 수십 년이 지나서야 죽었다. 이일은 실재하지 않은 거짓에 가까우나 김 공의 정기와 혼령이 다른 사람

---

96 구당(久堂) 박장원(朴長遠): 1612~1671. 자는 중구(仲久), 구당은 그의 호이며, 본관은 고령이다. 1636년 과거에 급제하여 강원도관찰사, 이조·공조판서, 한성부판윤 등을 역임하였다. 여기 이야기처럼 김득신과 친했으며 김치에게서 두시(杜詩)를 배워 시재가 뛰어났다고 한다. 저서로 『구당집(久堂集)』이 있다.

과 확실히 달랐음은 분명하다.

그 뒤로도 밤이면 많은 시종을 따르게 하고 등불을 쭉 이은 채 장동(長洞)과 낙동(駱洞)[97] 사이를 오가곤 하였다. 그러다가 친구라도 만나게 되면 말에서 내려와 회포를 풀기도 하였다. 어느 날 밤, 한 젊은이가 새벽에 낙동을 지나가다가 길에서 김 공을 만나게 되었다.

"영감께선 어디에서 오시는지요?"

"오늘 새벽이 바로 나의 기일이라네. 음식을 흠향하기 위해 갔으나, 제수가 정결치 않아 흠향을 제대로 못 해 서운한 마음으로 돌아가는 길이네."

그러더니 순간 보이지 않았다. 젊은이는 곧장 그의 집을 찾아갔다. 이 집은 창동(倉洞)[98]에 있었는데, 마침 주인이 제사를 마치고 나왔다. 그가 길에서 주고받은 말을 전해주자, 백곡은 깜짝 놀라며 곧장 안채로 들어가 제수를 하나하나 살펴보았다. 정결하지 않은 음식은 하나도 없었으나 떡을 놓아둔 사이에 사람의 머리카락 한 올이 있었다. 온 집안이 놀라며 몸 둘 바를 몰라 했다.

그 뒤에 또 한 사람이 길에서 김 공을 만났다. 그때 김 공은 이런 말을 하였다.

"내가 일찍이 남에게 『강목(綱目)』[99]을 빌려 보고는 미처 돌려주지 못했다네. 그런데 제 몇 권 제 몇 장에 금박지를 끼워 두었다네. 뒤에 이

---

97 장동(長洞)과 낙동(駱洞): 지금의 서울 중구 회현동 일대이다. 낙동은 그 지역에 타락유(駝酪乳)를 파는 곳이 있어서 붙여진 이름이며, 장동은 '장흥동(長興洞)'으로 과거이 지역에 장흥고(長興庫)가 있어서 유래했다.

98 창동(倉洞): 지금 서울 중구 회현동 일대로 숭례문 안쪽에 있던 동명이다. 과거 이곳에 선혜청의 창고가 있었던 데서 붙여진 이름이다.

99 『강목(綱目)』: 즉 『자치통감강목(資治通鑑綱目)』으로, 주자가 『자치통감』의 벼리를 뽑아 한 책으로 엮은 것이다. 1438년에 처음 간행된 이후 조선시대 내내 주요 역사서로 읽혔다.

책을 돌려줄 때 혹여라도 주의하지 않는다면 이 금박지를 잃어버릴까 걱정이네. 그러니 이 말을 우리 집에 전해주어 잘 살핀 다음에 보내도록 해주면 좋겠네."

그 사람은 돌아가 이 말을 전해주었다. 백곡이 『강목』을 찾아보니 과연 금박지가 있었다. 사람들은 모두 이를 기이해하였다. 이 외에도 신령하고 기이한 일들이 많았으나 다 기록하지 못한다.

7-19

충장공 남연년이 성루에 앉아 절개를 지킴

이인좌(李麟佐)[100]가 병란을 일으켰을 때이다. 처음에 상여를 가장하여 무기를 묶어 관 모양으로 만들고, 따르는 담꾼은 모두 적도였다. 이들은 수십 개의 상여를 메고서 청주성 안으로 들어갔다. 진영장(鎭營將)인 충장공(忠壯公) 남연년(南延年)[101]과 막객 홍림(洪霖)[102]이 병사(兵使) 이봉상(李

---

100 이인좌(李麟佐): 1695~1728. 본명은 현좌(玄佐)로, 청주 송면(松面) 출신이다. 원래 남인 계열이었으나 소론 쪽과도 교류하였다. 영조가 즉위한 이후 소론이 실각하자 그는 이른바 '이인좌의 난'을 일으켰다. 이 사건은 정희량(鄭希亮) 등 다른 지역 인사들과 공모하여 무력으로 정권쟁탈을 시도한 것으로, 1728년 3월 15일에 이 이야기와 같이 무기를 싣고 청주성에 진입하여 1차 근거지를 삼았다. 이후 각처에 격문을 돌려 호응하는 세력을 모아 한양을 향해 북진하였다. 죽산(竹山)에 이르러 이 난을 진압하기 위해 파견된 도순무사 오명항(吳命恒)의 관군에게 패하여 처형당했다. 이때 오명항은 소론으로서 소론계가 일으킨 난리를 제압한 처지였다. 이 사건은 조선 정치사에서 이른바 '이이제이(以夷制夷)'의 사례로 꼽힌다.

101 남연년(南延年): 1653~1728. 자는 수백(壽伯), 호는 현암(玄岩), 본관은 의령, 충장(忠壯)은 그의 시호이다. 1676년 무과에 급제하여 선전관을 지냈으며, 청주성의 진영장이 된 것은 1727년이었다. 이듬해 이인좌의 난이 청주성에서 일어났고 이때 순국하였다. 뒤에 좌찬성에 추증되었으며, 청주의 표충사(表忠祠)에 제향되었다. 저서로 『남충장공시고(南忠壯公詩稿)』가 있다.

102 홍림(洪霖): 1685~1728. 자는 춘경(春卿), 본관은 남양이다. 1727년 병마절도사 이봉

鳳祥)[103]에게 아뢰었다.

"많은 상여가 성안으로 들어왔습니다. 매우 괴이하고 수상한 일이니, 수색하여 꿍꿍이를 살펴봐야겠나이다."

그러나 병사는 술에 취한 채,

"지나가는 상여를 무어 꼭 의심할 게 있겠느냐? 그대들은 물러가도록 해라!"

라고 답할 뿐이었다. 때는 바야흐로 한밤중, 한 쌍의 까치가 누대의 들보를 오르락내리락하며 울어댔다. 쫓아도 가질 않았다. 이윽고 난이 일어났다. 성안은 아수라장이 되었고 적병들이 에워싸며 영문 안으로 들이닥쳤다. 병사는 잠에서 덜 깬 상태에서 뒤뜰의 대나무숲 속으로 달아났다. 이에 충장공이 누대 위에 앉아 진두지휘를 했다. 적도가 병사는 어디 갔느냐고 묻자 충장공은,

"바로 나다!"

라고 하면서 저들을 꾸짖으며 굽히지 않다가 끝내 해를 당했다. 그런데 적들 가운데 충장공의 얼굴을 아는 자가 있었다. 충장공을 보고는,

"이자가 아니다!"

라고 하였다. 마침내 저들은 대나무 숲을 뒤져 다시 병사를 찔러 죽였다. 그때 홍림은 자기 몸으로 병사를 덮어 막다가 함께 해를 당하였다. 이렇게 죽은 병사와 진영장, 그리고 비장에게 조정에서는 정려와 함께 증직의 은전을 베풀었다. 그 뒤에 어떤 사람이 청주성 안에 있는 남석교(南石

상의 비장이 되어 이듬해 이인좌의 난 때 역시 순국하였다. 뒤에 호조참판에 증직되었다.

103 이봉상(李鳳祥): 1676~1728. 자는 의숙(儀叔), 시호는 충민(忠愍), 본관은 덕수이다. 이순신의 5대손으로, 1702년 무과에 급제하여 포도대장, 삼도수군통제사, 한성부우윤, 형조참판 등을 역임하였다. 1727년 정미환국 때 소론을 공박했던 일로 중앙정계에서 쫓겨나 충청도 병마절도사로 내려가게 되었다. 이때 이인좌의 난이 일어났고 죽임을 당한 것이다.

橋)[104] 위에 시를 남겼다. 그 시는 이러하다.

삼경의 까치 들보를 맴돌며 시끄럽게 울어대고
촛불 꺼진 동헌엔 취한 꿈이 어지러워라.
비장은 연막(蓮幕)[105]의 절개를 지켜냈거늘
대장은 외려 대숲의 혼이 되었다니.
남제운(南霽雲)[106]은 죽었을 뿐이나 당사(唐史)에 전하거늘
이릉(李陵)[107]만은 무슨 마음으로 한조 은혜를 저버렸던가.
가소롭다, 어부가 앉아서 공을 받는 격[108]
일시의 영예와 은총이 향촌에 빛나다니.

三更鳴鵲繞樑喧
燭滅華堂醉夢昏
裨將能全蓮幕節

---

104 남석교(南石橋): 현재 청주시 상당구 석교동 육거리시장 내에 있었던 다리이다. 석교
동이라는 동명은 남석교에서 유래한 것이다. 조선시대 가장 긴 석교로 알려져 있으며,
예로부터 이곳 사람들이 해마다 소원을 빌며 건너던 풍습이 있었다고 한다. 전하는
바에 의하면, 이 돌다리 기둥에 '한선제오봉원년(漢宣帝五鳳元年)'이라는 글씨가 새겨
져 있었다고 한다. 정확한 경위는 알 수 없으나 이 돌다리의 역사가 매우 오래되었다
는 점을 확인시켜 준다.
105 연막(蓮幕): 재상이나 장군이 임시로 거처하는 진영으로, 일반적으로 막료를 미칭하
는 용어로도 쓰인다.
106 남제운(南霽雲): 당나라 현종(玄宗) 때의 장군으로, 안록산의 난을 막다가 전사하였다.
후대에 절의를 지켜 순절한 인물로 거론되며, 특히 그의 별호인 '팔남아(八男兒)'는
절개가 굳은 대장부를 지칭하는 말로 쓰인다.
107 이릉(李陵): 한나라 무제(武帝) 때의 장군이다. 이 시기는 한나라가 흉노와 혈전을
벌이는 때로, 그는 군사를 거느리고 흉노 땅으로 들어갔다가 붙잡혀 항복하는 신세가
되었다. 그곳에서 흉노의 여자를 아내로 맞아 살다가 죽었다. 결과적으로 그는 한조
를 배반하게 되었는데, 같은 시기 흉노에 붙잡힌 소무(蘇武)는 끝까지 절개를 지킴으
로써 역사에서 이 둘은 항상 대비되곤 했다.
108 어부가 앉아서 공을 받는 격: 미상이나, 이른바 어부지리의 어부를 가리키는 것으로
판단된다. 즉 여기서 이봉상이 남연년과 홍림의 공을 함께 취한 걸 빗댄 예라 하겠다.

元戎反作竹林魂

雲惟死耳傳唐史

陵獨何心負漢恩

堪笑漁人功坐受

一時榮寵耀鄉村

이 시가 두루 퍼졌으나 누가 지었는지 알 수 없었다. 다시 그 뒤에 충장공을 이장할 때, 그의 벗들에게 만시(輓詩)를 청했다. 유생인 유언길(俞彦吉)[109]은 지중추부사 유언술(俞彦述)[110]의 사촌형으로 만시를 남겼다.

내 머리가 베일지언정 무릎을 꿇릴 순 없나니

천 개 창이 벌여 있고 만개 칼날이 재촉하는구나.

이날 밤은 누구든 절개를 결단할 수 있어

늦봄 하늘은 눈바람으로 슬퍼했다오.

이름은 변새에서 맨주먹 휘두르다 죽은 자와 부합하고[111]

성은 수양(睢陽)에서 혈서로만 돌아옴을 추억케 하네.[112]

---

109 유언길(俞彦吉): 1695~?. 자는 태중(泰仲), 본관은 기계이다. 1717년 진사시에 합격한 이외의 이력은 잘 나와 있지 않다.

110 유언술(俞彦述): 1703~1773. 자는 계지(繼之), 호는 송호(松湖)이다. 1736년 과거에 급제하여 검열, 성균관전적, 예조정랑 등을 거쳐 1772년 지중추부사로 관력을 마쳤다. 따로 1749년에는 동지사의 서장관으로 중국을 다녀오기도 하였다. 그는 산수를 좋아하여 족숙인 유척기(俞拓基)와 함께 금강산을 유람하기도 하였다. 저서로『송호집(松湖集)』이 있다.

111 그 이름은 …… 죽은 자와 부합하고: 즉 남연년의 이름이 한나라 장수 한연년(韓延年)과 같다는 의미이다. 이릉이 항복할 당시 함께 출전했던 한연년은 끝까지 절개를 지켜 맨주먹으로 싸우다 장렬히 전사한 인물이다. 이름이 서로 같기에 이렇게 표현한 것이다.

112 그 성은 …… 추억케 하네: 즉 남연년의 성이 당나라 장수 남제운과 같다는 의미이다. 남제운은 수양(睢陽) 땅에서 안녹산의 반란군과 싸우다 전사하였는데, 그때에 혈서를 써서 절개를 보였던 일이 있다.

가소롭다, 오군영의 순무사가

차마 아무 일 없는 듯 머리를 달고 오다니.[113]

> 吾頭可斷膝難摧
> 千戟森森萬刃催
> 是夜人能貞節辦
> 暮春天以雪風哀
> 名符漢塞張拳死
> 姓憶睢陽嚙指回
> 堪笑五營巡撫使
> 忍能無恙戴頭來

이봉상의 자손들이 이 시를 보고는 앞의 청주성의 시도 이 사람이 지은 것이라고 지목하여, 원통함을 호소한 끝에 유언길은 마침내 귀양을 가게 되었다. 이게 바로 시안(詩案)[114]인 것이다.

7-20

객점에서 쉬던 정익공 이완이 인재를 알아봄

정익공(貞翼公) 이완(李浣)이 효종의 신임과 총애를 입고 장차 북벌(北

---

113 참고로 남연년의 저서인 『남충장공시고(南忠壯公詩稿)』의 「부록(附錄)」에 장진희(張震熙)가 지은 남연년의 만사가 실려 있는데, 그 내용이 이 시와 거의 같다. 따라서 여기서 유언길이 지었다고 하는 것과 배치된다. 참고로 장진희의 만사는 다음과 같다. "吾頭可斷膝難摧, 百戟森森萬刃催. 是夜人爭貞節許, 暮春天以雪風哀. 名符漢塞張拳死, 姓憶睢陽血指回. 兵馬五營觀察使, 忍能無恙戴頭來."

114 시안(詩案): 시를 지었다가 그 시로 인해 죄를 얻게 되는 것을 말한다. 이 시안에 걸려 유배를 가게 된 대표적인 사례로 소식(蘇軾)이 있다. 그가 호주자사(湖州刺史)로 있을 때 그의 시어에 조정을 비방하는 내용이 있다며 참소가 들어와 황주(黃州)로 안치된바 있다.

伐)을 계획하여 널리 인재를 구하였다. 길을 가다가도 외모가 걸출해 보이는 사람을 보게 되면 꼭 자기 집 안으로 불러들여 재주를 시험해보고 조정에 천거하곤 하였다.

일찍이 훈련대장으로 있을 때, 소분(掃墳)[115]할 여가를 얻어 가는 길에 용인의 객점[116]에 들르게 되었다. 거기에 나이가 서른쯤 돼 보이는 한 총각이 있었다. 키가 거의 10척이었으며 얼굴도 한 자가 넘었다. 마르고 단단한 골격이 장대했으며, 짧은 머리털은 삐죽삐죽 뻗쳐 있었다. 베옷은 몸을 다 가리지도 못할 지경이었다. 흙마루 위에 걸터앉아 한 독의 막걸리를 고래가 삼키듯 마시고 있었다. 이 공은 말 위에서 순간 보고도 남다른 이임을 알아봤다. 바로 말에서 내린 이 공은 언덕배기에 앉아 사람을 시켜 저 총각을 불러오라 했다. 총각은 예의도 차리지도 않고 돌 위에 걸터앉는 것이었다. 이 공이 성명을 물었다.

"성은 박(朴)이고 이름은 탁(鐸)이외다."

다시 물었다.

"자네 집안은 어떻게 되는가?"

"원래 양반이었으나 일찍 부친을 여의었고 집에는 모친만 계시오. 가난하다 보니 땔나무를 해서 봉양하고 있수다."

"자네 술을 마시고 있던데 더 마실 수 있는가?"

"잔술을 내 어찌 사양하겠소?"

이에 이 공은 부하에게 명하여 백 푼(百文, 1냥)어치 술을 사 오게 하였다. 잠시 뒤 두 개의 큰 동이에 막걸리를 사 왔다. 이 공이 직접 한 사발을

---

115 소분(掃墳): 주로 경사스러운 일이 있을 때 조상의 산소를 찾아 그 일을 알리고 제사를 지내는 일이다. 그래서 일반적인 성묘와는 차이가 있다. 이완의 경우 부친인 이수일 (李守一)의 산소가 충주에 있었던바, 충주로 내려가던 길로 추측한다.

116 용인의 객점: 현재 용인의 '술막다리'라는 곳이 있는데, 이 주변이었던 것으로 보인다. 이 지역에서 '방울장사'(여기의 박탁)와 이완에 얽힌 일화가 전해진다.

마시더니 그 사발에 술을 따라 그에게 주었다. 총각은 조금도 사양하거나 주저하는 기색 없이 연거푸 두 동이를 다 비웠다. 이윽고 공이 말하였다.

"자네가 비록 이렇게 초야에 묻혀 가난에 쪼들리고 있으나, 관상이 비범한 것이 크게 쓰일 만한 인물이네. 혹시 내 이름을 들어보았는가? 나는 바로 훈련대장인 이 아무개라네. 조정에선 바야흐로 큰일을 도모코자 널리 장수가 될 만한 인재들을 찾고 있다네. 자네가 만약 나를 따른다면 부귀는 무어 말할 게 있겠는가."

"노모께서 집에 계신지라 이 몸은 감히 남을 따를 수 없는 처지입니다."

"그렇다면 내가 집에 가서 자네 모친을 뵙겠네. 집이 어디인가? 자네가 앞서게."

십여 리를 가서 그의 집 문 앞에 이르렀다. 두어 칸 움집으로 비바람도 막기 어려워 보였다. 총각이 문으로 먼저 들어가더니 이윽고 해진 멍석 하나를 내와 사립문 밖에 펼쳤다. 쑥대머리에 무명 치마를 입은 부인이 나와 맞이하였다. 예순 남짓으로 보였다. 먼저 앉으라 하면서 자리를 잡았다. 이에 공이 입을 열었다.

"나는 훈련대장 이 아무개일세. 선영을 살피러 가는 길에 이 친구를 만났네. 한 번 보고도 걸출한 사내임을 알 수 있었네. 형수께 이런 기남자가 있으니 정말이지 거듭 축하하고 축하하오!"

그러자 부인은 옷매무시를 바로 하고 답하였다.

"초야에 묻혀 사는 애비도 없는 아이랍니다. 진작에 배우는 걸 포기했으니 산짐승 들짐승과 진배없나이다. 그러한데도 대감께서 이렇게 지나친 칭찬과 격려를 마다하시니 부끄러워 몸 둘 바를 모르겠나이다."

"형수께서 초야에 계시기는 하지만 요즘 세상사는 필시 들었을 줄로 아네. 지금은 조정에서 큰일을 계획하고 인재들을 불러 모으고 있다네. 내가 이 애를 보고는 차마 바로 떠날 수가 없었네. 이제 함께 가서 공명을 도모하고자 한데, 이 아이는 모친의 명이 없다며 거절하지 않겠나.

해서 어쩔 수 없이 직접 찾아와 뵙고 감히 청하는 거라네. 형수께서 허락해 주겠는가?"

"시골에 사는 아둔한 아이가 뭔 지식이 있어서 그런 큰일을 감당하겠습니까? 게다가 저 아이는 이 몸에게는 유일한 자식이랍니다. 우리 둘은 서로 의지하며 연명하는 처지라 멀리 떠나보낼 수가 없으니, 감히 명을 받들지 못하겠나이다."

이 공은 그래도 두세 번을 더 간청하였다. 결국 부인이 받아들였다.

"사내아이가 태어나면 사방으로 뜻을 두는 법이지요. 이미 나라에 몸을 허락했다면 자잘한 개인의 사정이야 돌아봐서는 안 되겠지요. 거기다가 대감의 성의가 이와 같으시니, 이 늙은 몸이 어찌 감히 허락하지 않을 수 있겠습니까?"

이 공은 크게 기뻐하며 당장 부인과 인사를 나누고 총각과 함께 떠나 한양으로 되돌아왔다. 이 공은 입궐하여 임금을 배알하였다.

"경은 소분하러 떠났거늘 어인 일로 곧장 되돌아왔는가?"

임금이 하문하자, 이 공이 아뢰었다.

"소신이 고향으로 내려가던 길에 한 기이한 사내를 만나 그와 함께 돌아왔나이다."

이에 임금이 그자를 들라 하였다. 보니 헝클어진 머리에 뻗친 구레나룻이 영락없는 거지 아이였다. 곧장 어탑 앞으로 들어와서는 예도 차리지 않고 털썩 주저앉았다. 임금이 웃으면서,

"너는 어찌 그리도 수척하단 말이냐?"

라고 하문하였다.

"대장부로 세상에 뜻을 얻지 못했으니, 이러지 않을 수 있겠사옵니까?"

"오, 그 말 한마디가 기특하고도 장하도다!"

임금은 이 공을 돌아보며 하문하였다.

"무슨 직에 제수하여야겠는가?"

이 공이 아뢰었다.

"이 아이는 아직 산과 들의 짐승 같은 꼴을 벗지 못했나이다. 소신이 삼가 집에 데리고 있으면서 시간을 들여 훈육하겠나이다. 세상일을 가르친 뒤에야 한자리를 맡겨볼 수 있겠나이다."

이에 임금이 허락하였다. 이리하여 이 공은 일찍부터 그를 자기 옆에 두고 입고 먹는 걸 풍족하게 해주고 병법이나 세상에서 행세하는 요점을 가르쳤다. 그는 하나를 들으면 열을 아는지라 일취월장하여 더 이상 옛날의 어리석던 그 모습이 아니었다. 임금은 매번 이 공을 대할 때마다 박탁의 성취 여부를 하문하였다. 이 공은 그때마다 발전하는 상황을 품달하였다. 이렇게 하기를 한 해가 되어갔다. 공은 박탁과 북벌의 일을 의논하였다. 그때마다 계책을 내고 생각을 피력하는 게 외려 자신보다 나았다. 이 공은 매우 기특해하며 임금께 아뢰어 크게 쓸 참이었다.

그런데 얼마 안 있어 효종이 승하하고 말았다. 박탁은 다른 관원을 따라 곡반(哭班)[117]에 참여하여 한없이 통곡하였다. 목이 퉁퉁 붓고 피눈물을 흘리는 지경이었다. 그래도 매일 아침저녁으로 반드시 곡반에 참여하였다. 인산(因山)의 예가 끝나자, 박탁은 이 공에게 영원히 떠나겠노라고 아뢰었다.

"이 무슨 말이냐? 나와 너는 정으로는 부자 사이이거늘, 어찌 차마 나를 버리고 떠난단 말이냐?"

"제가 어찌 아끼고 사랑해주신 대감의 은혜를 모르겠습니까? 하지만 제가 여기에 온 것은 배나 채울 작정이 아니었습니다. 영명하신 군주께서 위에 계신지라 세상에 할 만한 일이 있겠다 싶어서였습니다. 그런데 하늘이 돌보지 않아 이렇게 갑자기 대고(大故)를 만나고 말았으니, 이제는 세상에 할 만한 일이 없게 되었습니다. 이야말로 '천고의 영웅이 눈물

---

117 곡반(哭班): 국상 때 신료들이 곡을 하던 반열을 말한다.

을 금치 못하는 것'[118]이겠지요. 제가 비록 대감의 문하에 머물러 있다고
한들 쓰일 기회가 없을 것이고요. 게다가 사사로운 정에 구애되어 부질
없이 의식을 축내며 일없이 떠나지 않는 건 아주 의롭지 못한 일입니다.
그러니 이제 떠나감만 못하답니다."

그러더니 눈물을 뿌리며 하직하고 고향으로 돌아갔다. 모친과 집을
떠나 깊은 산중으로 들어갔다. 그 뒤로 어떻게 되었는지 알 수 없다. 우
암(尤庵, 송시열) 선생이 사람을 대할 때마다 이 일을 이야기하며 탄식해
마지않았다.

7-21

이병정이 오디를 따 먹으며 과거의 방을 기다림

청주(淸州) 이병정(李秉鼎)[119]은 됨됨이가 너그럽고 진솔하여 외양을 꾸민
적이 없었다. 문장과 필력이 뛰어났으면서도 항상 이를 감추고 드러내지
않아 알아보는 이가 없었다. 게다가 집이 가난하여 제 몸 하나 꾸릴 처지도
못 됐다. 그런데 처가는 엄청나게 부유하여 장인 장모와 그 이하 처가
식구들이 갖가지로 업신여기고 모욕하였다. 혹여 처가를 가면 장인은,

"자네 아침은 먹었나?"

라고 물었고 곁에 있던 처남들은,

---

118 천고의 영웅이 눈물을 금치 못하는 것: 원문은 '千古英雄不禁淚'로, 세상에 웅대한
뜻을 품은 영웅도 어찌할 수 없어 눈물을 금치 못한다는 의미이다. 이와 비슷한 문구
로 '千古英雄恨未銷', '千古英雄苦叫天', '千古英雄空淚垂' 등의 표현이 쓰여왔다.

119 이병정(李秉鼎): 1678~?. 자는 여수(汝受), 본관은 한산이다. 1705년 과거에 급제하였
으며 이후의 생력은 자세하지 않다. 『영조실록』 1732년 5월 3일 기사에 이병정이
청주목사에 임명되었다는 내용이 보이는바, 여기서 청주라고 한 것은 이 때문이다.
따라서 아래 식년시는 그가 과거에 급제한 1705년에 해당한다. 참고로 그는 광산
김씨와 혼인하였는데, 처남이 두 명, 동서가 한 명이었다.

"묻지 않아도 알 만하지요."

라고 하였다. 그러면 장인은 아랫것을 불러서 이렇게 일렀다.

"아무 곳에서 이 서방이 왔는데 끼니를 걸렀다고 하는구나. 안채에 물에 말은 밥이라도 남은 게 있거든 갖다주어라."

위와 같이 박대하였다. 나중에는 처가의 곁채에 빌붙어 살게 되었다. 그런 그는 낮이면 종일토록 코를 골며 자다가 한밤중 인적이 드물어진 이후에야 남몰래 책을 읽거나 시를 지었다. 식년과(式年科)가 다가와 초시의 방이 났는데도 이 공은 과거 보는 일에 대해서는 한마디 말도 없었다. 그러자 부인이 물었다.

"과것날이 멀지 않았는데 낭군께서는 응시하지 않을 셈인가요?"

"과거를 보려 해도 시지(試紙)와 필묵은 어디서 마련한단 말이오?"

이에 부인이 패물[120]과 장신구 등속을 내다 팔아 돈을 쥐여 주었다. 이것으로 과구(科具)를 마련할 수 있었다. 처남들과 동서도 다들 시끌벅적 과구를 갖추었지만 일절 그가 과거를 보러 가는지 여부를 묻지 않았다. 과장에 들어가 이 공과 동서 및 처남들은 모두 높은 점수로 합격하였다. 그런데 동서는 당시 재상집의 자제로 처가가 아끼는 사위였다. 그러니 처가에서의 대접이 이 공과는 하늘과 땅 차이 정도가 아니었다. 그래도 이 공은 신경 쓰지 않았다. 방이 나오자 사람들은 깜짝 놀랐다.

"그대가 어떻게 시험을 치렀기에 합격을 했단 말인가? 세상일이란 알 수가 없군. 이거야말로 행과(倖科)인걸."

"우연히 동서와 처남들을 따르다 보니 남은 글귀와 남은 필적을 얻어 보아 뜻하지 않게 합격하게 되었지 뭐요."

---

120 패물: 원문은 '粧奩'으로, 신부의 지참품을 가리키는 것으로 보았다. 과거에 혼인하면 신랑 집에서는 예장(즉 혼서)과 납폐를 준비하고 신부 집에서는 여자가 시집가서 가정 살림에 필요한 옷가지들과 그 밖에 생활에 필요한 지참품을 준비하였는데 이것을 자장(資粧)·치장(置裝)·장렴(粧奩), 또는 바수개라 하였다.

이 공이 이리 대답하자, 사람들이 다들 크게 웃었다.

회시(會試) 때가 되자 이 공은 몰래 박장기[匏博]¹²¹와 종이판을 숨기고서 과장에 들어갔다. 일찌감치 시권을 제출하고 처남들이 시험 보는 곳¹²²으로 찾아갔더니, 손아래 처남이 아직 시권을 제출하지 못하고 있었다. 이 공이 가져온 장기와 판을 꺼내 함께 내기 장기를 두자고 하자, 다들 뭐 하는 짓이냐며 욕을 하였다. 그러나 이 공은 한사코 두자고 하는 것이었다. 거기다가 농담까지 해대며 괴롭혔다. 이에 사람들이 나서서,

"이 인간은 뭐 하러 과장에 들어와 이런 고약한 짓거리로 남의 과거 보는 일을 놀리고 그르친단 말인가?"

라고 하면서 일제히 이 공을 두들겨 패서 쫓아냈다. 이 공은 과장을 나와 처가로 돌아갔다. 나머지 사람들도 모두 과장을 나왔다. 장인은 우선 둘째 사위가 과거를 잘 보았는지 못 보았는지를 물었다. 그랬더니 둘째 사위는 이렇게 대답했다.

"아직 시권을 제출하지 않아 답지를 쓰는 즈음에 저 이 씨가 느닷없이 쳐들어와 장기판을 들이밀고 내기를 하자며 방해하지 뭡니까? 거의 망쳤습니다."

이 말을 들은 장인은 혀를 끌끌 차며 이 공을 나무랐다.

"이 무식한 놈아, 너는 과거 일이 중한지도 모르고 남의 과거에 그렇게 농을 쳐 망쳐놨단 말이냐? 사람으로 염치도 없고 생각도 없는 게 이와 같다니!"

그러면서 당장 물러가라 했다. 그럼에도 이 공은 개의치 않았다.

---

121 박장기[匏博]: 따로 용례는 보이지 않고 김신겸(金信謙, 1693~1738)의 『증소집(橧巢集)』 권4의 「차의소잡흥운(次儀韶雜興韻)」 제3수에 "麥飯瓔瓟眞味淡, 杏陰匏博俚談濃."이라는 구절이 보인다. 장기알을 박으로 만들어 휴대하기 좋았던 듯하다.

122 시험 보는 곳: 원문은 '接'으로, 주로 강학을 위한 모임의 단위를 가리킨다. 여기서는 동서와 처남들이 그룹을 이루어서 모여 있는 곳을 뜻한다.

방이 나오는 날이었다. 이공은 아침밥을 먹은 뒤 문밖에 있는 뽕나무에 올라가 오디를 따 먹고 있었다. 잠시 뒤 방군(榜軍)[123]이 찾아왔다. 이공이 곧장 그가 가져온 봉투를 빼앗아 확인해보니 바로 자신의 이름자였다. 이에 방군에게 일렀다.

"이건 이 집안 둘째 사위의 합격증이라네. 대문으로 들어가 '둘째 사위가 우등으로 합격했소'라고만 하게."

방군은 이 공의 말대로 큰 소리로 외쳤다. 그러자 온 집안 식구들이 서로 축하하며,

"과연 그렇단 말이지? 봉한 문서가 어디 있는가?"

라고 물었다.

"문밖 뽕나무 위에 있던 한 선비가 빼앗아 가 버렸답니다."

방군이 이렇게 대답하자, 장인과 동서들이 대문 밖으로 나와 찾기 시작하였다. 이 공은 천천히 입을 열었다.

"이미 사마시에 합격했으니 봉한 문서를 보지 않더라도 무슨 해가 되겠습니까?"

다들 뭐라고 하기도 하고 달래기도 하며 내려오라고 했다. 이 공은 내려온 뒤 그것을 내보이며 말했다.

"이것은 내 이름이 적힌 문서랍니다. 왜 찾으시는지?"

모두 비로소 깜짝 놀라며 영문을 몰라 했다. 처남과 동서들은 모두 떨어지고 이 공만 높은 성적으로 합격했던 것이다. 그 뒤 조만간 벼슬에 올라 여러 차례 주(州)와 목(牧)의 수령을 지냈다. 이즈음 처가는 집안이 폭삭 망해 먹고살기 어려울 만큼 가난해졌다. 이 공은 장모를 관아로 모시고 와 잘 대접했으나 한 번도 마주하지는 않았다. 당시 사람들은

---

123 방군(榜軍): 과거의 방이 났을 때 일체의 사항을 전달하는 사령이다. 합격의 방을 가지고 해당 집을 찾아가, 이런저런 요구를 하는 바람에 이들의 폐단이 적지 않았다고 한다.

이 점 때문에 그를 비판하였다.

7-22

곽사한이 비술을 써서 신장들을 불러냄

곽사한(郭思漢)[124]은 관향이 현풍(玄風)으로, 망우당(忘憂堂)[125]의 후손이다. 젊었을 적 과거 공부에 열중했으나, 한번은 이인을 만나 비술을 전수받아 천문과 지리, 음양 등의 서적에 능통하게 되었다.

그는 집이 몹시 가난했다. 부모의 산소가 마을 안에 있었음에도 나무하고 꼴 베는 아이들이 날마다 침범하였다. 그럼에도 이를 막아 지키지[126] 못할 정도였다. 그래서 어느 날 그는 산소 아래를 빙 둘러 나무 말뚝을 박고 거기에 이렇게 표시하였다.

'누구든 이 표지 안으로 감히 들어오면 필시 상상도 못할 화를 당할 것이오.'

이렇게 마을 사람들에게 조심하라고 경고하여 한 발짝도 가까이 오지 못하도록 했다. 하지만 사람들은 다들 비웃었다. 마을의 고집불통에다 고약한 젊은 사내가 부러 이 산소 아래로 가서 땔나무를 하다가 나무막

---

124 곽사한(郭思漢): 생몰년 미상. 조선 후기의 술사로, 현재 그와 관련된 정보는 이 작품을 비롯한 몇몇 야담집에 나와 있는 것이 전부다.

125 망우당(忘憂堂): 즉 곽재우(郭再祐, 1552~1617). 자는 계수(季綬), 망우당은 그의 호이다. 1585년 과거에 급제하였으나 왕의 뜻을 거슬러 포의로 있던 중에 임진왜란이 일어나자 경남 의령에서 '홍의장군(紅衣將軍)'이라는 기치를 내걸고 의병을 일으켰다. 이후 이 공으로 절충장군, 성주·진주목사 등을 지냈다. 다시 정유재란이 일어나자 경상좌도방어사로 기용되어 공을 세웠으며, 광해군 대에는 한성부우윤, 오위도총부 부총관 등을 역임하였다. 따로 시서에도 능했으며, 저서로 『망우당집』이 있다.

126 이를 막아 지키지: 원문은 '禁養'으로, 주로 산의 벌목과 개간 등을 금하여 일정한 지역을 보존·육성하는 것이다.

대 표시 안으로 들어갔다. 그랬더니 하늘이 돌고 땅이 움직이며 바람과 우레가 휘몰아치는 가운데 칼과 창이 빽빽하게 서려 있어 나갈 길이 보이지 않았다. 그자는 정신이 흐릿해지더니 혼이 나가 땅에 엎어지고 말았다. 그의 어미가 이 소식을 듣고는 급히 달려와 곽생에게 애걸복걸하였다. 곽생은 성을 냈다.

"내 이미 분명히 경고했는데도 따르지 않다니! 왜 와서 나를 귀찮게 하는 거요? 나는 모르는 일이오."

어미는 울며불며 살려달라고 읍소하였다. 한 식경이 지난 후, 곽생은 직접 가서 살펴보고 그자의 손을 끌어 나오게 해주었다. 이때부터는 누구도 감히 그곳에 접근하지 못하였다.

둘째 숙부가 위중한 병을 앓았다. 의원의 말이 '산삼을 쓴다면 치료할 수 있을 텐데……'라는 것이었다. 그래서 사촌 동생이 찾아와 애써 부탁하였다.

"부친의 병환이 아주 위독합니다. 한데 산삼을 구할 가망이 없네요. 형님의 숨은 재주는 제가 평소 알고 있거늘 어찌 산삼 몇 뿌리를 구해서 치료하도록 하지 않으신지요?"

곽생은 이마를 찌푸렸다.

"이건 매우 어려운 일이네. 그러나 숙부님의 병환이 그러하니 내 힘을 다하여 돕지 않을 수 없지."

그러고는 사촌 동생과 함께 뒷산 기슭으로 올라갔다. 한 곳에 이르자 소나무 그늘 아래 평탄한 땅이 있었다. 바로 삼밭이었다. 곽생은 그중에 가장 큰 세 뿌리를 골라 캐주면서 약으로 달여 쓰라 하였다.

"이 일은 절대 입 밖에 내지 말고 다시 와서 캘 생각도 하지 말게!" 라고 단속까지 해 두었다. 사촌 동생이 급히 돌아가 산삼을 달여 쓰니 과연 효과가 있었다. 그는 돌아올 때 가던 길과 산삼이 있는 곳을 기억해 두었다가 곽생이 없는 틈을 타서 몰래 찾아갔다. 그런데 지난번 갔던 곳을 다시는 찾을 수 없었다. 속으로 적이 놀랍고 의아하여 아쉬워한 채 돌아와야 했다. 곽생에게 이 사정을 털어놓았더니 그는 웃을 뿐이었다.

"전번에 자네와 갔던 곳은 바로 두류산(頭流山)이네. 자네가 어찌 그곳을 다시 갈 수 있겠는가? 이후로는 더 이상 그러지 말게."

곽생이 하루는 집에 있다가 건넛방을 깨끗하게 치우더니 그의 아내에게 당부하였다.

"내 이곳에서 사나흘 간 볼일이 있으니, 절대 문을 열거나 몰래 엿보지 말게. 기한이 되면 내 알아서 나올 테니."

그러고는 문을 닫고 좌정하였다. 집안사람들은 그의 말에 따라 그대로 놔두었다. 2, 3일이 지나자 아내는 내심 궁금해져 창문 틈을 통해 몰래 엿보았다. 그랬더니 방 안은 큰 강으로 변해있었고, 그 강 위에는 단청한 누각이 솟아있었다. 남편은 이 누각 위에서 거문고를 뜯고 있었다. 학창의를 입은 대여섯이 마주 앉아있었다. 거기에 노을빛 하늘거리는 치마의 선녀들이 혹은 악기를 연주하고 혹은 춤을 추었다. 이를 본 아내는 기이한 광경에 놀랐으나 감히 소리를 내지는 못했다. 때가 되어 문을 열고 나온 곽생은 아내가 엿본 것을 나무랐다.

"이후로 다시 이런 짓을 하면 나는 이곳에서 오래 머무를 수 없네!"

곽생에게는 절친한 지인이 있었다. 그가 만고 명장들의 신영(神影)을 한 번이라도 보고 싶다고 하자, 곽생은 웃으며 응하였다.

"그거야 어렵지 않네. 다만 자네의 기백이 감당하지 못해 몸을 해칠까 걱정이네."

지인이,

"한 번 뵐 수만 있다면야 죽어도 여한이 없겠네!"

라고 하자, 곽생은 다시 웃었다.

"자네의 요구가 정 그렇다면 내 말하는 대로만 따르게."

"아무렴!"

곽생은 지인더러 자기 허리를 끌어안으라 하면서 주의를 줬다.

"그저 눈을 감고 있다가 내가 소리를 내거든 그때 눈을 뜨게."

지인이 그가 말한 대로 하였다. 그랬더니 두 귀에 바람과 우렛소리만이 들릴 뿐이었다. 이윽고 눈을 뜨라 하여 주위를 살펴보았다. 그런데 자신이 높은 봉우리 꼭대기 위에 앉아있는 게 아닌가. 지인은 멍한 채여기가 어디냐고 물었더니 바로 가야산이었다. 조금 뒤 곽생은 의관을 정제하고 향을 사르며 앉아서는 마치 지휘하며 누군가를 부르는 것 같았다. 얼마 안 있어 광풍이 크게 일더니 셀 수 없이 많은 신장(神將)이 허공에서 내려왔다. 모두 춘추전국과 진한(秦漢), 당송(唐宋)의 명장들이었다. 저들의 위풍은 늠름하고 모습은 당당하였으며, 갑옷을 입었거나 칼을 찬 채 좌우로 쭉 늘어서 있었다. 지인은 정신이 혼미하여 곽생의 옆에 납작 엎드릴 뿐이었다. 곽생이 저들더러 물러가게 했는데, 지인은 벌써 혼절한 상태였다. 그가 정신을 조금 차리자,

"내가 아까 얘기하지 않았던가? 자네의 기백이 이 정도면서 함부로 나에게 그런 요청을 하다니. 필경 병을 얻게 될 거네. 참으로 탄식할 일일세."

라고 하였다. 그리고 다시 올 때의 모습처럼 자기 허리를 끌어안게 하고는 집으로 돌아왔다. 그 뒤 지인은 경계증(驚悸症)[127]을 앓다가 얼마 안 있어 죽었다고 한다.

이처럼 곽생이 신이한 비술을 남에게 보인 사례가 많았다. 80세가 넘어서도 젊은이처럼 건강하다가 어느 날 아무 병 없이 선화(仙化)했다고 한다. 영동에 많이 살고 있는 그의 친지들은, 그가 죽은 지 이제 수십 년밖에 안 됐다고 얘기한다.

---

127 경계증(驚悸症): 어떤 일을 당해 크게 놀라거나 이유 없이 불안해하는 증상으로, 심하면 의식을 잃게 된다. 현대의학상의 공황장애 또는 외상후 스트레스성 장애와 유사하다.

강계의 기녀가 이경무를 위하여 수절함

무운(巫雲)은 강계(江界)[128]의 기녀로 자색과 재주가 당대에 대단했다. 경성에 사는 성 진사(成進士)라는 이가 우연히 강계로 내려왔다가 그녀와 동침한 뒤 깊은 정이 들어 둘도 없는 돈독한 사이가 되었다. 돌아갈 때가 되자, 둘은 서로 그립고 아쉬워 차마 떨어지지 못했다. 무운은 성 진사를 떠나보낸 후 다른 사람에게 마음을 주지 않겠다고 다짐하였다. 이에 쑥으로 두 다리에 뜸을 떠 흉터가 나게 하였다. 이것으로 고약한 병에 걸렸다고 남들에게 둘러댔다. 이런 까닭에 전후로 관가에서 한 번도 시침 드는 일이 없었다.

대장 이경무(李敬懋)[129]가 강계부사로 부임하였을 때 무운을 불러 가까이 하려 했다. 하지만 무운은 치마를 헤쳐 상처를 보여주며 사정을 말했다.

"소첩에게 이런 악창이 나 있사옵니다. 어찌 감히 가까이서 모시리잇가?"

"그렇다면 너는 내 앞에서 사환 일이나 하거라."

이때부터 그녀는 매일 부사의 수청을 들다가 저녁이면 꼭 퇴청하였다. 이렇게 4, 5개월이 지나갔다. 그러던 어느 날 무운이 부사에게 다가갔다.

"소첩이 오늘 밤 모시고자 합니다."

부사는 깜짝 놀라 물었다.

"네가 고약한 병이 있다면서 어떻게 시침을 하겠다는 것이냐?"

"소첩이 성 진사님을 위해 수절하려고 일부러 쑥뜸으로 상처를 냈답

---

128 강계(江界): 평안북도 북동부에 위치한 군으로, 북쪽으로 두만강과 압록강이 만나는 경계 지역이기도 하다. 이곳은 낭림산맥과 다른 주변 산에 둘러싸인 분지(일명 강계 분지)로 교통과 군사, 물산의 요충지였다. 현재는 자강도의 행정, 문화 중심지이다.
129 이경무(李敬懋): 1728~1799. 자는 사직(士直)이며 시호는 무숙(武肅)이다. 영조 때 무과에 급제하여 황해병사, 삼도수군통제사, 어영대장, 훈련대장 등 당대 주요한 무직을 역임하였으며, 한성부판윤, 형조판서까지 지냈다. 이 시기 무관으로서 명성이 매우 높았다. 다만 강계부사나 기타 북관 지역의 임직은 확인되지 않는다.

니다. 그 덕에 남자들의 접근과 괴롭힘에서 벗어날 수 있었지요. 이제 사또님을 모신 지 여러 달입니다. 조용히 매사를 살펴보니 사또님이야말로 대장부이십니다. 첩은 이미 기생인 몸이지만 사또님 같은 대장부라면 왜 가까이서 모시고 싶은 마음이 없겠습니까?"

이 말에 이 대장은 껄껄 웃었다.

"그렇다면 같이 자자꾸나."

마침내 함께 자고 놀고 하였다. 이 대장의 임기가 다 차서 돌아가게 되자, 무운은 따라가기를 원했다. 하지만 이 대장은 막았다.

"내가 거느린 소실이 셋이란다. 너까지 따라오면 이는 몹시 불편한 일이 되고 만다."

그러자 무운이 다짐하였다.

"그러시면 소첩은 수절할게요."

이 대장은 웃었다.

"수절한다고 하니 성 진사를 위해 수절한다는 것 같구나!"

무운은 발끈해서 불쾌한 얼굴을 하더니 이내 칼로 왼손 약지를 끊어 내 버렸다. 깜짝 놀란 이 대장이 데려가겠다고 했으나 끝내 듣지 않았다. 그 길로 작별하게 된 것이다.

10여 년 뒤, 이 대장은 훈련대장으로 성진(城津)[130]에 보임(補任)이 되었다. 조정에서 성진진(城津鎭)을 새로 설치하고 명망이 높은 노장에게 맡겨야 한다는 이유에서였다. 이 대장은 단기필마로 부임하였다. 성진은 강계와 접경이나 거리는 300여 리나 떨어져 있었다. 그런데 어느 날 무

---

130 성진(城津): 함경북도 서남부 동해안 쪽에 위치한 고을로, 강계와는 동서로 떨어져 있다. 이 일대는 과거 학성군(鶴城郡)으로 불리었으며, 지금은 김책시에 편입되어 있다. 원래 조선 개국과 함께 이곳에 성진진(城津鎭)을 설치하고 성진첨사를 두어 관리하게 하였다. 따라서 지금 새로 설치한 게 아니고 이 지역을 다시 정비한 것으로 보인다.

운이 그를 찾아왔다. 이 대장이 반갑게 맞아들여 한방에서 그간 헤어져 있던 회포를 풀었다. 밤이 되자 그녀를 가까이하려 하자 한사코 안 된다 며 완강히 거부하였다. 이 대장이 물을밖에.

"무슨 이유로 그러느냐?"

대답이 이랬다.

"사또님을 위해 수절하는 것입니다!"

"나를 위해 수절한다면서 지금 왜 나를 거부하느냐?"

"기왕에 남자를 가까이하지 않기로 맹세했으니 비록 사또님이라도 불 가합니다. 한 번 가까이하면 곧 훼절하게 됩니다."

이러면서 단단히 거절하는 것이었다. 이렇게 1년 남짓 한방을 썼으나 끝내 동침은 하지 못했다. 이 대장이 돌아가게 되자 무운도 작별하고 다시 강계 집으로 돌아갔다. 그 뒤 이 대장이 상처하자 무운이 달려와서 상을 치르고 서울 대장의 집에 머물다가 상례를 다 치른 뒤 다시 강계로 내려갔다. 이 대장이 죽었을 때도 역시 똑같이 했다. 그녀는 자호를 '운 대사(雲大師)'라 하고 그대로 수절하며 생을 마쳤다고 한다.

7-24

창의사가 어진 부인의 도움으로 이름을 날림

창의사(倡義使) 김천일(金千鎰)[131]의 아내는 어느 집안의 여자인지 알 수

---

131 김천일(金千鎰): 1537~1593. 자는 사중(士重), 호는 건재(健齋), 본관은 언양이다. 임 진왜란 때의 명장으로, 처음에는 학행으로 발탁되어 한성부서윤, 수원부사 등을 지냈 다. 1592년 임진왜란이 일어나자 고경명(高敬命), 최경회(崔慶會) 등에게 글을 보내 창의를 제의하는 한편, 나주·수원·강화도 등지에서 의병을 이끌고 왜병과 맞섰다. 강화도에서 항전하던 무렵에 조정으로부터 창의사의 직책이 내려졌다. 한양이 수복 되어 굶주리는 자가 속출할 때 쌀 천 석을 내어 구휼했던바, 여기 이야기의 일부와

없다. 그녀는 시집온 날부터 하는 일이라고는 하나도 없었으며 날마다 낮잠을 자는 게 일이었다. 시아버지가 이를 두고 훈계하였다.

"애야, 너는 참으로 좋은 며느리다만 부도(婦道)를 알지 못하니 이것이 아쉽구나. 대개 아녀자라면 아녀자의 도리가 있는 법, 너도 이미 시집을 왔으니 집안을 돌보고 살림을 꾸려야 하는 것이다. 그런데 이런 건 거들떠보지 않고 날마다 낮잠 자는 게 일이구나."

그러자 그녀의 대답이 이랬다.

"집안을 챙기려 해도 맨손에 맨주먹이니 무엇을 밑천 삼아 꾸린단 말이어요?"

이 말에 시아버지는 민망하고도 안쓰러워 당장 벼 2, 30포와 노비 네다섯, 그리고 소 두세 마리를 내어주었다.

"이 정도면 살림을 꾸릴 밑천으로 넉넉하겠느냐?"

"충분합니다."

그녀는 하인을 불러 가까이 오라 하였다.

"이제 너희들은 나에게 딸리게 되었으니 내가 하라는 대로 따라야 할 것이다. 너희들은 이 소에다 곡식을 싣고 무주(茂朱)의 아무 곳에 있는 깊은 골짜기로 들어가 나무를 베어 집을 짓거라. 그리고 이 벼로 농사철 식량을 삼아 부지런히 화전(火田)을 일구어라. 매년 가을이면 소출의 총량을 나에게 보고하되, 겉벼는 쌀로 도정하여 저장해 놓거라. 매년 똑같이 해야 할 것이야."

하인들은 이 명에 따라 무주로 떠났다. 며칠이 지나 부인은 김 공을 마주하고 물었다.

"사내가 수중에 돈이나 곡식이 없으면 아무 일도 이루어지지 않아요.

연결된다. 이후 1593년 왜군이 퇴각을 시작하자 이를 좇아 진주 촉석루에 이르러 분전 끝에 순절하였다. 1618년에 영의정으로 추증되었다. 저서로 『건재집(健齋集)』이 있다.

어째서 이에 대해서는 생각하지 않는지요?"

"나는 시하(侍下)에 있는 몸이라 일이건 먹고 입는 것 죄다 부모님께 의지하는 처지라오. 그러니 돈이나 곡식을 어디서 마련한단 말이오?"

"듣자하니 마을 안에 이 아무개의 집에는 재물과 돈이 쌓여있다네요. 한데 그자는 도박을 아주 좋아한다더군요. 낭군께서는 그 집에 한번 가서 천 석의 노적가리를 두고 내기장기를 해 보지 않겠어요?"

"그자는 대국의 일인자로 세간에 유명하다오. 나의 솜씨는 졸렬하기 짝이 없거늘 어찌 내기할 엄두를 내겠소?"

"그 일이야 쉽답니다. 그저 판만 가지고 와보세요."

이리하여 마주 앉아 가르치기 시작했다. 온갖 묘수를 수마다 짚어주고 따져주었다. 김 공도 기걸한 사람이라 반나절 대국 만에 진법을 환하게 깨쳤다. 이에 부인이 일러주었다.

"이제는 충분히 내기를 두어볼 만하겠어요. 낭군께서는 모름지기 삼판양승으로 내기를 하세요. 첫판에선 일부러 져주시고, 두 번째 세 번째 판에서는 겨우겨우 이기는 것으로 하세요. 그래서 우리가 노적가리를 얻고 나면 그자는 반드시 다시 자웅을 겨루자고 할 겁니다. 그때는 필시 신묘한 수를 내어서 그자가 더 이상 둘 수 없게 하는 것이 좋겠어요."

김 공은 그녀의 말에 따라 다음날 직접 이생의 집으로 찾아가 내기장기를 하자고 청하였다. 그러자 그는 피식 웃었다.

"자네와 나는 한마을에 살고 있잖은가. 지금까지 자네가 도박한다는 얘기는 들어보지 못했네. 그런데 지금 느닷없이 와서 청하는 이유를 알지 못하겠어. 게다가 자네는 내 적수가 못 되니 대국을 할 필요가 있겠는가."

"대국은 행마(行馬)를 한 뒤에야 우열을 정할 수 있는 법이네. 굳이 먼저 잘라 물리칠 필요야 있겠소?"

이렇게 억지로 청하기를 두 번 세 번이나 하자 이생이 말했다.

"정 그렇다면 나는 평소 대국하면 반드시 내기를 한다네. 자네 무슨 물건으로 내기 밑천을 삼겠는가?"

"당신 집에는 천 석의 노적가리가 서너 무더기나 되니, 이것을 거는 게 좋겠소."

"나야 이것으로 걸 수 있네만 자네는 무슨 물건을 걸 텐가?"

"저도 천 석을 걸겠소."

"자네는 시하에 있는 사람으로 적지 않은 곡식을 어디서 마련해낼 텐가?"

"그거야 승부가 결정 난 뒤에 따질 일이오. 내가 만약 이기지 못할 거라면 어찌 천 석을 말하겠소?"

이에 이생은 마지못해 대국을 받아들여 두 번 이기면 승부가 갈리는 것으로 하였다. 첫판에서 김 공이 일부러 져주자, 그는 씩 웃었다.

"그렇지! 자네는 내 적수가 안 된다고 내 말하지 않았던가?"

김 공이 맞받았다.

"아직 두 번의 대국이 남았소."

다시 대국했을 때 이생은 속으로 몹시 의아할 정도의 수준이었고, 또다시 대국했으나 연이어 두 판을 내리 졌다. 이생은 놀랍고 기가 막혔다.

"이상하다, 이상해! 어찌 이럴 리가 있단 말인가? 이미 천 석을 걸었으니 주지 않을 수 없지. 당장 실어다 줄 테니 한 판만 더 두세."

김 공이 이를 받아들여 다시 두면서 아내가 가르쳐 준 신묘한 수를 썼다. 이생은 형세가 다하고 힘도 빠져 더 이상 손을 쓸 수가 없었다. 김 공은 미소를 지으며 판을 끝냈다. 돌아와 아내를 보고 얘기해 주었다. 그랬더니 아내는,

"저는 이미 알고 있었답니다."

하는 것이었다.

"천 석 가리를 이렇게 얻었으니 장차 어디에 써야 하겠소?"

"낭군과 친한 사람 중에 혼인도 못 하고 상례도 치르기도 어렵거나 가난하여 생계를 이을 수 없는 사람들에게 처지에 맞게 나누어 주세요. 가깝거나 멀고 귀하거나 천한 것을 따지지 말고, 기걸한 사람이라면 허교를 하세요. 날이면 날마다 데려오기만 하면 술이나 음식 비용은 제가 알아서 마련하지요."

김 공은 그녀의 말에 따라 실행하였다. 그러던 어느 날 부인은 다시 시아버지께 청하였다.

"제가 농사를 지어보려 합니다. 울타리 밖 닷새 갈이 밭을 경작해도 되겠는지요?"

시아버지는 그러라고 하였다. 이에 이 밭을 갈아 온통 박 씨를 심었다. 박이 열려 다 익자 말들이 바가지[132]를 만들어서는 거기에 칠을 하게 하였다. 매년 이같이 하여 다섯 칸 창고를 채웠다. 또 대장장이를 시켜 말들이 표주박 모양과 같은 두 개의 그릇을 제작하여 그 창고 안에 함께 두었다. 사람들은 이유를 알 수 없었다.

임진년에 왜구가 대거 몰려오자, 부인은 김 공에게 말했다.

"제가 평소 낭군께 권하여 가난하고 어려운 사람들을 돕고 또 뛰어난 사내들과 친교를 맺게 한 것은 이러한 때에 저들의 힘을 얻고자 해서랍니다. 당신이 의병을 일으키세요. 시부모님께서 피란할 곳은 제가 이미 무주 땅에 마련해 두었답니다. 거기에는 집도 있고 곡식도 있으니 당신께 걱정을 끼치지는 않을 거예요. 저는 여기에 있으면서 군량을 열심히 마련하여 떨어지는 일이 없도록 할게요."

김 공은 쾌히 그녀의 권유를 따라 마침내 의병을 일으켰다. 평소 은혜를 입었던 원근의 사람들이 모두 와서 합류하였다. 열흘 사이에 정예병

---

132 말들이 바가지: 원문은 '斗容瓠'로, 통상 한 말들이 바가지이다. 한편 국역본에는 이 용어를 '뒤웅박'으로 번역하였다. 참고로 뒤웅박은 박을 반으로 쪼개지 않고 둥근 모양 그대로 꼭지 근처에 구멍만 뚫은 바가지를 말한다.

4, 5천 명이 되었다. 이들 군졸에게는 저마다 옻칠한 바가지를 차고서 싸우도록 하였다. 진지로 돌아오게 되었을 때 철로 주조한 바가지를 길에 버리고 갔다. 왜병들이 이 바가지를 보고 모두 경악하였다.

"저 군대는 다들 이런 쇠바가지를 차고도 저렇게 날듯이 다니다니! 그 날쌤과 힘은 헤아릴 수 없겠군."

마침내 저들은 서로 조심하고 경계하여 감히 그 예봉과 맞서지 못했다. 이러한 이유로 왜병은 김 공의 군대만 보면 싸움도 하지 않고 풀이 쓰러지듯 흩어졌다. 김천일은 기이한 공을 많이 세웠다. 대개 그 부인이 도와준 데 힘입은 것이었다.

7-25

시골 선비가 꾀를 써서 김진규를 속임

죽천(竹泉)[133]은 매번 과거시험을 주관하였다. 시관으로서 감식안이 귀신같았기 때문이다. 마침 호서 지방에 성묘를 다니러 갔다가 돌아오는 길이었다. 그때는 회시가 닥쳐 이를 감독할 참이었다. 그 길에는 한 선비가 말을 타고 앞서가고 있었다. 그는 말 위에서 책자 하나를 든 채 종일 보면서 가는 중이었다. 점심을 먹거나 잠을 잘 때도 꼭 같은 객점에서 보게 되었다. 죽천은 속으로 매우 괴이하다 싶었다. 묵을 객점에 당도해서는 사람을 시켜 그를 데려오게 했다. 물었더니 바로 회시에 응시하는

---

133 죽천(竹泉): 김진규(金鎭圭, 1658~1716)로 보인다. 자는 달보(達甫), 죽천은 그의 호, 본관은 광산이다. 1686년 과거에 급제하여 대사성, 대제학, 예조판서 등을 역임하였다. 숙종의 비인 인경왕후(仁敬王后)의 오라비로, 숙종 대에 노론으로서 정치적 부침을 거듭했다. 문장뿐만 아니라 글씨 및 그림에도 뛰어나 송시열과 김만중 등의 초상화와 강화충렬사비(江華忠烈祠碑) 등이 남아있다. 저서로 『죽천집(竹泉集)』이 있다.

자였다. 그의 말이 '늙은 부모를 모시는 중이며 이번 길이 벌써 일고여덟 번째인데, 매번 회시에서 떨어져 절박한 심정이다……'라는 것이었다. 그래서 다시 물었다.

"지금 보고 있는 책이 어떤 내용이기에 잠시도 손에서 놓지 않는 거요?"

"여러 해 동안 직접 지은 글이랍니다. 지금은 정신이 흐릿하고 기가 다 빠져 책을 덮는 순간 바로 잊어버린답니다. 그래서 항상 눈에 붙이고 있는 것이고요."

죽천이 책자를 좀 보자고 하여 살펴보니 작품마다 수작이었다. 안타까워 혀를 차며 물었다.

"과거 공부가 이처럼 근실하고 지은 글귀도 이처럼 청신하거늘, 어째서 자주 떨어졌단 말인가? 이거야 바로 감독관의 책임이 아니겠는가!"

"지금은 나이도 들고 많이 쇠하여 직접 짓고 쓸 때마다 자획이 다 뒤엉킨답니다. 이러니 어찌 떨어지지 않겠습니까? 이번 응시에서도 또 그렇게 될 거라 애초 가지 않으려고 했으나, 노친께서 권하는 바람에 부득이 마뜩잖은 길을 나서게 되었습니다."

죽천은 안쓰럽고 미안하여,

"이번에는 꼭 노력해서 봐 보시오."

라고 위로하였다. 그러고는 도성 안으로 들어왔다. 회시의 주시관(主試官)이 된 죽천이 시권을 검토할 때였다. 시권 하나의 자획이 죄다 거꾸로이거나 누워있었다. 죽천은 이 시권을 보고 웃음을 띠었다.

"이것은 필시 그자의 시권이군!"

그러더니 여러 시관을 향해 일렀다.

"이것은 재주 있는 늙은 선비의 시권이오. 이번에 우리가 적선해야겠소."

이에 따지지도 않고 뽑아서 올려 두었다. 합격의 방문이 나와 그자의 봉내(封內)[134]를 뜯어보니, 나이가 그리 많은 것은 아니었다. 죽천은 속으로 의아해하였다. 방방(放榜)[135] 이후 급제자가 시관을 뵙는 것은 예였다.

그래서 이 선비도 죽천을 찾아와 뵈었다. 죽천이 그를 축하하였다.

"여러 번 낙방한 끝에 이렇게 붙게 되었으니 경하하고 경하하네!"

그러자 그가 대답하였다.

"처음 응시했사옵니다! 그런데 바로 됐나이다."

"노부모를 모시고 있으니 기쁘게 해드릴 수 있겠네."

그랬더니 또 대답이

"두 분 다 여의었습니다."

라는 것이었다. 죽천은 괴이쩍어 다시 물었다.

"지난번 길에서 너는 어찌하여 몰래 꾸며 나를 속였느냐?"

그가 자리를 피하며 엎드리더니 대답하였다.

"소생이 대감께서 시험을 주관하리라는 걸 알았기에 그렇게 속인 것이옵니다. 그렇지 않았다면 대감께서 어찌 혹여라도 저를 뽑아주셨겠습니까? 죽을죄를 지었음을 잘 아옵니다."

이 말을 들은 죽천은 한참을 쳐다보더니 그저 웃을 뿐이었다.

7-26

감영의 기녀가 미친 척하여 곡산의 수령을 따름

매화(梅花)는 곡산(谷山)의 기녀이다. 늙은 벼슬아치가 관찰사가 되어 곡산을 순시하러 왔을 때다. 그는 그녀를 각별하게 아껴 데려다가 감영

---

134 봉내(封內): '봉미(封彌)'라고도 하며, 과거 답지에 쓴 응시자의 이름, 본관, 주소, 조상 등에 해당하는 부분을 종이로 붙여 가린 것이다.

135 방방(放榜): 과거급제자에게 패(牌)를 발급하는 절차이다. 이 패는 이른바 합격증서로 소과 합격자에게는 백패(白牌)를, 대과 합격자에게는 홍패(紅牌)를 내려주었다. 백패와 홍패에 대해서는 이미 앞에서 나왔다.

에 두고 총애해 마지않았다. 당시 명망이 있던 한 선비가 곡산의 수령이 되어 관찰사에게 연명(延命)[136]하러 왔다가 순간 그녀의 미모를 보고 마음이 확 끌렸다. 관아로 돌아온 뒤 그녀의 어미를 불러 환한 낯으로 맞이하여 후하게 대접하였다. 이때부터 마음대로 관아를 출입하도록 하면서 쌀과 고기, 돈과 비단 따위를 올 때마다 내려주었다. 몇 달을 이렇게 하였다. 그 어미는 속으로 적이 괴이쩍어 하루는 이렇게 여쭈었다.

"소인 같은 미천한 것을 이처럼 아끼고 돌봐주시니 황공하기 짝이 없나이다. 사또님은 무슨 마음이시기에 이렇게 대해주시는지요? 잘 모르겠나이다."

그러자 수령은,

"자네가 비록 연로하나 원래 명기이지 않았는가? 그래서 내 자네와 파적(破寂)이나 할까 하여 이렇게 친숙하게 구는 것이야. 딴 일은 없고." 라고 하였다. 어느 날 이 어미 기녀는 다시 여쭈었다.

"사또께서 필시 소인을 쓸 데가 있을 터인데 이렇게 살뜰하게 대해주시기만 하다니요. 왜 명쾌하게 일러주시지 않는가요? 소인이 받은 은혜가 망극하여 비록 끓는 물이나 불 속으로 들어가야 하더라도 사양하지 않겠나이다."

수령이 비로소 입을 열었다.

"내 감영에 갔을 때 자네 딸을 보고는 그리움에 사무쳐 잊을 수가 없어 거의 병이 생길 지경이네. 자네가 만약 그 애를 데려와 다시 만날 수 있게 해준다면 죽어도 여한이 없겠네."

이 말에 어미 기녀가 미소를 지었다.

---

136 연명(延命): 발령받아 임지로 온 수령이 해당 지역 감사를 찾아가 취임 인사를 하던 의식을 가리킨다. 이보다 먼저 감사나 수령이 임지로 떠날 때 궐패(闕牌) 앞에서 임금의 명령을 받는 의식도 연명이라 한다. 여기서는 황해도 감영이 해주(海州)에 있었기에 곡산의 수령, 즉 곡산부사가 해주로 와서 연명 의식을 행하고 있는 것이다.

"그건 아주 쉬운 일이지요. 왜 일찍 말씀해주지 않으시고? 당장 데려옵죠."

집으로 돌아간 그녀는 딸에게 이렇게 편지를 썼다.

'내가 알 수 없는 병에 걸려 지금 사경을 헤매는 중이란다. 너를 보지 못하고 죽으면 장차 눈을 감을 수 없을 것 같구나. 하루속히 말미를 얻어 내려오너라. 얼굴이라도 보고 떠날 수 있게.'

사람을 시켜 급히 보냈다. 매화는 이 편지를 보고 울면서 관찰사에게 아뢰었다. 모친을 뵈러 갈 말미를 달라고 청하자, 관찰사는 그러라고 하면서 노자를 두둑 주어 보냈다. 매화가 돌아와 어미를 뵈었더니, 어미는 부른 이유를 얘기하고 함께 관아로 들어갔다. 당시 수령은 나이가 이제 막 30여 세로 풍채가 좋고 얼굴까지 잘생겨 저 용모가 늙어빠진 관찰사와는 거의 신선과 범인만큼의 차이가 났다. 매화는 한눈에 연모하는 마음이 생겼고, 바로 그날로 잠자리를 가져 두 사람의 정은 더없이 무르익게 되었다.

한 달이 지나 돌아갈 기한이 다 됐다. 매화는 해주 감영으로 돌아가려 하였다. 수령은 아끼는 마음에 차마 놓아주지 못했다.

"이제 이별하면 뒤에 다시 만날 기약이 없으니 이를 어찌한단 말이냐?"

매화도 눈물을 뿌렸다.

"소첩은 이미 사또에게 허락한 몸이어요. 이번에 가면 몸을 빼내 돌아올 꾀를 써 볼게요. 오래지 않아 꼭 다시 돌아와 모실게요."

이리하여 그녀는 길을 나서 해주 감영에 도착하였다. 안으로 들어가 관찰사를 뵈니, 관찰사는 모친의 병환이 어떠한지를 물었다.

"병세가 위독했사오나 다행히 명의를 만나 이제는 이전보다 많이 나아졌나이다."

그리고 나서 이전처럼 묵던 방으로 향했다. 10여 일이 지났을 즈음, 매화는 갑자기 병을 얻어 침식을 모두 폐하고 매일 끙끙 앓았다. 걱정이 이만저만 아닌 관찰사는 의원과 약을 여러 가지로 써보았으나 효과가 없었다. 이렇게 앓아누운 지 열흘이 가까웠다. 그러던 어느 날 매화가 갑자기 벌떡 일어나더니 산발에 때 낀 얼굴로 손뼉을 치고 발을 구르며 미친 듯이 소리를 질러댔다. 웃다가 울다가 하더니, 급기야 동헌 위를 뛰어다니며 관찰사의 이름을 마구 불러댔다. 누군가가 그녀를 막으면 발로 차거나 입으로 깨물어 가까이 오지도 못하게 했다. 그야말로 미친 병에 걸린 모양이었다. 경악한 관찰사는 그녀를 쫓아내 밖에 묵게 하였다. 다음날로 몸을 묶어 가마에 집어넣고 그녀의 집으로 돌려보내 버렸다. 그녀는 미친 척을 한 것이다.

집에 돌아온 날 바로 곡산 관아로 찾아가 수령을 뵙고 사정을 얘기하였다. 수령은 그녀를 협실에 머물게 하였다. 이 때문에 서로의 정은 더욱 돈독해졌다. 그즈음 소문이 점차 퍼져 관찰사도 이 소식을 듣게 되었다. 그 뒤 곡산 수령이 해주 감영을 찾았을 때, 관찰사가 그에게 물었다.

"고을 기생으로 감영의 수청기가 된 애가 있었지. 이 애가 병이 생겨 집으로 돌려보냈었네. 근자엔 병이 어떠하며 혹시 불러서 만나보는가?"

"병은 조금 나았다고 합니다만 감영의 수청기를 소관이 어찌 불러볼 수 있겠습니까?"

관찰사는 차갑게 웃었다.

"사또는 날 위해 그 애를 잘 돌봐주시게."

수령은 상황을 알아차리고 휴가를 내어 서울로 올라가 한 대관(臺官)[137]에게 사주하여 관찰사를 탄핵, 파직시켜버렸다. 이리하여 그는 매화를 쭉 데리고 살았다. 임기를 마치고 돌아올 때는 그녀와 함께 서울 집으로 왔다. 병신년 옥사[138]가 터지자, 전 곡산 수령은 공초(供招)로 연루

---

137 대관(臺官): 감찰 기관인 사헌부의 관리로, 정5품직인 지평(持平) 이상의 직급을 통칭한다.
138 병신년 옥사: 1776년 정조 즉위년에 있었던 옥사로 판단된다. 정조의 즉위를 방해했

된 사실이 발각되어 옥에 갇히게 되었다. 그러자 그의 아내는 울면서 매화에게 일렀다.

"남편이 지금 이 지경이 되었으니 나는 이미 결심한 바가 있네. 자네는 젊은 기녀인데 굳이 여기에 있을 필요가 있겠는가? 자네 집으로 돌아가는 것이 좋겠네."

매화도 울었다.

"천첩이 영감님의 은애(恩愛)를 입은 지 이미 오래되었지요. 좋은 시절엔 함께 편안히 즐겨놓고 지금 이런 때를 당했다고 하여 어찌 차마 배반하고 집으로 돌아가겠어요? 죽을 따름이옵니다."

며칠 뒤 죄인이 곤장을 맞고 죽었다는 전갈이 집으로 왔다. 아내는 스스로 목을 매어 죽었다. 매화는 몸소 염을 하여 입관까지 했다. 또 죄인의 시신이 궐 밖으로 나와 집으로 오자, 다시 치상하여 이들 부부의 관을 선영 아래에 합장하였다. 그리고 그녀는 그 묘 옆에서 자진하여 따라 죽었다. 그녀의 절개가 이처럼 매서웠다.

처음 관찰사에게는 꾀를 써서 벗어났으며 뒤에 곡산 수령에게는 절개를 지켜 의로써 죽음을 맞았다. 그녀는 여자 중에 예양(豫讓)[139]이 아니겠는가?

던 일파를 몰아낸 사건으로, 영조의 계비인 정순왕후와 그의 사주를 받은 정후겸(鄭厚謙), 홍인한(洪麟漢) 등을 옥에 가두거나 파직시켰다. 그런데 이 이야기의 곡산부사도 이 일파로 몰려 죽임을 당한 것으로 상정된다. 따로 매화에 관한 이야기는 16세기 말 17세기 초반을 배경으로 전해지는 것도 있는데, 이 경우 황해도관찰사가 어윤겸(魚允謙, 1559~1625), 곡산부사가 홍시유(洪時裕)로 특정되어 있다. 서사의 내용은 위 이야기와 흡사하고, 병신년인 1596년에 이몽학(李夢鶴)의 난으로 인한 옥사가 있었다. 따라서 위 이야기는 1596년을 배경으로 했을 수 있다. 『청구영언(靑丘永言)』(1728)과 『병와가곡집(甁窩歌曲集)』 등에 매화가 지었다는 시조가 전하지만, 이 작품의 매화와 동일인지는 불분명하다.

139 예양(豫讓): 전국시대 진(晉)나라 지백(智伯)의 신하로, 주군에게 목숨을 바친 인물이다. 그는 지백이 조양자(趙襄子)에게 피살되자 형인(刑人)이나 문둥병 환자, 벙어리 등으로 변장하여 복수를 시도하다 끝내 실패하고 자살하였다. 후에 사마천은 이런 결기를 높이 사 「자객열전」에 입전하였으며, 조선 초 김시습도 따로 「예양전(豫讓傳)」을 지은 바 있다. 후세에 자신을 알아봐 주는 사람을 위해 목숨을 아끼지 않은

무과 거자가 버려진 집에서 항우를 만남

한 무과 거자(擧子, 즉 응시자)가 있었는데, 그의 성과 이름은 잊었다. 그가 사는 마을에 한 폐가가 있었다. 이 집은 귀신이 있다 하여 버려진 집이었다. 한번은 거자들이 이 집에서 모여 노름판을 벌이기로 하였다. 이 거자가 먼저 가서 깔끔히 치우고 기다렸다. 이윽고 촛불을 밝히고 자리를 깔아 놓은 즈음 하늘에서 갑자기 큰비가 쏟아지는 것이었다. 저녁 종이 울리고 나자 사람들의 왕래는 아예 끊어지고 말았다. 그는 촛불을 밝힌 채 혼자 앉아 있었다. 삼경이 되자 느닷없이 군마의 소리가 들려왔다. 놀란 그는 뭔가 싶어 눈을 쳐들어 보니, 한 장군이 칼을 찬 채 말을 타고 있었다. 수많은 갑옷 입은 병사들이 함께 들어오고 있었다. 이에 그는 대청마루를 내려가 계단 아래 엎드렸다. 장군을 보니 겹눈동자였고 타고 온 말은 오추마(烏騅馬)[140]였다. 계단 앞에 이르러 말에서 내리니 그에게 일어나라고 하였다.

"너는 나를 따라 대청으로 오르거라!"

그는 두려움에 벌벌 떨며 숨을 죽인 채 뒤를 따라 대청마루로 올랐다. 상석에 앉은 장군은 그더러 앉으라 하더니 물었다.

"너는 내가 누군 줄 아느냐?"

거자가 『사기(史記)』[141]를 대략 알고 있었던 터라 대답하였다.

사람을 지칭할 때 대표적인 인물로 표상되었다.

140 오추마(烏騅馬): 항우(項羽)가 전장에서 타던 말로, 검은 갈기와 털 때문에 붙은 이름이다. 일설에는 항우가 애첩인 우미인을 허리에 끼고 전장을 누볐는데, 오추마가 알아서 화살을 피해 다녔다고 한다. 항우가 해하(垓下)에서 최후를 맞이했을 때 우미인(虞美人)을 앞에 두고, '오추마가 달리지 못하니 이를 어찌할까, 우미인아 우미인아 너를 어찌 할고?[騅不逝兮可奈何, 虞兮虞兮奈若何]'라고 슬퍼한 바 있다.

141 『사기(史記)』: 사마천이 지은 역사서로, 거자가 『사기』를 봤다는 것은 구체적으로 「항우본기(項羽本紀)」를 가리킨다. 원래 본기(本紀)는 왕조의 사적이라 서초패왕(西楚霸王)이었던 항우가 들어올 수 없었다. 그러나 사마천은 항우의 의리를 높이 사

"장군의 눈을 보니 바로 겹눈동자이시고 타신 말도 오추마이군요. 그러니 서초패왕(西楚霸王)이 아니신지요?"

장군은 웃으며 응했다.

"그렇다! 나는 패공(沛公, 즉 한고조 유방)과 팔년 간 자웅을 겨루다 끝내 그에게 지고 말았다. 세상 사람들은 나를 어떤 사람이라 하느냐? 나는 전장에서 지략과 힘이 부족해서 진 게 아니고, 바로 하늘이 나를 망하게 한 것이니라. 세상 사람들은 이것을 아느냐?"

"그거야 『사기』의 남궁 술자리에서 나눈 문답[142]에 실려 전하옵니다. 들어보지 못했는지요?"

그러자 신장은 화를 내며 소리쳤다.

"아! 어린 애와는 말을 못 나누겠군.[143] 소위 『사기』는 내가 죽은 지 몇 년 뒤에야 지어진 것이거늘 내가 어찌 알겠느냐? 네가 한번 얘기해 보거라!"

"그 책에는 '패공은 세 호걸을 썼으나 대왕은 범증(范增)[144] 한 사람도 잘 쓰지 못했으니, 이 까닭에 승패가 결정 났다.'라고 하였나이다."

신장은 혀를 차며 아쉬워하였다.

제왕의 위치에 편입시킨 것이다. 이 「항우본기」로 인해 후세에 항우는 유방(劉邦)을 능가하는, 패자이면서 승자인 격이 되었다.

142 남궁 술자리에서 나눈 문답: 이 내용은 『사기』·「고조본기(高祖本紀)」에 나온다. 고조 유방이 천하를 통일한 뒤, 낙양의 남궁에서 연회를 열어 신하들과 문답을 나누었다. 그중에 자신이 천하를 얻은 것에 대해 '자신보다 뛰어난 장량(張良)·소하(蕭何)·한신(韓信)을 기용하여 천하를 얻었고, 항우는 범증 한 사람도 제대로 쓰지 못해 패하였다.'라고 평하였다.

143 어린 애와는 말을 못 나누겠군: 원문은 '竪子無足言也'로, 실제 이 말은 「항우본기」에서 범증이 항우를 두고 한 말이다.

144 범증(范增): B.C.277~B.C.204. 안휘성 거소(居鄛) 출신이다. 평소 독서와 농사일을 하며 지내다가 진승(陳勝)과 오광(吳廣)의 난으로 천하가 어지러워지자, 마침내 항우를 따라 초한의 패권 다툼에 참여하였다. 항우에게 아보(亞父)로 불릴 만큼 존대를 받았다. 그러나 유방을 죽이려고 모의했던 홍문의 연회가 실패로 돌아가고 유방의 모사인 장량의 계략에 빠져, 한과 내통한다는 혐의로 항우에게 끝내 내침을 당하였다.

"과연 그런 일이 있었지. 나도 후회하고 있단다."

그가 물었다.

"제가 평소 탄식하고 아쉬워한 점이 있는데 대왕께 여쭈어도 되겠는 지요?"

"무슨 일이더냐?"

"대왕께선 동성(東城)[145]에서 패하기는 했으나 한번 오강(烏江)[146]을 건너 다시 강동(江東)의 병사를 일으켰더라면, 천하의 승패는 알 수 없었을 것입니다. 게다가 대왕께서 천하를 누비고 다니면 이 세상에선 감히 대왕을 붙잡을 자가 없지 않았습니까. 그런데 대왕께서는 어째서 한때의 분을 삭이지 못해 스스로 목을 베는 지경에 이르렀단 말입니까? 이것이 어찌 애석한 일이 아니겠습니까? 대장부가 어찌 아녀자의 구구하고 작은 절개에 매달리듯 한단 말입니까?"

신장은 이 말을 반도 듣지 않고, 검으로 기둥을 치며 일어났다.

"그 말 그만둬라! 나도 그걸 생각하면 분하고 한스러워 죽을 지경이다. 나는 가야겠구나!"

그러더니 대청을 내려와 말을 타고 중문으로 나갔다. 거자가 몰래 그 뒤를 밟았더니, 집 뒤편에서 사라져버렸다. 의아하기 짝이 없었다. 날이 밝자 집 뒤편을 살펴보니 빈 행랑 네다섯 칸이 있었다. 먼지가 가득 쌓인 가운데 벽에는 항우가 기병하여 강을 건너는 그림과 홍문연(鴻門宴)[147]

---

145 동성(東城): 현재 안휘성 정원현(定遠縣)으로, 항우가 마지막 항전을 하다가 자결한 곳이다. 항우는 한군에게 쫓겨 회수(淮水)가 해하(垓下)에 이르게 되었고, 그곳에서 사면초가를 듣고는 눈물을 흘리며 유명한 「해하가(垓下歌)」를 불렀다. 이후 회수를 건너 오강과 가까운 이곳 동성에서 최후를 맞았다.

146 오강(烏江): 현재 안휘성 화현(和縣) 동북쪽에 있는 강이다. 항우가 한군에 패하여 여기에 이르렀을 때, 이곳의 정장(亭長)이 강을 건너 훗날을 도모하라고 권했다. 그러나 항우는 이는 초나라를 배반하는 일이라며 거절하고 끝내 죽음을 맞았다. 사마천은 바로 항우의 이 점을 '신의(信義)'라고 높이 평가하여 패왕(霸王)의 자리로 격상시켰던바, 「항우본기」는 이렇게 탄생한 것이다.

그림이 함께 걸려 있었다. 거의 다 찢기고 손상된 상태였다. 거자는 이 그림들을 불에 태워버렸다. 이후로는 귀신이 출현하는 변고도 없어졌다. 거자는 그대로 폐사로 들어가 머물렀다.

7-28
새로 온 겸종이 권모술수로 재상을 속임

예전에 한 높은 벼슬아치가 있었다. 그는 성격이 매우 잔혹한 데다 급하기까지 했다. 평양감사가 되었을 때 각 고을을 순행하다가 순행 길에 돌부리라도 있으면 해당 좌수[148]와 이방들에게 그 돌부리를 이로 뽑게 했다. 거기에다 그들의 발뒤꿈치를 곤장으로 때려 왕왕 피를 토하며 죽게 하곤 하였다. 이 밖의 일 처리나 다과 차리는 따위에 있어서도 조금만 뜻에 맞지 않으면 잡아넣고 곤장을 쳐 열에 여덟아홉은 죽어 나갔다. 그래서 고을마다 벌벌 떨었다.

관찰사가 한번은 어느 고을에 순시를 나갔다. 아직 고을 경내로 들어오지도 않았는데, 벌써 구실아치들은 어찌해야 할 줄 몰랐다. 그런데 그곳의 젊고 어여쁜 한 기녀가 웃으면서 나섰다.

"순사또[巡使道] 나리도 역시 사람인데 어찌 이리도 두려워 떠시나요? 순사또께서 사람을 산 채로 잡아먹기라도 한단 말입니까? 제가 만약 잠자리를 모신다면 각 청이 무사할 뿐만 아니라 순사또를 알몸으로 방문

---

147 홍문연(鴻門宴): 홍문에서의 연회이다. 홍문은 현재 섬서성 임동현(臨潼縣) 동쪽에 있는 지역으로, 항우가 유방을 초대하여 죽이려 했던 곳이다. 항우는 범증의 권유로 잔치를 빙자하여 유방을 죽이려고 했으나 장량과 번쾌(樊噲)가 이를 알아차리고 막아서 유방은 무사할 수 있다. 이 연회는 초한 전쟁의 승패의 향방을 결정한 중요한 사건으로 알려져 있다.

148 좌수: 원문은 '首鄕'으로, 좌수의 이칭이다.

밖으로 내보낼 수도 있답니다. 그렇게 한다면 이청(吏廳)[149]에선 저에게 후한 선물을 주실는지요?"

그러자 여러 이속들은,

"그렇게만 된다면야 우리 청에서 너에게 후한 상을 주지!"

라고 하였다.

"그러면 한번 보시기나 하세요."

이내 관찰사 일행이 관청으로 들어왔다. 마침 이 기녀가 수청을 들게 되었다. 때는 8월이라 날씨가 낮에는 따갑고 밤에는 서늘하였다. 관찰사가 기녀를 보고는 시침하라 하였다. 그런데 장지문은 아직 내려지지 않은 상태였다. 기녀는 일부러 서늘하여 살에 소름이 돋는 척하였다. 관찰사가 물었다.

"너는 추운 게냐?"

"방문이 닫히지 않아 서늘한 기운이 파고드옵니다."

"그러면 아랫것들을 시켜 내리라 할까?"

"밤이 이미 깊었으니 어찌 저들을 부르겠사옵니까?"

"그러면 어떡한다?"

"소첩은 키가 닿질 않으니 사또님께서 잠깐 움직여서 내리는 게 좋겠사옵니다."

"내 꼴이 해괴하지 않겠느냐?"

"깊은 밤이라 아무도 없는데요 뭐."

관찰사는 어쩔 수 없이 알몸으로 일어나 장지문을 닫았다. 바로 이때 아래 관속들이 주변에서 몰래 엿보며 입을 가리지 않는 이가 없었다. 이리하여 이 고을에서는 벌을 받은 사람이 아무도 없이 무사히 넘기게

---

149 이청(吏廳): 지방관아의 아전들이 집무를 보는 곳으로, '길청' 또는 '질청(秩廳)'이라고도 한다.

되었다. 구실아치들은 이 기녀에게 선물을 후하게 주었다고 한다.

관찰사가 조정의 대신이 되었을 때다. 사돈 간인 한 정승이 상이 나 그 집의 겸종 하나가 대신의 집으로 차출되어 왔다. 대신이 매번 일을 시킬 때면 새로 온 겸종이 '네' 하며 나섰다. 그때마다 요강이나 벼룻집 따위를 발로 차 엎어버렸다. 동편으로 가라면 여지없이 서편으로 가는 등 사사건건 대신의 뜻을 거슬렀다. 대신은 이만저만 고역이 아니었다. 그래서 매번 다른 겸종들을 꾸짖었다.

"너희들은 어째서 편안함만 찾아가느냐? 꼭 저 새로 온 놈만 시키니 말이다. 아무 방도도 몰라 일을 망치고 있지 않느냐. 너희들은 어디서 이따위로 한단 말이냐?"

이리하여 다른 겸종들은 그가 나설 때마다 못하게 막아 부름에 응하지 못하게 하였다. 그런데도 그자는 끝내 듣지 않고 대신이 부르기만 하면 무조건 재빨리 몸을 일으켜 제일 먼저 나갔다. 대신은 그를 보기만 하면 버럭 화를 내며 다른 겸종들을 다그치곤 하였다. 이렇게 한 것이 한 달 남짓이었다. 어느 날 겸종은 선혜청(宣惠廳)에 서리 자리가 비었다는 소식을 접했다. 그는 재상 앞에 납작 엎드렸다.

"소인이 그 자리에 갈 수 있었으면 하옵니다."

재상은 한참을 쳐다보더니,

"그리하거라!"

라고 하면서 체지[帖紙]를 내주었다. 다른 겸종들이 일시에 억울하다며 하소연을 하였다.

"소인은 몇 년 동안 고생을 마다하지 않았어요……."

"소인은 몇 대에 걸쳐 이 자리를 지켜왔고요……."

"그런데 처음 난 그 자리를 소인들이 어째서 새로 온 저놈에게 내주어야 한단 말입니까?"

그러자 대신은 이렇게 말했다.

"내가 살고 난 뒤에야 너희들도 그런 자리를 차지할 수 있는 거다. 내가 죽고 나면 너희들은 누구를 통해 그런 자리를 노릴 수 있겠느냐? 저놈이 여기에 있다간 내가 당장 화병이 나서 죽고 말 게다. 속히 처리하는 게 나으니 너희들은 다시 말을 꺼내지 말거라!"

그리하여 그는 차출되었다. 그 뒤 그가 재상을 찾아와 뵈었다. 그런데 불러 일을 시키면 큰일 작은 일 가리지 않고 딱 자기 뜻에 맞았다. 영리하기가 이를 데 없었던 것이다. 재상이 괴이쩍어 물었다.

"네 일처리가 전날의 어린애 같았던 것보다 백배나 나으니 좋은 자리를 차지해서 그렇게 되었느냐?"

그는 엎드려 대답하였다.

"소인이 죽을죄를 지었사옵니다."

"그게 무슨 말이냐?"

"소인이 대감 문하에 처음 왔을 땐 겸종이 서른 명이 넘는데 제가 제일 끝자리였사옵니다. 만약 각 관서의 구실아치 자리가 나게 되면 차례로 그 자리를 얻을 판이었나이다. 그럼 소인은 장차 늙어 죽을 몸이었지요. 엎드려 생각하건대 대감마님의 성미가 아주 급하신지라 부러 화를 돋우어 이를 견디지 못하게 하면 필시 저를 먼저 처리하리라고 여겼사옵니다. 그래서 지난번에는 일부러 몰지각한 짓을 하여 여기에 이른 것이옵니다."

재상은 껄껄 웃었다.

"네 놈이야말로 제갈량이로구나! 내 너에게 당한 건 분하다만."

청구야담

권8

의성현감이 바람을 점쳐 감영의 돈을 빌림

의성현감 이익저(李益著)[1]가 하루는 잔치를 열고 있었다. 그때는 여름
철이었는데, 느닷없이 한바탕 바람이 지나갔다. 이에 익저는 급히 풍악
을 물리고서 감영으로 갔다. 관찰사를 뵙고 남창전(南倉錢)[2] 5천 냥을 빌
려달라고 하였다. 그는 이 돈으로 보리를 샀다. 그때는 크게 풍년이 들어
곡물값이 폭락한 상황이었다. 익저는 산 보리를 각 마을에 쌓아 봉하고
서 동장(洞長)더러 이를 지키라고 하였다. 7월 초하룻날 밤, 익저는 갑자
기 잠에서 깬 관동(官僮)을 불러 후원의 풀잎 하나를 뜯어 오라고 하였다.
그 풀잎을 보고는,

"옳거니……."

라고 하는 것이었다. 다음 날 아침 일어나보니 된서리가 많이 내려 풀과
나무가 죄다 시들거나 죽어있었다. 이해 가을,[3] 영남 일대의 들판은 푸른
풀이라고는 남아있지 않았다. 온통 황폐한 땅이 되고 말아 진휼을 해야
했다. 곡물값이 폭등하여 초여름에 불과 3, 40전 하던 보리 한 가마가

---

1 이익저(李益著): 1649?~?. 자는 숙겸(叔謙), 본관은 연안이다. 효종 대에 영의정을 지낸
이시백(李時白)의 종손으로, 행적은 자세하지 않다. 『숙종실록』에 의하면 그가 1696
년에 의성현감으로 재직하고 있었다는 기록이 보인다. 이 외에도 청주목사와 상주목
사를 지냈다는 관력이 보인다. 한편 조현명이 경상도관찰사로 부임한 때가 1730년인
바, 뒤의 이야기는 그가 1730년대까지 관직에 있었음을 확인할 수 있다. 참고로 의성
의 향리였던 김경천(金敬天)이 지은 『손와만록(巽窩謾錄)』의 「관정(觀政)」편은 저자
가 당시 의성현감으로 있었던 이익저의 맑은 덕을 기리고자 정리한 것이다. 특히
「관성려진(觀星慮賑)」 조는 여기 이익저가 진휼한 내용과 흡사하다.

2 남창전(南倉錢): 당시 대구 감영에서 비축해두었던 돈이다. 사료에 의하면, 당시 대구
감영에서 운영하는 돈으로 남창전과 '영전(營錢)' 등이 있었다고 한다. 이 중에 남창전
은 비상시에 사용할 비상금의 목적으로 저장해 둔 것이었는데, 뒤에는 백성들에게
억지로 돈을 빌려주고 폭리를 취하는 용도로 변질되었다고 한다.

3 이해 가을: 을병대기근 시기를 가리키는 듯하다. 1695~1696년 2년 동안 이어졌던
재해로, 이른바 소빙하기 때의 대기근 중 하나였다. 이때는 서리와 냉해 등으로 곡식
의 부족 현상이 심각해져 수백만의 백성들이 희생되었을 것으로 보고 있다.

가을이 돼서는 300여 전으로 뛰었다. 익저는 저장해둔 보리로 진휼의 밑천을 삼았고, 또 나머지를 팔아 빌린 만큼의 남창전을 다 갚았다. 대개 그에게는 바람을 점치는 비법이 있었던 것이다.

그 뒤 이웃 고을[4]로 부임하였는데, 그때 조현명(趙顯命)[5]이 경상도관찰사로 있었다. 익저가 일이 생겨 관찰사를 찾아가 뵈었다. 그런데 귀밑머리와 머리털이 정리가 안 돼 헝클어진 머리카락이 망건 밖으로 삐져나와 있었다. 물러난 뒤 관찰사는 익저를 수행한 아전을 잡아들여 용모를 단정하게 모시지 않은 걸 두고 죄를 물으려 하였다. 그러자 익저는 다시 뵙기를 청하여 들어가 사례하였다.

"이 하관(下官)이 늙은 데다 기운이 쇠하여 머리를 미처 정리하지 못한 채 상관을 뵙는 과오를 저질렀습니다. 그 죄 알고말고요. 이러고도 어찌 자리를 유지할 수 있겠습니까? 바라건대 상계하여 파직시키소서."

"어른께서 아까 일로 이렇게 말씀하시는 것이오? 그건 격식을 따지는 일에 불과하오. 어찌 그렇게까지 하겠소?"

"하관으로서 상관 섬기는 예를 알지 못했으니 어찌 하루라도 자리에 있을 수 있겠습니까? 속히 상계하여 파직시키는 게 맞습니다."

"아니 되오!"

익저는 정색하였다.

"사또께서 끝내 들어주지 않을 겁니까?"

"받아들일 수 없소."

"사또께서 꼭 이 하관더러 해괴한 짓을 하게 하려 하다니요. 참으로 개탄스럽군요."

---

4 이웃 고을: 안동을 상정한 것으로 판단된다. 『숙종실록』에 이익저가 1717년에 안동부사로 재직하고 있다는 기록이 보이기 때문이다.

5 조현명(趙顯命): 상권에 그에 관한 이야기와 생력이 나온 바 있다. 실제 조현명은 경상도관찰사일 때 양역(良役)의 개선을 위해 노력하는 등 치적이 있었다.

그러더니 아랫것을 불렀다.

"내 갓과 도포를 가져오너라!"

바로 관모와 관대를 벗고 부신(符信)을 풀어서는 관찰사 앞에 내려놓고 크게 꾸짖는 것이었다.

"내가 이 부신을 차고 있었던 까닭에 너에게 허리를 굽혔던 것이다. 이제 이것을 이렇게 풀어놓았다. 너는 내 옛 친구의 자식이 아니더냐? 나와 네 아비는 죽마고우로 같은 베개를 베고 누워서 먼저 장가드는 자가 신부의 이름자를 서로 알려주기로 약속했었다. 네 아비가 나보다 먼저 너의 모친에게 장가를 들었기에, 네 모친의 이름자를 나에게 전해주었었다. 그때의 말이 아직도 귀에 맴돌거늘 네 아비가 죽은 지 오래되었다고 해서 나를 이리 대접하는 것이더냐. 너는 아비를 저버린 불초자식이로다. 머리를 정리하지 않은 게 상관과 하관 사이의 격식에 무슨 상관이란 말이냐? 내 늙어서도 죽지 않아 먹고사는 일에 매여 너의 하관이 되었을 뿐이다. 네가 만약 죽은 아비를 생각한다면 감히 이렇게 할 수 있었겠느냐. 에이, 개돼지만도 못한 놈!"

말을 마치자 쓴웃음을 지은 채 나가버렸다. 관찰사는 반나절 동안 아무 말도 못 하다가 이윽고 익저가 머무는 곳으로 찾아가 애걸하였다.

"어르신, 이 무슨 일이란 말입니까? 제가 정말 큰 죄를 지었습니다. 죄를 짓고말고요. 그러니 기어코 그만두겠다고는 하지 마세요."

그러자 익저는,

"이 하관이 공당(公堂)에서 상관을 욕보였으니 무슨 면목으로 다시 이속과 백성들을 대하겠소?"

라고 하고는 옷을 털며 일어났다. 관찰사는 어쩔 수 없이 계문을 올려 그를 파직시켰다.

제주목사가 꾀병을 부려 큰 재산을 얻음

옛날 어떤 무관이 선전관으로서 춘당대(春塘臺) 시사(試射)[6]의 호위를 맡고 있었다. 그때 마침 제주목사를 파면시키라는 장계가 올라왔다. 이를 보고 무관이 동료들에게 이렇게 말했다.

"내가 제주목사가 된다면 어찌 '만고제일치(萬古第一治, 만고의 제일가는 정치)'와 '천하대탐(天下大貪, 천하의 이곳을 독차지함)'을 못 하겠는가?"

그러자 동료들은 그가 어리석다며 비웃었다. 임금이 이 말을 듣고 누가 발언했냐고 하문하니, 무관이 감히 속일 수 없어 땅에 엎드려 아뢰었다.

"그 말은 소신이 한 것이옵니다."

그러자 임금은 아서라 했다.

"만고제일치에 어찌 대탐(大貪)의 이치가 있으며, 천하대탐으로 어찌 만고제일치를 이룰 수 있겠느냐?"

무관은 납작 엎드린 채 아뢰었다.

"소신에게 그렇게 할 만한 수가 있사옵니다."

임금은 웃으면서 그러라고 허락하여 바로 제주목사에 초배(超拜)한다는 특지를 내렸다.

"너는 가서 무조건 만고제일치와 천하대탐을 이루거라. 그렇지 않으면 너는 망언한 죄로 죽임을 면치 못할 게야."

무관은 명을 받들고 물러나 집으로 돌아왔다. 그리고 밀가루를 많이 사서 치잣물로 반죽하여 큰 대바구니 안에 넣었다. 이렇게 세 바리를

---

6 춘당대(春塘臺) 시사(試射): 춘당대에서 치른 무과시험이다. 일반적으로 이곳에서 치른 문과와 무과 시험을 합쳐 '춘당대시(春塘臺試)'라 한다. 춘당대시는 왕이 친림한 가운데 치러진 별시 중의 하나였다. 춘당대는 창경궁 안 지금의 후원에 있는 석대로, 이 주변에 춘당지(春塘池)와 규장각 등이 있었다. 한편 이곳에서 임금이 군사를 사열하기도 했는데, 이를 '춘당대 열무(閱武)'라고도 하였다.

만들었다. 다른 행장은 옷가지를 싼 짐뿐이었다.

조정에 인사를 올리고 겸종 한 명만 대동한 채 제주로 부임하였다. 그는 송사를 공평하게 처리했으며, 아침저녁에 끼니로 제공되는 것 외에는 한 잔 술도 받지 않았다. 관아 창고에 남은 물자는 죄다 폐단을 바로잡는 데 썼다. 그곳 토산품은 하나라도 착취하는 것이 없었다. 이렇게 1년이 지나가자 아랫것들과 백성들이 모두 좋아하며 받들었다. 고을이 생긴 이래 처음 보는 청백리라고 칭송이 자자했다. 영을 내리면 실행에 옮기고 금하라 하면 그쳐 온 도내가 편안하였다.

그러던 어느 날, 그는 느닷없이 병이 났다고 하면서 문을 닫고 끙끙 앓는 것이었다. 며칠이 지나자 병세는 더 심해져 음식을 전폐하고 어두운 방 안에 누워 앓는 소리가 하염없었다. 유향소와 이속(吏屬)의 사람들이 삼시로 병문안하였으나 직접 만날 수가 없었다. 그래서 좌수와 중군(中軍)이 간곡히 청하였다.

"병환의 증세가 무엇 때문인지는 모르겠사오나 이 고을에도 의원과 약이 있사옵니다. 왜 진맥을 하여 치료하지 않으십니까?"

그러자 목사가 한참을 있다가 겨우 소리를 내어 말하였다.

"내가 젊었을 때 이 병을 얻어 대대로 내려온 가산까지 병치레에 다 쓰고 말았네. 지금까지 이십 년 동안 병이 다시 도지지 않았기에 속으로 깨끗이 나은 줄 알았네. 한데 지금 도져 더 이상 치료할 방도가 없게 되었으니 죽을 때를 기다릴 수밖에 더 있겠나."

저들은 그래도 계속 여쭈었다.

"어떤 증세이며 약재는 또 어떤 것이옵니까? 사또께서 병환이 이러시니, 고을과 마을 할 것 없이 다들 넓적다리를 베고 심장을 도려내더라도 아까워할 자가 없사옵니다. 더구나 약이라면 하늘에 올라가고 땅속으로 들어가는 일이 있더라도 반드시 구할 것이옵니다. 그저 약방문만 내려주시옵소서."

"내 병은 바로 단독(丹毒)[7]이라는 것이며, 약은 우황(牛黃)이어야 한다네. 우황 수십 근을 반죽으로 만들어 온몸에 붙이되, 하루에도 서너 차례 새 약으로 다시 갈아주어야 한다네. 이렇게 네댓새 하면 치료가 될 거네. 우리 집안이 제법 살았는데도 이것 때문에 단번에 파탄이 나고 말았다네. 이제 어디서 이 우황을 다시 구해 몸에 붙일 수 있겠는가?"

이에 사람들은 반기며,

"우황이라면 저희 고을에서 나는 상품이라 구하기가 쉽사옵니다."

라고 하였다. 좌수는 바로 밖으로 나와 각 읍에 전령을 보냈다.

사또께서 이렇게 병을 앓고 계시니 치료할 방법이 있다면 우리들은 있는 힘을 다해 찾아보아야 하니라. 게다가 그 치료약은 우리 고을의 산물로 그리 귀하지도 않은 것이다! 그러니 누구누구 따지지 말고, 적고 많은 것도 구분치 말고 있으면 있는 대로 바치라.

제주 백성들은 이 영을 듣고 앞다투어 와서 우황을 바쳤다. 하루 사이에 몇백 근인지 모를 정도였다. 따라온 겸종은 이 우황을 접수하여 대바구니에 넣은 다음 싣고 왔던 치잣물을 들인 밀가루 반죽으로 바꾸었다. 이 반죽을 매일 그릇에 담아 땅에 묻으면서 주의시켰다.

"누구라도 가까이 오면 독기에 쐬어 눈과 얼굴이 모두 상할 테니 접근하지 말라!"

이렇게 5, 6일이 지나자 목사의 병세는 점차 호전되었다. 병상에서 일어나 정무를 살폈는데 깨끗하고 공정한 일 처리는 예전과 같았다. 임기가 다 되어 돌아가게 되자, 제주 백성들이 비를 세워 공덕을 기렸다.

---

7 단독(丹毒): '단표(丹熛)', '화단(火丹)'이라고도 하며, 감염에 의한 악성 피부병의 하나이다. 대개 고열을 동반하며 피부에 벌겋게 물집이 생긴다. 현재의 대상포진과 비슷한 것으로, 과거에는 증세가 악화하면 위독한 지경에 빠지기 십상이었다.

그는 서울로 올라온 뒤 이 약재를 팔아 수천 금을 얻었다. 대개 제주의 소가 열 마리면 여덟아홉 마리에는 우황이 있었다. 이 때문에 우황이 아주 흔했다. 그가 이런 사정을 알았기에 미리 치자 반죽을 준비하여 이런 수법을 썼던 것이다. 관속들은 감히 가까이 가지 못하고 멀리서 누렇다는 것만 보고 우황으로 알았던 참이다. 그는 이것으로 재산이 많은 부자가 되었다고 한다.

8-3

해인사의 승려가 스승으로서 관아 아이를 가르침

합천(陜川)의 수령 아무개는 나이 육십으로 자식 하나만을 두었다. 이 아이를 사랑하여 오냐오냐하느라 가르칠 방도를 놓치고 말았다. 그러다 보니 13세가 되도록 낫 놓고 기역자도 몰랐다. 해인사(海印寺)의 한 대사는 그와 이전부터 친숙한 터라 관아를 드나들곤 하였다. 어느 날 대사가 찾아와 물었다.

"애가 벌써 학동이 될 나이인데도 아직 배움에 들지 못했으니 앞으로 어떻게 하렵니까?"

수령이 말했다.

"글자를 가르치려 해도 부잡스러워 따르지 않네. 그렇다고 차마 매를 들 수도 없고. 이 지경에 이르고 보니 심히 걱정이네."

"사대부의 자제가 어려서부터 배우질 않는다면 장차 세상에서 버려지고 말 겁니다. 그런데도 무조건 아끼고 사랑하기만 하여 글공부를 폐한다면 되겠습니까? 이 아이의 됨됨이를 보니 할 수 있을 듯합니다. 이렇게 포기해버린다면 매우 안타까운 일이지요. 소승이 학문을 가르쳐보려고 하니 사또께서는 허락해주실는지요?"

"그야 불감청고소원이고 말고. 대사께서 훈도하여 이 애가 무지에서 벗어날 수 있다면, 이것이야말로 천만다행이 아니겠소?"

"그렇다면 한 가지 다짐받아 놓을 게 있습니다. 죽이고 살리기를 소승 뜻대로 하되 오로지 글공부 과정을 엄히 세우는 데만 신경 쓰라는 내용을 글로 써서 도장까지 찍어 주십시오. 또한 산문(山門)으로 한번 보낸 이후에는 여기에 계시는 동안[8] 일절 관아붙이가 찾아오거나 하면 안 됩니다. 사사로운 은정을 끊어낸 뒤에야 수학할 수 있기 때문이지요. 옷과 음식 따위의 이바지는 소승이 알아서 마련하겠습니다. 만약 보낼 게 있으면 왕래하는 승려 편으로 소승에게 직접 보내십시오. 이를 허락한다는 내용이어야 합니다. 사또께서는 이렇게 할는지요?"

"말씀한 대로 따르리다."

이에 대사가 말한 대로 문서를 써서 내주었다. 그리고 그날로 아이를 산사로 보내 일절 연락을 끊었다. 산사로 올라간 뒤 아이는 이리저리 날뛰며 노승을 멋대로 깔보아 욕을 하는가 하면 뺨을 때리는 등 못하는 짓이 없었다. 그래도 대사는 봐도 못 본 척하며 하는 대로 내버려 두었다. 4, 5일이 지난 아침, 대사는 고깔과 도포를 정제하고 서안 앞에 무릎을 꿇은 채 앉았다. 제자 3, 40명이 불경을 편 채 모시고 앉았는데 그 법도가 가지런하고 엄숙하였다. 대사는 상좌에게 명하여 아이를 잡아 오라 하였다. 아이는 시끄럽게 울어대며 욕을 해댔다.

"넌 중놈으로 어찌 감히 양반을 이렇게 욕을 보인단 말이냐? 돌아가서 우리 아버지한테 일러바쳐 네놈을 때려죽이고 말겠어!"

그러면서 더 악을 썼다.

"천 번 죽고 만 번 죽을 이 대머리 도적놈아……."

---

8   여기에 계시는 동안: 원문은 '限等內'인데 이렇게 번역하였다. '등내(等內)'는 벼슬아치가 그 직에 있는 임기 기간을 뜻하는 우리식 한자어이다. 요컨대 대사는 수령에게 합천군수로 있는 동안에는 산사로 아들을 찾아올 생각을 하지 말라는 의미이다.

그러면서 죽어도 오지 않겠다고 버텼다. 대사가 큰소리로 꾸짖으며 제자들을 다그쳐 아이를 묶어서 잡아 오라고 했다. 제자들이 묶어서 그 앞에 끌고 왔다. 대사가 문서를 내보이며 말했다.

"이것은 너의 부친이 나에게 써준 것이다. 이제부터 네가 죽고 사는 건 내 손에 달렸다. 너는 양반가의 자제로 글은 아예 모른 채 패악질만을 일삼고 있으니 살아서 무엇하겠느냐? 이 버릇을 버리지 않는다면 장차 너희 집안은 망할 것이다. 이제 내 벌을 받거라!"

곧 송곳 끝을 불에 달구었다. 붉게 달구어지자 이것으로 아이의 넓적다리를 찔렀다. 아이는 까무러쳐 반나절이 지나서야 깨어났다. 대사가 다시 찌르려 하자 이내 애걸복걸하였다.

"이제부터는 무조건 대사님의 명을 따를 테니 찌르지 마세요!"

대사는 송곳을 쥔 채 아이를 꾸짖기도 하고 달래기도 하다가 한 식경이 지나서야 풀어주었다. 이어 가까이 오라 하여 제일 먼저 『천자문』을 주었다. 이 책을 날마다 읽는 걸 일과로 삼되, 잠시도 쉬어서는 안 된다고 하였다.

이 아이는 이미 나이도 제법 들었고 생각과 식견도 높아져, 하나를 들으면 열을 알고 열을 들으면 백을 알아들었다. 4, 5개월 사이에 『천자문』과 통사(通史)[9]를 다 꿰게 되었다. 이렇게 밤낮으로 쉬지 않고 부지런히 익혔다. 1년 남짓이 되자 문리가 크게 났다. 산사에 머문 지 3년이 될 즈음 글공부는 이미 깨친 상태였다. 그는 글을 읽을 때마다 혼잣말로 이렇게 되뇌었다.

"사대부인 내가 이 산사의 중들에게 욕을 당한 것은 다 배우지 못한 소치이다. 앞으로 부지런히 공부하여 과거에 합격하고 나면 반드시 저

9　통사(通史): 일반 역사서로, 주로 학동들이 역사서에 입문할 때는 『사기』, 『통감절요』 등을 익혔다. 여기서도 이런 사서들을 가리킨다.

중을 때려죽여 오늘의 이 맺힌 한을 풀고 말리라.”

이 일념으로 흐트러짐 없이 더욱 공부에 힘을 쏟았다. 대사는 이때부터 다시 과거 공부를 익히라고 하였다. 그러던 어느 날, 대사는 그를 가까이 오라고 하더니 말했다.

“너의 공부가 이제는 충분하니 과거 볼 선비가 되었구나. 내일 나와 함께 산에서 내려가자꾸나.”

다음날 그길로 관아로 데려갔다.

“지금 이 친구는 글이 일취월장하였으니, 과거에 급제하고 나면 문임(文任)[10]도 남에게 양보할 필요가 없답니다. 소승은 이제 물러나 돌아가나이다.”

대사는 이렇게 그를 남겨두고 떠났다. 그 뒤 아이는 신부를 택해 혼인하였다. 이윽고 서울로 올라와서는 과장을 출입하였다. 그리고 3년 뒤 마침내 과거에 합격하였다. 그로부터 수십 년[11] 사이에 그는 경상도관찰사가 되었다. 그제야 속으로 쾌재를 불렀다.

“내 이제야 저 해인사의 노승을 잡아 죽여 지난날의 분통을 씻을 수 있겠구나!”

경상도에 내려와 순시를 나가면서 형구를 단단히 갖추라고 영을 내렸다. 따로 별장(別杖)[12]을 만들어 매질을 잘하는 자 서너 명을 뽑아 대동한 채 바야흐로 산문(山門)에 이르렀다. 바로 이 노승을 때려죽일 요량이었

---

10 문임(文任): 조선시대 임금의 교서나 외교문서를 맡았던 종2품 관직으로, 주로 홍문관·예문관의 제학을 가리킨다.

11 수십 년: 원문이 ‘數年’으로 되어 있는 이본도 있다.

12 별장(別杖): 정해진 법식대로 만들지 않은 신문하는 곤장이다. 일반적으로 신장(訊杖)은 한쪽이 둥글고 끝이 넓적한 형태이다. 『경국대전』에서 규정한 신장은 길이 3척 3촌으로, 윗부분의 1척 3촌은 원경이 7푼, 아랫부분의 2척은 너비 8푼에 두께가 2푼이다. 반면 별장은 규정대로 만들지 않았기 때문에 죄수들에게는 훨씬 가혹한 형이었고, 남형(濫刑)의 소지가 많았다.

다. 행차가 홍류동(紅流洞)[13]에 이르렀을 때, 노승은 승려들을 데리고서 길 왼편에서 예로써 맞이하였다. 관찰사가 그를 보고는 가마에서 내려와 손을 잡으며 반가워했다. 노승도 기쁜 낯으로 웃으며 맞이했다.

"이 늙은이가 운이 좋아 죽지 않고 이렇게 감사 나리의 당당한 모습을 뵙게 되니 이만저만 다행이 아닙니다."

함께 절 안으로 들어가 노승이 말했다.

"소승이 거처하는 방은 바로 사또께서 지난날에 공부했던 그 방입니다. 오늘 밤에 그곳으로 옮기시어 소승과 베개를 나란히 베는 것도 나쁘지 않을 듯하군요."

관찰사가 그렇게 하자고 하여 둘은 함께 눕게 되었다. 밤이 깊어진 뒤 노승이 물었다.

"사또께서는 아이 적 배울 때 반드시 소승을 죽이겠다는 마음을 가지고 있었지요?"

"그랬었소."

"그러시면 과거에 급제하여 벼슬에 오른 뒤로도 계속 그 마음이 있었는지요?"

"그랬다오."

"관찰사로 오실 때도 마음에 다짐하고 저를 때려죽이려고 했나 보군요?[14] 그랬다면 사또께서는 왜 저를 때려죽이지 않고 가마에서 내려 반가워하셨는지요?"

관찰사는 말했다.

---

13 홍류동(紅流洞): 합천 가야산 내 해인사 입구의 계곡이다. 이곳이 가을이면 단풍으로 붉게 물들어 붉은 빛이 흐른다 하여 붙여진 이름이다. 예로부터 이곳을 배경으로 한 글이 적지 않은바, 최치원의 「재가야산독서당(題伽倻山讀書堂)」을 필두로 후대 문인들의 시문이 이어졌다.

14 그랬다오 …… 했나 보군요: 이 부분이 이본에는 "'그랬었지요, 관찰사로 나올 때 마음에 다짐했었지요.' '때려죽이려 했다면……'"라고 하여, 발화의 주체가 바뀌어 있다.

"옛날에 맺힌 한이야 마음에 잊지 않고 있었지요. 한데 스님 얼굴을 뵙고 보니, 그 마음은 얼음과 눈이 녹듯 사라지고 외려 반가운 마음이 들었기 때문이지요."

이에 노승이 당부하였다.

"소승은 벌써 미루어 알고 있었답니다. 사또님은 앞으로 더 높은 관직에 오르실 터인데, 아무 해 아무 날에는 평안감사가 되실 겁니다. 그때 소승이 상좌를 보낼 테니 사또께서는 반드시 지금 소승을 만난 것처럼 후한 예로 대접하고 그와 함께 묵어야 합니다. 모름지기 잊어버리지 마시고 꼭 그렇게 하십시오."

관찰사가 알았다고 하자, 노승은 다시 종이 하나를 꺼내 보여주었다.

"이것은 바로 소승이 사또를 위해 평생의 운수를 점쳐 일 년 단위로 정리한 것입니다. 몇 살까지 살며 지위는 몇 품까지 올라가는지를 환하게 알 수 있지요. 하지만 아까 말씀드린 평양 감영에서의 일일이랑은 삼가 망각하지 마소서."

관찰사는 '예예' 하였다. 다음날 그는 쌀과 베, 돈과 무명천 등속을 많이 내주고서 떠났다. 그 뒤 몇 년이 지나 과연 평안도관찰사가 되었다. 그러던 어느 날 문졸이 아뢰었다.

"경상도 합천군 해인사의 중이 들어와 뵙고자 하나이다."

관찰사는 순간 떠오르는 게 있어 당장 들어오게 하였다. 그가 들어오자 대청으로 오르라 하더니 소매를 붙잡고 무릎을 마주한 채 노승의 안부를 물었다. 저녁 찬도 겸상하고, 밤이 되자 또 같이 잠자리에 들었다. 야심한 때 온돌이 너무 뜨거워 관찰사는 잠자리를 옮겨서 누웠다. 그런데 비몽사몽간에 느닷없이 비릿한 악취가 났다. 손으로 자는 중을 더듬었더니, 그 중이 누워있던 데서 뭔가 물기가 느껴졌다. 즉시 지인(知印)을 불러 불을 밝혀 살펴보니, 칼날이 중의 배를 찔러 오장이 튀어나와 있었으며 피가 흘러 바닥에 흥건했다. 관찰사는 소스라치게 놀라 급히 그

주검을 밖으로 내놓게 하였다.

다음 날 아침, 낱낱이 조사해 보니 정황이 이랬다. 관찰사가 아끼던 기녀가 있었는데 바로 관노 놈이 한눈팔던 아이였다. 둘은 서로 푹 빠져 있었다. 이놈이 이 때문에 앙심을 품고 관찰사를 찌르려고 들어왔다가 그만 아랫목에 누워있던 자가 관찰사라고 여기고 잘못 찔렀던 것이다. 이에 잡아들여 엄히 심문하자 그자는 하나하나 이실직고하였다. 마침내 이들은 법으로 처형시켰다. 죽은 중은 치상(治喪)하여 해인사로 운구해 보냈다. 이는 대사가 이런 화가 있으리라는 것을 미리 알고 부러 상좌승을 시켜 이 변을 대신하게 한 것이었다. 그 뒤 관찰사의 공명과 누린 수는 모두 대사가 점쳐준 운수 그대로였다.

8-4

통제사 유진항이 궁한 선비를 풀어주어 덕을 입음

통제사 유진항(柳鎭恒)[15]이 젊었을 적 선전관으로 조정에서 숙직하던 때였다. 그해는 임오년(1762)으로 금주령이 엄하기가 짝이 없었다. 어느 날 달밤에 임금이 갑자기 숙직하는 선전관에게 입시하라는 명을 내렸다. 유진항은 명을 받들어 입시하였다. 그랬더니 임금은 장검 하나를 꺼내 하사하면서 교시하였다.

"듣자 하니 민가에선 아직도 술을 빚는 경우가 많다고 하는구나. 너는

---

15 유진항(柳鎭恒): 1720~1801. 자는 수성(壽聖), 본관은 진주이다. 1753년 무과에 급제
    하여 선전관, 금군별장, 회령부사 등을 거쳐 1786년 삼도수군통제사가 되었다. 이
    이야기에서 그가 삭주부사와 통제사가 되었다는 언급이 있는데, 여기 회령부사와
    수군통제사를 두고 상정된 것이 아닌가 싶다. 이후에도 포도대장, 도총관 등 이른바
    무관의 요직을 역임하였다. 한편 1763년 계미통신사행에 비장으로 일본에 다녀오기
    도 하였다.

이 검을 가지고 나가 사흘 안에 다 잡아들여야 하느니라. 그렇지 못하면 네 머리를 바쳐야 할 게야!"

유진항은 이 명을 받들어 물러났다. 집에 돌아와서는 소매로 얼굴을 덮은 채 누워버렸다. 그러자 애첩이 물었다.

"무슨 일로 이렇게 헛헛하니 즐거워하지 않으시는 겁니까?"

"내가 술을 좋아한다는 건 너도 잘 알지 않느냐. 한데 이렇게 술을 못 마신 지가 오래이고 보니 목이 말라 죽을 것 같구나."

"저물녘이 되면 소첩이 마련해 볼 테니 잠깐만 기다려 보세요."

밤이 되자 그 애첩이,

"제가 술이 있는 집을 아오나 직접 가지 않고서는 사 올 수가 없답니다."

라고 하면서, 바로 술병을 차고 치마로 얼굴을 가린 채 대문을 나섰다. 유진항은 몰래 그녀의 뒤를 밟았다. 그녀는 동촌(東村)[16]의 한 초가집으로 들어가더니 술을 구해왔다. 유진항은 이 술을 달게 마시고는 다시 더 사 오라고 했다. 애첩은 다시 그 집에 가서 술을 더 사 왔다. 그는 술을 허리에 차더니 일어섰다. 이상하다 싶어 애첩이 묻자, 이렇게 말하는 것이었다.

"아무 곳에 아무 벗은 바로 나의 술친구야. 이 귀한 것을 얻었는데 어찌 혼자만 취해서야 되겠는가? 가서 친구와 마시려고 하네."

그러더니 문을 나서 애첩이 술을 사 온 그 집을 찾아갔다. 사립문으로 들어가니 두세 칸짜리 움집으로 비바람도 막지 못할 지경이었다. 한 선비가 등불을 돋운 채 책을 읽고 있었다. 유진항을 보고는 놀라 일어나 맞이하였다.

"손님께선 무슨 일로 이 한밤에 찾아오셨는지요?"

---

16 동촌(東村): 일반적인 동쪽 마을이란 의미도 있으나, 조선시대 서울의 동촌은 지금의 종로구 효제동 일대를 지칭했다. 여기서는 특정할 수는 없으나 지금 배경이 도성 안이라면 이 일대가 된다.

유진항은 자리에 앉더니 대답하였다.

"나는 지금 왕명을 받들고 있소!"

허리춤에서 술병을 꺼내고는 다시 말하였다.

"이것은 댁에서 산 술이오. 일전의 하교가 이러이러했었소. 지금 이렇게 걸렸으니 함께 가지 않을 수 없소."

선비는 한참 동안 말이 없다가 이윽고,

"이미 금주령을 어겼으니 무슨 핑계를 대겠습니까? 하지만 집에 노모가 계시니 한 말씀 올리고 갔으면 싶은데 괜찮을는지요?"

라고 하였다. 이에 유진항은,

"괜찮소."

라고 하였다. 선비가 안으로 들어가 나지막이 모친을 불렀다. 노모가 놀라서 물었다.

"진사냐? 왜 자지도 않고 왔느냐?"

선비의 대답이 이랬다.

"전에 말씀 올리지 않았어요? 사대부는 굶어 죽더라도 법을 어겨서는 안 된다는 걸요. 어머니께서 끝내 그 말을 듣지 않아 지금 이렇게 발각되고 말았네요. 소자는 이제 죽으러 가야 해요."

노모는 소리 내 엉엉 울었다.

"천지신명이시여 이 무슨 일이랍니까? 내가 술을 몰래 빚은 건 재물을 탐내서 그런 게 아니고, 너의 아침저녁 끼니를 돕고자 했을 뿐이란다. 지금 이렇게 되었으니 이는 나의 죄란다. 이제 이를 어찌한단 말이냐?"

이러는 중에 그의 아내도 놀라 깨어서는 가슴을 치며 통곡하였다. 선비는 차분하게 말을 꺼냈다.

"일이 이미 이 지경에 이르렀으니 운들 무슨 도움이 되겠는가? 다만 나에게는 자식이 없으니 내가 죽은 뒤 자네는 모친을 내가 있을 때처럼 잘 봉양하시게. 그리고 아무 동네의 형제들에게 아들이 몇 명 있으니,

그중 하나를 양자로 데려와 키우며 잘 살게."

이렇게 신신당부하고 나왔다. 밖에 있던 유진항이 듣고 있다가 속으로 매우 안타까워했다. 선비가 밖으로 나오자,

"노모께선 올해 춘추가 몇이오?"

라고 물었다.

"일흔 남짓입니다."

"자식은 있소?"

"없습니다."

"이런 상황은 사람이라면 차마 볼 수 없는 광경이오. 나에겐 아들이 둘이나 있고 또 부모도 안 계시니 내가 대신 죽겠소. 그대는 마음 놓으시오."

이렇게 말한 유진항은 술 단지를 다 내오라고 하여 선비와 함께 대작하였다. 그리고는 단지를 깨버리고 뜰에 묻었다. 유진항이 다시 말하였다.

"노모를 모시는데 집안 살림이 말할 수 없는 지경이니 되겠소. 내 이 칼로 애오라지 한때의 정을 표하는 바요. 팔아서 노모를 봉양하시구려."

찬 칼을 풀어 선비에게 주고는 떠나려 하였다. 선비가 한사코 거절했으나 뒤도 돌아보지 않고 나갔다.

"그럼 이름자라도 어떻게 되시는지요?"

"나는 선전관이오. 이름은 뭐 하려고 물으시오?"

그러면서 훌쩍 떠나버렸다. 다음날은 바로 3일 기한이 되는 날이었다. 유진항은 궐문에 들어가 대죄하였다.

"과연 밀주 업자를 잡아들였느냐?"

라고 임금이 묻자,

"잡지 못했나이다."

라고 하였다. 임금이 화를 냈다.

"그렇다면 네 머리는 어디 있느냐?"

진항은 말을 못 하고 엎드려 있을 뿐이었다. 한참 뒤에 그를 삼배도(三

倍道)¹⁷로 해서 제주에 안치하라는 명이 떨어졌다. 그는 유배지에서 몇 년 있다가 마침내 해배되었지만, 그 뒤로도 10여 년 동안을 떠돌아야 했다. 느지막에 복직이 되어 초계군수(草溪郡守)가 되었다. 그런데 군수로 있는 몇 년 동안 그는 오로지 자기 배를 살찌우는 데만 힘써 그곳 백성들의 원성이 자자했다.

그러던 어느 날, 암행어사가 출두하여 봉고(封庫)를 한 다음, 곧장 동헌으로 들이닥쳤다. 좌수와 이방 및 향리¹⁸들을 모조리 잡아들이고 형구를 쫙 벌였다. 유진항이 문틈으로 엿보니 어사는 바로 지난번 동촌에서 술을 빚은 집의 선비였다. 이에 뵙겠다고 청하자 어사는 황당해하며 응하지 않았다.

"본관이 왜 만나겠다고 하는지? 염치도 없군!"

유진항은 곧장 정당으로 들어가 절을 올렸다. 어사는 돌아보지도 않고 정색한 채 꼿꼿이 앉아만 있었다.

"어사또께서는 저를 알아보시겠습니까?"

어사는 대답도 안 한 채 한참을 되뇌더니 혼잣말로 중얼거렸다.

"본관을 내가 어찌 안다고?"

"어사또께선 전날 동촌의 아무 동네에 살지 않으셨는지요?"

그러자 어사가 움찔하여 물었다.

"어째서 그것을 묻지?"

"아무 해 아무 달 아무 날 밤에 금주령으로 왕명을 받들었던 선전관을

---

17 삼배도(三倍道): 길을 세 배로 빨리 간다는 뜻이다. 즉 시급을 다툴 때 사흘 걸리는 길을 하루 만에 간다는 의미인데, 주로 조정에서 섬이나 벽지 등 먼 곳으로 하루속히 유배를 보내야 할 때 많이 쓰는 용어이다.

18 향리: 원문은 '倉色'으로, 주로 관아의 창고를 담당했던 향리를 지칭한다. 이 밖에 각 관사에 배속된 색리로는, 명령을 전달한 공사색(公事色), 객사를 담당한 객사색(客舍色), 세금을 담당한 균역색(均役色), 종이를 담당한 지소색(紙所色), 노비를 담당한 공색(貢色) 등이 있었다.

혹시 기억하십니까?"

어사는 더욱 의아해졌다.

"그건 분명 기억하네."

"제가 바로 그자이옵니다."

이 말에 어사는 급히 일어나 그의 손을 붙잡았다. 그리고 눈물을 비 오듯 쏟아냈다.

"아, 나의 은인이군요! 지금 여기서 만나게 되니 이야말로 천운이 아 니겠소?"

그러고는 형구를 물리라 하고 잡아들인 죄인들을 일제히 풀어주었다. 둘은 밤새도록 풍악을 울리게 하고 지난날의 회포를 하나하나 풀어냈다. 어사는 다시 며칠을 더 머무른 뒤에 돌아가 포상의 계문을 올렸다. 어사가 올린 포장(褒獎)으로 이보다 더 좋은 것은 없었다. 이 때문에 유진항은 임금으로부터 치적을 잘했다는 인정을 받아 특별히 삭주부사(朔州府使)로 제수되었다. 이후 그는 대신의 반열에 올랐으며 가는 곳마다 이 일이 알려져 온 세상에서 의로운 인물로 크게 회자되었다. 유진항은 이처럼 한번 머리가 날아갈 뻔했다가 벼슬이 통제사까지 오를 수 있었다. 이 선비는 소론으로 대신이 된 인물로, 그 이름은 잊어버렸다. 그래서 기록하지 못한다.

8-5

귀물이 매일 밤 찾아와 구슬을 달라함

횡성(橫城) 읍내에 어떤 여자가 있었다. 출가한 뒤였는데 갑자기 한 사내가 들어와서는 겁간을 하는 것이었다. 그녀는 어떻게든 막아보려 했지만 어찌할 수 없었다. 밤이면 밤마다 거르지 않고 찾아왔다. 이 사실을 남들은 아무도 몰랐고 그녀만 볼 수 있었다. 남편이 곁에서 자고 있어도 동침엔 무리가 없었다. 한편 매번 교합을 할 때마다 아픔을 견딜 수 없었다. 그녀는 저것이 귀신임을 알았으나 쫓아낼 계책이 없었다. 이때부터 귀물은 밤낮을 가리지 않고 찾아왔으며 사람을 보고도 피하지 않았다. 다만 그녀의 오촌 당숙이 오는 걸 보면 꼭 피해 도망가 버렸다. 그녀가 당숙에게 정황을 얘기하자 당숙이 일렀다.

"내일 저것이 찾아오거든 몰래 무명 실타래를 맨 바늘로 그자의 옷깃에 꿰매 두거라. 그러면 그것이 가는 곳을 알 수 있을 게다."

그녀는 이 말을 따라 다음날 알려준 대로 바늘에 실을 꿰어 귀물의 옷자락 아랫부분에 찔러 놓았다. 당숙이 들이닥치자 귀물은 깜짝 놀라 일어나서는 문밖으로 나가 도망갔다. 무명 실타래가 술술 풀리면서 그것을 따라 이어졌다. 당숙이 무명실만을 보고 뒤쫓아서 앞 숲속 우거진 그늘에 이르자, 실이 끝나 있었다. 바짝 다가가 살펴보니 실이 땅속에 박혀 있는 게 아닌가. 이에 두세 치 남짓 땅을 파자 다 썩은 절굿공이 하나가 나왔다. 그 아래에 실이 묶어져 있었다. 절굿공이 제일 앞머리에는 크기가 탄환만 한 자색 구슬 하나가 있었다. 번쩍번쩍하는 광채가 눈이 부실 정도였다. 당숙은 구슬을 뽑아 주머니에 넣고는 절굿공이를 태워버리고 돌아왔다. 그 뒤로 마침내 귀물의 자취는 사라졌다.

어느 날 밤, 당숙의 집 대문 아래 홀연 어떤 사람이 나타났다. 그가 애걸하기를,

"그 구슬을 돌려주십시오! 돌려만 주신다면 당신이 바라는 부귀공명을 꼭 이루어 주겠나이다."

라고 하였다. 그러나 당숙이 주지 않자 밤새도록 애걸복걸하다가 돌아갔다. 밤이면 이렇게 하기를 4, 5일 동안 이어졌다. 또 어느 날 밤에는 다시 찾아와서 이런 제안을 하였다.

"저 구슬은 나에게 매우 긴요한 거요. 당신에게는 그리 필요치 않을

테니 내가 다른 구슬로 바꿔 드리면 어떻겠소? 이 구슬은 당신에게 보탬이 되고도 남지요."

"그러면 한번 보기나 하자."

귀물이 밖에서 검은색 구슬 하나를 들여보냈다. 크기가 지금 가지고 있는 구슬과 같았다. 당숙은 이것까지 빼앗아 주지 않았다. 그러자 귀물은 통곡하며 나가더니 더 이상 그림자도 볼 수 없었다. 이 당숙은 매번 남들에게 이 구슬을 자랑했는데 어디에 쓰는 것인지는 알지 못했다. 귀물에게 용처를 묻지 않았으니 참으로 애석한 일이다. 그 뒤에 그가 출타하여 흠뻑 취해 돌아오던 중에 길가에서[19] 그대로 잠이 들었다. 그 사이 주머니 속에 있던 구슬 두 개가 모조리 사라져 간 곳을 알 수 없었다. 이는 필시 귀물이 가져간 것이었으리라. 홍천(洪川) 사람 중에 이 구슬을 본 자가 많았다.

8-6

도적 괴수가 밤중에 장검을 버림

정익공(貞翼公)[20]이 소싯적에 산간으로 사냥 갔다가 산짐승을 쫓아 점점 깊은 산속으로 들어갔다. 해거름이라 날은 저물었으나 사방을 둘러봐도 인가가 보이지 않았다. 마음이 몹시 조급해진 그는 말고삐를 쥐고 풀숲 길을 따라 산등성을 몇 번 넘었다. 이윽고 한 곳에 당도하니, 산속 움푹하게 파인 곳에 웬 고래등 같은 기와집이 있었다. 곧장 말에서 내려 대문을 두드렸지만 전혀 응답이 없었다. 그러다가 한식경이나 지나서

---

19 길가에서: 이본 가운데는 길가가 아니라 '소양정(昭陽亭)'이라고 되어 있기도 하다. 소양정은 소양강 남편(현재 춘천시 봉의산 북면)에 있는 정자이다.

20 정익공(貞翼公): 즉 이완(李浣)으로, 정익(貞翼)은 그의 시호이다.

한 여인이 안에서 나와서 말했다.

"이곳은 손님이 잠시라도 머물 데가 못 됩니다. 여기서 빨리 떠나세요!"

공이 그녀를 보니 나이는 스무 살 남짓으로 자태가 퍽 단아하고 아리
따웠다.

"골짝은 깊은 데다 날도 이미 저물었잖소. 범들이 득실거리는 곳에서
간신히 인가를 찾아왔거늘 이렇게 거절하면 어찌하란 말이오?"
라고 답을 하자, 그녀가 말했다.

"여기 계시다간 필시 죽게 될 거라 염려돼서 이러는 겁니다."

"문을 나섰다가 맹수에게 물려 죽을 바에야 차라리 이곳에서 죽겠소."
하고 공은 문을 밀치고 들어갔다. 어쩔 수 없겠단 생각에 여인은 마침내
그를 맞아들였다. 방으로 들어와 좌정한 다음, 공은 이곳에 머물러서는
안 되는 까닭을 물었다. 그랬더니 여인의 답이 이랬다.

"이곳은 다름 아닌 도적 괴수가 사는 집입니다. 소첩은 양갓집 여자로
연전에 이 괴수에게 붙잡혀 온 몸입니다. 여기에 온 지 몇 년 되었으나
아직 호랑이 아가리에서 벗어나지 못한 지경이랍니다. 괴수는 마침 사냥
을 나가 아직 돌아오지 않았고요. 밤이 깊어지면 기어코 돌아올 터인데,
손님이 여기에 묵고 있는 것을 보면 영락없이 저와 손님은 그의 칼날
아래 머리를 내놓아야 한답니다. 손님이 어떤 분이신지 모르오나 부질없
이 괴수의 손에 죽게 되었으니 어찌 안타까운 일이 아닙니까?"

공은 웃으며 말했다.

"죽을 때가 닥쳤어도 밥을 굶을 수는 없는 법 어서 저녁밥을 차려 오
시게."

여인은 괴수에게 주려던 밥을 내어와 올렸다. 공은 배불리 먹고 난
뒤 그대로 여인을 안고 누웠다. 여인은 결코 안 된다며 거절하였다.

"이러다간 후환을 어쩌려고요?"

"이리된 마당에 일을 저질러도 반감을 사고 일을 저지르지 않아도 반

감을 살 터,[21] 고요한 밤 아무도 없을 때 남녀가 한 방에 같이 있지 않은가. 아무리 혐의를 벗어나려 해도 누가 우리를 믿어주겠는가? 죽고 사는 건 운명에 달렸으니 두려워한들 뭔 도움이 되겠소?"

이리하여 둘은 그대로 관계를 맺고 태연이 드러누워 있었다. 몇 식경이 지났을까, 갑자기 '탁탁'하며 문을 두드리는 소리가 들렸다. 그리고 다시 짐을 부리는 소리가 났다. 여인은 벌벌 떨며 얼굴이 사색이 되었다.

"괴수가 왔어요! 이를 어쩌지요?"

공은 듣고도 못 들은 척했다. 이윽고 10척 거구의 큰 사내가 나타났다. 하목해구(河目海口)[22]에 생김새는 웅건하고 풍모는 사나워 보였다. 그는 긴 칼을 들고 반쯤 취한 채 방문을 열고 들어왔다. 공이 누워있는 걸 발견하고는 벼락같은 소리를 지르며 꾸짖었다.

"넌 웬 놈이기에 감히 이곳에 들어와 남의 처를 농간하느냐?"

공은 천천히 응했다.

"산에 들어와 짐승을 쫓다가 날이 이미 저물었기에 이곳에 묵어갈까 해서 왔소."

적괴는 다시 으름장을 놓았다.

"네가 간 크게 이곳에 왔으면 바깥 행랑에 묵을 것이지 어찌 감히 안방으로 들어와 남의 처를 범한단 말이냐? 이것만으로 이미 죽을죄를 지었거니와 길손이 주인을 보고도 예의를 차리지 않고 벌렁 누워서 쳐다보다니 이 또한 무슨 도리냐? 너는 죽는 게 두렵지 않으냐?"

---

21 일을 저질러도 …… 반감을 살 터: 원문은 '削之亦反, 不削亦反'인데 이는 『사기』·「오왕비열전(吳王濞列傳)」에 나오는 말로, '영토를 삭감해도 반란을 일으키고, 삭감하지 않아도 반란을 일으킨다'는 뜻이다. 즉 남의 영토를 빼앗아도, 빼앗지 않아도 결국은 반란을 일으킨다는 의미인바, 여기서는 이를 원용하여 번역하였다.

22 하목해구(河目海口): 아래위의 눈자위가 편안하고 긴 눈에 큰 입을 강과 바다에 비유한 것이다. 공자의 얼굴 생김새가 이러했다고 하여, 예로부터 성현의 상(相)을 일컫기도 하였다.

공은 피식 웃었다.

"이리된 마당에 내 한결같고 결백한 마음으로 남녀의 자리를 구분하여 앉아있었더라도 당신이 이를 믿겠는가? 사람이 이 세상에 태어난 이상 필시 죽는 법, 죽는 게 뭐가 두렵겠나? 네 맘대로 하거라."

이에 적괴는 굵은 끈으로 공을 묶어 들보 위에 매달아버렸다. 그리고 나서 처를 돌아보더니 일렀다.

"대청마루에 잡아 온 산짐승이 있으니 손질해서 구워 오너라."

여인은 부들부들 떨며 문을 열고 나가더니 멧돼지·노루·사슴 등의 고기를 푹 익혀 큰 소반에 담아 가져왔다. 적괴는 또 술을 내오라 하여 큰 동이에서 연거푸 몇 잔을 들이켜고는 칼을 빼 고기를 썰어 씹어 먹었다. 그리고 다시 고기 한 덩이를 칼끝에 꽂아서는 공에게 말했다.

"사람을 곁에 두고 혼자만 먹어서야 쓰겠느냐? 너는 곧 죽을 목숨이나 이 맛이라도 알게 해주어야겠다."

그러면서 칼끝에 꽂힌 고기를 주었다. 공은 입을 벌려 받아 잘근잘근 먹으면서도 어찌 될까 하며 두려워하는 기색이 조금도 없었다. 적장은 그런 그를 한참 쳐다보더니,

"정말 대장부라 할 만하군!"
라고 하였다.

"날 죽일 거면 죽이면 그만이지 뭘 하느라 이리 시간을 끌고 있느냐? 또 무슨 대장부니 소장부니 따지고 있는가?"

적장은 칼을 내던지고 일어나 그의 결박을 풀어주었다. 곧 손을 잡으며 바짝 다가가 앉았다.

"당신 같은 천하의 기남자는 내 오늘 처음 보오. 앞으로 세상에 크게 쓰여 나라의 간성(干城)이 되겠소. 내가 왜 죽이겠소? 지금부터 내 당신을 지기로 받아주겠소. 저 여자는 비록 내가 돌보는 아내이지만 당신이 이미 가까이했으니, 이젠 당신의 안사람이 되었소. 내가 어찌 다시 가까이

하겠소? 곳간에 쌓인 재물과 비단 따위는 죄다 당신에게 넘길 테니 사양하지 마시오. 장부가 세상에서 일하는데 손에 돈이나 패물이 없으면 무엇으로 영위하겠소? 나는 이제 여기서 떠나려 하오. 후에 필시 나에게 큰 액이 닥칠 것인데 그땐 당신이 꼭 나를 구해주시오."

말이 끝나자 가뿐히 일어났다. 이내 간 곳을 알 수 없었다. 공은 타고 온 말에 여인을 태우고, 또 마구간에 매어 놓은 이 집 말 한 필에 돈과 비단 등속을 잔뜩 싣고 산을 내려왔다.

뒷날 공은 현달하여 훈련대장 겸 포도대장이 되었다. 지방 어느 고을에서 큰 도적 떼의 괴수가 잡혀 와 곧 심문을 앞두고 있었다. 공이 그의 외모를 자세히 살펴보니 바로 산속에서 만났던 적괴였다. 이에 어전에 그때의 일을 아뢰었다. 그랬더니 그를 석방해주었을 뿐만 아니라 장교 대열에 임용까지 해주었다. 적괴는 이후 차차 승진하여 무과에 합격하고 지위가 곤수(閫帥)[23] 자리에까지 올랐다고 한다.

8-7

부사가 동선관에서 귀신을 만남

봉조하(奉朝賀) 이병상(李秉常)[24]은 풍채와 거동이 당당하고 씩씩하며 관옥(冠玉)처럼 잘 생겼다. 조정이나 재야 할 것 없이 모두 그를 신선

---

23 곤수(閫帥): 일반적으로 장군의 지위를 뜻하나, 우리의 경우 따로 병사(兵使)나 수사(水使)를 지칭한다. 여기서도 병사나 수사 자리에 올랐다는 것을 의미한다.

24 이병상(李秉常): 1676~1748. 자는 여오(汝五), 호는 삼산(三山), 본관은 한산이다. 1710년 과거에 급제하여 대사헌, 대제학, 형조판서, 공조판서 등을 역임하였다. 그리고 1742년 기로소에 들어갔으며 봉조하의 직첩을 받았다. 그는 노론으로 신임사화 때부터 당쟁에 깊숙이 개입하여 탕평책을 반대한 것으로 알려져 있다. 한편 그가 중국에 사행 간 기록은 따로 남아있지 않으며, 대신 중국 사신을 접대하는 원접사로 활동한 이력만 확인된다.

가운데 있는 사람이라고 일컬었다. 그의 집은 원봉(圓峰) 아래 냉정동(冷井洞)[25]에 있었다. 어느 날 밤 촛불을 끄고 잠자리에 들려는데 갑자기 음산한 바람이 지게문을 통해 들어왔다. 찬 기운이 뼈가 시릴 정도였다. 뭔 물건 하나가 앞에 누워있기에 손으로 더듬어보니 마른 나무둥치 같이 느껴졌다. 겸종을 불러 촛불을 밝히고 살펴보니, 바로 소렴(小斂)한 한 구의 시체였다. 너무 의아하고 이상하다 싶어 묶인 것을 풀라 하여 확인해 보았다. 다름 아닌 한 노파의 시신이었다. 이 공은 그대로 다시 묶어서 대청마루에 두게 하였다.

다음 날 아침, 수소문해 보니 이 시신은 동구 밖에서 떡을 파는 집의 노파였다. 죽은 지 3일째에 갑자기 시신이 사라졌다는 것이었다. 이 공은 그의 아들을 불러오게 하여 시신을 내어주었다. 대개 이 노파가 이 공이 출입할 때마다 그의 거동과 얼굴을 보고는 더없이 흠모하던 터였다. 그러다 보니 죽은 몸이 되어서도 마음이 조금도 풀어지지 않아 이런 일이 생긴 것이다. 또한 놀랍고 기이한 일이다.

종실 집안의 자제인 한 재상이 부사(副使)로 연경(燕京)에 가게 되었다. 그런데 출발하기 하루 전에 모친상을 당하여, 이 공이 그를 대신하게 되었다. 이 공은 하룻밤 사이에 행장을 꾸려 출발하였다. 봉산객사(鳳山客舍)[26]에 도착하여 잠자리에 들었다. 밤이 깊어지자 느닷없이 신발 끄는 소리와 문을 여는 소리가 들려왔다. 어떤 자가 소란스레 들어와서는 이 공을 어루만지며 말했다.

"어찌 모친의 병환을 간호하지 않고 이번 걸음을 했단 말이냐?"

---

25 원봉(圓峰) 아래 냉정동(冷井洞): 원봉은 원교(圓嶠), 원현(圓峴)이라고도 표기했으며, '둥그재'로 불리기도 하였다. 지금 이름은 금화산(金華山)이다. 냉정동은 지금 서울 서대문구 냉천동(冷泉洞) 일대로, 이곳에 찬 우물이 있었던 데서 유래하였다. 조선 후기 명필가였던 이광사(李匡師, 1705~1777)가 이곳에 살아 호를 원교(圓嶠)라 하였다.

26 봉산객사(鳳山客舍): 황해도 봉산에 있었던 객관으로, 주로 중국을 오가는 사신들이 묵었던 곳이다. 그 길에 동선령(洞仙嶺)이 있어서 따로 '동선관(洞仙館)'으로도 불렸다.

이 공이 곰곰이 생각해보니, 이분은 상을 당한 재상의 부친이 아닌가 싶었다. 그는 연전에 사신의 임무를 띠고 중국에 갔다가 돌아오는 길에 병이나 이곳에서 죽은 분이었다. 그래서 이 공은 그에게 사정을 이야기 해주었다.

"저는 이 아무개입니다. 그분은 부사가 되었으나 모친상을 당해서 올 수가 없었나이다. 해서 제가 대신 온 것입니다."

그는 이 말을 듣고 깜짝 놀라더니 도망치듯 문으로 나가버렸다. 그는 바로 종실의 혼령으로, 자식이 사행을 온 걸로 착각하고 찾아왔던 까닭 이다. 이 공의 정신과 기백이 이와 같았다.

8-8

홍천 고을에서 암행어사가 출두함

부제학 이병태(李秉泰)[27]가 왕명을 받들어 동협(東峽, 즉 관동 지역)으로 안찰을 나가게 되었다. 홍천(洪川)을 지나가는데, 읍내와는 10여 리 떨어 진 길이었다. 홍천 고을은 순찰지역[28]이 아니었기에 읍내로 들어가지 않 고 외곽으로 돌아 다른 고을로 향하고 있었다. 어떤 마을 앞을 지나다가 배가 몹시 고파 어느 집 문 앞에서 밥을 달라고 하였다. 그랬더니 한 여인이 문밖을 나와 응대하였다.

---

27 이병태(李秉泰): 1688~1733. 자는 유안(幼安), 호는 동산(東山), 본관은 한산이다.
    1723년 과거에 급제하여 예조·호조참의, 홍문관부제학 등을 역임하였다. 앞의 이야
    기에 나온 이병상과는 친척 간으로, 그와 함께 영조의 탕평 정책을 반대하다가 합천
    군수로 좌천된 적이 있다. 그곳에서 기민들을 구휼하는 등 선정을 베풀어 청백리에
    녹선된 바 있다. 한편 그가 어사를 했다는 관력은 나와 있지 않고, 오히려 이병상이
    어사로 나간 적은 여러 번 있었다.
28 순찰지역: 원문은 '抽栍'으로, 이른바 제비뽑기이다. 이를 추첨(抽籤)이라고도 하며,
    관리가 지방에 파견되어 순찰 대상 지역을 선정하던 관례를 뜻한다.

"남정네가 없는 집이라 형편이 이루 말할 수 없을 지경이랍니다. 집안에 시어머님이 계시지만 아침저녁 밥도 외려 거른답니다. 어느 겨를에 길손의 밥까지 드릴 수 있겠어요?"

이에 이 공이 물었다.

"가장께선 어디에 가셨소?"

"물어서 뭐 하시게요? 우리 집 가장이라는 자는 이 고을의 이방인데, 불여시 같은 기생에게 빠져 모친을 박대하고 저를 쫓아냈지 뭡니까?"

그러면서 저 혼자 탓하며 욕하기를 마지않았다. 그때 방안에서 노파의 소리가 들려왔다.

"며늘아기가 뭣 하러 쓸데없는 말을 하여 아범의 허물을 떠벌리느냐? 뭐 그렇게까지 할 필요가 뭐 있다고……."

이 공은 이 말을 듣고 몹시 분통이 났다. 그래서 그 길로 다시 되돌아 홍천 읍내로 들어가 이방의 집을 찾았다. 막 점심때였다. 집으로 들이닥치자 이방은 대청마루에 앉아 점심을 먹고 있었다. 그 곁에 한 기녀도 함께 밥을 먹고 있었다. 이 공은 마루 가에 앉더니 말을 걸었다.

"나는 서울에서 온 과객이오. 우연히 이곳에 들렀는데 마침 때를 놓쳤으니 밥 한 사발 얻어 요기했으면 하오."

마침 때는 흉년이라 나라에서 구휼을 하던 중이었다. 하지만 이방은 눈을 들고 이 공을 빤히 쳐다보며 위아래를 훑더니, 품팔이 종을 불렀다.

"아까 새끼 낳은 개에게 주려고 끓인 죽이 남아있느냐?"

"있습니다."

"그럼 한 그릇을 저 걸인에게 주거라."

잠시 뒤 종이 지게미로 만든 죽 한 그릇을 가져와 그의 앞에 놓았다. 이 공은 화를 냈다.

"그대가 부유하게 살지만 그래봤자 구실아치이고, 내 비록 구걸하는 신세이나 엄연히 사족이다. 때를 놓쳐 밥을 찾으면 그대는 새 그릇에 내어 와야 하는 게 아닌가. 만약 상황이 여의치 않다면 먹던 밥이라도 덜어주는 것도 괜찮거늘, 개나 돼지가 먹다 남은 꿀꿀이죽을 사람에게 내주다니 이 무슨 도리인가?"

이 말에 이방은 눈을 동그랗게 뜨고 어이없어하는 눈빛으로 욕을 퍼부었다.

"네가 양반이라면 왜 네 사랑채에 앉아있지 않고 이런 행색을 하고 있단 말이냐? 지금은 혹독한 흉년이라 이런 죽이라도 남들은 얻어먹을 수 없거늘, 너는 어떤 종자이기에 감히 이러느냐?"

그러면서 죽사발을 들어 내리치는 것이었다. 이 공은 이마를 다쳐 피가 흘렀고 죽 국물을 온몸에 뒤집어썼다. 아픔을 참고 밖으로 나간 이 공은 당장 어사출두를 하였다. 이때 홍천수령이 마침 구휼하고 남은 곡식으로 돈을 마련하여 서울 자기 집으로 보냈는데, 이 문건이 입수되었다. 이 공은 그를 봉고파직하고 아울러 이방과 기녀를 때려죽였다. 한 여자의 원망하는 말로 일이 이 지경에 이르렀으니, 예부터 오뉴월에도 서리가 내린다는 말이 있는바 바로 이것을 두고 한 말이리라.

8-9

노옹이 소를 타고 제독의 자리 앞을 지나감

선조조 임진왜란 때 명나라 장수 제독(提督) 이여송(李如松)[29]이 조선을

---

29 이여송(李如松): 1549~1598. 명나라 장수로 자는 자무(子茂), 호는 앙성(仰城)이다. 임진왜란이 일어나자 방해어왜총병관으로 명나라의 2차 원병을 이끌고 들어와, 여기 이야기처럼 1593년에 평양성에서 왜군을 격퇴시켰다. 그러나 벽제관에서 왜군에 패하여 개성으로 퇴각한 뒤로는 특별한 활약을 하지 않다가 철군하였다. 그에 대해서는 권5 제7화 '홍순언 이야기' 참조. 참고로 이여송의 평양성 대첩은 1593년 2월에 있었으며, 임진왜란 전투 중 가장 규모가 컸다. 평안도도체찰사 유성룡과 명나라 총사령

구원하라는 황제의 뜻을 받들어 왔다. 평양성 전투에서 승리하여 성안으로 들어가 주둔하였다. 그는 이곳의 아름다운 산천을 보고 홀연 딴마음을 품게 되었다. 선조 임금을 흔들어 아예 이곳에 눌러앉을 생각이었다.

어느 날 막료들을 대거 거느리고 연광정(練光亭)에서 연회를 열었다. 그때 강변 백사장에 검은 소를 타고 지나가는 한 노옹이 있었다. 군교배가 '물러나라' 하며 고함을 쳤으나, 들은 척도 않고 고삐를 잡고 천천히 가는 것이었다. 제독은 화가 단단히 나서 늙은이를 잡아 오라고 하였다. 그런데 소걸음이 빠르지도 않은 데도 군교들이 추적했으나 잡을 수 없었다. 분노를 누를 수 없었던 제독은 자신이 직접 천리마를 타고 검을 쥐고서 쫓았다. 하지만 앞에 있는 소가 멀지 않은 거리에 가고 있었지만 나는 듯이 말을 달려도 끝내 따라잡을 수 없었다. 산을 넘고 물을 건너 몇 리를 갔을 즈음 한 산골 마을로 들어섰다. 검은 소가 시냇가 수양 버드나무 앞에 매여 있고, 대사립 문이 닫히지 않은 띠집이 나왔다. 제독은 노인이 이곳에 있을 것 같아 말에서 내려 칼을 들고 들어갔다. 이에 노인은 일어나 마루로 맞이하였다. 제독이 화를 내며 꾸짖었다.

"너는 웬 시골 늙은이기에 하늘이 높은 줄 모르고 이렇게 당돌한가? 나는 황제의 명을 받들어 백만 대군을 이끌고 와서 네 나라를 구원했느니라. 네가 필시 이를 모를 리가 없을 텐데 감히 우리 군대 앞을 범한단 말이냐? 네 죄는 죽어 마땅하도다!"

하지만 노인은 웃으며 대답하였다.

"제가 비록 산야에 거처하는 늙은이나 어찌 장군의 존귀함을 모르겠습니까? 오늘의 이 걸음은 오로지 장군을 맞이하여 누추한 이곳에 왕림하시

관 이여송의 조명연합군은 이 전투의 승리로 전세를 역전시켰으며, 이여송이 조선에서 명성을 얻기에 이르렀다. 이 소재는 권8 제28화와 제29화에도 이어지는데, 이여송을 부정적인 인물로 상정하고 있는 점이 흥미롭다. 조선 후기 임란 극복에 대한 인식의 추이를 이여송이란 인물을 통해 일정 정도 확인할 수 있다는 점에서 흥미롭다.

게 하기 위한 계책이었답니다. 아무는 장군께 은밀히 부탁드릴 일이 한 가지 있사온데 말로 다 올리기 어려운지라 부득이 이런 꾀를 낸 것입니다."

이에 제독이 물었다.

"부탁할 게 무슨 일인가? 일단 말해보라."

"저에겐 불초한 아들 둘이 있사온데 글을 읽거나 농사짓는 일은 하지 않고 오로지 남의 것을 훔치는 도적 일만 하고 있습니다. 부모의 가르침을 따르지 않고 장유(長幼)의 구별도 알지 못하니, 목하 화근입니다. 하오나 저의 기력으로는 이놈들을 제압할 수 없답니다. 가만 듣자 하니 장군께서는 세상을 덮을 기백과 용기가 있다고 하시니 그 위엄을 빌려 저 패륜아를 제거했으면 합니다."

제독은 다시 물었다.

"이자들이 지금 어디 있는가?"

"후원의 죽당(竹堂)에 있습니다."

이 말을 들은 제독은 칼을 겨눈 채 죽당으로 들어갔다. 그곳엔 두 소년이 함께 글을 읽고 있었다. 제독은 그들을 보고 버럭 고함을 지르며 꾸짖었다.

"너희가 바로 이 집안의 패륜아더냐? 아비가 나더러 너희를 제거해 달라고 했으니 순순히 내 칼을 받아라!"

그러면서 칼을 휘둘러 내리쳤다. 그런데 두 소년은 동요하는 기색 없이 차분히 손에 든 서진 대막대로 막아냈다. 아무리 해도 저들을 칠 수 없었던 것이다. 이윽고 소년이 대막대로 칼을 받아 치자, 칼은 쨍그랑 소리를 내며 두 토막으로 부러져 땅에 떨어졌다. 제독은 숨을 헐떡이며 땀이 흘러내렸다. 잠시 뒤 노인이 그곳으로 들어와 아이들을 혼냈다.

"이놈들 어찌 감히 이리 무례하게 구느냐?"

물러서 앉으라고 하였다. 제독이 노인을 보고 하는 말이 이랬다.

"저 패륜아들의 용력이 비범하여 당해낼 수가 없소. 노인장의 부탁을 저버리게 되어 민망하오."

이에 노인이 씩 웃었다.

"아까 한 말은 장난이었소. 저 아이들이 힘깨나 쓰지만, 저들 열 명이라도 이 늙은이 한 사람을 당해내지 못하오. 장군께서는 황상께서 내린 특지를 받들어 우리를 구원하러 오셨소. 저 섬나라 도적 떼를 쓸어버려 우리 조선이 다시 왕업을 다지게 하였소이다. 장군께서 개선하여 귀국하시면 그 이름이 역사책에 남을 것이니 이 어찌 대장부의 사업이 아니겠소? 그러한데 장군은 이를 생각지 않고 도리어 이상한 생각을 품다니요. 이것이 어찌 장군께 바라는 바이겠소? 내 오늘의 거동은 장군께 우리 동방에도 인재가 있다는 걸 알려주려는 의도였소. 장군께서 만약 개전하지 않고 어리석은 생각을 고집한다면, 내 비록 늙었으나 장군의 목숨을 제거하기에 충분하오. 허니 분발하시오. 산야 늙은이의 말이 당돌하오만 오직 장군께선 너그럽게 살펴 용서하기를 바라오."

제독은 한참을 말없이 머리를 푹 숙이고 기가 빠진 채로 있다가 잘 알겠다고 하고 문을 나가 떠났다고 한다.

8-10

호랑이가 버리고 간 신랑을 신부가 구함

호서(湖西)의 한 선비가 아들의 혼례를 5, 60리 떨어진 이웃 마을에서 치렀다. 새신랑은 초례(醮禮)가 끝나고 밤이 되어 신방으로 들어가 신부와 마주 앉았다. 그런데 한밤중이 되자 벼락이 치듯 큰 소리가 들리더니 뒷문이 부서졌다. 순간 큰 호랑이 한 마리가 방 안으로 달려들어 신랑을 물고 가는 것이었다. 신부는 정신없는 겨를에도 급히 일어나 호랑이의 뒷다리를 꽉 붙잡고 놓지 않았다. 호랑이는 곧장 뒷산으로 올라갔다. 나는 듯이 빨랐으나 신부는 죽을 각오로 붙잡은 채 따라 끌려갔다. 수없이 바위 골짜기를 오르내리고 가시덤불에 긁혀 옷은 다 찢어지고 곱게 올린 머리는 다 흐트러졌으며 온몸에는 피가 흘렀다. 그래도 그만둘 줄 몰랐다. 몇 리를 더 가서는 호랑이도 기진하여 신랑을 풀숲 언덕에 내버리고 가버렸다.

신부는 그때야 정신을 차리고 손으로 신랑의 몸을 더듬어봤다. 명문(命門)30 아래에 약간의 온기가 느껴졌다. 사방을 둘러보니 언덕 아래에 한 인가가 있었고, 뒤쪽 창문에서 옅은 불빛이 보였다. 호랑이가 이미 멀리 갔을 것으로 생각한 신부는 지름길을 찾아 그 집으로 내려가 뒤쪽 지게문을 열고 들어갔다. 마침 이 집에서는 대여섯이 모여 술을 마시느라 고기와 과일 같은 안주가 널려 있었다. 거기에 느닷없이 신부가 들어온 것이다. 온 얼굴에 연지와 분이 피에 섞여 엉겨 있었으며 온몸에 두른 옷은 여기저기가 다 찢어져 딱 봐도 영락없는 여자 귀신이었다. 모두 놀라 바닥에 나자빠졌다. 신부가 이에 말하였다.

"저도 사람이옵니다. 어른들께서는 그리 놀라지 마옵소서. 뒤편 언덕에 사경을 헤매고 있는 사람이 있사오니 제발 어서 가서 구해주세요."

이 말에 다들 놀란 마음을 수습하고는 일제히 횃불을 들고서 뒤편 언덕으로 올라갔다. 과연 젊은 남자가 언덕 위에 고꾸라져 있었고 숨이 곧 멎을 참이었다. 그들이 다가가 살펴보니 다름 아닌 주인장의 아들이었다. 주인장인 선비는 까무러치듯 놀라 아이를 둘러업고 돌아와 방 안에 뉘었다. 달인 물 따위를 목구멍으로 넣어주자 몇 시간이 지나서야 살아났다. 집안 식구들이 처음에는 놀라 뒤집어졌다가 끝내는 경사라며 다행스러워 하였다.

---

30 명문(命門): 일반적으로 '명치'를 말하는데, 여기서는 명문혈(命門穴)을 가리키는 것으로 보인다. 명문혈은 등 안쪽에 위치한 부분으로, 이곳을 통해 사람의 생사를 확인하는 경우가 많았다.

이 주인장은 신랑의 부친으로 혼례 치를 인원과 물품을 갖추어 보내고 나서 마침 이웃 친구들과 모여 술을 마시고 있던 참이었다. 사건이 바로 이 집 뒤편에서 일어났던 것이다. 그제야 이 여자가 신부라는 걸 알고 안채 방으로 데려다 놓고 미음을 먹였다. 그리고 그다음 날 신부 집에 통지하였다. 양가의 부모들은 모두 놀라워하면서도 기뻐하며 신부의 지극한 정성과 높은 절개에 탄복하였다. 마을의 여러 선비가 이 일을 관아와 감영에 보고하여 정려와 포상의 은전이 내리게 되었다고 한다.

8-11

별과를 개설하여 한 소년이 급제함

성종(成宗)은 가끔 미행을 하곤 하였다. 하얀 달이 밝게 비추던 어느 날 밤, 임금은 두세 명의 내관과 함께 일반 선비의 복장을 하고서 잠행을 나갔다. 남산 아래에 이르렀을 때 막 삼경이 지난 터라 아무 소리도 들리지 않았다. 산 아래에 있는 두어 칸짜리 움집에서 등불이 깜박거리는 가운데 글 읽는 소리가 들렸다. 임금은 복건과 도포 차림[31]으로 문을 열고 들어갔다. 주인은 깜짝 놀라 일어나서는 자리를 내어주며 물었다.

"웬 손님이기에 이렇게 깊은 밤에 찾아오셨소?"

"우연히 지나가다가 책 읽는 소리를 듣고 들어오게 되었소."

임금은 그러면서 물었다.

"읽는 책이 무엇이오?"

"『주역』이오."

임금이 어려운 대목을 논란해봤더니, 응답이 물 흐르듯 하였다. 큰

---

31 복건과 도포 차림: 즉 일반 선비의 복장이라는 뜻이다.

학자가 아닐 수 없었다.

"연세가 어찌 되시오?"

"쉰 남짓이오."

"과거 공부를 그만두지 않은 거요?"

"운수가 기박하여 과장에서 여러 번 떨어지고 말았소."

임금이 지은 글을 보자고 청하자, 그는 지은 글들을 꺼내 보여주었다. 편편이 다 명작이었다. 임금은 아무래도 이상하여 다시 물었다.

"이런 재주를 갖추고서도 아직 과거에 합격하지 못했단 말이오! 이야말로 시관의 책임이 크군."

"기구한 내 운수의 소치이니 어찌 시관이 공정하지 않았다고 탓하겠소?"

임금은 그가 지은 작품 중의 한 편을 속으로 기억해 두고 지은 것들을 돌려주며 물었다.

"모레 별과(別科)가 있다고 하던데 혹시 소식을 들으셨소?"

"듣지 못했소. 언제 영이 난 것이오?"

"얼마 전 임금의 명이 있었소. 힘써서 잘 보기나 하시오."

그러며 인사를 하고 나왔다. 시종을 시켜 쌀 두 말과 고기 열 근을 문밖에서 던져주게 하고는 떠났다. 환궁한 뒤 임금은 별과를 시행하라는 영을 내렸다. 과것날이 되자 지난밤 보았던 선비가 지은 글 가운데의 제목을 어제(御題)로 내다 걸었다. 그 글이 들어오기만을 기다리는데 얼마 안 있어 시권(試券)이 올라왔다. 과연 그날 밤에 보았던 글이었다. 임금은 크게 칭찬하며 감상하였다. 어비(御批)[32]를 많이 찍고는 이를 제1등으로 뽑았다. 급제자의 이름이 나오자 신은을 불러들였다. 그런데 지난밤 만났던 그 선비가 아니라 한 젊은 유생이었다. 임금은 어리둥절하여

---

32 어비(御批): 원래의 의미는 임금이 내리는 비답이나 문서이다. 그런데 여기서는 이야기의 전개상 임금이 시권에 직접 비점을 찍었다는 의미로 판단된다.

하문하였다.

"이 글은 네가 지은 글이더냐?"

"아니옵니다. 소신의 스승이 지은 글 중에 하나를 보고 써서 낸 것이옵니다."

임금이 다시 하문하였다.

"너의 스승은 왜 과거를 보러 오지 않았더냐?"

"소신의 스승은 우연히 쌀과 고기를 배불리 먹고 갑자기 급체증[33]을 앓아 과장에 들어오지 못했나이다. 그래서 소신이 스승의 지은 글을 가지고 왔던 것이옵니다."

임금은 이 말을 듣고는 한참을 아무 말 없이 있다가 물러가라고 하였다. 임금이 주고 갔던 쌀과 고기가 주린 속에 과하게 들어가다 보니 병이 생긴 것이었다. 이로 보건대 이는 그의 운명이 아니었을까? 선비는 이 병으로 끝내 일어나지 못했다고 한다.

8-12

관상을 잘 보는 김수항의 부인이 비단옷을 지음

문곡(文谷) 김 공은 휘가 수항(壽恒)[34]이며, 부인은 나씨로 명촌(明村) 나

---

33 급체증: 원문은 '關格'으로, 급체 중에서도 그 증상이 매우 심각한 경우를 말한다. 관은 대소변이 막힌 것을 말하며, 격은 구토가 멈추지 않는 것을 뜻한다. 이 증상이 심해지면 자칫 목숨이 위험해지기도 했다.

34 수항(壽恒): 즉 김수항(1629~1689). 자는 구지(久之), 문곡은 그의 호, 본관은 안동이다. 1651년 과거에 급제하여 이조정랑, 부제학, 예조·이조판서 등을 거쳐 삼정승을 역임하였다. 숙종 시기 노론의 영수로서 정치적 부침을 거듭하였으며, 남인에 의해 주도된 기사환국 때 진도에 위리안치되었다가 죽임을 당하였다. 시문과 서예에 두루 뛰어났으며, 17세기말 18세기 초 문풍을 주도하였던 김창집(金昌集)을 비롯한 6형제의 부친으로 유명하다. 저서로 『문곡집(文谷集)』이 있다.

양좌(羅良佐)[35]의 누이이다. 부인은 지감(知鑑)이 있었다. 딸의 혼처를 고르고자 하여 셋째 아들 삼연(三淵)[36]더러 민씨 집안의 여러 젊은이를 가서 만나보라 하였다. 그리고 그들 가운데서 사윗감을 정하라고 하였다. 삼연이 가서 보고는 돌아와 아뢰었다.

"민씨 집안의 자식들은 죄다 기상이 낮은 데다 외모 또한 훤칠하지 못하옵니다. 아무래도 합당한 이가 없사옵니다."

그러자 부인은,

"그 집안은 명가이니 후손들이 필시 그렇지는 않을 텐데."

라고 하였다. 그 뒤에 삼연이 이씨 집안 아이 중에서 사윗감을 정하고서 돌아와 부인에게 전했다.

"오늘에서야 과연 좋은 사윗감을 찾았나이다."

"누구이며 풍모와 됨됨이는 어떠하더냐?"

"풍채와 거동이 빼어나고 재주와 능력도 탁월하니 참으로 큰 그릇이옵니다."

"그렇다면 좋을 성싶구나!"

사위를 맞아들여 혼례를 치르는 날, 부인은 사위를 보고 탄식하였다.

"셋째가 눈만 달렸지 눈동자는 없구나."

삼연이 괴이쩍어 여쭈었더니 부인은 이렇게 말하였다.

"저 신랑이 좋긴 좋다만 명수(命數)가 많이 부족하구나. 길어봤자 서른

---

35 나양좌(羅良佐): 1638~1710. 자는 현도(顯道), 명촌은 그의 호, 본관은 안정(安定)이다. 윤선거(尹宣擧, 1610~1669)의 문인으로 학문에 전념하였으며, 벼슬에 뜻이 없어 여러 관직에 추천받았으나 모두 사양하였다. 그러다가 1706년 경 말년에 이르러 장령을 지냈을 뿐이다. 저서로 『명촌잡록(明村雜錄)』이 남아있다.

36 삼연(三淵): 즉 김창흡(金昌翕, 1653~1722). 자는 자익(子益), 삼연은 그의 호이다. 김수항의 삼남으로, 과거에 응하지 않고 평생 독서로 소요하였다. 특히 산수유람을 즐겨 이와 관련한 글을 많이 남겼으며, 불교에 심취한 것으로도 유명하다. 다른 형제들과 함께 문명을 떨쳐 맏형 김창집, 둘째 형 김창협, 동생 김창업, 김창즙, 김창립 등과 함께 '육창(六昌)'이라 불리며 칭송받았다. 저서로 『삼연집(三淵集)』이 있다.

에 불과할 것이야. 너는 신랑의 어떤 부분을 가지고 사윗감으로 정했단 말이냐?"

이윽고 한참을 살피더니 다시 탄식하였다.

"내 딸이 먼저 죽겠구나! 이제 더 어쩐담……."

그러며 삼연을 계속 탓하는 것이었다. 그러나 삼연은 끝까지 그렇지 않을 것이라고 여겼다.

그러던 어느 날, 지재(趾齋) 민진후(閔鎭厚)[37]와 단암(丹巖) 민진원(閔鎭遠)[38], 그리고 다른 종형제들은 모두 약관으로 마침 일이 있어 찾아왔다. 삼연이 들어와 모친에게 아뢰었다.

"어머니께서 매번 민씨 집안과 혼인을 맺지 못한 걸 한으로 여기셨지요. 지금 민씨 집 젊은이들이 찾아왔습니다. 창틈으로 엿보실 수 있으니, 필시 소자의 말이 틀리지 않았음을 확인할 수 있을 것입니다."

이 말에 부인이 저들을 엿보고는 또다시 삼연을 나무랐다.

"네 눈은 과연 눈동자가 없는 게로구나. 저 젊은이들은 모두 명가의 귀인들로 그 이름을 후세에 남길 큰 그릇들이다. 아, 애석하게도 저들과 혼인을 맺지 못하였구나!"

그 뒤 과연 부인의 말이 딱 맞아 민씨 집안 형제들은 모두 크게 현달하였다. 그러나 사위인 이 씨(李氏)는 겨우 서른을 넘기자마자 참봉밖에 못

37　민진후(閔鎭厚): 1659~1720. 자는 정순(靜純), 지재는 그의 호, 본관은 여흥이다. 여양 부원군 민유중(閔維重)의 장남이며 숙종의 비인 인현왕후가 그의 누이이다. 1686년 과거에 급제하여 충청도관찰사, 한성부판윤, 예조·공조판서 등을 역임하였다. 1717년에는 동지사로서 청나라 사행을 다녀오기도 하였다. 숙종 시기 정난의 시기에 외척으로서 정치적 부침을 거듭하였다. 후대 명성황후의 5대조이기도 하다. 저서로 『지재집(趾齋集)』이 있다.

38　민진원(閔鎭遠): 1664~1736. 자는 성유(聖猷), 단암은 그의 호이다. 민유중의 차남이며 민진후의 동생이다. 1691년 과거에 급제하여 전라도·평안도관찰사, 예조·공조판서, 우의정 등을 역임하였다. 1712년과 1718년에 청나라 사행을 다녀왔다. 그 또한 민진후와 함께 노론의 주요 인사로서 당쟁의 한가운데 있었다. 저서로 『단암만록(丹巖漫錄)』, 『연행록(燕行錄)』 등이 있다.

지내고 요절하였다. 딸은 그보다 1년 먼저 죽었다.

부인은 일찍이 옷감으로 비단 석 단을 짜, 그 한 단으로 문곡의 관복을 만들고 나머지 두 단은 깊숙한 데 넣어두었다. 둘째 아들 농암(農巖)[39]이 과거에 합격했으나 조복을 만들어 주지 않았다. 뒤에 몽와(夢窩)[40]가 음관으로 등제하자 이에 조복을 만들어 주고, 다시 한 단은 넣어두었다. 손서(孫壻)인 조문명(趙文命)[41]이 과거에 합격하자 이것으로 조복을 만들어 주었다. 이 세 사람은 모두 지위가 삼공에 이르렀다. 부인의 의중이 삼공의 지위에 이르지 못한 사람에게는 이 비단옷 만들어 줄 수 없다고 여겼기 때문이다. 그렇기에 농암이 과거에 합격하고 들어와 뵈었을 때 부인은 미간을 찡그리며,

"무얼 하려고 산림처사 같은 모양새를 하고 있느냐?"

라고 하였다. 그 뒤 몽와가 과거에 합격하여 들어와 뵈었을 때는 웃으며,

"대신이로구나, 대신!"

이라고 하였던 것이다.

---

39 농암(農巖): 즉 김창협(金昌協, 1651~1708). 자는 중화(仲和), 농암은 그의 호이다. 1682년 과거에 급제하여 이조정랑, 예조참의, 청풍부사 등을 역임하였다. 부친 김수항이 죽임을 당한 후 벼슬을 그만두고 형제들과 함께 영평(永平)에 은거하며 학문에만 매진하였다. 그는 이 시기 고문을 진작시키는 데 중심적인 역할을 한 인물로 평가받고 있다. 한편 당대의 주변 학자들에게도 적지 않은 영향을 끼친바 있다. 저서로 『농암집(農巖集)』, 『오자수언(五子粹言)』, 『강도충렬록(江都忠烈錄)』 등이 있다.

40 몽와(夢窩): 즉 김창집(金昌集, 1648~1722). 자는 여성(汝成), 몽와는 그의 호이다. 1684년 과거에 급제하여 개성유수, 호조·이조·형조판서, 한성부판윤 등을 거쳐 삼정승을 두루 역임하였다. 그는 이이명, 이건명, 조태채 등과 함께 노론사대신으로 활약하다가 소론이 주도한 신임사화 때 실각하여 사사되었다. 저서로 『몽와집(夢窩集)』, 『국조자경편(國朝自警編)』 등이 있다.

41 조문명(趙文命): 1680~1732. 자는 숙장(叔章), 호는 학암(鶴巖), 본관은 풍양이다. 문명을 날렸던 조현명(趙顯命)의 형이다. 1713년 과거에 급제하여 어영대장, 병조·이조판서, 대제학, 우의정, 좌의정 등을 역임하였다. 1725년 서장관으로서 청나라 사행을 다녀왔다. 그는 소론으로 영조가 즉위하자 탕평책을 주창하였으며, 노론계 인사와도 널리 교유하여 영조 초기 정국 안정에 기여하였다. 저서로 『학암집(鶴巖集)』이 있다.

편지를 전하고 천릿길을 걸어 부친을 뵘

차덕봉(車德鳳)[42]은 대흥(大興)의 두련리(斗蓮里)[43]에 사는 선비였다. 같은 고을의 문관을 따라 북청(北靑)의 임소로 가서 관아손님[衙客]으로 있었다. 나그네로 발이 묶여 따분하던 참에 우연히 관기인 초안(楚岸)을 만나 몰래 정을 통해 회임하게 되었다. 몇 달 뒤 문관이 일에 연루되어 파직당해 돌아오게 되자, 덕봉도 따라가야 했다. 떠날 즈음 초안에게 부채 하나를 선물하고 이별하였다. 준 부채에는,

사내를 낳으면 대흥이라 이름하고
딸을 낳으면 두련이라 이름하게.

生男則名以大興
生女則名以斗蓮·

라고 쓰여 있었다. 덕봉이 자기가 사는 곳의 이름으로 쓴 것은 훗날 그 이름을 돌아보고 아비를 생각하라는 뜻이었다. 산달이 되어 딸을 낳자 이름을 '두련'이라 하였다. 그런데 덕봉은 이 사실을 알지 못했다. 북청과 대흥의 거리가 천 리 남짓이라 소식이 전해질 수 없었던 까닭이다. 이렇게 몇 년이 더 흐르고 보니 덕봉은 그녀에게 부채를 주며 이름을 지어줬던 일도 까마득히 잊고 말았다.

---

42 차덕봉(車德鳳): 생몰년 미상. 17세기 후반에 활동한 것으로 보인다. 본관은 연안으로, 여기 언급처럼 대흥현에서 살았으나 구체적인 생력은 미상이다.

43 대흥(大興)의 두련리(斗蓮里): 대흥은 현명으로 현재 충청남도 예산군 대흥면 일대이다. 이곳은 신라 때 임성군(任城郡)으로, 이곳에 임존성(任存城)이 있었기 때문이다. 고려시대에 대흥이라는 지명으로 바뀌었다. 두련리는 '두련리(杜蓮里)'라고도 하며, 대흥현에 속했던 지명인데 현재 행정구역 상으로는 예산군 신양면 서계양리에 해당한다. 실제 이 지역은 연안 차씨의 세거지로, 특히 차덕봉의 조부가 되는 차명징(車命徵) 등이 효행으로 이름나 국왕으로부터 정려를 받기도 했다.

그러던 어느 날, 덕봉은 학질에 걸려 위험한 지경에 이르렀다. 혼절한 채 침석에 엎드려 거의 아무 정신을 차릴 수 없었다. 그때 갑자기 같은 동네 선비 아무개의 종이 한양에서 내려와 봉한 편지를 전해주었다. '장령 안(安) 아무개 댁에서 전해준 것입니다.'라고 일러주었다. 또 옷가지, 보자기, 인삼, 녹용 따위를 부쳐 보내왔다. 덕봉은 깜짝 놀랐다. 너무 이상했기 때문이다. 병든 몸을 일으켜 편지를 뜯어보니, 바로 두련이 직접 써서 보낸 것이었다. 그 편지 안의 내용은 이러했다.

태어나서 지금껏 부친의 얼굴을 알지 못해 남이 자기 아버지를 부를 때면 슬픈 마음만 일고, 사람 축에도 끼지 못한 자로 있었나이다. 만에 하나 부친께서 세상에 계신 줄을 알 수 있다면 마땅히 천 리를 멀다고 하지 않고 찾아뵙겠나이다. 그래서 한 번이라도 뵐 수 있다면 살아서는 여한이 없고 죽어서는 눈을 감을 수 있겠나이다.

이런 내용이 여러 장의 편지지에 간절한 어조로 담겨 있었다. 덕봉은 이에 환하게 깨닫는 게 있었다. 바로 초안이 딸을 낳았고 그 아이 이름을 두련이라 했으며, 이제 장성한 것임을 알 수 있었다. 한편으로는 기쁘고 한편으로는 서글퍼 감정을 억누를 수 없었다. 힘을 다해 속히 답서를 짓고 아울러 「두련사(斗蓮詞)」 한 편을 지어 부쳤다. 그리고 덕봉의 병은 두련이 보내준 약을 먹자 차도가 있었고 낯빛도 살아났다.

그해 가을, 두련은 바로 연유를 갖추어 소장을 올려 휴가를 얻어 부친을 뵈러 갈 수 있기를 청했다. 수령은 그녀의 일이 안타깝고 감동스러워 특별히 허락해 주었다. 두련은 마침내 여장을 꾸려 말을 타고서 천 리 험난한 길을 헤치고 와 홍주(洪州, 즉 홍성)의 금마천(金馬川)⁴⁴에서 부친을

---

44 금마천(金馬川): 충청남도 홍성군 금마면 일대를 흐르는 하천이다. 이 하천은 북류하

뵈었다. 이때 덕봉은 대흥에서 이곳으로 이사 와 있었다. 서로 끌어안고 감격하여 눈물을 흘렸다. 며칠을 머물면서 부친을 모시고 즐거워했다. 그러나 되돌아오라는 관아의 영으로 인해 이별해야 했다. 그 뒤로도 두련이 휴가를 내어 찾아와 뵌 적이 두세 차례였다. 뵐 때면 꼭 오래 머물며 차마 떠나지 못하였다. 마침내 부친의 임종을 맞아 상을 치르고 돌아갔다고 한다.[45]

8-14

깊은 산골에서 별을 보고 점을 치는 이인을 만남

한양에 사는 한 선비가 북관(北關)을 갔다가 돌아올 때 산속 지름길로 들어서서 내려왔다. 그러던 중 어느 날, 이천(伊川) 경계에 이르렀다. 그때는 날이 저물어가고 있었다. 산이 사방으로 둘러 있었으며, 높고 큰 나무들이 하늘을 가렸다. 호랑이와 범이 낮인데도 으르렁대고 여우나 삵이 여기저기 출몰하였다. 주저하며 사방을 돌아보았으나 사람의 자취

여 예산의 무한천과 합류한 다음 서해로 흘러간다. 이 금마면 일대는 비교적 넓은 평야가 형성되어 있었다. 하천의 흐름이 말이 뛰는 형상과 비슷하다 하여 이름이 붙여졌다 한다.

45 이 이야기는 신경(申暻, 1696~1766)의 『직암집(直菴集)』에 실린 「효기두련전(孝妓斗蓮傳)」을 거의 전재하고 있다. 다만 여기서는 차덕봉을 주체로 내세웠으나, 「효기두련전」은 두련을 주인공으로 했다. 그리고 여기에 등장하는 성명이 구체적으로 밝혀져 있는데, 동향의 문관은 성임(成任), 같은 동네의 선비는 곽진강(郭振綱), 장령 아무개는 안경운(安慶運) 등으로 나와 있다. 참고로 신경은 이 작품 말미에 두련의 일을 접한 정황을 기록하였는데, 다음과 같다. "其從兄輔極, 嘗爲余言, 其首末甚詳, 余聞而奇之. 斗蓮以遐裔, 賤娼之身, 克盡父子之倫, 能爲朱壽昌故事, 此實千古異蹟, 不可泯沒也. 噫! 我知之矣. 斗蓮之孝, 有自來矣, 乃祖命徵, 乃從祖敬徵, 以善事父母聞朝家, 立孝子之門, 乃父德鳳, 亦以侍墓致慕. 見稱於鄕黨, 世類如此, 斗蓮豈得不然乎? 未久聞斗蓮死, 俄輔極亦死. 余於是嗟憐之, 恐遂無傳, 略記以示後人."

는 없고 적막할 뿐이었다. 그야말로 공포 그 자체였다. 인가의 밥 짓는 연기를 찾아가던 중, 갑자기 큰 바위와 마주하게 되었다. 이 바위 중간은 마치 석문처럼 뚫려 있었고 큰 냇물이 그 안에서부터 흘러나오고 있었다. 이따금 무청이 물을 따라 흘러 내려왔다.

"이 안은 필시 인가가 있을 거야. 무릉의 도원이 아니라면 천태(天台)[46]의 은거지고 말고!"

라며 선비는 종을 시켜 물길을 타고 들어가 보라고 하였다. 한참 뒤에 종은 작은 배를 타고 나왔다. 선비는 마침내 그 배를 타고 종과 함께 노를 저어 거슬러 올라갔다. 물길이 다한 곳에 이르러 배를 대고 둔치로 올라가 한 곳을 찾아 들어갔다. 그곳에는 수백 호의 인가가 있었다. 산은 높고 골은 깊어 티끌 하나 닿지 않았으며, 마을이 산뜻하고 깔끔한 것이 진정 별세계였다. 한 노인이 지팡이를 짚고 나왔다. 옷차림은 예스럽고 질박했으며 모습과 자태가 속세를 벗어나 있었다. 선비를 맞이하며 물었다.

"여기는 매우 깊은 곳이어서 인간 세상과는 연기도 통하지 않은 지 이미 백 년이 넘었다오. 해서 세상에는 이를 아는 자가 없을 터인데, 그대는 어떻게 이곳에 들어올 수 있었소?"

선비가 산길을 가다가 길을 잃고 헤매던 정황을 얘기해주자, 노인은 그를 들어오라 하여 자리에 앉게 했다. 그리고 저녁밥을 내주었는데 산나물과 푸성귀가 아무래도 세상의 맛이 아니었다. 그러고는 함께 묵었다. 서로 흉금을 터놓고 얘기를 나누다가 이런 말을 들려주었다.

"몇 대 할아버지께서 때 묻은 세상의 요란스러운 것들을 싫어하셔서 동지 대여섯 분을 데리고 이곳으로 들어와 자리를 잡았소. 지금 족히

---

46 천태(天台): 즉 천태산. 중국 절강성에 있는 명산으로 예로부터 은자들이 즐겨 찾았던 곳이다. 은거지나 별계의 상징으로 원용되어 왔다.

이삼백 년은 되었지요. 한 번도 산 밖으로 나가지 않은 채 아들을 낳고 딸을 낳아 서로 혼인하여 이제 수백 호의 큰 마을이 되었다오. 밭을 갈아 음식을 해결하고 베를 짜 옷을 입지요. 시비가 붙지 않고 세금도 내지 않는다오. 단지 잎이 떨어지면 가을이요, 꽃이 피면 봄인 줄만 알 뿐이오⋯⋯."

밤이 깊어 함께 뜰 안을 거닐었다. 그런데 갑자기 별 하나가 떨어지는 것이 보였다. 노인은 순간 놀라며,

"평구(平邱)의 박진헌(朴震憲)[47]이 죽었구나!"

라고 하더니 이윽고 탄식하였다.

"오래지 않아 필시 병란이 닥치리니 이를 장차 어찌한다?"

선비가 속으로 기이하다 싶어 몰래 이 날짜를 행장 속의 작은 책자에 기록해두었다. 그리고 노인에게 물었다.

"병란이 일어나면 어떻게 화를 피할 수 있겠습니까? 살 방도를 가르쳐 주십시오."

"강릉이나 삼척 등으로 피하면 화를 면할 수 있을 거요."

다음날 선비는 석문을 나와 집으로 돌아갔다. 가는 길에 평구촌에 들러 박진헌이라는 이름의 사람이 있는지를 물었다. 그랬더니 마을사람이,

"이미 죽었다오."

라고 알려주었다. 그 날짜를 물었더니 과연 별이 떨어지던 밤이었다. 병자년 겨울이 되어 오랑캐의 난리[48]가 일어났다. 선비는 노인의 말을 떠올

---

47 박진헌(朴震憲): 광해군 대의 점술가일 가능성이 있으나, 구체적인 사항은 미상이다. 참고로 천리대본 『동패락송(東稗洛誦)』에 박진헌에 대한 이야기가 실려 있다. 이 이야기에서 박진헌은 사냥을 나갔다가 우연히 상수서(象數書)를 얻은 뒤부터 천문을 보고 미래를 예언하는 일에도 익숙하게 되었으며, 특히 이이첨(李爾瞻)의 몰락을 예언하는 등 점술가의 면모로 그려져 있다.

48 오랑캐의 난리: 원문은 '金虜之難'으로, 후금 오랑캐의 난리라는 의미이다. 이른바 병자호란이다.

리고는 마침내 처자식을 데리고 삼척 땅으로 떠났다. 이 때문에 끝내 온 집안 식구들이 무사할 수 있었다고 한다.[49]

세 무관을 달변으로 굴복시키고 재상까지 움직임

전에 한 출신(出身)[50]이 있었다. 그는 병조판서와 익히 아는 사이라 한 자리 내려주기를 고대해 마지않았다. 이 병조판서의 집에 드나들며 사이가 아주 가까운 세 출신이 있었으니, 이문덕(李文德)이라는 자와 어필수(魚必遂)라는 자, 그리고 정언형(鄭彦衡)[51]이라는 자였다. 이들 셋은 날마다 판서 곁에 바짝 붙어 모셨다. 병조판서도 저들과 물리도록 얘기하며 살갑게 대해주었다.

그러다 보니 이 출신은 본래 시골의 아무 힘 없는 사람인 데다 저들마저 자리를 차지하고 있어서 틈을 보아 차분하게 자기 뜻을 전할 수가 없었다. 매일 그저 문안드리기만을 할 뿐이었다. 이런지 꽤 되었다. 저들도 이 출신의 속내를 알았기에 서로 의견을 모아[52] 판서를 뵀을 때 절대

---

49 이 이야기는 김간(金榦, 1646~1732)의 『후재집(厚齋集)』·「잡저(雜著)」(권2)에 축약된 형태로 전재되어 있다.

50 출신(出身): 과거에 합격한 사람을 일컬으며, 아직 벼슬에는 나아가지 못한 이들을 가리킨다. 조선시대 과거 합격자, 즉 출신들은 시험성적이 우수한(주로 갑과합격자) 몇몇을 제외하고는 대부분 바로 임명되지 못하고 임시직인 권지(權知)에 분속시켰다. 바로 이 상태에 있는 합격자를 지칭한다.

51 정언형(鄭彦衡): 자세한 생력은 미상이나, 1760년 선전관에 제수된 기록이 보인다. 이문덕(李文德, 1730~1790)과 어필수(魚必遂, 1694~?)도 모두 비슷한 시기에 무관을 지냈던 인물들인데, 이들이 서로 친분이 있었는지는 미상이다. 특히 이문덕은 전라좌수사, 경상좌병사 등을 지낸 관력이 확인되기도 한다.

52 의견을 모아: 원문은 '完議'로, 의논을 통해 완벽히 결정된 사안이라는 의미, 또는 그런 의견을 합의한 문서를 가리키기도 한다.

먼저 물러나는 법이 없었다. 결국 이 출신이 관직 한 자리를 청하기는 그야말로 어떻게 해볼 수 없는 상황이었다.

그러던 어느 날, 판서 대감이 공무를 일찍 마치고 일없이 가만 앉아 세 사람 및 이 출신과 주거니 받거니 이야기꽃을 피웠다.

"자네들이 활터에 있을 때 아마도 고담(古談)[53]을 많이 들었을 터, 나에게 하나하나 풀어내 보게. 오늘 이 한가함을 달랠 수 있게 말이야."

세 사람이 아직 입을 떼지도 못했는데 시골 출신이 자리를 털며 먼저 얘기를 했다.

소인이 고담 하나를 알고 있사옵니다. 옛날에 이씨 성을 가진 선비가 하나 있었지요. 그는 아내와 일찍부터 사이가 안 좋아 잠자리의 즐거움을 가져 보지 못했답니다. 그런 까닭에 마흔이 가깝도록 자식을 두지 못했지요. 그런데 어느 날 이 선비가 안방에 찾을 물건이 있어서 쪽마루로 올라가 창을 열었더니 마침 부인이 이를 잡느라 치마를 벗은 채 맨살을 드러내놓고 있었답니다. 부인은 사내가 갑자기 들이닥치자 급히 치마로 몸을 가렸지요. 그러나 이미 매끈하고 탱탱한 흰 살결에 윤기가 돌고 부드러운 부인의 몸을 본 선비는 정욕이 사정없이 끓어올라 참을 수가 없었지요. 그 자리에서 때아닌 동침을 하게 되었답니다. 이로부터 회임의 경사가 있었고, 금슬의 정과 잠자리의 즐거움이 더할 수 없었지요. 이십 년 동안 안 좋았던 사이는 일장춘몽이라 할 만했답니다. 어언 열 달이 금세 지나 한 귀하고 복스러운 떡두꺼비 하나를 얻었지요. 집안의 경사로 이보다 더한 것이 있었겠습니까? 부모는 너무 사랑하여 보고 또 보고 잠시도 무릎 밑에서 떼어놓질 않았답니다. 마침내 아내와 아이 이름을 지으려던 참에 남편은 갑자기 껄껄 소리를

---

[53] 고담(古談): 즉 '옛이야기'라는 뜻인데, 여기서는 '재미난 이야기'라는 정도로 사용되었다. 통상 조선 후기에 고담이라 하면 소설류를 지칭하는 용어였다.

내 웃었답니다.

"이 아이를 얻은 것은 다른 사이좋은 부부가 낳은 경우와 똑같은 경사가 아니라오. 오래도록 서로 미워하던 사람이 느닷없이 이를 잡으려고 치마를 벗은 사이 욕정에 이끌려 급기야 동침하고 그 바람에 이 기특한 사내아이를 낳은 걸세. 그러니 이가 부인을 문 덕의 소치로 아이를 얻었으니, 보통의 수복(壽福)이란 글자로 이름을 지을 수는 없네. 그러니 이름을 보고 그 뜻을 생각하도록 기이한 인연을 드러내야 하지 않겠는가?"

마침내 '문덕'이라고 이름을 하였답니다. 이는 이를 잡다가 잠자리를 가진 정황을 음가로 드러낸 것이니, 성을 같이 부른다 해도 '이문덕(李文德)' 석 자를 벗어나지 않고, 음을 풀어서 따지더라도 또한 '이문덕(虱吻德)'(즉, 이가 문 덕) 석 자를 벗어나지 않는 것입니다. 그렇기에 호적이나 서찰, 과방(科榜)에도 모두 이문덕 석 자를 썼답니다. 해서 당초 이를 잡다가 남편이 범한 소이연을 사람들 모두 이 이름을 통해서 알게 되었지요. 이름이 비록 이름자를 보고 그 뜻을 생각하고 당장의 정경을 드러낸 데서 만들어진 것이긴 하나, 그 아비가 꼭 이 세 글자로 이름자를 지어준 건 너무한 게 아니겠습니까?

대감과 어필수, 정언형 두 사람은 포복절도하였다. 그러나 그 중 진짜 이문덕은 낯이 뜨거워지며 붉으락푸르락 머뭇거리다가 한마디도 내뱉지 못하고 몸이 아프다고 하면서 물러나 가버렸다. 판서 대감은 좋다며 칭찬해 마지않다가 또 다른 이야기를 해보라고 하였다. 시골 출신이 다시 이야기를 이어갔다.

옛날에 몹시 가난한 부부가 있었습니다. 금슬이 아주 좋은 데다 혈기도 한창이라 마흔이 채 안 된 나이에도 예닐곱의 자녀를 두었지요.

그야말로 하면 바로 아이가 서는 식이었답니다. 하지만 너무 많은 아이들을 보자니, 입는 것은 너덜너덜하고 먹는 것도 푸성귀라 자못 불쌍하기까지 하였답니다. 집에는 아이를 돌볼 계집종이 없어 첫째가 둘째를 업고 셋째가 넷째를 업어 차례로 안아 키우게 했답니다. 한시도 포대기를 풀지 못하다 보니 업고 업힌 아이들의 머리가 떡 지고 살결이 갈라져 있었답니다. 아이를 업는 일이 이만저만 고역이 아니었지요. 혹여 한 아이라도 동생을 잘 못 업어 울거나 보채면 이 엄마는 성격이 너무 난폭했던지라 큰 애를 마구 두들겨 팼답니다. 그러니 동생들이 연이어 태어나는 것은 큰아이에게 실로 큰 우환이 아닐 수 없었지요. 그러던 어느 날 밤, 남편이 먼 곳에 갔다가 한 달이 지나 집으로 돌아오게 되었지요. 아내 및 자식들과 안방에서 함께 자게 되어, 큰애는 멀찍이 누웠고 둘째는 가까이 누웠으며 더 밑의 아이는 더 가까이, 가장 어린아이는 제일 가까이 누워있었지요. 남편과 아내는 함께 이불 속에 누웠으나 방이 너무 좁아 조금만 움직여도 알만한 자는 필시 눈치를 챌 수 있었답니다. 밤이 깊어지자 부부는 그동안 풀지 못한 정을 나누느라 과연 일을 치르게 되었답니다. 동생들은 죄다 달게 자고 있었으나 분별력이 있던 큰아이는 구들이 차 마침 잠을 못 자고 있었답니다. 이 아이가 부모가 하는 짓을 묵묵히 지켜보다가 이렇게 혼잣말을 했답니다.

"등에 업는 수가 또 생기겠군!"

이 애는 지금까지 동생들을 업는 일로 어미에게 얻어맞아 한 움큼 원망이 가슴속에 꽉 맺혀 있었지요. 한데 새 동생이 또 나올 지경이 되었으니 아이 업는 일은 전보다 배가 될 게 빤한지라 마음속이 답답할밖에요. 그러니 절로 입에서 부지불식간에 '負手出[업힐 수가 나오겠군]' 세 글자가 튀어나오고 만 것이지요. 이 말도 이치에 가까울 법합니다. '부수(負手)' 두 글자를 음을 풀어서 따져보면 오롯이 '어필수' 세 글자가 되니까요.

이 말을 듣고 대감과 정언형은 포복절도하였다. 그러나 그중에 진짜 어필수는 바보처럼 멍해지더니 그도 집안일이 있다며 인사하고 나가버 렸다. 이제 자리에 있는 자는 정언형 한 사람뿐이었다. 대감은 더 해보라 고 요청하였다. 출신이 또 이어서 이런 이야기를 고하였다.

경기의 한 벼슬 못한 사족이 있었답니다. 그는 벌열 집안에 속하지도 못했고 글을 잘하지도 못했답니다. 게다가 재산이랍시고 할 만한 게 없었으며 변변한 교유도 있지 않았지요. 그가 자랑할 만한 거라고는 친척 중 이종형 한 사람이 전 행정언(行正言)[54]으로 서울에 있는 게 전부 였답니다. 성격도 천박하고 거칠다 보니 평소 상것들에게 멸시당하기 일쑤였지요. 어느 날 동네에서 술에 취하여 주정을 부리는 상것에게 욕을 당하게 되었답니다. 그는 분노가 치밀어 공갈을 쳐댔지요.

"우리 정언 형님을 보면 이 분함을 일러바칠 거다. 넌 바로 법대로 작살나고 말걸!"

이렇게 두세 번이나 을렀지요. 그 자랑과 떠벌림이 보통이 아니었 답니다. 하지만 저 술에 취한 상것은 모질고 막돼먹은 자로 그를 겁낼 필요 없다는 걸 익히 알고 있었으니, 어찌 서울에서 행정언을 지낸 이종형을 두려워하겠습니까? 그러니 술에 취한 그자는 저 화나는 대 로 팔을 휘두르며 행패를 부렸답니다.

"니 정언형이 도대체 어떤 물건이냐? 니 정언형은 내 좆[鳥]만 하냐? 니 정언형이 내 자지[赤]만 하냐?[55]"

---

54 행정언(行正言): '행'은 관직이 품계보다 낮은 경우에 붙이는 용어로, 이와 반대로 관직이 품계보다 높은 경우를 '수(守)'라고 한다. 정언은 원래 정6품의 사간원 관직인 데, 이종형이 품계는 더 높으나 정언 벼슬에 있었기에 '행정언'이라 한 것이다.
55 내 자지[赤]만 하냐: 원문은 '如吾赤'인데, 앞의 '내 좆[鳥]'과 같은 형식으로 보아 이렇 게 번역하였다. '적(赤)'은 드러난 성기를 지칭하기도 하기 때문이다.

심지어 갖가지로 모욕을 주었으며 추악한 욕을 쉴 새 없이 해댔답니다. 오늘 이렇게 하고 내일 또 이렇게 하여 허구한 날 입에 담을 수 없는 욕을 퍼부었는데, 그 욕이 죄다 정언형에게 쏟아졌답니다. 이른바 정언형이란 이는 공연히 시골에 사는 이종 때문에 욕을 당했으니 어찌 이것이 엄한 죄를 입은 게 아니겠습니까? 저 상것이 말한 '정언형(正言兄)'이란 세 글자는 그 음으로만 들어보면 이 자리에 있는 정언형(鄭彦衡)의 이름자와 조금도 차이가 없네요.

이 말을 들은 대감은 또다시 포복절도하였다. 하지만 자리에 있던 진짜 정언형은 분한 듯 무안한 듯한 표정으로 멍하니 있다가 물러가 버렸다. 자리는 마침내 텅텅 비어 한 사람도 남아있지 않았다. 그는 이윽고 대감에게 벼슬자리를 얻었으면 하는 소회를 한껏 드러냈다. 대감은 그의 뛰어난 말솜씨를 가상하게 보아 특별히 첫 벼슬자리 하나를 제수해주었다고 한다.

8-16

낙동강에서 포은을 만나 이물에 대해 물음

박천(博川)[56]의 한 포수가 묘향산(妙香山)에서 사냥을 하였다. 묘향산은 큰 산이어서 사람의 발길이 잘 닿지 않은 곳이었다. 이 포수는 사슴 한 마리를 발견하고 잡을 뻔하다가 잡지 못하고 온종일 사슴을 쫓았다. 그

---

56 박천(博川): 현재 평안북도 박천군이다. 참고로 묘향산은 평안남도와 평안북도의 경계인 영변, 덕천, 희천군을 포함하고 있는 내륙지역에 있다. 또 뒤에 포수가 안주(安州)로 내려오게 되는데, 안주는 박천과 접경인 평안남도 안주군으로, 박천군과는 청천을 경계로 하고 있다.

러나 끝내 소득은 없었다. 쫓다 보니 깊은 산골짜기에 이르게 되었다. 날까지 저물어 어디로 내려가야 할지 알 수 없었다. 불안하기도 하고 조급하기도 할 즈음, 깎아지른 절벽 사이로 샛길이 나 있는 것 같았다. 그 길을 따라 앞으로 몇 리를 더 가자 초가집 한 채가 나왔다. 이 초가집은 열두 칸이 쭉 길게 이어진 집이었다. 그중 한 칸은 부엌이었고 남은 열한 칸은 방문이나 창문, 쪽문이나 벽이 없이 길게 통한 방이었다.

부엌에는 한 아리따운 여인이 불을 때 저녁밥을 짓고 있었다. 방문자를 보고도 그리 놀라거나 이상해하지 않았다. 포수가 깊은 산속에서 길을 잃었다고 하자, 그녀는 반가운 낯빛으로 잘 대해주었다. 포수는 젊은 혈기에 욕구가 일어 그녀를 성적으로 부추겼으나 이마저도 부끄러워하는 기색이 없었다. 둘은 마침내 쉽게 정을 통하였다. 얼마 뒤 그녀가 저녁밥을 내왔는데, 반찬은 죄다 곰발바닥[熊掌], 사슴 육포[鹿脯], 멧돼지 고기[山猪肉] 따위였다. 사내가 있냐고 묻자 그녀는,

"사냥을 나갔답니다."

라고 하였다. 이경 즈음이 되자 사람의 발걸음 소리가 들려왔다. 여인은 황급히 나가 맞았다. 한 거인이 들어와 뜰에 서 있는 것이었다. 그가 등짐을 땅에 내려놓았는데, 크기가 한 칸짜리 집만 했다. 그자는 몸집이 크고 길어 집의 높이보다 8, 9장이나 더 높았다. 그래서 방 안에서는 그의 얼굴을 볼 수가 없었다. 이 거인이 아내를 돌아보며 물었다.

"저 손님을 잘 대접해 주었소?"

"그랬어요."

그러더니 방으로 들어오는 것이었다. 한데 몸이 너무 길다 보니 집의 중앙으로는 들어오지 못했다. 긴 집의 첫 칸에서부터 차례차례 굽히며 들어와야 했다. 들어오면서 바로 몸을 길게 뉘었는데, 그 길이가 11칸 방을 다 채웠다. 대개 들어가자마자 누운 것은 앉은키도 높아 집의 대들보까지 몸을 펼 수 없었기 때문이었다. 이윽고 포수에게 물었다.

"당신은 온종일 사슴을 쫓았을 텐데 잡지 못했소?"

"그렇소."

"저 여자와 정을 통하지 않았소?"

포수는 '저자가 저렇게 영험하고 저렇게 장대한 데다 내가 지은 죄를 이미 꿰뚫고 있으니 속일 수가 없겠구나'라고 되뇌더니, 마침내 죽을죄를 지었다며 이실직고하였다. 그러자 거인이 말했다.

"괜찮소! 내 저 여자를 여기에 두고는 있으나 음식 챙기는 걸 시키고 있을 뿐 애초 범한 적이 없소. 당신이 여자와 만나는 건 실상 나와 상관없는 일이오. 조금도 심려치 마오."

그리고 그녀를 돌아보며,

"먹을 것을 차려 오게."

라고 하였다. 여인은 이 말에 밖으로 나가더니 방금 짊어지고 온 큰 산돼지 한 마리를 잘라 큰 동이에 담아서 그 앞에 올렸다. 다 날고기일 뿐 다른 찬은 없었다. 거인은 이것을 다 씹어 먹더니 바로 잠자리에 들면서 다시 그녀에게 일렀다.

"저 손님과 같이 자게."

여인은 아무렇지도 않게 포수 옆에 누웠다. 포수는 같이 누웠어도 찜찜하고 두려웠다. 결국 밤이 새도록 따로 잠을 잤다. 새벽녘 다시 이 거물을 보니, 사람과 비슷하긴 했으나 분명 사람은 아니었다. 포수는 속으로 갖은 의문과 해괴한 마음이 일었다. 아침이 되자 거인은 누운 채로 여인을 불렀다.

"손님 찬과 내 먹을 걸 같이 준비해서 들이오."

여자는 순순히 그 말에 따라 아침밥을 올렸다. 포수의 밥과 반찬은 다 익힌 것이었으나 거물이 먹는 건 동이에 담긴 날고기였다. 다 먹고 나자 거물은 긴 몸을 끌며 방 밖으로 나왔다. 그 모습이 마치 기다란 이무기가 꿈틀거리는 것 같았다. 곧장 첫 칸 입구로부터 기어 나와서는 바깥마당에 이르러서야 앉았다.

"그대의 관상을 보니 참으로 복을 많이 입을 팔자시오. 그대가 어제 여기에 들어온 것도 내가 유인해서 끌어들인 셈이오. 저 여자는 여기에서 꼭 있을 이유가 없으니 두려워 말고 데려가시오. 또 내가 모은 저 호랑이와 표범, 노루와 사슴, 곰과 멧돼지 가죽들은 쌓아놔 봤자 쓸데가 없소. 그대에게 다 주려 하오. 다만 그대의 약한 힘으로는 다 짊어질 수 없으리니 내가 힘써 날라다 주리다."

그러더니 마침내 큰 망태기에다 석굴 안의 산더미처럼 쌓인 가죽을 가져다 채워 넣었다. 이걸 어깨에 짊어지더니 나가면서 일렀다.

"그대는 저 여자를 데리고 나보다 먼저 출발하시오. 그곳이 어디든 따지지 말고 해구(海口)를 따라 배가 닿는 곳까지 가서 거기에 머물러 있으시오."

포수가 안주(安州) 포구에 이르자, 저 거물도 산더미만큼 가죽을 지고서 그곳에 이르렀다.

"내가 짊어지고 온 물건은 가치로 따지자면 그대 한 집안을 꾸리기에 충분한 거요. 이제 나도 그대에게 청할 게 있소. 꼭 닷새째 되는 날에 소 두 마리를 잡고 백 섬 소금을 팔아 이곳에서 나를 기다리시오. 내 분명히 다시 오리다."

마침내 작별하고 떠났다. 포수는 배를 빌려 여인과 가죽을 실었다. 이에 여인은 아내로 맞고, 가죽은 팔아서 수천 금을 얻었다. 하지만 이 거물이 사람인지 아닌지는 여자도 알지 못했다.

약속한 5일째가 되는 날, 소를 잡고 소금을 실어 약속한 곳으로 가서 기다렸다. 거물이 과연 그곳에 왔는데 전처럼 가죽을 짊어지고 왔다. 잡은 소 두 마리는 다 먹어 치우고 소금 백 섬은 가죽을 담아온 망태기에다 퍼 담아 짊어졌다. 전혀 힘든 기색이 없었다. 가면서 또 이런 요구를 했다.

"닷새 뒤에 다시 소금을 이번처럼 마련하여 이곳에서 나를 기다려 주시오!"

포수는 잘 알겠다고 하였다. 다만 저 거물이 소는 잊고 미처 얘기하지 않은 줄로 알고 소 두 마리도 잡아서 다시 가서 기다렸다. 거물은 또 찾아왔고 짊어진 가죽붙이도 전과 같았다. 준비한 소금은 거둬 이전처럼 망태기에 담았다. 그런데 잡은 소를 보고는 야멸차게 고개를 저었다.

"이걸 먹고 싶었다면야 왜 먼저 요구하지 않았겠소? 이번에는 먹어서는 안 된다오."

절레절레하며 떠나려고 하자 포수는 진정으로 거물을 붙잡고 놓아주지 않았다.

"이미 우리는 같은 유가 아니며 오랫동안 나눈 정도 없거늘, 당신은 꺼리지 않고 나를 받아주었으며 아름다운 여인을 처로 삼게 해주었소. 게다가 짐승 가죽을 세 번이나 짊어지고 와서 주었소. 그 값어치는 만금이나 될 거요. 지금 소를 잡은 것은 당신이 요구한 건 아니지만, 이는 실로 은덕에 감동하여 마음으로 주고자 하는 것이외다. 어찌 맛이라도 한번 보지 않으시오?"

이렇게 재삼 간청하자 거물이 순간 손을 꼽아 따져보더니,

"그래, 지금 기한이 닷새가 늦어지겠지만 그대의 정이 갸륵하니 뭐." 라며 소를 다 먹어 치우고 떠나갔다.

"이제 여기서 헤어지면 바로 영영 이별이오! 다른 게 있겠나, 그대 스스로 잘 보중하시오."

포수는 그 앞에 무릎을 꿇으며 길을 막아섰다.

"사람이 서로를 알아보는 데 있어서 같고 다름을 아는 게 중합니다. 하물며 영영 이별하는 지금, 그 같고 다름을 분간하지 못하다니요? 그러니 이 마음 울적하여 답답함을 이기지 못하겠소이다. 도대체 당신의 모습은 무엇입니까? 사람입니까? 짐승입니까? 도깨비입니까? 아니면 산신령입니까?"

"그걸 나 스스로 밝힐 수는 없소. 당신은 내년 단옷날에 낙동강의 나룻머리에 가서 기다리시오. 초립(草笠)에 푸른 도포를 입고 검은 나귀를 탄 미소년을 만나게 될 텐데, 그에게 물어보면 알게 될 거요."

그러면서 유유히 떠나갔다. 포수는 한편으로는 괴이했으나 또 한편으로는 슬픈 감정이 일었다. 돌아와 거물이 짊어지고 온 가죽을 모두 팔아 마침내 관서 지방의 도주공(陶朱公)[57]이 되었다.

그는 이듬해 단옷날을 학수고대하였다. 때가 되자 낙동나루[洛津][58]로 가서 기다렸다. 과연 한 일행을 만났다. 보니 거물이 말했던 사람과 딱 맞아떨어졌다. 말머리에서 인사를 하고 저 거물의 지금까지 일들에 대해서 하나하나 따져 물었다. 그랬더니 이 양반은 슬픈 낯으로 길게 탄식하였다.

"이는 좋은 소식이 아니오. 그는 우(禹)[59]라오. 우의 물성으로 볼 때, 드러나 있으면 다행하지만 사라지면 불행하게 되오. 대개 이것이 천지의 순양(純陽)한 정기로 화생(化生)하면 영웅호걸이 되지요. 다만 임금이 성스럽고 신하가 곧아 나라가 태평하고 백성이 안락하면 좋은 시절로, 이럴 땐 대인이 세상을 구원하는 공이 필요 없어지는 법이지요. 그러면 이 기운이 영웅호걸로 되지 않고 거두어져 우(禹)가 되어 저 깊은 산 궁벽한 골짜기에 몸을 감추게 된다오. 그러다가 세도(世道)가 뒤집혀 액운

---

57 도주공(陶朱公): 부자의 상징인 춘추시대 월(越)나라 범려(范蠡)이다.
58 낙동나루[洛津]: 낙동강의 나루 전반을 지칭한 게 아니라, 현재 낙동강 상류인 상주의 낙동면에 있었던 나루를 특정한 것이다. 과거 이곳은 역참이 있는 등 주요 교통로 가운데 하나였다.
59 우(禹): 미상이다. 다만 '우' 자는 '벌레'라는 뜻과 '우임금'이라는 의미가 있는바, 우임금이 이 벌레에서 화생(化生)했다는 전설도 있다. 따라서 여기의 우는 실제적으로는 이른바 이무기 같은 전설상의 이물이겠으나, 상징적으로 우임금을 상정해볼 수 있다. 또한 이곳 낙동강은 '낙수(洛水)'에서 유래한바, 낙수에서 낙서(洛書)를 얻었다는 우임금의 전설과 겹치고 있다. 그럼에도 뒷이야기를 따라가 보면, 이물(異物)로서의 의미가 강해 보인다.

이 이르게 되면 우는 마침내 자진(自盡)하게 되는데, 소금이 아니면 안된다오. 자진한 뒤에는 우주로 흩어져서 허다한 영웅들을 만들어낸다오. 그러니 이 영웅들이 세상에 나는 게 어찌 그저 생긴 것이겠소? 저 거물이 소금을 찾았던 것은 그것을 먹고 자진하기 위해서였던 거요. 이 소금을 먹는데 닷새 동안 한껏 먹으면 쇠약해지고, 다시 닷새 더 배불리 먹으면 죽게 되는 것이라오. 하지만 그 사이에 날고기를 먹게 되면 죽는 기한이 닷새씩 늦어지게 된다오. 그러니 두 번째 잡은 소를 고사했던 건 바로 이 때문이오. 아! 앞으로 삼십 년이 채 되지 않아 이 땅에 한(漢)나라 말기 때와 다름없이 영웅호걸들이 날 터이니, 고려(高麗)는 위태로워지겠군! 그러나 그대의 복력은 축하할 만하니, 저 거물이 이미 그것을 알고 좋은 아내를 내려주었던 것이오. 거물이 그녀를 범하지 않았다고 한 것도 또한 사실이오. 사람이 하늘에서 기운을 받음에 남자는 양기를 여자는 음기를 받는다오. 그렇지만 남자라고 순양이지만은 않고, 여자라고 순음(純陰)이지만은 않다오. 남자도 양 가운데 음이 있고 여자도 음 가운데 양이 있는 법이오. 이런 까닭에 남녀는 서로 교합하는 이치가 있게 되는 거요. 그러나 우는 오로지 양기만이 있다오. 이렇게 양기만 있으면 화합할 수 없는 게 역시 이치라오. 그러니 당신의 아내는 과연 정결한 몸으로 다른 뭐가 있지 않소."

이 말을 들은 포수는 몹시 기이해하며 다시 허리를 굽혀 인사하고 성자와 이름자를 여쭈었다.

"나는 정몽주(鄭夢周)라네!"

그러더니 마침내 배를 대라 하여 강을 건너가 버렸다. 30여 년이 지나지 않아 나라 안에 큰 난리가 일어났고[60] 수많은 영웅이 잇달아 출현하

---

60 나라 안에 큰 난리가 일어났고: 정몽주의 출현으로 보면 나라 안의 난리는 여말선초의 역성혁명을 가리키며, 조선 개국 과정에서 활약한 인물들을 영웅의 출현으로 본 듯하다. 그러나 뒤에 백성이 처참하게 죽어 나가는 장면을 보면, 역시 왜란이나 호란

였다. 이들은 바로 죽은 우가 화생한 것이 아니겠는가? 백성들이 처참하게 죽어 나가기를 생선이나 고기 꼴에 그치지 않았으나, 포수 한 집안만은 무사하여 죽지 않았다고 한다.

세 노인이 초당에 앉아 별을 보고 빎

예전 선조 갑신년(1584) 정월 때의 일이다. 한양의 선비 이(李) 아무개는 마침 강릉 땅에 일이 생겨 느린 조랑말을 타고 힘겹게 길을 나섰다. 가파른 골짜기로 접어들었다가 그만 길을 잃고 말았다. 자신도 힘들고 말도 지쳤는데 해는 저물어가고 묵을 곳은 아직도 멀었다. 어디로 가야 할지 막막한 즈음, 갑자기 나무숲 사이에서 한 목동을 만나게 되었다. 그에게 길을 물었더니 산등성이 너머를 가리켰다.

"저곳을 넘으면 아무 양반집이 있어요. 그 외에 인가는 없어요."

선비는 그의 말을 따라 산등성이를 넘어가 보니 덩그러니 세 칸짜리 초가가 한 채 있었다. 다른 마을이나 집은 없었다. 곧장 그 집으로 가서 문을 두드리니, 60여 세쯤 된 한 노인이 있었다. 그는 해진 털모자를 쓰고 있었으며 곁에는 어린아이 하나가 모시고 있었다. 주인 노인은 반갑게 맞아주었다.

"이런 외딴 산골을 객께서는 어떻게 오게 되셨소?"

선비는 산에 접어들었다가 길을 잃은 사정을 말해주었다. 주인은 묵어 가라고는 했다. 그런데 그대로 가만히 앉은 채 묵묵히 말 한마디 하지 않는 것이었다. 마치 뭔가를 생각하며 걱정하는 듯한 모습이었다. 그래서

따위의 조선 중기 환란을 상정한 것으로 봐야 듯 하다.

선비도 감히 한담도 나누지 못한 채 한 귀퉁이에 앉아 있었다. 잠시 뒤 모시던 아이가 저녁밥을 차려 올렸다. 황혼녘이 되자 주인은 대뜸 아이를 불렀다.

"날이 이미 저물었는데도 아직 오질 않으니 몹시 이상하구나. 네가 문을 열고 멀리 한번 내다 보거라!"

아이는 문을 열고 먼 곳을 살피더니 아뢰었다.

"지금 막 앞내를 건너오고 있사옵니다."

그러자 주인은 눈을 부릅뜨더니 선비를 쳐다보았다.

"제발 꼭 다물고 앉아 계셔야 하오. 절대 옆에서 입을 열면 안 되오."

얼마 후 두 사람이 찾아왔다. 한 사람은 공부하는 선비였고 또 한 사람은 승복 차림의 노선사였다. 이들은 방에 들어와 인사를 나누고는 끝내 잡다한 얘기는 하지 않았다. 주인은 아이를 시켜 정화수 한 그릇을 떠오게 하여 소반 위에 두고, 향로에 향을 사르고는 세 사람이 다 같이 북쪽을 향해 꿇어앉았다. 한참 동안 주문을 외는데 선비는 아무리 들어봐도 이해할 수 있는 내용이 아니었다. 몇 식경을 이렇게 하더니 주인이 아이를 불렀다.

"너는 문밖으로 나가 하늘의 별을 살펴보거라."

아이는 시킨 대로 문밖으로 나갔다가, 얼마쯤 지나 방으로 들어와 아뢰었다.

"방금 동쪽에서 별이 떨어졌어요. 그 빛줄기 끝이 땅에 닿아 밝게 빛났고요."

주인과 두 손님은 놀란 눈으로 한참 있더니 긴 한숨을 토해냈다.

"이는 천수(天數)라 어찌한단 말인가?"

선비는 묵묵히 이 상황을 지켜보았는데 의아하고 괴이하여 뭔 일인가 싶었다. 그러다 자신도 모르게 갑자기 묻게 되었다.

"주인께서 탄식하시니 무슨 일이 생겼습니까?"

"숙헌(叔獻)[61]께서 죽는 변고가 생겼소. 그래서 내가 이 두 사람을 불러 하늘에 기도하고 경을 외워 이분의 수명을 조금이라도 늘리고자 했던 거요. 이는 대운(大運)에 달린지라 끝내 영험이 없게 되었소. 방금 별이 떨어졌으니 숙헌을 이미 구제할 수 없게 되었다오."

"숙헌은 누구십니까?"

"이(李) 아무개 어른이요."

"제가 이번 달 초에 한양에서 출발했는데, 그때만 해도 이 아무개 공은 병조판서로 계셨고 조금도 아픈 기색이 없었어요. 이 무슨 말씀이옵니까?"

"칠팔 년 뒤에 왜구가 우리나라를 침범할 거요. 숙헌께서 살아계신다면 이 난리를 그치게 할 수 있겠지만 지금은 이미 틀렸소. 온 나라의 백성들이 다 어육의 신세가 될 테니 어찌 살 수 있겠소?"

이윽고 두 사람이 문을 나서는데 슬픈 기색이 역력하였다. 이에 선비가 물었다.

"나라의 운세가 이러하다면 저같이 궁한 선비는 어떻게 목숨을 보전할 수 있겠습니까?"

"호서의 당진(唐津)·면천(沔川)[62] 두 고을로 가면 난리를 면할 수 있을 거요."

다시 물었다.

"두 분은 누구십니까?"

"글 하는 선비는 누구인지는 말해줄 수 없고, 승복 입은 이는 바로 검단대사(黔丹大師)[63]라오. 그대는 이 산을 나간 뒤에 절대로 남에게 이

---

61 숙헌(叔獻): 즉 율곡(栗谷) 이이(李珥, 1536~1584)로 숙헌은 그의 자이다.

62 당진(唐津)·면천(沔川): 조선시대 당진현과 면천군으로, 현재는 면천군이 당진시에 부속되어 면천면으로 남아있다.

63 검단대사(黔丹大師): 백제의 고승이며 6세기 후반 선운사(禪雲寺)를 창건한 인물로

사실을 퍼뜨려서는 아니 되오."

선비가 한양으로 돌아와 수소문해 보니, 율곡 선생이 과연 아무 날 세상을 하직했다는 것이었다. 그날을 따져보니 바로 세 사람이 별을 보고 기도하던 바로 그날 밤이었다. 선비는 이에 곧장 당진·면천 사이로 거처를 옮겼고, 임진·계사년의 변란[64]을 당했으나 가족 전체가 무사히 목숨을 보전할 수 있었다고 한다.

8-18

절에 모인 네 선비가 관상을 봄

숭정(崇禎) 병자년(1636)[65]에 별시(別試)가 열려 초봄에 초시를 치렀으나 회시는 조정에 일이 생기는 바람에 이듬해 봄으로 늦춰졌다. 이때 초시에 합격한 유생 네 명이 북한산(北漢山) 절에 모여 공부하였다. 하루는 절의 승려가 와서 네 사람에게,

"이 절 안에 신령한 스님이 계시니 서방님들께선 급제 여부를 꼭 물어 보세요."

라고 하는 것이었다. 네 사람은 함께 모여 그 승려를 불러 물어보았다.

알려져 있다. 그와 관련하여 도승(道僧)으로서 이야기가 여럿 전해지는데, 모두 고증할 수 있는 내용들은 아니다. 따로 비결(秘訣)을 남겼다고 전해지는 바, 대개 그가 예언이나 도참과 관련해서 알려져 있기 때문이다. 한편 9세기 진감선사(眞鑑禪師)인 혜소(慧昭, 774~850)라는 설도 있다. 그는 특히 당대의 선사로서 유명하였다. 최치원은 그의 업적을 기린 비문을 남겼던바, 사산비명 가운데 하나인 쌍계사의 「진감선사대공탑비(眞鑑禪師大空塔碑)」가 그것이다. 이렇게 보면 여기 이름을 밝히지 않은 공부하는 선비는 최치원으로 상정해볼 수도 있겠다.

64 임진·계사년의 변란: 즉 임진년(1592)과 계사년(1593)에 걸쳐 일어난 임진왜란이다.

65 병자년(1636): 잘 알려져 있듯이 이해 12월에 병자호란이 발발하였다. 아래 실제 병자호란이 일어나는 것으로 나온다.

그러자 승려가 답했다.

"소승이 남의 관상을 볼 땐 많은 사람이 모여 있으면 이를 드러내고 말하지 않습니다. 필히 조용한 방 안에서 한 사람씩 관상을 보고 보내드리겠습니다."

네 사람은 그의 말에 따라 한 사람씩 승방 안에 들어가 그가 알려준 관상을 듣고 나왔다. 서로 물어보니, 한 사람은 '나는 자손이 아주 많다는군.'이라고 하고, 다른 한 사람은 '나는 글쎄 도적의 우두머리가 될 거라네.'라 하며, 또 한 사람은 '나는 신선이 된다고 하네.'라고 하였다. 그리고 마지막 한 사람은 '나는 과거 급제하여 뒤에 꼭 자네 셋을 다 만나게 될 거라고 하지 뭔가.'라고 하였다. 이렇게 떠들썩하니 한바탕 웃고는 맹랑한 중이라고 치부해버렸다.

그런데 뜻하지 않게 그해 섣달에 청나라 군대가 우리나라를 침범하여 강도(江都)가 함락되고 남한산성이 포위되기에 이르렀다. 이 시기 네 유생은 각자도생하느라 달아나고 흩어졌다. 난이 평정된 뒤에도 서로 만나지 못해 소식이 뚝 끊긴 지 몇 년이 흘렀는지 알 수 없었다. 그중 한 선비는 뒤에 과연 과거에 급제하고 경상감사가 되었다. 그는 봄철 좌도 (左道)의 안동부(安東府)로 순찰을 나갈 참이었다. 감영에서 출발하려 하는데 영문 밖에 소를 타고 온 길손이 명함을 내밀며 뵙기를 청했다. 감사는 그가 누군지 알 수 없었으나 일단 들어오라고 하였다. 만나보니 평소 아는 사람이 아니었다. 거기다가 헤진 도포에 찢어진 갓을 쓴 영락한 일개 볼품없는 선비였다.

인사를 나눈 후 차차 말을 주고받다 보니 바로 북한산 산사에서 같이 공부했던 사람이었다. 한번 창상지변(滄桑之變)[66]이 있고 난 뒤 각자 도망

---

66 창상지변(滄桑之變): '창해상전(滄海桑田)'이라고 하며, 큰 바다가 변하여 뽕나무밭이 되고 또 뽕나무밭이 변하여 큰 바다가 된다는 뜻으로, 세상의 변화가 막심함을 비유한다. 여기서는 병자호란을 지칭한다. 따로 창상세계(滄桑世界)라 함은 변화가 많은

치기 바빴기에 살았는지 죽었는지 모르다가 뜻밖에 이렇게 만나게 되니 어찌 넘어질 듯 기쁘지 않겠는가? 그에게 어디에 사느냐고 물으니 순시할 안동과 거리가 멀지 않은 곳이었다.

"영감께서 행차하시는 곳이 제 거처와 가까우니 평소의 정의를 생각해서라도 행렬을 잠시 돌려 왕림하시어 제 빈처를 빛나게 해주심이 어떨지요?"

길손이 이렇게 제의하자, 감사는 행차의 위엄을 잠시 물리고 평상복에 말 한 필로 소를 탄 길손을 따라갔다. 한 구릉에 당도하니 골짜기 안을 가득 채운 높은 누대와 큼직한 집채가 펼쳐져 있었다. 보기 좋은 관부의 외양 못지않았다. 좌정한 뒤 길손은 남색 철릭과 붉은 사립으로 갈아입으니 어엿한 대장의 차림새였다. 나졸이며 군교(軍校)들이 경상감사의 위엄에도 뒤지지 않았다. 감사는 깜짝 놀라며 물었다.

"그대의 거동을 보니 적괴가 아닌가?"

"그렇소."

"어떻게 이리되었는가?"

그의 얘기가 이랬다.

"존형께선 북한산에서 관상을 봐주었던 승려의 말을 기억하시오? 당시엔 우리가 허망하다며 웃어넘겼잖소. 세상일이란 참으로 알 수 없는가 보오. 산사에서 헤어진 뒤 우리 가족붙이들은 모두 죽임을 당했고 나만 도망쳐 살 수 있었소. 여기저기 숨고 달아난 끝에 이 산속까지 오게 되었소. 난을 피해 이곳에 들어온 사람 중에 내가 문자를 좀 알던 터라 사람들이 나를 추대하여 우두머리로 삼았소. 빼앗은 물건을 나는 공평하게 나누어 주어 인심을 크게 얻었다오. 난이 끝난 뒤에도 전과 변함없이 도적들을 모아 어느덧 녹림군(綠林軍)이 되었소. 나는 원수가 되었고 지

___

세상을 일컫는다.

금과 같은 상황에 이르게 된 것이오. 이제 보면 그때 승려가 관상을 봐준 것도 미리 정해진 게 아니었나 싶소. 내 한 골짜기를 다 차지하여 편안히 부귀를 누리고 있으니 아침에 제수됐다가 저녁이면 교체될 수 있는 존형의 관직이 부럽지 않소. 마침 존형의 행차가 이곳을 지나간다는 소식을 듣고 내 일부러 맞이해서 이곳을 한번 구경시켜주고자 한 것이오. 존형이 비록 감사지만 도구나 규모가 나만 못한 듯하니 돌아간 뒤 삼가 나를 생포할 생각일랑 하지 말기 바라오. 아예 여기 얘기는 입에 담을 필요도 없을 거요. 만약 그리하지 않고 부질없이 딴생각을 품었다간 후회하게 될 거요. 해를 입을 뿐만 아니라 아무 이익도 없을 거요.”

감사는 주눅이 들고 두려워져 '그래 그래' 하고 돌아왔다. 이후 감사는 우도(右道)로 순행을 나갔다. 아무 고을에 왔다가 출발하려는데 다시 한 선비가 뵙고자 하였다. 바로 들어오게 하여 만나보니 역시 전에 북한산에서 같이 공부했던 이였다. 이 선비도,

“영공께서 이곳에 순시 오셨는데 마침 제 거처가 여기서 멀지 않습니다. 잠시 말을 돌려 왕림해 주시길 청합니다.”

라고 하는 것이었다. 감사는 그러겠다고 했다. 하지만 이번에는 전날의 일을 거울삼아 행차의 위엄을 크게 차리고 찾아갔다. 그의 집에 도착했더니 대문이 크고 높다랬으며 부근의 촌락은 거의 수백 호가 되었다. 어엿한 한 고을의 규모를 이루고 있었다. 접대하는 식솔과 하인도 많았다. 감사에게 이바지하는 예의범절도 큰 고을과 읍이라도 당해내지 못할 정도였다. 감사가 놀라 물었다.

“존형은 이런 시골에 거처하면서도 어찌하여 접대하고 이바지하는 데 거느리는 휘하가 이렇게 많으며, 구애받는 일 없이 이다지도 정돈되었단 말이오?”

선비의 대답이 이랬다.

“형은 옛날 북한산 산사의 승려가 관상을 보고 해 준 말을 기억하시

오? 병자년 난리가 일어났을 때 집을 버리고 도망쳐 영남 땅을 떠돌았소. 마침 이 산골로 들어왔더니 피란 온 부녀자들이 많이 모여 살고 있지 뭐요. 내가 사내인지라 이곳에 투신하고 보니 뭇 여자들이 몹시 기뻐할 것은 당연, 급기야 나를 가장으로 대접하며 모든 일은 다 나를 통하게 하지 않겠소. 옷과 음식은 저들이 밭 갈고 길쌈하여 지극정성으로 이바지하였소. 난리가 끝난 뒤에도 각자 집으로 돌아가지 않기에 그대로 거느리고 여기에 살게 되었소. 지금 몇 년이 되었는지 낳은 자식들은 거의 백을 헤아린다오. 아들들은 장가를 들고 자식까지 봤다오. 나는 육가(陸 賈)의 다섯 아들[67]이 돌아가며 봉양하듯 늦복을 편히 누리고 있소. 시비소리가 들리지 않고 영욕이 관여하지 않으니 영공이 부러울 게 조금도 없소. 경상감사 자리야 영예와 욕됨이 반반이고 근심과 기쁨이 갈마들 게 아니요."

이 얘기를 다 듣고 난 감사는 멍하니 뭔가 잃어버린 것 같았다.

이곳을 지나 순시를 계속하여 하동(河東) 경내에 들어섰다. 지리산 자락을 지나는데 느닷없이 공중에서 감사의 자(字)를 부르는 소리가 났다. 몹시 수상하여 감사가 가마 안에서 발을 걷고 돌아보았더니 산 위에서 소리가 들렸다. 일행이 주변을 훑어보니 어떤 사람이 층층 바위 절벽 위에 앉아서 부르고 있는 것이었다. 감사는 가마를 멈추라 하고 산 위의 사람에게 누구냐고 물었더니 바로 답이 왔다.

"자네 아직 나를 기억할는지? 나는 바로 아무개라네."

---

67 육가(陸賈)의 다섯 아들: 육가는 한나라 때 초(楚) 땅 출신으로 유방(劉邦)의 유세객이었다. 진평(陳平) 등과 함께 여씨(呂氏) 일족 등을 정리하여 초기 한나라의 정착에 기여하였다. 특히 선진(先秦)의 유가 이념을 통치 이데올로기화한 『신어(新語)』를 지은 것으로 유명하다. 당시 남월왕(南越王) 조타(趙佗)가 한나라에서 독립하여 베트남을 세우자 고조(高祖)는 그를 남월왕으로 대신 제수하고 천금을 하사하였다. 하지만 그는 병을 핑계로 나가지 않고 좋은 땅에 집을 짓고 은거하였다. 그리고 다섯 아들을 두었는데 황제로부터 받은 천금을 아들들에게 균등하게 나누어 주어 생업을 이어가도록 했다고 한다. 이를 '육가분탁(陸賈分橐)'이라 한다.

감사가 따져보니 다름 아닌 예전에 북한산에서 함께 과거 공부를 했던 이였다. 감사는 손을 들어 불렀다.

"내려오게!"

"아니 자네가 올라와야 할걸."

잠시 뒤 청의동자 둘을 내려보내 양팔을 붙잡아 올라가는데 깎아지른 절벽을 오르는 게 무슨 평지를 걷는 것 같았다. 두 사람은 악수하고 서로 대화를 나누었다.

"자네 북한산에서 승려가 관상을 봐주었던 일을 기억하는가? 그때 나는 신선이 될 거라고 했지. 그땐 말도 안 된다며 비웃었는데 지금 보면 신기하지 않은가? 지난번 오랑캐들의 난리 때 집안 식구들을 뿌리치고 산속으로 도망을 쳤었네. 몇 날 며칠을 굶어 지칠 대로 지쳤으나 끝내 입에 풀칠할 방법이 없었지. 시내를 따라 올라오다 보니 어느 시냇가에 풀이 무성하지 않은가. 번지르르하고 색깔이 먹음직스러워 씹어 먹었더니 달고 씁쓰름한 게 맛이 있기에 주변에 깔린 풀을 다 뜯어 먹었지 뭔가. 그랬더니 그 뒤로는 먹지 않아도 배가 부르고 입지 않아도 몸이 따뜻했다네. 산길에서 노숙해도 전혀 병이 나질 않고, 걷는 게 나는 듯하여 명산대천을 두루 돌아다녔네. 가끔 도 닦는 신선들을 만나 경전을 논하면서 한 해를 마치곤 한다네. 내 한 몸 한적하고 주림과 추위를 걱정하지 않고, 이곳과 모욕에도 놀라지 않을뿐더러 병도 들어오지 못하지. 나의 이 즐거움은 상아로 장식한 큰 깃발[68]을 휘날리는 영공에게 조금도 뒤지지 않네. 풀은 바로 금광초(金光草)[69]라는 거네. 이 역시 영공의 식전방장

---

68 상아로 장식한 큰 깃발: 원문은 '高牙大纛'이다. '아기(牙旗)', '아독(牙纛)'이라고도 하며, 깃대 위에 상아 장식을 큰 기로 임금이나 대장군의 행차에 사용되므로, 여기서는 감사의 행차를 말한다.

69 금광초(金光草): 특정한 풀이라기보다는 신선이 먹는다는 풀의 일반명사이다. 이백의 「고풍(高風)」시에 "바라건대 금광초를 먹고, 하늘과 나란한 수를 누리리[願餐金光草, 壽與天齊傾]" 같은 사례가 그러하다.

에 어찌 비교하겠는가?"

말이 끝나자마자 순식간에 뛰어올라 학의 등에 올라탔다. 동자 두 명
이 양쪽에서 모시고 서서 하늘을 향해 날아올라 떠나갔다. 다시 감사는
멍하니 기운이 꺾여 자신이 경상감사인 줄도 깨닫지 못했다.

이 일을 보면 하늘이 정해 준 운명이 없을 수 없는가 보다. 지나치던
승려의 말이 부절이 합쳐지듯 딱 들어맞았으니 그도 이인이 아닌가!

8-19

평양으로 놀러 가 풍류를 성대하게 폄

합천(陜川) 심용(沈鏞)[70]은 재물을 아끼지 않고 의리를 중시하여 풍류를
즐기는 것으로 자임하였다. 한 시대의 가희(歌姬)와 금객(琴客), 술꾼이며
시벗이 수레 살이 모이듯 몰려들어 그야말로 문전성시라 날마다 대청을
가득 채웠다. 장안의 연회와 놀이에 심 공을 청하지 않고는 판을 벌일
수 없을 지경이었다.

당시 한 부마가 압구정(狎鷗亭)[71]에서 야유회를 가졌다. 하지만 심 공과

---

70 합천(陜川) 심용(沈鏞): 1711~1788?. 그의 생력은 미상이며, 본관은 청송으로 알려져
있다. 『청송심씨대동보』에는 이 시기 인물로 '심용(沈龍)'이란 이가 나오나 서로 이름
자가 틀리다. 다만 이 족보의 심용은 예천(醴泉)의 군수를 지낸 관력이 있다. 여기
심용의 경우 합천군수를 지냈기 때문에 '합천'이라 했을 터인데 아무튼 이 점도 미상
이다. 이 이야기대로라면 그는 당대의 풍류가이자 예술계의 주요 패트런 역할을 했던
인물이었음을 알 수 있다. 심노숭(沈魯崇)의 「계섬전(桂蟾傳)」에서도 심용이 계섬의
패트런으로 그려져 있다. 이 작품과 같은 맥락의 이야기가 이미 권2 제31화 '추월(秋
月) 이야기'에 나온 바 있다.

71 압구정(狎鷗亭): 조선 초 권력을 농단했던 한명회(韓明澮, 1415~1487)가 말년인
1485년경 한강 남쪽에 세운 정자로, '압구(狎鷗)'는 당시 명나라 문인으로 조선에 사
신으로 와 있었던 예겸(倪謙)이 지어준 것이다. 한명회는 이를 호로도 사용했으며,
지금의 압구정동도 여기서 유래한 것이다.

상의 없이 노래꾼과 금객을 죄다 불러다 놓고 손님들을 대거 초청하여 질탕하게 실컷 놀았다. 이름난 정자에서의 가을밤, 달빛은 물결에 빛나니 일어난 흥이 이만저만하지 않았다. 그런데 홀연 강 위에서 맑고 크게 울려 퍼지는 퉁소 소리가 들려왔다. 멀리 바라보니 조그만 배가 물결에 둥실둥실 떠오고 있었다. 한 노옹이 머리엔 화양건(華陽巾)[72]을 쓰고 몸엔 학창의를 걸치고 손에는 백우선(白羽扇)을 쥔 채 백발을 휘날리고 있었다. 청의를 입은 두 동자가 좌우에서 모시면서 옥퉁소를 비껴 불고, 배 안에는 한 쌍의 학이 너울너울 춤을 추는 것이었다. 영락없는 신선 가운데 한 사람이었다.

정자에서의 음악과 노랫소리는 저절로 멈추고 거기 있던 사람들은 난간에 기대 쭉 늘어선 채 혀를 차며 '좋겠군'을 연발하였다. 이렇게 모든 눈은 강 안을 주시하느라 연회 자리엔 텅 비어 아무도 없었다. 부마는 흥이 깨진 것에 분이 가시지 않았다. 그래서 직접 작은 배를 타고 접근해 보니 다름 아닌 심 공이었다. 서로 한바탕 웃다가 부마가 말했다.

"공이 내 좋은 연회 자리를 압도해 버렸구려."

함께 실컷 즐기다가 자리를 끝냈다.

당시에 또 한 재상이 평양감사에 제수되어 평양 감영으로 길을 떠나게 되었다. 영상(領相, 즉 영의정)으로 있던 그의 중형이 홍제교(弘濟橋)[73] 위에서 전별연을 하고 전송하였다. 도성문 밖에는 수십 량의 수레와 사람들이며 말들이 도로를 가득 메웠다. 다들 입이 달 듯이 그의 복력을 얘기하며,

"당체지화(棠棣之華)여 악불위위(鄂不韡韡)로다![74]"

---

72 화양건(華陽巾): 도사가 쓰는 두건을 지칭한다. 화양(華陽)이 전설상의 신선의 거처로 표상되었기에 이렇게 부른다.

73 홍제교(弘濟橋): 현재 서울 홍제동과 홍은동 사이 홍제천 위에 놓여있던 다리이다. 이곳에 중국 사신이 머물던 숙소인 홍제원(弘濟院)이 있었고, 서울 도성에서 북쪽 의주 방면으로 넘어가는 첫 번째 다리이기도 했다. 1865년 경복궁 중건 당시 이 다리를 뜯어 궁궐 부재로 썼기에 원 다리는 없어지고 말았다.

라며 칭송하였다. 그때 갑자기 솔숲 사이에서 말 한 필이 나는 듯이 나타났다. 탄 사람은 누빈 자주색 갖옷[75]을 입고, 머리에 검은 촉묘(蜀猫) 가죽 남바위[76]를 쓰고, 손에 채찍 하나를 쥐고 있었다. 안장에 걸터앉아 주변을 둘러보는데 그 풍채가 사람들을 들썩이게 했다. 미녀 서넛이 머리엔 벙거지를 얹고 짧은 소매의 오자(襖子)[77]을 입었으며 허리엔 물빛 초록 전대(纏帶)를 두르고, 꽃무늬를 수놓은 운혜(雲鞋)[78]를 신었는데, 양쪽으로 줄지어 뒤를 따르고 있었다. 또 동자 여섯이 푸른 적삼에 자색 띠를 두르고 각자 악기를 든 채 말 위에서 연주를 하였다. 사냥꾼마저 팔뚝에 매를 앉히고서 사냥개를 부르며 숲속에서 뛰쳐나왔다. 담을 치듯 모여든 구경꾼들은 모두 외쳤다.

"저이는 필시 심 합천이군!"

보니 바로 그였다. 길가 사람들은 다시 탄식을 늘어놓았다.

"세상에 인생살이가 백마가 벽 틈을 지나가는[白駒過隙][79] 것 같은지라

---

74 당체지화(棠棣之華)여 악불위위(鄂不韡韡)로다: 『시경』·소아「상체(常棣)」편의 첫 구절로, '당체꽃이여! 환히 빛나지 아니한가'라는 뜻이다. 당체(棠棣)는 '상체(常棣)'라고도 하며 산앵도나무이다. 이 시는 형제끼리 잔치하며 부르는 노래로 알려져 형제간의 우애를 비유한다. 참고로 이어지는 두 구는 다음과 같다. "지금 세상 사람 중에 형제만한 이 없다네[凡今之人, 莫如兄弟]."

75 갖옷: 원문은 '용구(茸裘)'로 짐승의 부드러운 잔털로 만든 고급 갖옷을 말한다. 적구피(赤狗皮)를 사용한 갖옷이 당시 고급으로 쳤는데, 여기서도 자주색이라고 했으니 아마도 적구의 가죽과 털로 만든 것이 아닌가 싶다.

76 촉묘(蜀猫) 가죽 남바위: 남바위는 '이엄(耳掩)'으로, 겨울철 방한용으로 사용하는 귀와 목덜미 주변을 가리는 가리개이다. 유득공(柳得恭)의 『고운당필기』·「이엄(耳掩)」조에 자세하게 소개되어 있다. 특별히 촉묘(蜀猫), 즉 촉 땅 고양이 가죽이 고급이고 유명한지는 확인되지 않는다.

77 오자(襖子): 도포보다 짧고 저고리보다는 긴 안찝을 댄 윗옷의 한가지로, 보통 여성들이 외출할 때 많이 입었다.

78 운혜(雲鞋): 여자가 신는 마른 신의 한 가지로 앞코에 구름 모양의 무늬가 있다. 한편 운혜와 함께 많이 거론되는 것이 당혜(唐鞋)인데, 이는 가죽신으로 울이 깊고 코가 작은 게 특징이다. 모두 고급 신발이었다.

79 백마가 벽 틈을 지나가는[白駒過隙]: 세월이 빨리 지나감을 비유한다. 이는 『장자』·

정말이지 마음먹은 대로 실컷 즐겨야 하리. 바로 전의 전별연도 어찌 훌륭한 일이 아니랴? 하나 자고로 공명은 실패가 많고 성공이 적은 법이야. 참소와 시기를 두려워하며 꺼리느라 가슴을 졸이느니 차라리 좋아하고 유쾌한 뜻에 따라 호탕하게 즐기며 몸 밖의 근심을 잊는 게 낫지 않겠어?"

마침내 장안의 사람들은 서로 장난삼아,

"전별연이냐, 사냥이냐? 차라리 사냥을 하지 전별연은 하지 않으련다."

라고들 하였다. 저들이 심 공을 선망했음을 알만하다.

그 뒤 어느 날, 심 공은 가객 이세춘(李世春)과 금객(琴客) 김철석(金哲石), 기생 추월(秋月)과 매월(梅月)과 계섬(桂蟾)[80] 등과 초당에 모여 거문고와 노래로 밤을 새웠다. 이때 심 공은 이들에게,

"자네들 서경(西京, 즉 평양)에 한번 가볼 텐가?"

라고 제의하였다.

"마음이야 있사오나 실제 가 보지 못했사옵니다."

다들 이렇게 대답하자, 심 공의 말이 이랬다.

"평양은 단군(檀君)과 기자(箕子) 이래[81]로 오천 년 동안 문물이 번화한 곳이네. 그림 속의 강산이요 거울에 속의 누대라 할 만하니, 그야말로

「지북유(知北遊)」 편에 "천지 사이의 인생살이 백마가 틈을 지나가는 듯 한순간이다 [人生天地之間, 若白駒之過隙, 忽然而已]"에서 유래하였다. 특히 '백구(白駒)'는 일영(日影), 즉 해의 그림자를 가리키며 이 해그림자가 벽의 틈을 지나가는 시간으로 보기도 한다.

80 가객 이세춘(李世春)과 …… 매월(梅月)과 계섬(桂蟾): 여기 인물들의 정보는 권2 제31화 '추월의 우스운 세 가지 이야기' 참조.

81 단군(檀君)과 기자(箕子) 이래: 즉 평양이 고조선과 기자조선의 도읍지였다는 말이다. 실제 평양에는 단군사당과 기자묘(箕子墓)가 모두 있었으며, 고려시대에는 단군이 고려의 정체성을 상징하는 것으로 인정되었으나, 조선이 개국하며 사대주의를 표방하게 되면서 동래(東來)한 기자를 시원으로 내세우게 되었다. 이에 따라 기자묘가 정비되고 기자조선의 후예임을 천명하였다. 이후 단군은 무속제의의 상징으로만 치부되다가 18세기 후반 일부 지식인에 의해 주체성을 강조하는 차원에서 다시 소환되기 시작했다. 그러다가 20세기로 넘어와 국권 침탈의 위기 상황이 닥치자 민족의 시원으로 단군조선이 본격적으로 호명되었다.

'나라 안에서 제일'이라고 할 수 있지. 그러나 나도 아직 가 보질 못했네. 내가 들으니 평양감사가 대동강 위에서 회갑 잔치를 벌인다고 하네. 그 땐 평안도 내의 수령들이 다 모이고, 또 뽑힌 명기와 가객에게는 고기가 산처럼 술은 바다처럼 제공된다네. 이런 엄청난 소식이 크게 퍼져 장차 아무 날이면 잔치가 열린다고 하네. 한번 발걸음하면 막힌 속을 확 펼 수 있을 뿐만 아니라 전두(纏頭)[82]로 얻은 돈과 비단도 필시 적지 않을 걸세. 이 어찌 양주학(楊州鶴)[83]이 아니라고 하겠는가?"

이들은 좋아 팔짝팔짝 뛰며 잘된 일이라며 하례하고는 급기야 여장을 꾸려 길을 떠났다. 떠나면서 금강산을 유람하러 간다고 둘러대 그 자취를 감췄다. 그리고 길을 돌아 평양성으로 잠입하여 외성(外城)의 조용하고 후미진 곳에 숙소를 잡았다. 다음날이 바로 잔치가 열리는 날이었다. 심 공은 작은 배 한 척을 세내어 배 위에 푸른색 휘장포를 치고 좌우로는 담황색 비단발을 드리웠다. 그 안에 추월 등 기녀와 가객 및 퉁소와 거문고 등 악기를 실은 다음, 배를 능라도(綾羅島)와 부벽루(浮碧樓)[84] 즈음에 숨겨두었다.

이윽고 풍악이 하늘에 울려 퍼지고 배들이 강을 뒤덮었다. 감사는 누선(樓船)의 높은 자리에 앉았고, 여러 수령도 다 모인 가운데 연회 자리가

---

82 전두(纏頭): 전통시대에 음주 가무에서 공연을 끝낸 예인들에게 관객이나 구경하던 이들이 비단 등속을 주던 일로, '전면(纏綿)'이라고도 했다. 일반적으로 기녀에게 주는 재물 따위를 통칭하기도 한다.

83 양주학(楊州鶴): 신선이 되어 학을 타고 양주자사(楊州刺史)가 된다는 중국 속담에서 유래한 것으로, 가장 좋은 바람을 이루는 것을 뜻하기도 한다. 양주는 양자강을 끼고 있어 강남 문물의 집산지로 소주(蘇州), 항주(杭州)와 함께 그 명성이 높았다. 한번은 나그네들이 자기 소원을 말하면서 누군 양주자사 되고, 누군 부자가 되고, 누군 학을 타고 신선이 되겠다고 하자, 마지막 한 사람이 자신은 '양주자사가 되어 만금을 허리에 두르고 학을 타고 하늘에 오르겠다.'고 하였다고 한다.

84 능라도(綾羅島)와 부벽루(浮碧樓): 대동강에 있는 섬과 누각으로 평양성에선 동편에 위치해 있다. 그 위쪽으로 기자묘가 있다. 잘 알려져 있듯이 김시습의 『금오신화』 세 번째 작품인 「취유부벽정기(醉遊浮碧亭記)」의 주무대이기도 하다.

한껏 벌어졌다. 맑은 노랫소리와 절묘한 춤사위가 물결에 일렁였다. 성머리와 강 언덕에는 인산인해를 이루었다.

심 공은 이에 노를 저어 연회가 펼쳐진 곳으로 다가가 서로 마주 보이는 곳에 배를 댔다. 저쪽 배에서 칼춤을 추면 이쪽 배에서도 칼춤을 추고, 저쪽에서 노래를 부르면 이쪽에서도 노래를 불렀다. 꼭 따라 하는 듯한 모양이었다. 그러자 저쪽 배에 탄 사람들이 다들 수상하게 여겨나는 듯 빠른 배를 출동시켜 이들을 잡아 오게 했다. 이에 심 공은 재빨리 노를 저어 도망쳐 온 데 간 데가 없었다. 쫓던 배가 더 이상 추적하지 못하고 돌아가자, 다시 노를 저어 다가왔다. 이렇게 두세 차례 숨바꼭질하자 감사 쪽에서는 몹시 괴이쩍어 하였다.

"멀리서 저 배를 바라보면 칼 빛이 번득이고 노랫소리가 구름을 뚫는구나. 결코 먼 벽지의 그만그만한 자가 아니로다. 게다가 비단 주렴 안에 학창의를 입고 화양건을 쓰고서 백우선을 부치고 있는 저 노옹은 꼿꼿한 자세로 태연이 담소하며 앉아있는 폼이 이인(異人)이 아니고서야 어떻게 저러겠는가?"

급기야 감사는 선장에게 몰래 영을 내려 작은 배 십여 척을 동원하여 일시에 저 배를 에워싸서 잡아 끌어오라고 하였다. 이 배를 붙잡아 감사가 있는 누선 머리에 댔다. 잡혀 온 심 공은 발을 걷어 올리고 껄껄 웃었다. 감사는 평소에 그와 퍽 친분이 있던 사이였다. 심 공을 보자마자 엎어질 듯 놀라며 반가워하면서 실컷 풀어 헤친 마음이 어떠한지 물었다.

대개 배에 탄 수령과 막료 및 빈객, 그리고 감사의 자제들과 동생들, 조카들까지 모두 서울 출신이었다. 이런 서울의 기녀와 풍악을 보고 누구 할 것 없이 환영하며 기뻐했다. 이들 중에는 심 공 일행과 안면이 있는 이들도 많아 서로 악수하며 감회를 풀기에 바빴다. 이들 기녀와 가객은 자신들의 평생의 재주를 다 펼쳐 종일토록 노는 흥을 돋웠다. 이에 서도(西道)의 노래하고 춤추는 무희와 기녀들이 순식간에 무색해지고 말았다. 이날 자리에서 감사는 추월 등 서울 기녀들에게 천금을 하사하였으며, 수령들도 자기 능력에 따라 돈을 내놓았다. 이리하여 모인 돈이 거의 만금이나 되었다. 심 공은 열흘 동안 평양에서 질탕하게 놀다가 돌아왔다. 지금껏 풍류 미담으로 전해진다.

심 공이 죽자 파주(坡州)의 시곡(柴谷)[85]에 장례를 치렀다. 함께했던 기녀와 가객들은 눈물을 뿌렸다.

"우리는 평생 심 공의 풍류를 돕는 사람이었으니, 어른은 지기(知己)요 지음(知音)이었소. 이제 노랫소리 그치고 거문고는 줄이 끊어졌으니 우리는 이제 어디로 가야 할지?"

이들은 시곡의 장례 자리에 모여들어 한바탕 노래하고 거문고를 울리고 나서 무덤 앞에서 통곡하고 각자 흩어져 자기 집으로 돌아갔다. 하지만 계섬은 홀로 무덤을 지키며 곁을 떠나지 않았다. 하얗게 센 가느다란 머리카락에 슬픈 눈동자로 다른 사람들에게 그의 이야기를 위와 같이 들려주었다.

8-20

금강을 지나다가 높은 의기로 위급한 이를 구해줌

강릉 김씨(江陵金氏)인 한 선비가 있었다. 모친이 연로했으나 집이 가난하여 숙수지공(菽水之供)[86]도 어려웠다. 한번은 노모가 아들에게 일렀다.

---

85 시곡(柴谷): '시궁굴'로 알려져 있으며, 현재 파주시 광탄면(廣灘面) 신산리(新山里)에 있었던 지명이다. 이곳에 청송 심씨의 선영이 지금도 남아있다. 한편 이곳은 이 지역에 세거했던 파평 윤씨와 3백 년 넘게 산송(山訟)을 벌인 장소로 유명하다. 두 집안의 묏자리 다툼은 조선 후기 산송 중에 가장 흥미로운 사례로, 그 대략이 『파산록(破山錄)』이라는 자료로 남아있다.

86 숙수지공(菽水之供): 숙수(菽水)는 콩과 물로 변변치 못한 음식을 말한다. 즉 가난하여

"우리 집안은 선대엔 원래 부자로 유명했단다. 많던 노비들이 호남의 섬에 흩어져 사는데 그 수를 알 수 없을 지경이란다. 그러니 네가 내려가서 추쇄(推刷)를 해 오거라."

그러면서 상자 안에서 노비문서를 꺼내 보여주었다. 김생은 그 문서를 가지고 섬으로 찾아갔다. 이 섬은 백여 가구가 사는 마을로, 그곳을 차지하고 사는 이들이 모두 집안 노비의 후손들이었다. 김생이 문서를 보이자 저들은 줄지어 절을 올리고 수천 금을 거둬 속량 값을 바쳤다. 이에 김생은 문서를 불사르고 돈을 싣고 돌아섰다. 귀로에 금강(錦江)을 지나는데 마침 달은 밝고 날이 몹시 추웠다.

어떤 영감과 노파, 그리고 젊은 아낙이 강가에 줄지어 앉아 있다가 다투어 물에 뛰어들려 하면 누군가는 끌어올렸다. 그러다가 서로 부둥켜안고 통곡을 하는 것이었다. 이를 본 김생은 수상하기 짝이 없어 이유를 물었더니 노인이 사연을 얘기해 주었다.

"내겐 외아들이 있소. 금영(錦營)[87]에서 아전으로 있었는데 포흠을 진 게 거의 만 섬이나 되어 옥에 갇힌 지 몇 달이 되었소. 집과 논밭을 다 내다 팔고, 족징(族徵)에 인징(隣徵)까지[88] 해도 남은 빚이 아직도 많지 뭐요. 다시 상환할 기한이 내일인데 내일을 넘기게 되면 우린 곧장 아래 귀신이 될밖에. 그러나 한 푼 돈이나 쌀 한 톨도 마련할 길이 없다오. 차마 아들이 형벌을 받고 죽는 걸 볼 수 있겠소. 해서 내 강물에 몸을

기본적인 음식도 제공하기 어려운 사정을 뜻한다. 따로 가난한 처지에서도 정성을 다하여 부모를 모시는 것을 '숙수지환(菽水之歡)'이라 한다.

87 금영(錦營): 조선시대 충청 감영의 별칭이다. 충청 감영은 조선 초엔 충주에 설치되었으나 임진왜란 이후인 1602년 공주로 이전되어 이후 끝까지 지속되었던바, 여기서는 공주 감영에 해당한다.

88 족징(族徵)에 인징(隣徵)까지: 조선시대 부세나 관에 결손 낸 것을 갚지 못하는 경우 그 일족이나 이웃에 연대책임을 지워 추징하는 수단으로, 족징은 일가에게, 인징은 이웃에까지 추징하는 것을 뜻한다. 잘 알려져 있듯이 이는 조선 후기 수취제도의 폐단이 되기도 했다.

던져 졸지에 죽어 아무도 모르게 할 참이었소. 그런데 늙은 아내와 며느리가 여기서 함께 죽겠다고 하지 뭐요. 서로 물에 들어가는 걸 차마 두고 볼 수 없어 아무가 빠지면 건져 올리다가 붙들고 통곡까지 하게 된 거요."

이 말을 들은 김생이 물었다.

"돈이 얼마라야 포흠진 걸 갚을 수 있소?"

"수천 금이면 감당이 되오."

이에 김생은,

"내게 노비를 추심한 돈 몇 바리가 있소. 딱 수천 금이 될 테니 이것으로 갚으시오."

라고 하면서 계산하여 내주었다. 세 사람은 다시 대성통곡을 하면서 감사해했다.

"우리 네 식구의 목숨이 덕분에 다시 살게 되었으니 이를 장차 어떻게 갚을지요? 꼭 저희 집에 가서서 하루 묵고 가세요."

그러나 김생은 고사하였다.

"날이 이미 저문 데다 갈 길도 서둘러야 하오. 진작 노친께서 문 앞에서 기다리고 계실 터라 여기서 지체하고 있을 수 없소이다."

곧장 말을 타고 떠나면서 뒤도 돌아보지 않았다. 노인이 급히 뒤를 쫓아오면서 큰소리로 외쳤다.

"행차께서 사는 곳과 함자라도 알려주시오!"

"알려준다 한들 무슨 도움이 되겠소?"

라고 답한 김생은 그대로 달려가 버렸다. 세 사람은 마침내 이 돈으로 묵은 포흠을 다 갚고 그날로 아들은 풀려나 옥문을 나왔다. 온 집안 식구들은 이 선비에게 감축해 마지않으나 사는 곳은 물론 함자도 알 길이 없었다.

김생이 귀가하자 노모는 별 탈 없이 돌아왔다며 기뻐하였다. 또 뜻대로 노비 추심을 했다는 소식을 듣고 더욱 기뻐하면서 속량하고 받는 재물은 어떻게 실어 오는지 물었다. 김생은 금강 나루에서의 일을 가지고 아뢸 수밖에 없었다. 그런데 노모는 그 말을 듣고 아들의 등을 쓰다듬는 것이었다.

"바로 내 아들이로구나!"

그 뒤 노모는 천수를 누리고 임종하였다. 그러나 집안 형편은 더욱 쪼그라들어 하나부터 열까지 궁색한지라 상례에 만에 하나라도 갖출 수 없었다. 상주 김생은 지관 한 사람과 걸어서 묏자리를 찾아 여러 산을 돌아다녔다. 그러다가 한 곳에 이르렀을 때 지관이 말했다.

"저 기슭에 필시 길지가 있소. 다만 아래 마을이 아주 번성한 데다 대갓집까지 있으니 논의도 해보지 못하겠구려."

"저곳이 과연 길지라면 선영으로 쓰기 어렵다고 해도 한번 가서 보는 거야 무슨 탈이 있겠소?"

이리하여 그는 지관과 함께 그 산기슭으로 올라가 용맥(龍脈)[89]을 찾아 한 곳에 앉아 지남철을 올려놓고 살펴봤다.

"이곳이 명혈(名穴)이오. 부귀공명과 높은 벼슬자리는 세상에 비할 바 없으며 자손도 번성하여 나라와 영광과 함께할, '더 이상 좋을 수 없는 길지'라 하겠소. 하지만 대촌의 뒤편에 있으니 말해 봐야 무슨 소용이 있겠소?"

지관은 이렇게 말하면서 안타까워 마지않았다.

"그렇긴 하나 날도 이미 저물었으니 저 집에 묵었다 가는 거야 뭐가 문제겠소?"

이렇게 김생은 지관과 함께 그 집으로 들어갔다. 안에서는 한 젊은이가 나와 객실로 영접하여 저녁밥을 대접하였다. 상주 김생은 등불을 마

---

[89] 용맥(龍脈): 풍수설에서 산의 정기가 흐르는 줄기를 말한다. 이 정기가 모인 자리가 혈이 된다. 그 기세가 용이 가는 모습과 같다고 하여 붙여졌으며, '주맥(主脈)'이라고 도 한다.

주한 채 앉았다. 비통한 심정을 누르기 어려운 데다 장지 문제가 계속
마음에 걸려 장탄식을 할 뿐이었다. 그때 돌연 내실에서 한 젊은 부인이
방문을 열고 달려들어 오더니 상주를 붙들고 대성통곡을 하였다. 숨이
급해 말을 잇지 못하는 지경이었다. 젊은 주인도 깜짝 놀라 뭔 일이냐며
물었다. 부인은,

"이분이 바로 금강 나루에서 만난 은인이에요."

라고 하였다. 이윽고 젊은 주인도 그를 껴안고 울음을 삼켰다. 영감과
노파도 이 소식을 듣고 또 밀치고 들어와 붙들고 통곡하였다. 울음이
그치자 김생의 면전에서 줄지어 절을 올렸다.

"우리를 낳아주신 분은 부모이시고 저희를 살려주신 분은 손님이십니
다. 저희를 낳아주고 살려준 은혜에 무슨 차이가 있으리까?"

김생은 애초 이 사정을 알지 못했기에 당황하고 겁이 나 어쩔 줄 몰라
했다. 주인 내외가 금강에서 목숨을 살려줬던 일을 들려주는데 하나도
틀림이 없었다. 그러면서 말을 이었다.

"은인이 아니었으면 우리는 고기밥이 되고 말았을 터 어찌 오늘이 있
었겠습니까? 그 높은 의기에 감격하여 마음 깊이 새겼었지요. 매번 사랑
채에 손님이 들 때면 문틈으로 몰래 살펴보곤 했답니다. 혹시라도 만에
하나 우연이라도 뵙기를 바란 거지요. 한데 오늘 이렇게 은인을 만나게
될 줄 생각이나 했겠습니까? 우리가 그때 덕분에 살았고, 남편이 옥에서
풀려난 뒤로 아전 일을 그만두고 고향 마을로 돌아가[90] 있는 힘껏 재산
을 불려 지금은 부잣집이 되었답니다. 집과 전장을 두 곳에 마련하여
한 곳은 우리가 살고, 또 한 곳은 은인에게 주려고 기다린 지 오래랍니
다. 지금 다행스럽게도 하늘이 좋은 편의를 주시어 해후할 수 있게 되었

---

90 고향 마을로 돌아가: 이를 '퇴촌(退村)'이라 한다. 일반적인 고향으로 물러난다는 의미
외에도 특별히 읍내에서 관아 일을 하던 구실아치가 퇴직하여 자기 촌으로 돌아가는
것을 뜻했다.

네요. 이 산에 산소를 쓰고 싶으시면 이 집을 제각(祭閣)으로 삼아 사세요. 우리가 재 넘어 집으로 이사를 하면 되지요. 무조건 당신께서 하고 싶은 대로 하세요."

김생은 연신 고맙다며 사례하고 길일을 택해 장사를 지내고 그대로 이 집에 눌러살았다. 아들과 손자들이 공경의 자리에 올랐으며, 후손들도 번창하여 부와 귀를 다 누렸다고 한다.

어사가 인연을 맺어주어 좋은 일을 실천함

옛날에 한 어사가 아무 고을에 당도하여 외곽 마을을 암행하고 있었다. 당시는 8월 보름께로 장맛비가 시원하게 개고 날씨는 춥지도 덥지도 않았다. 촌가에서 밥을 얻어먹고 나서 달빛이 비치자 다시 마을 안을 산책하였다. 어느 집 울타리 밖에 이르러 잠시 앉아 쉬게 되었다. 그때 홀연 울타리 안에서 인적 소리와 함께 웃고 떠드는 소리가 꽤 시끄럽게 들려왔다. 몸을 숨기고서 몰래 엿보니 다름 아닌 건장한 여자들 네다섯이 서로 놀이 삼아 장난을 치고 있었다. 그중에 한 여자가 이런 제의를 했다.

"오늘 밤 고요하고 달빛이 밝으니 정말 적적하네. 우리 원님놀이를 해보지 않겠어?"

그러자 다른 여자들이 다 응수했다.

"좋아요."

이리하여 여자들은 각자 배정을 하여 한 여자는 원님이 되고, 또 한 여자는 형방(刑房)[91]이 되고, 한 여자는 급창(及唱)[92]이 되고, 다른 여자는

---

[91] 형방(刑房): 조선시대 지방 관아에서 형법 관계 실무를 맡아보던 부서이자 그 일을

사령(使令)이 되고, 마지막 한 여자는 박 좌수(朴座首)가 되었다. 잠시 뒤 원님 된 여자가 형방에게 분부하였다.

"아무 마을 박 좌수를 속히 잡아들이도록 하라!"

명을 받은 형방이 급창에게 전갈하자, 급창은 사령에게 전갈하였다. 사령은 길게 소리 내어 크게 답하고는 박 좌수란 자의 목덜미를 붙잡고 끌고 와서 원님 아래 꿇리었다.

"잡아들였나이다."

원님은 잡혀 온 박 좌수에게 분부하였다.

"여자가 태어나서 혼인하여 일가를 이루는 바람은 인륜 가운데 중요 하니 혹여 폐해서는 안 되느니라. 부모 된 마음은 사람이면 다 가지고 있는 법, 너는 딸 다섯을 두어 모두 과년했건만 아직 혼사를 의논한 적이 없다니 장차 인륜을 저버릴 셈이냐? 너는 가장으로서 이게 고민거리라 는 것도 모른 채 혼처를 구할 뜻이 없으니, 이 어찌 아비 된 도리라 하겠 느냐?"

형방이 이 말을 급창에게 전하면서,

"분부를 듣거라!"

라고 하였다. 좌수는 무릎을 꿇고 대답하였다.

"민도 사람이거늘 어찌 이 점 생각하지 않았겠사옵니까? 마음으론 항 상 걱정하고 있사오나 민의 가세가 이만저만 어렵지 않으니 누가 이 가 난한 집 딸에게 장가를 들려 하겠나이까? 게다가 합당한 신랑감도 없어 아직 정하지 못하고 있었나이다. 그 죄를 알고말고요……."

맡은 책임 향리를 말한다. 이를 '수형리(首刑吏)'라고도 하며 백성들의 송사 등을 맡았 으므로 그 위세가 적지 않았으며, 농간을 부리는 경우도 적지 않았다. 참고로 중앙에 서는 승정원의 형전(刑典) 부서나 담당관원을 지칭한다.

92 급창(及唱): 원문은 '吸唱'인데 서로 통한다. 급창에 대해서는 권4 제19화 '관장을 쫓 아낸 통인 이야기' 참조.

원님이 말했다.

"아무 마을 이 좌수 집에 스무 살 수재(秀才)가 있고, 아무 마을 김 좌수 집엔 열아홉 살 수재가 있으며, 아무 마을 서 별감(徐別監) 집에도 스무 살 수재가 있느니라. 그뿐이더냐. 아무 마을 최 도감(崔都監) 집에는 열일곱 살 수재가 있고, 아무 마을 강 별감(姜別監) 집에는 열여섯 살 수재도 있지 않으냐. 어째서 합당한 곳이 없다고 하느냐? 네 말은 다 둘러대는 것일 뿐이다. 다신 여러 말 말고 어서 빨리 혼사 얘기를 꺼내 날을 잡아 예식을 올리거라. 암 그래야 하고말고!"

이에 좌수가 답하였다.

"분부가 참으로 지당하시옵니다. 삼가 속히 도모하도록 하옵지요!"

원님이,

"이제 끌어내거라!"

라고 명하자 사령이 큰 소리로 전갈하였다.

"내 보내거라!"

여자들은 서로 손뼉을 치며 왁자지껄 웃다가 일제히 헤어져 자리를 떴다.

어사가 이들의 원님놀이를 처음부터 끝까지 상세하게 보고 나서 놀라면서도 웃음을 감출 수 없었다. 한편으론 저들의 사정을 생각하니 되레 불쌍하고 안타깝기 그지없었다. 이튿날 동내를 염탐해 보니 그 집은 과연 박 좌수의 집이었다. 딸이 다섯으로 맏딸이 23세, 차녀 두 딸이 21세, 그다음이 19세였고, 가장 어린 막내딸이 17세였다. 저 박 좌수란 이는 비단 집안이 가난할 뿐만 아니라 어리석어 일을 잘 처리하지 못하는 자였다. 다섯 딸이 과년한 지 꽤 되었으나 범상하게 볼 뿐 걱정할 줄도 몰랐던 것이다. 딸들도 평소 배운 게 없어 나이가 찼어도 바느질이나 절구질하는 일도 도통 터득한 게 없었다. 오로지 하는 것이라곤 놀이나 하고 장난치면서 하루하루를 보내는 게 전부였다. 그래서 이들을 신부로 원하는 사람들도 없었다는 것이었다. 또 수재들의 집을 확인해 보니 과연 어젯밤에 들었던 그대로여서 조금의 차이도 없었다.

어사는 이에 고을 안으로 들어가 어사출두를 한 다음, 박 좌수란 자를 속히 잡아 와 관아 뜰에 꿇리게 하였다. 치죄하기를 지난밤 처녀들이 박 좌수에게 한 것처럼 하였다. 그랬더니 그는 여지없이 합당한 신랑감이 없어서 그랬다고 변명을 하였다. 어사는 결국 원님 처녀가 말한 신랑감을 들어 하나하나 열거하고 말하였다.

"내가 아는 바로도 이런 합당한 신랑감들이 있거늘 어째서 혼사에 대해 논의도 하지 않고 무조건 합당한 혼처가 없다고 하면서 책임을 회피하느냐?"

박 좌수의 항변은 이랬다.

"소인이 이것을 모르는 게 아니오나 가난한 집 딸들이 평소에 배운 것도 없는데 누가 며느리 삼으려 하겠나이까? 이 때문에 남에게 감히 얘기를 꺼내지 못했던 것이옵니다."

"그렇다면 너는 딸이 어렸을 땐 가르치지 않았고 장성해서는 인륜을 저버리게 했으니 도대체 어디에 아비 된 도리가 있단 말이냐? 내 당장 오늘 내로 혼처를 정해 줄 것이니라."

마침내 각 면에 전령을 보내 이른바 이 좌수, 서 별감, 최 도감, 김 좌수, 강 별감 등 다섯 사람을 모두 즉시 잡아들이게 했다. 어사는 이들 면전에서 혼인을 약정하고, 저들더러 하루속히 길일을 잡아 혼례를 치르도록 하였다. 한편 읍의 수령에게 부탁하여 혼례 치를 비용을 양껏 도와주도록 했다. 그리고 자신도 혼례 감독관이 되어 혼례를 치르고 뒤의 경과까지 주관하였다. 이를 서면으로 자신에게 보고하라는 취지로 분부까지 내렸다. 어사의 분부라 누가 감히 이를 어기겠는가? 결국 누구도 하소연 한번 하지 못하고 같은 날로 혼례일을 잡아 다섯 처녀는 한날한시에 혼인하였다고 한다.

부인이 붉은 기를 알아보고 맺힌 원한을 씻어줌

예전에 한 밀양(密陽) 수령이 있었다. 그는 중년에 상처하고 별실과 며느리, 그리고 아직 혼인하지 않은 딸아이만이 있었다. 이 딸아이는 태어난 지 수개월 만에 어미를 잃고 유모에게 길러졌다. 그래서 이 유모를 어미처럼 따라 함께 따로 한방에서 지냈다. 수령은 딸아이에 대한 사랑이 유독 각별했다.

그런데 어느 날 딸아이는 유모와 함께 온데간데없이 사라지고 말았다. 읍내의 마을을 샅샅이 뒤졌으나 자취조차 끊어지고 말았다. 밀양 수령은 마음이 놀라고 혼이 나가 일거에 미친 증세가 도졌다. 마구 소리 지르고 혼자 떠드는가 하면 목 놓아 통곡하며 이리저리 막 돌아다니기까지 하였다. 그는 어쩔 수 없이 직위를 내려놓고 서울로 돌아와서는 그길로 죽고 말았다.

이후로 밀양 수령에 제수된 자는 부임한 그날로 바로 죽어 나갔다. 서너 차례 바뀌어도 번번이 반복되자 다들 밀양 관아를 흉가로 간주하고 발령을 피할 방도를 꾀하는 게 다반사였다. 비록 이 땅으로 유배 가게 되는 경우에도 아무도 가려 하지 않았다. 조정에서는 이를 크게 우려하였다. 그래서 아무 날에는 조회를 열어 문관, 음관, 무관 등 모든 관리와 궐내에 있는 전임자까지 죄다 모이라 하여 이곳 수령으로 자원할 사람을 뽑고자 했다.

그때 한 무변이 있었다. 그는 금군(禁軍)으로 오랫동안 근무하였고 선전관까지 겸하게 되어 겨우 출륙(出六)을 한 상황이었다. 하지만 친상을 당해 직에서 물러난 지 이미 20년이 넘었다. 지금 나이는 벌써 60세가 다 되었는데도 배고픔과 추위로 뼈가 저릴 정도였다. 십 년에 옷 한 벌, 한 달에 아홉 끼니도 겨우겨우 해결할 수 있었다. 이러한 까닭에 문밖을 나간 지도 이미 오래인지라 이른바 이름난 인사나 재상붙이 중에 누구

하나라도 아는 자가 없었다. 그런 그가 밀양 수령의 일을 듣자마자, 자기 아내에게 이렇게 말하였다.

"내가 정말 자원하고 싶지만 죽음이 두려워 감히 마음먹지 못하겠 네……."

그러자 아내가 대꾸하였다.

"죽는 거야 매한가지인데 뭐가 두렵다고? 당일에 바로 죽더라도 수령 이란 이름을 얻을 수 있는 거고, 요행히 죽지 않으면 이거야말로 천만다 행이 아니겠어요? 제발 주저하지 말고 꼭 자원해보시구려."

무변은 아내 말이 맞겠다고 싶어 조회에 참석하고자 대궐에 나갔다. 그는 대열에서 몸을 일으켜 나와 임금께 아뢰었다.

"소신이 비록 재주가 없사오나 바라건대 자진해서 나가겠나이다."

임금은 가상타 하여 인사위원회를 열어 단망(單望)으로 추천하였다.[93] 그는 그날로 조정에 하직하였다. 집으로 돌아온 무변은 걱정된 나머지 이렇게 한탄하는 것이었다.

"자네 말대로 자원하기는 했으나 가면 필시 죽을 게 빤하네. 나는 그 나마 수령이라는 이름을 얻기에 죽어도 여한이 없네만 우리 식구들에게 는 무슨 의미가 있겠는가? 지금 여기서 영결하게 되니 이 어찌 가슴 아 픈 일이 아닌가?"

"이전 관리들이 죽은 것은 다 그 사람들의 운명이었던 게지요. 귀물이 어찌 사람을 죽일 수 있다고? 내가 여자긴 하지만 이를 감당할 수 있으 니, 부임하는 길에 나와 같이 가는 게 어때요?"

---

93 인사위원회를 열어 단망(單望)으로 추천하였다: 원문은 '開政單付'으로, 여기서 '개정 (開政)'은 인사행정을 처리하기 위하여 그 위원회를 소집하는 것이며, '단부(單付)'는 단망으로 추천한다는 뜻이다. 원래 관리를 추천할 때는 세 사람을 후보자로 올리는데, 이를 삼망(三望)이라 한다. 그런데 이런 일반적인 절차를 따르지 않고 한 사람을 단독 으로 올리는 것이 단망이다.

이리하여 마침내 무변은 아내를 데리고 임지로 떠났다. 밀양 고을 초입에 도착하자, 그곳 관속들이라고 하는 자들이 차례차례 나와 수령을 뵈었다. 저들 낌새를 보니 닷새경조[五日京兆]⁹⁴로 치부하여 전혀 공손하고 삼가는 태도를 보이지 않았다. 외려 이마를 찌푸리며 못마땅한 기색이 역력했다. 더구나 부인이 함께 내려온 걸 보고 더 골치 아픈 표정을 보였다. 부부가 관아 안으로 들어와 보니 안팎의 관사는 아예 수리는커녕 벽은 깨지고 구들은 무너져 내린 상황이었다. 눈에 들어온 건 죄다 근심거리라 마음이 어지러워졌다.

황혼이 되자, 통인과 급창들은 아뢰지도 않고 퇴청해버렸다. 관아 안은 이제 텅 비어 아무도 남아있지 않았다. 부인이 말했다.

"오늘 밤은 정말로 두려우니 당신은 안채로 들어가 있어요. 내가 남자옷으로 갈아입고 관사에 앉아 동정을 살필게요."

그러고는 촛불을 밝히고 홀로 앉았다. 삼경 때가 되자 갑자기 한바탕 음산한 바람이 어디선가에서 불어왔다. 촛불이 깜박깜박하는데 한기가 뼛속까지 스며들었다. 잠시 뒤 방문이 저절로 열리더니 한 처녀가 나타났다. 온몸에 피를 흘리며 풀어진 머리에 알몸인 채로 손에 붉은 기[朱旆]를 들고 있었다. 눈 깜짝할 사이에 방 안에 들어와 있었다. 부인은 두려워하지도 않고 놀라지도 않았다.

"너는 필시 원통함을 풀 수 없어서 하소연하기 위해서 온 것이리라. 내가 너를 위해 복수를 해줄 터이니, 모쪼록 조용히 기다릴 것이지 이렇게 다시 나타나는 일이 없도록 하여라."

---

94 닷새경조[五日京兆]: 즉 며칠 못 가서 관직에서 해임된다는 뜻이다. 『한서(漢書)』·「장창전(張敞傳)」에 이런 내용이 나온다. 한나라 선제(宣帝) 때 장창이 경조윤(京兆尹)에 임명됐으나, 그 즉시 선제의 미움을 받던 양운(楊惲)의 일당으로 몰려 탄핵을 받게 된다. 당시 부하로 있었던 서리 서순(絮舜)은 장창이 5일 안에 경조윤에서 해임될 것이라며 업무를 거부했으나, 끝내 장창은 파면되지 않았다.

그러자 처녀는 절을 올리고 물러갔다. 부인은 이내 관아의 안채로 들어가 수령에게 일렀다.

"귀물이 조금 전 왔다가 갔으니 이제 두려워 마시고 모름지기 동헌으로 나가 주무세요."

수령은 잔뜩 겁이 나 있었으나 부인이 하는 걸 보고 마지못해 단단히 마음먹고 동헌으로 나가 잠자리에 들었다. 그러나 뒤척일 뿐 잠이 오지 않았다. 날이 밝아오려는 즈음, 문밖에서 발기척이 요란하며 말소리가 웅성웅성하였다. 창구멍을 뚫어 엿보니 바로 군교와 이방, 관노와 사령, 통인과 방자들이었다. 누구는 멍석을 들고 다른 누구는 맨 비석을 안고 서로서로 몰래 속삭이며 뜰 안을 가득 메웠다. 서로들 먼저 하라며 떠밀었다.

"네가 먼저 대청에 올라가 문을 열어라!"

그러나 얼굴을 마주하며 바라볼 뿐, 누구도 먼저 올라가려 하지 않았다. 이를 보던 수령은 의관을 정제하고 창문을 열고 앉았다.

"무슨 일로 이렇게 시끄러우냐? 들고 안고 온 것들은 무슨 물건이더냐?"

아전 무리가 깜짝 놀랐다. 신인(神人)이 강림한 줄 알고 허겁지겁 종종걸음으로 피하기를 새나 짐승이 흩어지듯 하였다. 이윽고 기러기와 오리가 줄지어가듯 공손히 예를 올렸다. 수령은 마침내 어제 숙직하지 않은 자들의 죄를 묻고, 아전의 우두머리들을 죄다 태만한 죄로 해임해버렸다. 그 호령이 엄정하고 분명하였으며 치죄가 확실하니 관속들은 두려워하며 감히 소리를 내지 못하였다. 그날 밤 안채로 들어와 부인에게 어젯밤에 어떤 일이 있었냐고 묻자, 부인이 그 세세한 사정을 낱낱이 얘기해주었다.

"이는 필시 아무 수령의 딸의 혼이랍니다. 이 처녀는 흉악한 놈에게 원통하게 죽임을 당했으나 세상에서는 아무도 이 사실을 알지 못해 사라진 딸이라고만 알았던 것이지요. 그러니 몰래 염탐하시어 성명이 '주기(朱旂)'라는 자가 있으면 여러 말 따지지 말고 엄형으로 잡아 족치세요."

수령은 알았다며 고개를 끄덕였다. 이튿날 조례를 마친 뒤 우연히 교안(校案)[95]을 넘겨보는데, 본청의 집사로 '주기(周基)'라는 성명이 있었다. 이에 수령은 동헌 자리에 앉아서는 위엄과 의장을 크게 벌이고서 형구를 죄다 갖췄다. 당장 이 주기란 이를 잡아들이라 하여 검으냐 희냐를 따지지도 않고 즉시 결박하고 큰 칼을 씌워 형틀 위에 올려놓았다. 고을의 위아래 사람 할 것 없이 모두 놀라며 괴이쩍었으나 그 이유를 알 수 없었다. 수령이 심문하였다.

"아무 수령의 아기씨 행방을 너는 필시 알렷다! 형 집행을 하기 전에 하나하나 바로 불거라!"

이번 수령이 부임하는 날 죽음을 면했기 때문에 사람들은 그가 신명이나 된 듯 경외하고 있었던 터, 누군들 감히 조금이라도 속이고 감출 수 있었으랴? 하물며 저놈은 큰 범죄를 저지른 자로 남들이 비록 이 사실을 모른다고 해도 속으로는 항상 절절매고 있었다. 이자는 잡아들이라는 명을 듣자마자 이미 정신이 나가고 얼굴은 흙빛이 된 상태였다. 감히 숨기고 감출 꾀를 내지 못하고 전후의 사정들을 숨김없이 자세히 아뢰었다.

사건은 이랬다. 아무 수령이 영남루(嶺南樓)[96]를 구경하기 위해 출타하여 오갈 때부터 저놈이 틈으로 몰래 처녀를 엿보고는 잔뜩 욕망이 일었다. 게다가 듣자 하니 이 처녀에게는 달랑 유모만 있고, 유모와 함께 별실에 거처한다는 것이었다. 그리고 그녀는 유모를 친모처럼 믿어 유모의

---

95 교안(校案): 일반적으로 향교의 문건을 지칭하는데, 주로 지방 유생의 명부를 말한다. 한편 여기서는 군교(軍校)의 명부라는 의미로 봐도 무방할 듯하다.

96 영남루(嶺南樓): 조선시대 밀양도호부 객사의 누정으로, 진주 촉석루(矗石樓), 평양 부벽루와 함께 조선시대 3대 누각 가운데 하나이다. 원래 이 자리는 신라 법흥왕 때 세워진 영남사(嶺南寺)가 있었는데, 1365년 김주(金湊)가 처음 누각을 세웠다. 이후 소실과 재건을 반복하다가 1611년 영남도호부 객사에 소속되었다. 여기 이야기는 바로 이 영남루를 배경으로 하는 아랑(阿娘) 전설의 한 버전으로, 다른 이야기에는 아랑을 '윤동옥(尹東玉)'이란 실명으로 설정하고 있기도 하다. 영남루 아래에는 지금도 아랑각(阿娘閣)이 남아 있다.

말이라면 무조건 따랐다. 해서 놈은 급기야 많은 재물을 써서 그 유모와 단단히 결탁하여 처녀를 꾀어 아무 곳으로 데려오면 그 보답으로 천금을 주겠다고 약속하였다. 아무 곳은 바로 관아 안채의 후원에 있는 죽루(竹樓)로, 이곳은 아주 외져 안채와도 멀리 떨어져 있었다. 그리고 그 아래에는 십여 줄로 늘어선 대숲이 있어서 이전부터 아녀자들이 수시로 바람을 쐬던 곳이었다. 유모는 놈의 재물을 탐내 마침내 처녀를 유인, 죽루에서 달구경을 하고 있었다. 이때 놈이 대숲 속에 몸을 숨기고 있다가 순간 튀어나와 곧장 그녀의 허리를 껴안고 대숲 깊은 곳으로 끌고 들어가 강제로 욕을 보이고자 했다. 처녀가 울고 소리치며 끝내 말을 듣지 않자, 놈은 이렇게 된 마당에 죽기는 마찬가지라고 판단하고 결국 차고 있던 칼을 뽑아 찔러 죽이고 말았다. 또 유모도 죽이지 않으면 이 일이 쉽게 탄로가 날 것이라고 여겨 그 유모마저 찔러 죽였다. 놈은 양 옆구리에 시신 한 구씩을 끼고서 담을 넘어가 인적이 닿지 않은 관가의 주산(主山)[97] 어느 곳에 암매장하였다. 그래서 지금 몇 년이 지났지만 이 사실을 아는 자가 없었던 것이다.

수령은 이 사실을 감영에 보고하고 그날로 놈을 장살형으로 죽였다. 그리고 처녀의 시신을 파내 살펴보니 얼굴빛이 마치 살아있는 것 같고 혈흔이 낭자한 상태였다. 수령은 그녀의 의복과 관을 갖추어 염을 하고서는 그녀의 본가에 알렸다. 본가에서 그녀를 운구하여 선산의 곁에 묘를 써주었다. 이 죽루는 헐어버리고 대숲은 베어버렸다. 그 뒤로는 고을에서 이런 일은 일어나지 않게 되었다. 한편 수령이 신명하다며 칭찬하느라 온 세상이 떠들썩하였다. 그는 그로부터 변방의 방어사를 두루 거쳐 평안도 통제사에 이르렀다. 그가 부임하는 곳이면 이미 명성이 자자한 터라

---

[97] 주산(主山): 일반적으로 도읍이나 집터, 또는 묘혈의 뒤쪽에 있는 산을 가리킨다. 여기서는 관아 소속의 부속 산으로 보면 될 듯하다.

영을 내리지 않아도 시행되었으며 위엄을 차리지 않아도 위엄이 섰다. 감히 속이거나 숨기지 못했기에 가는 곳마다 잘 다스릴 수 있었다고 한다.

8-23

부부가 각방을 쓰며 재산을 일굼

상주에 사는 김생(金生)은 스물을 넘긴 나이였다. 일찍이 부모를 여읜 데다 몹시 가난하여 남의 머슴살이를 하였다. 몇 년 새경을 모아 26, 27세에 비로소 아내를 맞아 집안 생계를 도모하고자 하였다. 장가를 들고 첫날밤을 지낸 다음 날, 아내가 남편에게 말했다.

"오늘부로 꼭 윗간 방문을 막으세요."

그의 집은 세 칸짜리로 윗방은 위아래로 서로 통하는 문이 나 있었기에 이렇게 말한 것이었다.

"무슨 말이오?"

김생이 이렇게 묻자 이유가 이랬다.

"우리 부부는 둘 다 궁한 처지잖아요. 한방에서 동침하면 자연히 자식을 낳겠지요. 올해 아들을 낳고 내년에 딸을 낳으면 자식의 즐거움이야 좋기야 좋겠지요. 그렇지만 그간 먹을 입은 늘고 병치레하는 고충으로 들어가는 재물을 어떻게 당해내겠어요? 당신은 윗방에서 짚신을 삼고 저는 아랫방에서 길쌈을 하여 십 년 동안 하루에 한 그릇 죽만 먹으면서 살림을 일으켜 보는 게 어떻겠어요?"

김생은 그녀의 말이 맞는지라 마침내 문을 막아 부부는 각 방에 거처했다. 또한 날이 저물면 남편과 아내는 거르지 않고 뒤뜰에 흙구덩이를 팠다. 매일 밤 예닐곱 개를 파는 것으로 했다. 또 섣달이 되자 주머니를 많이 만들어 큰 마을에 머슴살이하는 종들에게 나눠주고 개똥 한 가마니로 종값을 대신하게 했다. 그리고 이듬해 초봄 얼음이 풀리자, 이 개똥을 파놓은 구덩이에 다 채우고 거기에 봄보리를 파종하였다. 이해에 큰 풍년이 들어 보리 근 100여 짐을 거둬들였다. 이어 담배를 심어 다시 수십 냥을 벌었다. 이렇게 부지런히 농사를 지은 끝에 6, 7년이 지나자 돈과 곡식이 집에 가득 찼다. 그래도 여전히 죽으로 끼니를 때웠다.

9년이 다 끝나가는 섣달그믐날, 남편이 아내에게 이런 청을 하였다.

"이제 십 년이 되어가니 쌀밥을 해서 먹읍시다."

하지만 아내는 그런 남편을 나무랐다.

"우리가 이미 십 년 동안 죽만 먹기로 기한을 정했거늘 하룻밤 사이를 참지 못하고 지내온 걸 파계하면 되겠어요?"

김생은 무안하여 물러섰다. 이렇게 10년이 지나자 과연 김생 집은 크게 부유해져 도내의 갑부가 되었다. 그는 오랫동안 홀아비로 신세였던지라 이제 아내와 잠자리를 같이하려고 했다. 그런데 아내는 아직 거절하는 것이었다.

"우리가 이미 자수성가했으니 이 누추한 집에서 동침할 순 없어요. 조금만 기다려봐요."

마침내 부부는 큰 집을 지어 들어가 살았다. 그런데 이들 부부는 애초 과년한 때 만난 데다 다시 10년이 지나고 보니 아이를 낳을 가망이 더 이상 없는 상황이었다. 김생은 이게 근심이라 탄식이 절로 나왔다. 그러자 이번에도 아내가 이런 제의를 하였다.

"우리 살림이 이 정도 됐으니 필시 주선할 사람이 있을 거예요. 당신은 원근의 종친들을 두루 들러보아 아쉬운 대로 쓸 만한 애를 골라 양자로 삼아 봐요. 그럼 우리가 낳은 자식이지만 우리 뜻에 차지 않는 것보다는 낫지 않겠어요? 정을 붙여 기르다 보면 우리가 직접 낳은 애와 차이가 없을 거고요."

김생은 결국 동성의 자제로 후사를 삼으니, 바로 상산 김씨(商山金氏)[98]

이다. 그 후손들이 크게 번창하여 대대로 벼슬아치가 나왔다고 한다.

금덩이를 얻어 아버지와 아들이 다시 합침

개성의 조 동지(趙同知)는 본관이 배천(白川)[99]이다. 그는 가진 재산이 수 만금으로, 차인꾼[差人][100]도 사방팔방에 깔려 어디 가든 없는 곳이 없었다. 다만 원래 자손이 드문 집안인 데다 다른 조카들도 없어 양자[101]를 세우려고 해도 얻을 데가 없었다. 노부부는 이것이 근심거리였다.

그러던 어느 날 조 동지가 대청마루에 앉아 있는데 대문 밖에서 어린 아이가 밥을 구걸하였다. 이제 겨우 열 살 정도 돼 보였다. 그때는 엄동설한이었다. 그런 중에도 이 아이의 외모나 골격이 제법 볼만했다. 조

---

98 상산 김씨(商山金氏): 경북 상주를 관향으로 하는 성씨로, 시조는 고려 초의 보윤(甫尹)을 지낸 김수(金需)이다. 현재 상주시 낙동면에 집성촌이 있으며, 이 이야기는 이 집안의 내력담에 해당하는데 구체적인 사항은 미상이다.

99 배천(白川): 황해도 연백 지역의 옛 지명으로, 고려 때는 백주(白州)라 하였다. 조선시대에 배천군이 되었는데, '배천'이라는 지명은 이곳에서 나는 온천의 뜨거운 물을 뜻하는 것으로 알려져 있다. 서울과 의부를 오가는 교통상의 요지이며, 예성강 하구의 벽란도(碧瀾渡)를 끼고 있었다. 한편 이곳을 관향으로 하는 배천 조씨는 고려 목종 때 이부시랑을 지낸 조지린(趙之遴)이 시조인 성씨로, 그는 백주(白州)의 은천현(銀川縣) 출신이었다. 임진왜란 때의 의병장 중봉(重峯) 조헌(趙憲, 1544~1592)의 본관이 바로 배천이다.

100 차인꾼[差人]: 일반적으로 임시로 심부름을 하는 사람을 가리키는데, 남의 장사하는 일을 돕거나 시중드는 사람을 특정하기도 한다. 지금 조동지는 전국에 자신의 장사를 돕는 이런 차인꾼을 두고 있었음을 환기해 준다.

101 양자: 원문은 '螟蛉'으로, 명충나방의 애벌레를 말한다. 나나니벌이 명충의 애벌레를 길러 자기의 새끼로 삼은 데서 온 말로, 타성(他姓)의 자식을 맞아 양자로 삼는 일을 뜻하게 되었다. 이는 『시경』·소아 「소완(小宛)」 편의 "나방이 알을 슬면 나나니가 업어 기르네[螟蛉有子, 蜾蠃負之]"에서 유래하였다. 그러나 실제로는 나나비벌은 명충·애벌레를 자기 새끼의 먹이로 삼는다고 한다.

동지는 그를 불러 방 안으로 들여 성씨와 관향을 물었더니,

"배천 조가이옵니다."

라고 하는 것이었다. 동지는 같은 본관이라 반가워하며 부모에 관해 물었더니 답이 이랬다.

"노모만 계시는데 지금 성안에서 빌어먹고 있사옵니다."

이 말을 듣고 동지는 즉시 아이를 안으로 데리고 들어가 그 사정을 식구들에게 얘기하고 밥과 옷을 내주게 했다. 그리고 그대로 집에 머물게 하고 하인을 시켜 모친을 찾아가 모셔 오게 했다. 동지는 그의 모친을 제수씨로 부르며 근처 마을의 작은 집에 살도록 해주었다. 이 아이를 자기 아들로 삼은 것이다. 아이도 점차 자라면서 양부모에게 정을 붙이니 자기가 낳은 자식과 다름이 없었다. 15, 16세가 되자 관례를 치르고 며느리도 얻었다. 한편으로는 집의 재산이 들고남을 그의 손에 일임하였는데 일처리가 부지런하고 꼼꼼해서 조 동지의 뜻에 딱 맞았다.

하루는 아들이 갑작스레 동지 아버지에게 여쭈었다.

"어느덧 저도 장성한 나이가 됐으니 아무 일도 하지 않고 놀고만 지낼수 없어요. 삼천 금을 내주시면 평안도 도회처로 장사를 떠나볼까 하는데 어떠신지요?"

"우리 송도(松都) 사람은 으레 소싯적부터 이곳을 내는 장사를 하는게 예사니라. 네 말이 마땅하지 않겠느냐?"

이리하여 조 동지는 아들에게 5천 냥을 내주었다. 아들은 그길로 평양으로 갔다. 그러나 그만 기녀에게 푹 빠져 2, 3년 사이에 5천 냥 돈이 구름처럼 흩어지고 눈처럼 녹아 사라졌다. 집에 돌아갈 면목이 없어진 조생은 그대로 기녀 집에 주저앉아 심부름하는 차인꾼이 되고 말았다. 이 기막힌 소식을 접한 조 동지는 다시는 자기 아들로 보지 않겠다며 친모와 며느리까지 모두 쫓아내 버렸다. 며느리와 생모는 성 밖 움막으로 쫓겨나와 예전처럼 빌어먹어야 했다.

한편 조생은 해진 옷에 찢어진 갓을 쓴 신세로 기생집에 얹혀사는 형편이라 아무래도 돌아갈 기약이 없었다. 어느 날 기녀는 관가의 연회에 불려가고 조생만 집을 지키게 되었다. 마침 그날 큰비가 내렸다. 조생은 어정대다가 마당을 살펴보니 거기에 금가루가 흘러나와 퍼져있었다. 시작된 곳을 찾아가 보니 뒷마당에서부터 쭉 끊어지지 않고 이어져 있었다. 즉 방문 앞 섬돌에서 흘러나온 것이었다. 그는 쪼그려 앉아 가루를 쓸어 담으니 제법 몇 근은 되었다. 그 섬돌은 얼핏 보기에 다듬잇돌만 했고 전체가 다 생 금덩이였다. 조생은 기녀가 돌아오기를 기다렸다가 귀가하자 말했다.

　"내가 젊은 탓에 얼마간 돈을 자네에게 다 써버렸네만, 그래도 자네가 그동안 나를 대해준 은혜는 실로 잊기 어려울 걸세. 그러나 내가 여러 해 양친을 떠나있었기에 인정이나 도리로 보아 돌아가지 않을 수 없네."

　기녀는 이 말을 듣고 역시 서운해하였다.

　"조 서방님이 오랫동안 우리 집에 머물렀는데 우리 형편이 넉넉하지 못해 생각만큼 대접을 못해 드렸소. 이 점 부끄러운 바예요. 여러 해 동안 주인과 손님으로 지내던 차에 지금 돌아간다고 하니 주인 된 도리로 마냥 걸어서 가라고 보낼 순 없지요."

　그러더니 그 자리에서 말과 시종을 세내어 주었다.

　"감사하고 감사하오! 한 가지 바람이 있으니 바로 뒷방 문 앞의 섬돌일세. 이 돌은 결코 귀한 게 아니네만 자네가 아침저녁으로 밟고 다니지 않았는가. 내 오늘 돌아가는 길에 이 섬돌을 가지고 가서 자네 얼굴인 양 만지며 감상하면 마음에 위로가 될 것 같네."

　이렇게 조생이 요청하자 기녀는 좋아하였다.

　"그거야 서방님이 내게 정이 있다는 걸 알 수 있게 하니 뭐라고 돌 한 덩이를 아끼겠어요? 꼭 가져가요."

　조생은 당장 돌을 말에 싣고 떠났다. 때는 세밑으로 대개 이때면 개성 사람들은 장사를 나갔다가 으레 다 집으로 돌아왔다. 그러면 집안 식구들은 성찬을 준비하여 오리정(五里程)¹⁰²까지 나와 맞이했다. 이때 조 동지도 차인꾼들을 맞이할 요량으로 바야흐로 여기에 나와 있었다. 해진 두루마기에 짚신을 신은 조생이 마침 그 속에 있다가 조 동지와 마주쳤다. 감히 나와 부친을 뵙지 못하고 한편 구석에 몸을 웅크리고 있었다. 둘 외에 많은 차인꾼은 주인과 기쁜 얼굴로 서로 맞이하였으나 조생의 경우만은 아비도 그를 보고도 알아보지 못한 척하고, 아들도 알고도 감히 뵙지 못하였다. 간혹 그를 알아보는 사람은 야유를 퍼붓고 손가락질하며 비웃기까지 하였다.

날이 저물어서야 성 밖 움막으로 찾아갔다. 모친과 아내는 원망하며 탓하는 소리가 심해 정말 듣기 힘들 지경이었다. 조생은 일언반구도 없이 감히 입을 열지 못한 채 코를 골며 잠에 곯아떨어지고 말았다. 이튿날 편지를 쓰고 금가루를 몇 겹으로 싸서 아내에게 내주면서 부친에게 가져다드리라고 하였다. 마침 조 동지는 여러 차인꾼과 일찍 일어나 회계를 하느라 방 안에 있었다. 조생의 부인은 엉겁결에 문 안으로 들어가지 못하고 종을 불러 시아버지께 아뢰도록 하면서 먼저 싼 금가루를 들여보냈다. 조 동지가 받고 나서 편지를 뜯어보니 이렇게 쓰여 있었다.

'소자가 여러 해 동안 모은 소득이옵니다. 이것만으로도 지난날 잃은 오천 냥에 값할 듯하옵니다. 거기에 이보다 더 큰 것이 있는데 우선 이것으로 엎드려 아뢰옵니다.'

조 동지가 풀어보니 그게 다 생금 가루였다. 그 값을 따져보니 못 해도 6, 7천 냥은 되었다. 너무 기쁜 나머지 여러 차인꾼과 하던 애기를 더는

---

¹⁰² 오리정(五里程): 읍이나 읍성으로부터 5리 정도의 거리를 말한다. 대개 이곳에 정자를 만들어 사람을 전송하거나 마중하였는데, 이를 '오리정(五里亭)'이라 한다. 남원에 이 오리정이 현재도 남아 있는바, 「춘향전」에도 춘향과 이몽룡이 이곳 오리정에서 이별하는 장면이 나온다.

않고 곧장 안채로 들어가 며느리를 불러 방으로 들라 하였다. 시어머니가 화를 버럭 내며 꾸짖고 내쫓으려 하자 조 동지는,

"그게 아닐세. 잠깐 있어 보게."

라고 하면서 며느리에게 물었다.

"네 남편은 아픈 데 없이 돌아왔느냐? 탈 없이 잠은 잘 자고 아침밥도 잘 먹더냐? 너는 우선 여기 남아 어디 가지 말고 기다리고 있거라. 내 지금 나가 네 남편을 보고 오마."

그러고는 곧장 성을 나가 아들을 만났다. 아들이 절을 올리고 뵙자 조 동지가 물었다.

"네가 보낸 금가루가 적지 않던데 어떻게 손에 쥔 것이더냐?"

"그 정도로 많다고 하오리까? 큰 금덩이가 더 있사옵니다."

"어디에 두었느냐?"

아들은 행랑을 뒤져 섬돌을 꺼내 보여주었다. 조 동지가 보고는 단번에 눈이 둥그러지고 입이 쩍 벌어지는가 싶더니 어느새 놀라 쓰러졌다. 한참 만에 일어난 그는 아들의 등을 쓰다듬으며 말했다.

"관상이 거짓이 아니었구나. 내가 처음 너를 봤을 때 만석꾼이 될 상이었다. 그래서 아들로 삼았던 건데 오늘 과연 이런 금덩이를 가져왔구나. 이걸 채취해내면 우리 집 재산은 지금보다 열 배는 되겠구나. 더 이상 뭘 더 바라겠느냐? 지난번 한때 외도한 거야 젊은이면 으레 있는 일이니 다시 따지지 말자꾸나. 어서 집으로 들어가자."

그리고 고개를 돌리더니 생모에게,

"제수씨 요새 날이 추운데 주리거나 얼지 않았소? 내 바로 가마를 준비시켜 보낼 테니 당장 옛집으로 돌아갑시다."

라고 하였다. 이렇게 하여 집으로 돌아온 조 동지는 움막의 사람들을 모두 데리고 가 처음의 부자 관계를 회복하였다.

아! 아비와 아들의 뗄 수 없는 관계가 금방 풀어졌다가 다시 금새 합쳐지

다니. 재화와 이끗이 있는 데선 조심하지 않을 수 있겠는가? 그러나 시정의 부류이고 양아들의 정의인지라 또 어떻게 심하게 책망할 수 있으랴?

8-25

권 원수가 기묘한 공으로 행주성 전투에서 이김

금남(錦南) 정충신(鄭忠信)[103]은 선조 대에 국난을 이겨낸 명장이다. 처음에 광주(光州)의 아전으로 있었는데, 당시 광주목사가 된 도원수 권율(權慄)[104]이 그를 한 번 보고 장군이 될 재목임을 알아봤다. 하루는 권 공이 물그릇을 장지문 위에 두고는 한밤중이 되자 금남에게 급히 장지문을 내리라고 하였다. 금남은 곰방대로 위를 더듬어 물그릇을 먼저 내리고 장지문을 나중에 내렸다. 이때부터 권 공은 그를 더욱 기특해하며 그를 만난 인연을 아주 중하게 여겼다.

임진왜란이 일어나자 길이 다 막히고 어가가 의주에 있어 조정과 소식을 전할 수가 없었다. 이에 금남은 의주에 다녀오겠다고 자청하여 장계를 가지고 단신으로 행재소에 다다랐다. 행재소에 있던 오성(鰲城) 이

---

103 정충신(鄭忠信): 1576~1636. 자는 가행(可行), 호는 만운(晚雲), 본관은 하동이다. 원래 그는 권율(權慄) 장군의 통인 출신으로 백사(白沙) 이항복(李恒福)에게 발탁되어 임진왜란 때 큰 활약을 하였다. 뒤에 경상도병마절도사, 형조판서 등을 역임하였으며 이괄(李适)의 난 때 공을 세워 금남군(錦南君)에 봉해졌다. 저서로『만운집(晚雲集)』과 따로『백사북천일록(白沙北遷日錄)』등을 남겼다.

104 권율(權慄): 1537~1599. 자는 언신(彦愼), 호는 만취당(晚翠堂), 본관은 안동이다. 1582년 과거에 급제하여 예조좌랑, 호조정랑, 한성부판윤, 호조판서 등을 역임하였다. 그가 광주목사가 되던 해에 임진왜란이 일어나자 그는 당시 전라도관찰사 이광(李洸) 등과 함께 전라도 지역을 회복하였고, 곧이어 전라감사가 되었다. 그리고 이듬해 이 병력을 이끌고 한양 수복을 위해 행주산성에 진을 쳤으며, 이때 3만 명의 왜병을 이곳 산성에서 격퇴하였다. 이 공으로 도원수가 되어 정유재란 때까지 활약하였다. 그의 임란 때 행적을 기록한『권원수실적(權元帥實蹟)』이란 자료가 남아있다.

상공(李相公, 즉 이항복)은 권 공의 사위였다. 편지를 보고서 금남을 조정에 천거하였다. 이리하여 무과에 급제한[105] 금남은 공훈을 세워 후에 관직이 부원수에 이르렀다.

젊었을 때 금남은 오성의 집에 머물고 있었다. 오성은 우스갯소리를 잘하여 금남을 볼 때마다 이런 말을 하곤 하였다.

"장인 권 공은 별 지략이 없는데도 운이 좋아 성공했지만 나는 별로 두렵지 않다네. 만약 내가 그 위치였다면 쌓은 업적이 필시 장인보다 많이 앞섰을 거야."

그러자 금남이 웃었다. 그러던 어느 날이었다. 오성이 측간에 가 있는 즈음, 금남이 느닷없이 말을 타고 달려와 숨을 헐떡이며 들이닥쳤다.

"큰일이 났습니다, 큰일이!"

오성이 놀라 무슨 일이냐 묻자,

"왜놈 십만 명이 이미 조령을 넘었다는 경보가 방금 당도했습니다." 라고 하는 것이었다. 당시는 임진왜란을 막 겪은지라 입은 상처가 아직 가시지 않은 상태였다. 오성은 7년 동안 전쟁을 치르느라 온갖 공무에 시달리고 지쳐 있었다. 이 말을 듣게 되자 자기도 모르게 넋을 놓고 측간에 웅크린 채 주저앉아 버렸다. 그러자 금남은 껄껄 웃으면서 말을 했다.

"대감은 매번 권 공 어른을 두렵지 않다고 얘기하시더니, 지금은 왜 이리 겁을 내십니까? 방금 한 말은 농이었습니다. 권 공께서 행주대첩을 이루었을 때의 일을 말씀드리고자 하니 들어보시지요. 싸움을 치르기 전날, 밤이 깊은 후에 권 공께서 갑자기 소인을 군막 안으로 부르시더니 이렇게 말씀하셨습니다.

'내일 대전을 치러야 하는데 지형을 꿰지 못하고 있으니 몰래 나가 주변을 둘러보고 와야겠다. 너는 나를 따르거라!'

---

105 무과에 급제한: 즉 이해(1592) 행재소에서 무과를 치렀던바, 여기에 합격한 것이다.

이리하여 말 한 필로 홀로 나가 강가를 순찰하시다가 높은 언덕에 올라 진의 형세를 살피셨지요. 그때는 달이 어둡고 별도 드물어 너른 들판은 희미한데, 느닷없이 철기가 내달리고 칼과 창이 어지럽게 부딪히는 소리가 들려왔지요. 왜병이 이미 백 겹으로 에워싸 있었습니다. 소인이 권 공 어른을 올려다보며,

'이제 어떻게 나갈 수 있겠사옵니까?'

라고 여쭈자 권 공께선 태연한 얼굴로,

'내 이미 적을 깨뜨릴 법을 얻었으니 두려워하지 말거라!'

라고 했지요. 잠시 뒤 권 공께선 크게 한마디를 외쳤답니다.

'내일 싸움을 하기로 했거늘 지금 이렇게 기마를 풀어 포위하는 것은 비겁한 일이다. 신의가 없구나. 충신(忠信) 너는 왜장이 있는 곳으로 가 이 말을 전갈하고 오너라!'

소인은 '예, 예' 했으나 감히 발을 떼지 못하고 있었지요. 그러자 다시 소리치셨답니다.

'두 나라가 싸움을 치르는 일은 지금 이 순간에 달려있으니 속히 가거라!'

마침내 소인은 만 번 죽음을 무릅쓰고 가서 장군의 영을 전갈하였답니다. 왜장은 한참을 생각하더니 진중에 영을 내려 통로를 열어 내보내도록 해주었지요. 진 사이로 길이 열렸으나, 칼과 창이 몸에 닿을 듯하고 말 한 필이 겨우 지나갈 정도였답니다. 권 공께서는 그제야 고삐를 늦추고 천천히 말을 몰아 진문 밖으로 나가시더니 다시 소인을 불렀지요.

'다시 가서 전갈하거라! 내 등나무 채찍을 그 자리에 놔두고 나왔구나. 꼭 찾아서 돌려주라 하거라.'

만 길 구덩이에서 겨우 빠져나왔다가 다시 천 길 바다 파도 속으로 들어가는 격이라 소인은 이때의 걸음은 진정 감당하기 어려웠답니다. 하지만 그 영을 감히 어길 수 없어 또 만 번 죽음을 무릅쓰고 가서 그 말씀을 전했지요. 왜장이 아래에 영을 내리자 군진이 채찍을 찾느라 들

끓듯 하였답니다. 소인이 돌아와 보고하자 비로소 권 공께선 느릿느릿 말을 몰아 우리 진으로 돌아왔답니다. 그런데 군막 안을 보니 그 등나무 채찍이 그대로 있었답니다. 소인이 그 연유를 여쭈자, 공께서는 이렇게 말씀하시더군요.

'병법에서는 속이는 걸 꺼리지 않는 법이다. 여기에 있는 채찍을 저기에서 찾았던 것은 저쪽 진중을 요란하게 뒤흔들어 편히 잠잘 겨를도 주지 않게 하려는 의도였다. 바로 적을 흔드는 술책이었느니라. 너는 이 점을 염두에 두어야 할 게야.'

그러시면서 갑옷을 벗고 누우시더니 우레 치듯 코를 고시더군요. 소인은 땀이 등짝을 적셨고 저도 모르게 그 술수에 놀라고 탄복했답니다. 다음 날, 이 큰 싸움에서 대첩(즉 행주대첩)을 거두었답니다. 그러니 권 공의 용병술은 귀신도 헤아릴 수 없으며, 담략과 영걸함은 비록 옛날의 명장들이라도 이보다 낫지 못할 것입니다. 하온데 지금 대감께선 왜병이 쳐들어왔다는 소식만 들고도 놀랍고 두려워 어찌할 줄 모르시다니요. 허니 어떻게 권 공을 두려워하지 않는다고 하시는지요?"

이 말에 오성은 씩 웃었다.

"내 속마음은 두려웠던 게 아니네. 다만 자네를 시험해본 것뿐이네."

이처럼 세 사람은 모두 세상에 드문 인걸이었다. 권 공의 지략과 이 공의 해학, 정 공의 충용(忠勇)은 불세출의 장관이라 할 것이다.

8-26

뛰어난 예지력을 지닌 유 거사가 왜승을 잡음

유(柳) 거사[106]는 안동 사람으로, 서애(西厓) 유(柳) 상국[107]의 숙부이다. 외모가 엉성하고 못난데다 행실마저 답답하기 짝이 없었다. 평소엔 말을 않고 웃지도 않았으며, 초막 하나를 지어 문을 닫은 채 그 안에서 책만 보는 것이었다. 이런 그를 서애는 그저 한 치숙(癡叔)으로만 보았다. 어느 날 유 거사가 서애에게 말했다.

"자네 나와 심심풀이 바둑 한판 두겠는가?"

원래 서애는 바둑의 고수였다. 이 치숙이 바둑 두는 걸 일찍이 본 적이 없던 터라,

"숙부님도 바둑 둘 줄 아십니까?"

라고 되물었다. 이리하여 바둑을 두게 되었는데, 서애가 내리 세 판을 지고 말았다. 깜짝 놀라 신기해할 즈음 거사가 입을 열었다.

"이제 바둑은 그만두세. 오늘 저녁 한 중이 필시 자네 집을 찾아올 거야. 꼭 내가 있는 초막으로 딸려 보내도록 하게."

서애는 숙부가 중이 찾아올 걸 미리 안다는 말에 적이 괴이쩍었으나 일부러,

"알겠습니다."

라고 하였다. 그런데 그날 저녁 과연 한 중이 찾아왔다.

"묘향산에서 수도하고 있사온데 여기서 묵고 갔으면 하옵니다."

라고 하는 것이었다. 서애는 숙부의 말이 딱 맞아떨어지자 놀라지 않을

---

106 유(柳) 거사: 실재한 인물이 아니라 허구의 인물로 설정한 것이다. 유성룡에게는 직계 숙부가 없었기 때문이다. 참고로 민간에서는 이 인물이 유성룡의 형인 유운룡(柳雲龍) 으로 전해지기도 한다. 유운룡은 술수학에 능통하여 다른 야담류에 자주 등장한다. 한편 이 유거사에 관해 따로 홍신유(洪愼猷, 1724~?)의 「유거사(柳居士)」(『백화자집(白 華子集)』)라는 장편의 한시를 남긴 바 있다.

107 유(柳) 상국: 즉 유성룡(柳成龍, 1542~1607). 자는 이현(而見), 서애는 그의 호, 본관은 풍산이다. 1566년 과거에 급제하여 도승지, 경상도관찰사, 예조·병조·이조판서, 대 제학 등을 거쳐 삼정승까지 두루 역임하였다. 임진왜란이 일어나자 영의정 겸 도체찰 사로서 분신하였으며, 이순신 등을 발탁하여 국면을 전환하는 데 기여하였다. 마침 이 전란의 시기에 당파싸움이 가열되어 서인 세력의 공격을 받기도 하였다. 이 전란 을 치르며 『징비록(懲毖錄)』, 『난후잡록(亂後雜錄)』 등을 남겼다. 저서로 『서애집(西 厓集)』이 있다.

수 없었다. 소반을 대접하고 숙부의 초막으로 보내주었다. 찾아온 중을 본 거사는,

"내 선사가 올 줄 알았소!"

라며 맞았다. 중은 얼굴빛이 흔들렸다.

"어떻게 아셨는지요?"

"아까 우리 조카네 집으로 들어가는 걸 보았소. 해서 분명히 조용한 집으로 와서 묵을 줄 알았소."

그러고 나서 거사는 더 이상 얘기를 나누지 않고 코를 골며 자는 것이었다. 중도 잠이 들었다. 그 사이에 거사가 그의 바랑을 열어 살펴보니 그 안에 동국지도(東國地圖)[108] 한 권이 있었다. 국경의 요새와 번진(藩鎭)의 형세 및 사람과 물자, 군량과 병기 등이 낱낱이 기록돼있었다. 또 두 자루의 단검이 있었는데 칼날이 날카로웠다.[109] 거사는 이 검을 들고 중의 배 위로 올라타서는 청정(淸正)[110]을 보고 외쳤다.

---

108 동국지도(東國地圖): 여기서는 조선지도책이라는 뜻이다. 따로 『동국지도(東國地圖)』는 1463년에 제작하였으며, 이 이후로도 동명의 지도가 만들어졌다.

109 그날 저녁 …… 칼날이 날카로웠다: 이 부분이 동양문고본에는 달리 기술되어 있다. 그 내용을 여기에 소개해둔다. "그날 저녁 과연 한 중이 찾아왔다. 그는 외모가 당당했으며 나이는 삼사십쯤 되어 보였다. 어디 사느냐고 묻자 이렇게 대답하는 것이었다. '강릉 오대산에 있사온데 영남의 산천을 유람하기 위해 왔습니다. 지금 돌아가는 길인데, 대감의 맑은 덕과 고아한 명망이 세상에 제일이라는 소리를 듣고서 잠시 와서 배알하려던 참이옵니다. 그런데 날이 이미 저물고 말았으니 거적때기라도 내주시어 묵어갈 수 있기를 바라옵니다.' '집안에 유고가 있어 머물러 주무시기가 불가하오. 이 마을 뒤편에 암자가 있으니 그곳에 가서 묵으시오.' 중은 몇 번이고 애걸하였으나 일절 거절하였다. 그래서 부득이 암자를 찾아가게 되었다. 이때 치숙은 계집종을 사당(祠堂)처럼 꾸미고 자신은 거사(居士)처럼 꾸민 채 문을 열어주며 인사를 나누고 맞이하였다. '어디서 오신 스님이온지?' 중이 대답하고 집 안으로 들어가자, 거사는 먼저 한 병의 맛 좋은 술로 대접하고 이어서 저녁밥을 올렸다. 음식은 매우 정갈하였다. 중은 배불리 먹고 취해 곯아떨어졌다. 밤이 깊어지자……."

110 청정(淸正): 즉 가등청정(加藤淸正, 1562~1611). 전국시대를 통일하고 막부 체제를 열었던 풍신수길(豐臣秀吉)과 육촌 사이로, 그의 막하에서 전공을 세웠으며 임진왜란 때는 소서행장(小西行長)과 조선 침략의 선봉이 되었다.

"네가 네 죄를 알렸다?"

중이 놀라 쳐다보니 밝게 번쩍이는 날카로운 검이 머리맡에 겨누어져 있었다.

"소승은 죄가 없사오니 부디 이 목숨을 살려주시오!"

"바랑 속의 지도로도 네 죄가 없단 말이냐? 세 번이나 조선 땅에 들어왔으니 이 또한 네 죄가 아니더냐? 우리나라를 아무도 없다는 듯이 엿보았으니 어찌 네 죄가 아니더냐?"

중은 입을 다문 채 말을 하지 못하였다. 끝내 애걸할밖에.

"실낱같은 이 목숨을 살려주신다면 당장 바다를 건너가 결초보은하리다."

거사는 길게 한숨을 쉬더니 탄식하였다.

"우리나라에 칠 년간의 재앙[111]이 있게 됨은 하늘이 정한 운수로다. 내가 너처럼 어미 잃고 죽게 된 새 새끼나 죽어 문드러진 쥐새끼[112] 같은 존재를 죽인들 무슨 이익이겠느냐? 지금 네 목숨을 부지시켜 줄 터이니, 이후에 너희 왜놈들이 이 안동 땅에 한 발이라도 들인다면 모조리 섬멸시켜 하나도 남기지 않을 테다. 너는 속히 바다를 건너 돌아가거라!"

중은 '예, 예' 하며 곧장 사죄하고 도망치듯 가버렸다. 임진년 왜란으로 팔도가 유린당했으나 안동 땅만은 이 병화를 면했으니, 바로 유 거사의 공이었다.[113]

---

111 칠 년간의 재앙: 즉 1592년에서 1598년 사이 임진왜란과 정유재란의 재앙을 가리킨다.

112 어미 잃고 …… 문드러진 쥐새끼: 원문은 '孤雛腐鼠'로, 의지처를 잃은 하찮은 존재가 곧 죽게 될 상황을 빗댄 말로 쓰인다. 이런 예로 『후한서』의 「두헌전(竇憲傳)」에 나오는 "今貴主尙見枉奪, 何況小人哉! 國家棄憲, 如孤雛腐鼠耳."를 들 수 있다.

113 중은 입을 …… 거사의 공이었다: 이 부분도 동양문고본에는 달리 기술되어 있어서 따로 소개해둔다. "이에 중이 실토하였다. '과연 저는 일본사람입니다. 관백(關伯)인 평수길(平秀吉)이 출병을 하여 조선을 함락시키고자 하는데, 꺼려지는 이가 앞집에 계시는 대감인지라 소승을 시켜 우선 제거하고자 한 것입니다. 지금 이미 선생의 신령한 혜안으로 탄로가 나고 말았으니 감히 다시는 이런 일을 하지 못하겠군요.'

원 도독이 산해관에서 오랑캐부대를 궤멸시킴

명나라 말에 우리 사신이 중원 땅으로 들어갔다. 그때 도독(都督) 원숭환(袁崇煥)[114]은 산해관(山海關)을 거점으로 건주의 오랑캐[建虜][115]를 막고 있었다. 그는 이제 겨우 스물 남짓이었다. 우리 사신을 영접하여 함께 바둑을 두는데 온화한 얼굴에 여유와 기품이 있었다. 담소로 주변을 휘어잡기까지 하였다. 성안은 고요한 게 마치 사람이 없는 듯하였다. 그런데 막 정오가 될 즈음, 전령 한 명이 그의 앞으로 달려와 아뢰었다.

"누르하치[奴兒哈赤][116]가 십만 병사를 거느리고 쳐들어와 삼십 리 밖에 주둔하고 있습니다!"

그런데 도독은,

이 말을 들은 거사가 탄식하였다. '우리나라에 칠 년간의 재앙이 있을 것은 하늘의 운수이니, 인력으로 되랴? 이후에 너희 왜놈들이 이 안동 땅에 한 발이라도 들인다면 모조리 섬멸시켜 하나도 남기지 않을 것이다. 내가 너처럼 어미 잃고 죽게 된 새 새끼나 죽어 문드러진 쥐새끼 같은 존재를 죽이자고 어찌 내 칼을 더럽힐 수 있겠느냐? 내 지금 네놈을 살려줄 터이니 하루속히 바다를 건너가거라!' 중은 머리를 감싸며 쥐가 숨듯 도망쳤다. 돌아가 평수길을 만나 이 일을 세세히 전하자, 평수길이 크게 놀라워 마지않았다. 임진왜란 때는 군중에 영을 내려 바다를 건너가서는 안동 땅으로는 한 발짝도 접근하지 못하게 하였다. 이리하여 안동 땅은 무사히 화를 면했으니, 바로 거사의 공이었다."

114 원숭환(袁崇煥): 1584~1630. 자는 원소(元素), 호는 자여(自如)로, 명말의 명장이다. 1619년 이후 후금과의 전투에서 공을 많이 세웠다. 특히 1626년에 있었던 이 전투는 '영원대첩(寧遠大捷)'으로, 실제 13만 명의 후금군을 궤멸시켰다. 이후 후금의 2대인 홍타이지[皇太極]와 대결하였다가 반간계에 빠져 반역죄로 죽임을 당했다. 시에 뛰어났으며, 저서로 『원독사유집(袁督師遺集)』이 있다.

115 건주의 오랑캐[建虜]: 남만주 지역의 건주(建州) 땅을 기반으로 한 여진족이다. 당시 여진족은 크게 세 지역으로 나뉘어 있었던 바, 이곳 건주여진과 동북부 지역의 야인여진(野人女眞), 남동부 연안의 해서여진(海西女眞)으로 구분된다. 이 중 건주의 좌위(左衛)였던 누르하치가 이 세력들을 모두 흡수하여 1616년 후금을 세웠다.

116 누르하치[奴兒哈赤]: 즉 아이신기오로 누르하치(愛新覺羅 奴兒哈赤, 1559~1626). 후금을 세워 이 지역을 지배하였으며, 실제 이 싸움 뒤에 죽은 것으로 알려져 있다. 이후 그의 아들 홍타이지가 국호를 '청(淸)'이라 하였으며, 명나라를 무너뜨려 중국을 지배하게 되었다.

"그래."

라고만 하였다. 우리 쪽 사신이,

"지금 많은 적군이 경내에 들이닥쳤나이다. 공께서는 어찌 방어책을 내지 않으시는지요? 이제 바둑판은 접으시지요."

라고 해도,

"걱정하지 마오. 이미 조처해 놓았으니 말이요."

라며 여전히 바둑을 두었다. 잠시 뒤 보고가 또 올라왔다.

"이십 리에 있습니다!"

다시 보고가 올라왔다.

"이제 십 리 밖이옵니다!"

그제야 도독은 우리 쪽 사신과 함께 망루에 올라 주변을 돌아봤다. 한눈에 펼쳐져 있는 평야에 오랑캐 기마가 개미 떼처럼 보였다. 먹구름이 짓누르듯 깔렸고 북풍은 스산하게 불어왔다. 사신이 성안을 돌아보니 보루 위엔 깃발만 나부끼고 있었다. 병력은 채 삼천도 되지 않았다. 사신이 몹시 두려워하고 있는 가운데 도독은 한 장교를 불러 귀엣말을 하였다.

"이리이리 하거라!"

장교는 '예, 예' 하고 물러났다. 그는 이전처럼 술을 따라 마셨다. 이윽고 성루 위에서 포 소리가 한 번 일자, 순식간에 하늘이 무너지고 땅이 꺼지는 소리가 들려왔다. 연기와 불꽃이 들을 뒤덮었다. 오랑캐의 진영은 죄다 그 잿더미 안으로 들어갔으니 피비린내가 코를 막을 지경이었다. 사신은 그때 비로소 그곳에 지뢰포(地雷砲)[117]를 미리 매설했다는 얘

---

[117] 지뢰포(地雷砲): 지금의 지뢰이다. 이 지뢰포는 지금처럼 압력으로 폭발하는 방식이 아니고 포마다 도화선을 연결하여 터뜨렸다. 앞의 '성루 위에서 포 소리가 한 번 일자' 는 이 지뢰들이 터지도록 도화선을 발파한 것으로 판단된다. 한편 원숭환이 이 전투 에서 누르하치 군대를 궤멸시키는 데 이용한 포는 홍이포(紅夷砲)라고 알려져 있다. 홍이포는 네덜란드[紅夷]의 대포를 모방하여 만든 중국식 대포이다.

기를 들게 되었다. 이것은 그야말로 천하에 없는 장관이었다. 황혼 녘이
되자 연기와 날리던 재가 점차 잦아들었다. 그러다 야산 머리에 한 등불
이 깜박깜박하며 도망하는 모습이 눈에 들어왔다. 도독은 탄식하였다.

"천명이로구나!"

한 장교를 불러서는 일렀다.

"저 등불은 바로 도망하는 누르하치이다. 너는 술병을 가지고 말을
달려가서 그에게 주거라. 또 내 말도 전하여라. '십 년 간 양성한 군대가
하루아침에 재가 되고 말았으니 내 이 변변찮은 술로 위로하노라'라고."

장교가 가서 전하자, 오랑캐 추장은 이 술을 받아 통절히 마시고 달아
났다. 사신은 정신을 차리고 이 일의 자초지종을 듣고는 하직하고 떠나
갔다고 한다.

8-28

명나라 장수가 청석동에서 왜검객을 처단함

명나라 장수 제독 이여송(李如松)은 임진왜란이 일어나자 5천의 병사
를 이끌고 동쪽으로 조선을 도우러 왔다. 평양에서 크게 이겨 왜병의
우두머리인 평행장(平行長)[118]이 야밤에 도주하였다. 승승장구하여 청석
동(靑石洞)[119]에 이르렀을 즈음이었다. 이곳은 험한 데다 주변은 대부분
막혔으며, 나무는 하늘에 닿을 듯하고 계곡물은 굽이굽이 돌고 있었다.

---

118 평행장(平行長): 즉 소서행장(小西行長, 1558~1600). 임진왜란 때 가등청정(加藤淸正)
과 함께 선봉장이었다. 평행장이라는 표현은 소서라는 원래 성 대신에 일본 쪽의
평씨 성을 붙인 것이다. 우리 쪽에선 이 '平' 자를 파자하여 욕으로 쓰기도 했다.

119 청석동(靑石洞): 개성 북쪽에 있었던 지역으로, 일명 '청석골'이다. 한양에서 평양,
의주로 가는 길목에 위치해 있었다. 홍길동이나 임꺽정 같은 활빈당들의 활동무대이
자, 「변강쇠가」에서 변강쇠와 옹녀가 만나는 장소이기도 했다.

갑자기 앞쪽에서 흰 기운이 하늘에 뻗쳤고 냉기가 오싹하였다.

"분명 왜병 가운데 검객부대로군!"

제독은 이리 판단하고 행군을 멈추고 양쪽으로 길을 열어 일렬로 서게 하였다. 그리고 말 위에서 쌍검을 뽑아 들더니 몸을 솟구쳐 공중으로 뛰어올랐다. 군사들이 쳐다봤으나 그저 칼자루 소리만이 흰 기운 감도는 속에서 '챙챙' 하고 울릴 뿐이었다. 잠시 뒤 왜인의 몸뚱이와 머리통이 어지럽게 땅에 떨어졌다. 냉기가 막 그치자 제독은 올곧이 내려와 말 위에 있었다. 이윽고 북을 울리며 행군하여 청석동 입구를 빠져나왔다. 그러나 벽제(碧蹄) 싸움에서 패하여 개성으로 군대를 물리고는 진공할 뜻이 없었다.

서애 유성룡(柳成龍) 상공이 접반사로 그를 찾아가 군무를 논의하였다. 그때 제독은 마침 머리를 빗으며 말을 하다가 멀리 하늘가를 바라봤다. 한 줄기 흰빛이 먼 데서부터 다가오는 것이었다. 제독은 급히 상투를 틀며 말하였다.

"검객이 찾아왔군!"

벽에 걸린 쌍검을 뽑아 깊숙한 방으로 피해 들어가면서 문을 닫지는 않았다. 서애더러 그 자리에 있으면서 동정을 살피라고도 하였다. 순간 흰빛의 기운이 방 깊숙히 날아들었고, 챙챙 하며 칼 부딪치는 소리가 연이어 들릴 뿐이었다. 냉기는 방을 가득 채웠다. 서애는 마음과 혼이 두려움에 떨어 정신을 차릴 수 없었다. 그런데 느닷없이 발 하나가 튀어나와 문을 치더니 다시 들어가 버렸다. 서애는 제독의 발이라 생각하고, 또 문을 치고 들어간 건 문을 닫으려 한 것으로 이해하여 마침내 일어나 그 문을 닫았다. 잠시 뒤 제독이 문을 열고 나와서는 들고 있던 고운 미인의 머리를 바닥에 내던졌다. 그제야 정신을 조금 차린 서애가 축하해 마지않았다. 이에 제독이 말하였다.

"원래 왜병 가운데는 검객이 많은데 청석동에서 다 쓸었었소. 그러나

이 미인은 그중에서도 제일 고수로, 검술 실력이 신의 경지라 천하에 무적이오. 내 항상 신경을 쓰고 있었던 터요. 지금 다행히 그녀를 베었으니 이제 더 걱정할 게 없어졌소. 그런데 그대가 문을 닫은 일은 어떻게 알아채고 한 것이오?"

"문을 치고 다시 들어가기에 그 의미를 알았답니다."

또 물었다.

"그러면 그대는 어찌 그것이 내 발인 줄 알고 닫은 것이오?"

"왜놈들의 발은 작지요. 아까 본 건 큰 발이었으니, 어찌 장군의 발인 줄 몰랐겠습니까?"

"조선에도 인물이 있군!"

그러자 서애가 물었다.

"하온데 문을 닫은 의도는 무엇이었습니까?"

"저 미인은 검술을 바다 위 드넓은 곳에서 배웠기에 내가 협실로 유인하여 그 능력을 제대로 발휘하지 못하게 한 거라오. 검을 겨룬 지 수십 합에 저 미인이 점점 힘을 잃어가는 걸 볼 수 있었소. 그러다 문을 열고 멀리 도망칠까 염려했기에 그 문을 닫으려고 한 것이오. 만약 저자가 한 번 문밖으로 나가 만 리 벽해로 가게 되었다면, 어디서 잡을 수 있었겠소? 그러니 오늘 이 일은 그대가 문을 닫은 공이 실로 크다고 하겠소."

이때부터 서애를 더욱 믿고 존중하게 되었다.

8-29

운남에서 미녀를 데려와 큰 은혜에 보답함

제독 이여송(李如松)이 조선으로 출병하여 평양에 주둔하고 있을 때 김씨(金氏) 성의 역관 한 명을 몹시 아끼게 되었다. 김 역관은 이제 막

스무 살 남짓으로 수려한 외모의 미남자였다. 제독은 밤낮으로 그와 가까이 지내며 잠시도 서로 떨어지지 않았다. 한 여자와 방을 독차지하여 나누는 사랑도 이보다 더할 순 없었다. 말만 하면 반드시 들어준다고 제독은 김 역관이 원하는 일이 있으면 무조건 다 따라주었다. 급기야 철군해서 귀국할 때도 아예 그를 데리고 갔다.

책문(柵門)[120]에 이르렀을 때 군량 보급의 기한을 어긴 사건이 일어났다. 제독은 대로하여 요동 도통(都統)[121]을 군율로 처벌하려 했다. 이 도통에게는 아들이 셋이 있었다. 맏아들은 시랑(侍郎)이고, 둘째는 서길사(庶吉士)[122]였으며, 막내는 신통력을 가진 승려였다. 황제는 막내를 신사(神師)로 대우하여 황궁 안에 별원(別院)을 지어 그곳에 머무르게 하였다. 이는 마치 당나라 숙종이 이업후(李鄴侯)[123]를 대우하는 것과 같았다. 이때 세 아들은 이 소식을 접하고 다들 경황없이 요동으로 모여들어 아비를 구할 계책을 의논하였다. 막내인 신승(神僧)이 말했다.

"제가 듣자 하니 김씨 성을 가진 조선 역관이 제독께 총애받아 그가 하는 말이면 들어주지 않은 게 없다고 합니다. 그를 만나서 간청해야 하지 않겠습니까?"

이리하여 마침내 셋은 도독부의 군문 앞으로 찾아가 김 역관과의 면

---

120 책문(柵門): 요동의 구련성(九連城)과 봉황성(鳳凰城) 사이에 있던 관문이다. 조선의 사신이 압록강을 건너 처음 만나게 되는 요새 중의 하나이기도 했다.

121 도통(都統): 중국 병제에서 특정 지역을 관할하던 무관이다. 요동 도통은 요동 지역을 통괄하며 위계의 최고위인 원수의 통제를 받았다. 곧 부원수에 해당한다.

122 서길사(庶吉士): 명나라 때의 관직명으로, 진사 가운데 학문이 뛰어난 자를 뽑았다. 일종의 산관(散官)으로 주로 한림원에 소속되어 일정 기간 학문과 수양을 하게 하였다. 조선시대의 사가독서(賜家讀書)와 비슷하다.

123 이업후(李鄴侯): 즉 이필(李泌, ?~789)이다. 그는 자가 장원(長源)으로, 뒤에 업현후(鄴縣侯)에 봉해져서 업후라 한다. 당나라 현종 때 재상으로 명성이 높았으며, 현종은 아들 숙종에게 그를 잘 모시라는 유언을 남긴 바 있다. 숙종은 이후에 그를 초빙하여 함께 수레를 타는 등 극진하게 대우하였다.

회를 청하였다. 이에 김 역관이 제독에게,

"아무 관직의 형제 세 분이 소인을 만나겠다고 하옵니다. 이를 어떻게 해야 할는지요?"

라고 여쭈자 제독이 말하였다.

"필시 제 아비의 목숨을 구걸하려는 일 때문일 게다. 그런데 저들은 우리 조정에서 존중하는 인물들이니, 외국의 하급 역관인 네가 어찌 한 번 가서 만나지 않을 수 있겠느냐?"

역관이 나와 맞이하니 세 사람은 함께 인사를 올리고 간청하는 것이었다.

"부친께서 불행히 변고를 당해 아무래도 살길이 없소이다. 바라건대 당신이 우리를 위해 잘 아뢰어 곧 죽을 목숨을 보전해주신다면 천만다행이고 다행이겠소."

"외국의 하찮은 주제로 어찌 감히 천장(天將)의 군율에 관여하고 이를 어지럽힐 수 있겠습니까? 그렇지만 귀인의 간청이 이처럼 근실하니 감히 저라고 거절할 수 있겠습니까? 삼가 천장께 품달할 터이니 그 처분을 기다려 주시지요."

그리고 곧장 들어갔다. 제독이 물었다.

"저들이 한 말은 과연 도통의 일이었지?"

"그렇사옵니다."

김 역관이 주고받은 얘기의 전말을 상세히 올리자 제독은 한참을 골똘히 생각하였다.

"나는 전쟁터를 누비며 한 번도 사적인 간청 때문에 공사를 해친 적이 없었노라. 지금 네가 보잘것없는 형편에 저 귀인들의 간곡한 부탁을 받았으니 네 처지가 얼마나 절실할지 내 알겠다. 게다가 내가 너를 여기에 데려왔으나 달리 네게 생색낼 것도 없구나. 그러니 군율이 지엄하다 하나 너를 위해 한번 힘써 보마."

김 역관이 밖으로 나와 세 사람을 보고 제독이 말한 바를 죄다 알렸다. 그러자 세 사람은 나란히 머리를 숙이며 두 번 절을 하였다.

"당신의 은덕으로 아버님의 목숨을 구하게 되었습니다. 천지보다 크고 바다보다 깊으니, 이 일을 어떻게 보답할지요? 깃과 털[羽毛], 상아와 가죽[齒革], 금과 은[金銀], 구슬과 비단[玉帛] 등 이런 것을 청하기만 하면 바로 드리겠소."

"저의 집은 본디 근검절약하는지라 보배 따위의 귀중품이나 애호품은 정말이지 원하는 바가 아닙니다."

"지금 당신은 조선의 한 역관이나 만약 상국(즉 명나라)의 명으로 당신 나라의 재상을 시켜준다면 어떻겠소?"

"저희 나라는 오로지 명분을 중시하옵니다. 저는 곧 중인이온데 재상이 된다면 '중인정승(中人政丞)'이라고 손가락질을 받을 것입니다. 그러니 안 하느니만 못하외다."

"그렇다면 당신에게 상국의 높은 벼슬을 내려주어 중원 땅에서 고관대작의 집안을 만들어주면 어떻겠소?"

"저희 부모님이 생존해 계시온데 지금 멀리 떨어져 있어 마음이 절절하답니다. 속히 돌아가기만을 원하지요. 하루가 삼추(三秋) 같으니 제독께서 회군한 뒤에 제게 고향으로 돌아가라는 영을 내려주신다면 이보다 큰 은혜가 있겠습니까."

이에 세 사람은 말했다.

"비록 그러하나 은혜를 보답하지 않을 수 없으니 당신은 원하는 바를 꼭 말해주시오. 그것이 아무리 귀한 물건이나 아무리 따르기 어려운 청이라도 반드시 받들어 모시겠소."

이렇게 간청하기를 마지않았다. 그러자 김 역관은 순간 툭 내뱉었다.

"제가 원하는 바는 없습니다만 단지 하나 천하일색을 한번 보고 싶었지요."

이 말을 들은 세 사람은 서로 멍하니 쳐다볼 뿐이었다. 한참 만에 신승이 대답했다.

"그거 어렵지 않소!"

이렇게 하여 서로 헤어졌다. 김 역관이 안으로 들어와 제독을 뵈니 제독이 물었다.

"저들이 분명 너에게 은혜를 갚겠다고 했을 터인데, 너는 무엇을 원한다고 말했더냐?"

"천하일색을 한번 보고 싶다고 했사옵니다."

그러자 제독은 벌떡 일어나더니 손을 잡고 등을 쓰다듬었다.

"너는 소국 출신이거늘 어찌 말은 그리도 담대하단 말이냐? 저들이 다 들어주겠다고 하더냐?"

"그렇게 하기로 했사옵니다."

"저들은 어디서 구해 온다고 하더냐? 황제 같은 귀인이라도 졸지에 얻기는 쉬운 일이 아니거늘."

이후 김 역관은 제독을 따라 황성(皇城, 즉 북경)으로 들어갔다. 세 사람이 찾아와 한 집으로 그를 데려갔다. 그 집은 막 새로 지은 굉장히 큰 누각이었다. 규모가 넓은 데다 확 트였으며 금칠과 푸른빛이 눈부시게 빛났다. 저들은 다과를 내와서는,

"가지 말고 오늘 밤 쭉 계시오."

라고 하였다. 잠시 뒤 온방에서 향내가 코를 찌르는 가운데 안채 문이 열려 있고 그곳에 곱게 단장한 수십 명의 여희가 있었다. 어떤 이는 향로를 받들고 또 어떤 이는 붉은 천으로 장식한 상자를 든 채 둘이 짝을 맞춰 줄줄이 나와 대청 앞에 섰다. 김 역관이 보니 죄다 경국지색이었다. 다 보고는 일어나려 하자 세 사람이 물었다.

"왜 일어나시오?"

"제가 이미 천하일색을 보았으니 더 머물러 있을 필요가 없습니다."

세 사람이 웃었다.

"저 아이들은 시녀일 뿐 어찌 천하일색을 본 것이겠소? 천하일색은 이제 곧 나올 것이오."

이윽고 안채 문이 활짝 열리더니 한 줄기 난향(蘭香)과 사향(麝香)이 흠뻑 풍겨왔다. 시녀 십여 명이 옆에서 보호하며 나와서는 대청으로 올라와 자리하였다. 연지와 분으로 곱게 단장한 한 여인이 의자에 앉았다. 세 사람과 김 역관도 자리를 잡아 의자에 앉았다.

"저이가 바로 그대가 만나보기를 원했던 천하의 일색이오. 과연 어떠하오?"

역관이 그녀를 보니 온몸의 구슬과 비취가 곱고 화려하여 사람의 눈을 빼앗았으며 정신까지 흔들었다. 멍한 중에 그 실물이 눈에 들어오지 않아 어떤 모습인지를 알 수 없을 정도였다. 세 사람이 말하였다.

"오늘 밤 그대는 꼭 저이와 운우지정을 누리시오."

"저는 한번 보기를 원했을 뿐, 정말 다른 뜻은 없었습니다."

"이 무슨 말이오? 우리는 그대에게 은혜를 졌소. 그대가 천하일색을 만나보았으면 하니 머리가 다 닳고 발꿈치가 없어지는 한이 있더라도 그 청을 들어주지 않을 수 있겠소? 천하의 둘째, 셋째 미인은 얻기 어렵지 않으나 일색은 천자의 위세로도 얻기 어렵다오. 연전에 운남왕(雲南王)[124]이 남과 원수를 진 일이 있었는데 우리가 그를 위해 복수를 해줬었소. 그랬더니 왕은 이 은혜를 갚고자 하여 우리가 원하는 것이면 들어주지 않을 게 없을 태세였소. 그런데 이 왕의 딸이 천하의 일색이었다오. 그대가 이미 천하의 일색을 만나고 싶다고 했으니 어물어물 미루기만

---

124 운남왕(雲南王): 지금의 운남성 지역에 할거하고 있었던 목씨(沐氏) 왕부(王府)이다. 이 지역은 역사적으로 중국의 변경(藩境)으로, 명나라 때는 서평후(西平侯) 목영(沐英)이 독자적인 세력을 형성하며 스스로 운남왕이라 칭하였다. 이 이야기의 배경으로 보아 여기 운남왕은 목영의 후손인 목창조(沐昌祚, ?~1625)로 판단된다.

해서는 곤란하다 싶었소. 해서 그날 그대와 이별한 뒤에 바로 주선자를 운남왕에게 급파했더니 왕도 이를 허락하였소. 그대가 북경으로 들어오는 날에 맞춰 여인을 꼭 데려오고 싶었소. 그러다 보니 그사이에 천리마세 필이 넘겨졌고 은자 수만 냥을 썼다오. 이는 운남 땅과 북경과의 거리가 삼만 리나 먼 길이었기 때문이오. 이렇게 오늘 만나게 된 거요. 그대는 사내이고 저이는 여자인데 한 번 보기만 하고 헤어진다니! 저 여인은 국왕의 친딸이거늘 어찌 일없이 타국의 남자를 만날 이유가 있겠소? 일의 이치가 이래서는 안 되니 더는 거절하지 마오. 오늘 이렇게 좋은 때에 합근례를 치르는 게 마땅하지 않겠소?"

역관은 어쩔 수 없이 하룻밤 묵으며 같이 음식상을 놓고 초례를 치렀다. 차려진 신방에는 촛불이 밝게 비추고 사향이 진동했다. 눈은 몽롱하고 정신은 황홀하여 이른바 미인을 앞에 두고도 보지 못하는 격이었다. 놀라 겨를이 없던 차 의구심마저 들어, 들뜬 나비가 꽃을 탐하는 마음이 사라지고 원앙이 물결을 차는 소리마저 멎고 말았다. 세 사람은 밖에서 엿보다 이렇게 풍정과 재미가 사라진 걸 알아채고 김 역관을 불러냈다.

"합환의 즐거움이 어찌 그리도 조용하오? 그대의 눈이 아주 막히고 정신마저 약해져서 그런 게 아니겠소?"

그러더니 접시 하나를 내와 그의 앞에 두었다.

"드셔보시오. 이것은 촉산(蜀山)에서 나는 홍삼이라오."

김 역관이 다 마시고 방으로 들어가자 눈은 맑아지고 정신은 상쾌해졌다. 그리고 여인의 머리카락과 얼굴빛이 환하게 눈에 들어왔다. 그야말로 꽃 같은 얼굴에 달 같은 자태는 천상의 선녀 같았다. 마침내 그녀와 동침하였다. 아침이 되어 잠에서 깨니 세 사람은 이미 와서 기다리고 있었다. 그들은 김 역관에게 물었다.

"이제 저 여인을 어떻게 할 셈이오?"

"저는 외국 사람으로 이렇게 갑자기 분에 넘치는 은혜를 입고 보니 앞으로 닥칠 일에 대해서는 생각해보지 못했소."

"그대가 운 좋게 이런 기이한 만남으로 천하의 일색을 얻게 되었거늘, 한 번 정을 나누고 헤어지는 걸 차마 할 수 있겠소? 그러나 그대는 외국 사람으로 데려가 함께 살기도 어렵거니와 집안의 사사로운 정을 떼고 여기서 해로하는 것도 의리상 맞지 않을 거요. 우리 세 사람은 이미 큰 은덕을 입었으니 그대의 일에 어찌 소홀히 할 수 있겠소? 그대는 역관의 임무를 맡고 있으니 매년 정사(正使)가 사행할 때마다 필시 역관으로 수행하여 들어오게 될 것이오. 그때마다 한 번씩 만나는 거야 견우와 직녀가 칠석마다 만나는 것과 같으니, 이 또한 아름다운 일이 아니겠소? 우리가 마땅히 이곳에 있으면서 일을 주관하리다."

김 역관은 과연 저들의 말을 따라 젊은 시절부터 늙을 때까지 역관으로 매년 한 번 찾아가 같이 즐거움을 누리고 돌아왔다. 마침내 사내아이 몇을 두게 되었다. 이리하여 김 역관의 후손이 연경에서 번창하였다고 한다.

8-30

위성관에서 모선을 만나 산과일을 대접함

정조 임인(1782)·계묘(1783) 연간에 경상도관찰사 김(金) 아무개[125]가 가을 순시차 함양(咸陽)에 이르러 위성관(渭城館)[126]에서 묵게 되었다. 그

---

125 김(金) 아무개: 미상이다. 한편 같은 이야기로 『동야휘집』의 「모선접화위성관(毛仙接話渭城館)」이 있는데, 거기에는 판서 김상성(金尙星, 1703~1755)으로 나온다. 그러나 여기서 제시된 시간적 배경과는 맞지 않는다.

126 위성관(渭城館): 조선시대 함양군 관아의 객사로, 현재의 함양초등학교 자리에 있었다고 한다. 참고로 이 객사의 문루인 학사루(學士樓)는 김종직(金宗直)과 무오사화(戊午士禍)에 관련된 일화로 유명하기도 하다.

는 지인(知印)과 기녀들을 죄다 물리치고 홀로 한 방에서 잠을 잤다. 한밤 중 인적마저 끊겼을 즈음 방문이 열렸다 닫혔다 하며 '탁탁' 소리가 났다. 잠에서 깬 김 공이 물었다.

"너는 존재가 뭐냐? 사람인 게냐, 귀신인 게냐?"

이에 그것이 답했다.

"귀신이 아니고 바로 사람이오."

"그렇다면 이 인적 끊긴 깊은 밤에 이처럼 수상한 짓거리를 한단 말이냐? 혹여 속에 담은 말을 하고 싶어서냐?"

"적이 아뢸 일이 있소."

김 공은 일어나 앉으며 사람을 불러 불을 밝히려 하였다. 그러자 그는,

"그러지 마시오. 행차께서 내 모습을 보게 되면 필시 놀라 두려워하게 될 거요. 어두운 밤에 앉아 얘기한다고 무슨 문제가 되겠소?"

라고 하였다.

"그대 모습이 얼마나 괴이하기에 촛불을 켜지 말라고 하느냐?"

"내 몸은 온통 털이 나 있소. 그래서요."

김 공은 이 말을 듣고 더욱더 놀랍고 괴이하였다.

"네가 과연 사람이라면 무슨 연유로 온몸에 털이 났단 말이냐?"

그러자 그 대답이 이러했다.

나는 원래 상주에서 주서(注書)를 지낸 우(禹) 아무개요. 중종 때 명경과에 급제하여 한양에서 벼슬을 구하던 중에 정암(靜菴) 조(趙) 선생[127]을 모시고 몇 년 동안 학업을 닦았소. 기묘사화(己卯士禍)가 일어

---

127 조(趙) 선생: 즉 조광조(趙光祖, 1482~1519). 자는 효직(孝直), 정암은 그의 호이다. 조선 초 성리학통에서 빼놓을 수 없는 인물이며, 당시 사림의 중심이었다. 특히 그는 도학 정치의 실현을 위해 나름의 개혁정치를 추진하다가 1519년 남곤(南袞) 등이 일으킨 기묘사화 때 죽임을 당했다. 이후 이때 화를 입은 사람을 '기묘명현'이라 하며,

나 김정(金淨)[128], 이장곤(李長坤) 등 여러 유생이 붙잡혀가게 되자, 나는 한양에서 바로 도망을 쳐야 했소. 고향으로 가려니 틀림없이 관에 체포될 염려가 있었기에 곧장 지리산으로 들어오게 되었소.

이미 며칠간 굶주림에 지칠대로 지친 상태였소. 처음 깊은 계곡으로 들어와서는 입에 풀칠할 요량도 없었소. 그래서 산골 물 주변에 혹여 새로 나는 풀이 있으면 뜯어서 먹었으며, 산 과일을 보게 되면 따서 먹었다오. 그러자 비로소 배를 채워 허기를 면할 수 있었소. 그런 얼마 뒤 똥을 누자 물설사로 죄다 쏟아져 나왔소. 이렇게 거의 대여섯 달 가까이 지나자, 그 뒤부터는 온몸에 점점 털이 나기 시작하더니 두세 치 남짓 자랐소. 걷는 것은 나는 듯이 빨랐으며 비록 천 길 절벽이라도 뛰어넘는 게 어렵지 않아 원숭이 무리와 진배없었다오. 매번 걱정은 세상 사람들이 나를 보면 필시 괴수로 보리라는 것이었소. 해서 감히 산을 내려갈 엄두를 내지 못했던 거요. 나무꾼이나 목동들을 만나게 되면 꼭꼭 숨어 드러내지 않으며 이 깊은 계곡 층층 바위산 속에서 오래도록 지내야 했소. 그러나 밝은 달이 뜨기라도 하면 홀로 앉아 지난날에 읽었던 경서를 외다가 지금의 신세를 생각하니 절로 한심하여 눈물이 줄줄 흘러내렸소. 고향으로 돌아갈 생각을 해봐도 부모님과 처자식은 모두 작고하고 말았을 터, 돌아갈 마음도 없어졌소.

이렇게 세월을 보내다 보니 산속에서 무서운 존재인 사나운 호랑이

후대에 사림의 정통성을 제고하는 데 기여했다.

[128] 김정(金淨): 1486~1521. 자는 원충(元沖), 호는 충암(沖菴)·고봉(孤峯), 본관은 경주이다. 1507년 과거에 급제하여 이조정랑, 순창군수, 대사헌, 형조판서 등을 역임하였다. 순창군수로 있을 때 담양부사인 박상(朴祥)과 함께 훈구파와 맞섰으며, 이후 조광조와 함께 개혁정치를 추진하였다. 기묘사화가 일어나 붙잡혀 금산, 진도, 제주도 등지로 이배(移配)되었으며, 그 뒤 1521년 신사무옥(辛巳誣獄) 때 죽임을 당했다. 저서로 『충암집(沖菴集)』이 있다. 참고로 이 안에 실려 있는 『제주풍토록(濟州風土錄)』은 유배 중에 기록했던 것으로, 제주도 역사와 문화를 거론할 때 중요하게 취급되는 자료이다.

나 독이 있는 뱀이라도 무섭지 않았으나 두려운 것은 바로 포수였소. 해서 낮에는 숨고 밤에야 움직였소. 모습은 비록 이렇게 변했으나 마음은 아직도 사그라지지 않았소. 세상 사람을 한 번이라도 만나서 세상 돌아가는 일을 묻고 싶었소. 그러나 이런 괴이한 모습을 하고서는 감히 드러낼 수가 없었던 거요. 일전에 마침 행차께서 이곳을 순시한다는 소식을 듣게 되었소. 해서 죽음을 무릅쓰고 찾아와 뵙는 거요. 별다른 뜻이 있는 건 아니오. 다만 정암 선생 댁의 자손은 얼마나 되며 선생께서는 신원이 되어 끝내 그 억울함이 밝혀졌는지 여부만은 듣고 싶소. 그랬소? 자세히 들려주었으면 하오.

김 공이 이렇게 답해주었다.

"정암 선생은 인조 연간 아무 해에 신원되었으며, 문묘에 종사도 이루어져 사액서원이 여기저기에 있소. 자손 중에 이러이러한 사람은 조정에서 특별히 등용하였으니 이제 더는 여한이 없게 되었소."

김 공이 이어서 기묘년 당화(黨禍)의 전말을 묻자, 그는 하나도 빠뜨리지 않고 낱낱이 얘기해주었다. 김 공이 또 물었다.

"처음 도망칠 때 나이는 얼마였소?"

"서른다섯이었소."

"기묘년과 지금 사이는 거의 삼백여 년이 되니, 그렇다면 그대의 나이는 근 사백 살이겠소."

"그간 세월을 깊은 산속에서 보내다 보니 나는 내 나이가 얼만지를 모르겠소."

"그대가 거처하는 굴은 이곳과 필시 멀 터인데 어떻게 이렇게 빨리 온 것이오?"

"기운을 내 움직일 때면 비록 층암절벽이라도 원숭이 따위가 날듯이 훌쩍 뛰어넘어 한순간에 십 리 남짓을 갈 수 있다오."

김 공은 말을 듣고는 매우 신기해하였다. 찬을 내오겠다고 하자,

"찬은 원하지 않소. 과일이나 많이 주었으면 하오."

라고 하였다. 그러나 방 안에는 마침 남아있는 게 없었고, 한밤중이라 가져오라고 시키는 것도 여의찮은 상황이었다. 그래서 그에게 말했다.

"과일은 지금 마침 남은 게 없소. 내일 밤 다시 오시면 그때는 준비해 놓겠소. 그러니 다시 올 수 있겠소?"

"그렇게 하지요."

그러고는 곧장 작별하고 순식간에 사라졌다. 김 공은 그가 다시 오겠다고 약속한 터라 병이 났다는 핑계로 계속 위성관에 머물렀다. 아침과 점심의 다담상(茶啖床)에 있던 과일 접시를 죄다 남겨두고서 그가 오기를 기다렸다. 과연 밤이 깊어지자 다시 찾아왔다. 김 공은 일어났다 앉으며 그를 접대하고, 이어서 과일 그릇을 내주었다. 그는 몹시 기뻐하며 다 먹고는,

"덕분에 한번 실컷 먹었소!"

라고 하는 것이었다.

"지리산에는 과실이 많다고 하던데 그대는 그것을 아무 때나 먹을 수 있소?"

"매년 가을 낙엽이 질 때 밤이면 온갖 과실을 주워 모아 서너 무더기로 만들어 이것으로 식량을 삼소. 처음에 풀을 씹던 괴로움을 지금은 면했소. 이 과일만 먹어도 풀을 먹을 때보다 기력이 전혀 줄지 않으니, 사나운 호랑이와 맞닥뜨려도 손으로 치고 발로 차서 때려잡을 수가 있다오."

기묘사화에 관한 이야기를 다시 한바탕 화기애애하게 나누고는 하직하고 떠나갔다.

김 공은 평생토록 남에게 이 이야기를 한 적이 없었으나 임종 때가 되자 자제들에게,

"옛날에도 모녀(毛女)[129]가 있었다고 하니, 이 일이 이상할 것도 없지."

라고 말하고는 마침내 글로 써서 남기도록 하였다.

---

129 모녀(毛女): 전설상의 신녀(神女)이다. 유향(劉向)의 『열선전(列仙傳)』에 의하면, 그녀
는 온몸이 털로 뒤덮여 있었으며 산에서 솔잎만 먹어 몸이 날듯이 가벼웠다고 한다.

청구야담

권9

토정이 부인의 청을 들어 신술을 보임

토정(土亭) 이지함(李之菡)[1]은 영특하고 이치를 꿰뚫어 봄이 타고났다. 천문과 지리, 의약과 점술 등 술수의 학문에 통달하였다. 앞날의 일까지도 미리 알았기에 세상에서 그를 신인이라 일컬었다. 두 발을 둥근 표주박에 묶고 지팡이 끝에도 둥근 표주박을 달아 바다나 물 위를 다녔는데 마치 평지를 걷는 것 같았다. 이렇게 어디든 가지 못하는 곳이 없어 소상강(瀟湘江), 동정호(洞庭湖) 같은 명승도 다 직접 보고 돌아왔다. 사해를 두루 돌아다니고는, '바다에 오색이 다 있으니 사방과 중앙으로 나뉘어 있으며 그 방위에 따라 같은 색깔을 하고 있다.'[2]라고 하였다.

집은 더없이 가난하여 아침저녁 끼니도 먹을 수 없었으나 이를 개의치 않았다. 하루는 안채에 앉아 있는데 부인이 말했다.

"남들은 다 당신이 신이한 술수가 있다고들 떠들어대는데, 지금 양식이 다 떨어져 밥도 못 할 지경이우. 그 신술을 한번 부려 이 딱한 상황을 건사해 보지 않을 참이요?"

토정은 씩 웃었다.

"부인의 말이 이러하니 내 약간 수를 써 보리다."

그러더니 계집종을 시켜 유기그릇 하나를 가져오라 하고는 일렀다.

---

1 이지함(李之菡): 1517~1578. 자는 형백(馨伯), 토정은 그의 호, 본관은 한산이다. 서경덕의 문하에서 수학하였으며, 여기 언급대로 잡학에 뛰어나 당대의 술사로 알려져 있다. 관력으로는 포천현감, 아산현감 등을 지낸 것으로 알려져 있다. 대개는 한강 가(현재의 망원동 일대)에 흙집을 짓고 살았다고 한다. 그의 이런 면모 때문에 그와 관련한 기이한 이야기가 다수 전하고 있다. 『토정비결(土亭祕訣)』은 그의 비결을 모아놓은 책이다.

2 바다에 오색이 …… 하고 있다: 여기 오색은 '오방색(五方色)'으로, 곧 동방은 청색, 남방은 적색, 중앙은 황색, 서방은 백색, 북방은 흑색이 된다. 토정이 바다 위를 다니며 이 오방색을 확인했다는 것인데, 이는 천지사방의 방위와 오행의 흐름을 파악한 그의 면모를 보여주기 위한 취지로 보인다.

"너는 이 그릇을 가지고 경영교(京營橋)[3] 앞으로 가거라. 그곳에 한 노파가 있을 터인데, 백금(百金)[4]을 주고 이걸 사려고 할 게다. 너는 팔아 오면 되느니라."

계집종은 그 말에 따라 경영교로 가보니, 과연 유기를 사려는 노파가 있었다. 가르쳐준 대로 팔아 값을 받아왔다. 토정은 다시 분부를 내렸다.

"너는 이 돈을 가지고 서소문(西小門)[5] 밖 시장으로 가거라. 가면 삿갓 쓴 자가 수저를 급히 팔려고 할 게다. 너는 그 돈으로 수저를 사서 오너라!"

계집종이 또 그곳에 가보니 과연 딱 그 말 대로였다. 산 수저를 가지고 와 바치니 바로 은수저였다. 또다시 분부하였다.

"너는 이 은수저를 가지고 경기 감영(京畿監營)[6] 앞으로 가면, 막 은수 저를 잃어버린 아랫것 하나가 그곳에 와서 같은 모양의 걸 찾고 있을 게다. 이 수저를 보이면 그자는 열다섯 냥을 내더라도 아까워하지 않을 게야. 그러니 팔아 오너라."

계집종이 또다시 찾아가 보니 또 그 말 대로였다. 그래서 15냥을 받아 왔다. 토정은 1냥을 계집종에게 내주며 한 번 더 말했다.

"아까 노파가 유기를 산 것은 애초에 잃어버렸던 식기를 대체하기 위해서였단다. 그러나 지금은 그 잃어버렸던 식기를 찾아 다시 물리려고

---

3 경영교(京營橋): 즉 경교(京橋)이다. 지금의 종로구 평동 서울적십자병원 앞에 있던 다리로, 조선시대 이곳에 경기 감영이 자리 잡고 있어서 붙여진 이름이다. 따로 경구 교(京口橋), 경고교(京庫橋) 등으로도 불렸다.

4 백금(百金): 즉 엽전 100개로 1냥에 해당한다.

5 서소문(西小門): 원문은 '西門'인데, 서대문을 가리킬 수도 있다. 실제 앞의 경영교는 돈의문 즉 서대문과 가까이 있었기 때문에 그렇다. 그러나 시장이 형성된 곳은 주로 서소문 밖이었기에 이를 따랐다.

6 경기 감영(京畿監營): 경기 감사, 즉 관찰사가 근무하던 곳으로, 앞의 경교(京橋) 주변 에 있었다. 원래는 1413년 경기도가 설치되면서 관청을 수원에 두었으나 곧 광주(廣州)로 이전했다가 1460년 한성부 안인 이곳으로 옮기게 되었다. 이후 계속 경기 감영 은 이곳에 있게 되었다.

할 게다. 너는 가서 되받아 오거라."

계집종이 다시 가보니 과연 그러했다. 그래서 유기를 돌려받아 왔다. 남은 돈과 되찾아온 유기를 부인에게 전해주며 아침저녁 끼니 비용으로 쓰게 하였다. 부인이 더 수를 써 보자고 청하자 토정은 웃으며,

"이거면 충분하잖소. 더할 필요야."

라고 하였다. 그의 신이한 일들이 이처럼 여러 가지였다.

9-2

책실이 요망한 기녀에게 홀려 지인을 내쫓음

판서 정민시(鄭民始)[7]가 평양감사로 있을 때, 그의 조카 주서(注書) 정상우(鄭尙愚)[8]가 책실(册室)로 있었다. 그는 사랑하는 기녀 민애(閔愛)한테 푹 빠져 잠시도 자기 곁을 떠나지 못하게 하였다. 그때 외성(外城)[9]에 이(李)

---

7 정민시(鄭民始): 1745~1800. 자는 회숙(會叔), 본관은 온양이다. 1773년 과거에 급제하였으며 세손이던 정조를 일찍부터 보필한 인연으로 정조 연간에 요직을 거쳤다. 즉 함경도·평안도·전라도관찰사, 이조·호조·병조판서 등을 두루 역임하였다. 여기 이야기의 소재처럼 그가 평안도관찰사가 된 때는 1784년이다. 참고로 그는 선혜청 당상으로 있으면서 조세제도를 개혁하는 등 치적이 있었다.

8 정상우(鄭尙愚): 1756~?. 자는 중급(仲及)이며, 정민시의 형인 원시(元始)의 아들이다. 1790년 과거에 급제하여 이조참의를 거쳐 강원도관찰사, 대사헌, 형조·이조판서 등을 역임하였다. 여기서 주서(注書) 정상우라고 했는데, 그가 언제 주서를 지냈는지는 불명확하다. 다만 주서가 승정원 정7품 관직이므로 그가 벼슬하던 이른 시기로 판단된다. 참고로 그가 1797년 동래부사로 있을 때, 마침 영국 해군 탐사선이 일본의 나가사키를 출발하여 귀국하던 길에 용당포(龍塘浦, 양산 지역에 있던 포구)로 표착한 사건이 있었다. 이때 그는 이들을 그대로 돌려보냈는데, 이에 대한 책임 여부가 논란이 되기도 하였다. 하지만 이때 돌아간 탐사선의 함장이 남긴 항해기에 조선에 대한 기록이 실렸고, 이는 서구인이 직접 조선을 기록한 중요한 사례가 되었다.

9 외성(外城): 평양성의 바깥 지역으로, 입지 조건이 좋아 민가가 많이 들어서 있던 곳이다. 평양성 내에는 주로 관속들이 살았고 일반백성들은 외성에 거주하였다고 한다.

좌수라는 자가 있었는데 수만금의 거부였다. 그런 그가 돈 천 냥을 내걸고서,

"만약 민애가 한 번이라도 나를 만나 얘기를 나눈다면 당장 이 돈을 주겠노라……."

라고 말하고 다녔다. 누군가가 이 말을 전해주자, 민애는 그 돈에 욕심이 났으나 밖으로 나갈 방도가 없었다.

그러던 어느 날, 민애는 밖에서 이 좌수와 서로 약조하고 들어와서는 주서 나리 앞에서 소리 없이 눈물을 흘리는 것이었다. 주서가 이상하다 싶어 왜 그러느냐고 묻자 대답이 이랬다.

"소첩은 일찍 어미를 잃고 외할머니에게 길러졌지요. 오늘이 외할머니의 기일인데 외가에서는 모실 사람이 없어 제사를 못 올릴 상황이랍니다. 하니 이리 슬퍼지네요."

이 말을 들은 주서는 그녀가 딱하여 감영의 창고에서 제수를 내어주면서 그녀더러 가서 제사를 받들도록 했다. 하지만 속으로 여전히 의심이 가는 점이 있어서 몰래 자신을 가까이서 보좌하는 지인(知印)을 보내 뒤를 밟게 했다. 그랬더니 제사는 거짓말이었고 한창 이 좌수와 놀아나고 있었다. 지인이 돌아와 본 대로 아뢰자, 주서는 발끈 화가 치밀어 급히 일어나 선화당(宣化堂, 감영의 정청)으로 가서 문을 두드렸다. 때는 이미 한밤중이었다. 감사 사또가 깜짝 놀라 잠에서 깨서는 물었다.

"상우냐? 어인 일로 잠을 자지 않고 왔느냐?"

"민애 이것이 제사가 있다며 저를 속이고는 밖으로 나가 외성의 이 좌수란 놈과 놀아나고 있다지 뭡니까? 이렇게 분통 터질 일이 어디 있겠어요? 숙부님, 당장 나졸들을 풀어 저 연놈들을 한데 잡아들여 엄히 족쳐주세요."

하지만 사또가 꾸짖었다.

"이게 무슨 큰일이라고 삼경인 오밤중에 이런 해괴한 짓을 한단 말이

냐? 속히 돌아가 편히 편히 잠이나 자거라."

주서는 발을 동동 굴렀다.

"숙부님이 만약 소자의 청을 들어주지 않는다면 죽고 말겠어요."

사또는 혀를 끌끌 찼다.

"물러가거라!"

이어 시종을 불러 숙직하는 포교를 불러들이라고 하였다. 그러고는
분부하였다.

"너는 숙직하는 나졸들을 있는 대로 다 데리고 가서 민애의 집을 포위
하고 남녀를 싹 포박해서 끌고 오도록 하라!"

포교는 이 명을 받들고 나갔다. 나졸들이 그 집을 에워싼 채 포교는
문 앞에 서서 문을 열라고 하였다. 그때는 가랑비가 내리고 있었다. 방에
있던 이 좌수는 벌벌 떨었다. 그러자 민애가 말했다.

"조금도 놀라고 두려워하지 마세요! 옷을 다시 걸치시고 뒤에서 제
허리를 붙잡으세요."

그러더니 치마로 머리를 쓴 채 이가의 몸까지 덮어 마치 비를 피하는
모양으로 급히 나가 문 안쪽에서 대답하였다.

"누구시기에 이 밤중에 문을 두드리오?"

"누군지 물을 필요 없다. 속히 문이나 열 거라!"

"왜 문을 열라는지?"

그러면서 문을 열어주었다. 그때 이가보고는 몰래 문짝 뒤편에 숨어
있으라고 했다. 포교와 나졸들은 그곳을 살피지 않고 곧장 방 안으로
들어갔다. 이 틈을 타 이가는 문밖으로 나갔다. 민애는 그를 앞집으로
피신하게 했다. 그곳은 바로 삼화(三和)[10] 기녀 낭이(娘伊)의 집이었다. 포

---

10 삼화(三和): 평안남도 용강군 소재 삼화면이다. 대동강 하류 지역으로 과거 금당(金
堂), 호산(呼山), 칠정(漆井) 등의 세 고을을 합쳐 삼화현이 되었으며, 이후 용강군에
편입되었다.

교와 나졸들이 방 안과 밖을 두루 수색했으나 아무도 없었다. 민애가 물었다.

"무슨 일로 오셨나요?"

"사또의 분부이시다. 너와 외성의 이 아무개가 잠을 잤다지. 우리더러 다 잡아 오라고 하셨기에 온 것뿐이다. 이가 놈은 어디에 있느냐?"

"이곳에 아무도 없다는 걸 당신들이 직접 눈으로 봤잖아요. 이가가 파리나 모기 같은 미물이 아니거늘 어디에 숨겨두겠어요? 자 여기저기 다 찾아보세요."

포교가 샅샅이 뒤졌으나 찾을 수 없었다. 어쩔 수 없이 그냥 돌아와 사또에게 사실을 아뢰고 그대로 두어야 했다. 그날 밤 민애와 이가는 낭이의 집에서 여흥을 즐겼다. 다음 날 민애는 주서에게 글을 써서 이별을 고하였다.

"소첩이 나리를 모시면서 별다른 죄를 짓지 않았는데도 한밤중 군사를 동원하여 제 집 안을 샅샅이 뒤지다니요. 소첩이 역적의 집안이라도 된단 말입니까? 왜 제집을 몰수하려고 하는지요? 소첩이 나리의 높은 덕을 입지는 못할지언정, 어찌 이웃의 비웃음을 견뎌야 한단 말입니까? 지금 이후로 더는 존안을 뵈지 못하겠네요. 바라옵건대 다시는 소첩같이 추잡한 부류는 마음에 두지 마시고 깨끗한 행실의 절세가인을 택해 잠자리를 모시도록 하세요. 소첩도 사람인데 어떻게 외할머니 기일에 음탕한 짓을 했다고 합니까?"

주서는 화를 내며 며칠 동안 소식을 끊어버렸다. 하지만 끝내 잊을 수가 없어 편지를 보내 불렀다. 민애는 거절하고 들어가지 않았다. 이렇게 또 2,3일이 흘렀다. 주서는 아무래도 잊을 수가 없어 하루에도 대여섯 번 사람을 보냈으나 끝끝내 오려 하지 않았다. 그러면서 물었다.

"도대체 누가 그런 말을 했사옵니까? 그자를 알려주면 들어가겠어요."

주서는 어쩔 수 없이 지인이 알려주었다고 답했다. 민애는 이자를 옮

아뢨다.

"저 지인은 나리가 없을 때마다 소첩의 손을 잡곤 했답니다. 해서 제가 그의 뺨을 때렸었지요. 그랬더니 이에 앙심을 품고 이 같은 무고를 저질렀나 봅니다. 저자를 쫓아내 죄 주시면 제가 다시 들어가겠어요."

이 말에 주서는 하는 수 없이 이방에게 분부하여 지인을 엄히 다스리고 명단에서 제명하여 쫓아내 버렸다. 그제야 민애가 들어왔다. 그 뒤에 이 좌수는 민애에게 이렇게 말하였다.

"내 처음에 천금으로 자네와 약조했네만, 자네의 기발한 꾀는 절로 탄복할 만했네. 나도 그때의 욕을 면할 수 있었으니 더더욱 기특한 일일세."

그러면서 5백 금을 더 주었다. 민애는 이 돈으로 평양성 안의 큰 집을 사서 살았다고 한다.

9-3

박문수가 젊은이를 불쌍히 여겨 혼례를 주선함

박문수가 암행어사가 되어 암행하느라 어떤 고을로 접어들고 있었다. 날이 저물었는데도 밥을 먹지 못해 퍽 배가 고팠다. 그래서 한 집을 찾아갔더니 사내아이만 있었다. 그는 15, 16세쯤 되어 보였다. 박문수가 그 앞으로 가서 밥 한 그릇을 동냥하자,

"저는 편모를 모시고 있는 데다 집안 살림이 너무 어려워 밥을 짓지 못한 지 며칠째입니다. 손님께 드릴 찬이 없어서요."
라고 하는 것이었다. 박문수는 피곤한 나머지 잠깐 그곳에 앉아 있었다. 그러자 아이는 방구석의 종이 포대를 몇 번이고 쳐다보면서 알 듯 모를 듯 슬픈 기색을 띠었다. 이윽고 포대를 내려서는 안채로 들어갔다. 몇 칸짜리 작은 집의 지게문 밖은 바로 안채였다. 밖에 있던 박문수가 듣자

하니, 아이가 모친을 불러서는 이러는 것이었다.

"밖에 손님이 찾아왔는데 때를 놓쳐 먹을 걸 청하네요. 굶은 사람을 보고도 어찌 모른 척하겠어요? 양식이 다 떨어져 밥을 드릴 수 없는 형편이니 이 쌀로 밥을 지었으면 해요."

"그렇게 되면 네 아버지의 제사는 못 지내지 않겠느냐!"

"우리 사정이 절박하나 굶주린 사람을 눈으로 보고도 어찌 돕지 않을 수 있겠어요?"

이리하여 모친이 쌀을 받아 밥을 지었다. 박문수는 이 말을 듣고 몹시 측은한 마음이 들었다. 아이가 밖으로 나오기에 박문수가 영문을 물었더니 대답이 이랬다.

"손님께서 이미 듣고 알게 되었으니 속일 수가 없군요. 제 부친의 기일이 멀지 않았답니다. 제사는 지나칠 수 없는 법, 마침 한 되 쌀을 얻은 게 있어 종이 포대를 만들어 그 안에 넣고 매달아 놨지요. 밥을 거르는 일이 있어도 먹지 않고 있었고요. 지금 손님께서 굶주려 계시는데 집에는 이바지할 게 따로 없는지라 어쩔 수 없이 이 쌀로 밥을 짓는 것이랍니다. 불행하게도 손님께서 얘기를 듣고 알게 되셨으니 부끄럽게 그지없군요……"

이렇게 말을 주고받던 즈음, 종놈 하나가 찾아왔다.

"박 도령은 속히 나오시오!"

그러자 이 아이는 애걸복걸을 하는 것이었다.

"오늘은 내가 갈 수 없네."

박문수가 그 성씨를 듣고 보니 바로 자신과 종씨였다. 그래서 또 물었다.

"저기 온 자는 누군가?"

"이 고을 좌수의 종이랍니다. 제 나이가 이미 차 좌수어른에게 딸이 있다는 말을 듣고 혼인을 맺고자 했습니다. 그런데 좌수어른은 모욕을 당했다며 매번 종을 보내 저를 붙잡아가서는 머리채를 잡아끄는 등 온갖 모욕을 주었답니다. 지금도 저를 붙잡아가려는 것이고요."

이에 박문수가 이 종놈에게 일렀다.

"내가 이 아이의 숙부이니 대신 가마."

밥을 다 먹고는 종을 따라나섰다. 갔더니 좌수란 자는 높은 자리에 앉아서 끌고 들어오라 하였다. 박문수는 곧장 대청의 자리로 올라가 말하였다.

"내 조카는 양반 가문으로 지체가 그대보다 낫네. 집이 가난한 까닭에 그대와 통혼하고자 했던 거고. 자네가 생각이 없으면 없다고 하면 될 걸 왜 매번 그 아이를 붙잡아다 욕을 주는 건가? 마을의 좌수로 힘이 있다고 해서 그런 건가?"

그러자 좌수는 잔뜩 화가 나서 종을 잡아들여 꾸짖었다.

"내가 네놈더러 박가를 잡아 오라 하지 않았느냐. 어째서 저런 미친 자를 붙잡아 와서 네 상전을 욕보인단 말이냐? 네놈은 볼기를 맞아야겠다!"

이에 박문수는 소매 속에서 마패를 꺼내 보여주었다.

"네놈이 감히 이렇게 하겠다고?"

좌수는 마패를 보자마자 얼굴이 흙빛으로 변하였다. 당장 섬돌 아래로 내려와 바짝 엎드렸다.

"소인 죽을죄를 지었사옵니다, 죽을죄를!"

"그러면 이제 혼례를 치르겠느냐?"

"어찌 감히 혼례를 치르지 않겠나이까?"

박문수는 다시 말했다.

"내가 책력을 보니 사흘 뒤가 길일이다. 그날 신랑과 함께 올 터이니, 너는 혼수품을 마련하여 대기하도록 하라."

"예, 예, 그러겠사옵니다."

박문수는 그길로 문을 나와 곧장 읍내로 들어가 출두하여 본관사또에게 일렀다.

"내 족질이 아무 동네에 살고 있는데, 이 고을 좌수 집안과 혼례를 치르기로 하였소. 그날은 아무 날이오. 그때가 되면 혼수품 외 품목과 잔치 비용은 관에서 마련해주면 좋겠소."

사또는,

"이런 경사에 어찌 잘 돕지 않을 수 있겠사옵니까? 삼가 명을 받잡고 또 이웃 고을의 수령들도 초청하겠나이다."

라고 하였다. 혼롓날이 되자, 박문수는 신랑을 자신이 머무르고 있는 처소로 불러들여 예복을 입히고서 어사의 위엄을 보이여 뒤를 따랐다. 좌수의 집에는 구름차일[雲幕]이 하늘에 닿을 듯했고, 술잔과 음식이 푸짐하게 쌓여 있었다. 윗자리엔 어사가 자리하고 여러 수령이 줄지어 앉으니 좌수의 집은 한층 환해졌다. 예식을 거행하고 신랑이 밖으로 나가자 어사가 좌수를 잡아들였다. 좌수는 머리를 조아렸다.

"소인 분부대로 혼례를 치렀사옵니다."

그러자 어사가 물었다.

"너의 전답은 얼마나 되는가?"

"얼마 얼마 섬이옵니다."

"그것을 반으로 나누어 사위에게 주는 게 어떠냐?"

"어찌 감히 나누지 않겠습니까?"

"종과 우마는 얼마나 되며, 그릇과 집기는 또 얼마나 되느냐?"

"몇 명, 몇 필, 몇 건, 몇 개이옵니다."

"이것들도 반으로 나누어 사위에게 주겠느냐?"

"어찌 감히 나누지 않겠습니까?"

이에 어사는 문서를 쓰게 하고 증인을 세웠다. 먼저 '어사박문수(御史朴文秀)'라고 쓰고, 다음으로 '본관 모(本官某)', '모읍쉬 모(某邑倅某)' 등을 차례로 쓰고 마패로 날인하였다. 어사는 그길로 나서서 다른 고을로 떠났다고 한다.

신 정승이 상을 잘 보아 손주사위를 택함

판서 신임(申銋)[11]은 호가 한죽당(寒竹堂)으로, 사람을 알아보는 눈이 있었다. 그는 외아들을 잃고 유복녀 손주만 있었다. 그 아이가 혼인할 나이가 찼다. 과부 며느리는 매번 시아버지에게 이렇게 청하곤 하였다.

"이 애의 신랑감은 꼭 아버님께서 직접 관상을 보시고 택해주옵소서."

신 공이 물었다.

"너는 어떤 신랑감을 원하느냐?"

"팔십까지 장수하고 높은 관직에 올라야 하며, 집은 부유하면서 사내를 많이 낳을 사람이면 좋겠사옵니다."

그러자 공이 웃었다.

"세상에 이런 걸 다 갖춘 사람이 어디 있다고? 네 바람에 당장 부응하겠느냐. 실로 어려운 일이다."

그 뒤로 신 공이 밖에 나갔다가 돌아오면 며느리는 꼭 조건이 맞는 신랑감을 얻었느냐고 물었다. 매번 이와 같았다.

어느 날 신 공이 수레를 타고 장동(壯洞)을 지나고 있었다. 뛰어노는 아이들 무리 속에서 어떤 아이 하나가 눈에 들어왔다. 십여 세쯤으로 머리와 귀밑털은 뻗친 채, 대나무 말을 타고 이리 뛰고 저리 뛰었다. 신 공이 수레를 멈추고 한참을 살펴보았다. 옷은 몸뚱이를 다 가리지도 못했으나 눈이 깊고 넓으며 입도 큼직하여 골격이 비범했다. 이에 아랫사람을 시켜 그 아이를 불러오라 하였다. 하지만 아이는 머리를 절레절레

---

11 신임(申銋): 1639~1725. 자는 화중(華仲), 한죽당은 그의 호, 본관은 평산이다. 박세채(朴世采)의 문인으로, 1686년 과거에 급제하여 중앙의 실무직을 거쳐 대사간, 대사성, 대사헌, 공조판서 등을 역임하였다. 여기에 거론된 황해도관찰사가 된 해는 1701년이다. 1722년 신임옥사 때 소론을 비판했다가 제주도로 위리안치되는 등 당시 노론으로서 정치적 부침을 겪었다. 참고로 그의 외아들은 신사원(申思遠)이다.

흔들며 오려 하지 않았다. 신 공이 여러 하인을 시켜 붙잡아 오게 했다. 그러자 그 아이는 울며 소리쳤다.

"뭔 벼슬아치라고 이유 없이 나를 붙잡은 거요? 내가 무슨 죄를 지었다고 이러느냐고?"

하인들이 아이를 양쪽에서 끼고 수레 앞에 이르자 신 공이 물었다.

"너의 집안은 어떻게 되느냐?"

"제 집안을 알아서 뭐하려고요? 나는 양반이에요."

또 물었다.

"그럼 너는 몇 살이고 집은 어디에 있느냐? 성은 어떻게 되고?"

"군정(軍丁)에 집어넣으려고요? 무엇 하러 이름과 나이와 사는 데를 묻는답니까? 성은 유씨이고요, 열세 살이고, 우리 집은 저 너머 동네에 있어요. 왜 묻는 거예요? 빨리 날 풀어줘요!"

신 공은 아이를 풀어주고 그의 집을 찾아갔다. 그 집은 비바람도 막을 수 없는 오두막집으로, 과부인 모친만이 살고 있었다. 신 공이 계집종을 불러 이렇게 전갈하였다.

"나는 아무 동에 사는 신 아무개네. 내게 손녀 하나가 있어 혼처를 구하는 참이네. 오늘 댁의 도령과 정혼하고 가고자 하네……."

그러고는 수행하던 하인들에게는 집에 돌아가서는 절대 말하지 말라고 단단히 입단속을 시켰다. 그길로 다른 데를 들렀다가 저녁에 귀가하였다. 며느리가 또 신랑감을 묻자, 공은 씩 웃으며 물었다.

"네가 어떤 신랑감을 찾았지?"

며느리는 처음과 같이 대답하였다. 신 공이 또다시 웃었다.

"그래, 오늘 그 신랑감을 얻었단다."

며느리는 기뻐하며 여쭈었다.

"누구 집 자제이며 집은 어디에 있사옵니까?"

"집은 알 필요 없단다. 으레 뒤에 알게 될 게다."

그러며 더는 말하지 않았다. 납채(納采)할 때가 되어서야 신 공은 비로소 며느리에게 신랑감에 대해서 얘기해주었다. 며느리는 급히 일 처리를 잘하는 늙은 계집종을 보내 그 집안이 잘살고 못사는지 신랑감은 잘생겼는지 못생겼는지 여부를 보고 오라고 하였다. 계집종이 돌아와서 이렇게 아뢰었다.

"집은 두어 칸 초가로 비바람도 막지 못할 지경이며, 아궁이엔 이끼가 나고 솥엔 거미줄이 쳐져 있었사옵니다. 신랑감은 눈이 광주리만 하고 머리는 쑥대처럼 헝클어져 볼 만한 게 하나도 없었사옵니다. 우리 아기씨가 저 집안에 들어가게 되면 절구질은 필시 직접 하실 판이옵니다. 저 꽃같고 옥같은 아기씨는 고운 비단 같이 연약하게 크셨거늘 어찌 저런 집에 보낼 수 있겠사옵니까?"

며느리가 이 말을 듣고는 억장이 무너지고 혼이 나갔다. 하지만 곧 납채를 받는 날이라 어쩔 수 없는 지경이 되었다. 이리하여 울음을 삼키며 신랑 맞을 채비를 하였다.

이튿날 신랑이 들어와 혼례를 치렀다. 며느리가 꼼꼼히 살펴보니 과연 계집종 말 그대로 밉살스럽기 짝이 없었다. 마음이 찢어지는 듯했으나 어쩔 수 없었다. 3일이 지나 신랑을 보냈다. 저녁때가 되자 신랑이 다시 왔다.

"너는 어째서 다시 왔느냐?"

신공이 물으니,

"집에 돌아가도 저녁밥을 먹을 수 있을지 기약이 없어요. 되돌아오는 인편이 있어서 그편에 그냥 돌아온 것입니다."

라고 하였다. 공은 껄껄 웃으며 머물도록 하였다. 이때부터 계속 머물러 있으면서 날마다 신부와 함께 잤다. 약질이었던 신부는 이런 사내에게 시달려 거의 생병이 생길 지경이었다. 신공은 걱정이 되어 신랑을 타일렀다.

"너는 왜 매일 안에서 자느냐? 오늘은 밖으로 나와서 나와 함께 자는 것이 좋겠다."

"예, 그러하겠습니다."

밤이 되자 신공은 잠자리에 들며 신랑의 침구를 그 앞에 펴주었다. 막 눈을 감았는가 싶었는데 유 서방이 손으로 신 공의 가슴을 치는 게 아닌가. 공은 깜짝 놀랐다.

"이 무슨 짓이냐?"

"소자는 과연 잠자리가 편치 못하면 꿈결에 매번 이런 짓을 하게 됩니다."

"이제부턴 그러지 말거라!"

"예."

그런데 얼마 지나지 않아 또 발로 차는 것이었다. 신 공은 다시 깜짝 놀라 깨서는 나무랐다. 잠시 뒤 이제는 손으로 치고 발로 차기까지 하였다. 신 공은 이 고역을 견딜 수 없어 급기야,

"넌 안으로 들어가서 자거라. 내 도저히 너와 함께 잘 수가 없구나." 라고 하였다. 그러자 신랑은 자기 침구를 둘둘 말아 이고 안으로 들어갔다. 그때는 집안 친척 부녀자들이 와서 마침 이 신방에서 묵고 있었다. 이들은 삼경 한밤중에 깜짝 놀라 깨서는 자리를 피하였다. 신랑은 큰소리로 외쳤다.

"여자들은 다 달아나도 우리 각시만은 있어야지……."

이런 이유로 처가 식구들은 모두 그에게 질색하고 힘겨워하였다.

신 공이 황해도관찰사가 되자, 안식구들을 데려가려 하면서 유 서방도 따르도록 하였다. 그러자 며느리는,

"유 서방을 데려가서는 아니 되옵니다. 여기 있게 하면서 우리 딸이 잠시라도 쉴 수 있게 해주었으면 하옵니다."
라고 청하였으나 신 공은 허락하지 않고 데려갔다. 먹을 진상할 때 신 공은 유 서방을 불러서 물었다.

"너도 먹을 갖고 싶으냐?"

"네."

신 공은 먹을 가리켜 보이며,

"원하는 대로 골라가거라!"

라고 하였다. 유 서방은 직접 대절묵(大折墨) 100동을 골라 따로 빼두었다. 담당 감영의 비장이 나와 아뢰었다.

"이렇게 되면 진상하는 데 부족하게 될까 염려되옵니다."

그러자 신 공은,

"서둘러 다시 만들게 하라!"

라고 하였다. 유 서방은 서실로 돌아와서는 이것들을 하나도 남김없이 죄다 하인들에게 나누어주었다고 한다.

여기 유 서방은 바로 상국 유척기(俞拓基)[12]이다. 그는 80세를 살면서 해로했고 벼슬은 영의정에 이르렀으며, 아들은 넷을 두었고 집도 부유하였다. 과연 신 공의 말과 부합한 것이다.

뒤에 유 공도 황해도관찰사가 되어 사위인 남원(南原) 홍익삼(洪益三)[13]을 데리고 갔다. 또 이번에도 먹을 진상할 때가 되자 유 공이 사위를

---

12 유척기(俞拓基): 1691~1767. 자는 전보(展甫), 호는 지수재(知守齋), 본관은 기계이다. 김창집(金昌集)의 문인으로, 1714년 과거에 급제하여 경상도·함경도관찰사를 거쳐 호조판서, 우의정, 영의정 등을 역임하였다. 여기 이야기처럼 1734년에 황해도관찰사를 지냈다. 영조시기 노론의 온건파인 시파로서 활약하였다. 서예에 뛰어나 청주의 「만동묘비(萬東廟碑)」 등을 남겼으며, 저서로 『지수재집(知守齋集)』이 있다. 참고로 그는 아들 넷과 딸 넷을 두었는데, 아들은 유언흠(俞彦欽), 유언현(俞彦鉉), 유언진(俞彦鉁), 유언수(俞彦銖) 등이다.

13 홍익삼(洪益三): 1706~1756. 본관은 남양이다. 효종의 외손인 홍치상(洪致祥)의 손자이다. 1740년에 과거에 급제하여 교리, 수찬, 대사간 등을 역임하였다. 그런데 '남원'이라고 한 것은 이곳의 부사를 지냈거나 습봉되었기 때문일 텐데 그의 관력에서는 보이지 않는다. 한편 기계 유씨 족보에 의하면 유척기의 둘째 사위는 '홍익빈(洪益彬)'으로, 남원부사를 역임한 것으로 나와 있다. 이로 보아 여기 홍익삼은 홍익빈의 착오가 아닐까 싶다. 참고로 홍익빈과 홍익삼은 형제 항렬로 판단된다.

불러 마음대로 골라가게 하였다. 그런데 사위는 대절묵 2동, 중절묵 3동, 소절묵 5동을 골라서 따로 챙겼다.

"왜 더 가져가지 않고?"

라고 유 공이 묻자, 사위의 대답이 이랬다.

"모든 물건에는 다 한정이 있사옵니다. 제가 여기 있는 걸 다 골라가 버리면 진상을 어떻게 할 것이며, 서울에 있는 지인들에게 문안은 어떻게 하시겠습니까? 저는 열 동으로도 넉넉히 쓸 수 있사옵니다."

유 공은 흘깃 쳐다보더니 웃었다.

"그래, 요긴한 거야 이만 없다만! 음관을 지낼 재목밖엔 안 되겠군."

과연 그 말대로였다.

9-5

유상이 속설을 듣고 쌀뜨물을 진상함

유상(柳瑺)[14]은 숙종 때의 명의였다. 특히 천연두 치료를 잘하여 인가의 어린아이들을 살려낸 적이 매우 많았다. 중인들이 사는 한 동네[15]에 매우 부유한 집이 있었다. 하지만 2대에 걸쳐 과부가 난 상황으로, 달랑 유복자 하나만 있었다. 그의 나이 이제 막 16, 17세로 아직 마마를 앓지

---

14 유상(柳瑺): 1643~1723. 자는 여진(汝珍), 본관은 문화이다. 숙종 연간에 활약한 명의로, 이름이 '유상(柳常)', '유상(柳相)', '유상(柳尙)' 등으로도 되어 있다. 실제 그는 1683년에 숙종의 천연두를 직접 치료하여 그 공으로 동지중추부사에 임명되었으며, 서산군수, 고양군수 등을 역임하였다. 따로 1699년에는 세자의 천연두를 치료했다는 기록도 남아있다. 저서로 『고금경험활유방(古今經驗活幼方)』이 있다.

15 중인들이 사는 한 동네: 원문은 '中村'으로, 원래 중촌은 중인들이 거처하는 동네라는 의미로, 과거 인왕산 아래(지금의 종로구 궁정동)와 을지로 일대(장통교와 수표교 주변) 등을 특정하였다. 여기서는 이런 지명으로 특정했다기보다는 일반 중인을 지칭하는 표현으로 판단된다.

않았다. 그래서 그의 모친은 유 의원의 대문 앞에 집을 사서 아이를 그에게 부탁하면서 매번 새로운 반찬에, 술과 안주는 풍성하고 정갈하게 하여 이바지하였다. 날이면 날마다 이러기를 2, 3년 동안 하였다. 아침저녁 하루도 거르는 일이 없었다. 그러자 유 의원도 그 마음씀이 안쓰럽고 정성에 감동하여 아이를 데려와서 보살폈다.

그러던 어느 날, 이 아이가 마마를 앓기 시작했다. 증상이 나타난 첫날부터 이미 손쓸 수 없을 정도였다. 유 의원은 속으로 이렇게 다짐하였다.

"내가 만약 이 아이를 살려내지 못한다면 다시 의술을 펼친다고 할 수 없을 거야!"

그러고는 약탕기 대여섯 개를 앞에 늘어놓고 따뜻하고 서늘하며 뜨겁고 차가우며 기운을 돕고 내리는 약제들을 구분하여 따로따로 달였다. 아이의 증세가 변함에 따라 각각을 사용하였다. 하루는 비몽사몽간에 어떤 자가 찾아와 유 의원의 이름을 부르는 것이었다.

"너는 뭣 하러 꼭 이 아이의 병을 낫게 하려고 하느냐?"

유 의원은,

"아이 집의 처지가 딱하니 기어코 살려내고자 하는 것이다."

라고 답하였다.

"너는 반드시 살려낼 참이냐? 나는 기어코 죽일 참이다."

"너는 왜 기어코 죽이고자 하느냐?"

"나와 묵은 원한이 있기 때문이다. 그러니 너는 약을 쓸 필요가 없어……."

"재주가 궁하면 어찌할 수 없을 터나 내 재주는 궁하지 않다. 네가 저 아이를 죽이려고 하나 나는 반드시 살려내고 말 테다."

"그래 그럼 두고 보자."

그자는 앙심을 품은 채 문을 나갔다.

유 의원은 연이어 약물을 써서 어렵사리 20일을 버텼다. 그러자 그자가 다시 찾아와 캐물었다.

"지금 이후에도 네가 저 아이를 살릴 수 있을 것 같으냐? 너는 두고 보거라."

그러면서 문을 나가 사라졌다. 잠시 뒤 문밖이 시끄럽더니, 내의원(內醫院)의 아전과 승정원의 하인들이 숨을 헐떡이며 들이닥쳤다.

"전하의 기체가 마마로 편치 못하시니 속히 입시하시오!"

연신 서두르라 재촉하여 급히 달려 궁으로 갔다. 이렇게 입궐한 뒤로는 다시 나올 수 없게 되었고, 그 며칠 사이에 아이는 결국 살아날 수 없었다고 한다.

숙종의 마마 증세가 더할 수 없이 위중하여 유 의원은 저미고(猪尾膏)[16]를 쓰고자 했다. 이를 명성대비(明聖大妃)[17]전에 아뢰었는데, 대비는 크게 놀랐다.

"이런 위험한 약재를 어떻게 주상전하께 올린단 말이냐? 이는 절대 아니 된다!"

유 의원은 그때 주렴 밖에서 엎드려 있었고, 대비는 주렴 안에서 하교하였다.

"너는 이 약을 쓸 것이더냐?"

"이것을 쓰지 않을 수 없는 상황이옵니다."

대비는 발을 구르며 재촉했다.

"너는 머리가 두 개이더냐?"

유 의원은 엎드린 채 아뢰었다.

---

16 저미고(猪尾膏): 돼지 꼬리와 용뇌(龍腦) 등을 고아 만든 고약이다. 특히 천연두로 생명이 위험한 지경에 빠졌을 때 쓰면 특효가 있는 것으로 알려져 있다.

17 명성대비(明聖大妃): 즉 현종의 비인 명성왕후 김 씨(金氏, 1642~1683)이다. 청풍부원군 김우명(金佑明, 1619~1675)의 딸로, 1651년 세자빈에 책봉되었으며 1659년 현종이 즉위와 함께 왕비가 되었다. 당시 남인과 노론 사이의 정쟁 속에서 논란의 대상이 되었고, 현종 사후에는 수렴청정까지 하여 비판받기도 하였다.

"소신의 머리가 날아가더라도 이 약을 주상께 올린 뒤에 그 효험 여부로 꾸짖어주옵소서."

그러나 대비는 끝내 진상을 허락하지 않았다. 그래서 유 의원은 저미고를 담은 그릇을 소매에 감추고서 어전으로 진찰하러 들어가 몰래 치료했다. 한 식경 뒤에 여러 증세가 나아져 숙종의 기체가 평소 상태로 돌아왔다. 비록 천지신명의 음우를 입었겠으나 유 의원의 의술도 귀신같다 할 것이다.

그 뒤 유 의원은 이 공로로 풍덕부사(豊德府使)[18]에 제수되어 부임하였다. 어느 날 숙종이 연포탕(軟泡湯)[19]을 들다가 체하게 되었다. 이에 파발마로 유 의원을 불러 진찰토록 하였다. 유 의원은 밤을 새워 상경하여 새문[新門][20]에 도착했는데, 아직 문이 열리지 않은 때였다. 문 안의 병조에 고하여 사실을 알려 문을 열도록 하였다. 이렇게 오고 가는 사이 얼마간 시간이 지체되고 있었다. 그러던 차 유 의원은 성 밖의 한 초가에 등불이 환하게 밝혀져 있는 걸 보고 그 집에서 잠시 쉬게 되었다. 한 노파가 방 안의 여자아이에게 묻기를,

"아까 쌀뜨물을 어디에 두었더냐? 두부판 위에 떨어질라."

라고 하는 것이었다. 유 의원이 괴이쩍어 물었더니,

"쌀뜨물이 두부에 떨어지면 바로 두부가 녹아내리기 때문이우."

라고 대답하였다. 이윽고 문지기가 자물쇠를 열고 나오자 성문이 열렸다.

---

18 풍덕부사(豊德府使): 풍덕은 현재 황해도 개성 남쪽의 개풍군 일대로, 처음 개성부에 예속되어 있다가 세종 때 경기도 풍덕군으로 독립하였다. 그 후 효종 때 풍덕부로 승격하였으며 1823년에 다시 개성부로 예속되었다가 또 1866년에는 풍덕부로 복구되는 등 행정구역 편속이 자주 있었다. 참고로 유상이 풍덕부사로 부임한 이력은 확인되지 않는다.

19 연포탕(軟泡湯): 즉 두붓국. 일반적으로 두부와 소고기, 무 등을 섞어 끓인 탕국이다.

20 새문[新門]: 즉 돈의문. 조선 초에 도성과 사대문을 축조할 때 경희궁 서쪽에 세웠으나, 1422년 도성을 개수할 때 원래 위치보다 약간 남쪽에 다시 세웠기에 '새문'이라 한 것이다.

유 의원이 곧장 대궐로 가서 임금의 증상을 여쭈었더니, 두부 때문에 체했다는 것이었다. 당장 내의원에 쌀뜨물 한 그릇을 들이게 하여 미지근하게 데워 임금에게 올렸다. 그랬더니 체기가 이내 가셨다. 이 일 또한 기이하다.

9-6
박엽이 아이에게 신방을 주어 큰 액운을 넘김

박엽(朴燁)[21]이 평안도관찰사로 있을 때였다. 그와 친한 한 재상이 자기 아들을 보내며 이런 부탁을 하였다.

"이 아이는 아직 관례를 치르지 않았소. 점쟁이에게 운을 치게 했더니 올해 큰 액이 있을 텐데 장군 곁에 두면 무사할 거라 합디다. 해서 이렇게 보내니 부디 머물게 하여 이 화를 면할 수 있게 해주오."

박엽은 허락하여 자기 곁에 머물도록 하였다. 어느 날 이 아이가 낮잠을 자고 있는데, 박엽이 흔들어 깨우면서 일렀다.

"오늘 밤에 너에게 큰 액이 있을 게다. 내 말을 따르면 이를 넘길 수 있으나 그렇지 않으면 벗어날 수 없을 거야."

그러자 아이가 대답하였다.

"감히 명대로 하지 않겠사옵니까!"

---

21 박엽(朴燁): 1570~1623. 통상 '박엽(朴燁)'으로 쓴다. 자는 숙야(叔夜), 호는 약창(藥窓), 본관은 반남이다. 1597년 과거에 급제하여 해남현감, 함경도·황해도절도사를 거쳐 평안도 관찰사를 역임하였다. 그가 평안도관찰사가 된 해는 1618년이며, 이후 1623년 인조반정이 일어나자 그가 광해군에 협조했다는 탄핵을 받아 임지에서 죽임을 당하였다. 한편 『응천일록(凝川日錄)』 같은 자료에 의하면, 그가 평안도관찰사로 있으면서 폭정과 음행을 서슴지 않아 민인의 공분을 샀다고 알려져 있다. 또한 구전 설화 등에서는 뛰어난 도술로 누르하치와 용골대를 대적하는 이야기도 있는바, 그의 인물됨에 대한 후대의 인식엔 상당한 격차가 있다.

"그럼 좀 기다려라."

해가 저물어 황혼 녘이 되자 자신이 타던 노새를 끌고 나와 안장을 갖추고 아이더러 타게 하였다. 그러면서 이렇게 주의시켰다.

"너는 이 노새를 타고 가는 대로 맡겨두어라. 노새가 몇 리를 가서 한 곳에 당도하면 멈춰 설 게다. 그때 너는 안장에서 내려 지름길로 접어들어 몇 리를 더 가면 필시 오래되어 버려진 큰 절이 있을 게다. 주지의 선방으로 들어가면 큰 호랑이 가죽이 있을 터, 너는 이 가죽을 뒤집어쓰고 누워있거라. 그러면 노승이 와서 가죽을 찾을 텐데, 너는 절대 내주지 말아야 하느니라. 만약 빼앗길 지경이 되면 칼로 가죽을 찢어버리겠다고 벼르거라. 허면 노승이 감히 뺏지 못할 게다. 이렇게 새벽닭이 울 때까지 버티면 아무 탈이 없을 게다. 닭이 운 뒤에는 가죽을 내주어도 괜찮다. 너는 이렇게 할 수 있겠느냐?"

"예, 삼가 가르침대로 하겠습니다."

그리고서 노새를 타고 문을 나섰다. 가는 것이 나는 듯하고 두 귀에는 바람 소리만 들릴 뿐 어디로 가는지를 알 수 없었다. 산을 지나고 고개를 넘어 한 산골짜기 어귀로 들어서자 노새가 멈춰 섰다. 아이는 안장에서 내려 으스름 달빛을 받으며 풀 길로 접어들었다. 몇 리를 더 가니 과연 한 버려진 절이 있었다. 절 안으로 들어가자 선방의 문이 먼지가 수북이 쌓인 채 열려 있었다. 이 방의 아랫목에 큰 호랑이 가죽 한 장이 있었다. 아이는 박엽이 일러준 대로 이 가죽을 뒤집어쓰고 누웠다. 몇 식경이 지나 갑자기 문을 치는 소리가 들려왔다. 과연 생김새가 흉악한 한 노승이 문으로 들어왔다.

"아이가 와있군."

그러더니 가까이 다가와서는,

"이 가죽을 왜 뒤집어쓰고 누워 있느냐? 빨리 내게 돌려주거라."

라고 하였다. 아이는 대답도 안 하고 아랑곳하지 않은 채 누워있었다.

중이 가죽을 빼앗으려 하자, 아이는 칼을 들고 찢어버리려는 자세를 취했다. 그러자 중이 물러나 앉았다. 이렇게 대여섯 번을 서로 버티는 사이 먼 마을에서 닭이 꼬끼오하고 울었다. 이에 중은 미소를 지었다.

"이것은 박엽이 일러준 것이로구나. 다시 어찌하겠는가?"

아이더러 일어나라 소리치며,

"이제는 가죽을 내게 돌려줘도 전혀 문제가 될 게 없단다. 일어나 앉거라."

라고 하였다. 아이는 이미 박엽의 언질을 들었던 터라 비로소 호랑이 가죽을 내어주고는 일어나 앉았다. 노승이 다시,

"너는 위아래 옷을 벗어 나에게 주거라. 그리고 절대 문을 열어 밖을 봐서는 안 되느니라."

라고 하자, 그 아이는 이 말대로 옷을 벗어 내주었다. 노승은 그 옷과 가죽을 가지고 문밖으로 나갔다. 아이가 창에 난 구멍으로 엿보니, 노승이 가죽을 들어 뒤집어쓰자 큰 호랑이 한 마리로 변하는 것이었다. 크게 포효하더니 곧장 앞에 있던 옷을 물고는 쫙쫙 찢어버렸다. 이윽고 가죽을 다시 벗자 노승으로 되돌아왔다. 지게문으로 들어와서는 해진 상자를 열어 자신의 위아래 옷을 꺼내더니 아이더러 입으라고 하였다. 또 두루마리 종이 축 하나를 꺼내 펼치며 뭔가를 찾아 붉은 글씨로 아이의 이름 자에 찍고는 말하였다.

"너는 나가거든 박엽에게 '천기를 누설하지 말라'라는 말을 전하거라. 그리고 지금부터 너는 호랑이 무리 속에 들어가겠으나 결코 다치거나 해를 입을 걱정은 없단다."

다시 한 조각의 유지(油紙)²²를 내어주며,

_____

22 유지(油紙): 훼손을 방지하기 위해 기름을 먹인 종이이다. 여기서는 노승이 호랑이를 막기 위한 부적 따위로 판단된다.

"이것을 가지고 나가거라. 만약 길을 막는 자가 있으면 이 종이를 내보이거라."

라고 일러주었다. 아이가 이 말에 따라 대문을 나섰다. 곳곳엔 호랑이가 길을 막고 있었다. 그때마다 종이를 내보이자 대가리를 숙이며 피해버렸다. 아직 골짜기 입구까지 나오지 못했을 즈음 또 한 마리 호랑이가 앞을 막아섰다. 이번에도 종이를 내보였으나 거들떠도 안보고 물려고 하였다.

"네가 이렇게 하겠다면 나와 함께 절 안으로 가서 노스님이 보는 앞에서 결판을 내자."

라고 아이가 말하자, 호랑이도 대가리를 끄덕이며 함께 절 안으로 들어갔다. 노승이 아직 그곳에 있었기에 아이는 자초지종을 아뢰었다. 그러자 노승은 호랑이를 보며 꾸짖었다.

"너는 어째서 영을 어기는 것이냐?"

"영을 알지 못하는 건 아니오나 굶은 지 이미 사흘이나 되고 보니 고깃덩이를 보고도 어떻게 그냥 보내주겠소? 비록 영을 어길지라도 이 아이를 그냥 보내줄 수가 없소."

"그렇다면 대신 다른 것을 주면 어떻겠느냐?"

"그러면 좋겠소."

"동쪽으로 반 리쯤을 가면 전립을 쓴 한 사람이 올 것이다. 너의 요깃거리가 될 만하지."

호랑이는 그 말에 따라 문을 나갔다. 몇 식경이 지나 갑자기 포성이 먼 곳에서부터 들려왔다. 그러자 노승이 웃었다.

"그놈이 죽었군!"

아이가 무슨 영문인지를 묻자 노승이 이렇게 말하였다.

"저놈은 나의 수하인데 영을 따르지 않았다. 그래서 아까 동편으로 가게 하여 포수에게 사냥감으로 준 것이니라."

대개 전립을 썼다고 한 것은 곧 그가 포수였기 때문이다. 아이는 하직하고 골짜기를 나섰다. 때는 새벽이었고 타고 온 노새는 풀을 뜯고 있었다. 이 노새를 다시 타고 돌아와 박엽을 뵙고 전후 사정을 아뢰었다. 박엽은 고개를 끄덕이고는 아이를 준비시켜 자기 집으로 돌려보냈다. 그 뒤 이 아이는 과연 크게 현달했다고 한다.

9-7

낙계 마을의 이 정승이 시골 유생을 만남

임술년(1802)에 참판 이태영(李泰永)[23]은 아들인 희갑(羲甲)이 귀양을 가게 되자, 관직을 버리고 낙계(樂溪)[24]에 새로 집을 마련하여 살았다. 그곳에서 농사일과 고기 잡는 일로 소일하며 보냈다. 때는 구월이라 제법 많이 내리던 가을비도 막 그쳤다. 벼가 익어 수확도 마치니 이야말로 단풍 국화의 계절이었다. 이 대감은 예닐곱 명의 아이들과 함께 앞 시내에서 고기를 잡느라 대나무 삿갓에 낚싯대를 들고서 시골 늙은이들 속에 섞여 있었다. 이때 갑자기 한 유생이 푸른 보따리를 짊어진 채 대지팡이를 끌면서 다가왔다. 그는 시냇가에 앉더니 물었다.

"어디에 사시오?"

---

23 이태영(李泰永): 1744~1803. 자는 사앙(士仰), 호는 동전(東田), 본관은 한산이다. 1772년 과거에 급제하여 대사간, 황해도·경상도·충청도관찰사 거쳐 도승지, 예조·공조참판 등을 역임하였다. 그가 평양감사로 부임한 것은 1799년이다. 1784년에는 부수찬으로서 서장관이 되어 사행을 다녀오기도 하였다. 정실에서 아들 7명을 두었는데, 여기 이희갑(李羲甲)은 장남이며, 『계서잡록(溪西雜錄)』을 남긴 이희평(李羲平)은 셋째아들이다. 한편 이희갑은 1801년 부호군으로 모반사건에 연루되어 철원으로 유배 간 사실이 있다. 그렇다면 여기 이태영은 그 이듬해에 수내동(藪內洞)으로 퇴거한 것이 된다.
24 낙계(樂溪): 즉 지금의 성남시 수내동이다. 일반적으로 '낙계(落溪)'라 한다. 이곳이 한산 이씨의 세거지이며, 현재의 분당중앙공원 일대에 해당한다.

"이곳 수내(藪內) 마을에 살고 있소."

그러자 그가 다시 물었다.

"금관자를 차고 있는 걸 보니 납속동지(納粟同知)[25]가 아니시오?"

"그렇소."

"납속을 했다면 집안이 필시 꽤나 부유하겠군요."

"엔간히 산다는 소리를 듣지요. 생원께서는 어디 사시며 누구신지? 여기는 무슨 일로 지나게 되었소?"

"나는 호서(湖西) 아무 땅에 살고 있소. 서울이 번화하다 하여 구경 한번 해볼 참으로 오는 길이오. 이곳을 지나다가 이 수내동에 서울 살던 이 참판 영감께서 평양감사를 그만두고 이곳에 와서 머문다는 말을 들었소. 정말 그렇소?"

"그렇소."

"그 영감께선 후덕한 군자인 데다 지금 세상의 복인(福人)이라 경향 간에 유명하오. 그래 내 한번 존안을 뵙고 싶으나 길이 없소. 당신도 이 영감을 알고 있소?"

"이미 같은 동네에 살고 있는데 모를 이유가 있겠소?"

"그렇다면 당신이 내 이름자를 소개하여 한번 인사드릴 수 있도록 할 수 있겠소?"

"나 같은 시골뜨기가 어찌 감히 재상 댁에 남을 소개할 수 있겠소? 그건 어떻게 하지 못한다오."

그는 또 물었다.

"당신은 자식이 몇이오?"

"일고여덟쯤이오."

25　납속동지(納粟同知): 즉 납속을 하여 얻은 동지 벼슬이다. 동지는 종2품직의 동지중추부사를 일컫는다. 납속은 주로 국가재정이 부족하거나 백성들을 구휼하기 위해 내는 출연금으로, 동지를 얻으려면 쌀 50석 이상을 내야 했다.

"유복한 사람이군. 복은 이 참판 어른과 같구려!"

그러더니 담배를 청하였다. 이 대감이 담뱃갑을 그 앞에 두자, 그는 갑을 열어 보고는 깜짝 놀랐다.

"아니, 이건 삼등초(三登草)²⁶인데! 어디서 구했소?"

"이 참판 댁 동네에 사는 터라 그 댁에서 얻었소."

"좋군! 이런 연초를 내 처음 보오. 조금 덜어 주겠소?"

이 대감은 씩 웃고 그러자며 반을 덜어 주었다. 이에 그가 고마워하였다.

"돌아올 때 다시 이곳에 들르리다."

그러고는 떠나갔다. 같이 앉아 있던 사람들은 그야말로 포복절도하였다.

"저 사람은 눈만 있지 눈알은 없군. 아니 거동과 차림새만 보더라도 어떻게 시골 늙은이처럼 보인다고!"

이 대감은 미소를 지었다.

"시골의 나이 어린 무지렁이라 이상할 것도 없지. 나는 이 일로 반나절을 심심치 않게 보냈군."

자리가 큰 웃음으로 끝났다.

9-8

관찰사가 경포호에서 선녀와 만남

강릉에 경포대(鏡浦臺)가 있다. 대는 호숫가에 있는데, 호수의 이름이

---

26 삼등초(三登草): 삼등(三登)에서 나는 고급 담배이다. 삼등은 평안도 삼등현으로, 지금 평양시 강동군에 편입되어 있다. 전라도 진안에서 생산되는 진안초(鎭安草), 강원도 금성초(金城草)와 함께 조선시대 고급담배로 유명하다. 한편 삼등 지역을 비롯한 평안도와 황해도 일대에서 생산되는 담배를 '서초(西草)'라고도 하며, 최상급으로 취급하였다. 특히 삼등초는 신광수의 「관서악부(關西樂府)」와 「이춘풍전」, 「춘향전」 등의 문학 작품에서도 확인되는바, 당시의 애호 상황을 확인할 수 있다.

바로 경호(鏡湖)이다. 십 리나 되는 평탄한 호수로 물결이 잔잔한 데다 깊지 않아 예로부터 이곳에서 빠져 죽는 우환이 없었기에 일명 '군자호(君子湖)'라고도 한다. 경호 밖은 바다와 접해있어 하늘처럼 드넓으며 모랫둑 하나로만 나뉘어 있다. 거센 파도가 쉼 없이 밀려와도 한 번도 무너지거나 터진 일이 없었다. 그렇게 각각 바다와 호수를 이루고 있으니 이것이야말로 기이한 장관이라 하겠다.

세간에 전해지는 이런 이야기가 있다. 이 호수 터는 옛날에 어떤 부자가 살던 곳이었다. 그런데 이 부자는 인색하기 짝이 없어 곡식을 만 가마니나 쌓아두었는데도 한 톨도 남에게 주는 법이 없었다. 그러던 어느 날 문밖에서 한 노승이 양식을 구걸하였다. 주인이 줄 것이 없다고 하자 노승은 정색하였다.

"이렇게 앞뒤로 산처럼 쌓아두고서 없다고 말씀하시니 어째서입니까?"

주인은 화를 내며,

"이 막돼먹은 중놈이 어찌 감히!"

라고 하더니 그릇에 사람 똥을 담아서 내주었다. 노승은 바랑을 열어 삼가 이 똥을 받아 떠났다. 얼마 안 있어 우레가 치고 비가 퍼붓더니 이곳 땅이 갑자기 웅덩이처럼 꺼져 호수가 돼버렸다. 그 집안사람들은 아무도 살아남은 자가 없었다. 가마니의 곡식들은 흩어져 물속으로 가라앉아서는 모두 조개로 변해버렸는데, 이것을 '제곡(齊穀)'[27]이라 한다. 강릉 사람들이 아침저녁으로 이 조개를 캐고 주워다가 흉년 든 해에 구황의 양식으로 삼았다 한다.

---

27 제곡(齊穀): '곡식과 같다', 또는 '곡식으로 삼았다'라는 정도의 의미로, 흩어진 조개를 모아서 이것으로 끼니를 해결했기에 붙여진 말이다. 참고로 이 내용은 허균의 『도문대작(屠門大嚼)』(『성소부부고』 권26)에서도 확인할 수 있다. "작은 조개로 껍질이 자줏빛이다. 경포에 있는데 흉년에는 이것을 먹으면 굶주림을 면할 수 있기 때문에 곡식과 같다는 뜻에서 제곡이라 한 것이다."

경호 가운데에 홍장암(紅嬙巖)이 있다. 홍장은 예전의 명기(名妓)이다. 관찰사 아무개[28]가 이곳에 순시하러 왔을 때 그녀에게 흠뻑 빠졌다. 그 뒤로도 그녀를 마음에서 잊을 수가 없었다. 그래서 매번 강릉의 수령[29]을 만날 때면 주절주절 그녀에 대해서 얘기하곤 했다. 이 수령은 바로 관찰사의 절친으로, 그를 속여보자고 하여 거짓말로 '달전에 이미 죽었다네.'라고 하였다. 그러자 관찰사는 망연자실하며 애통해 마지않았다. 그 뒤로는 순시해도 슬픔에 무언가를 잃은 듯 낙담한 채 즐거움을 잊어버렸다. 그러자 수령이 이런 제의를 하였다.

"오늘 밤 달빛이 참으로 좋으니 경호에 한번 놀러 가지 않겠소? 경호야말로 신선이 사는 곳이라 바람이 맑고 달이 환할 때면 종종 통소 소리와 학소리가 들리곤 하지요. 홍장은 명기였으니 어찌 신선이 되어 저 소리를 따라와서 놀지 않겠소? 그렇게 되면 한번 만날 수 있지 않겠소."

이 말에 관찰사는 좋다고 하며 그를 따라 배를 띄워 달빛을 실었다. 말똥말똥 주변을 두루 보는 참이었다. 이때 산은 그림 같고 물과 하늘은 한 색깔이었으며, 갈대엔 흰 이슬이 맺혀 있었다. 이내가 걷히자 맑은 바람이 불어왔다. 삼경이 되자 순간 옥피리 소리가 멀리서부터 들려왔다. 흐느끼듯 구슬픈 소리가 가까운 듯 먼 듯하니, 관찰사는 귀를 기울여 듣고는 옷깃을 여미며 물었다.

"이 무슨 소린가?"

수령이 대답하였다.

---

28 관찰사 아무개: 서거정의 『동인시화(東人詩話)』에 이 이야기가 실려 있는데, 여기에는 홍장이 '紅粧'으로, 관찰사 아무개는 박신(朴信, 1362~1444), 수령은 조운흘(趙云仡)로 특정되어 있다. 참고로 박신은 자가 경부(敬夫), 호가 설봉(雪峰)으로, 1385년 과거에 급제하여 고려말과 조선 초에 걸쳐 요직을 역임하였다. 그는 1393년에 안렴사로 강릉에 부임한 기록이 있는바, 이 이야기의 성립 배경을 확인할 수 있다.

29 강릉의 수령: 즉 조운흘(趙云仡, 1332~1404). 호는 석간(石磵)으로, 1357년 과거에 급제하여 삼도안렴사, 서해도관찰사 등을 역임하였다. 그는 1392년에 강릉부사로 제수된 바 있으며, 박신과는 정몽주 문하에서 수학한 친분이 있었다.

"이는 필시 해상의 선녀가 놀러 온 것일 게요. 사또께서 선연(仙緣)이 있기에 이 소리를 들을 수 있는 거요. 소리를 들어보니 우리 배를 향해 오는 것 같소. 이 또한 기이하오."

관찰사는 속으로 기뻐하며 홍장을 만날 수 있을 거란 기대에 향을 피우고서 기다렸다. 한참이 지나 조각배 하나가 바람을 타고 지나갔다. 한 백발노인이 칠성관(七星冠)을 쓰고 깃옷을 입은 채 배 위에 단정히 앉아 있었다. 그 앞에는 푸른 옷을 입은 두 아이가 옥 젓대를 가로쥐어 불고 있었다. 또 곁에는 푸른 소매에 붉은 치마를 입은 한 젊은 여인이 술잔을 받든 채 모시고 서 있었다. 그 모습이 표연히 구름을 헤치며 하늘을 걷고 있는 자태였다. 관찰사는 멍청한 듯 취한 듯 눈을 떼지 못하고 쳐다보았다. 배가 가까이 다가와서 보니 그녀는 영락없는 홍장이었다. 관찰사는 순간 몸을 일으켜 그 뱃머리로 뛰어올라 머리를 조아리며 절을 올렸다.

"하계의 못난 몸이 신선이 강림한 줄 모르고 이렇게 맞이하는 예우를 잃었소이다. 바라건대 이 죄를 용서해주옵소서."

그러자 노선(老仙)이 씩 웃었다.

"당신은 바로 상계의 신선으로 인간 세상에 귀양 온 지 이미 오래되었네. 오늘 밤 이렇게 만난 것도 선연의 하나일세."

그러면서 웃음 띤 얼굴로 옆에 있는 미인을 가리켰다.

"이 낭자를 알겠는가? 낭자도 옥황상제의 향안(香案)을 모시는 선녀로, 죄를 지어 인간 세상으로 귀양 왔다가 지금 기한이 차서 돌아가는 길이네."

관찰사가 눈을 들어 보니 과연 전날의 홍장 그대로였다. 청산이 찌푸리고 가을 물결이 바장이듯 원망하는 양 근심하는 양 거의 마음을 다잡지 못하고 있었다. 관찰사는 이에 그녀의 손을 붙잡고 울음을 삼켰다.

"너는 어찌 차마 나를 버리고 돌아간단 말이냐?"

홍장도 눈물을 흘렸다.

"속세의 인연이 이미 다했으니 이제 끝이랍니다. 옥황상제께서 소첩을 그리워하는 나리의 정성이 하늘에까지 닿았다 하시어 첩에게 하룻밤의 여가를 주셨답니다. 지금 당신을 따라왔으니 이것으로 단 한 번의 만남으로 삼을 밖에요."

이 말에 관찰사는 노선에게 물었다.

"이미 옥황상제의 영을 받들었다 하니 홍장에게 시간을 주실 수 있겠는지요?"

그러자 노선은 웃으며 대답하였다.

"이미 명을 받았으니 함께 가도록 하오. 난 속세의 냄새를 싫어하여 성에 가까이 갈 수 없소. 하니 그대는 모름지기 홍장과 함께 배를 타고 돌아가오."

이어서 홍장에게 일렀다.

"이 또한 천상에서 이미 정해준 인연이니라. 저 사람과 함께 성안으로 들어가거라. 날이 밝기 전에 성 밖으로 다시 나오면 내가 배를 대고 기다리고 있겠노라."

홍장은 옷깃을 고치며 대답하였다.

"예, 말씀대로 하겠나이다."

노선은 일어나 관찰사와 홍장을 배 위에서 전송하였다. 그리고 한 가닥 맑은 바람에 노를 돌려 떠났다. 관찰사와 홍장은 함께 돌아와 손을 맞잡고 침실로 들어갔다. 서로 아끼는 정과 사랑의 단꿈은 평상시와 다름이 없었다. 관찰사는 해가 뜰 때까지 잠들어 있다가 갑자기 놀라 깨서는 홍장이 이미 떠났겠거니 생각하였다. 그러나 눈을 들어보니 홍장은 그 모습 그대로 곁에서 단장한 채 있었다. 관찰사가 괴이하여 물었으나 미소만 지을 뿐 답을 하지 않았다. 잠시 뒤 수령이 들어와 실실 웃으며 물었다.

"양왕(襄王)의 단꿈과 낙신(洛神)의 기연[30]의 즐거움이 어떠했소? 하관(下官)에게 월하노인의 공이 없다 할 순 없겠지요."

관찰사는 이제야 자신이 속은 줄 알고 함께 껄껄 웃었다. 대개 수령이 이전에 노선과 선동(仙童)들을 분장시켜 그곳에 나타나도록 짜고 관찰사를 속였던 것이다. 이 만남은 저 양소유(楊少遊)가 춘랑(春娘)을 만난 일[31]과 딱 맞아떨어진다. 그곳의 바위를 '홍장'이라 이름하였다. 이 이야기는 읍지(邑誌)에 실려 있다[32]고 한다.

9-9

김 의원이 외형만 보고도 좋은 처방을 내림

김응립(金應立)은 경상우도의 상것으로, 낫 놓고 기역 자도 몰랐지만 신통한 의술로 영남 밖에까지 이름이 났다. 그의 의술은 진맥하거나 증상을 따지지도 않은 채 그저 겉모습을 보고 얼굴색을 살피는 것만으로도 왜 아픈지를 알았다. 처방하는 약도 일반적으로 쓰는 약재가 아니었다.

이락(李鉻)[33]이 금산(金山)[34]의 수령으로 있을 때였다. 그의 며느리는 시

---

30 양왕(襄王)의 단꿈과 낙신(洛神)의 기연: 원문은 '陽臺之夢, 洛浦之緣'이다. 양대지몽은 초나라 회왕(懷王)이 꿈에 무산신녀와 운우지정을 나누었다는 고사를 가리킨다. 낙포지연은 낙포(洛浦)에서 낙신(즉 宓妃)과의 만남을 노래한 것이다. 이 두 가지 고사에 빗대 관찰사와 홍장의 지난 밤 만남을 표현한 것이다.

31 양소유(楊少遊)가 춘랑(春娘)을 만난 일: 즉 『구운몽』에서 양소유가 가춘운(賈春雲)과 인연을 맺은 부분을 말한다. 가춘운은 이 작품에 등장하는 팔선녀 중의 한 명으로, 원래 정경패(鄭瓊貝)의 시녀였다. 그녀가 양소유에게 연정을 품고 있다는 것을 안 정경패가 그녀를 귀신으로 변장시켜 유혹하게 하여 마침내 인연을 맺기에 이른다. 이 정황이 관찰사와 홍장의 만남과 흡사하기 때문에 끌어온 것이다.

32 읍지(邑誌)에 실려 있다: 즉 『임영지(臨瀛誌)』에 실려 있다는 뜻이다. 현재는 이 내용이 『증수임영지(增修臨瀛誌)』·「향렴(香奩)」조에 실려 있고, 이 이야기 말미에 박신이 지은 「기관동시(寄關東詩)」가 함께 실려 있다. 참고로 해당 시는 다음과 같다. "少年持節按關東, 鏡浦淸遊入夢中. 臺下蘭舟思又泛, 却嫌紅粉笑衰翁."

33 이락(李鉻): 미상. 다만 이본과 다른 야담집에 '이명(李銘)'으로 나와 있는바, 실제 그의 이름이 불명확하다.

집을 때부터 해수병(咳嗽病)³⁵을 앓아 이만저만 고통스러워하는 게 아니었다. 이락도 의술에 밝아 여러 가지 약이 되는 것을 다 써 보았으나 조금의 차도도 없었다. 급기야 앓아누워 목숨이 끊어질 지경이 되었다. 이에 이락은 응립을 오라 하여 자문을 구하였다.

"안색을 한 번 살피고 나서야 약을 처방할 수 있사오나 이는 감히 청할 수 없는 일이옵니다."

"지금 죽을 지경이 되었거늘 한 번 보는 거야 무슨 문제겠는가?"

이리하여 며느리를 대청에 나와 앉도록 하고 응립더러 볼 수 있도록 하였다. 김응립은 문으로 들어가 그녀를 자세히 살피더니 진단을 내렸다.

"이는 아주 쉽게 나을 수 있는 병이옵니다. 위장에 생물이 걸려서 그러는 것입니다."

하고서 엿 두세 개를 사 오라 하여 물에 풀어 녹여서 복용하게 하였다.

"필시 게워낼 겁니다."

복용한 지 얼마 되지 않아 한 덩이 객담을 게워냈다. 그것을 갈라보니 안에 작은 가지 하나가 있는데, 조금도 삭지 않은 상태였다. 앓은 며느리에게 물었더니, '열 살 남짓에 가지 하나를 따 먹었다가 잘못 삼킨 적이 있거니와 필시 이것일 거다.'라고 하는 것이었다. 그 뒤로는 이 병은 마침내 싹 나았다.

이락의 조카사위가 여러 해 동안 고질병을 앓아 병든 몸으로 실려 왔다. 이락은 다시 응립더러 진찰하도록 했다. 김응립이 살펴보고는 웃었다.

---

34 금산(金山): 현재의 김천(金泉)이다. 이곳은 신라 때 금산현(金山縣)이었다가, 고려시대에는 경산부(京山府)에 편입되었으며, 조선시대에는 금산군이었다. 1914년 행정구역 개편 때 주변 지역을 흡수하여 김천군이 되었다.

35 해수병(咳嗽病): 일반적으로 기침과 가래가 심하게 끓어오르는 병으로, 일종의 천식, 기관지염 따위를 말한다.

"이건 다른 약을 복용할 필요도 없겠군요. 지금 마침 가을이라 잎이 떨어질 때이니, 무슨 잎이든 따지지 말고 상하거나 썩지 않은 것만 골라 몇 바리를 대여섯 개 큰 솥에다 끓이십시오. 점점 졸아들어 한 사발 정도가 된 뒤에 이것을 수시로 복용하면 됩니다."

그의 말처럼 했더니 과연 효과가 있었다.

또 어떤 사람이 병을 앓았는데, 몸이 거꾸로 뒤틀리는 증상[36]이었다. 김응립이 그를 살피고는, 종이침[紙針]을 만들어오라 하여 그의 콧구멍을 자극하였다. 그랬더니 그는 구토 증세를 보였다. 종일토록 이렇게 하자 병이 나았다. 그의 약을 처방하는 것이 죄다 이와 같았다. 이 또한 기이하다 하겠다.

9-10

병사 우하형이 변방에서 현명한 여인을 만남

병사(兵使) 우하형(禹夏亨)[37]은 평산(平山) 사람으로 원래 집이 형편없이 가난하였다. 처음 무과에 급제하여 평안도의 강변 고을의 방어 임무를 맡았다. 그곳에서 면역(免役)한 수급비(水汲婢)[38]를 만났다. 그녀는 외모가

---

36 몸이 거꾸로 뒤틀리는 증상: 원문은 '角弓反張'으로, 중풍이나 열병 따위로 얼굴이 비뚤어지거나 몸이 활모양으로 휘어지는 증상이다.

37 우하형(禹夏亨): 영조 때 무인으로, 자는 회숙(會叔), 본관은 단양이다. 1710년 무과에 급제하여 곤양군수, 전라우도수군절도사, 황해도와 경상도의 병마절도사, 위원군수, 회령부사 등을 역임하였다. 특히 곤양군수로 있을 때 1728년 이인좌의 난이 일어나자 선산부사 박필건(朴弼健)과 함께 난을 평정하는 데 공을 세웠다. 여기 이야기에서 처음 평안도 강변 고을로 부임했다고 했는데, 이는 아마도 그가 위원부사(渭原府使)를 한 이력을 두고 상정한 것으로 보인다. 다만 그가 위원부사를 지낸 시점은 1734년으로 비교적 늦은 시기였다.

38 수급비(水汲婢): 관아에 소속되어 물 긷는 일 등 잡역을 하던 관비(官婢)로, 기녀와 같은 신분층이었으나 그보다 더 천하게 여겼다.

제법으로 추하지는 않았기에 하형이 아껴 함께 거처하였다. 하루는 그녀가 하형에게 이런 말을 하였다.

"선달님은 이미 저를 첩으로 삼으셨으니 앞으로 무슨 물건으로 의식의 밑천을 마련할는지요?"

"나야 원래 가난한 데다 천 리 길 떠도는 신세라 수중에 가진 거라고 없는 자인걸! 내가 너와 함께 살면서 바라는 바는 더러운 옷을 빨아주고 솔기 터져 헤진 버선이나 꿰매주는 정도일세. 무슨 물건으로 너에게 도움을 줄 수 있겠는가?"

기다렸다는 듯이 그녀가 말했다.

"소첩도 익히 알고 있답니다. 제가 이미 몸을 허락하여 첩이 된 이상 선달님의 옷가지야 알아서 할 테니 염려하지 마세요."

"그건 내 바라는 바가 아니네."

그러나 그녀는 그 뒤로 바느질과 길쌈 일을 부지런히 하여 의복과 음식을 이바지하는데 한 번도 빠뜨리는 경우가 없었다. 어느덧 고을 방어의 임무 기한이 다 되어 하형은 곧 돌아가야 했다.

"선달님은 여기서 돌아가시면 이후로 서울에 머물면서 벼슬자리를 구할는지요?"

이렇게 묻자 하형은,

"맨몸인 신세로 서울엔 가까이 지내는 벗도 없는데 무슨 양식이 있어서 서울에 머물겠는가? 이는 가망 없는 일이네. 여기서 내려가면 고향으로 돌아가 선산 아래에서 늙어 죽는 도리밖에 없지."

라고 하였다. 그래도 그녀는 이렇게 말했다.

"제가 선달님의 모습과 기상을 보니 별 볼 일 없을 분이 아니에요. 앞으로 병사(兵使)까지 충분히 오를 분이지요. 사내대장부가 뭔가 할 수 있는 바탕이 있는데 어찌 재물이 없다고 초야에 묻혀 지낸단 말입니까? 매우 안타깝고 애석하군요. 저에게 몇 년 동안 모아 둔 은화가 있는데 육백 냥은 될 겁니다. 이것을 가시는 길에 드릴 테니 안장 채운 말과 노자로 쓰세요. 제발 고향으로 돌아가지 말고 바로 한양으로 가셔서 벼슬자리를 구해보세요. 십 년을 기한으로 노력하면 결과가 있을 거예요. 저는 천한 존재라 선달님을 위해 어떻게 수절하겠어요? 이 몸을 모처에 의탁하고 있다가 선달님이 본도의 수령이 됐다는 소식을 접하면 그날로 찾아뵐게요. 이것으로 기약을 삼았으면 해요. 바라건대 귀한 몸 잘 보중하세요."

하형은 뜻밖의 많은 재화를 얻게 되자 속으로 고맙고 다행이라는 생각이 들었다. 마침내 눈물을 뿌리며 그녀와 작별하고 길을 떠났다. 그녀는 하형을 보내고 난 뒤 전전하다 같은 고을의 군교(軍校)였던 한 홀아비의 집에 신세를 지게 되었다. 군교는 그녀의 됨됨이가 영리하여 후실로 맞아 함께 살았다. 그의 집은 그리 가난하지 않았다. 이에 그녀는 군교에게 말했다.

"전처께서 쓰다 남은 재물이 얼마나 되나요? 매사는 분명하게 하지 않을 수 없으니 곡물의 수는 얼마이고, 돈과 비단, 포목은 얼마이고, 그릇과 기타 가재도구는 또 얼마인지 모두 품목과 수량을 낱낱이 적어 목록을 만들었으면 해요."

"부부가 된 사이에 있으면 같이 쓰고 없으면 빌리면 될 걸 무슨 혐의나 의심을 둔다고 이렇게까지 하자는 건가?"

군교가 이렇게 답했으나 그녀는,

"그렇지 않아요."

라고 하면서 목록을 만들자며 기어이 간청하는 것이었다. 군교는 결국 그녀의 요청에 따라 문건을 써서 주었다. 그녀는 이걸 받아 옷상자에 간직하고 부지런히 살림살이를 챙겨 날이 가면 갈수록 점점 풍족해져 갔다. 한번은 군교에게 이런 요청을 하였다.

"제가 글자를 조금 볼 줄 알아 한양에서 나오는 조보(朝報)[39]의 도목정사를 보는 걸 좋아해요. 당신은 저를 위해 매일 관아에서 조보를 빌려다 줄 수 있어요?"

군교가 그녀의 요청대로 조보를 빌려다 주곤 했다. 이리하여 몇 년 동안 조보의 도목정사를 볼 수 있었다. 그 안에서 '선전관 우하형', '주부(主簿) 우하형' 등 우하형이 몇 경력을 거쳐 부정(副正)에 올랐으며, 이내 평안도의 큰 고을에 제수받은 것까지 알 수 있었다. 그녀는 그 뒤로도 조보에서 '아무 달 아무 일 아무 고을 수령 우하형이 사조(辭朝)하다.'는 내용만 보곤 했다. 그러다가 군교에게 이런 말을 하는 것이었다.

"제가 이 집 왔지만 오래 머물 계획이 아니었답니다. 이제 영영 이별해야겠어요."

깜짝 놀란 군교가 이유를 물었으나 그녀는,

"전후 사정을 꼭 물어야겠어요? 내 거처야 내가 정하는 거니 당신은 미련을 두지 마세요."

라고 하면서 전에 집안 물품을 기록해 두었던 문서를 꺼내 군교에게 보여주었다.

"제가 7년 동안 남의 아내가 되어 살림을 꾸렸는데 만에 하나라도 전보다 줄어든 게 있으면 떠나는 사람의 마음이 어찌 편안하겠어요? 이전과 지금을 비교해 보면 다행히 줄어든 건 없고 어떤 것은 두 배 세 배, 네 배까지 그 수가 늘었으니 제 맘이 흐뭇하네요."

그리고 그대로 군교와 작별하고 한 머슴을 시켜 가져갈 짐을 지게 하였다. 자신은 남장한 다음 패랭이를 쓰고 걸어서 우하형이 다스리는

---

39 조보(朝報): 조선왕조의 관보로, 왕명의 출납을 맡았던 승정원에서 맡아 국정의 주요 소식을 정리하여 배포하였다. 왕명이나 조정의 주요 결정 사항, 그리고 관리 임명 건이 주요 내용이었다. 동시에 민간의 충효열에 대한 사건들도 기록하여 백성들에 대한 교화, 교육의 기능도 담당하였다. '기별지(寄別紙)', '저보(邸報)', '경보(京報)' 등 시대와 상황에 따라 다양하게 불리었다.

고을로 찾아갔다. 이때 하형은 부임한 지 겨우 하루가 지난 시점이었다. 그녀는 소장을 내는 백성이라고 둘러대고 관아 뜰로 들어가 고하였다.

"아뢰올 일이 있으니 동헌으로 올라가 직접 말씀드리고자 합니다."

수령은 괴이하다 싶어 처음에는 허락하지 않았으나 결국 올라오라고 하였다. 올라온 그녀가 다시 창문 앞 가까이서 뵙겠다고 하자 수령은 더욱 괴이하여 그러라고 했다. 그러자 그녀가 물었다.

"나리께선 소인을 알아보시겠는지요?"

"내 이제 막 부임했거늘 이 고을의 백성을 어떻게 알겠느냐?"

"아무 해 아무 지방을 방어하러 부임했을 때 함께 살았던 사람을 못 알아보신단 말입니까?"

수령은 뚫어지게 쳐다보더니 깜짝 놀랐다. 급히 일어나 그의 손을 붙잡고 방 안으로 들어가 물었다.

"자네가 어떻게 이런 차림새로 여기에 왔는가? 내가 부임한 다음 날 자네가 이렇게 찾아왔으니 정말이지 기이한 만남일세!"

두 사람은 감당할 수 없는 기쁨으로 떨어져 있었던 그동안의 회포를 함께 풀었다. 마침 그때는 우하형이 상처를 한 상황이라 그녀를 안채의 정실로 들여 가정을 맡겼다. 그녀가 자식을 맡아 키우고 종들을 부리는 데 법도를 갖춰 사랑과 위엄을 실천하니 집안 식구들은 흡족해하며 칭찬이 자자했다.

한편 그녀는 매번 하형더러 비변사 서리에게 부탁하여 돈을 주고 매월 초하루에 나오는 조보를 얻어 오게 하였다. 이 조보를 보고 세상일을 미뤄 짐작하였다. 당시 고위직 중에 아직 전관(銓官)⁴⁰은 아니지만 머지않아 될 만한 이가 있으면 반드시 후하게 대접하였다. 이런 까닭에 전랑이

---

40 전관(銓官): 이조와 병조에서 인사행정을 맡은 관원으로, 실제 업무는 정5품직인 정랑 (正郞)과 정6품직인 좌랑(佐郞)이 맡았다. 이를 전랑(銓郞)이라 한다.

되면 누구든 힘껏 하형을 추천하였다. 이에 큰 고을 서너 곳 수령을 역임하면서 살림살이가 점점 풍요로워졌다. 이후로도 그녀는 윗선에 선물을 보내고 문안하기를 더욱 걸게 한 덕에 하형은 차차 승진하여 절도사의 자리에까지 올랐다. 그리고 팔순 가까이 살다가 고향 집에서 수를 다 누리고 죽었다. 하형이 죽자 그녀는 예를 다해 장례를 치렀다. 성복(成服)⁴¹을 하고 나서 그녀는 적자 상주에게 일렀다.

"영감께서 시골 출신 무변으로 지위가 절도사에 이르렀으니 자리는 이미 최고에 올랐으며, 칠순을 넘게 사셨으니 수도 누릴 만큼 누리셨다. 그러니 무슨 아쉬움이 남았겠는가? 또 나로 말하면 아내가 되어 남편을 섬김에 당연한 도리를 했을 뿐, 그걸 가지고 자긍심을 가질 필요가 뭐 있겠는가? 그런데도 여러 해 동안 내 성심을 다 쏟아 벼슬자리를 얻을 방도를 도왔으니 지금 와서 내 책임은 이미 다한 듯하네. 나도 먼 시골의 천한 사람으로 무관의 소실이 되어 여러 고을의 복록을 누렸으니 그 영광도 더할 나위 없다네. 그러니 무슨 원통한 회포가 있겠는가? 영감께서 살아생전에 내게 가정을 맡긴 것은 부득이해서였네. 이제 상주도 이처럼 장성했으니 집안일을 건사할 수 있을 테지. 허니 이젠 자부가 가정을 맡아야 하네. 오늘부로 집안일을 모두 넘기려 하네."

상주와 자부는 울먹이며 아니라고 하였다.

"저희 집이 지금 같이 될 수 있었던 것은 다 서모님의 공이세요. 저희야 그저 의지하며 우러러 모셨는데 무슨 일로 갑자기 이런 말씀을 하세요?"

하지만 그녀는 단호했다.

"아니네! 이렇게 하지 않으면 집안의 법도가 어지러워지네."

---

41 성복(成服): 상례에서 시신을 입관한 뒤 처음으로 상복을 입는 일을 말한다. 입관 과정은 시신을 씻겨서 옷을 입히고 이불로 싸는 절차인 소렴(小殮)과 그 이튿날 옷과 이불 따위로 덧싸는 과정인 대렴(大殮)이 있다. 성복은 대렴이 끝나면 진행하는 절차이다.

그러고는 여러 가재도구와 그릇가지, 그리고 돈과 곡식 따위를 다 목록 문서로 만들어 전부 내주었다. 아울러 상주와 자부더러 안방에서 지내라고 하고 자신은 한 칸짜리 건넌방으로 물러났다.

"오늘 들어가고 나면 다시 나오지 않겠네."

이내 문을 걸어 잠그고 곡기를 끊더니 며칠 만에 죽고 말았다. 자식들이 모두 애통해하며 이구동성으로 말했다.

"서모님은 보통 분이 아니시니 우리가 어찌 서모로 대우하겠는가? 장례의 처음과 끝까지 모셔 삼월장(三月葬)[42]을 거행하고 별묘(別廟)[43]를 세워 제사를 받들도록 하자."

어느새 부친의 상여 나갈 때가 닥쳤다. 그런데 운구하려 했는데 상여꾼이 들어 올릴 수가 없었다. 수십 명이 달라붙어도 움직이지 않은 것이었다. 사람들은 모두,

"혹시 소실 마님을 그리워하여 그런 게 아닐까?"

라고 하여 소실의 발인 절차를 마치고 함께 운구를 시작하자, 부친의 상여가 금세 가볍게 들려 움직였다. 모두 기이해 하였다. 고향 평산 땅 큰길가에 새로 장례를 지내 서향으로 묻은 이는 우병사의 봉분이고, 거기서 오른편 열 걸음 남짓한 곳에 동향으로 묻은 것은 소실의 봉분이라고 한다.

---

42 삼월장(三月葬): 죽은 지 석 달이 지나 치르는 장사이다. 주로 반가(班家)에서 예를 다해 모시고, 장지 마련의 시일이 소요되었으므로 이렇게 장례 기간이 길었다. 유월장도 있었다.

43 별묘(別廟): 조상의 신주를 모시는 정식 가묘 외에 별도로 세운 사당을 말한다. 주로 4대 이상의 조상이나 기타 방계 조상을 모시는 곳이다. 따로 왕가에서 임금의 생모가 아니거나 아직 추존되지 않았을 때 모신 사당을 일컫기도 한다.

무녀의 굿으로 큰 화를 모면함

참판 유의(柳誼)[44]가 영남에 암행어사로 나가 진주에 당도했을 때다. 좌수가 연달아 네다섯 번이나 연임하며 불법을 자행하고 있다는 소식을 듣게 되었다. 이에 그는 출두하는 날에 때려죽일 참으로 고을 안으로 향했다. 아직 10여 리가 남았을 즈음, 날은 이미 저물고 노독까지 겹친 상태였다. 우연히 한 집에 들어갔는데 제법 집이 깔끔하였다. 대청에 오르자 13, 14세 된 아이가 윗자리로 맞이하였다. 아이의 사람됨이 똑똑하고 사리에 밝아 유의의 종과 말을 척척 챙기고 먹이고 하였다. 이어 자기 종을 불러서 저녁밥을 차려오도록 하였다. 일 처리 하나하나가 어엿한 성인 같았다. 나이를 묻고 나서 다시 이곳이 누구의 집이냐고 묻자 아이가 대답하였다.

"현 좌수의 집이옵니다."

"그럼 너는 좌수의 아들이냐?"

"그렇사옵니다."

"네 아비는 어디에 갔느냐?"

"읍내 임소에 있사옵니다."

그 응대가 극히 세세하면서도 공손하기까지 하였다. 유의는 그가 기특하고 사랑스러웠다.

'사악한 좌수 놈에게 이런 아이가 있다니!'

속으로 이런 혼잣말을 하였다. 한밤중이 되어 잠자리에 들었는데 누

---

44 유의(柳誼): 1734~?. 자는 의지(誼之), 본관은 전주이다. 1769년 과거에 급제하여 정언, 지평 등을 거쳐 대사간, 병조참판 등을 역임하였다. 사료에 의하면 1780년과 이듬해에 걸쳐 강원도와 평안도의 암행어사로 간 사실은 있으나, 여기 이야기처럼 경상도 암행어사로 간 설정은 확인되지 않는다. 참고로 그의 만년은 알려지지 않은데, 정약용이 금정찰방으로 있을 때 홍주목사로 있던 그를 만난 기사가 『목민심서』에 나온다. 이때가 1795~96년경이다.

군가가 느닷없이 흔들어 깨웠다. 놀라 깨보니 등불이 환한 가운데 앞에 큰 상이 놓여있었다. 거기엔 어육과 떡, 술과 과일 따위가 높이 쌓여 있었다. 자리에서 일어난 유의는 의아한 나머지 물었다.

"이 무슨 음식이냐?"

아이가 말했다.

"올해 아버지께서 신수가 좋지 못하답니다. 필시 관재(官災)가 있을 거라 하여 액막이를 하였지요. 이것들은 거기에 올렸던 것입니다. 해서 감히 손님 나리께 접대하는 것이오니, 조금이라도 드셔보소서."

유의는 웃음을 참고 가져온 것을 들었다. 오래도록 주렸던 터라 배가 부르며 기운이 솟아났다. 다음날 헤어져 읍내로 들어간 유의는 암행어사로 출두하여 좌수를 잡아들였다. 이 자의 전후 죄악을 하나하나 점검하고는 이윽고 말하였다.

"내가 여기에 행차한 이유는 너 같은 놈을 때려죽이기 위함이다. 그런데 어젯밤에 너의 집에 묵으며 네 아들을 보니 네 놈보다 백 배 낫더구나. 이미 네 집에서 묵었고 또 네 술과 음식을 배불리 먹었거늘 너를 죽인다면 이것은 인정이 아니다."

그러고는 주리를 틀고 멀리 유배를 보내고서 돌아갔다. 유의는 매번 다른 사람들에게 이 일을 얘기하였다.

"무녀가 신에게 비는 게 헛된 것만은 아니구나. 저 좌수 놈을 죽일 신은 바로 나였다. 술과 고기로 나에게 빌어서 화를 면하게 되었으니 말이다."

모두 이 말을 알아차리고 포복절도하였다고 한다.

충직한 종이 원통함을 펴고자 연로에 하소연함

영천(榮川, 즉 영주)의 유생 민봉조(閔鳳朝)는 아들 하나를 두고 있었다. 그런데 이 아들은 혼인한 지 채 1년도 되지 않아 죽고 말았다. 과부가 된 며느리는 박 씨(朴氏)의 딸로, 또한 양반집 출신이었다. 그녀는 예를 다하여 상을 치르고 효성으로 시부모를 받들어 이웃에서 칭찬이 자자했다. 시집올 때 어린 종 한 명을 데리고 왔다. 이름이 만석(萬石)이었다. 민생의 집은 본래 빈궁하였으나, 며느리 박 씨는 직접 길쌈을 하고 종에게는 땔나무를 하고 물을 길어오게 하여 아침과 저녁 이바지를 한 번도 거른 적이 없었다.

그 이웃에 김조술(金祖述)이라는 자가 살고 있었다. 그도 양반붙이로 재산이 수만금이나 되는 부자였다. 그는 우연히 울타리 사이로 박 씨의 미모를 보고 나서 그녀를 차지하고 싶은 마음이 생겼다. 그러던 어느 날, 민생은 출타하기 위해 조술의 집에서 휘양[揮項]45을 빌려 쓰게 되었다. 조술은 그가 집에 없는 틈을 타 사람을 시켜 박 씨가 자는 방을 알아냈다. 이윽고 달이 뜬 밤 말총갓[驄冠]을 쓰고서 그녀의 집으로 들어갔다. 그때 박 씨는 침방에 혼자 있었다. 이 방과 시어머니 방은 벽 하나를 두고 있었으며 그 사이로 지게문이 나 있었다. 박 씨가 어느 순간 잠에서 깼는데 창밖에 발걸음 소리가 들려왔다. 게다가 창문으로 달빛 아래 사람 그림자가 어른거리는 것이 보였다. 속으로 적이 의아하고 겁이 났다. 몰래 일어나 지게문을 열고 시어머니 방으로 들어갔다. 시어머니가 웬일이냐며 묻자 그 이유를 속삭였다. 시어머니와 며느리는 마주한 채 앉아 있었다.

그때 만석은 조술의 계집종의 남편으로 그 집에서 묵고 자고 하였다.

---

45 휘양[揮項]: 추울 때 쓰는 방한모의 한 종류이다. 정수리 부분이 뚫려 남바위같이 생겼으나, 뒤가 훨씬 길고 이마와 목과 뺨을 넉넉히 덮을 수 있다.

이 집에는 사람 하나 없이 조용했다. 그런데 느닷없이 문밖에서 어떤 자가 시끄럽게 소리를 질러댔다.

"과부 박 씨는 나와 사통한 지 이미 오래되었소. 속히 내보내시오 ⋯⋯."

그러자 시어머니는 다급한 소리로 마을 사람들을 불렀다.

"도둑놈이 들었소!"

이에 이웃 사람들이 불을 밝히고 찾아오자, 조술은 그대로 자기 집으로 돌아가 버렸다. 박 씨와 시어머니는 그가 김조술임을 알았다. 민생이 집으로 돌아와서 이 일을 듣고는 분을 참을 수 없어 관에 소장을 올리려 했다. 그러나 소문이 좋지 않게 날까 싶어 우선 그대로 참았다. 그런데 그 뒤에도 조술은 다시 마을에 이렇게 떠들어댔다.

"박 씨와 나는 정을 통해 아이를 밴 지 벌써 서너 달이나 되었지⋯⋯."

이 말이 자자하게 퍼졌고 박 씨도 듣게 되었다.

"이제는 관아에 사실을 올려 이 수치를 씻어야겠어요."

라고 하고는, 쓰개치마로 얼굴을 가리고서 관아로 들어갔다. 조술의 죄악을 낱낱이 밝혔다. 또 자신이 무고당한 정황까지 얘기하였다. 하지만 이때는 이미 조술이 관아붙이들에게 뇌물을 돌린 상태였다. 게다가 온 고을의 관아붙이들은 죄다 조술의 휘하에 있었다. 그러다 보니 포졸들은 모두 '저 여자는 전부터 음탕한 짓을 일삼더라는 소문이 난 지 꽤 오래됐지.'라고들 하였다. 수령 윤이현(尹彝鉉)[46]은 이들 관아붙이의 이 말을 곧 이듣고는,

"네가 만약 절개가 곧다면 설사 남에게 모함받더라도 한참 지나면 저절로 벗겨질 일인데 어째서 직접 관아 뜰로 들어와 애써 밝히려 하느냐?

---

46 윤이현(尹彝鉉): 1772~?. 자는 공기(公器), 본관은 남원이다. 그의 행력에 대해서는 미상인데, 『일성록』에 의하면 이 사건이 일어났을 때 실제 영주부사로 있었던 것은 확인이 된다.

물러가거라."

라고 하였다. 이에 박 씨는,

"관아에서 명백히 밝혀 김가 놈의 죄를 엄벌해주지 않는다면 소첩은
당장 이곳 관아에서 자결하겠사옵니다."

라고 하고는 지니고 있던 작은 칼을 뽑았다. 그 말투는 비분강개하기
짝이 없었다. 수령은 화를 내며 꾸짖었다.

"네가 이걸로 나를 겁주려고 하는 게냐? 죽고 싶으면 네 집에서 큰
칼로 찔려죽을 것이지 어찌 작은 칼로 이러느냐? 속히 물러가거라!"

마침내 관비를 시켜 등을 떠밀어 관문 밖으로 쫓아내도록 하였다. 문
을 나온 박 씨는 대성통곡을 하다가 가지고 있던 작은 칼로 목을 그어
죽고 말았다. 이를 본 자들은 다들 자지러지며 경악하였다. 수령도 그제
야 깜짝 놀라며 이게 뭔 일인가 싶었다. 곧 사람을 시켜 시신을 운구하여
보냈다. 시아버지 민생은 분을 이기지 못해 관정으로 들어가 욕설 등
막말을 퍼부어댔다. 그러자 수령은 '토민이 관정에서 패악질하고 수령을
능멸했다[土民之肆惡官庭·侵侮土主]'는 죄목으로 감영에 보고하였다. 이리
하여 민생은 안동부(安東府)에 이감되었다.

종 만석은 해당 소장을 가지고 상경하여 어가 앞에서 격쟁(擊錚)[47]을
하였다. 이에 본도에 조사하여 상계하라는 명이 떨어졌다. 판부사가 조
사를 시작하자, 조술은 마을 사람 및 감영의 관속들에게 수천 금의 뇌물
을 뿌려 박 씨의 죽음을 자결한 게 아니고 임신했다는 소문이 부끄러워
약을 먹고 죽은 것으로 돌려버렸다. 약을 거래한 노파와 약을 판 장사치
가 모두 이를 입증하였다. 이 또한 조술이 저들에게 뇌물을 주어서 만든
것이었다. 이리하여 옥사가 오래도록 결판이 나지 않은 채 4년 동안이나

---

47 격쟁(擊錚): 궁성 밖에 걸어놓은 징을 친다는 뜻이다. 원통한 일이 있는 사람이 이
징을 쳐서 임금에게 하소연하던 제도로, 이른바 신문고 제도를 이은 것이다.

이어졌다. 민 씨 집에서는 박 씨의 시신을 염하지 않고 입관만 하고서 관 뚜껑도 덮지 않은 채였다.

"원수를 갚고 나서야 다시 염을 하여 장사지내겠노라."

이 관을 건넛방에 둔 지가 4년이 지났지만 박 씨의 시신은 조금도 상하거나 썩지 않아 생시와 다름이 없었다. 방문을 열고 들어가도 전혀 악취가 나지 않았으며 파리 떼도 달라붙지 않았으니 또한 기이한 일이었다. 봉화(奉化)의 수령 박시원(朴時源)[48]은 곧 그녀와 재종 남매지간으로, 안치한 자리에 가서 곡을 하고 관 뚜껑을 치우고 살펴보니 살아있을 때와 다름이 없었다고 한다.

만석은 김가 계집종의 남편으로 1남 1녀를 두고 있었다. 이때가 되자 아내를 내쫓아 영영 결별하였다.

"당신 주인이 내 주인을 죽였으니 원수 집안이 되었네. 부부의 의가 중요하나 노주(奴主)의 나뉨도 또한 가벼운 게 아니라네. 자네는 이제부터 자네 주인에게 돌아가게. 나는 내 주인을 위해서 죽을 것이네."

만석은 이렇게 부부 인연을 끊고서 한양과 영천을 바지런히 오가며 반드시 원수를 갚고야 말겠다 다짐했다.

판서 김상휴(金相休)[49]가 경상도관찰사로 있을 때 만석은 다시 상경하여 격쟁하였다. 이에 본도에 계문을 내려 조사관을 다시 임명하고 이 사건을 낱낱이 파헤치도록 했다. 그러자 민생의 집에서 박 씨의 널을

---

48 박시원(朴時源): 1764~1842. 자는 치실(穉實), 호는 일포(逸圃), 본관은 반남이다. 영주의 유림으로, 1798년 과거에 급제하여 사간 등을 지냈다. 저서로 『일포집(逸圃集)』이 있다.

49 김상휴(金相休): 1757~1827. 자는 계용(季容), 호는 초천(蕉泉), 본관은 광산이다. 1803년 과거에 급제하여 교리, 응교 등을 거쳐 대사간, 이조판서 등을 역임하였다. 한때 충청도에 암행어사로 파견되어 치적을 올렸으며, 1810년에는 일본에 통신사로 다녀오기도 하였다. 그가 경상도관찰사로 있던 시점은 1822년경이다. 참고로 박시원이 그의 제문을 지었는데(『일포집』 권6, 「祭金判書文」), 이 제문은 민봉조를 대신해 지은 것으로 나와 있다.

짊어지고 감영으로 왔다. 그런데 그 널 안에서 여성의 비명 같은 소리[50]가 들렸다. 민가 사람들이 덮었던 관 뚜껑을 들어 안을 내보이려 하자, 조사관들이 관비를 시켜 확인해보도록 하였다. 박 씨의 얼굴빛은 살아있는 듯 두 뺨에는 붉은빛이 돌았다. 목 아래쪽에는 여전히 칼로 그은 혈흔이 남아있었다. 배는 등가죽에 달라붙어 있었고 피부는 돌처럼 굳어있었으나, 조금도 썩거나 상한 느낌은 들지 않았다. 약을 사고판 장사치와 노파를 엄히 국문하자 마침내 실토하였다.

"조술이 이백 냥씩 주었사옵니다. 그래서 그렇게 말했던 것이옵니다."

감영에서 이 사실을 장계로 올리자, 조술은 비로소 법에 따라 처단되었다. 박 씨에게는 정려가, 만석에게는 급복(給復)[51]이 내려졌다. 영남의 선비들은 비[52]를 세워 만석의 충직을 기록하였다.[53]

9-13

엄한 시아버지가 두려워 드센 며느리가 맹세함

안동(安東)의 진사 권(權) 아무개는 재산이 많은 부자로, 엄격한 성격에

---

50 비명 같은 소리: 원문은 '裂帛之聲'으로, 자의로는 '비단 찢는 소리'인데 여인의 하소연이나 비명소리를 뜻하기도 한다. 본래 백거이(白居易)의 「비파행(琵琶行)」의 "네 줄의 한 소리가 비단을 찢는 것 같네[四絃一聲如裂帛]."라 한 데서 온 말로, 맑으면서도 날카로운 소리라는 뜻이었다.

51 급복(給復): 특별한 사안으로 세금과 부역을 면제해주는 것을 '복호(復戶)'라 하는데, 이것을 지급한다는 의미이다. 통상적으로 충신이나 효열을 실천한 이들에게 주어졌다.

52 비: 지금 이 비석은 '충복비(忠僕碑)'라고 하여 박 씨의 정려각과 함께 영주의 선비촌에 보존되어 있다.

53 이 이야기는 실제 사건을 가지고 엮은 것으로, 『순조실록』, 『일성록』 등에도 이 사실을 기록하고 있다. 따로 성해응(成海應, 1760~1839)은 「서영천박열부사(書榮川朴烈婦事)」(『연경재전집』 권17)라는 기사 작품을 남겼다.

집안을 법도 있게 단속하였다. 다만 외아들을 두어 며느리를 맞았는데 이 며느리가 투기가 심한 데다 사납기까지 하여 제지하기 어려웠다. 그러나 엄격한 시아버지 앞에서는 감히 성질을 부리진 못했다. 이런 권 진사가 화가 났다 싶으면 반드시 대청에 자리를 깔고 앉아 종들을 때려 죽이기까지 하였다. 죽이는 정도까지 가지 않더라도 기어이 피를 보고 나서야 멈췄다. 이 때문에 대청에 자리를 폈다 하면 집안 식구들은 벌벌 떨며 필시 죽을 사람이 생긴 줄 알았다.

아들의 처가는 이웃 고을에 있었다. 아들이 장인 장모를 뵈러 갔다가 돌아오는 길에 비를 만나게 되었다. 권생은 비를 피해 한 객점으로 들어갔다. 거기엔 어떤 젊은이가 마루에 앉아 있었다. 마구간에는 대여섯 마리 준마가 있고 따르는 종들도 많은 게 식솔을 동행하고 있는 것 같았다. 권생을 보고는 인사를 나누고 술과 안주, 반합의 음식까지 권하였다. 그 술은 아주 맑고 시원했으며 안주도 풍미가 넘쳤다. 서로 성씨와 사는 곳을 묻게 되어 권생이 먼저 사실대로 알렸으나, 젊은이는 성씨만 말하고 사는 곳은 알려주려 하지 않았다.

"우연히 이곳을 지나다가 비를 피해 이 객점에 들어왔다가 연배가 비슷한 벗을 만나게 되었으니 어찌 기쁜 일이 아니겠소?"
라고 할 뿐이었다. 급기야 둘은 술잔을 주거니 받거니 취하도록 마셨다. 그러다가 권생이 취해 엎어져 먼저 곯아떨어졌다. 한밤중이 지나 깨게 되어 눈을 들어 주변을 살펴보니 함께 술잔을 기울였던 젊은이는 이미 그림자조차 남아있지 않았다. 자신은 바로 아녀자의 방에 누워있었고 소복을 입은 아리따운 여인이 곁에 앉아 있지 않은가. 그녀는 18, 19세쯤으로 용모가 단아하고 고왔다. 분명 상것이 아니고 서울의 재상가 집안의 여인이 틀림없어 보였다. 깜짝 놀란 권생이 물었다.

"내가 어떻게 이 방에 누워있는가? 자네는 또 뉘 집 아녀자이기에 여기에 있는 건가?"

여인은 부끄러워 주저하며 대답하지 못했다. 권생이 재삼 물어도 끝내 입을 열지 않다가 몇 식경이 지나 마지막에 비로소 기어들어 가는 소리로 말했다.

"저는 서울에서도 가문이 화려한 벼슬아치 딸입니다. 열네 살에 출가했다가 열다섯 살에 남편을 잃었지요. 가친께서도 일찍 작고하여 친정 오라버니 집에 얹혀살았답니다. 그런데 오라비는 고집이 센 성격이라 시속의 예법대로 어린 저를 과부로 살게 하고 싶지 않다며 개가 자리를 구하고자 했지요. 문중에서 시비가 크게 일어날 밖에요. 모두들 집안을 더럽히는 일이라며 준엄한 언사로 절대 하지 못하게 했지요. 부득이 오라비는 재가 자리를 포기하고 대신 가마와 말을 준비하여 저를 태우고 도성 문을 나갔지요. 정해진 곳 없이 길을 나서 돌고 돌아 여기까지 온 것이랍니다. 딴에는 우연히 뜻이 맞는 사내를 만나게 되면 그 사람에게 저를 맡기고 자신은 딴 곳으로 피해 종가의 이목을 막으려는 심사였지요. 어젯밤 낭군께서 취한 결에 종을 시켜 짊어지고 이 방에 집어넣은 것이고요. 오라버니는 필시 멀리 달아났을 겁니다."

그러고는 옆에 놓인 상자를 가리키며 덧붙였다.

"저 안에 5, 6백 냥의 은자가 들어 있답니다. 저것으로 저의 먹고 입을 거리로 삼아달라고 했고요."

권생은 괴이하다 싶어 문밖으로 나가 보았으나 그 젊은이와 많던 하인배와 말까지 죄다 온데간데없고 어린 여종 둘만이 그 옆에 멍하니 남아 있었다. 그는 다시 방으로 들어와 이 여자와 동침하였다. 이윽고 정신을 차리고 생각해보았다. 엄친시하에 사사로이 첩을 둔다면 반드시 큰일이 일어날 게 뻔하고, 질투가 심하고 사나운 아내도 용납하지 않을 게 뻔한 일이었다. 이를 장차 어찌한다? 아무리 생각해봐도 정말이지 뾰족한 수가 없었다. 아름다운 여인과의 기이한 만남이 오히려 큰 골칫거리가 되고 만 것이다. 권생은 아침이 오기를 기다렸다가 대기하고 있던 여종에게 방을 잘 지키면서 모시라고 일러두고 여인에게 말했다.

"집에 엄친이 계시니 돌아가 이 사실을 받들어 아뢰고 나서 데려갈 테니 우선 여기서 조금만 기다리오."

객점의 주인에게도 신신당부하고 문을 나섰다. 그는 곧장 친한 벗 중에 사려가 깊고 영리한 친구의 집을 찾아가 이실직고하고 좋은 계책을 내달라고 했다. 그 친구는 한참 생각을 하더니 한 꾀를 냈다.

"참으로 어려운 일이야! 어려운 일일세! 정말 딱 떨어지는 계책은 없네만 한 가지가 있긴 하네. 자네가 귀가하고 며칠 뒤에 내가 술자리를 마련하고 초청할 테니 자네는 그다음 날 다시 술자리를 열고 나를 오라고 하게. 그럼 내 알아서 좋은 방편을 냄세."

권생은 그의 말대로 귀가하였다. 그리고 며칠 뒤 친구가 심부름꾼을 보내 전갈하였다. '마침 술과 안주가 있어 여러 벗들이 다 모여 있으니 이 자리에 자네가 빠지면 곤란하니 어떻게든 참석해 주게……'라는 내용이었다. 권생은 부친께 이 사실을 아뢰고 그 술자리에 갔다. 이튿날 권생은 부친에게 여쭈었다.

"친구 아무개가 어제 술자리를 마련하여 초대했습니다. 답례가 빠져서는 안 되지 않겠습니까. 오늘 약소하나마 술과 찬을 준비하여 제 친구들을 오라고 하면 좋겠는데요."

이를 부친이 허락하여 술자리를 마련하고 그 친구를 불렀다. 또 마을에 친하게 지내는 젊은이들까지 오라고 하여 모두 그를 찾아왔다. 먼저 권생의 부친에게 인사를 드렸다. 권 진사가 이들을 반기면서 말했다.

"자네들은 돌아가며 술자리 모임을 하면서 한 번도 이 늙은이를 초청하지 않다니 이 무슨 도리인가?"

이 말에 그 친구가 답하였다.

"어르신께서 자리를 주관하시면 연소한 시생들은 앉거나 눕거나 하는 일을 마음대로 할 수 있겠습니까. 더구나 어르신은 성품이 엄격하시기에 시생들이 잠깐 배알하더라도 이만저만 조바심이 나는 게 아닙니다. 혹여 잘못할까 두려운 터에 어떻게 온종일 술자리에서 모시고 있겠습니까? 어르신이 왕림하시게 되면 이야말로 살풍경입니다."

이에 권 진사는 웃으며 맞받았다.

"술자리에 어찌 장유유서가 있겠는가? 오늘 술자리는 내가 주인장이 될 테니 서로 매이는 예의는 벗어던지고 종일 실컷 즐겨보세. 자네들이 백번이고 내게 실례해도 책하지 않음세. 모쪼록 원 없이 놀아 이 늙은이의 하루 외롭고 적막한 심회를 풀 수 있도록 하게."

젊은이들은 한꺼번에 '예' 하며 그러겠다고 하였다. 권 진사와 젊은이들은 뒤섞여 앉아 술잔을 들어 서로 권하였다. 술이 반쯤 거나해지자 꾀가 많은 젊은이가 진사 앞으로 다가와 여쭈었다.

"시생이 재미난 고담(古談) 하나를 알고 있으니 청컨대 한번 얘기하여 웃음거리로 삼을까 합니다."

"그래 고담만한 게 있겠나. 나를 위해 들려줘 보게."

친구는 이에 권생의 객점에서 기이한 만남을 가지고 고담으로 꾸며 들려주었다. 그러자 권 진사는 구구절절 놀라워하며 감탄해 마지않았다.

"기이하고 기이하네! 옛날이야 혹 저런 기이한 인연이 있었을지 모르나 지금 시절엔 들어보지 못한 일이네."

친구는 그 틈을 타 말했다.

"만약 어르신께서 이런 일을 당했다면 어떻게 처리하실 건지요? 한밤중 아무도 없는 사이에 절대가인이 곁에 있다면 가까이하겠습니까, 아니 하겠습니까? 이왕 가까이하셨다면 데려와 같이 살겠습니까, 아니면 버리시겠습니까?"

"궁형(宮刑)을 받은 사람이 아니라면 황혼 녘에 가인을 만나고도 아무일 없이 보낼 수 있겠는가? 또 기왕 동침했으면 데리고 살 수밖에 없는 법, 어찌 아무렇지도 않게 버려 원성을 쌓겠는가?"

친구가 더 떠봤다.

"어르신께서는 성품이 워낙 방정하고 엄격하신지라 이런 경우를 당했을 때도 결코 절개를 잃지 않으실 겁니다."

권 진사는 머리를 내저었다.

"아닐세, 아니야! 나라도 그런 상황이면 훼절하지 않을 수 없을 걸세. 그 사람이 규방에 들어간 게 고의로 한 짓이 아니고 남에게 당해서 그런 것이지 않은가. 이는 자기가 일부러 범한 일이 아닐세. 젊은 사람이 미색을 보고 마음이 동하는 거야 예사인 게지. 저 여자가 사족 출신으로 이런 일을 하게 됐다니 그 사정이 딱하고 처지가 궁했던 모양일세. 만약 한번 만남이 있고 난 뒤 버림이라도 당하게 되면 필시 수치와 원한을 품고 죽었을 것이네. 이는 어찌 악을 쌓는 일이 아니겠는가? 사대부의 처사가 이렇게 잘달아서는 안 되는 법일세."

친구는 다시 여쭈었다.

"인정과 사리가 과연 그런 것이겠지요?"

"그야 여부 있겠는가? 그저 야박한 사람이 안 돼야 한다네."

이제야 그는 웃으면서 사실을 아뢰었다.

"제 얘긴 고담이 아니라 바로 어르신 아들이 일전에 겪은 일입니다. 어르신께서 이미 사리로 당연하다 하셨고, 재삼 여쭈어도 같은 취지로 가르쳐주셨으니 이제 제 친구는 죄와 책임을 면할 수 있게 되었습니다요."

이 말을 들은 권 진사는 한참을 아무 말 없이 있다가 이윽고 정색하며 버럭 소리를 질렀다.

"자네들 모두 술자리를 끝내고 돌아가게. 내 처리할 일이 있네!"

친구들은 놀라고 겁에 질려 흩어졌다. 권 진사는 저들이 돌아가자마자 고함을 쳤다.

"어서 대청에 자리를 펴라!"

집안사람들은 죄다 벌벌 떨었다. 이번엔 무슨 죄로 누굴 치죄할지 몰라서였다. 권 진사는 자리에 앉아 다시 고함을 질렀다.

"속히 작두를 가져오너라!"

하인이 영을 받들어 황급히 작두와 널판을 뜰아래 대령하였다. 그는 또다시 큰 소리로 호령하였다.

"네 주인 서방을 잡아다가 작두판에 엎드리게 해라."

하인이 어쩔 수 없이 권생을 잡아 와 목을 작두판 위에 올려놓았다. 권 진사는 그를 가차 없이 꾸짖었다.

"이런 배은망덕한 자식아, 아직 젖비린내 나는 애가 부모에게 고하지도 않고 몰래 첩을 두는 짓을 하다니. 이야말로 집안을 망칠 짓이다. 내가 이렇게 살아 있는데도 이런 짓을 하는데 내가 죽은 뒤엔 오죽하겠느냐! 이런 패륜아는 살려나 봐야 무익하니 내 살아있을 때 머리를 날려 뒷날의 폐단을 막는 게 옳겠어."

말이 끝나자마자 하인에게 호령하여 발을 들어 작두를 밟으라고 하였다. 이때 집안 식구들은 너나 할 것 없이 얼굴이 새파랗게 질려 아무 겨를이 없었다. 그의 아내와 며느리가 뜰로 내려와 애걸복걸하였다.

"저 아이가 저지른 죄는 죽여도 시원찮겠지만 그렇다고 어떻게 차마 목전에서 하나뿐인 아들의 목을 자른단 말입니까?"

울며불며 간청하기를 마다하지 않았다. 권 진사는 버럭 소리를 지르며 나무라고 물러가라 하였다. 아내는 겁에 질려 자리를 피했으나 며느리는 머리를 여러 차례 땅에 부딪혀 흐르는 피가 얼굴에 흥건한 채 아뢰었다.

"남편이 젊다 보니 방자하여 제멋대로 저지른 죄이옵니다. 하오나 아버님의 피붙이는 저 사람뿐이잖습니까. 아버님께서는 어찌 저 잔혹한 일을 실행하여 대대로 이어 온 제사를 하루아침에 끊으려 하옵니까? 비옵건대 제 몸을 대신 죽게 해주옵소서."

그래도 권 진사는 고집하였다.

"집안에 패악한 자식을 두어 집구석이 망할 때가 되면 그 욕이 조상께 미치는 법이다. 그러니 내 차라리 내 앞에서 죽이고 양자를 구하는 편이 낫다. 이러나저러나 망하긴 마찬가지니 깨끗하게 망하는 게 더 낫지 않겠느냐."

그러면서 작두를 밟으라고 호령했다. 하인은 입으로는 '예' 하면서도 차마 발을 디디지 못했다. 며느리가 더 애절하게 울며 간청하였다. 이에 권 진사가 말했다.

"저 애의 일로 집안을 망칠 게 한 가지만이 아니란다. 부모를 모시는 사람이 제 마음대로 축첩을 했으니 망조가 그 하나요, 네가 거세고 질투가 심해 필시 첩을 들이는 걸 용납하지 않을 터, 그렇게 되면 가법은 날로 어지러워질 것이니 이 또한 망조이니라. 이런 두 가지 망조가 있을 바에야 미리 싹을 제거하는 게 좋지 않겠느냐."

이에 며느리가 답했다.

"저도 남과 같이 사람 얼굴과 사람 마음을 가지고 있사온데 눈으로 이런 광경을 보고도 어떻게 '질투[妬]'라는 글자를 염두에 두겠습니까? 이번에 아버님께서 남편을 한 번 용서해주신다면 저는 당연히 그와 한방을 쓰며 조금도 부부의 화합함을 잃지 않겠습니다. 원하옵건대 아버님께서는 심려치 마시고 특별히 너그러운 은전을 베풀어주셨으면 합니다."

"네가 지금은 상황이 급박한 관계로 이런 말을 한다만 필시 겉으로 그러겠다고 할 뿐 속은 그렇지 않을 게야."

"어찌 그럴 리가 있겠어요? 설혹 이런 말과 비슷한 일이라도 있게 된다면 하늘도 반드시 가만있지 않을 테고 귀신도 꼭 벌을 줄 것입니다."

권 진사는 다짐 삼아 더 얘길 했다.

"내가 살아 있을 때까지는 네가 혹 그리하지 않을 줄 모르나 내가 죽고 나면 너는 필시 다시 못된 버릇이 도질 게다. 그땐 내 이미 세상에 없을 테고 패악한 아들놈도 너를 제어하지 못할 터 이야말로 집안을 망칠 일이 아니더냐? 저놈 머리를 끝장내 화근을 없애니만 못하니라."

"어찌 감히 그리하겠습니까? 아버님이 하세한 뒤에 만에 하나 나쁜 마음을 둔다면 이는 개돼지만도 못한 짓입니다. 삼가 맹세하는 말로 다짐받아 놓겠습니다."

이에 권 진사는,

"그렇다면 네가 맹세하는 말을 종이에 써서 올리거라."

라고 하였다. 며느리는 어기면 짐승만도 못하다는 맹세한 내용을 써서 다짐까지 하였다.

"한 번이라도 어기는 일이 있으면 제 부모님의 육신을 씹어 먹어도 시원찮을 것입니다. 제 맹세하는 말이 이런 데도 아버님께서 끝내 용납지 않으시면 이젠 죽음밖에 없습니다."

권 진사는 그제야 아들을 용서하고 풀어주었다. 그러면서 수노(首奴)를 불러 분부하였다.

"너는 가마와 말, 인부를 거느리고 아무 객점으로 가서 서방의 소실을 모시고 오너라."

수노는 명을 받들어 소실을 모셔 왔다. 시부모님께 현구례(現舅禮)[54]를 올리고, 또 정실부인에게도 예로 절을 드리고 나서 함께 거처하게 되었다. 정실인 며느리는 감히 한마디도 입 밖에 내지 못하고 함께 늙을 때까지 화목하게 지냈다. 이들을 비난하는 사람들도 없었다고 한다.

---

54 현구례(現舅禮): 흔히 구고례(舅姑禮)라 한다. 신부가 처음 시집을 와서 치르는 의례로, 예물을 앞에 놓고 잔을 올린 다음 조부모와 부모를 비롯해 백숙, 고모 등에게 절을 올리고 나머지 근친과는 맞절을 한다. 지금은 이 절차를 흔히 폐백이라 한다.

가난한 선비가 아전으로 입적하여 가업을 이룸

예전에 한 재상에게 함께 공부하는 친구가 있었다. 그는 문장이 뛰어나 어휘가 풍부하고 구상이 물 흐르듯 하였으나 누차 과거에 낙방하고 말았다. 생계도 막막하여 궁한 처지인지라 제 한 몸 살아가기도 어려웠다. 마침 재상이 안동의 수령이 되어 부임하게 되었다. 그러자 이 친구가 찾아와서 틈을 보아 말을 꺼냈다.

"영감이 이번에 안동부사가 되었으니 이젠 내가 의지할 거리가 생겼소. 얼마간 의지할 수 있을 뿐만 아니라 평생을 보내는 데도 걱정 없을 성싶소."

"내가 수령이 돼서 자네 의식주 마련이야 가능하네만 어떻게 남은 평생을 보장하겠는가? 이거야말로 자네의 망상일세."

그러자 그가 다시 말했다.

"영감보고 돈이나 재물을 많이 주라고 하는 게 아니오. 안동 도서원(都書員)[55]은 먹을거리가 제법 많이 생기는 자리라고 하던데 그 자리를 내게 주면 좋겠소."

재상은 난색을 보였다.

"안동은 향리의 고을일세. 도서원 자리는 이속 것들의 직위 중에 노른 자위이거늘 어찌 속절없이 서울 유생에게 내주겠는가? 이것은 관장의 위엄으로도 이룰 수 없을 듯싶네."

"영감께 그 자리를 빼앗아 내게 달라는 게 아니오. 내가 먼저 내려가서 그곳 아전 명부에 이름을 올려 두겠소. 명부에 오른 뒤라면 안 될 이치가 뭐 있겠소?"

---

55 도서원(都書員): 서리 중의 우두머리로, 지방의 조세를 총괄하였다. 구체적으로는 수세의 정적성과 탈세 등을 감찰하였다. 실제 이 도서원은 이속 자리에서 그야말로 요직이어서 관련 폐단도 적지 않았다.

그러자 재상이 물었다.

"자네가 내려가더라도 이안(吏案)에 오르는 게 그리 쉽겠는가?"

친구는 자기 계획을 말해주었다.

"영감께서 부임한 뒤 백성들의 소장 제사(題辭)[56]를 입으로 불러 주되 형방이 만약 받아쓰지 못하거든 죄주거나 업무에서 배제 시키시오. 또 이런 형방을 사또 아래에서 직무를 하게 했다는 것으로 우두머리 아전을 치죄하시오. 매번 이렇게만 하면 자연스레 할 수 있는 방도가 생길 거요. 여러 공문서 중에 내 손에서 나온 것이면 꼭 잘됐다고 칭찬해 주시오. 이렇게 하다가 며칠이 지나서 관아에 영을 내려 형방을 시험 보아 뽑겠다고 하되 시임(時任)과 한산(閑散)[57]을 불문하고 문필이 감당할 수 있는 자는 빠짐없이 응시하여 시험을 보라고 하시오. 허면 내가 자연스레 으뜸을 차지하여 형방이 될 수 있을 거요. 형방이 된 뒤 도서원 한 자리에 분부하는 거야 어렵지 않을 거요. 이렇게만 된다면 관아 밖 일은 내가 족족 기록해 올릴 테고 영감은 귀신같다고 이름이 날 것이오."

이 계획을 들은 재상은,

"그럼, 일단 그리해 보게."

라고 하였다. 이에 친구는 부사가 부임하는 때보다 먼저 안동으로 내려갔다. 그는 자신을 이웃 고을에서 도망해온 아전이라 하고 여관에서 붙어먹으면서 이청(吏廳)[58]을 오가며 글 쓰는 일을 대신 봐주기도 하고, 혹은 문서 작성을 살피고 검사해주는 역을 대신하기도 하였다. 그는 영민

---

56 제사(題辭): 조선시대 관부에 올린 소장의 여백에 쓰는 판결문이나 처결문을 말한다. 일반적으로 수령에게 올린 민원서에 대해 판결하는 것을 '뎨김[題音]'이라 하고, 관찰사에게 올린 민원서인 의송(議送)에 처분하는 것을 제사라고 하여 구분한다.

57 한산(閑散): 직위나 일에서 물러나 있는 상황으로, 여기서는 향관 자리에서 물러나 있는 이들을 지칭한다.

58 이청(吏廳): 군현의 아전 서리들이 사무를 보는 곳이다. '작청(作廳)', '연청(椽廳)'이라고도 하며, 우리말로 '길청', '질청' 등 다양하게 쓰인다.

하고 명확한 데다 문서와 계산도 뛰어났기에 다른 아전들이 그를 대접하여 이청의 고지기[庫直] 자리를 내주었다. 여기서 얻어먹고 그곳에서 묵도록 해주었다. 그리고 제반 문서는 그와 상의하였다.

신관 사또가 부임하고 나자 관아 뜰은 백성들의 소장으로 넘쳐났다. 사또는 입으로 제사(題辭)를 부르기에 바빴다. 그런데 형방 중에 제대로 받아쓰지 못한 자가 있으면 기필코 잡아다가 곤장을 내리쳤다. 그러다 보니 하루 사이에도 벌을 받는 이들이 부지기수였다. 보장(報狀)과 전령(傳令)에 있어서도 반드시 트집을 잡아 엄히 다스렸고, 또 수리를 잡아들여 형방을 잘못 택했다는 이유로 매일 치죄하였다. 이 때문에 이청은 난리를 만난듯하여 형방 자리는 누구도 가까이하려 하지 않았다. 한편 문서가 올라가고 내려오는데 이 친구의 필적으로 올리기만 하면 꼭 탈없이 무사하였다. 이랬기에 이청의 아전들은 하나같이 이 사람이 떠날까 걱정이었다.

그러던 어느 날, 사또가 수리에게 이런 분부를 내렸다.

"내가 도성에 있을 때 들자니 이 고을은 원래 문향(文鄕)이라 하더니, 지금 보면 적합한 형방 하나 없으니 정말 한심하구나. 너희 이청에서 현임 아전이나 고을 사람 중에 글깨나 하는 자가 있으면 그 재주를 시험하여 들이도록 하여라."

수리는 이 명을 받들어 시제(試題)를 내고 여러 아전의 문필력을 점검하였다. 시험지를 올리니 그의 친구가 단연 최고였다. 그래서 사또는 물었다.

"이 자는 어떤 이속인고?"

"저 사람은 우리 고을 아전이 아니옵고, 이웃 고을의 아전 자리에서 물러나 소인의 이청에 들어와 붙어 있는 자이옵니다."

그러자 사또는 기다렸다는 듯이 일렀다.

"저자의 필력이 가장 낮구나. 이웃 고을에서 아전 일을 했다고 하니 우리 고을 일을 맡는 것도 문제없겠구나. 우리 아전 명부에 올려 형방으로 임명하도록 하여라.”

수리는 이 명을 따라 그를 형방 자리에 앉혔다. 이날로 형방이 된 친구는 단독으로 일을 처리하였다. 그가 이렇게 형방이 된 뒤로 한 번도 사또의 책망이나 논죄하는 움직임이 없게 되었다. 이리하여 수리 이하 관속들은 비로소 마음을 놓을 수 있었고, 이청에선 문제가 일어나지 않았다. 다시 관속들을 임명하는 때가 돌아오자 사또는 그를 도서원을 겸직하도록 특별 임명했다. 물론 시시비비를 감히 따지려는 자는 아무도 없었다.

한편 이 형방은 기녀 하나를 데려와 첩으로 들이고 집을 사서 함께 살았다. 그리고 매번 문서를 올릴 때는 꼭 바깥의 소문을 기록하여 남들 몰래 사또 자리 아래에 넣어두고 나왔다. 그러면 사또가 이것을 몰래 꺼내 보고서 백성들의 숨은 사정이나 아전의 나쁜 짓을 귀신처럼 밝혀냈다. 그러니 백성과 이속 할 것 없이 모두 두려워하며 복종하였다.

이듬해에도 그에게 다시 도서원을 겸직하게 하여 두 해 동안의 수익이 거의 만여 금이 되었다. 그는 이 돈을 암암리에 바꾸어 서울집으로 올려보냈다. 그리고 사또의 임기가 끝나는 하루 전 밤 그는 안동 집을 버리고 도주해 버렸다. 이청 사람들은 모두 당황할 수밖에 없었다. 수리가 이를 사또에게 보고하자 사또가,

“첩과 함께 도망쳤더냐?”

라고 묻자,

“집도 첩도 다 버리고 혼자 도주했사옵니다.”

라고 답하였다.

“혹 포흠진 건 있더냐?

“없사옵니다.”

그러자 사또가 다시 말했다.

“그렇다면 이것 또한 괴이한 일이로구나. 종적이 뜬구름 같으니 그냥

내버려 둘 밖에······."

　그는 본가로 돌아와서 집을 사고 농토를 장만하여 살림살이가 퍽 부
유해졌다. 그 뒤 과거에 급제하여 여러 번 고을 수령을 지냈다고 한다.

강양[60] 백성들이 함께 청백사를 세움

　부학 이병태(李秉泰)[60]는 애초 경상도관찰사에 제수되었으나 사양하고
부임하지 않았다. 이에 임금은 괘씸하여 합천군수로 낮춰 발령하였다.
그가 부임 하기 전에, 경저리(京邸吏)가 찾아와 보니 밥을 짓지 못한 지가
벌써 며칠이었다. 보기에 안쓰럽고 절박하여 쌀 한 되, 청어 한 두름,
그리고 몇 다발의 불쏘시개[61]를 집 안으로 들여보내 주었다. 이 공이 하
직하고 나와 흰 쌀밥과 생선국이 있는 걸 보고 집안사람에게 어디서 나
온 것이냐고 물었다. 사실대로 얘기하니 공은 정색하였다.
　"어찌 아랫것의 이유 없는 물건을 받았단 말이냐?"
　그러면서 그 밥과 국을 경저리에게 도로 내주었다. 합천군에 부임해
서도 털끝만큼도 취하지 않았으며, 정성으로 그곳 백성들을 다스렸다.
그즈음 큰 가뭄이 들어 도내가 모두 기우제를 지냈으나 효과가 없었다.
공은 제를 올린 뒤에 그대로 단 밑에 엎드렸다. 쏟아지는 뙤약볕 속에서

59　강양(江陽): 경상남도 합천의 옛 이름으로 신라시대부터 불리어 왔으며, 황강(黃江)의
　　북쪽이란 의미이다.
60　이병태(李秉泰): 앞의 권8 제8화 '암행어사 이병태 이야기' 참조. 그가 경상도관찰사
　　를 사양했다가 합천군수로 좌천된 것은 1731년의 일이다. 실제 그는 합천군수로 재직
　　하며 기민 구휼에 힘쓰다가 병을 얻기까지 하였다고 한다.
61　불쏘시개: 원문은 '蔌'으로, 여기서는 불을 땔 수 있는 건초 따위로 보았다. 따로 제수
　　로 올리는 채소를 뜻하기도 하는바, 혹 반찬을 의미할 수도 있다.

속으로 맹세하였다.

"비가 내리지 않는다면 내 여기서 죽을 밖에!"

그러면서 미음만 든 채 며칠 동안 기도에 기도를 거듭하였다. 3일째 되던 아침 한 무리 먹구름이 기도하던 산 위에 나타나더니, 삽시간에 큰비가 쏟아져 군 경내를 흠뻑 적셨다. 하지만 접경의 다른 고을로는 한 방울 비도 지나가지 않았다. 이리하여 전체 도내 중에 합천 한 지역만 큰 풍년이 들었다. 또한 기이한 일이었다.

한편 해인사에는 종이를 공납하는 부역이 있었다. 그곳 승려들은 이 부역을 고질적인 폐단으로 여기고 있었다. 이 공이 군수로 부임한 뒤로는 단 한 장의 종이도 책출(責出)한 적이 없었다. 어느 날 마침 편지 쓸 일이 생겨 편지지 세 폭을 공납해줄 것을 승려들에게 분부하였다. 이에 각 방의 승려들이 함께 모여 한 사람당 한 번씩 도침(搗砧)[62]하여 모두 열 폭을 바쳤다. 그러자 이 공은 바치러 온 승려를 잡아들이게 하여 이렇게 분부하였다.

"관에서 세 폭만 올리라 분부했으면 한 폭이라도 더하거나 덜하면 다 죄가 되느니라. 그러한데 너희들은 어찌 감히 그 수를 늘려서 올렸단 말인가?"

그러고는 세 폭만 뽑아 남겨두고 나머지 일곱 폭은 다시 돌려주었다. 종이를 돌려받은 승려가 밖으로 나와 관속에게 주려고 했으나 죄다 받지 않았다. 승려는 어쩔 수 없어 외삼문(外三門)[63]의 문미 위에 걸쳐두고 가버렸다. 그 뒤에 공이 문을 나서다가 종이를 보고서 이상하다 싶어 하문하였다. 사실을 알고는 씩 웃으며 서안에 올려놓으라고 하였다. 임기가

---

62 도침(搗砧): 종이를 만드는 마지막 공정이다. 막 떠서 완성된 불균질한 종이를 다듬이질하듯 두드려 반반하게 하는 과정이다.

63 외삼문(外三門): 관아나 향교 따위의 정문이다. 세 개의 문으로 이루어져 있었기에 삼문이라 하며, 안쪽에도 삼문이 따로 있기 때문에 구분하여 외삼문이라 하였다.

끝나 돌아갈 때 확인해보니, 그중 한 폭만 더 썼고 여섯 폭은 그대로 남아있어 중기(重記)[64]에 기록해 두었다.

이 공은 쉬는 날이면 해인사를 찾곤 했다. 주변에 이름을 새긴 바위가 많았다. 그는 용추(龍湫) 위에 우뚝 솟은 바위를 가리켰다.

"저 바위 면은 이름자를 새기기 좋겠구나. 허나 물이 깊은 곳에 서 있어서 발을 댈 데가 없군. 새길 도리가 없군 그래."

그곳 승려들은 이 말을 듣고 7일을 재계하며 산신에게 기도하니, 그때는 5월임에도 못에 물이 얼어붙는 것이었다. 이에 나무를 베어 사다리를 만들어 그곳에 이름을 새겼다. 임기가 끝나 돌아갈 때 고을 사람들은 모두 길을 막고서,

"바라옵건대 한 물건을 남기셔서 영원토록 잊지 않을 증표로 삼게 해주소서……."

라고 애원하였다.

"내 이 고을에서 몸에 걸친 물건이라곤 하나도 없고 이 도포 한 벌만 지었느니라."

그러면서 도포를 내어주었는데 거친 베옷이었다. 그곳 백성들은 이것으로 사당을 세우고 '청백사(淸白祠)'[65]라고 이름 지었다. 지금도 봄가을이 되면 제수를 갖추어 제향하고 있다.

---

64 중기(重記): 관아에서 임기가 끝나면 비품 및 기타 재정 상태 등을 기록하여 후임자에게 전달하는 문서이다. 일종의 인수인계 물목으로, 조선시대 행정 전반에서 사용되던 형식이다.

65 청백사(淸白祠): 이병태가 배향된 사당으로, 1780년에 그곳 유림의 공의로 세워졌다. 1808년에 '청천서원(淸川書院)'으로 사액되었으며, 흥선대원군의 서원철폐 때 훼철되었다.

홍원창의 선비가 청학동에서 종유함

진사 김기(金錡)[66]는 참판 김선(金銑)[67]의 아우이다. 집은 원주 흥원창(興
元倉)[68] 아래에 있었다. 아들 하나만 두었는데, 이 아들은 스물이 갓 넘은
나이로 제법 재주가 있었다. 하루는 대낮에 앉아 있자니 한 건장한 사내
가 붉은 갈기의 백마를 끌고 안장을 갖춘 채로 찾아왔다.

"주인마님께서 모셔 오라 하오니 예서 이 말을 타시지요."

그런데 이는 김생만 볼 수 있었고 나머지 집안사람들은 아무도 보지
못했다. 김생은 이에 그 말을 타고 문을 나섰다. 말은 나는 듯이 내달려
산을 지나 고개를 넘어가 한 동구에 이르렀다. 기이한 꽃과 풀이 나고
신비한 새와 짐승이 뛰노는 게 하나의 별세계 그것이었다. 한 백발의
노선(老仙)이 웃으며 맞았다.

"내 자네와 인연이 있어서 모셔 오라 한 것이네. 나를 따라 도를 배우
는 게 좋지 않을까 해서 말이야."

그리하여 이곳에 머물게 되었다. 함께 배우는 자가 십여 명이었다.
그 가운데 도를 전수할 만한 뛰어난 제자가 세 명이었다. 한 명은 자기
자신이고, 또 한 명은 중국 강남 출신이며, 나머지 한 명은 일본 대판성
(大坂城) 사람이었다. 이곳 이름은 바로 청학동이었다. 몇 개월을 지내며
도를 전해 받고 마침내 하직하고 집으로 돌아왔다. 그때부터 김생이 눈

---

66 김기(金錡): 1760~1842. 자는 상지(象之), 본관은 연안이다. 김익균(金翼均)의 아들이
며, 자세한 생력은 미상이다. 참고로 여기서 아들 하나를 두었다고 했으나 실제로는
세 명인 것으로 알려져 있다.

67 김선(金銑): 1750~1837. 자는 택지(擇之)이다. 원주 출생으로, 1792년 과거에 급제하
여 대사간, 강화유수, 한성부판윤, 형조판서 등을 역임하였다.

68 흥원창(興元倉): 현재 강원도 원주시 법천리에 소재했던 조선시대 조창이다. 남한강
의 두 물줄기가 합류하는 지점인 물막(즉 문막) 쪽에 있었으며, 주로 강원도 지역의
세곡을 보관하던 곳이다.

을 감고 마음을 한데 모아 좌정하면, 사람과 말이 벌써 대령하고 있어서 무시로 오고 갔다. 그때가 되면 문을 닫고 눈을 감은 채 자는 듯이 앉아 있었다. 혹은 3, 4일 혹은 6~8일이 되어서야 비로소 깨어났다. 집안사람들은 모두 이를 괴이하게 여겼다. 하루는 청학동으로 가서 스승과 산위를 거닐게 되었다. 그때 스승이 말했다.

"너희들의 재주를 보고 싶으니 변신하여 한바탕 웃게 해주려무나."

이에 강남사람은 한 마리 백학으로 변하여 날아갔고, 일본사람은 한 마리 호랑이로 변하여 웅크리고 앉았다. 그리고 김생 자신은 가을바람에 떨어지는 잎사귀로 흩날리며 내려앉았다. 스승은 껄껄 웃었다. 어느 날 김생은 부모께 하직 인사를 올렸다.

"저는 속세에 오래 있을 사람이 아니옵니다. 이제 영원히 돌아가려 하오니 부모님께선 조금도 괘념치 마옵소서."

또 아내와도 영별하고 나서 아무 병 없이 앉아서 승천했다. 허황한 일에 가깝다고 하겠다. 그의 부친은 당초 그가 마음에 병이 든 것으로 알았다. 그런데 뒤에 우연히 아들의 책상자를 뒤졌더니, 그곳에 『청학동일기(靑鶴洞日記)』[69]가 있었다. 거기에는 주고받은 시문과 많은 신이한 일들이 적혀 있었다. 이 책을 따로 보관하여 남의 이목을 타지 않게 하였다고 한다.

---

69 『청학동일기(靑鶴洞日記)』: 실제 작품명인지 불분명하다. 이런 선도 계열의 이적을 기술한 책으로는 조여적(趙汝籍)의 『청학집(靑鶴集)』이 유명하다. 이 책은 청학상인(靑鶴上人) 위한조(魏漢祚)를 중심으로 한 선파(仙派) 인물들의 행적과 담론을 잡기 형식으로 기술한 것이다. 조여적이 선조 대의 인물인바 이런 선도 인물 서사류는 17세기 이후 하나의 흐름을 형성하였다. 이 책, 또는 사례는 이런 전통을 환기시킨다.

부인을 데리고 옹천에 이르러 뇌우를 만남

군자감정(軍資監正) 이산중(李山重)[70]이 간성(杆城)에 부임했을 때의 일이다. 아들 태영(泰永)[71]의 부인이 임신하여 산달이 거의 찼다. 그때가 갑신년(1764) 5월이었다. 본가에서 낳으려고 서울로 출발했고 태영도 돌보느라 함께 떠났다.

옹천(甕遷)[72]에 당도했을 때 폭우가 쏟아져 번갯불과 우렛소리가 사람들의 귀와 눈을 어지럽혔고 가마를 끌던 말이 그때마다 놀랐다. 태영이 종자들을 시켜 가마 끈을 풀게 하고 인부들더러 가마를 메게 할 참이었다. 그런데 인부들 어깨에 채 메지도 못했을 때 벼락이 내리쳐 말머리를 지나 근처의 전나무를 때려 부러뜨렸다. 말은 소스라치게 놀라 도망치며 뛰어올라 암석 위를 거쳐 바다에 빠져버렸다. 그래도 가마는 이미 짊어지고 있던 터였다. 태영은 깜짝 놀라 급히 길옆에 가마를 내려놓고 발을 말아 올리고 안을 살펴보았다. 부인은 마침 잠에 빠져 깨지 않은 상태였다. 끝내 무사했던 것이다. 7월이 되어 판서 희갑(羲甲)[73]이 태어났으니, 귀인의 탄생에는 필시 신령의 음우가 있어서 그런 것인가 보다.

---

70 이산중(李山重): 1717~1775. 자는 자정(子靜), 본관은 한산이다. 『계서잡록』의 저자 이희평의 조부이다. 실제 군자감정을 지냈으며, 이조판서에 추증되었다. 참고로 군자 감정은 군수품의 저장과 출납을 맡아보던 관청인데 이곳의 정원은 1명으로 정3품 당하관의 자리였다. 따라서 직책을 가리키기도 한다.

71 태영(泰永): 즉 이태영(1744~1803). 자는 사앙(士仰)이다. 이희평의 친부로, 1772년 과거에 급제하여 대사간, 경상도·평안도관찰사 등을 역임하였다. 1784년에는 서장관으로 청나라에 다녀오기도 하였다.

72 옹천(甕遷): 일명 독벼랑. 동해에 접한 금강산의 명승 가운데 하나로, 고성군과 통천군의 경계쯤에 있던 절벽이다. 풍광이 좋아 정선의 『풍악도첩(楓嶽圖帖)』과 김홍도의 『금강사군첩(金剛四郡帖)』 등에 그림으로 남겨져 있다.

73 희갑(羲甲): 1764~1847. 자는 원여(元汝), 호는 평천(平泉)이다. 1790년 과거에 급제하여 대사간, 이조·예조·형조·병조판서, 황해도·평안도관찰사 등을 역임하였다. 1820년에 동지정사로 청나라에 다녀왔으며, 1833년에 기로소에 들어갔다.

희갑이 갓 네 살이었을 때, 외할머니를 따라가 수교(水橋)[74]의 외가에
서 지내게 되었다. 그때 마침 외가의 안채는 화재를 당해 다시 지을 참에
마룻대와 들보, 서까래로 쓸 목재를 뒷마당에 쌓아두고 있었다. 희갑이
그 아래에서 놀다가 서까래로 쓸 목재 위에 올라갔다. 그런데 쌓은 목재
가 한꺼번에 무너져 내렸다. 희갑이 무너져 어지러운 목재 속에 깔린
것이다. 집안 식구들이 기겁하며 다들 필시 무사하지 못하리라 여겼다.
외할아버지도 몹시 놀라 어찌할 줄 몰랐다. 잠시 뒤 사내종을 시켜 나무
를 다른 곳으로 옮겨 놓게 했다. 목재 세 개가 서로 얽혀있는데 그 안이
동이를 엎어놓은 형태였다. 희갑은 이 안에 엎드려 있었다. 너무 놀라
얼굴이 흙빛이었으나 한 곳도 다친 데가 없었다. 외할아버지는 늘 이런
말을 하였다.

"이 아이는 틀림없이 크게 현달할 것이야."

9-18

화담이 신술을 부려 한 처녀를 구함

화담(花潭) 서경덕(徐敬德)[75]은 학식이 넓고 견문이 많아 천문과 지리
및 술수학에 이르기까지 모두 꿰뚫고 있었다. 장단(長湍)의 화담[76] 가에

---

74 수교(水橋): 즉 수각교(水閣橋). 지금의 회현동 지역에 있었던 다리로, 과거에는 이
  지역을 '수교동(水橋洞)'이라고 하였다.
75 서경덕(徐敬德): 1489~1546. 자는 가구(可久), 화담은 그의 호, 본관은 당성이다. 1519
  년 현량과로 벼슬에 추천되었으나 이를 거절하고 화담에 은거하며 학문에 전념하였
  다. 그는 조선 전기 서북지역 학통의 중심이 되었으며, 그 계보가 서북학파로 이어졌
  다. 이는 조선왕조가 펼친 서북지역 차별과 밀접한 관련이 있었으며, 이런 이유로
  그는 주로 도선류의 이미지가 강하였다. 그런데 여기 이야기는 또 하나의 이단인
  불학의 실천자로 구현되어 있어서 흥미롭다.
76 장단(長湍)의 화담: 장단은 조선시대 장단도호부로, 개성부 남쪽 임진강 북편에 위치

터를 잡아 살면서 이것으로 호를 삼았다. 어느 날 제자들을 모아놓고 강학하고 있는데, 홀연 한 노승이 찾아와 인사를 나누고 떠났다. 그 승려를 보내고 난 뒤 화담은 갑자기 혀를 차며 탄식해 마지않았다. 제자들이 연유를 여쭈자 화담이 입을 열었다.

"너희들은 저 노승을 알겠느냐?"

"모릅니다."

"저이는 아무 산에 사는 신호(神虎)이니라. 모처 아무개의 딸이 이제 신랑을 맞을 터인데 조만간 저이에게 해를 당하게 되리니 딱하구나."

그러자 한 제자가 나섰다.

"선생님이 이미 이를 알고 계시면 무슨 구할 방도가 있사옵니까?"

"있다만 보낼만한 사람이 없구나."

"제가 가겠사옵니다."

"그렇다면 좋다."

그러면서 화담은 책 한 권을 주며 당부하였다.

"이 책은 불경이니라. 그녀의 집은 백 리 거리가 되는 아무 마을에 있단다. 너는 이 불경을 가지고 그 집을 찾아가거라. 절대 먼저 발설하지 말고 다만 제상과 향탁(香卓)을 준비하여 대청 위에서 촛불을 밝히고, 그 처녀더러 방 안에 있게 하고 사방 문을 잠그거라. 또 힘센 여종 대여섯을 시켜 처녀를 꽉 잡고 놓아주지 말도록 하거라. 너는 대청 위에서 이 불경을 읽되 구두가 잘못되면 안 되느니라. 그렇게 닭이 울 때까지 버텨낸다면 절로 무사하게 될 것이니라. 이를 삼가 신중하게 처리하거라."

그는 선생의 가르침을 받고 곧장 그 집으로 달려갔다. 온 집 안이 시끌 벅적하여 물어보니, '내일 신랑을 맞이하기 위해 지금은 납채(納綵)를 하던 참이다.'고 하였다. 그는 안으로 들어가 주인을 만나서 인사를 다 마

하였다. 화담은 이곳 오관산(五冠山) 영통동 입구에 있다.

친 뒤에 이렇게 말하였다.

"오늘 밤 주인집에 큰 액이 닥칠 거라 내가 이 때문에 왔소이다. 이 액을 면하려면 이렇게 이렇게 하셔야 합니다."

주인은 이 말을 믿지 않았다.

"어디서 온 길손이기에 이런 미친 말을 하는가?"

"내 말이 미친 소리인지 아닌지는 지금 따질 게 아니고 오늘 밤이 지나면 자연히 알게 될 것이오. 오늘 밤이 지난 뒤에도 내 말이 과연 들어 맞지 않으면 그때 때리든 쫓아내든 뭔들 안 되겠소? 다만 지금은 내 말에 따르는 것이 좋을 거요."

주인은 속으로 퍽 의아했다. 그러나 우선 그의 말을 따라서 자리를 만들어 대기하였다. 그녀도 그의 말처럼 방 안에 들어가 있게 했다. 그는 대청 위에 정좌를 한 채 촛불 아래에서 독경을 하였다. 삼경 때가 되자 느닷없이 벼락이 치는 소리가 났다. 집안사람들이 죄다 벌벌 떨며 자리를 피해 도망을 쳤다. 큰 호랑이 한 마리가 나타나 뜰아래에 웅크리고 앉아 포효하는 것이었다. 그래도 그는 안색 하나 변하지 않은 채 독경하기를 그치지 않았다. 그때 그 집 처녀는 똥이 마렵다고 하면서 한사코 밖으로 뛰쳐나오려고 하였다. 여종들이 좌우에서 꽉 붙잡으니 처녀가 날뛰어도 어쩔 수 없었다. 호랑이는 순간 크게 으르렁거리며 대청 앞 나무를 물어 부러뜨렸다. 이렇게 세 번을 하더니 갑자기 사라졌고, 처녀는 혼절하고 말았다. 집안사람들은 그제야 비로소 정신을 차렸다. 따뜻한 물을 그녀의 입에 흘려 넣자 잠시 뒤에 다시 깨어났다. 화담의 제자가 독경을 끝내고 밖으로 나오자 온 집안사람들은 감사해하며 신인이라고 여겼다. 수백 금으로 그 은혜에 보답하려 했으나 그는 이를 거절하며,

"나는 재물을 탐내서 온 게 아니오."

라는 말을 남기고는 옷을 떨치며 인사하고 떠났다. 돌아와 화담에게 절하고 아뢰자 화담이 씩 웃었다.

"너는 왜 세 곳이나 잘못 읽었느냐?"

"제가 잘못 읽은 데가 없을 텐데요?"

"아까 그 승려가 다시 찾아와 내가 사람을 살린 공덕에 사례를 하면서 이런 말을 하더구나. '불경 세 군데를 잘못 읽어 대청의 나무를 물어뜯었답니다'라고. 그래서 알았지."

그가 생각해보니 과연 잘못 읽을 때마다 그랬다.

9-19

영물 까치가 은혜를 알고 경향으로 따라다님

능주(綾州) 박우원(朴右源)[77]이 남쪽 아무 고을에 있었을 때다. 그의 부인이 나무 위에 있던 새끼까치가 떨어져 있는 걸 보고 아침저녁으로 먹이를 주어 가며 길렀다. 점점 자라 깃털이 났는데도 부인 방 안을 떠나지 않으며 간혹 숲속으로 날아갔다가도 금세 부인의 어깨 위로 날아들곤 하였다.

장성(長城)으로 이임하게 되어 떠나는 날에 갑자기 간 곳을 알 수 없었다. 부인이 장성의 관아에 도착하자, 까치가 들보 위에서 지저귀며 내려와 부인의 앞에서 빙빙 돌며 날아다녔다. 부인은 전처럼 먹이를 주었다. 까치는 뜰의 나무에 둥지를 틀고 알을 품어 새끼를 기르며 오고 감이 평소와 같았다. 그 뒤에 능주로 옮기게 되자 또다시 이전처럼 따라왔고, 임기를 마쳐 서울 집으로 돌아가게 되었을 때도 어김없이 따라왔다.

이 부인이 죽자 까치는 위아래로 날고 울어대며 빈소를 떠나지 않았

---

77 박우원(朴右源): 1736~?. 자는 계봉(季逢), 본관은 반남이다. 그의 관력은 미상이나, 『일성록』에 1795년부터 1800년까지 능주, 즉 화순현감을 지냈다는 기록이 보인다.

다. 장례를 치러 상여가 나갈 때는 관 위에 앉았다. 또 산소에 도착해서는 다시 묘각(墓閣) 위에 앉아 지저귀기를 멈추지 않았다. 하관할 때는 관 위로 날아들며 한참을 울더니 이윽고 어디론가 날아가 버렸다. 비록 미물이나 그 은혜를 알았던 것이다. 당시 누군가가 '영작전(靈鵲傳)'을 지었다.

윤 무변이 의리를 저버리고 속마음대로 행함

윤(尹) 아무개는 다름 아닌 지체 높은 집안 출신의 무변이었다. 성격이 사납고 고약한 데다 경망스럽기까지 했다. 다만 부족하나마 문예가 있어서 시임 정승들의 문하를 출입하였고, 정승들도 그를 허여하는 경우가 많았다.

그런 그가 충청도에 있을 때다. 마침 부모상까지 당해 형편이 어려워져 제 한 몸 간수하기도 벅찼다. 그때 이웃 마을에 친하게 지내는 사람이 개성상인과 돈을 거래하고 있었다. 무변 윤가는 그를 찾아가 돈을 빌려달라고 청하였다. 이에 그 사람은 80냥에 해당하는 수표를 써주면서 개성상인이 묵고 있는 데로 가서 찾아 쓰라고 하였다. 그런데 윤가가 몰래 수표의 열 십[十] 자를 일백 백[百] 자로 변조하는 바람에 서울로 올려보내는 전주의 공납전(公納錢)을 교환해야 하는데 환전 시기를 놓치고 말았다. 이 때문에 전주 감영에서 조사해 보니 윤가의 소행이라는 사실을 알아냈다. 당시 전라감사는 박윤수(朴崙壽)[78]로, 그는 감영의 포졸들을 보내 무변

---

78 박윤수(朴崙壽): 1753~1824. 자는 덕여(德汝), 본관은 반남이다. 1789년 과거에 급제하여 대사간, 판의금부사, 형조판서, 호조판서 등을 역임하였다. 정조 사후 당시 중심이었던 벽파(僻派)와 정치적 견해가 달라 한때 정계에서 배제되기도 했으나, 안동김

윤 아무개를 결박해 오라는 취지로 엄명을 내렸다. 포졸이 들이닥치자 윤가는 옴짝달싹 못 하는 상황에 놓였다. 그 와중에 수표를 써주었던 이가 찾아와 이렇게 말했다.

"그대가 당초 저지른 일이 불미스럽더니 이제 이 지경에 이르고 말았소. 그러나 그대는 관직에 나가기 전 사람 아니오. 그런 사람이 한 번이라도 감영에 잡혀 들어가게 되면 어찌 패가망신하지 않겠소? 나야 포의(布衣)니 대신 잡혀 들어갔다가 형기를 채우고 나올 테니 채비를 서둘러 나를 보내는 게 좋겠소."

윤가는 감격한 나머지 눈물을 흘리며 그를 대신 보냈다. 잡혀간 이웃은 곤장을 맞고 감옥에 수감되었다. 공납전을 다 납부한 뒤에야 풀어준다고 해서 그는 어쩔 수 없이 자기 집 농토와 재산을 다 팔아 부족한 돈을 갚고 몇 개월 만에 석방되어 돌아올 수 있었다. 게다가 장독 때문에 거의 죽을 뻔했다가 간신히 살아났다. 집은 이 때문에 거덜이 났고 아무리 봐도 윤가에게서 돈이 나올 데는 없었다. 우선은 훗날을 기다려보자며 한 번도 달라는 말을 하지 않았다.

그 뒤 윤가는 단천부사(端川府使)가 되었다. 이웃은 비로소 말을 빌려 타고 천 리 먼 길을 찾아갔다. 부사가 손을 맞잡고 반길 줄로 생각한 것이다. 그러나 혼금(閽禁)[79]에 막혀 관아로 들어갈 수가 없었다. 그렇게 한 달 남짓을 체류해야 했다. 그러다 보니 노자는 이미 바닥 나 객점의 주인에게 진 빚도 많아졌다. 이젠 달리 손쓸 요량도 없어 그야말로 진퇴양난이었다.

그러던 어느 날, 본관사또가 출타한다는 소식을 접한 그는 길목에서 지키고 있다가 사또 앞으로 다가가 소리쳤다.

문(安東金門) 중심으로 정계가 재편되면서 요직을 두루 맡아 육조의 판서를 모두 지냈다. 글씨에 조예가 깊었으며, 금풍군(錦豊君)에 봉해졌다.

79 혼금(閽禁): 관청에서 잡인의 출입을 금하는 것을 말한다.

"내 여기 온 지 오래되었소!"

사또 윤가가 돌아보더니 하인들에게,

"관아로 들여보내 놓거라."

라고 명하고 가던 길을 가버렸다. 얼마 지나지 않아 돌아온 윤가는 그와 인사를 나누었으나 그 뒤로 별다른 얘기가 없었다. 이에 그가 말을 꺼냈다.

"내 처지가 빈궁하다는 사실은 사또께서도 아실 터요. 옛날의 정의를 생각해서 천 리를 멀다 않고 의지하려고 찾아왔소이다. 그런데 관아 출입을 막아 한 달 남짓 여기에 묵느라 밥값도 많이 들었소. 사또께서 이 딱한 사정을 굽어살펴 구제해 주시오. 지난번 진 빚은 따지지 않겠소."

그런데 윤가는 이 말을 듣고 얼굴을 찌푸렸다.

"관에 진 빚이 산더미 같아 자넬 도와줄 겨를이 없네."

그러고는 관아 밖에 묵을 곳을 정해주었을 뿐 대접이 이만저만 냉랭한 게 아니었다. 며칠 더 머물렀더니 윤가는 병든 말 한 필을 내주면서 일렀다.

"이 말 값이 수백 냥은 넘을 테니 타고 가서 팔아 쓰게."

거기에 50냥을 노잣돈으로 주었다. 이웃은 그야말로 간청을 하였다.

"이 말은 다리에 병이 든 거요. 돈도 이걸 가지고는 여기서 든 밥값을 갚기에도 부족하오. 돌아갈 때 먹을 식량도 부족하니 이를 장차 어찌한단 말이오? 사또께선 다시 한번 생각해 주시오."

그러자 윤가는 불끈했다.

"그나마 자네이니깐 빚더미 속에서도 이만큼 내주는 거네. 다른 사람이면 빈손으로 내쫓았을 테니 여러 말 말게."

그러면서 그를 몰아내라 하였다. 그는 화가 머리끝까지 치밀어 받은 돈을 관아 뜰에 흩트리고 욕을 퍼부었다.

"네가 공금을 도둑질해 먹고 감영에 잡혀가게 되었을 때 내가 의기로 너를 대신해 들어갔다. 옥 안에서 거의 죽을 뻔했고 재산을 탕진하면서 그 빚까지 갚아주었다. 네가 지금 만금을 벌 수 있는 수령이 됐기에 내 불원천리하고 찾아왔거늘, 애초부터 나를 만나 주지도 않고 냉대하지 않았더냐. 내게 준 단돈 50냥은 오고 가는 비용으로 쓰기에도 부족하다. 고금천지에 어찌 이런 몰인정한 인간이 있단 말이냐?"

그는 목 놓아 대성통곡을 하더니 관문을 나갔다. 큰길가에서 원통하다며 소리를 지르며 오가는 사람들에게 저간의 사정을 다 얘기하였다. 윤가는 이를 듣고 감정이 상했고 자기의 나쁜 소행을 드러난 것에 분개하였다. 이에 장교를 시켜 그의 행장을 뒤지게 했더니, 거기서 종부시(宗簿寺) 낭청첩(郎廳帖)[80] 두 장이 나왔다. 윤가는 그를 옥에 가두고 당일로 감영으로 가서 감사에게 보고하였다.

"하관의 고을에서 어보(御寶)를 탈취하여 위조한 죄인을 잡았는데 어떻게 다스려야 할지요?"

이에 감사가,

"본읍에서 치죄하는 것이 좋겠네."

라고 하였다.

"그러면 하관이 처리해도 되겠습니까?"

"그러시오."

이에 윤가는 관아로 돌아와 그를 때려죽여 버렸다.

세상에 어찌 이처럼 잔인하고 몰인정한 사람이 있을까? 아! 참혹하고 표독하구나.

---

80 종부시(宗簿寺) 낭청첩(郎廳帖): 종부시는 왕실의 계보인 보첩을 편찬하는 관서로, 10년에 한 번씩 『선원록(璿源錄)』을 수찬하고 3년마다 종실 보첩을 작성하였다. 이외에도 종실의 비위를 규찰하는 업무도 담당하였다. 낭청첩은 낭관(郎官)의 임명장으로, 종부시의 직제가 도제조 2인, 제조 2인, 주부 1인, 직장 1인 등이었던바, 실무직인 주부나 직장 등을 임명한 장부로 판단된다.

겸재 정선이 중국에서 그림으로 이름을 떨침

겸재(謙齋) 정선(鄭敾)[81]은 자가 원백(元伯)으로 그림을 잘 그렸으며 특히 산수화에 뛰어났다. 그래서 세상에서는 그를 '삼백 년 이래 가장 뛰어난 화가'라고 일컬었다. 그의 그림을 구하는 이들이 줄을 섰는데 그때마다 마다하지 않고 그려주었다.

그즈음 북촌 마을에 같이 살던 한 선비가 그의 산수화 30여 장을 얻어 언제나 애지중지하였다. 어느 날 선비가 사천(槎川) 이 공(李公)[82]을 뵈었는데, 시렁 위를 보니 중국 책이 쌓여 사방 벽을 두르고 있었다.

"중국 책이 어찌 이리도 많습니까?"

이 공이 웃으며 답하였다.

"모두 천오백 권은 되지. 다 내가 장만한 것이네."

잠시 뒤 다시 말했다.

"누가 이 책이 다 정 원백에게서 나온 줄 알겠나? 북경의 그림 가게에선 원백의 그림을 아주 높이 친다네. 해서 손바닥만 한 작은 조각 그림마저도 높은 가격에 거래되지. 내가 원백과 몹시 친한 터라 그의 그림을 가장 많이 갖게 되었지. 이 그림으로 연행사가 가는 일이 있을 때마다 많건 적건 가리지 않고 인편에 부쳐 볼 만한 좋은 책을 샀지. 그래서

---

81 정선(鄭敾): 1676~1759. 겸재는 그의 호, 별호로 겸초(兼艸)·난곡(蘭谷) 등이 있다. 본관은 광산이다. 음직으로 하양·청하의 현감과 한성부주부 등을 역임하였다. 김창집 등의 장동 김씨 집안과 깊은 유대를 맺고 있었으며, 조선 후기 대표적인 진경산수화가이다. 대표작으로 한강 일대를 그린 『경교명승첩(京郊名勝帖)』과 금강산 일대를 담아낸 「금강전도(金剛全圖)」 등이 있다.

82 이 공(李公): 즉 이병연(李秉淵, 1671~1751). 자는 일원(一源), 사천은 그의 호, 본관은 한산이다. 1699년 과거에 급제하여 금화현감, 배천군수, 삼척부사 등을 역임하였다. 영조 대에 시명이 높았으며, 정선과 평생지기가 되어 세상에 '좌사천우겸재'라 병칭되었다. 한편 정선이 남긴 『경교명승첩』에 제화시를 붙인 것으로 유명하다. 저서로 『사천시초(槎川詩抄)』가 있다.

이렇게 많아진 것이네."

여기서 중국 사람들이 참으로 그림을 알아보는 게 우리나라 사람처럼 한갓 이름만 따지려는 것과 다름을 알 수 있다.

또 이런 일이 있었다. 한 중인 집의 비단 치마가 마침 겸재의 집에 와 있다가 육즙이 떨어져 얼룩이 져버렸다. 안식구가 이를 걱정하자, 겸재는 비단 치마를 가져오라 해서 보니 얼룩진 부분이 꽤 컸다. 당장 치마 주름을 펴서 얼룩진 부분을 씻은 다음 사랑채에 갖다 두도록 하였다. 어느 날 날씨가 맑고 시원하여 그림 흥취가 확 일었다. 이에 채색 벼루들을 벌여놓고 비단 치마폭을 펴 그 안에 풍악산을 큼지막하게 그렸다. 화려한 빛이 속속들이 드러났으며 정교한 채색이 살아있는 듯 일렁였다. 남아있는 두 폭에도 다시 금강산을 그렸는데 극히 기묘하여 참으로 둘도 없는 보배였다. 그 뒤에 비단 치마 주인이 찾아왔다.

"내가 마침 그림 그리고 싶은 흥이 발동했었소. 좋은 천이 없어 아쉬워하다가 그대 집에서 온 비단 치마가 있다는 걸 듣고 이것을 화본으로 삼아 그 안에 만이천봉을 옮겼다네. 자네 집의 아녀자들이 필시 깜짝 놀랄 텐데 이를 어찌한다지?"

주인도 그림의 품격을 알고 있었기에 기쁨을 주체하지 못했다. 거듭 감사해 마지않으며 돌아가서는 진수성찬을 한 상 가득 마련하여 올렸다. 이 중 큰 그림은 장정하여 가보로 삼았으며, 나머지 두 폭은 사신을 따라 북경에 가게 되었을 때 그림 가게에 가지고 갔다. 마침 청성산(靑城山)[83]에서 온 촉 땅의 승려가 있었다. 이 그림을 보고 몹시도 탄복하며 절세의 보배라고 하면서 청했다.

"조만간 새 사찰이 지어져 이것으로 공양하고 싶소. 은 백 냥으로 샀

---

[83] 청성산(靑城山): 중국 사천성 성도의 서북쪽에 위치한 산으로, 북방 도교의 발원지 중 하나다. 여기서 육조시대 장도릉(張道陵)이 득도하여 천사도(天師道)가 결성되었다. 한편 절강성의 천태산은 중국 남방 도교의 중심지이다.

으면 하오."

주인이 좋다며 가격을 정할 즈음에 또 남경의 한 선비가 이 그림을 보고는,

"내가 이십 냥을 더 얹어줄 테니 내게 파시오."

라고 하는 것이었다. 이에 승려가 잔뜩 화를 냈다.

"내 이미 가격에 맞춰 매매가 결정됐거늘 어찌 선비가 이곳을 다투느라 도리를 망각함이 이와 같단 말이오? 내가 다시 삼십 냥을 더 드리리다."

그러더니 그림을 가져다가 불 속에 던져버리는 것이었다.

"세도와 인심이 하나같이 이리되었다니! 내가 이것을 탐낸다면 저런 사람들과 뭐가 다르랴?"

이윽고 옷을 떨치며 일어났고, 그림 주인도 100냥은 받지 않고 50냥만 가지고 돌아왔다 한다.

하루는 새벽쯤에 잠이 깼는데 갑자기 누군가가 찾아와 문을 두드렸다. 맞아보니 바로 친한 역관 한 사람이었다. 그는 좋은 부채 하나를 가져와 올리며 요청하였다.

"곧 북경에 가게 되어 인사차 왔습니다. 바라옵건대 공께서 잠깐 붓을 놀려 저의 가는 길을 전별해 주신다면 이 얼마나 행운인지요."

그때는 동창이 이미 밝아 아침 기운이 몹시도 상쾌하였다. 겸재가 부채에 바다를 그렸다. 나는 듯한 파도와 성난 물거품이 솟구치는가 하면 부서져 퍼졌다. 파도가 치는 한쪽 가엔 작은 배를 배치했는데 바람 돛이 반쯤 가려져 아득하게 보였다. 역관이 감사해하며 물러갔다. 이것을 가지고 북경의 그림 가게에 들렀더니 가게 주인이 들고 감상하느라 놓질 못하였다.

"이 그림은 필시 이른 아침에 그린 것이로구나. 의취가 돛단배 위에 맺혀 있군."

그러면서 선향(扇香)[84] 한 갑과 맞바꾸었다. 역관이 이를 가져다 개수

를 헤아려 보니 50매로, 길이는 모두 몇 마디쯤 되었다. 이 때문에 역관들이 겸재의 그림을 얻으면 모두 진귀한 보화로 쳤다.

맹 감사가 금강산에서 기이한 일을 들음

감사 맹주서(孟胄瑞)[85]는 자연에 노닐기를 좋아했다. 젊었을 적 풍악산에 들어가 샅샅이 탐승하다가 깊고 그윽한 곳에 이르렀다. 거기에 매우 정갈한 한 암자가 있었다. 그곳의 한 노승은 나이가 백 살 남짓으로, 아직도 외모가 군건하고 예스러웠으며 사람을 대하는 예가 경건하였다. 맹 공은 범상치 않은 그를 보고 그곳에 묵으며 능력을 확인해볼 참이었다. 노승은 홀연 사미(沙彌)를 불러 일렀다.

"내일은 우리 사부님의 기일이다. 올릴 제수를 준비하거라."

"예."

다음 날 새벽에 나물 제수를 차려 놓고 노승은 매우 슬프게 곡을 하였다. 맹 공이 물었다.

"상인(上人)의 스승은 누구이며 도는 얼마나 높았소? 들려주었으면 하오."

노승은 한참 서글퍼하더니 말을 꺼냈다.

---

84 선향(扇香): 부채의 선추(扇錘)에 넣는 향이다. 선추는 부채의 고리나 자루에 다는 장식품으로, 여기에 고급 향을 넣었다.

85 맹주서(孟胄瑞): 1622~?. 자는 휴징(休徵), 본관은 신창이다. 1654년 과거에 급제하여 공조·병조·호조참의를 지냈으며 1670년에 황해도관찰사를, 이듬해 충청도관찰사를 역임하였다. 1666년에는 청나라에 서장관으로 다녀왔다. 황해도관찰사로 재직할 때는 진휼청을 열어 백성의 기근을 해결한 것으로 알려져 있다.

공께서 물으니 무어 숨기겠습니까? 소승은 조선 사람이 아니고 일본에서 왔으며, 사부님도 승려가 아니고 선비랍니다. 처음 소승이 조선에 왔을 때는 임진년 이전으로, 본국에서 우리 여덟 명을 선발하였는데 모두 책략이 정통하고 용력이 절륜한 자들이었지요. 조선 팔도를 나누어 맡아 조선의 산천 지세, 도로의 멀고 가까움, 관문의 설치현황까지를 죄다 암기하는 데 힘을 쏟았답니다. 또한 조선 사람 중에 지략과 재용(才勇)이 높은 자라면 모두 죽인 뒤에야 비로소 복명이 허락되었습니다. 해서 저희 여덟 명은 함께 조선말을 익혔고, 이에 익숙해지자 동래의 왜관으로 나왔지요. 조선 승려로 변복하고 흩어질 즈음 이렇게 상의했지요.

"조선의 금강산은 영산이니 꼭 먼저 이 산에 들어가 기도한 뒤에 흩어지도록 하자."

마침내 십여 일을 동행한 끝에 회양(淮陽) 땅에 당도했는데, 한 선비가 나막신을 신고 누런 소를 탄 채 산골짜기에서 나오더군요. 그때 우리 동행 중 한 사람이 제의했지요.

"우리가 연일 절을 찾느라 먹지를 못한 데다 고기도 맛을 보지 못해 기력이 아주 쇠해졌네. 저자를 죽이고 그가 탄 소를 잡아먹은 다음 나아가는 게 좋을 듯하네."

이에 모두 '좋다'고 하고 같이 그 선비 앞으로 나갔지요. 그러자 그 선비는,

"너희들이 감히 이렇게 한다고? 너희들이 왜의 간첩인 줄 내 어찌 모르겠느냐? 응당 다 죽이고 말 테다."

라고 하기에 우리 여덟 명은 몹시 놀라 칼을 빼 들고 일제히 돌진했지요. 선비는 순식간에 뛰어올라 주먹을 휘두르고 발을 날리는데 빠르기가 귀신같았답니다. 머리가 깨지고 다리가 부러져 다섯 명은 죽고 나머지 세 사람만 남았지요. 우리 셋이 땅에 엎드려 살려달라고 애원하

자 선비는,

"너희가 과연 진심으로 귀순하여 죽고 살기를 마다하지 않겠는가?"

라고 되물었지요. 우리는 이마를 조아리며 정성을 바치겠노라고 하늘에 대고 맹세했답니다. 그제야 선비는 자기 집으로 데려가 이리 일렀습니다.

"너희가 비록 왜의 부림으로 우리나라를 염탐하려 하나, 지혜가 얕은 데다 기예도 서투르기 짝이 없으니 어찌 가능하겠느냐? 이제 하늘에 맹세코 귀순했거니와 너희들 마음이 진심인지 아닌지는 내 꿰뚫어 알 수 있노라. 이제 검술을 가르쳐 줄 터이니 왜병이 쳐들어오면 내 너희들을 데리고 의병을 일으켜 대마도에 가서 지킬 것이니라. 적병을 잘 막아 이국(異國)에서 공을 세우는 일이니 너희들이 어찌 마다하겠느냐?"

저희 셋은 절을 올려 사례하였답니다. 이리하여 함께 검술을 익혀 그 능력을 다 터득했고, 선비를 모시고 따르기를 매우 근실하게 했지요. 선비께서도 우리를 아주 믿고 아끼게 되었답니다.

어느 날 저희 셋은 한 외진 암자에 묵었답니다. 아침에 일어나보니 느닷없이 선비께서 누군가에게 살해당해 온 방에 피가 흥건했습니다. 소승은 너무 놀라 그 두 사람에게 물었지요.

"이 무슨 일이냐?"

그러자 저 둘은 이렇게 얘기하더군요.

"우리가 비록 저 선비를 당해내지 못해 섬기면서 검술까지 배운 처지이나, 함께 온 우리 여덟 명은 형제와 같은 몸이었잖소. 지금 다 죽임을 당하고 이제 우리 둘만 남았으니 저야말로 불구의 원수라오. 그러니 잠시라도 이를 잊을 수 있었겠소? 오래도록 보복하고자 했으나 그럴 만한 때가 없었을 뿐이오. 지금 다행히 그 틈을 얻었으니 어찌 죽이지 않겠소?"

소승은 크게 꾸짖었지요.

"우리가 진작 재생의 은혜를 입어 형제가 되기로 맹세하였네. 그 은의(恩義)가 깊은 데다 부자 같은 사이거늘 어찌 처단할 원수로 보고 이런 일을 벌였단 말이냐?"

소승은 엎어져 통곡하다가 마침내 저들 앞으로 다가가 칼로 베어서 다 죽였답니다. 그러고는 이 산에서 승려가 되었지요. 사미 하나를 데리고서 이 암자에서 외로이 수도하고 있지요. 지금 나이가 백 살이 넘었소. 매번 사부님의 높은 재기와 깊은 의기, 도타운 정의를 생각할 때면 한없이 애석하여 마음이 가눌 수 없이 아프답니다. 이 때문에 사부님의 기일이면 문득 가눌 수 없이 슬퍼 통곡하곤 하지요. 오랜 시간이 흘렀어도 변치 않았지요.

맹 공은 다 듣고 나서 감탄해 마지않았다.

"감식에 밝고 용력이 신출한 존사(尊師)께서 그 둘이 좋지 않은 마음을 품고 있었다는 걸 알지 못해서 결국 살해를 당하는 지경에 이르렀으니 무슨 까닭이오?"

"사부께서 저 둘이 불길한 자라는 것을 왜 몰랐겠습니까? 하지만 저들의 재주를 아꼈기에 깊은 은혜로써 저들의 있는 힘을 얻고자 했던 것이지요. 게다가 사부님의 지혜로 충분히 제압할 수 있었으니 말입니다. 사부님이 소승의 재주와 식견이 출중하다고 여겨 더욱더 아끼셨지요. 소승이 친척을 버리고 고국을 잊은 채 삼가 따르기를 게을리하지 않은 게 이 때문이었답니다."

이에 맹 공이 청하였다.

"상인의 검술 실력을 볼 수 있겠소?"

"지금 저는 아주 늙어서 검술을 그만두고 써보지 않은 지 오래인지라 아무래도 당장 하기는 어렵소. 공께서 며칠 머무르시며 소승의 기력이 조금 회복되기를 기다려주신다면 한번 해 보이겠소."

다음 날 맹 공을 안내하여 한 곳에 당도했다. 그곳에는 측백나무 열 그루가 있었다. 크기가 열 아름이나 되었으며 끝은 하늘까지 닿았다. 노승이 소매에서 물건 두 개를 꺼냈다. 공처럼 둥글었고 끈으로 단단히 묶여 있었다. 끈을 풀자 두 개의 철 덩이가 나왔는데 주먹 모양으로 말려 있었다. 이것을 손으로 평평하게 펴자 몇 자 되는 서슬 퍼런 칼날이 가을 물처럼 번쩍였다. 말고 펴기를 종이처럼 하였다. 노승은 두 칼을 잡고 일어나 검무를 추었다. 처음에는 몸을 돌리고 앉고 일어나는 품새가 퍽 느렸으나, 이윽고 점점 빨라지며 휙휙 바람이 일었다. 한참 뒤에는 펄쩍 뛰어올라 공중에 떠서 빙빙 돌며 올라갔다. 그러더니 한 개 은항아리만이 측백나무 겹겹의 잎사귀 사이에 드러났다 없어졌다 하였다. 칼날의 빛이 번쩍번쩍 길어졌다 짧아졌다 하며 바위 골짜기로 반사되어 빛났다. 온통 서슬 퍼런 칼날에 측백나무 잎은 비처럼 어지럽게 떨어졌다.

맹 공은 떨리고 두려워 똑바로 쳐다볼 수가 없었다. 떨어진 측백나무 잎은 죄다 잘게 끊어져 있었고 나뭇가지도 반은 잘려 나간 상태였다. 한참 뒤에야 노승은 땅으로 내려와 나무 아래에 서서 몇 번이나 숨을 몰아쉬며 혀를 찼다.

"기운이 다했소. 이제 더 이상 젊을 때 같지 않아요. 한창일 때 이 나무 아래에서 검무할 때면 잎이 대부분 가는 실처럼 갈라졌는데, 지금은 그렇지 않고 온전한 것이 많네요."

맹 공은 몹시 기이해하며 말했다.

"상인은 신인이오!"

"소승은 오래지 않아 죽을 것이오. 차마 저의 자취를 영원히 묻어둘 수 없기에 공께 이렇게 사정을 말한 것이고."

윤변이 음덕을 베풀어 보은을 받음

윤변(尹忭)[86] 공이 형조정랑이 되었을 때, 김안로(金安老)[87]가 권력을 잡아 상주고 벌하는 짓을 멋대로 부려 양민을 종으로 만들곤 하였다. 어떤 사람의 자식과 손자 수십 명이 모두 형조에 붙잡혀 갇히게 되었다. 판서 허항(許沆)[88]은 김안로의 은근한 속셈을 따라 신문과 고문을 수없이 하였다. 부당한 고초가 너무 잔혹하여 억지 자백을 할 판이었다. 윤 공만은 이를 의심하여 이쪽과 저쪽의 문건을 가지고 거듭 살피고 따져 억울하게 엮였음을 알게 되었다. 이에 이를 조사한 문안을 작성하여 그 옳고 그름을 밝히고자 하였다. 마침 세밑으로 계복(啓覆)[89]하는 때였다. 윤 공은 이 문안을 가지고 어탑(御榻) 앞에 올렸다. 임금은 이를 살피고서 당장 김안로를 내치고 갇혀 있는 원통한 이들 수십 명을 모두 풀어주었다. 하루아침에 원통함이 싹 씻긴 것이다.

이미 연로한 윤 공은 후처에게서 자식이 없자 매우 안타까웠다. 이듬

---

86 윤변(尹忭): 1493~1549. 자는 구부(懼夫), 호는 지족암(知足庵), 본관은 해평이다. 1522년 과거에 급제하여 사헌부감찰, 호조좌랑, 삼척부사 등을 역임하였다. 여기에 거론된 형조정랑은 1533년에, 숙천부사는 1537년에 재임한 것으로 나와 있다. 실제 그는 두 명의 부인을 두었던바 전처는 전주 이씨, 후처는 성주 현씨이다. 후처에게서 윤두수와 윤근수(尹根壽) 형제를 두었다. 저서로『지족암집(知足庵集)』이 있다.

87 김안로(金安老): 1481~1537. 자는 이숙(頤叔), 호는 희락당(希樂堂)·용천(龍泉), 본관은 연안이다. 1506년 과거에 급제하여 이조·예조판서, 우의정, 좌의정 등을 역임하였다. 중종 시기에 외척으로서 권력을 농단하여 여러 차례 옥사를 일으켰다. 1527년 문정왕후 폐위를 기도했던 것이 발각되어 사사되었다. 저서로『희락당고(希樂堂稿)』, 『용천담적기(龍泉談寂記)』등이 있다.

88 허항(許沆): 1497~1537. 자는 청중(淸仲), 본관은 양천이다. 1524년 과거에 급제하여 동부승지, 이조참판, 대사헌 등을 역임하였다. 김안로, 채무택(蔡無擇) 등과 함께 정권을 농단하여 '정유삼흉(丁酉三凶)'으로 불렸다.

89 계복(啓覆): 조선시대 사형 집행 전에 임금에게 상주하여 심리하던 제도이다. 이 과정은 초복·재복·삼복의 세 번에 걸쳐 이루어졌으며, 통상 10월 중에 시행하고 그 집행은 12월에 하였다.

해에 숙천부사(肅川府使)로 제수되어 조정 신료들을 찾아가 인사를 하였다. 저물녘에 광통교를 지나는데 마침 저녁 비가 부슬부슬 내리고 있었다. 갑자기 한 늙은이가 말 앞에서 절을 올렸다. 윤 공은 그가 누군지 알아보지 못했다.

"소인은 양민이옵니다. 예전에 한 세도가에게 겁박당하고 위세에 눌려 천민으로 떨어질 판이었으나 하소연할 데가 없었사옵니다. 다행히 어른의 은덕으로 저희 자손 수십 명이 모두 목숨을 보전하였사옵니다. 이 은혜 각골난망 하여 항상 보답코자 하였으나 기회를 얻을 수 없었사옵니다. 하오나 이제 계사년이 되면 공께서 남아를 낳으실 터인데, 다만 수명과 복록이 그리 길고 넉넉하지 못할 것이옵니다. 여기 이를 구제할 한 가지 방안이 있사옵니다."

그러더니 소매에서 종이 한 장을 꺼내 두 손으로 바쳐 올렸다. 공이 살펴보니, '아무 해 아무 달 몇 날 몇 시에 사내아이를 낳는다[某年某月日時生男子]'라고 쓰여 있었고, 그 왼쪽에는 '수부귀 다남자(壽富貴多男子)' 여섯 자가 쓰여 있었다. 행마다 한 글자씩 썼는데 유독 '다남자'만 세 글자로 되어 있었다. 그 오른쪽으로는 축원하는 글이 있었는데 이름이 들어갈 자리는 비어 있었다.

"이것이 어찌 되는 것이냐?"

"영식이 태어나면 공께서는 이 종이를 가지고 곧장 강원도 금강산 유점사(楡岾寺)로 가시어 황촉(黃燭) 오백 쌍을 준비하고 공양하며 축원하시옵소서. 그러면 반드시 경사의 기운이 넘치실 것이옵니다. 이것이 소인의 보답이옵니다."

그는 이를 거듭 당부하였다. 윤 공이 그가 어디서 왔는지 물으려 했으나, 갑자기 절을 올리고는 그길로 순간 사라져 버렸다. 윤 공은 몹시 놀라고 신기해하며 집으로 돌아와 종이를 깊이 감추어 두었다.

계사년(1533)이 되자, 과연 범상치 않은 똑똑한 사내아이를 낳았다.

윤 공은 직접 유점사로 찾아갔다. 그 늙은이의 말에 따라 넉넉하게 공양을 올리고 축문의 빈 곳에 이름자를 써서 불전 앞에 올렸다. 축원을 마치고 종이를 가져다 살펴보니, '수(壽)' 자 아래에 '가질(可耋)'이라는 두 글자가, '부(富)' 자 아래에는 '자족(自足)' 두 글자가, '귀(貴)' 자 아래에는 '무비(無比)' 두 글자가, '다남자(多男子)' 아래에는 '개귀(皆貴)' 두 글자가 생겨 있었다. 이 여덟 자는 모두 감청색에 머리털같이 가늘었으며 다해서체였다. 그러나 어찌 된 연유인지 알 수 없었다. 더욱 놀랍고 신기한 나머지 윤 공은 돌아와 궤짝 함을 만들어 깊이 보관하였다.

그 뒤 아이가 장성하니, 이가 바로 오음공(梧陰公) 윤두수(尹斗壽)[90]이다. 78세의 수를 누렸고 영상의 자리에 올랐으며, 풍족한 부를 이루었다. 다섯 아들들 모두 부귀하고 현달하였으니 윤방(尹昉)은 영의정을, 흔(昕)·휘(暉)·훤(暄)은 판서를, 간(旰)은 지사(知事)를 지냈다.[91] 공훈과 업적이 혁혁하여 당세에 빛났으며 후대에까지 미쳤다. 손자 증손자 대에도 번창하여 대대로 높은 벼슬이 이어져 우뚝 대가(大家)가 되었다.

---

90 오음공(梧陰公) 윤두수(尹斗壽): 1533~1601. 자는 자앙(子仰), 오음은 그의 호이다. 1558년 과거에 급제하여 평안감사, 호조판서, 어영대장 등을 거쳐 삼정승을 역임하였다. 1590년 중국에 가서 수정된 『대명회전(大明會典)』을 가지고 돌아와 종계변무가 일단락되는 데 기여하였으며, 임진왜란 때는 어영대장으로 선조를 호종하는 등 활약하였다.

91 윤방(尹昉)은 영의정을 …… 지사(知事)를 지냈다: 참고로 실제 윤방은 영의정, 윤흔은 지중추부사, 윤휘는 형조·공조판서, 윤훤은 경상도·평안도관찰사 등까지 올랐다. 윤간은 서자로 무과에 급제하여 목사까지 지낸 것으로 확인되는바, 이 이야기와 약간의 편차가 있다.

정씨 상인이 남경에 가서 장사함

예전에 정씨(鄭氏) 성의 대상(大商)이 있었다. 그는 북경(北京)에서 장사하여 이득을 보았지만,[92] 허랑방탕하게 낭비한 탓에 평안도 감영에 은 7만 냥의 빚을 지게 되었다. 감영에서는 가두기도 하고 풀어주기도 하며 독촉했기에 그는 천신만고 끝에 겨우 5만 냥은 갚았다. 그러나 아직 2만 냥이 남은 상태였다. 이에 감사는 그를 옥에 엄히 가두고 독촉하였다. 하지만 가계는 탕진한 데다 더 힘써 볼 데도 없었다. 할 수 없어 상인은 옥 안에서 상언(上言)을 하였다.

"소인은 이미 갇힌 몸이라 그저 죽을 따름이옵니다. 다만 이는 감영과 소인에게도 이익이 될 게 없사옵니다. 청하옵건대 은 2만 냥을 다시 빌려주시면 삼 년 이내로 4만 냥 모두 갚겠사옵니다. 추호도 속이는 일은 없을 것이옵니다."

감사는 생각이 갸륵하고 말이 기특하여 요청한 2만 냥을 내주었다. 상인은 이 돈을 가지고 곧장 연해의 고을로 달려갔다. 북쪽 의주(義州)에서부터 시작하여 연해의 부잣집을 찾아 그 인근에 집을 사놓고 오가거나 머물면서 부자들이면 모두 관계를 맺었다. 맛난 음식과 향긋한 술을 마련하여 함께 먹고 마셨다. 그러자 부자들은 마음을 터놓고 아끼지 않은 이가 없었다. 상인은 그 틈에 능란한 언변으로 저들을 유혹하여 은을 많게는 100냥, 적게는 수십 냥씩 빌렸다. 갚을 일자를 못 박아 상환하기로 약조하고 기일이 되면 어김없이 상환하여 하루라도 늦는 경우가 없었다. 대개 관서 지역에서는 은전(銀錢)으로 돈놀이하는 집[93]이 백 가구를

---

92 장사하여 이득을 보았지만: 원문은 '廢著'로, 물건의 값이 싸면 사들이고 값이 비싸면 팔아 이득을 남기는 것을 말한다. 여기서 폐(廢)는 '팔다[賣]'는 뜻이고, 저(著)는 '쌓아 두다[貯]'는 뜻이다. 따로 '폐거(廢居)', '폐거(廢擧)'라고도 한다.

93 돈놀이를 하는 집: 원문은 '子母家'로 돈을 빌려주고 본전과 이자를 받아 돈을 불리는

헤아렸다. 상인은 이들의 집을 돌며 빌리고 갚기를 거의 1년 남짓이었으나 한 번도 속이거나 어기는 일이 없었다. 이 때문에 이들 부자는 더욱 그를 굳게 믿었다. 이리하여 상인은 은을 크게 빌려 그중 6, 7만 냥으로 모조리 인삼과 초피(貂皮)를 구입했다. 그리고 나머지 돈으로 튼튼한 말을 사서 여기에 물화를 다 싣고 다시 북경으로 향했다. 머무는 집의 주인은 예전의 대상으로, 상인과는 친분이 좋은 사이였다. 그는 이 주인을 설득하였다.

"만약 이 상품을 가지고 남경(南京)으로 가면 틀림없이 백배의 이문을 남길 수 있소. 사내가 일을 벌여 성공하면 하늘로 오를 것이고, 실패하면 땅으로 꺼질 뿐이오. 당신과 나는 서로 마음을 아는 사이이니 어떻소, 나를 따라갈 볼 테요?"

주인도 그럴 거라 싶어 흔쾌히 그러자고 했다. 드디어 그는 주인과 함께 견고한 배 한 척을 전세 내어 물화를 싣고 통주(通州)[94]에서 출항하여 순풍에 돛을 달아 채 열흘이 안 걸려 양주(楊州)[95]에 도착했다. 마침 강 위에서 작은 배를 저어 지나가는 한 중국 사람을 만나게 되었다. 상인은 곧장 건장한 격군(格軍)[96] 몇 명과 배를 타고 뒤쫓아 가서 그 작은 배에 올라타 중국 사람을 결박하여 싣고 돌아왔다. 그런 다음 그를 풀어주고서 가는 곳의 물길과 일정, 거래되는 물품의 상한과 하한, 인심의

집안을 말한다. 여기서 자(子)는 이자를, 모(母)는 본전을 뜻한다.

94 통주(通州): 현재 북경의 동편 지역으로, 과거 요동에서 북경으로 들어가는 길목에 해당하였다. 북경으로 통하는 중국 대운하 북쪽의 종착지이다. 여기서 운하를 이용하면 남경 일대로 갈 수 있었다. 역사적으로 발해의 권역이었으며, 이곳에 부여성이 있었다.

95 양주(楊州): 지금은 '양주(揚州)'로 표기한다. 권8 제19화 '합천 심용의 풍류 이야기'의 '양주학(楊州鶴)' 주석 참조.

96 격군(格軍): 배에 짐을 싣고 부리거나 그 밖의 선상의 잡일을 하며 사공을 돕는 인력군이다. 일반적으로는 일을 맡아 하는 사람의 곁에서 거들어 주는 역할을 하는 인부를 말하는데, 이를 우리말로 '곁꾼'이라 하며, 이것의 이두식 한자표기이다.

진위, 나라 금령의 경중, 도적의 유무 등을 낱낱이 물었다. 그랬더니 상세하게 알려주었다. 한편 그에게 후하게 물품을 주고 마음을 사로잡았다. 그는 몹시 고맙다고 하였다. 상인은 또 일이 성사되고 나면 더 후하게 보답하겠다고 하자, 그는 하늘을 가리키며 맹세하면서 목숨까지도 바치겠다고 하는 것이었다.

이윽고 양주의 강에서 물길을 따라 올라와 곧장 석두성(石頭城)[97] 아래에 당도하였다. 이 중국 사람의 집은 강변을 끼고 있어서 그쪽에 배를 대었다. 다음 날 상인은 격군 중에서 계산이 빠른 자 몇 명을 데려다가 모두 중국식 복장으로 갈아입히고 그 사람을 따라 남경성 안으로 들어갔다. 10리에 뻗어 있는 누각엔 주렴과 장막이 드리운 채 번쩍번쩍한데다 보석 가게들로 보화가 산처럼 쌓여 있었다.

중국 사람은 상인을 한 약포(藥舖)로 안내하였다. 그는 약방 주인에게 이 조선인이 귀한 물건을 가져왔다며 자세히 얘기해 주고, 몰래 거래하고 이를 입 밖에 내지 말자고 하였다. 주인은 아주 좋아하며 동업하는 부자들을 불러들여 때를 잡아 거래하기로 약속하였다. 상인은 돌아와 인삼과 초피를 점포 앞에 쭉 나열해 놓았다. 상품 하나하나가 흠이 없고 신선했다. 남경의 약포에서는 본래 나삼(羅蔘)[98]을 중히 치는 터였다. 약방 주인이 값을 모두 지불하니 우리나라에 비하여 열 배가 넘었다. 상인은 그야말로 횡재를 하여 주선한 중국 사람에게 넉넉히 주고 북경으로 되돌아왔다. 거기서 묵었던 집의 주인에게는 수천 금을 주었으며, 열 명 남짓의 격군에게도 각자 천금씩 나누어주었다.

---

97 석두성(石頭城): 남경에 있는 성으로, 211년 삼국의 하나인 오(吳)나라 손권(孫權)이 처음 쌓아 이곳에 오나라 수군 본부를 두었다고 한다. 이곳은 요새이자 양자강과 인접해 있어 장강 최대의 항구 역할을 하기도 했다. 지금도 그 일부가 남아있다. 따로 남경 자체를 가리키기도 한다.

98 나삼(羅蔘): 우리나라 인삼을 가리킨다. 원래 경주에서 나는 산삼이 인삼 중에 최상품이었던 데서 유래한 것이라고 한다.

마침내 조선으로 귀국한 상인은 불과 몇 달 사이에 감영에 진 빚 4만 냥을 바쳤다. 또 연해의 부잣집에도 이자까지 쳐서 남김없이 다 갚았다. 그러고도 자신이 누릴 남은 돈도 수만 냥이 되었다. 마지막으로 감사를 찾아가 뵙고 지금까지의 사연을 아뢰고, 강남의 진기한 보화 다섯 바리를 바쳤다. 감사는 매우 기특해하면서 감탄하였다.

"이야말로 진정한 큰 영웅일세! 내가 사람 보는 눈을 잃지 않았군 그래."

그리고 그를 집권 대신에게 추천하여 상인은 여러 차례 진장(鎭將)[99]을 역임했다고 한다.

9-25

점쟁이에게 점을 보고 가는 길에 옛 종을 만남

인동(仁同)[100]의 선비 조양래(趙陽來)[101]는 점을 잘 쳐서 신통하게 맞추는 일이 많았다. 같은 동네의 아무 무인이 과거를 보러 갈 즈음 조생을 찾아가 합격 여부를 점쳐 달라고 했다. 조생이 괘를 맞추고 나더니 혀를 찼다.

"자네는 가는 길에 호랑이에게 잡아먹히겠네! 한데 과거에도 급제할 거네. 죽었는데 과거에 합격하는 일이 세상에 있단 말인가?"

그러고는 점괘의 글을 지어 '月明山路, 虎狼可畏[달 밝은 산길에 호랑이가

---

99 진장(鎭將): 각 도의 지방 군대를 관할하기 위해 설치한 진영(鎭營)의 장관이다. 팔도에 총 50명 남짓을 두었으며, 대개 겸직의 형태였다. 영장(營將), 또는 진영장(鎭營將)이라고도 한다.

100 인동(仁同): 경상북도 칠곡·구미 지역의 옛 지명이다.

101 조양래(趙陽來): 1752~1801. 자는 복초(復初), 호는 양졸재(養拙齋), 본관은 한양이다. 역학에 조예가 깊어 세상에서 소강절(邵康節)이라 불리었다. 신통한 점괘를 잘 보아 관련 이야기들이 많이 전한다.

두렵구나'라고 하였다. 무인이 이를 듣고는 너무 두려워 가는 길을 그만 두려 하였다. 하지만 조생은,

"과거에 급제하는 건 틀림없으니 가야 하지 않겠나. 호환이야 과연 피하기 어려운 일이니, 집에 있는들 이를 면할 수 있겠는가?"

무인은 이 말에 머리를 끄덕이며 마침내 길을 떠났다. 이틀을 걸어 사람이 살지 않는 곳에 이르렀다. 마침 해는 저물어 달이 떠오르고 있었다. 갑자기 한 도적이 뒤를 밟아오다가 순간 앞으로 달려들어 말 위에 있는 무인을 끌어내렸다. 그의 목을 조르고 가슴을 짓밟은 채 칼을 뽑아 겨누기를 몇 번이나 하였다. 무인이 외쳤다.

"네가 바라는 것은 재물일 터, 내 행장과 의복 그리고 여기 이 말은 네 마음대로 가져가거라. 하필이면 나를 죽이려 하느냐? 나는 네 부모의 원수도 아닌데 어찌 이러느냐?"

"내가 어찌 너의 재물이 탐나서이겠느냐? 내 부모의 원수가 아니라면 내가 어찌 이런 짓을 하겠느냐?"

"나는 일생토록 사람을 죽인 일이 없거늘 어찌 너와 원수가 될 리 있겠느냐?"

"생각해봐!"

무인이 말했다.

"내가 젊었을 때 한번 여종에게 화를 내어 때렸는데 느닷없이 죽은 일이 있었다. 이 외에는 나로 인해 죽은 자는 없었다."

"내가 바로 그 여종의 자식이다! 나는 어머니가 돌아가신 뒤 남에게 거두어 길러질 때부터 지금 장성할 때까지 마음속으로 너를 하루도 잊은 적이 없다. 너는 비록 나를 알지 못하지만 내가 너를 엿본 지는 오래되었다. 지금 다행히 여기서 이렇게 만났으니 내 어찌 너를 놓아주겠느냐?"

"그렇다면 네가 하고 싶은 대로 하거라."

이 종은 이를 부득부득 갈더니 한참 있다가 칼을 던지고 땅에 엎드렸다.

"이제 풀렸으니 주인은 가시오."

"너는 이미 나를 원수로 삼았거늘 어째서 죽이지 않느냐?"

그러자 종이 말했다.

"제가 듣자 하니, 주인님이 제 모친을 죽였지만 바로 이를 후회하고 돌아가신 날이면 언제나 제삿밥을 올려주었다지요. 이 은혜는 잊을 수 없는 일입니다. 주인이 종을 죽였다고 해서 종 된 자가 앙갚음해서야 되겠습니까? 하지만 이 가슴속에 맺힌 것을 한번 씻어보려는 생각에 지금 주인의 목을 조르고 칼날을 겨눴으니, 비록 해하지는 못했어도 적으나마 응어리를 풀었습니다. 종이 주인을 능멸하여 이 지경에 이르렀으니 이 죄는 용서받기 어렵습니다. 소인은 이제 주인 앞에서 죽겠습니다."

그러자 무인이 말렸다.

"참으로 의로운 사내다. 왜 죽으려 하느냐? 나와 함께 서울로 가자꾸나. 내 너를 잘 대할 터이니 어찌 다시 이 일을 마음에 두겠느냐?"

그러고 나서 이름을 물었다.

"소인의 이름은 호랑이[虎狼]옵니다. 주인님의 목을 졸랐으니 어찌 다시 종이 될 수 있겠습니까?"

그러더니 갑자기 칼을 뽑아 자결하여 땅에 엎어졌다. 무인은 너무 놀라 어찌할 줄 몰라했다. 그 새에 자기도 모르게 두 줄기 눈물이 펑펑 쏟아졌다. 근처 마을에 당도하여 이 사정을 털어놨다. 온 마을 사람들이 모두 놀라워하며 힘을 합쳐 시신을 수습하고 땅에 묻어주었다. 무인은 서울로 올라와 과연 갑과에 합격하였다.

돈 자루를 돌려주어 강도였던 이가 양민이 됨

찰방 허정(許侹)[102]은 풍채가 훤칠했으며 기상이 우뚝하여 권세 높은 벼슬아치라도 자신들의 지위를 접고 굽히지 않은 이가 없었다. 일찍이 관서 지방에서 일을 보고 돌아올 때였다. 이른 새벽에 출발하여 객점이 멀지 않은 곳에 이르렀다. 순간 길 위에서 사슴 가죽으로 만든 자루를 발견하였다. 허 공은 종더러 가져오라 하여 속을 살펴보니 은 수백 냥이 들어있었다. 이 자루를 안장 위에 걸고 객점에 당도하여 밥을 다 먹고서도 머물며 떠나지 않았다. 종을 시켜서는 문밖에 나가서 자루를 찾는 사람이 있는지 살피도록 하였다. 정오가 지날 즈음 키가 크고 건장한 어떤 자가 나타났다. 곱고 화려한 옷을 입었으며 살진 말을 타고서 내달려 와서는 두루두루 물었다.

"이 중에 사슴 가죽으로 된 큰 자루를 주운 분이 있소? 후하게 사례하리다."

더없이 다급한 기색이었다. 허 공은 이를 듣고 불러들여 잃어버린 사정을 물었다. 그자는 이렇게 얘기하는 것이었다.

"자루에는 은 삼백 냥이 들어 있소. 이것을 안장 위에 묶어두었는데 말이 몹시도 사납게 굴어 이리저리 날뛰고 내달리는 바람에 어쩔 수 없이 말에서 내려 고삐를 잡고 몰아야 했소. 그 틈에 자루가 홀연 땅에 떨어졌소. 어디에서 잃어버렸는지 알 수 없었소. 나를 지나쳐간 누군가가 주웠다면 마땅히 이 객점에 있으리라 싶어 이렇게 수소문하는 것이

---

102 허정(許侹): 1627~1703. 자는 하창(夏昌), 호는 설봉(雪峯), 본관은 양천이다. 창해(滄海) 허격(許格)의 조카이다. 관력은 자세하지 않은데 만년에 경안도(慶安道) 찰방을 지낸 바 있다. 신완(申琓, 1646~1707)의 『경암집(絅菴集)』에 그의 제문(「祭許察訪丈文」)이 남아있다. 한편 성대중의 『청성잡기』・「성언(醒言)」 편에도 이 이야기가 실려 있다.

오. 찾을 수 없을까 걱정이오."

허 공은 자루를 내어주며 또 말했다.

"은 삼백 냥은 적은 돈이 아니오. 해서 떠나지 않고 찾는 사람을 기다린 거라오. 과연 그대를 만나게 되었으니 다행이오."

그자는 이에 크게 감동하여 수없이 고마워하며 사례하였다. 그러더니 이런 제의를 하였다.

"행차께선 세간 사람이 아니오! 이 돈은 애당초 잃어버렸던 것이니 반을 나누어 드렸으면 하오."

그러자 허 공이 웃었다.

"내가 이것을 탐냈다면 가지고 가버렸지 뭣 하러 자네를 기다려 돌려줬겠는가? 사부(士夫)의 지조와 행실로 본디 이럴 수 없는 법이니 더 말하지 말게."

그래도 그는 반을 드리겠다며 애가 타도록 간청하였다. 허 공이 안 되겠다 싶어 꾸짖으며 물리쳤다. 그러자 그는 그 자리에 앉아 자루를 쳐다보며 한참을 아무 말 없이 있다가 느닷없이 목 놓아 통곡하는 것이었다. 가슴을 치며 하늘을 보고 울부짖으니 곁에 있는 사람들까지 슬프게 하였다. 허 공은 너무나 괴이쩍어 왜 그러느냐고 물었다. 그는 한참을 통곡하다가 그치고는 대답하였다.

"아! 생원께서는 어떤 분이고 저는 어떤 사람이란 말입니까? 눈 코 입 귀도 같고 말과 행동, 삶도 같거늘 그 마음은 어째서 같지 않단 말입니까? 나리만은 저렇게 선하시고 저는 이렇게 악하다니요. 이런 생각이 드니 어찌 대성통곡하지 않겠습니까? 저는 원래 강도입니다. 여기서 수십 리 되는 곳에 부잣집이 있어서 밤을 틈타 그 집에 들어가 이 물건을 훔쳐 나온 것입니다. 뒤를 쫓아올까 두려워 이 말에 훔친 은을 싣고서 산골짜기 외길을 따라 정신없이 내달리느라 그 자루를 단단히 맬 겨를이 없었지요. 큰길로 나왔을 때 말이 멋대로 날뛰어 고삐를 당겨 내달리느라 자루가 떨어졌는지도 알지 못했답니다. 이즈음에 저의 사악한 마음은 어떤 거였단 말입니까? 지금 나리를 따르는 종과 말, 차린 행장을 보니 몹시도 찌들어 뵙니다. 그런데도 저 은을 썩은 두엄과 같이 보시고 주인을 찾아 돌려주기까지 하셨습니다. 이런 나리를 뵈니 부끄럽고 한스러움을 어찌한단 말입니까? 이것이 저도 모르게 소리 내고 눈물을 흘린 까닭이옵니다. 지금부터 이 마음을 완전히 고쳐 바라건대 나리의 종으로 이 몸을 바치겠나이다."

"자네가 개과한다니 참으로 좋은 일이네. 다시 무어 종까지 되겠다고 하는가?"

"소인은 상놈이옵니다. 이 마음을 이미 고쳤으니 나리를 따르지 않고 누구를 따른단 말입니까? 내치지 말아주소서."

그러고는 허 공의 성씨와 고향을 여쭙고 다시 말하였다.

"소인은 당장 원래 주인에게 이 은을 돌려주고 처자식과 함께 와서 받들겠나이다. 나리가 하시는 걸 보면서 사람다운 사람이 되고자 하옵니다."

이윽고 일어나 절을 하고 허 공의 종을 불러 점방에서 술과 고기를 사 오게 하여 대접하였다. 그러고 나서 즉시 떠났다. 허 공도 그때야 가던 길로 갔다. 며칠 뒤 송도의 판문점(板門店)[103]에 도착했을 때 그가 아내와 자식 한 명을 데리고 말 두 필에 살림들을 싣고서 벌써 뒤따라와 있었다. 허 공은 매우 기특해하며 은을 어떻게 처리했냐고 물었다.

"당장 그 집으로 가서 주인을 불러 돌려주었사옵니다."

마침내 허 공을 따라 광주 쌍교촌(雙橋村)[104]으로 와서 행랑채에 거처하

---

103 판문점(板門店): 개성 널문리[板門里]에 있던 객점이다. 현재 군사분계선에 있는 판문점은 이 객점 이름을 그대로 따온 것이다. 실제 판문점은 지금 있는 곳에서 서편으로 1km 정도 떨어진 곳이었다.

104 쌍교촌(雙橋村): 현재 경기도 광주시 경안동에 있었던 마을로 비정된다. 광주 치소

며 매우 근실하게 집안일을 도맡아 하였다. 허 공이 드나들 때마다 항상 뒤따랐다. 충직하고 미덥기가 비할 데가 없었다. 허 공도 그를 매우 아꼈다. 그는 끝내 이 집에서 늙어 죽었다고 한다.

숨어 있던 말이 길게 울어 기쁜 소식을 알림

금양위(錦陽尉) 박미(朴瀰)[105]는 명마를 잘 알아봤다. 하루는 마침 길을 나섰다가 한 바리 거름을 실은 말을 보게 되었다. 뒤따르던 이에게 끌고 오라 하여 집으로 돌아가 살펴보니, 등이 산처럼 굽어 있었으며 울퉁불퉁 뼈가 앙상하였다. 그저 한 마리 병들고 노쇠한 짐바리 말이었다. 박 공이 물었다.

"너는 당장 이걸 나에게 팔겠느냐?"

말몰이꾼은,

"소인은 종으로 말을 몰 뿐이라서 사고팔고 여부는 감히 알지 못하옵니다."

라고 하였다. 박 공이 집채만 한 달마(羍馬)[106]를 내주게 하고 다시 튼튼한 말 한 필을 따로 골라 주도록 했다. 그가 깜짝 놀랐다.

동편에 쌍교리가 있었다는 자료가 보인다.

105 박미(朴瀰): 1592~1645. 자는 중연(仲淵), 호는 분서(汾西), 본관은 반남이다. 선조의 다섯째 딸인 정안옹주(貞安翁主)와 혼인하여 금양위에 봉해졌다. 계축옥사(1613) 때 부친 박동량(朴東亮)이 연루되어 유배되었으며, 1617년 폐모론이 일었을 때 반대하여 관작을 삭탈 당하였다. 인조반정이 있고 난 뒤 다시 서용되어 혜민서제조 등을 지냈다. 1638년에는 동지사로 청나라에 사행을 다녀왔다. 글씨에 뛰어났으며, 저서로 『분서집(汾西集)』이 있다.

106 달마(羍馬): 북방에서 나는 전투용 말이다. 흔히 달단마(韃靼馬)라고 하였으며, 대개 몽골산 말로 알려져 있다.

"이 달마 한 필로도 배는 족히 되온데 건마는 또 어찌 주시옵니까?"

공은 웃었다.

"이 두 필 말로도 반값도 되지 않거늘 네가 어찌 알겠느냐? 썩 가져가거라."

얼마 뒤 한 금군(禁軍)이 대문에 당도하여 아뢰었다.

"소인은 여염의 못난 자이옵니다. 공께서 너무 안 맞는 대가를 주셨는데 아랫것이 아무것도 모르고 받아왔사옵니다. 감히 그대로 놔둘 수가 없어서 이렇게 뵙고 바칩니다……."

박 공은 그를 불러서 상황을 다 말해주었다.

"이 말은 세상에 없는 준마란다. 네가 이를 제대로 알지 못한 것일 뿐이다. 네가 만약 알았다면 지금 준 것도 부족하기 짝이 없을 게다. 그 값의 천백분의 일도 안 되느니라."

그가 다시 말하였다.

"앞으로 이 말이 재목이 되리라는 뒷일에 대해서는 알지 못합니다. 애초에 판 가격으로는 이 건마 한 필로도 값의 몇 곱은 되옵니다. 그러니 달마는 소인이 죽어도 못 받겠사옵니다."

이에 박 공은 엄하게 야단을 쳤다.

"값의 많고 적음은 따지지 말거라. 귀인이 주는 걸 네가 어찌 감히 사양하느냐?"

다그쳐 가져가게 하고 마부에게 시켜 잘 키우도록 하였다. 몇 달이 되자 말은 살이 쪄 크기가 코끼리만 해졌다. 그 날랜 몸짓과 빛나는 자태가 사람의 눈을 놀라게 하였다. 박 공이 조회할 때면 청하여 초헌을 물리고 이 말을 탔는데 길 가득 광채가 났다. 이리하여 금양위 집의 곡배마(曲背馬)는 그 명성이 당대에 자자해졌다.

광해 조에 박 공은 영광으로 귀양을 가게 되었다. 이 말은 몰수되어 관에 소속되었다. 광해군은 이 말을 매우 아껴 매번 대궐 안에서 타고 내달리는 것을 즐겼다. 어느 날 말잡이를 물리고 혼자 타서 후원(즉 창덕궁 비원)을 질주하였다. 그때 말이 갑자기 날뛰자 광해군은 땅에 떨어져 심하게 다치고 말았다. 말은 그대로 내달려 뚫고 나갔다. 번개 같이 빨라 누구도 접근할 수 없었다. 궁궐의 겹겹 문들을 다 지나는데 날듯이 넘어갔다. 히잉 울음소리를 내더니 별안간 쏜살같이 사라져 놓치고 말았다. 수백의 무리가 추격하여 강가에 이르렀으나, 말은 이미 헤엄쳐 건너가 그 이후 어디로 갔는지 알 수 없었다. 적소에 있던 박 공은 어느 날 해질 녘에 한가롭게 앉아 있었다. 그런데 집 뒤편 대숲 속에서 홀연 말이 우는 소리가 들렸다. 사람을 시켜 나가보게 했더니 바로 곡배마였다. 등에는 어안(御鞍)이 그대로였고 하루(韃韉)[107]와 구슬 장식은 다 없어졌고 나무 언치만 남아있었다. 박 공은 깜짝 놀랐다.

"저 말은 궁궐로 들어간 지 이미 오래되었거늘, 지금 이렇게 갑자기 도망쳐 왔구나. 멀고 먼 이곳에서 다시 끌고 가 바칠 길이 없구나. 혹여라도 중간에 다시 도망치게 되면 찾을 길이 막연하겠군. 이 소문이 한번 퍼지면 필시 내 죄안이 더해질 터다."

마침내 종을 시켜 땅을 파고 말을 숨기도록 하였다. 박 공은 직접 말을 달래며 일렀다.

"너는 하루에 천 리를 갈 수 있기에 옛 주인을 찾아왔구나. 가축 가운데 신령한 것이로구나. 내 너에게 이제 이를테니 듣지 않으면 되겠느냐? 너는 이미 탈출하여 도망쳐 왔기에 죄를 진 몸이다. 다시 우리 집으로 돌아갔다간 내 죄만 더해질 것이야. 이제 다른 방도가 없게 되었으니 너의 자취를 없애야겠다. 네 몸을 숨겨서 네가 죽는 날까지 살 수 있도록 하련다. 네가 이를 알아차린다면 울었다가 밖의 사람들이 눈치채게 해서는 안 되느니라."

---

107 하루(韃韉): 가죽으로 된 말 장식 중의 하나이다.

이 일을 아는 한 사람에게 명하여 먹이를 주도록 하였다. 곡배마는 이에 조용하였고 소리 한 번 지르지 않았다. 한 해 남짓 지난 어느 날, 갑자기 말이 머리를 쳐들고 길게 울어 댔다. 그 소리가 산악을 뒤흔들고 몇 리까지 퍼져 나갔다. 공이 깜짝 놀랐다.

"이 말이 울지 않은 지가 오래됐거늘 이렇게 갑자기 크게 소리치다니. 필시 일이 생긴 게야!"

얼마 뒤 인조반정의 소식이 당도했다. 바로 말이 울던 그날이었다. 박 공은 마침내 해배되어 조정으로 돌아왔고, 이전처럼 이 말을 타고 다녔다.

그 뒤에 한 사신이 심양을 가게 되었다. 길을 떠난 지 이미 오래되어 도강할 날이 하루 남은 상황이었다. 그런데 조정에서 그때야 문서 가운데 고쳐야 할 글자가 있다는 걸 알게 되었다. 다들 논의한 끝에 이 말이 아니면 따라갈 수 없다고 하였다. 일이 매우 긴박하게 돌아가자, 인조는 박 공을 불러 물었다.

"나라의 중차대한 일이라면 신하된 몸으로 목숨도 감히 아낄 수 없사온데, 말이야 말해 무엇하겠사옵니까?"

그러고는 말을 타고 갈 사람에게 일렀다.

"이 말이 의주에 도착하고 나면 조심하여 여물을 주지 말되 절대 물과 꼴을 먹여서는 안 된다. 그저 며칠 밤낮을 매어놓고 쉬게 하여 숨이 안정되기를 기다렸다가 먹여야 살 수 있다. 그렇지 않으면 이 말은 필시 죽고 말 게다."

말 탈 자가 '알겠다' 하고 떠났다. 다음 날 채 저물기도 전에 의주에 도착한 그는 곧장 문서를 들이고 기진맥진 혼절하여 말 한마디 하지 못하였다. 급히 약을 먹여 회복시키려는 즈음에, 타고 온 말을 본 이들이 모두 금양위 집의 곡배마가 왔다고 하며 평소처럼 콩 여물을 먹이고 말았다. 말은 그 자리에서 죽고 말았다고 한다.

과거시험 소식을 듣고 용꿈이 들어맞음

곽천거(郭天擧)는 괴산(槐山)의 교생(校生)이다. 한밤에 아내와 같이 잠자리에 들었다. 그런데 아내가 잠결에 느닷없이 우는 것이었다. 왜 그러냐며 물었더니 이랬다.

"꿈에 황룡이 하늘에서 내려와 당신을 물고 지붕을 뚫고 가버렸어요. 그래서 운 거에요."

"듣자니 용꿈을 꾸는 사람은 급제한다고 하던데 나같이 글 못하는 사람에겐 무슨 상관이 있겠는가?"

이렇고 말하고 아침에 일어난 천거는 도랑에서 물을 대려고 밭두둑으로 나갔다. 가는 길가에 옷깃을 풀어 해친 채 서둘러 가는 사람이 있었다. 그에게 연유를 물었더니,

"조정에서 새로 별시(別試)를 보기로 정해져 시방 급히 영남 아무 고을의 원님 자제께 알리려 가는 길이오……."

라고 하였다. 천거가 집에 돌아와서 아내에게 전했다.

"간밤에 자네가 이상한 꿈을 꾸더니 오늘 느닷없이 과거 본다는 소식을 접했구려. 하지만 어찌하겠는가, 난 글자도 모르는걸."

아내는 그에게 권하여 도성에 들어가 보라고 하였다. 천거는 두세 번이나 안 될 일이라며 거절했으나 아내를 그래도 애써 권하며 노자까지 마련해 주었다. 천거는 하는 수 없이 서울로 올라왔다. 하지만 도성 안으로 들어와 본 적이 없는지라 어디로 가야 할지 막막했다. 일단 숭례문으로 들어가서 제일 처음 도착한 동네가 바로 창동(倉洞)[108]이었다. 동네

---

[108] 창동(倉洞): 지금의 중구 북창동(北倉洞) 일대로, 조선시대 이곳에 선혜청(宣惠廳)의 창고가 있었기 때문에 붙여진 동명이다. 참고로 도성을 중심으로 사방에 창고가 있었고, 그런 이유로 창동이란 지명이 다수였다. 지금 도봉구 창동은 과거 양주군 창곡리로 이곳에 양식창고가 있었다고 한다.

막다른 곳에 이르자 걸음을 멈추고 짐을 풀어놓고 어느 집 사랑채 문밖에서 잠시 쉬었다. 그 집에서 사람이 나왔다 들어가기를 두세 번 하더니 와서 그에게 말을 했다.

"주인님이 샌님을 모셔 오라 합니다."

천거가 따라 들어가 주인을 만났다. 과거 보러 올라왔고, 서울이 처음이라 투숙할 곳이 마땅치 않다는 취지로 사정을 얘기했다. 이에 주인은 그더러 자기 집에 묵으라고 하며 함께 안으로 들어갔다. 이 주인은 이(李) 진사로 노숙하고 박학한 선비로, 과거 보다가 다 늙은 사람이었다. 그의 과거 준비물 중에는 자기가 쓴 초고가 쌓여 한 책 분량의 두루마리가 된 것도 있었다. 과장에 들어갈 때 천거에게 내주며 들고 들어가도록 해주었다. 두루마리 원고 중에 과제(科題)와 같은 게 있으면 찾아 쓰게 한 것이다. 천거는 교생 출신이라 겨우 글자를 알아볼 수는 있었다. 그는 이 두루마리를 펼쳐 하나하나 살폈다. 이 진사는 글제를 지어 제출하고 나서 천거가 있는 쪽으로 와서 훑어보니 제목이 같은 초고가 몇 편이었다. 내용상 비슷한 것도 적지 않았다. 마침내 적절히 뽑고 순서를 조정하여 한 편을 제출하였다. 그 결과 둘 다 뽑혔다. 천거는 기쁘기 한량없었다. 이윽고 이 진사에게 내려간다고 하면서 고마워했다.

"저는 이제 군역을 면하기에 충분해졌군요. 급제한 거와 뭐가 다르리까?"

이 진사는 만류하며 붙잡아두었다가 회시(會試)까지 함께 보러 갔다. 여기서도 이전 방법을 썼다. 그런데 이 진사는 낙방하고 천거가 급제하고 말았다. 천거는 천성이 순박한 사람이라 과거에 붙은 사정을 숨기지 않고 기회 있을 때마다 전말을 얘기해 주었다. 이 때문에 더 추천받아 봉상시정(奉常寺正)[109]까지 지냈다.

---

109 봉상시정(奉常寺正): 봉상시의 정(正)이다. 봉상시는 나라의 제사나 고관의 시호를 정하는 일을 관장했던 부서로, 직제는 도제조 1인(의정이 겸임), 제조 1인, 정(正) 1인, 부정(副正) 1인, 첨정(僉正) 2인, 판관 2인, 주부 2인, 직장(直長) 1인, 봉사(奉事)

마마 걸린 아이가 관문에서 소란 피워 동헌에 오름

영광(靈光) 고을의 이생(李生)이라는 자는 향품(鄕品)이었다. 그의 아들이 막 말이 트일 즈음 두창을 앓아 병세가 몹시 심각하였다. 그런데 어느 날 이 아이가 갑자기 벌떡 일어나 앉더니 아비의 이름자를 크게 부르는 것이었다.

"아무개는 오너라, 이리 와!"

이생은 괴이쩍었으나 그대로 응해주었다.

"너는 나를 업고 내가 가자는 대로 가야 한다!"

아버지는 안 된다고 하였다.

"마마를 앓을 땐 바람을 쐬어선 안 되거늘 너는 어디로 가려고 한단 말이냐?"

그러자 아이는 떼를 쓰며 울더니 두창 물집을 긁어댔다. 이생은 겁이 나서 아이를 업고 나갔다. 아이가 관아 문을 가리키며,

"저 안으로 가야겠다."

라고 하였다. 그러나 이생이 들어주지 않자 다시 울부짖었다. 그래서 이생은 어쩔 수 없이 관아로 가게 되었다. 아이가 동헌으로 들어가려 하자, 이생이 안 된다며 저지했고 문을 지키던 이속도 아이를 가로막았다. 그러자 아이는 발을 동동 구르며 소리소리 질러댔다. 그 소리가 안으로까지 들렸다. 태수가 무슨 일이냐며 다그치자, 문지기가 사정을 자세히 아뢰었다. 이를 들은 태수는 아이가 제 뜻대로 들어올 수 있도록 허락해주었다. 이생이 아이를 업고 대청 섬돌에 이를 즈음, 아이가 순간 펄쩍 뛰어내려 큰 걸음으로 태수가 앉은 윗자리로 올라가 꼿꼿이 궤안에 기대앉았다. 그러더니 화난 목소리로 태수의 소싯적 이름을 부르는 것이었다.

1인, 참봉 1인 등을 두었다. 봉상시정은 이 관서의 2인자에 해당했다.

"너는 어찌 이리 무례하냐? 나는 네 죽은 아비다. 내가 죽을 때 말을 할 수 없었던 터라 집안일을 다 부탁하지 못했느니라. 해서 황천에서도 남은 한을 다 씻기 어려웠고 이승에서는 다시 만날 길이 없었다. 하지만 근자에 역귀(疫鬼)가 되어 읍내 이생의 집에 있다가 요행히 아이에게 빙의하여 이런 기이한 만남이 이루어진 것이니라. 이제 이 떠도는 혼은 영원히 세상과 작별해야겠구나."

태수는 황망하기 그지없어 어쩔 줄 몰라 하면서도 반신반의하고 있었다. 아이가 다시 말을 이었다.

"네가 믿지 못하겠다면 집안 사정을 낱낱이 얘기해줄 테니 그것으로 참말인지 거짓인지 따져보거라."

그러면서 집안의 문벌과 자손 및 논밭과 집 따위를 건마다 언급했다. 과연 실상과 차이가 없었다. 태수는 죽을죄를 졌다며 사죄하였다.

"네 누이가 홀로 외롭고 힘들게 살고 있지 않으냐? 팔자가 기구하여 내 아무 곳에 있는 부곽전(負郭田) 10무를 혼인비용으로 쓰려고 했었느니라. 그러다 병으로 갑자기 죽게 되어 뜻을 이루지 못했단다. 지금 네 누이는 한 번 추위에도 뼛속까지 사무치니 점점 더 불쌍한 상황이란다. 한데 네 집은 물려받은 가산이 넉넉한 데다 관아에 곳집도 풍성한데도, 처자식을 호강시킬 궁리에만 급급한 채 동기간의 도타운 정은 싹 잊어버렸구나. 이것이 내가 한스럽고 걱정이 되어 특별히 이렇게 와서 훈계하는 것이니라."

태수는 눈물을 흘리며 아뢰었다.

"제가 불초하여 황천길에 걱정을 끼쳤사옵니다. 마땅히 이제까지의 허물을 고쳐 하루속히 집안의 재물과 일을 나누도록 하겠사옵니다."

"저 이생 집에는 독에 쌀 한 톨 남아있지 않아 귀신에게 바칠 공양도 마련하지 못하는 데다 굶주림이 점점 더해간단다. 네가 꼭 도와주어야겠다."

말을 마치자 그대로 고꾸라졌다. 주변 사람들이 급히 구해 한참 뒤에
야 정신이 돌아왔다. 이 아이는 엉엉 울 뿐 이전의 행동을 전혀 기억하지
못했다. 이윽고 수령은 이생의 집에 아이를 태워 보냈으며 쌀과 돈도
후하게 보내주었다. 그날 저녁에 아이의 병이 싹 나았다고 한다.

9-30

한 수재가 과문으로 과장을 휘어잡음

이일제(李日躋)[110]는 당대에 명성이 자자했던 선비였다. 특히 변려문에
뛰어났으며 그 안목이 한 시대를 주름잡았다. 그랬기에 그와 자리를 다툴
만한 자가 없었다. 어느 날, 과장(科場)에 당도했으나 낭패로 동접들과
떨어져 시제를 내거는 현판 아래에서 허둥대고 있었다. 주변에 우산 대여
섯 개로 둥글게 만들어진 곳이 있었다. 등간(燈竿)과 장막이 극히 정갈하면
서도 화려하였고 진수성찬에 먹거리가 잔뜩 차려져 있었다. 그가 장막
입구를 젖히고 들어가자, 한 젊은 수재가 안석에 기댄 채 두툼한 깔개
위에 앉아 있었다. 여남은 서생들이 각자 시권을 쥔 채 그 주변에 둘러앉아
모두 수재가 내뱉는 문구를 들으며 붓을 날리듯이 베껴 쓰고 있었다.
그런 수재는 이쪽에 응하고 저쪽에 응하는데 조금도 어려워하는 기색이
없었다. 이일제가 그 옆에서 몰래 이를 엿보았다. 문장의 배치가 법도에
딱 들어맞고 대구도 정치하여 저마다 경책(警策)을 이루었다. 이일제는
몹시 놀랐다.

---

110 이일제(李日躋): 1683~1757. 자는 군경(君敬), 호는 화강(華岡), 본관은 전주이다.
　　1722년 과거에 급제하여 강계부사, 한성부윤, 병조참판 등을 역임하였다. 특히 강계
　　부사로 있을 때 변방의 방어책을 세워 넓은 식견을 보여준바 있다. 1731년 사은사의
　　서장관으로 청나라를 다녀오기도 하였다. 저서로 『화강유고(華岡遺稿)』가 있다.

"이 세상에 어찌 이런 사람이 있는가?"

그의 성명을 물었으나 수재는 껄껄 한 번 웃을 뿐이었다. 한 편이 다 완성되자, 수재가 과장의 관졸을 시켜 제출케 하였다. 관졸이 한참 뒤에 결과를 알렸다.

"시권은 이미 떨어졌나이다."

수재가 다시 한 시권을 넘겨주었다.

"다시 한번 올려 보거라."

관졸은 이번에도 떨어졌다고 아뢰었다. 그래도 수재는 또 시권을 올렸고, 이렇게 하기를 대여섯 번이었다. 궁궐 섬돌의 해는 아직 기울지 않은 때였다.[111] 이윽고 수재가 크게 웃으면서 일어났다.

"좋은 글이 몇 편인데도 한 번도 뽑히지 못했으니 하늘의 뜻이구나! 어찌 또 올리랴?"

그러면서 일산을 걷고는 나가 버렸다. 이일제가 시종에게 누구냐고 묻고 나서야 그가 북헌(北軒) 김 공(金公)[112]임을 알게 되었다.

---

111 궁궐 섬돌의 …… 않은 때였다: 이 구절은 송나라 하송(夏竦)의 시어를 가져온 것이다. 그가 젊은 나이에 과거에 응시하여 시권을 금방 제출하고 나오자, 누군가가 이를 대견하게 여겨 시 한 편을 얻고 싶다고 하였다. 이에 그는 그 자리에서 다음과 같이 읊었다. "대전 위의 곤룡포는 해와 달 같이 환하고, 벼루에는 깃발 그림자가 용 같이 꿈틀거리네. 예악 삼천자를 종횡으로 엮어, 홀로 대책 내고 나니 궁궐 섬돌의 해는 아직 기울지 않았네[殿上袞衣明日月, 硯中旗影動龍蛇. 縱橫禮樂三千字, 獨對丹墀日未斜]."

112 북헌(北軒) 김공(金公): 즉 김춘택(金春澤, 1670~1717). 자는 백우(伯雨), 북헌은 그의 호, 본관은 광산이다. 종조부가 김만중(金萬重)이며 부친은 김진구(金鎭龜)로, 숙종조 이후 정쟁 속에서 평생을 지냈다. 여기 이야기처럼 문재가 비범했으나 실제로는 과거에 응시하지 않았으며 관직에 나아간 바가 없었다. 김만중의 『구운몽』과 『사씨남정기』를 한역하였으며, 제주도 유배 때는 「별사미인곡」 등의 가사 작품을 남기기도 하였다. 저서로 『북헌집(北軒集)』이 있다.

부자가 관곡을 내주고 양반 자리를 삼

간성(杆城)에 한 양반이 살았다. 그는 성품이 어질고 책읽기를 좋아하였다. 매번 군수가 새로 부임하게 되면 꼭 그의 집을 직접 찾아가 예를 올렸다. 그러나 그의 집은 가난하여 해마다 환곡을 타다 먹었다. 이것이 쌓이고 쌓여 1,000포(包)[113]에 달했다. 군수는 그가 가난하여 갚을 수 없다는 걸 알았기에 독촉하지는 않았다. 그러던 어느 날, 관찰사가 간성에 시찰을 와서 환곡 장부를 살펴보고는 대로하였다.

"어떤 양반붙이기에 이렇게 군량을 축낸단 말이냐?"

당장 가두어 엄히 다스리도록 명하였다. 군수는 매우 안타까웠으나 그래도 어쩔 도리가 없었다. 양반은 밤낮으로 하소연하며 울었으나 달리 해결할 방도가 떠오르지 않았다. 그의 아내가 욕지거리해대며 말했다.

"평생 글 읽는 것만 좋아했지 고을의 환곡에는 전혀 도움이 되지 않네. 쯧쯧, 저놈의 양반. 쯧쯧, 한 푼어치도 안 되는걸!"

이 마을의 한 부자가 몰래 이런 상의를 했다.

"저 양반은 비록 가난하지만 항상 지체가 높아 남이 우러러보고, 나는 부유하지만 항상 낮고 천한 대접을 받지. 양반을 만나면 몸을 굽히고 벌벌 떨면서 기어가 바닥에 대고 절을 해야 하는 것도 모자라 코를 박고 무릎으로 다녀야 하지. 내가 매번 이렇게 욕을 당해왔는데, 지금 그 양반이 가난하여 환곡을 갚을 수 없는 상황이라지. 매우 궁색해서 이젠 그 양반 자리를 보전하기도 어렵게 되었으니 내 이 자리를 사서 차지하고 말리라."

마침내 그의 집을 찾아가 환곡을 대신 갚아주겠다고 제의하였다. 양반은 몹시 기뻐하며 그리하자고 하였다. 이에 부자는 곧장 환곡을 관아

---

[113] 포(包): 부피의 단위로, 일반적으로 8두(斗)를 1포라 한다.

로 실어 보냈다. 군수가 깜짝 놀라며 이상하게 여겨 직접 양반집으로 찾아가 환곡을 갚게 된 정황을 물었다. 양반은 벙거지에 잠방이 차림[114]으로 길에 엎드려 아뢰면서 연신 자신을 '소인'이라 일컬었다. 군수는 화들짝 놀라 가마에서 내려와 그를 부축하며 물었다.

"어찌 자신을 이처럼 낮추어 욕되게 하는 거요?"

양반은 더욱더 두려워 움츠러들며 머리를 조아린 채 엎드렸다.

"황송하게도 소인이 스스로 욕되게 하는 게 아니오라 이미 양반 신분을 팔아서 환곡을 갚았사옵니다. 허니 마을의 부자가 이제 양반이옵니다. 소인이 어찌 감히 이전 호칭을 그대로 쓰겠습니까?"

이 말에 군수는 탄식하였다.

"군자로다 부자여! 양반이로다 부자여! 부유하면서도 인색하지 않음은 의(義)이고, 남의 어려움을 구제해줌은 인(仁)이며, 비천함을 싫어하고 존귀함을 사모함은 지(智)니, 이야말로 양반이로구나. 그렇지만 사사로이 둘이서 자리를 교환하고 문건을 만들지 않으면 송사의 빌미가 되는 법이다. 내가 자네에게 약속하건대 군민들이 이를 증명하고 문건을 만들어 이를 신표로 삼게 할 것이며, 군수인 내가 직접 수결을 찍겠네."

이리하여 관아로 돌아온 군수가 고을 안의 사족(士族)과 농부, 장사치, 장인 등을 모두 불렀다. 이들은 다 관아 뜰로 모였다. 부자가 향소(鄕所)의 오른편에 앉고 양반은 군수 아래에 섰다. 이내 문건을 만들었으니 아래와 같다.

아무 해 몇 월 며칠, 명문(明文)의 안건을 만들어 양반 신분을 팔아 관곡을 갚은바 그 값은 천 섬이다. 저 양반이라 함은 이름도 많아 독서

---

114 벙거지에 잠방이 차림: 벙거지는 주로 아랫사람들이 쓰던 털모자로, '전립(氈笠)' 또는 '전립(戰笠)'이라고 한다. 잠방이는 주로 농사짓는 사람들이 일하기 편하게 입은 짧은 바지를 말한다. 모두 양반이 아닌 상민이나 하인의 복장임을 의미한다.

인은 '사(士)'라 하고 벼슬아치는 '사부(士夫)'라 하며, 덕을 갖춘 자는 '군자'라 한다. 무반은 서편에 서고 문반은 동편에 자리하니 이를 양반이라 한다. 아랫것의 일은 죄다 끊고 옛것을 좇아 그 뜻을 높일 것이며, 눈은 코끝을 응시한 채 발뒤꿈치를 모아 엉덩이를 받치고, 『동래박의(東萊博議)』[115]를 얼음에 박 밀듯이 외고 『고문진보(古文眞寶)』를 깨알같이 작게 베껴야 한다. 배고픔을 참고 추위를 견뎌야 하며 입으로는 가난하다는 말을 내어서는 안 된다. 하인을 부를 때는 소리를 길게 빼야 하며 걸음은 느릿느릿 신발을 끌 듯이 걸어야 한다. 손으로는 돈을 만져서는 안 되고 쌀값을 물어서도 안 되며, 더위에도 맨발로 있어서는 안 되고 밥을 먹을 때에도 갓을 벗어서는 안 된다. 성이 나도 부인을 때리지 말고 화가 치밀어도 그릇을 걷어차지 말 것이며, 병이 들어도 무당을 부르지 말고 제사에 불재(佛齋)를 올리지 말 것이다. 소를 잡거나 도박을 해서도 안 된다. 이런 모든 일에 양반의 체통을 어긴다면 이 문건을 가지고서 관아에서 따질 것이다.

　성주 간성군수 수결

　좌수·별감 증서

　통인들이 인장을 찍고 호장(戶長)이 문건을 다 읽고 나자, 부자는 한참 기가 막혔다.

　"양반이란 게 이것뿐이란 말이오? 내가 듣기로 양반은 신선과 같다던데, 정녕 이와 같다면 내 재산이 다 털린 것일 뿐이오. 바라건대 나에게 이로운 걸로 고쳐주시오."

---

[115] 『동래박의(東萊博議)』: 『춘추좌씨전(春秋左氏傳)』을 주석한 책으로, 남송 때 동래(東萊) 여조겸(呂祖謙)이 편찬하였다. 이를 『동래좌씨박의(東萊左氏博議)』라고도 한다. 이 책은 과문체(科文體) 형식을 취하고 있어서 조선시대에 주요한 과거 준비용 필독서였다.

이리하여 문건을 다시 고쳤다.

하늘이 백성을 냄에 그 종류가 네 가지라. 네 백성 중에 가장 귀한 자가 선비요 양반이라 일컬으니 그 이로움이 크도다. 밭 갈지 않고 장사도 하지 않으며, 거칠게나마 문장과 역사를 섭렵하여 크게는 문과에 오르고 작게는 진사가 된다. 문과의 홍패는 두 자에 불과하나 여기에 백물이 갖춰지는지라 이를 돈주머니라 한다. 진사가 서른에 처음 벼슬을 얻더라도 이름난 음관이 되어 웅남(雄南)[116]으로 잘 행세할 수도 있다. 일산 바람에 귀밑은 하얘지고 방울 소리로 부리느라 배는 불러간다.[117] 방 안에는 어여쁜 기녀의 귀걸이가 있고 뜰에서는 우는 학을 키운다. 궁한 선비로 시골에 살더라도 외려 멋대로 행세하여 이웃 소를 끌어와 자기 밭부터 갈고 마을 백성을 데려와 김을 매게 하니 누가 감히 나를 업신여기리오? 너의 코에 잿물을 붓고 상투를 돌리고 수염을 잡아채더라도 감히 원망하거나 탓하지 못하리라.

부자는 문건을 받들어 보고는 혀를 내두르며,
"그만두시오, 그만둬. 맹랑하군! 나를 도적으로 만들 셈이오?"
라고 하면서 머리를 절레절레 흔들며 가버렸다. 그 뒤로는 종신토록 다시 양반에 대해서는 말을 꺼내지도 않았다.

---

116 웅남(雄南): 남행(南行) 중 으뜸이라는 의미로, 남행은 음관의 별칭이다. 이 용어는 고려시대에 음서제도에서 유래한 것으로, 일반 문반·무반 외에 음관직은 남반이라고 하였다.

117 일산 바람에 …… 배는 불러간다: 모두 벼슬자리에 있으면서 호강한다는 의미이다. 즉 일산 안에서 햇빛을 받지 않아 귀가 하얘지고 아랫사람을 방울 소리로 불러 영을 내리느라 배에 살이 붙는다는 것이다.

가난한 선비가 기이한 인연으로 두 여인을 얻음

예전에 진사가 된 한 유생이 있었다. 그의 집은 동소문(東小門)[118] 밖에 있었다. 살림살이가 너무 어려워 소반 한 끼도 거르기 일쑤였다. 매일 성균관에 다니며 아침저녁 식사를 진사 식당에서 하고, 남은 찬이 있으면 그때마다 가져와 아내에게 주곤 하였다. 이것이 일과처럼 되었다.

그러던 어느 날, 날이 어두워지자 남은 밥을 소매 속에 넣고 귀가하던 길에 한 아름다운 여인을 만나게 되었다. 그녀가 뒤를 따라오기에 유생이 돌아보고 물었다.

"낭자는 누구기에 나를 따라오시오?"

"낭군님과 함께 가서 수발을 들고자 합니다."

유생은 거부하였다.

"우리 집은 가난하기 짝이 없어 하나 있는 아내도 굶는 걱정에 애를 태울 판이오. 하물며 첩까지 둘 수 있겠소? 낭자가 나를 따라오게 되면 필시 예상(翳桑)의 귀신[119]이 되고 말 테요. 그런 생각 하지도 마오."

그녀도 물러서지 않았다.

"죽고 사는 것은 운명이요 잘 살고 못 사는 것은 하늘에 달렸지요. 막힘이 극에 달하면 통하기 마련이고, 때가 되면 좋은 바람이 부는 법이랍니다. 위수(渭水)에서 낚시하던 강태공(姜太公)은 팔십의 나이에 문왕(文王)의 뒤 수레에 탔고,[120] 해진 가죽옷을 입었던 소진(蘇秦)은 하루아침에

---

[118] 동소문(東小門): 사소문(四小門)의 하나로, 도성의 동북방 소문인 혜화문(惠化門)을 말한다. 과거 서울 동북쪽 외곽으로 나가는 통로였다.

[119] 예상(翳桑)의 귀신: 먹을 것이 없어 굶어 죽은 귀신이란 뜻으로, 자세한 내용은 권1 제13화 '이정운의 길지 이야기'의 주석 참조.

[120] 위수(渭水)에서 낚시하던 …… 수레에 탔고: 강태공(姜太公)은 본명이 여상(呂尙)으로, 당시 강씨 부족의 중심인물이자 중국의 병법을 세운 시조로 인정되고 있다. 그가 노년에 위수(渭水)에서 낚시질하다가 대업을 이루려는 문왕(文王)에게 발탁되어 왕업

육국(六國) 재상의 인끈을 찼답니다.[121] 어찌 한때 곤궁하다고 평생을 이럴 거라 판단한단 말입니까?"

그러면서 그녀는 가라 해도 가지 않고 그의 집에 끝까지 따라왔다. 유생은 어쩔 수 없어 집에 머물도록 하고 동침까지 하게 되었다.

이튿날 그녀는 가지고 온 돈꿰미로 식량을 사고 땔감을 들여와서 조석의 끼니를 제공했다. 그다음 날도 또 이렇게 하여 이때부터 부부는 굶주림에서 벗어날 수 있었다. 돈이 다 떨어지면 그녀는 다시 얻어왔다. 이렇게 4, 5개월이 지났을 무렵, 그녀가 유생에게 이런 제의를 하였다.

"이곳은 너무 궁벽해서 살 곳이 못 되니 성안으로 들어가 살면 어떻겠어요?"

"집도 없이 어떻게 들어가 산단 말인가?"

"성안으로 들어가서 살려고 하면 집 없는 게 무슨 걱정이라고요?"

이후 어느 날, 노복 7, 8명이 가마 두 대 말 두 필을 끌고, 어린 종은 나귀 한 필을 끌고 유생의 집으로 왔다. 여인은 농을 열고 새로 지은 남녀 의복을 꺼내 한 벌은 정실에게 주고 나머지 한 벌은 자신이 입었다. 처와 첩은 각자 가마를 타고 유생은 나귀를 타고 뒤를 따랐다. 잠깐 사이에 한 저택에 당도했다. 처와 첩은 곧장 안채로 들어갔지만, 유생은 따라 들어가지 못하고 바깥뜰에서 서성였다. 이 집은 크고 웅장했으며 화초가 여기저기 빼곡하게 심겨 있었다. 얼마나 지났을까 어린 계집종이 그를

의 기초를 마련하였고, 뒤이은 무왕(武王)이 즉위하자 군대를 통솔하여 은나라를 무너뜨리고 주나라를 건설하는 데 혁혁한 공을 세웠다. 뒤수레[後車]는 신하나 시종이 타는 수레를 뜻한다.

121 해진 가죽옷을 …… 인끈을 찼답니다: 소진(蘇秦)은 전국 시대 연(燕)나라의 책사로, 당시 강성했던 진(秦)나라를 견제하기 위해 나머지 육국(六國)이 동맹하는 합종책을 쓴 것으로 유명하다. 이때 그는 육국의 재상이 되어 진나라에 합종의 서신을 보낸 바 있다. 한편 그는 젊었을 적 유세하던 처음에 누구도 받아들이지 않아 해진 옷으로 고향에 돌아와 주변의 비웃음을 산 바 있다. 『사기』에는 소진을 평하면서 "蘇秦起閭閻, 連六國從親, 此其智有過人者."(권69,「蘇秦列傳」)라고 하였다.

안내하여 안으로 들게 하였다. 들어가 보니 처는 안방에 첩은 건넌방에 있었다. 일용할 가재도구는 하나도 빠짐없이 갖춰져 있었다. 그리고 앞에 있는 하인들은 부리기가 딱 좋았다. 유생이 첩에게 물었다.

"이게 누구 집인가?"

첩은 웃으며 대답했다.

"대나무만 보면 되지 주인을 물어 무엇 하겠어요?[122] 사는 사람이 바로 주인이지요."

이때부터 먹고 입는 것이 풍족하고 거처는 널찍하여 이전 집에서 야위었던 얼굴에 윤기가 흘렀다. 이젠 강남(江南)의 부자가 부럽지 않았다. 그즈음 이 동지(李同知)라 하는 사람이 종종 찾아와 첩을 만나곤 하였다. 첩은 그가 가까운 친척이라고 했다. 이 외에는 따로 왕래하는 이는 없었다. 그러던 어느 날 첩이 유생에게 말을 꺼냈다.

"서방님은 아름다운 첩 하나를 더 얻고 싶지 않아요?"

유생은 깜짝 놀랐다.

"내가 자네를 만난 뒤 자네의 도움으로 일신이 편안하고 부유하며 만사가 풍족하거늘 어찌 다시 촉(蜀) 땅을 바라겠는가?[123]"

"비아구동(匪我求童)이요 동몽구아(童蒙求我)라[124] 하잖아요. 하늘이 내

---

122 대나무만 보면 …… 무엇 하겠어요: 이는 당대 시인이자 남종화의 시조인 왕유(王維, 699~759)의 시 「춘일여배적과신풍리방여일인불우(春日與裴迪過新豊里訪呂逸人不遇)」의 구절을 원용한 것이다. 참고로 해당 시의 내용은 이러하다. "桃源面面少風塵, 柳市南頭訪隱淪. 到門不敢題凡鳥, 看竹何須問主人." 구절을 원용한 것이다. 원래 이 고사는 육조시대 진나라의 서성(書聖)인 왕희지(王羲之)의 아들인 왕자유(王子猷)가 대나무를 매우 좋아하여, 대밭을 보면 그 밭 주인은 찾지 않고 대나무만 감상하고 돌아왔다는 일에서 기원하였다.

123 다시 촉(蜀) 땅을 바라겠는가: 원문은 '望蜀之意'로, 만족할 줄 모르고 자꾸 욕심을 더 내는 것을 말한다. 이는 '득롱망촉(得隴望蜀)'에서 유래한 것으로, 농(隴) 지역을 얻자 촉 땅까지 바라본다는 말이다. 이백의 「고풍(高風)」 시에 '物苦不知足, 得隴又望蜀.'이란 구절이 있다.

124 비아구동(匪我求童)이요 동몽구아(童蒙求我)라: 『주역』·「몽괘(蒙卦)」에 나오는 말로,

려주는 걸 받지 않으면 도리어 재앙이 생기는 법이랍니다."

이처럼 애써 권하자 유생은 마지못해,

"우선 내자와 상의해 보고 하든지 말든지 하세."

라고 답하였다. 그런데 아내도 좋다고 하였다.

"이와 같은 첩이라면 집에 열을 두어도 무슨 방해가 되겠어요?"

유생은 결국 승낙하였다. 어느 날 밤 한 묘령의 여인이 달빛을 받으며 걸어서 찾아왔다. 두 몸종이 따르고 있었다. 인물이 절색인 데다 행동거지도 단아하고 깔끔하였다. 부끄러워하는 기색이 역력했으나 결코 상것의 부류가 아니었다. 유생은 한 번 보고도 놀랍고 기뻐 마침내 운우의 즐거움을 맺었다.

"저 여자는 바로 사족의 아녀자로 소첩과는 비교할 바가 아닙니다. 정실의 예로 맞으심이 옳답니다."

첩의 이 말에 따라 유생은 그녀를 정중히 대하였다. 이리하여 세 여자는 한집에 살면서 규문(閨門)이 화목하였다. 어느 날 이 동지가 찾아와 유생에게 말했다.

"오늘 정안(政案)[125]에 그대가 침랑(寢郞) 자리 첫머리에 올랐소."

유생은 의아했다.

"세상에 내 이름자를 아는 이도 없고 봐줄 친지도 없는데 누가 후보로 추천해 주겠소? 전해준 이가 망령이 났지."

"아니 내 눈으로 직접 정안을 보았소. 그대 이름자를 내 왜 모르겠소?"

그러고 얼마 안 있어 능원의 하인이 임명장을 들고 찾아와 대문을

'내가 어린아이를 요구한 것이 아니고, 어린아이가 나를 구한 것이다.'라고 하였다. 곧 상대방에서 이쪽을 원한다는 의미이다.

125 정안(政案): 관원의 인사 관리를 위해 특별히 작성된 대장이다. 인사를 담당하는 부서에서 후보자를 추천하는데 이를 '망(望)'이라 하였다. 바로 이 인사 대장을 말한다. 여기에는 대상자의 성명, 연기(年紀), 출신을 비롯해 사대조(四代祖)와 처부(妻父)의 직명, 거향(居鄕) 등을 기록했다고 한다. 임금은 이에 의거하여 낙점 여부를 판단했다.

두드렸다.

"여기가 아무 댁이시오?"

유생이 임명장의 이름자를 보니 과연 틀림이 없었다. 마음으로는 적이 놀라고 의아했으나 몸은 바로 벼슬길로 나아가고 있었다. 그 뒤 차차 높은 직위에 추천되어 큰 고을의 목사까지 역임하였다. 하루는 유생이 첩에게 물어봤다.

"내가 임자와 같이 산지 이미 수십 년이 되어 이제 늙은 데다 죽을 날도 멀지 않았네. 그런데도 아직 임자의 내력을 모르고 있네 그려. 여태까진 숨겨왔다지만 오늘은 자세히 얘기 좀 해주게."

그러자 첩은 슬피 흐느끼며 말했다.

"이 동지는 바로 제 아비랍니다. 첩이 청상과부가 되어 음양의 이치를 알지 못하는 걸 부모님이 안타까워하셨지요. 어느 날 제게 '오늘 밤 너는 집을 나가 누구든지 의관을 차린 남자 중에 제일 먼저 보는 사람이면 그를 따라 섬기거라.'라고 하시더군요. 첩은 급히 밖으로 나갔다가 낭군을 먼저 만난 것이고요. 천생연분이 아닐 수 없지요. 집을 사고 세간을 마련한 것도 다 제 아비가 지시하셨답니다. 저 여자는 현 아무 재상의 따님으로 역시 합궁하기도 전에 과부가 되셨지요. 첩의 아비와 아무 재상 어른은 절친한 사이라 집안의 세세한 일까지도 서로 의논하셨답니다. 양가에 청상과부가 다 있다 보니 항상 속으로 안쓰러워 두 분은 안타까운 마음을 터놓곤 했지요. 그러던 어느 날 제 아비가 첩을 이렇게 조처했다는 사연을 재상께 이야기하자 아무 재상 어른은 한참 슬픈 표정으로 계시다가, '나도 그리할 생각이 있네.'라고 하고는 마침내 딸이 병으로 죽었다며 사돈댁에 부음을 알리고 선산에 거짓 장례를 치렀답니다. 그리고 낭군에게 재가시킨 것이지요. 예전에 처음 벼슬하실 때 수망(首望)으로 추천한 전관(銓官)도 아무 어른이랍니다."

유생은 이 얘기를 다 듣고는 비로소 기이한 인연에 탄복하였다. 이후로 유생은 처는 물론 두 첩과 함께 머리가 하얗도록 해로하며 자녀도 많이 두었다. 현달한 자손들의 봉양을 실컷 누렸으며, 슬하의 영광도 적지 않았다고 한다.

9-33

뒤뜰에 숨어 있는데 옛 아내가 계책을 알려줌

개성에 한 상인이 있었다. 병자호란 때 그만 그의 아내가 오랑캐에 포로로 붙잡혀갔다. 이 상인은 상처하고 나서 울부짖으며 제정신을 잃고 말았다. 이에 은자를 모아 심양으로 찾아갔다. 그때 그의 아내는 마(馬) 장군이란 자에게 붙들려 있었다. 상인이 은자를 가지고서 포로로 붙잡혀 와 이웃에 사는 조선 사람들에게 아내의 소식을 캐물었다. 그랬더니 대답이 이러했다.

"자네의 처는 마 장군의 절대적인 사랑을 받고 있는지라 아무리 해도 속환(贖還)할 길이 없다네. 자네만 죽고 말 테니 속히 돌아가시게!"

이 말에도 그는 아내를 잊을 수 없어 얼굴이라도 보고 싶다고 하였다.

"꼭꼭 숨겨져 있어 나올 수 없으니 이거야말로 어렵기 그지없소. 다만 마 장군은 항상 자야수(子夜水)[126]를 마시는데, 그녀를 미뻐하여 한밤중이면 꼭 그녀더러 물을 떠 오게 한다네. 자네가 뒤뜰에 몰래 숨어 있다 보면 혹시 그녀를 볼 수도 있을 걸세. 하지만 이는 너무 위험한 길이라네."

그래도 그는 부부의 정을 잊을 수 없어 밤이 되자 뒤뜰 안으로 들어가 숨어 있었다. 한밤중이 되자 아내가 과연 지나가기에 다가가 그녀의 손을 붙잡았다. 그녀는 아무 말 없이 곧장 들어가 버렸다. 잠시 뒤에 다시

---

126 자야수(子夜水): 자시(子時)에 길은 새날에 먹는 물로, 건강에 좋다고 믿어졌다.

나와서는 작은 꾸러미를 내주면서 일렀다.

"제가 비록 무색하게도 오랑캐의 포로로 몸을 버렸으나 그래도 한 가닥 마음이야 있지요. 더구나 당신이 나를 그리워하여 여기에까지 찾아왔으니 제 마음이 어찌 아무렇지 않겠어요? 그렇지만 아무래도 벗어날 길이 없어요. 돌아가려고 하면 화가 반드시 미치고 말 거예요. 당신은 이걸 가지고 돌아가셔서 나보다 더 나은 첩을 얻으셔서 부디 잘 보중하세요. 추격하는 기마병이 있을까 두려우니 지체하지 말고 어서 돌아가요. 급히 떠나시되 촌가에 숨어 밥을 지어 사흘 먹을 수 있는 양을 해가야 해요."

그러면서 손으로 건너편 산길을 가리켰다.

"저 꼭대기에 석굴이 있는데 그곳에서 사흘 동안 몰래 숨어 있다가 나와서 도망가면 목숨을 부지할 수 있을 거예요."

상인은 아내의 말을 따라 급히 밥을 하여 석굴을 찾아가 그 안에 숨어 있었다. 이튿날 아침 그의 아내는 뒤뜰 안 부부가 이별한 자리에서 자결하였다. 마 장군은 깜짝 놀라 조선 사람이 찾아온 줄로 생각하여 병사를 풀어 수색하다가 사흘이 지나 그만두었다. 이리하여 그는 비로소 탈출하여 돌아왔다고 한다.

9-34

목은이 꿈에 나타나 옛 묘를 찾음

감사 이태연(李泰淵)[127]은 바로 목은(牧隱) 선생(즉 이색)의 둘째 아들인

---

[127] 이태연(李泰淵): 1615~1669. 자는 정숙(靜叔), 호는 눌재(訥齋), 본관은 한산이다. 1642년 과거에 급제하여 현감, 교리 등을 거쳐 충청도·전라도·경상도·평안도관찰사 및 대사간 등을 역임하였다. 여기 이야기처럼 공산현감을 지냈고, 1653년에는 홍문관교리가 되어 대사간 목행선(睦行善)을 논박했다가 파직된 사실이 있다.

제학 종학(種學)[128]의 후손이다. 그가 젊었을 적에 한 노인이 꿈에 나타나 이렇게 일러주었다.

"나는 네 선조 목은 할아비이니라. 내가 일찍이 둘째 종학을 아꼈었다. 한데 지금 자손들이 묘를 잃어버려 나무꾼과 소몰이 아이들마저 막지 못하고 있어 내 마음이 몹시 아프구나. 너는 종학의 후손이니 모름지기 그 묘를 찾아야 할 것이야."

이 공은 꿈속에서 자기도 모르게 절을 하며 경건하게 예를 올렸다.

"묘를 찾으려고 해도 무슨 방도로 찾아야 할는지요?"

이렇게 여쭈니 노인이 알려주었다.

"네가 내 글을 찾아보면 알 수 있을 게다."

이 공은 마침내 놀라 깼다. 그러나 꿈에서 얘기해준 바를 좀체 알 수 없어 목은의 문집을 찾아보았으나 이를 증거로 삼을 만한 게 없었다. 그 뒤 영남 선비들을 만날 때마다 목은의 일문(逸文)이 있는지를 물었다. 한 선비가,

"영남의 아무 고을 아무 집안에 약간의 남은 글이 있다고 하더이다." 라고 하였다. 하지만 이 글을 가져다 볼 연줄이 없었다. 그러다 마침 공산(公山)의[129] 현감으로 나가게 되어 사람을 보내 구해 오도록 하였다. 자세히 살펴보니 그 안에 종학 공의 묘표가 있었다. 거기에 '토산(兎山)[130]

---

128 종학(種學): 즉 이종학(1361~1392). 자는 중문(仲文), 호는 인재(麟齋)이다. 이색의 둘째 아들로, 1376년 과거에 급제하여 첨서밀직사사, 동지공거 등을 역임하였다. 고려 말 부친 이색과 함께 고려 왕조에 충절을 바쳐 유배와 투옥을 거듭하다가 조선이 건국되면서 죽임을 당하였다. 저서로 『인재유고(麟齋遺稿)』가 있다.

129 공산(公山): 지금의 공주이다. 원래는 공주목(公州牧)이었는데, 1646년 이후 몇 가지 사건으로 공산현(公山縣)으로 강등되기를 거듭하였다. 실제 1650년에 이태연은 공산현감을 지낸 것이 실록에서 확인된다.

130 토산(兎山): 지금 황해도 금천군 지역으로, 조선시대에는 이곳을 토산현으로 불렀다. 참고로 『인재유고』의 「발(跋)」에는 이종학이 죽자 '우봉(牛峰)'에 장사지냈다고 하였는데, 우봉이 곧 토산현이다.

땅 몇 리에 있다.'고 적혀 있었다. 이 공은 비로소 그 꿈이 거짓이 아니라고 믿게 되었다.

조정으로 돌아온 뒤에 홍문관에서 언급한 일로 파직이 되었다. 그리하여 한가해지자 급히 토산으로 찾아갔다. 고을 안의 민가에 머무르며 수소문했으나 아득하기만 할 뿐 잡히는 게 없었다. 저물녘에 한 마을에 머물며 집주인에게 캐물었다.

"이 근처 옛 무덤 중에 혹시 옛날 재상의 묘터라고 유전되고 있는 것이 있는가?"

"저희집 뒤편 기슭에 옛 무덤이 진작부터 있었사옵니다."

이 공이 그곳에 묵으면서 마을 백성들에게 두루 물었더니, '이 묘에는 애초에 표석이 있었고 표석 뒤쪽 기록에 묘전(墓田)[131]이 있는 곳을 많이 적어놨는데 마을 사람들이 이를 뽑아 묻어 버리고 그 전답을 가로챘다.'고 알려주었다. 마침내 표석 묻은 곳으로 가서 묘 앞 몇 길 아래 논 가운데를 파서 찾아냈다. 자획이 선명하여 이를 확인할 수 있었다. 드디어 묘지기 종을 두어 지키게 하고 제사를 받들었다.

9-35

홍 사문이 금강산에서 별계를 유람함

홍초(洪僬)는 아산(牙山) 대동촌(大同村)[132] 사람이다. 그가 한번은 금강산을 유람하다가 외산(外山)에서 한 승려를 만났다. 그는 혼자서 어디론가 매우 바쁘게 가고 있던 중이었다. 가는 곳이 어디냐고 물었더니,

---

131 묘전(墓田): 제사와 묘지 관리에 드는 비용을 조달하기 위해 따로 떼놓는 전답을 말한다.
132 대동촌(大同村): 현재 충남 아산시 염치읍 대동리이다. 이 지역에 남양 홍씨 집성촌이 있는바, 홍초(洪僬)는 미상이나 이 집안 출신일 것으로 판단된다.

"사는 곳이 아주 멉니다."

라고 하였다. 홍초가 그를 따라가려고 하자,

"그곳은 다리 힘이 심히 날래지 않으면 갈 수 없습니다."

라고 하였다. 그래도 굳이 같이 가고 청하자 승려는 위아래를 한참 쳐다보더니,

"같이 갈 만하군요."

라고 하면서 마침내 동행하였다. 깎아지른 길을 오르내리며 몇 리를 갔는지 알 수 없었을 즈음, 한 가파른 고개가 나왔고 모래 봉우리 아래에 다다르게 되었다.

"이 모래는 매우 고와 발걸음을 조금이라도 느리게 옮기면 무릎까지 빠집니다. 하지만 제 걸음걸이를 따라 재빨리 걸으면 이런 낭패는 면할 수 있습니다."

홍생은 재바른 걸음으로 그 승려를 따라 모래 봉우리에 오를 수 있었다. 길은 산허리를 둘러 있었다. 한 곳에 이르자 길이 끊겨 그 아래는 깎아지른 절벽이었다. 덜덜 떨리고 정신이 아찔하였다. 맞은편 언덕까지는 한길쯤 떨어져 있었다. 승려는 번쩍 뛰어넘어가는 데 아무 문제가 없었으나 홍생은 그를 따라갈 도리가 없었다. 그러자 승려는 양 언덕 사이에 몸을 뒤집은 채 누워서는 홍생더러 자기 품속으로 뛰어들라 하였다. 홍생이 그 말에 따라 한 발짝 뛰어오르자 승려가 그를 안아 받았다. 이렇게 하여 언덕을 건너 구불구불 길을 돌고 돌아 한 곳에 당도했다. 그곳은 바로 별세계였다.

경치가 하나같이 뛰어났고 전답이 비옥했으며 인가가 수십 채인데 모두 승려들이었다. 화려한 집들이 연이어 있고 개울과 돌들이 그 사이를 두르고 있었다. 온 동네에 배나무가 심어져 집마다 배[梨]가 쌓여 있으며 사람들은 모두 풍족해 보였다. 홍생이 외간 손님으로 이곳을 찾아왔다 하여 매우 귀하고 친근하게 대하였다. 서로 다투어 맞이하고 돌아가며

음식을 제공하였다.

한 달 남짓이 되자 홍생은 돌아가고 싶어졌다. 그런데 전에 온 길을 찾으려고 했으나 올 수는 있어도 갈 수는 없는 길이었다. 이에 승려가 말했다.

"따로 나갈 길이 있지요!"

곧바로 짚을 엮어 두 개의 거적을 만들더니 그를 데리고 동네를 나왔다. 몇 리를 가서 한 높은 고개를 넘었다. 그 아래에 한 너럭바위가 있었다. 비스듬히 누워 있는 게 깔끔하고 매끄러웠으며, 그 끝이 보이지 않았다. 승려가 거적 하나를 홍생에게 주고 하나는 자신이 가졌다. 각자 등에 대고 너럭바위 위에 눕자 흔들리면서 내려갔다. 한참 만에 비로소 땅까지 내려왔다. 앞에 봉우리 하나가 나타났는데 은빛으로 층층이 솟아 있었다. 봉우리 위에는 둥근 돌이 있고, 그 위에는 두 뿔 같은 게 마주 보고 있었다. 승려는,

"생원님께선 특별한 걸 보고 싶으세요?"

라며 곧장 봉우리 꼭대기로 달려 올라가서는 돌멩이 하나로 뿔과 같이 생긴 것을 두드렸다. 이윽고 뿔과 같은 것이 점점 허리를 꺾듯이 굽어지더니 잠시 뒤 쪼그라들어갔다. 다시 맞은 편 것을 두드리자 이전 것처럼 굽어지고 쪼그라들었다.

"이게 도대체 뭔가?"

"이건 큰 소라로 속칭 고동[鼓角]이라는 것입니다. 이것이 보통 이렇게 높은 산꼭대기에 있답니다. 우리나라에서는 이것으로 군대 악기를 만든다고 합니다."

여기에서 거의 30리를 더 가 고성 땅으로 나왔다.

"우리 동네는 '이화동(梨花洞)'[133]이라고 합니다. 꽃이 필 때면 온 동네

---

133 이화동(梨花洞): 『학산한언』에는 이 장소가, "余遇楓山僧, 言有廣袖山, 卽淮陽·通川兩

가 눈 온 아침처럼 환하게 밝지요."

허백당 성현이 고향길에서 선객을 만남

허백당(虛白堂) 성현(成俔)[134]이 일찍이 홍문관에서 재직하다가 휴가를
얻어 고향을 다녀오는 길이었다. 마침 찌는 듯한 여름이었다. 주변 시냇
가에 나무 그늘이 퍽 근사하여 말에서 내려 쉬게 되었다. 그때 갑자기
한 길손이 나귀를 타고 이르렀다. 한 작은 동자가 채찍을 들고서 따르고
있었다. 길손은 나귀에서 내려 역시 나무 그늘로 다가와 쉬기에 허백당
은 그와 얘기를 나누었다. 한참 지나 출출해지자 허백당은 먹을 것을
내오라 하였다. 길손도 동자더러 버들 찬합을 가져오라 하였다. 찬합을
열자 한 어린아이가 푹 쪄져 있는 게 아닌가. 동자가 또 표주박 하나를
올렸는데, 그 안에 피 같은 색깔의 술이 담겨 있었다. 벌레들이 가득한
속에 몇 개의 풀꽃도 떠 있었다. 길손은 어린아이의 사지를 찢어 갈라서
는 한쪽을 들고 씹어 먹었다. 마치 진귀한 과일을 먹는 것 같았다. 허백
당은 소스라치게 놀라 물었다.

"이게 무슨 물건이오?"

邑間路, 自楓山墨喜嶺, 歷鐵伊嶺, 而往若自金城, 則歷牟飛脫·新安驛·泥濘橋而入, 由谷
中行可十里, 開一洞, 周可二三十里, 僧徒三十餘, 作大屋, 大耕積粟云."이라고 묘사되어
있다.

134 성현(成俔): 1439~1504. 자는 경숙(磬叔), 허백당은 그의 호, 본관은 창녕이다. 1462
년 과거에 급제하여 홍문관정자, 대사간, 평안도·강원도·경상도관찰사, 공조·예조
판서, 대제학 등을 역임하였다. 문장에 뛰어나 조선 초 문학의 한 자리를 차지하였으
며, 특히 김시습 등과 문교를 맺었다. 저서로 『허백당집』이 있으며, 조선 초 대표적
필기류 저작인 『용재총화(慵齋叢話)』와 『부휴자담론(浮休子談論)』을 남겼다. 또한 음
악에도 조예가 깊어 『악학궤범(樂學軌範)』을 편찬하기도 하였다.

"신령한 약이오."

허백당은 얼굴을 찌푸리며 곁눈질만 한 채 똑바로 쳐다보지 못했다. 그때 갑자기 길손이 다리 하나를 주면서 허백당에게 먹으라고 권하였다.

"이런 것은 내 평소 먹지 못하오."

그러자 길손이 다시 표주박을 들면서,

"이건 마실 수 있겠소?"

라고 물었다. 아까와 같이 사양하자, 길손은 씩 웃더니 다 마셔버리고는 뜬 풀꽃을 가져다가 꼭꼭 씹어 먹는 것이었다. 남은 걸 동자에게 주니 동자는 숲 아래 앉아서 먹었다. 앉아 있는 곳이 조금 떨어져 있었기에 허백당은 소변을 보러 간다고 둘러대고서 동자에게 와서 물었다.

"네 주인은 누구이고 사는 곳은 어디더냐?"

"모릅니다."

"어찌 종이 주인을 모른단 말이냐?"

"제가 따라다닌 지 벌써 수백 년이지만 아직도 저분이 누구인지 모른답니다."

허백당이 더 놀라워하며 캐물었더니,

"순양자(純陽子)[135]가 아닌가 싶어요."

라고 하였다.

"아까 먹은 것은 뭐더냐?"

"천 년 묵은 동삼(童蔘)입니다."

"술에 있었던 풀은 뭐냐?"

"영지(靈芝)입니다."

이 말에 허백당은 화들짝 놀라 후회하면서 길손 앞에 다가가 예를

---

[135] 순양자(純陽子): 즉 당나라 때 대표적인 도사 여동빈(呂洞賓, 798~?)이다. 그는 낙양의 종남산에서 수련하여 전진도(全眞道)의 5대 조사가 되었다. 이후 중국 도교사의 대표적인 인물이 되었고, 신선·도사 계열 서사 작품에도 다양한 소재로 원용되었다.

표하였다.

"이 속인의 눈이 어두워 높은 선객이 오신 줄 알지 못했소. 갖춘 예도 너무 간소하여 사죄하고 사죄드리오. 지금의 이 인연도 우연이 아니니 동삼과 영지를 지금이라도 맛볼 수 있을지요?"

길손은 웃으며 동자에게 물었다.

"그게 아직도 남은 게 있느냐?"

"이미 다 먹었습니다."

허백당은 마음속 깊이 안타깝고 한스러웠으나 어쩔 수 없었다. 길손이 일어나 읍을 하고 떠나려 하자 동자가 갈 곳을 여쭸더니,

"지금은 달천(撻川)으로 갈 것이다."

라고 하였다. 해는 어느덧 서쪽으로 기울고 있었고, 종은 말의 행장을 단단히 묶고 있었다. 길손이 탄 나귀는 삐쩍 마른 데다가 몸집도 작아서 걸음걸이도 그리 빠르지 않았으나 눈 깜짝할 사이에 벌써 아득히 멀어져 있었다. 허백당이 말을 몰아 뒤따라갔으나 겨우 고개 하나를 넘었을 땐 이미 보이지 않았다.

청구야담

권10

유생 네 명이 이웃의 술을 훔쳐 마시며 시를 읊음

옛날 한 노정승이 벼슬에서 물러나 전원에서 살고 있었다. 시와 술을 낙으로 삼았기에 집에는 항상 빚은 술 몇 동이가 있었다. 어느 날 새로 빚은 술이 막 익었다. 산 아래 우명지간(牛鳴之間)[1]에 있는 재실(齋室)에는 근처에 사는 서생 넷이 들어와 공부하고 있었다. 밤중에 이들은 순간 취해볼 요량으로 몰래 이 노정승의 집으로 들어갔다. 술동이를 열어 한 껏 마시니 술기운이 벌겋게 달아오르고 호탕한 흥취가 크게 일었다. 그 중 한 명이 이런 제의를 하였다.

"우리가 좋은 술을 마시는데 시가 없을 수 없지. 우리 넷이 각자 칠언 절구 한 수[2]씩을 지어 술동이 사이에 써놓고 가는 것이 어떤가?"

다들,

"좋네."

라고 하였다. 한 사람이 선창하였다.

진나라 때 거친 미치광이 필이부(畢吏部)[3]여

晋代疎狂畢吏部

또 다른 사람이 이었다.

천년의 풍류가 우리에게 이어졌네.

風流千載屬吾儕

---

1 우명지간(牛鳴之間): 즉 우명지(牛鳴地)로, 소가 우는 소리가 들리는 거리라 하여 대체로 5리 이내를 가리킨다.

2 한 수: 원문에 '一首'라 하여 이렇게 번역했으나, 흐름상 '한 구(句)'가 맞다.

3 필이부(畢吏部): 진나라 때 이부랑(吏部郎)을 지냈던 필탁(畢卓)이다. 권6 제13화 '재빠른 서리 이야기' 참조.

또 한 사람이 읊었다.

한밤 훔치러 왔어도 붙잡는 사람 없다오.
偸來半夜無人縛

마지막 한 사람이 읊었다.

술 취해 돌아오는 길 달은 지려 하네.
帶醉還山月欲低

다 써 붙이고는 비틀비틀 흥청흥청 걸어 재실로 돌아가 잤다. 다음
날 아침, 술을 맡은 어린 여종이 동이를 열어 보고는 깜짝 놀라 소리쳤다.
"밤중에 술 도둑이 항아리의 술을 다 훔쳐 마시고 항아리 사이에 문자
를 써놓고 가버렸어요. 너무 이상한 일이 일어났어요!"
노정승이 이 소리를 듣고 직접 가서 살펴보니, 여기 글자들은 바로
술을 훔쳐 먹고 남긴 절구시 한 편이었다.[4] 재실에서 묵고 있는 유생들의
짓이라고 짐작한 노정승은 그날로 술과 안주를 풍성하게 준비하고 재실
의 네 유생을 오라 하여 마시게 했다. 네 사람은 어젯밤에 있었던 일은
알지 못하는 듯이 술을 마시고 시를 논하면서 웃고 떠들며 태연했다.
술이 얼근해지자 노정승이 갑자기 옷매무새를 고치며 말하였다.

---

4   술을 훔쳐 먹고 남긴 절구시 한 편이었다: 실제 여기 네 명이 1구씩을 읊은 이 시는
    노진(盧禛, 1518~1578)의 『옥계집(玉溪集)』에 「희음연구(戲飲聯句)【兒峉作】」라는 제
    목으로 실려 있다. 구절마다 지은 이를 밝혀 놓았으며, 여기 원문과는 약간의 출입이
    있다. 시의 전문은 다음과 같다. '晉代疏狂畢吏部,【九拙】風流千載屬吾儕.【靑蓮】瓮間
    盜飲無人縛,【介庵】大醉還山月欲低.【玉溪】' 구졸은 양희(梁喜, 1515~1581), 청련은
    이후백(李後白, 1520~1578), 개암은 강익(姜翼, 1523~1567), 옥계는 노진으로, 모두
    함양에서 동문수학한 사이라고 한다.

"자네들은 글 읽는 선비이거늘 어찌 한밤중 남의 집에 들어와 술을 훔쳐 먹고 시를 지었는가?"

네 사람은 황공하여 연신 잘못했다고 사죄하였다. 노정승이 각각 시를 지은 차례를 묻고는 이내 환하게 얼굴이 펴졌다.

"너무 면쩍어 말게. 옛사람들도 이런 풍치가 있었다네."

그러면서 이렇게 덧붙였다.

"이런 자리엔 이 늙은이도 흥이 모자라지 않는다네.[5] 하지만 시는 성정에서 나오는 법, 내 자네들 앞날의 궁달을 말해보겠네. '진나라 때 거친 미치광이'는 끝내는 사마(司馬)[6]가 될 것이고, '천년의 풍류'는 결국은 절도사가 될 것이며, '술 취해 돌아오는 길'은 틀림없이 이 늙은이의 지위에 오를 걸세."

그런데 세 번째 구에 대해서는 어떠한지를 말하지 않았다. 그 서생은 조바심을 참지 못하고 자신의 앞날을 듣고자 억지로 청하였다. 노정승은,

"자네는 자네가 어찌 되는지 묻지 말게. 자네의 기상으로 보면 대성(臺城)의 화[7]를 벗어나지 못할까 싶네. 제군들은 이를 잘 새겨두었다가 이 사람을 도와주게."

라고 하였다. 다들 크게 웃고는 헤어졌다. 훗날 네 사람은 모두 노정승이 말해준 대로 되어 조금도 틀리지 않았다. 세 사람은 노정승이 일러준 걸 생각하여 그를 구휼했다고 한다.

---

5 이런 자리엔 …… 모자라지 않는다네: 이 구절은 진(晉)나라 유량(庾亮)의 고사와 상통한다. 『진서』·「유량전」에 의하면, 그가 태위(太尉)로 무창(武昌) 땅에 있을 때 달밤에 속관들이 남루(南樓)에서 시를 읊고 있었다. 그들이 유량을 보고 자리를 피하려 하자, 유량은 이 말을 하면서 함께 시를 지으며 어울렸다고 한다.

6 사마(司馬): 곧 병조판서의 이칭이다.

7 대성(臺城)의 화: 대성은 지금의 남경 지역에 있었던 육조시대의 성으로, 양나라 무제(武帝)가 불교에 심취하여 이곳에 동태사(同泰寺)를 짓고 공양하였다. 그런데 뒤에 후경(侯景)이 반란을 일으켜 이곳을 함락시켰고, 무제는 결국 여기서 굶어 죽었다고 한다.

암자에서 시신을 거두어 아낙의 원통함을 풀어줌

정승 김(金) 아무개[8]는 젊은 시절 친한 벗 서넛과 함께 백련봉(白蓮峰) 아래 영월암(暎月庵)[9]에서 글을 읽었다. 하루는 벗들이 모두 집안일로 돌아갔고 그만 깊은 밤 홀로 앉아 촛불을 밝힌 채 책을 보고 있었다. 그러던 중 느닷없이 여인네의 곡소리가 들려왔다. 서러워하는가 하면 하소연하는 듯도 한데 영월암 뒤편에서부터 점점 가까워지더니 창문밖에 이르러서야 그쳤다. 공은 해괴하다 싶으면서도 흐트러짐 없이 단정히 앉은 채 물었다.

"귀신이냐, 사람이냐?"

그 여인은 길게 한숨을 쉬더니 대답하였다.

"귀신이옵니다."

"그렇다면 유명 세계의 길이 다르거늘 어찌 감히 이 이승에 낀단 말이냐?"

"제가 전생에서 원통함을 풀어야 할 일이 있사옵니다. 허나 공이 아니면 풀 수가 없기에 이 원통함을 하소연하고자 왔사옵니다."

공이 지게문을 열고 보니, 그녀가 있는 곳은 보이지 않고 공중에서 흐느끼는 소리만 들렸다.

"제가 모습을 드러내면 공께서 놀라 까무러칠까 해서요."

"그래도 나타나거라."

---

8 정승 김(金) 아무개: 미상이다. 다만 이 일대가 안동 김씨의 세거지였던바, 안동 김씨의 일원을 상정한 것으로 보인다. 노론사대신 중 한 명이었던 김창집(金昌集) 이후 그의 후손 김조순(金祖淳, 1765~1832) 등이 세거했으며, 특히 영월암 일대는 그의 아들 김유근(金逌根)의 집터로 전해진다.

9 영월암(暎月庵): 삼청동 백련봉 아래, 즉 현재 종로구 삼청동 삼청공원 부근에 있었던 암자이다. 이곳에 지금도 영월암(暎月岩)으로 알려진 바위가 남아있다. 이 바위에는 '영월암(影月岩)'이라 암각되어 있는데, 〈한양도성도〉 등에는 '영월암(暎月岩)'으로 표기되어 있다. 이 바위 옆에 영월암(暎月庵)이 있었다고 한다.

말이 끝나자 한 젊은 아낙이 머리를 풀어 헤친 채 피를 흘리며 그 공 앞에 나타났다.

"무슨 원통한 일이 있느냐?"

"저는 조정 신료의 딸로 아무개의 집에 시집을 갔었지요. 시집간 지 얼마 안 되어 남편은 음흉한 여자에게 빠져 저를 헐뜯고 때렸답니다. 끝내는 그 계집의 꾐에 넘어가 제가 부정한 일을 저질렀다[10]고 하여 한밤중에 칼로 찔러 죽였답니다. 그리고 제 시신을 아무도 모르게 영월암의 낭떠러지 골짜기 속에 버렸고요. 제 부모에게는 '음란한 일을 저지르고 도망갔다.'고 속였지요. 잘못 죽어 제 명을 못 산 게 참으로 원통합니다. 게다가 깨끗하지 못하다는 이름까지 뒤집어썼으니 저승에서 영원히 이 원통함은 씻을 수 없네요."

그러자 공이 말했다.

"너의 원통한 넋은 안타깝고 애석하지만, 나야 일개 서생이거늘 어떻게 해원해 줄 수 있겠느냐?"

이에 여인은 이렇게 답하였다.

"어른께서는 아무 해에 꼭 과거에 급제하시고, 아무 해에는 아무 직첩을 가지시고, 또 아무 해에는 형조의 참의가 될 것입니다. 형조는 형벌과 옥사를 담당하니 해원시켜 줌이 어찌 쉽지 않겠습니까?"

그러고는 하직하고 떠나갔다. 다음 날 아침, 남몰래 낭떠러지 사이를 찾아보니 과연 한 여자의 시체가 있었다. 바로 어젯밤에 본 여인이었다. 붉은 피가 뚝뚝 떨어져 이제 막 죽은 사람 같아 보였다. 공은 되돌아와 책을 읽었다. 우선은 이 사실을 숨기고 발설하지 않았다.

뒤에 공은 과연 과거에 급제하고 관직을 역임한 끝에 형조참의가 되

---

10 부정한 일을 저질렀다: 원문은 '鶉奔之行'이다. 『시경』의 '순지분분(鶉之奔奔)'에서 유래한 것으로, 「모시서(毛詩序)」에서는 위나라 선강(宣姜)이 자기 의붓아들인 완(頑)과 음란한 짓을 풍자한 내용이라 하여, 여인이 부정한 일을 일삼는 것을 비유하게 되었다.

었다. 그런 그는 그녀의 원통한 하소연을 떠올리고는 곧장 관아로 가서 신문 자리를 설치하고 남편을 잡아 오게 하였다.

"너는 영월암에서 원통하게 죽은 사람을 알고 있느냐?"

라며 신문하자, 남편은 버티며 자백하지 않았다. 결국 공은 그와 함께 영월암으로 가서 검시하니 그자는 말이 막혀 곧장 자복하였다. 마침내 여인의 부모를 불러다 시신을 매장하게 하고 남편은 사형에 처하였다.

그날 밤 공은 다시 영월암으로 들어가 촛불을 밝히고 홀로 앉아 있었다. 여인이 찾아와 창문 밖에서 눈물을 흘리며 사례하였다. 단정하게 쪽 찐 머리에 옷도 정갈하게 입어 죽었을 때의 그 모습이 아니었다. 공은 그녀더러 가까이 오라 하여 다시 앞으로의 자기 길을 물었더니, 여인이 이렇게 말해주었다.

"공께서는 아무 해에 아무 관직에 오르시고, 아무 때에 아무 일을 겪으시고, 끝내는 재상직에 오르게 되나이다. 그리고 아무 해에 나라를 위해 죽음을 결단한 뒤에야 높은 이름이 무궁할 터이고 자손이 크게 번창할 것입니다."

그러고는 떠나갔다. 공은 이것을 조용히 기억해두었다. 과연 부절이 들어맞듯이 아무 해에 나랏일로 마침내 죽어 높은 이름을 길이 드리웠다고 한다.

10-3

박천군의 지인이 충성을 바침

이기영(李基榮)[11]은 박천군(博川郡)[12]의 지인(知印)이었다. 그는 겉으로는

---

11 이기영(李基榮): 실제 박천군의 지인을 지낸 인물로, 이 이야기의 내용 일부가 실록과

순진 근실해 보였으나 속으로는 배짱과 지략이 있었다. 신미년(1811) 서적(西賊, 즉 홍경래란)이 봉기했을 때, 군수 임성고(任聖皐)[13]는 적과 맞서 굽히지 않다가 붙잡혀 언제 죽을지 모르는 상황이었다. 기영은 자기 몸을 돌보지 않고 떨쳐 일어나 밤을 틈타 임 공(任公)을 찾아뵙고 적을 토벌할 계책을 내놓았다. 그러나 임 공은 그를 적의 첩자로 의심하여 이에 응하지 않고 물었다.

"내 목숨이 경각에 있거늘 어찌 적을 토벌할 계책이 있겠느냐? 게다가 너는 지인 자리에 있어서 평소 내가 믿고 부리지도 않았느니라. 그런데 어찌 적을 두려워하지 않고 이렇게 나를 찾아왔단 말이냐?"

기영은 비장한 모습으로 말하였다.

"나라를 위해 적을 토벌하는 것은 사람이면 당연하옵니다. 평소 믿고 부리는 여부야 어찌 따지겠사옵니까?"

그러고는 음식을 올리고서 눈물을 흘리며 분해하였다. 사또 임 공이 그의 진실한 뜻을 알고는 안주(安州) 병영에 구원병을 요청하는 글을 쓰려고 하였다. 기영은 주머니 속에서 붓과 먹을 꺼내 바쳤다.

"바라옵건대 사또님의 옷깃을 찢어 여기에 글을 쓰셔서 표식을 삼으

박사호(朴思浩)의 『연계기정(燕薊紀程)』 무자년(1828) 11월조에 보인다. 특히 박사호는 연행길에서 그를 직접 만나보고 "키가 작고 외모 또한 못났다[眇然而貌且寢]"라고 언급한 바 있다.

12 박천군(博川郡): 평안북도 서남단에 위치한 군으로, 동쪽으로는 영변군, 서쪽으로는 정주군, 남쪽은 청천강과 접해있다. 박천평야가 있어 이 일대에서 농업 생산량이 높은 지역이다. 아래 홍경래란의 경과가 나오는데, 실제 가산에서 난을 일으킨 홍경래가 남진하려다가 이곳 박천군 송림동에서 관군과의 전투에서 패해 정주성으로 후퇴하게 된다. 결과적으로 이 박천 전투는 홍경래란이 실패하는 계기가 되었다.

13 임성고(任聖皐): 1773~1853. 자는 중안(仲岸), 호는 우연옹(偶然翁), 본관은 풍천이다. 1795년 무과에 급제하여 홍덕현감, 훈련대장, 형조판서 등을 역임하였다. 홍경래란이 일어났을 때 박천군수로 있었는데, 고을이 점령당하자 인끈을 가지고 안주로 피신하던 중 노모가 적에 붙잡혔다는 소식을 듣고 되돌아왔다. 여기 이야기처럼 이 사건으로 구금되었으나 끝내 항복하지 않았다는 사실이 확인되어 풀려난바 있다.

시되, 이 글 안의 내용은 포수 사오십 명을 급히 보내면 고을의 적들을 섬멸할 수 있으리라고 쓰십시오……."

사또는 그의 말을 따라 해당 내용을 써서 부쳤다. 기영은 이 서한을 옷 속의 솜에 숨기고서 혈혈단신으로 안주 병영에 다다랐다. 그때는 여기저기 경계가 매우 엄한 데다 내통하는 자들도 주변에 깔려 있어 성으로 들어갈 수가 없었다. 게다가 이 일은 쉽게 발각될 수 있는 상황이라, 기영은 동북편 토성을 따라서 산을 타고 들어갔다. 밤새 내달려 오니 이미 오경이 지난 때였다. 곧장 병영으로 들어가니 등불이 환하게 밝은 가운데 영각(鈴閣)[14]은 고요하였다. 드디어 기영은 이렇게 크게 소리 질렀다.

"시급히 아뢸 일이 있사옵니다!"

병사(兵使)가 깜짝 놀라 적인 줄 알고 붙잡아 심문하였다. 기영은 주변을 물리치고 앞으로 나아가 글을 올리고자 했다. 병사는 장검을 쥔 채 그를 앞으로 가까이 오라고 불렀다. 기영이 이제야 옷 솜 속에서 글을 꺼내 바쳤다. 박천군수가 포수를 빌려달라는 내용이었다. 이에 그 진위를 하나하나 따져보고는 곧바로 새벽에 뛰어난 포수 50명을 선발하여 보내며 한 장교가 이를 통솔하게 하였다. 박천과 안주 사이의 거리가 50리로, 박천이 이미 함락된 줄만 알았지 그 뒤의 소식과 상황은 듣지 못하고 있던 터였다. 마침내 기영에게 후한 상을 내렸다. 그러나 기영은 이를 사양하며 받지 않고 답서를 챙겨 사잇길로 먼저 돌아와 임 사또를 뵈었다.

아직 정오가 채 되지 않았을 즈음 포성이 크게 울렸다. 불의의 습격을 당한 적군은 응전할 겨를도 없이 새와 짐승들이 놀라 숨듯이 달아났다. 박천 고을은 다시 수복됐고, 붙잡혀 있던 사또도 풀려났다.

뒤에 임성고는 고을이 적에게 함락될 때 '자신을 소인이라 칭한 것'과

---

14 영각(鈴閣): 지방 수령의 집무 공간이다. 원래는 군대의 사령부를 뜻하는 용어였다.

'인끈을 빼앗긴 것' 등의 일로 붙잡혀 구금되었다. 원래 임성고가 적에게 붙잡혔을 때 저들을 향해 이렇게 소리쳤다.

"내가 지방을 지키는 신하로 우리 고을을 보존하지도 못했고, 노모가 계신데 노모마저 모시질 못했다. 이런 불충하고 불효한 자는 실로 나라와 집안의 죄인이니 살아서 무엇하겠는가? 속히 나를 죽이고 대신 노모를 살려 주기 바란다!"

적들은 군수 임성고의 치적을 익히 들었던 터라 그때 차마 죽이지는 못했다고 한다. 대개 '죄인'과 '소인'이 소리가 서로 비슷한 까닭에 배지(陪持)[15] 한 사람이 가까운 지역에 붙잡혀 있다가 이 소리를 잘못 듣고 전한 것이었다. 인끈은 힘에 부쳐 빼앗겼으니, 비록 가산군수 정 공(鄭公)[16]이 적을 꾸짖다가 죽은 것에는 부끄럽지만 이것으로 죄로 얽는 건 원통하지 않겠는가? 하늘의 해가 밝아 끝내는 환히 밝혀져 특명으로 풀려나게 되었다.

임 공이 체포됐을 때 기영은 처음부터 끝까지 뒤를 따르며 잠시도 곁을 떠나지 않았다. 훈련대장이 이 소식을 듣고 특별히 훈련도감의 교련관으로 뽑아 신임으로 삼고자 하였다. 그러나 임 공이 풀려난 후 기영은 바로 사임하고 고향으로 돌아가 버렸다. 평소에 적을 평정할 때의 일은 아예 입에 올리지 않았다.

아, 크도다! 저 먼 땅의 한낱 구실아치가 분해하고 눈물을 흘리며 죽을 작정으로 적을 토벌했으니 이 얼마나 충성스러운가? 짧은 글을 전해 구

---

15 배지(陪持): 지방 관아의 진상(進上)이나 장계(狀啓) 등을 조정에 올리는 역을 담당한 관원이다.

16 정공(鄭公): 즉 정시(鄭耆, 1768~1811). 자는 덕원(德園), 호는 백우(伯友), 본관은 청주이다. 1799년 무과에 급제하여 선전관, 도총부경력 등을 지낸 뒤 1811년 가산군수가 되었다. 홍경래군이 가산으로 쳐들어와 붙잡히게 되었으나 항복하지 않고 적을 꾸짖다가 죽임을 당하였다. 뒤에 홍경래란 때 충절을 바친 칠의사(七義士) 중 한 명으로 표창되었다. 관기 최연홍(崔蓮紅, 1785~1846)이 그의 주검을 수습하고 적을 꾸짖어 뒤에 열녀로 추앙받기도 했다.

원병을 빌려 하루아침에 적의 무리를 쓸어냈으니 이 얼마나 지혜로운가? 모시는 수령이 적에게 붙잡혀 충신이냐 역적이냐 아직 결판나지 않았을 때 평소 가깝고 신임하던 자들은 모두 달아나 피했으나 그만은 홀로 지키며 떠나지 않았으니, 이 얼마나 의로운가? 공을 감추고 드러내지 않아 공명을 멀리하였으니 이 얼마나 거룩한가?

10-4

진주성에서 의기 논개가 목숨을 바침

논개(論介)[17]는 진주의 기녀였다. 임진년(1592) 왜병이 진주성을 공격하자 상락군(上洛君) 김시민(金時敏)[18]은 성을 단단히 지키며 여러 번 싸워 그때마다 물리쳤다. 이때 죽은 왜적이 수만 명으로, 저들은 끝내 호남지역을 감히 엿보지 못한 채 돌아가야 했다.

이듬해 계사년(1593) 6월, 왜적의 우두머리 가등청정(加藤淸正)[19]은 풍신수길(豊臣秀吉)[20]의 영을 받들어 기필코 진주에서의 치욕을 씻고자 십만

---

17 논개(論介): ?~1593. 진주의 관기로, 여기 이야기처럼 1593년 진주성이 함락될 때 왜장을 끌어안고 남강에 투신한 것으로 알려져 있다. 이 사건은 처음 유몽인의 『어우야담』에 채록된 이후 후대에 널리 회자되었으며, 18세기 이후 그에 대한 표창이 이루어져 1721년에 '의기(義妓)'라는 호칭이, 1739년에는 의기사(義妓祠)가 건립된 바 있다. 한편 그의 출신에 대해서는 후대에 논란이 많아 최경회(崔慶會)의 소실이라는 주장도 나와 있다.

18 김시민(金時敏): 1554~1592. 자는 면오(勉吾), 본관은 안동이다. 1578년 무과에 급제하여 부평부사, 진주판관, 진주목사 등을 역임하였다. 임진왜란 당시 진주판관으로 곽재우(郭再祐) 등과 경상남도 지역에서 여러 차례 전공을 세웠으며 여기 이야기처럼 진주대첩을 이끌었다. 1604년 선무공신에 녹훈되고, 상락부원군(上洛府院君)에 추봉되었다.

19 가등청정(加藤淸正): 즉 가토 기요마사(1562~1611). 그에 대해서는 권8 제24화 '개성 조동지 이야기' 주석 참조. 참고로 고니시 유키나가(小西行長)는 내륙을 가로질러 북진하고, 가등청정은 호남으로 진군하였다.

군대를 이끌고 와서 진주성을 포위하였다. 이때 본도(本道, 경상우도) 병마절도사 최경회(崔慶會),[21] 충청도 병마절도사 황진(黃進),[22] 창의사 김천일(金千鎰),[23] 김해부사 이종인(李宗仁),[24] 복수장(復讎將) 고종후(高從厚),[25] 사천현감(泗川縣監) 장윤(張潤)[26] 등 여러 공이 성안으로 들어와 사수하였다. 홍의장군 곽재우(郭再祐)만은,

"이 성은 왜적이 반드시 빼앗고자 하는 곳으로 호남과 영남의 요충지이자 관문이다. 고립된 군대로 강한 왜적을 만나면 필시 패하고 말 것이다."

라며 끝내 성으로 들어가지 않았다. 여러 공은 촉석루에 모여 생사를

---

20 풍신수길(豊臣秀吉): 즉 도요토미 히데요시(1536~1598). 오다 노부나가(織田信長)의 뒤를 이어 1590년 일본을 통일한 뒤, 내부의 혼란과 이견을 환기하는 차원에서 '정명가도(征明假道)'라는 명분을 내세워 1592년 조선을 침략하였다. 이후 정유재란 중 사망하였다. 이로써 일본의 막부체계는 도쿠가와 이에야쓰(德川家康)로 넘어간다.

21 최경회(崔慶會): 1532~1593. 자는 선우(善遇), 호는 삼계(三溪), 본관은 해주이다. 1567 년 과거에 급제하여 영해군수, 경상우도병마절도사 등을 역임하였다. 임진왜란이 발발하자, 경운(慶雲)·경장(慶長) 등 형제와 함께 의병을 일으켜 금산, 무주 등지에서 싸웠다. 이후 1593년 경상우도병마절도사로 진주성 전투를 지휘하다 패배한 뒤 남강에 몸을 던져 자결하였다. 이때 「투강시(投江詩)」를 남겼는데, 원문은 다음과 같다. "矗石樓中三壯士, 一杯笑指長江水. 長江之水流滔滔, 波不渴兮魂不死."

22 황진(黃進): 1550~1593. 자는 명보(明甫), 본관은 장수이다. 1576년 무과에 급제하여 선전관, 동복현감, 훈련원판관, 충청도병마절도사 등을 역임하였다. 임진왜란 직후 여러 전투에 참전하여 공을 세웠으며, 역시 진주성 전투에서 전사하였다.

23 김천일(金千鎰): 7권 제24화 '창의사 김천일 부인 이야기' 주석 참조.

24 이종인(李宗仁): 1556~1593. 자는 인언(仁彦), 호는 운호제(雲湖霽), 본관은 전주이다. 1580년 무과에 급제하여 군관직에 있던 그는 임진왜란이 일어나자, 경상우도병마절도사 김성일(金誠一)의 아장(牙將)으로 적장을 사살하였다. 이 공으로 김해부사가 되었으며 역시 진주성 전투에서 전사하였다.

25 고종후(高從厚): 1554~1593. 자는 도충(道沖), 호는 준봉(隼峰), 본관은 장흥이다. 의병장 고경명의 장남으로, 1577년 과거에 급제하여 예조좌랑, 임피현령 등을 역임하였다. 임진왜란 때 부친 및 아우 고인후(高因厚)와 함께 의병으로 활약하였다. 1593년 복수의용군을 조직하여 진주성 전투에 참여하여 싸우다가 김천일, 최경회와 함께 남강에 투신하였다. 따로 이 세 사람을 '삼장사(三壯士)'라고 일컫는다.

26 장윤(張潤): 1552~1593. 자는 명보(明甫), 본관은 목천이다. 1582년 무과에 급제하여 선전관, 훈련원정, 사천현감 등을 역임하였다. 임진왜란 당시 전라좌의병부장으로서 장수 등지에서 전공을 세웠으며, 역시 진주성 전투에서 전사하였다.

함께 하기로 맹세하고 비분강개하여 대책을 의논하였다. 왜적은 이런 영을 내렸다.

"지난해의 패배를 되갚을 날은 바로 오늘이다. 이 성을 싹 쓸지 않고서는 맹세코 발길을 돌리지 않을 게다!"

그러고는 여러 길로 성을 공격하였다. 10여 일 만에 성은 함락되었고, 성안에 있던 6만 명이 같은 날 모두 죽임을 당하였다. 여러 장수도 모두 남강(南江)에 빠져 죽었다.

그때 논개는 화장을 곱게 하고 화려한 옷을 차려입고 왜장 가운데 가장 걸출한 놈에게 다가갔다. 거짓으로 추파를 던지자 왜장이 좋아하며 겁탈하려고 하였다. 논개는 완곡한 말로 이에 응하지 않고 왜장을 따로 유인하여 남강 가 바위 위로 걸어 나와 함께 춤을 추었다. 이 바위는 강가 기슭에 박혀 있고 삼 면이 깊은 물이었다. 마침내 논개는 그놈의 허리를 끌어안고 강 속으로 뛰어들었다. 왜적들은 몹시 놀라 한바탕 소란이 일었다.

왜란이 평정된 뒤, 논개를 정려하여 '의기(義妓)'라 하고 강가에 사당을 세우고 제사를 지냈다. 그가 떨어진 바위를 '의기암(義妓岩)'이라고 부르고, 거기에 '긴 강 펼쳐있고, 그 의열 천년을 흐르네[一帶長江, 千秋義烈]'라는 여덟 글자를 새겼다. 이 바위를 '낙화암(洛花岩)'이라고도 부르는데, 대개 논개가 강에 뛰어든 걸 꽃이 떨어졌다고 비유한 것이라 한다.

10-5

절도사가 보리타작 마당에서 신이한 승려를 만남

병사(兵使) 이원(李源)[27]은 명나라 제독 이여송(李如松)의 후예이다. 그는 떠돌다 춘천으로 들어와 직접 호미 들고 김매고 쟁기질하는 농사를 하며

여느 농부들과 함께 살고 있었다. 마침 여름철이 되어 보리타작을 하다
가 피곤하여 타작하던 마당 가 나무 그늘에서 잠이 들었다. 누군가 곤한
잠을 깨워 눈을 뜨고 보니, 한 하얀 가사를 입은 젊은이가 옆에 있었다.
이원이 몸을 일으켜 물었다.

"네가 내 잠을 깨웠느냐?"

"그렇습니다."

그러면서 일렀다.

"서방님은 이런 보리타작 마당에서 힘겹게 애쓰지 마시고 당장 출발
하여 서울로 올라가세요."

"내가 서울 안에 아는 친지라곤 한 사람도 없고 또 볼일도 없거늘,
괜히 서울에 올라간다는 건 허망한 게 아니냐?"

그래도 젊은 승려는 이렇게 말하였다.

"네댓새 안에 서방님은 꼭 벼슬자리를 얻게 될 것입니다. 주상께서도
서방님을 찾고 계시니 지금 속히 올라가셔야 합니다."

이렇게 두세 번을 간곡하게 말하는 것이었다. 이원은 이상하다 싶어
즉시 서울로 출발하였다. 가서는 동대문 안 여관에서 묵었다. 다음날 직
접 판서 정창순(鄭昌順)²⁸의 집을 찾아갔다. 원래는 전혀 모르는 사이였으

---

27 이원(李源): 『홍재전서』와 『일성록』 등에 의하면 회령부사, 북병사 등을 지낸 것으로
    나와 있다. 다만 그가 이여송의 실제 후예인지는 확인되지 않는다. 따로 이여송의
    손자 이응인(李應仁)이 명청 교체기에 중국에서 조선으로 망명한 사실이 있는데, 이
    덕무의 『뇌뢰낙락서(磊磊落落書)』의 「이응인」조에는 그가 조정에서 내려주는 관직을
    고사하고 강원도 회양(淮陽)에 가서 살았다고 전한다. 이 글에는 이여송의 동생 이여
    매(李如梅)의 손자 성룡(成龍)도 조선으로 망명한 사실도 전하고 있다. 한편 앞 권6
    제2화에는 이여송의 동생인 이여매의 후손으로 '이비장(李裨將)' 이야기가, 『계서야
    담』 권2 제16화에는 이원의 당숙 이야기가 나온다. 이 당숙은 춘천에 사는 것으로
    설정되어 있고, 줄거리와 이와 비슷하다.
28 정창순(鄭昌順): 1727~?. 자는 기천(祈天), 호는 사어(四於), 본관은 온양이다. 정렴(鄭
    磏)의 후손으로, 1757년 과거에 급제하여 대사간, 대사헌, 경상도관찰사, 예조·병조
    판서 등을 역임하였다. 정조대에 학자로 명망이 높았으며, 『송도지(松都誌)』와 『송도

나 그때 그가 병조판서로 있었기 때문이다. 문밖에서 자신의 이름을 대자 속히 들어오라고 하였다. 이원은 자신을 '누구의 후손입니다……'라고 하였다. 그러자 정 판서는,

"일전에 경연 자리에서 주상께서는 이 제독의 후손을 채(蔡) 판서[29]에게 하문하신 적이 있네. 허니 자네는 채 판서를 찾아뵙도록 하게."

라고 일러주었다. 이원은 그 자리에서 채 판서를 찾아가 뵈었다. 판서는 그를 대놓고 이것저것 상세히 묻고는 또 일렀다.

"자주자주 찾아오게!"

그 뒤 채 판서가 입시했을 때 이 사실을 임금께 아뢰었다. 임금은 특별히 음직으로 선전관에 제수하고 허참례(許參禮)[30]를 수행하는 것까지도 제해주었다. 또한 입시하라는 명을 받아 이원은 임금의 은전을 크게 입게 되었다. 얼마 지나지 않아 무과에 급제하여 여러 번 큰 고을의 수령을 맡았다. 이런 그는 마음속으로 매번 그때 그 승려의 신이함을 생각했으나 만나볼 길이 없었다.

무신년(1788) 이원은 호남수군절도사가 되어 동작나루를 막 넘어가고 있었다. 이 배 안에 한 탁발승이 있었다. 그가 수시로 눈을 들어 지그시 쳐다보았다. 이원도 마음이 움직여 사람을 시켜 그를 가까이 오게 하여 봤더니 바로 지난번 춘천의 나무 아래서 만났던 승려였다. 너무 기쁜 나머지 자신의 여장에서 넉넉한 수의 행하(行下)[31]를 내주었다. 그러고

잡기(松都雜記)』를 합편·증보했고, 『동문휘고(同文彙考)』의 찬집에 참여한 바 있다.

29 채(蔡) 판서: 즉 정조대 남인의 영수로 영의정까지 지냈던 채제공(蔡濟恭, 1720~1799)을 지칭하는 것으로 보인다.

30 허참례(許參禮): 조선시대에 새로 부임한 관원이 선임자들에게 음식 등을 차려 대접하던 관례이다. 새로 관직에 드는 사람들이 경비를 써서 자신의 부임을 허락받는 일종의 통과의례였다.

31 행하(行下): 부리는 사람에게 주는 돈이나 보수를 말한다. 이미 권1 제12화에 나온바 있다.

나서 다시 자신의 앞날을 묻자, 그는 행하는 아예 받지 않고 이렇게 말하였다.

"영감께서는 아직도 앞날이 다하지 않았습니다."

"그럼 내가 아장(亞將)이라도 되겠는가?"

"그럴 것 같습니다."

잠시 뒤, 배가 동작나루 어귀에 닿자 내려서 헤어졌다. 임자(1792) 연간에 이원은 울산병마절도사로 있다가 임기가 끝나 돌아온 뒤에는 도감별장(都監別將)으로 창의문(彰義門)32 성 보수를 감독하게 되었다. 군막에 앉아 있는데 그 밖 몇 걸음 되는 거리에 한 승려가 머뭇머뭇하며 흘끔거리는 것이었다. 이원도 마음이 가 병졸을 보내 불러오게 하였다. 바로 동작나루에서 만났던 그 승려였다. 술을 내리고 직접 환대한 뒤에 다시 앞날을 물었다. 승려는 웃으면서 반문하였다.

"영감께서는 지난날 보리타작 마당에서의 일을 기억하지 못하십니까? 지금 이미 절도사를 지내셔서 아장과는 한 등급 차이가 나거늘 다시 무얼 바란단 말입니까?"

그러고는 끝내 더 이상 말을 하지 않았다. 이원도 한 번 웃고는 자리를 파했다. 이원은 결국 병마절도사로 이듬해 죽었다고 한다.

10-6

김 정승이 외밭에서 이인을 만남

청사(淸沙) 김(金) 상공33이 어사가 되어 영남지방으로 순시하게 되었

---

32 창의문(彰義門): 즉 사소문(四小門)의 하나로 자하문(紫霞門)이라고도 한다.

33 김(金) 상공: 즉 김재로(金在魯, 1682~1759). 자는 중례(仲禮), 청사는 그의 호, 본관은 청풍이다. 1710년 과거에 급제하여 대사간, 대사성, 전라도·경상도관찰사 등을 거쳐

다. 그때는 오뉴월로 날이 몹시 더웠다. 태백산[34]에 이르렀을 즈음 매우
목이 말랐다. 그러나 산속이라 인가도 없고 샘이나 우물도 없었다. 겸종
과 함께 길에서 헤맸으나 아무래도 해갈할 길이 없었다. 마침 한 고개를
넘었을 때 길가에 원두막 없는 외밭이 나타났다. 잘 익은 파란 외를 보니
갈증이 더더욱 심해졌다. 발을 들여 넣는 혐의를 돌아볼 겨를이 있었겠
는가? 겸종을 시켜 두 푼 동전을 가져가 밭 안의 콩잎에 걸어두고 들어
가 외를 따오라고 하였다. 그런데 겸종이 발을 옮겨 이랑으로 들어가
겨우 몇 걸음을 떼자마자, 그 자리에서 혼절하여 밭 가운데 쓰러졌다.
입으로는 '나리 저를 살려주세요'라는 외마디 소리를 낼 뿐이었다. 그러
고는 아무 소리도 내지 못했다.

상공이 몹시 괴이하여 감히 곧장 들어가지 못하고 밭두둑에서 머뭇거
리며 어찌할 바를 몰랐다. 그때 갑자기 한 시골 노인이 나타났다. 머리에
대갓을 쓰고 산 위에서 내려와서는 외쳤다.

"어찌 이리 당돌하게 훔치려고 들어온 거요?"

그를 보니 걸음걸이는 느릿느릿하고 말씨는 차분하고 조용한 게 조금
도 놀라워하는 기색이 없었다. 김 상공은 목이 마른 사정과 동전을 걸어
두라 들여보낸 뜻을 말해주었다. 그러자 노인은,

"이 밭은 원두막도 없고 지키는 사람도 없소. 허나 밭 가에 백마(白麻)[35]
를 심은 걸 못 보셨소? 이것으로도 훔치러 오는 자의 소행을 막기에 충분

삼정승을 모두 역임하였다. 그는 1717년 암행어사 이력이 있기는 하나 여기 이야기와
달리 경기지역에 파견된 것으로 나온다. 그리고 1728년 이인좌의 난이 일어났을 때
충주목사 겸 호서안무사로서 이 난을 수습하는 데 공을 세웠다. 또한 영조의 묘정에
배향되었으며, 아들 김치인(金致仁, 1716~1790)이 그를 이어 영의정에 올랐다. 저서
로는 그의 정치 이력을 일기체로 남긴 『난여(爛餘)』가 있다.

34 태백산: 앞에서 언급했듯이, 영남지방이므로 여기서는 소백산을 가리킨다.

35 백마(白麻): 삼의 한 종류로 한약재로 쓰였으며, 대마(大麻)처럼 환각작용을 일으키는
효능이 있다. 여기서도 이런 효능을 활용해서 일종의 울타리 삼아 심은 것으로 보인다.

하다오."

라고 하면서 웃더니 밭으로 들어갔다. 겸종의 손을 끌어 아무 방향으로 빠져나왔다. 방금 혼절해 쓰러져서 정신이 없었던 자가 그새 평상시처럼 아무 탈이 없어 보였다. 그리고 외 몇 개를 얻어먹을 수 있었다.

김 상공이 다시 자세히 살펴보니 외밭 사방으로 백마가 빙 둘러 심겨 있었다. 듬성듬성 심은 데도 있고 **빽빽**한 데도 있어 완연한 팔문(八門)[36] 모양을 하고 있었다. 이를 본 김 상공은 '이거야말로 팔진법(八陣法)이로구나!'라고 판단하고 겸종에게 아까 쓰러진 상황을 다시 물었다. 그랬더니 겸종의 답이 이랬다.

"소인이 겨우 몇 걸음 뗴었을 때 오장이 뒤틀리고 칠정(七情)이 아득해지며 눈으로 볼 수가 없어 지척을 분간할 수도 없었사옵니다. 그리고 이내 혼절했습죠. 아까 저 노인이 손을 끌어 나오는 길을 터주었을 때 비로소 눈이 보이기 시작했고 정신도 깨어났습지요."

김 상공은 매우 기이하다고 여겼다. 이 노인은 더는 한마디도 꺼내지 않고 표연히 산기슭으로 가버렸다. 김 상공은 그가 분명 이인이라고 여겨 겸종은 근처의 촌가로 보내고 자신은 몰래 그를 뒤따랐다. 몇 개의 산등성이를 넘어 계속 따라가니, 노인은 자신이 거처하는 집으로 들어갔다. 이 집은 몇 칸짜리 띳집으로 방은 한 칸뿐이었다. 김 상공이 애걸복걸하며 묵게 해달라고 하였다. 노인은 한 번 웃고는 안으로 들어갔다. 늙은 아내와 조용히 이야기를 주고받고 나더니 한 그릇 기장밥을 가지고 와서는 부엌 안으로 맞아들여 먹게 하였다. 짚방석 자리를 내주며 깔고 앉으라 하면서 말했다.

---

36 팔문(八門): 낙서(洛書)를 본떠 길흉을 점치던 일종의 상징이다. 그 여덟 가지는 휴문 (休門)·생문(生門)·상문(傷門)·두문(杜門)·경문(景門)·사문(死門)·경문(驚門)·개문 (開門)으로 나뉘며, 이것은 다시 길문과 흉문으로 구분된다. 제갈량(諸葛亮)이 이 팔문 의 배치에 의거하여 진법을 만들었던바 이를 팔진법이라 한다.

"산속에 살다 보니 대접이 영 예의가 없소이다. 너무 탓하지 마시구려."

이내 함께 묵었다. 김 상공이 자신의 일생을 물어보려고 했으나 노인은 코를 우레처럼 골아 얘기를 나눌 수 없었다. 어느덧 동녘이 밝아지려 했다. 김 상공은 노인을 깨웠다.

"주인께서는 어찌 그리 곤하게 주무시오?"

노인이 눈을 비비며 일어나 앉았다.

"몸이 늙고 정신이 어두워져서 그렇소. 손님 접대가 이리 소홀했으니 죄송스럽소."

김 상공이 물었다.

"내가 바야흐로 맡은 일이 있어서 지금 그곳으로 가고 있는 길이오. 일이 잘 처리될지 모르겠소."

노인은 씩 웃으며,

"내 이미 어사께서 우리 집에 오신 줄 압니다. 속이려 하지 마시오."

라고 하였다. 김 상공은 깜짝 놀랐다.

"오, 이 무슨 말이오? 저 시골의 가난한 선비를 어찌 어사로 본단 말이오. 주인장께선 정말이지 잘못 보셨소."

이에 노인은 처마 끝에 걸린 별을 가리켰다.

"저 별은 바로 어사를 주관하는 별[37]이지요. 이것으로 알았거늘 어찌 자취를 감추려 하시오?"

김 상공은 이 말을 듣고 더 이상 자신을 숨길 수 없게 되자 실상을 자세하게 알려주었다. 아울러 자신의 일생을 따져 달라 하며 벼슬자리는 어떻게 되는지 자손들은 또 어떨지 등을 물었다. 노인은 하나하나 세세하게 알려주었다.

---

[37] 어사를 주관하는 별: 28수(宿) 중 남방 7사의 하나인 장수(張宿)이다. 남방 7사에는 정(井)·귀(鬼)·유(柳)·성(星)·장(張)·익(翼)·진(軫) 등이 있는데 이 중 장수가 어사를 관장하는 별이다.

"아무 해에는 아무 자리를 얻고 아무 해에는 아무 자품에 오르며, 아무 해에는 관찰사가 되시고 또 아무 해에는 입각(入閣)[38]을 하시며 끝내는 영의정 자리까지 이르실 겁니다. 신하로는 가장 귀하게 되며 묘당에 배향되어 제사를 받게 될 겁니다. 아들 셋을 두는데 그중 둘째는 영상의 자리를 잇게 될 것이고요."

무신년(1728) 난리에 대해서도 낱낱이 얘기를 해주어 김 상공은 조용히 마음속에 기억해두었다. 뒤에 제수받은 관직과 오른 품계가 그의 말에 맞아떨어지지 않은 것이 없었다고 한다.

10-7

유 동지가 바다를 표류했다가 단구를 발견함

강원도 고성군에 유 동지(劉同知)라는 이가 있었다. 젊은 시절 같은 동네에 살고 있던 24명과 함께 미역을 따려고 배를 타고 나가 한 섬에 정박하였다. 다 채취하고 배를 돌리려는 즈음 갑자기 서북풍이 세차게 불어왔다. 노를 저어도 되돌아올 수가 없었고, 점점 큰 바다로 밀려 나갔다. 배에 함께 탄 이들은 눈이 어지럽고 정신이 아찔하여 내려뜨린 뜸 아래에 모두 나자빠졌다. 이제 졸지에 죽기만을 기다릴 뿐 전혀 움직일 수가 없었다. 다만 산을 무너뜨릴 듯한 기세로 세차게 일렁이는 파도 소리만이 들릴 뿐이었다. 이들은 서로를 베개 삼아 누운 채 입은 벌어지고 눈만 뎅그러니 뜨고 있었다. 이렇게 여러 날을 물 한 모금 먹지 못했다.

하루는 홀연 한곳에 정박하게 되었다. 바람이 고요하고 배도 멈추었

---

38 입각(入閣): 즉 의정부 요직에 오른다는 뜻으로, 좌의정, 우의정 등의 정승 자리를 상정한 것이다.

다. 유 동지가 일어나 주변을 살펴보니 동행한 24명 중 고작 5명이 겨우 목숨을 부지한 채 죽겠다 죽겠다 하고 있었다. 나머지 19명은 이미 죽은 상태였다. 그는 '이미 죽은 자는 어쩔 수 없고 우린 이렇게 깨어 있으니 살 궁리를 해야 하지 않겠는가.'라는 생각에, 정신을 차리고 억지로 몸을 일으켜 모래사장으로 뛰어내렸다. 나머지 죽지 않은 네 사람도 그를 따라 뛰어내리다가 둘은 그때 물에 빠져 죽는 바람에 생존자는 겨우 셋뿐이었다. 셋마저도 기진하여 모래사장에 엎어진 채 눈만 뜨고 서로 바라볼 뿐이었다. 몽롱한 중에 바라보니 순간 백의동자 둘이 저편 모래사장에서 서서히 다가오고 있었다. 그들 앞에 임박해서는,

"어디에서 온 분들이기에 여기 모래사장에 누워있는 거지? 필시 표류한 사람들일 거야."

라고 하였다. 유 동지는 간신히 정신을 차렸으나 입으로 말을 할 수가 없었다. 해서 손을 입에 갖다 대자, 동자들이 허리춤에서 깃병[羽壺]을 끌러 깃잔[羽觴]에 따라 마시게 했다.

"우리 선생님께선 이미 당신네가 여기에 있는 줄 알고 우리를 보내 구해주라고 했지요."

셋이 한 모금씩 마시자 정신이 갑자기 돌아왔다. 기력도 평소와 같이 회복되었으며 배도 꽉 찬 느낌이었다. 셋은 곧장 일어나 앉아서 저들에게 물었다.

"당신 선생은 어떤 사람이며 지금 어디에 계시느냐?"

"선생님께서 데리고 함께 오라고 하셨어요."

이에 세 사람은 바로 몸을 일으켰다. 걸어서 동자를 따라 선생이 있는 곳에 도착했다. 그들이 말한 선생은 머리엔 아무것도 쓰지 않고 몸엔 누더기를 걸친 채 초막에 앉아 있었다. 얼굴이 숯같이 검은 영락없는 늙은이였다. 세 사람이 인사를 올리고 나자 노옹이 물었다.

"그대들은 어느 고을에 살며 어떻게 이곳에 표류해 왔는가?"

유 동지가 대답하였다.

"저희는 모두 고성 사람들로 미역을 따러 나왔다가 바다에 표류하게 되었답니다."

"나도 고성 사람이네. 바람에 떠밀려 표류한 끝에 여기에 와서 살고 있네."

세 사람은 그가 고성 사람이라는 말을 듣고는 반갑고 기쁜 마음이 들었다. 이게 타향에서 친구를 만난 정도일 뿐이었겠는가? 당장 다시 물었다.

"어른이 고성분이라면 혹시 어느 면 어느 마을에 사셨습니까?"

"아무 고을 아무 마을 사람으로, 아무개의 아비이고 아무개의 숙부네. 표류하여 이곳에 온 지 오래되어 우리 집이 요사이는 어떤 상황인지 모르겠네."

그의 마을 이름을 듣고 보니 바로 세 사람과 이웃한 마을이었다. 얘기한 아무개와 아무개는 모두 세 사람의 조부와 증조부의 벗들로 이미 작고한 지 5, 60년이 지난 상황이었다. 지금 생존해 있는 이들로 따져보면 이분의 현손 아니면 5대손뻘이었다. 이에 그들의 사정을 얘기해 주자 노옹은 한참 동안 슬퍼하였다. 그리하여 이들은 매일 노옹을 모시고 예전 일과 현재 상황을 얘기하며 하루하루를 보냈다.

이 섬은 깨끗한 모래에 푸른 솔이 우거져 있고 사이사이 금잔디가 깔려 끝없이 평원이 펼쳐져 있는 가운데 간간이 인가가 들어서 있었다. 농사도 짓지 않고 누에도 치지 않았으며 오직 물만 먹고 풀로 몸을 가릴 뿐이었다. 가끔 오가는 두 동자는 온몸에 흰 깃으로 짠 옷을 입고 있었다. 세 사람이 노옹에게 물었다.

"이 섬은 이름을 뭐라 합니까?"

"동해의 단구(丹邱)[39]라 하네."

세 사람이 이 섬에 한동안 머무르며 매일 해가 떠오르는 장대한 모습을 볼 수 있었다. 이는 세상에 비길 바가 아니었다. 다시 노옹에게 물었다.

"해가 떠오르는 곳은 여기에서 몇 리나 떨어져 있습니까?"

"3만여 리라네."

"그럼 고성에서 이곳까지는 얼마나 됩니까?"

"역시 3만여 리라네."

이에 해가 뜨는 곳을 보고 싶다고 청하자 노옹은 그때마다 막아섰다. 그래도 누차 간청을 했더니, 하루는 노인이 두 동자에게 일렀다.

"너희는 이 사람들과 가서 해가 뜨는 곳을 보여주거라."

이윽고 두 동자가 배를 대었다.

"이 배를 타고 가면 일출을 볼 수 있답니다."

세 사람이 즉시 배에 올랐다. 배는 흰 깃으로 엮은 고깃배였다. 두 동자는 노를 잡고 양쪽 뱃머리에 서서 저으면서 일렀다.

"앉아 있지 말고 다 누워요. 한 잔 우상수(羽觴水)만 마시고요."

이들이 처음 이곳에 왔을 때부터 지금까지 섬 안에서 먹은 것이라고는 이 물뿐이었다. 물은 색깔이 가라앉은 젓국인 양 몹시 탁했지만 맛은 맑고 시원했다.

"이 물의 이름이 무엇이오?"

"경액(瓊液)이랍니다."

가는 중에 배 안에서 경액을 세 번 마시고 나자 배는 한 해안에 닿았다. 동자가 말했다.

"이제 일어나서 구경하세요."

이 말에 일어나 선창을 열고 내다보니, 만경창파가 넘실대는 가운데 만 길 되는 은산이 하늘에 맞닿은 채 우뚝 서 있었다. 그 꼭대기로 해가

---

39 단구(丹邱): '단구(丹丘)'라고도 쓴다. 굴원(屈原)의 「원유(遠遊)」에 "신선을 따라 단구에 노니니, 불사의 고향에 머무는구나[仍羽人於丹丘兮, 留不死之舊鄕]."라는 구절이 있는바, 이로부터 신선이 사는 공간으로 회자되었다.

막 솟아올랐다. 구름과 바다는 서로 뒤섞여 흔들리고 붉은빛이 눈을 부시게 했다. 그 광대함과 찬란함은 속세 사람들의 눈으로는 다 형용할 수 없었다. 해가 떠오를 때 기운이 몹시 서늘한 게 몸이 떨려 거의 정신을 차릴 수 없을 정도였다. 은산은 수정처럼 깎아지른 듯 솟아 있었고, 산 너머까지도 환히 뚫려 보이는 것 같았다. 다시 동자에게 물었다.

"저 꼭대기를 넘으면 해가 뜨는 근원지를 볼 수 있겠네?"

"이 산 너머로는 우리 선생님도 가보지 못했어요. 더는 얘기하지 마세요."

그러면서 바로 배를 돌려 돌아왔다. 노옹을 뵙자,

"그대들은 일출을 보았는가?"

라고 물었다.

"다행히 어르신 덕분에 세상 사람들이 아직 구경하지 못한 장관을 볼 수 있었습니다. 다만 그 산 너머로는 안타깝게도 보지 못했습니다."

"산 너머로는 천상의 신옹(神翁)이라도 쉽게 가 볼 수 없는 곳이라네."

세 사람은 여러 날을 더 머물렀다. 하지만 이곳에서의 재미가 더는 없었으며, 부모와 처자에 대한 그리움을 참기도 어려웠다. 그래서 고향에 돌아가게 해달라고 하였다. 그러자 노인이 말했다.

"자네들은 꼭 고향에 돌아갈 게 아니라 이곳에 머물러 사는 것도 나쁘지 않을 걸세. 이곳에서의 하루는 인간 세상의 1년이 된다네. 자네들이 바다에 표류한 뒤로 지금 이미 50년이 되었으니, 비록 집에 돌아가더라도 생경할 것이네. 집안 식구들은 죄다 늙거나 죽었을 테니 이 섬에서 여생을 잘 보내는 게 좋지 않겠는가?"

세 사람은 이제 석 달 밖에 지나지 않았을 걸로 생각했는데 이 말을 듣고 나자 당황하지 않을 수 없었다. 반신반의하여 더욱 급히 집에 돌아가고 싶어져서 슬프고 간절한 말로 밤낮으로 애걸하였다.

"별수 없군! 자네들은 아직 속세의 인연이 다하지 않았으니 어찌하겠는가?"

그 자리에서 두 동자를 불렀다.

"이들을 실어 고향으로 보내주거라."

세 사람은 뛸 듯이 기뻐하며 노옹과 작별하고 배에 올랐다. 배는 저번 일출을 보러 갈 때 탔던 그 배였다. 배가 출발할 때 노인은 두 동자에게 지남철을 내어주었다.

"아무 방향을 잡아가면 모처가 바로 고성이니라."

그러자 유 동지가 물었다.

"어르신께서는 이 섬에 있으면서 어떻게 저 나침반을 가지고 있습니까?"

"내가 바다에 표류했을 때 가지고 있었던 것이네."

배에 탄 뒤로도 마시는 건 이전과 같았다. 배 안에 20여 개의 병이 있었는데 유 동지는 그중에 두세 병을 훔쳐 자기 옷 속에 숨겼다. 며칠 만에 배가 한곳에 닿자,

"배가 이미 닿았습니다."

라고 동자가 말하였다. 일어나 앉아 바라보니 바로 고성 땅이었다.

"배에서 내리세요!"

라는 동자의 말에 배에서 내려 해안에 오르고 보니, 배와 동자는 순식간에 간 곳을 알 수 없었다. 세 사람이 각자 집을 찾아갔다. 그런데 마을의 풍경은 이전과 크게 달랐다. 만나는 사람들도 모두 생면부지였다. 막상 자기 집에 가고 보니 얼굴을 알아볼 수 있는 이는 아무도 없었다. 그리하여 가계를 따져 봤다. 그랬더니 부모들은 작고한 지 이미 40여 년이 지났고 아내도 늙어 죽었으며 표류할 때 낳았던 자식도 이미 죽은 뒤였다. 지금 집을 지키는 자는 손자들로, 이들도 모두 늙어 머리가 성성하였다. 세 사람 집에서는 각각 그들의 옷으로 빈 장례를 치르고 배에 탄 날로 제사를 지내고 있었다고 한다.

이후 그중 두 사람은 익힌 음식을 먹고 불과 몇 년 사이에 죽고 말았다. 유 동지만은 다행히 경액이 든 두세 병을 훔친 덕에 날마다 이것을

한 모금씩 마셨다. 또 익힌 음식을 먹지 않아 평소 병이 없었고 몸도
강건하였다. 지금 나이를 따져보면 거의 200살 남짓이었다. 고성에 원님
이 새로 부임할 때마다 꼭 그를 불러 바다에 표류한 일에 관해 물었다.
간혹 이웃 고을 수령이나 잠시 지나가던 길손도 그를 찾아와 이를 묻곤
하였다. 이 때문에 관가에 출입하는 일이 셀 수 없을 만큼 잦았고 이걸
견디기 힘들어했다고 한다.

10-8

권생이 진경을 찾다가 무릉도원에 이름

서대문[40] 밖에 사는 권(權) 진사는 어린 나이에 성균관에 입학했으나
대과에는 뜻이 없고 오로지 유람하는 걸 일삼았다. 자장(子長)의 풍모[41]를
지녔다고 자부하며 팔도를 두루 돌아다녔다. 이 때문에 그의 발길이 닿
지 않은 곳이 없었다. 명산대천이나 신비롭고 이름난 곳이면 샅샅이 찾
아다녔다. 어떤 곳은 두 번 세 번씩 들르기도 했다.

마침 춘천의 기린창(麒麟倉)[42]에 이르렀는데, 그날은 바로 장이 열리는
날이었다. 그가 점방에 앉아 있자니 어떤 이가 대삿갓을 쓰고 소를 타고

---

40 서대문: 원문은 '白門'으로, 백은 방위상 서쪽을 상징하므로 이렇게 표현한 것이다.
41 자장(子長)의 풍모: 자장은 한나라 때 역사가인 사마천(司馬遷)의 자이다. 그의 『사기
   (史記)』는 중국 전역을 돌아다니며 사적을 탐방하고 지역의 이야기를 채집한 결과물
   로 평가받는데, 실제 「태사공자서(太史公自序)」에 의하면 그가 젊었을 적 부친을 따라
   10여 년 동안 천하주유를 했다고 나와 있다.
42 기린창(麒麟倉): 기린은 현재 강원도 인제군 기린면 일대이며, 이곳에 조선시대 이
   미창(米倉)이 있었다. 이곳은 조선시대에 춘천도호부 춘주군(春州郡)에 속해 있었다.
   참고로 이 지역에는 기린협이라고 일컫는 지역이 있었는데, 박지원의 「증백영숙입기
   린협서(贈白永叔入麒麟峽序)」에서 보듯 외부와 단절된 공간이며, 과거 십승지 가운데
   한 곳으로 인정되었다. 이에 대해서는 권6 제4화 '십승지 이야기'에서 이미 소개한바
   있다.

와서는 점소이(店小二)[43]에게 이렇게 묻는 것이었다.

"저 방 손님은 뭐 하는 양반이시냐?"

점소이가 대답하였다.

"저분은 서울에 사는 권 진사님으로 팔도를 돌아다녀 방방곡곡에 닿지 않은 곳이 없답니다. 저희 점방에도 세 번이나 머문 적이 있어서 안 지 꽤 되었어요."

"그럼 저 양반은 뭘 잘 아시냐?"

"풍수를 퍽 잘 보십니다."

"혹시 모셔 갈 수 있겠느냐?"

"그럼요."

잠시 뒤 점소이가 방에 들어와 아뢰었다.

"아무 마을 아무 첨지께서 진사님이 가진 재주가 있다는 말을 듣고 지금 모셔 가고 싶다고 하네요. 진사님은 개의치 마시고 잠시 납시는 게 좋겠어요."

여러 날 점방에 머무느라 몹시 무료했던 권 진사였다.

"여기서 멀지 않다면야 한번 가보는 거야 무어 꺼릴 게 있겠냐?"

이에 첨지 아무개가 와서 뵈었다.

"진사님의 명성을 들은 지 오래입니다. 지금 제가 소를 타고 왔는데 잠시 누추한 곳에 함께 가시면 어떨지요?"

"첨지께서 사는 곳이 여기서 몇 리나 되오?"

"이 장에서 삼십 리 밖에 있습니다."

이리하여 당일 소를 타고 떠나게 되었다. 첨지는 고삐를 잡고 뒤를 따랐다. 때는 점심 무렵이었다. 탄 소는 빠르지도 느리지도 않았다. 대략

---

43 점소이(店小二): 주막이나 점방 등에서 일하는 이를 지칭하는 용어이다. 소이(小二)는 일반적으로 시정의 젊은 남자를 지칭하며, 과거에는 가게 등에서 손님을 접대하는 역할을 담당하는 자를 일컫기도 했다.

3, 40리를 가고 나서 권 진사가 첨지에게 물었다.

"영감께서 사는 마을이 이제 멀지 않은 것 같소."

"제가 사는 곳은 아직도 멉니다."

"그렇다면 지금까지 몇 리를 왔소?"

"팔십 리입니다."

권 진사가 이에 매우 괴이한 생각이 들었다.

"지금까지 근 백 리를 왔는데 마을까지는 아직 멀다고 하니, 처음에 삼십 리라고 했던 건 거짓말이 아닌가? 영감이 나를 속여 데리고 와서 뭘 하려는 거요?"

"여기엔 절로 묘한 이치가 있지요. 점방 주인은 제가 삼십 리쯤 떨어진 마을에 사는 줄만 알지 저의 마을이 어디 있는지는 알지 못합니다."

이 말에 권 진사는 속으로 의심이 들고 괴이쩍었으나 이미 여기까지 온 마당이라 고삐를 되돌릴 수도 없었다. 결국 그쪽으로 길을 재촉하여 갔다. 대개 장에서부터 30리 밖은 다 깊은 산 궁벽한 골짜기로 바위와 덤불에 낙엽이 쌓여 정강이가 빠질 정도였다. 그사이 작은 길 하나만이 나 있었다. 신시(申時, 오후 3~5시)가 되자 첨지가 소를 멈추고 말했다.

"잠시 내려서 요기하고 가시지요."

권 진사가 소에서 내리자, 첨지는 물가에 묻어둔 대광주리 밥을 내어주고 시냇물을 떠서 마시게 했다. 다시 소를 타고 가는데 해는 이미 서쪽으로 기울어 황혼녘이 되었다.

얼마 뒤 멀리서 사람이 소리치는 소리가 나자 첨지도 그 소리에 소리쳤다.

"도착했느니라!"

권 진사가 소 등에서 바라보니 수십 개의 횃불이 고개를 넘어오고 있었다. 저들은 모두 젊은 마을 남정네들로 횃불을 들고 길을 인도하여 고개를 넘어 내려왔다. 희미한 속에 큰 마을이 나타났다. 한 골짜기를 오롯이 차지하고 있었다. 닭 울고 개 짖는 소리와 다듬이질하는 울림이 사방에서 들렸다. 한 집에 당도하여 소에서 내려 문 안으로 들어갔다. 방은 가지런하고 깔끔했으며, 집채는 확 트인 게 산속의 촌사람들이 사는 데가 아닌 것 같았다.

다음 날 아침 문을 열고 주변을 살펴보니, 마을 안 인가가 200여 채였다. 앞 평야가 한눈에 고루 펼쳐져 있었다. 죄다 좋은 밭과 양질의 토지들이었다. 둘레가 얼마나 되냐고 물었더니 20여 리가 된다고 하였다. 어엿한 세상 밖의 무릉도원이었다. 또 담장을 사이에 두고 몇 칸 방 안에는 밤마다 글 읽는 소리가 들렸다. 물어보니 동네의 젊은이들이 마냥 놀기만 할 수 없어 매해 가을이나 겨울이면 주경야독하여 반드시 이곳에 모여 글 읽기를 한다는 것이었다. 권 진사는 팔도를 두루 유람하면서 한 번이라도 무릉도원을 보고자 하는 바람이 마음속에 간절했었다. 지금 첨지를 만나 이곳에 이르고 보니 자신도 모르게 기뻤다. 아까 그 첨지에게 돌연 공손하게 굴며 무릎을 꿇고 물었다.

"주인께서는 신선이십니까, 귀신이십니까? 이 마을은 어떤 곳입니까?"

첨지는 놀라고 어색해하였다.

"집사님은 어찌하여 이리 갑자기 저를 존대합니까? 저는 별다른 사람이 아닙니다. 저희 집은 본디 선대부터 고양(高陽) 땅에 살았으나 증조께서 우연히 이곳을 찾아서 집안 식구들을 데리고 들어왔답니다. 그때 일가 팔촌 내 친척들과 외가 및 처가의 친족, 일부 사돈 간에 따라가고자 하는 이들까지 합쳐 모두 삼십여 집이 함께 들어왔지요. 우리는 상의하기를 한번 들어간 뒤에는 다시는 세상에 왕래하지 않기로 하고 약간의 경서와 소금과 장을 가지고 와서 한쪽을 개간하여 전답을 일구어 먹었답니다. 혼인은 이 안의 여러 집안이 대대로 사돈을 맺어 그야말로 주씨(朱氏)·진씨(陳氏)의 마을[44]을 이루었지요. 그 뒤 자손이 번성하여 우물을 같이 쓰는 집이 거의 이백여 호가 되었답니다."

"입고 먹는 건 이 안에서 농사짓고 길쌈하는 것으로 부족하지 않을 듯싶으나 소금을 얻는 일은 어렵지 않습니까?"

"진사님이 어제 타고 온 소는 하루에 이백 리를 갑니다. 증조부께서 여기에 들어오실 때 데려온 소가 낳은 것이지요. 이렇게 잘 걷는 소가 한 마리씩 날 때면 기린장을 오가며 꼭 이 소로 소금을 사서 온답니다. 그러니 온 마을의 소금 조달은 전적으로 이 소에 의지하고 있지요. 산에서 나는 육고기는 노루, 사슴, 멧돼지, 염소 따위가 있고, 꿀통 이삼백 개를 산 아래 줄지어 설치해둡니다. 동네 안에선 따로 주인이 없이 서로 가져다 쓴답니다."

어느 날, 첨지는 젊은이들에게 일렀다.

"오늘 날이 따뜻하고 화창하니 권 진사님과 함께 고기잡이 놀이를 해야겠다."

이 말에 젊은이들이 어떤 자는 겨와 쭉정이를 들고 어떤 자는 몽둥이와 막대기를 가지고 일제히 못에 모여 물속에 겨를 풀어 넣었다. 가라앉기를 기다린 뒤에 이들은 일시에 막대기를 들고 헤엄을 치며 물결을 내리쳤다. 이윽고 한 자 되는 고기들이 물 위로 다 떠 올랐다. 권 진사가 무슨 물고기냐고 물었더니,

"목멱어(木覓魚)[45]로 주어(鯈魚)와 비슷하나 흰 비늘이 있습니다."
라고 알려주었다. 권 진사는 그곳에서 한 달 남짓 머무르며 동네 사람들의 선산을 죄다 둘러보았다. 그곳에서 나오게 됐을 때 첨지는 이런 부탁

---

44 주씨(朱氏)·진씨(陳氏)의 마을: 원문은 '朱陳之村'으로, 대대로 혼인을 맺고 사는 마을을 지칭한다. 지금 중국의 강소성 서주시(徐州市) 풍현(豊縣)에서 주씨와 진씨가 대대로 혼인을 맺어 왔으므로 이런 표현이 생겨났다. 그 전통은 매우 오래되어 백거이(白居易)가 「주진촌(朱陳村)」이라는 시를 남기기도 했다.

45 목멱어(木覓魚): 강원도 일대에서 부르는 민물고기로 보이나 정확한 대상은 미상이다. 한편 '주어'는 일명 베도라치라고 하는데, 민물에 사는 버들치, 어름치 따위를 말한다. 목역어도 이런 일급수 민물 어종 가운데 하나일 터다.

을 하였다.

"이 마을은 춘천도 아니고 낭천(狼川, 즉 화천)도 아닙니다. 이 평야의
제일 앞머리까지는 몇 리가 되는지 알 수 없고, 아무도 가본 적이 없어
세상에 알려지지 않았습니다. 진사님이 이곳에 오신 것도 인연이 있어서
지요. 이 산을 나간 뒤에는 번거롭게 다른 사람들에게 말하지 않았으면
좋겠습니다."

그러자 권 진사는,

"나도 집에 가서 식솔들을 데리고 오겠습니다."

라고 하니 첨지가 반대했다.

"쉽지 않습니다. 쉽지 않아요!"

권 진사가 그곳을 나온 뒤 늘그막에 집에 있으면서 매번 이렇게 탄식
했다고 한다.

'내 평생 진짜 무릉도원을 찾아 들어갔으나 오로지 세속의 번다함을
벗어던지지 못한 연유로 집안 식구들을 데리고 그곳에 가지 못했구나.'

10-9

금남이 북산에 진을 쳐서 큰 공을 세움

금남(錦南) 정충신(鄭忠信)[46]이 안주목사가 되었을 때다. 인조 갑자년
(1624) 봄, 평안병사 이괄(李适)이 난리를 일으켜 병사 3천 기를 이끌고
지름길로 경유하여 곧장 한양을 침범하였다. 어가는 이를 피해 공주로
내려가 머물렀다. 평양에 부임해 있던 도원수 옥성(玉城) 장만(張晚)[47]은

46　정충신(鄭忠信): 권2 제20화 '금남 정충신 이야기' 참조. 참고로 그가 안주목사로 부임
　　한 시점은 이괄이 일어나기 한 해 전인 1623년이다.
47　장만(張晚): 1566~1629. 자는 호고(好古), 호는 낙서(洛西), 본관은 인동이다. 1591년

처음 반란의 보고를 듣고 급히 금남을 불러오게 하여 방책을 물었다. 이에 금남은 이렇게 답하였다.

"저 역적을 맞을 계책으로는 상·중·하 세 가지가 있습니다. 만약 청천강 이북을 차지하고서 건로(建虜)와 결탁, 함께 힘을 합쳐 거침없이 진군한다면 저들은 이를 막을 수 없습니다. 이것이 상책입니다. 한 도를 완전히 점령한 채 군대를 그곳에 배치하여 지키게 되면 시간이 지나도 깨부수지 못할 것입니다. 이것이 중책입니다. 저들이 곧장 한양으로 내달려 들어가 왕을 참칭하기를 서두른다면 패배하기에 십상입니다. 이것이 하책입니다."

"그렇다면 어떻게 나올 것 같은가?"

이에 다시 대답하였다.

"저 이괄은 용맹하나 지략이 없으니 이익을 보면 의를 잊어버릴 것입니다. 필시 하책을 낼 겁니다."

첩보로 확인해보니 과연 하책을 쓰고 있었다. 즉시 장만과 함께 근왕병을 통솔하여 한양으로 향해 내달려갔다. 장만이 옥천암(玉泉岩), 상암(裳岩)[48] 등지에 군진을 치려하자 금남은 반대하였다.

"병법에 북쪽 산을 먼저 차지한 자가 승기를 잡고 힘껏 싸울 수 있습니다."

이리하여 결국 안현(鞍峴, 곧 무악재)에 진을 치게 되었다. 이괄이 도성에서 진을 친 이곳을 바라보고는 직접 군대를 이끌고 성을 나와 쳐 올라

과거에 급제하여 함경도·충청도·경상도관찰사, 형조·병조판서, 개성유수 등을 역임하였다. 인조반정 이후 1623년 팔도병마도원수가 되었다. 이듬해 이괄의 난이 일어나자 여기 이야기처럼 이 난리를 진압하는 데 공을 세워 옥성부원군(玉城府院君)에 봉해졌다. 저서로는 『낙서집(洛西集)』이 있다.

48 옥천암(玉泉岩), 상암(裳岩): 모두 서대문구 홍제천 가에 있었던 바위들이다. 옥천암은 홍은동 옥천암(玉泉庵) 근처에 있었던 큰 바위이며, 상암은 그보다 조금 아래쪽에 있었던 바위로 그 모양이 치마를 두른 형태여서 치마바위라고 했다.

갔다. 마침 서북풍이 세차게 불었고 금남은 이 바람을 타고 아래로 공격해 내려가 큰 승리를 거두었다. 마침내 역적 이괄을 참수하여 그 머리를 쌍수산성(雙樹山城)[49]에 바쳤다.

임금이 도성으로 돌아오니 장수들은 모두 노량진 어귀에서 맞이하여 모셨다. 그러나 금남만은 자신은 공이 없다고 하여 곧장 안주의 임소로 돌아갔다. 임금이 조서를 내려 그를 부르자 비로소 서울로 올라왔다. 임금이 하문하였다.

"어찌하여 혼자만 먼저 임소로 돌아갔더냐?"

금남이 아뢰었다.

"명을 받은 관리의 몸으로 전하의 땅을 지키지 못하여 제멋대로 역적들이 한양으로 쳐들어가 전하께서 몽진하심은 소신의 죄이옵니다. 이에 군대를 일으켜 적을 토벌함은 소신의 직분이옵니다. 이 죄는 참으로 갚기 어렵사온데 어떻게 공을 바라겠사옵니까? 전하의 영명하심으로 역적들을 이미 토벌했사오니 제가 맡은 자리로 돌아가 죄를 기다림이 마땅하옵니다. 어찌 감히 당돌하게 어가를 맞이하고 공을 구하여 상을 바라겠나이까?"

임금이 그를 더욱 중히 여겼다. 아! 적을 판단함은 신묘했고 병법은 지혜로웠으며 의리를 취함이 밝았으니, 옛날의 명장이라도 그와 짝할 이는 드물 것이다.

---

49 쌍수산성(雙樹山城): 즉 공산성. 인조가 이괄의 난을 피해 공주로 파천했을 때 이곳에 머물렀다고 한다. 이후 쌍수산성으로도 불리었다.

서역 상인이 기이한 병을 사서 진귀한 보물을 얻음

강남(江南)⁵⁰에 심씨(沈氏) 효자가 있었다. 그는 집이 가난했고 부모도 연로하였으나 효심이 지극하여 마을에서 모두 그를 칭찬했다. 하루는 갑자기 큰 비가 쏟아졌다. 그때 작은 물고기 한 마리가 마당에 떨어졌다. 심 효자는 이것을 부친에게 이바지하였다. 그런데 아버지는 이 물고기를 먹고 병을 얻게 되었다. 식음을 전폐하고 오직 청포탕(淸泡湯)⁵¹만 찾았다. 반년이 되도록 병은 낫질 않고 몸만 점점 부어올라 체구가 거대해졌다. 물 한 잔 곡식 한 톨 입에 넣지 못하고 먹는 것은 오직 청포탕뿐이었다. 심 효자는 노심초사하여 의원을 찾아다니며 약을 써 봤지만 하나같이 효력이 없었다. 하늘에 기도하고 신에게 빌었으나 역시 영험이 없었다.

그러던 어느 날, 중국 서쪽 촉(蜀) 땅 상인이 직접 찾아와 병든 아버지를 살펴보았다. 심 효자가 이름난 의원을 구한다고 하자 서역 상인이 말했다.

"이 병은 치료할 수 있소. 내가 이 병을 사고 싶은데 가능하오?"

"부친의 병만 고쳐준다면 결초보은해야 할 일이오. 어떻게 병까지 팔겠소?"

"그렇긴 하나 소홀히 할 수 없으니 매매 문서를 써내시오."

그리고 상인은 사흘간 재소(齋所)에서 밤을 보냈다. 날이 맑은 아침 병자의 방에 들어가 은으로 된 작은 합(盒)을 열고 붉은색 가루약을 조금 꺼내더니 끓인 물 한 잔에 타서 복용케 하였다. 곧바로 병자의 오장이

50　강남(江南): 전라북도의 전주(全州)를 지칭한다. 이는 허목(許穆, 1595~1682)의 『기언 (記言)』에 "江南海陽, 江南, 今全州, 海陽, 今光州."와 왕조실록의 "成宗十四年乙未, 以全 州·瀛州·淳州·馬州等州縣爲江南道."의 기록을 참조할 수 있다. 참고로 『동야휘집』에 는 심 효자가 부안(扶安) 사람으로 나온다.

51　청포탕(淸泡湯): 묵국으로, 잘게 다진 녹두묵에 달걀을 씌운 쇠고기나 닭고기를 넣어 끓인 것이다.

뒤집히며 벌레 한 마리를 토해냈다. 상인은 은젓가락으로 벌레를 집어 은합 속에 넣고 뚜껑을 덮어 비단보로 싸 전대에 감추었다. 병자는 예전처럼 먹고 마시게 되어 병도 금방 나았다. 상인이 기이한 비단과 명주 및 보물 한 수레를 심 효자에게 주며 같이 가자고 하였다. 그들은 함께 남해 바닷가로 가서 자리를 펴고 앉았다. 상인은 누군가를 기다리는 듯했다.

이윽고 한 청의동자가 쑥잎으로 만든 배를 타고 파도 속에서 나와 상자 하나를 앞에 바치며 말했다.

"저희 임금님이 이 물건으로 성의를 표하시며 큰 은혜를 입길 원하십니다."

상인이 상자를 열어보니 모두 산호와 진주였다. 상인은 꾸짖었다.

"보잘것없는 물건으로 큰 걸 바라니 어찌 이리 망령되냐? 여원(如願)이 아니면 얻을 수 없노라."

청의동자는 다시 파도 속으로 들어갔다. 얼마 뒤 백발의 노옹이 수궁에서 나와 백배하며 공경을 다 해 다른 보물을 받아달라고 애걸하였다. 상인이 다시 꾸짖자 노옹은 한참 머리를 긁적이다 청의동자를 물속으로 들여보냈다. 이윽고 맵시가 아리따운 미인 한 명이 파도를 헤치며 나왔다. 그제야 상인이 은합을 열고 벌레를 물 위에 풀어놓자 잽싸게 솟구쳐 올라 작은 용이 되어 떠났다.

상인이 미인을 태우고 돌아가려 하자, 심 효자가 괴이하여 이유를 물었다.

"저 벌레는 용의 아들이오. 구름을 움직여 비를 내리는 도술을 배우다가 실수로 그대의 집에 떨어졌지 뭐요. 도술을 잊어버려 사람에게 삼켜져 벌레가 되어 변할 길이 없었소. 그러다보니 부친은 병중에 청포탕만 먹은 것이고. 내가 이 미인과 벌레를 바꾼 것은 여인이 여원이란 이름처럼 세상에서 하고 싶은 바를 소원대로 이루게 해주기 때문이오. 이것은 세상에서 가장 귀한 보물이라오. 그래서 용왕도 아꼈던 것이고."

심 효자가 집에 돌아가 이 보배와 재물로 거부가 되었다. 사람들은 그의 효성이 하늘을 감동시켜 그리 되었다고들 했다.

10-11

선녀가 산실을 정해주어 큰 현인이 태어남

퇴계 선생의 외조부[52]는 함창(咸昌)에 살았는데 집이 부유했다. 그는 성품이 후덕하여 너그럽고 엄격한 군자의 풍모를 지녔다. 그래서 고을에서는 그를 영남의 부자(夫子, 즉 공자)로 일컬었다.

때는 엄동설한으로 눈발이 세차게 불고 있었다. 갑자기 나병을 앓고 있는 한 여인이 문밖에 나타났다. 누더기를 걸친 채 묵어가게 해달라고 하였다. 그녀의 외모와 행동이 흉측하기가 비할 데 없어 사람들은 다코를 막고 고개를 돌릴 정도였다. 위아래 할 것 없이 온 집안사람들이 손을 내저으며 쫓아내 문밖에 한 발짝도 들이지 못하게 했다. 하지만 노인은 달랐다.

"쫓아내지 말거라! 저이가 모진 병을 앓고 있거늘 이렇게 날이 저물고 풍설이 몰아치는 중에 어찌 차마 내치겠느냐? 우리 집에서 받아들이지 못한다면 다른 사람이야 누가 들이려 하겠느냐?"

밤이 깊어지자 이 여인이 추워 죽겠다고 소리쳤다. 노인은 다시 외면

---

52 외조부: 즉 박치(朴緇, 1441~1499). 자는 자치(子治), 본관은 반남이다. 형조·공조 정랑, 사헌부집의, 영천군수, 진주목사 등을 역임하였다. 5남 1녀를 두었으며, 딸은 이식(李埴, 1463~1502)에게 시집가서 5남을 낳았다. 그중 막내가 바로 이황이다. 본 이야기에서 박치의 딸이 초산일 때 낳은 이가 이황이라고 한 것은 잘못으로, 그녀의 첫째 아들은 이서린(李瑞麟)이다.

할 수 없어 방 안으로 불러들여 윗목에서 자게 했다. 여인은 노인이 잠든 틈을 타 점점 아랫목 쪽으로 내려와 발을 이불 속으로 넣기까지 하였다. 노인은 그때마다 깨서 두 손으로 그녀의 다리를 이불 밖으로 밀어냈다. 서너 번을 이렇게 하였다. 새벽이 되자 그녀는 아무 인사도 없이 곧장 가버렸다. 며칠 새에 다시 찾아왔는데 노인은 조금도 난처한 기색 없이 이전처럼 묵게 해주었다. 일이 이리되자 온 집안에서는 걱정이 깊어만 갔다.

그러던 어느 날, 그녀가 홀연 아리따운 미인의 모습을 하고 나타났다. 이전의 나병을 앓고 남루했던 차림새는 거의 허물 벗듯이 싹 가시고 없었다. 노인도 몹시 의아해 조용히 자초지종을 물었다.

"저는 사람이 아니고 바로 천상의 선녀랍니다. 잠시 생원님 댁에 나타나 어른의 마음씨와 덕성을 시험해보았지요. 그 외에는 다른 뜻이 없습니다."

이 말에 노인은 자신도 모르게 공손하게 높이며 감히 쳐다볼 생각도 못했다. 이에 여인이 말했다.

"지난번에 몇 날 밤을 이불 속에서 내 손과 발을 잡았거늘 다시 무슨 남녀의 구별이 있겠습니까? 나와 생원님은 이미 전생의 인연이 있었던 것이니 조금도 놀라거나 개의치 마세요."

이리하여 동침을 하였다. 10여 일이 지나자 일가의 사람들은 모두 괴상하다 하며 그녀를 도깨비나 요괴로 지목하기에 이르렀다. 그러나 노인은 조금도 흔들리지 않고 한결같이 성심으로 대했다. 하루는 여인이 말했다.

"오늘 나와 생원님은 헤어져야겠습니다."

"이 무슨 말이오? 인간 세상으로 귀양 온 기한이 이미 찼단 말이오? 아니면 나의 정성과 대접이 전만 못해서 그러오?"

"다 아닙니다. 세세한 이유야 번거롭게 얘기할 건 없겠지요. 다만 한

가지 드릴 말이 있으니 생원께서는 꼭 어기지 말고 따르세요."

그러더니 얘기하였다.

"안채 뜰에 아무 방향으로 한 칸 집을 지으세요. 안을 말끔하게 치우고 도배를 한 다음 단단히 잠가 아무 때나 열지 마시고 꼭 주인댁과 성이 같은 산부를 기다리세요. 그이가 해산할 때가 되면 모름지기 이곳에 들어가게 하여 아이 낳는 방으로 쓰세요."

이 말을 마치고 문을 나서더니 순간 보이지 않았다. 노인은 기이해하며 이 말을 모두 따라 안채 뜰에 알려준 방향에다 한 칸짜리 집을 잘지었다. 아무리 긴급한 일이 있어도 이 방에는 들어가지 못하게 했다. 자손 중에 태기가 있어 산달이 가까워지는 이가 있으면 그곳에 들어가게 했으나 그때마다 산통을 할 뿐 아이를 낳지는 못했다. 다른 방으로 옮기고 나서야 낳을 수 있었다. 노인은 그녀의 말이 맞아떨어지지 않는 게 이상했으나 그래도 감히 아무렇게나 쓰지는 않았다.

노인의 사위는 예안(禮安) 사람으로, 그의 아내가 처음 임신하여 산달이 임박했다. 해서 그녀를 데리고 처가로 왔다. 노인은 부부를 맞이하여 자기 집에 머물게 했다. 아이를 낳을 때가 되자 갑자기 몸에 병이나 통증이 심해졌다. 백방으로 치료했으나 전혀 효과를 보지 못해 온 집안이 걱정이 태산이었다. 그러던 중에 병을 앓던 딸이 노인에게 이렇게 청하였다.

"전에 들으니 집에 선녀가 내려왔을 때 아이 낳는 방을 새로 지었다고 하던데요. 지금 산달이 되어 생각지도 않게 병을 얻어 아무래도 다시 살 가망이 없게 되었어요. 이 방에 들어가게 된다면 혹시 살길이 있을까 싶으니 제발 저를 그 방으로 옮기게 해 주세요……."

노인이 곰곰이 생각해보았다.

'그 선녀가 주인과 같은 성이라고 말했으니 이전 산부들은 비록 우리 집안의 자부와 손부들이지만 모두 다른 성씨라서 이곳에 들여도 효험이 없었던 거군. 지금 내 여식은 비록 출가는 했으나 원래 같은 성이니 아마도 효험이 있을 것 같군. 선녀의 말이 내 딸아이를 가리킨 것이었구나!'

이리하여 딸을 그곳에 들어가게 했는데, 들어간 지 며칠 만에 병이 씻은 듯이 나았고 아들까지 순산하게 되었다. 이분이 퇴계선생으로, 동방의 대유(大儒)가 되었으며 문묘에 배향되었다. 큰 현인이 태어남은 이렇게 범인과는 다른 법이다.

10-12

중이 된 종이 주인을 위해 좋은 묏자리를 점지함

안동 한광근(韓光近)[53]은 대대로 서교(西郊)[54]에 살았다. 그의 조부가 계실 때부터 재산이 꽤 많았고 거느린 종들이 많기로는 그 고을에서 제일이었다. 그런데 한 포악한 종놈이 며느리를 들이던 날에 상전에게 대들며 욕을 보였다. 상전은 노발대발하여 이놈을 때려죽이려 했는데, 그가 도망해버리자 대신 그놈의 아내에게 화를 옮겨 안채에 있는 창고 안에 가두어버렸다. 다만 혼례를 치르는 길일이라 바로 집행하지 못하고 사흘을 미루었다가 그 뒤에 때려죽일 참이었다.

밤이 깊어지자 신부가 측간을 다녀오는데 눈물 흘리며 오열하는 소리를 듣게 되었다. 이틀사흘을 이리하자 신부는 속으로 몹시 의아심이 들

---

53 한광근(韓光近): 1735~?. 자는 계명(季明), 본관은 청주이다. 1768년 과거에 급제하여 부수찬, 동부승지, 양주목사, 대사헌 등을 역임하였다. 여기서 안동이라고 한 것은 그가 임자년(1792)에 안동부사가 된 이력이 있기 때문일 터인데, 실제 그가 안동부사로 부임한 사실은 확인되지 않는다. 대신 1793년에 청송부사에 재직했다는 정보는 있다. 참고로 『일성록』에는 그가 동부승지로 있을 1791년에 눈병을 앓았다는 기록이 보인다.

54 서교(西郊): 권5 제26화 '덕원령 이야기'에 나왔듯이 일반적으로는 서대문 밖을 지칭하나, 여기서는 지금의 서교동 일대를 특정한 것으로 판단된다.

었다. 그래서 그 소리를 따라 찾아 가보니 창고 안에서 들려오는 것이었다. 그런데 창고가 자물쇠로 단단히 닫혀 있어 들어갈 수가 없었다. 신부는 직접 자물쇠를 뽑고서 문을 열고 들어가 봤다. 그 안에서 계집종이 깜짝 놀라며 몸을 수그렸다.

"소인이 죽음이 무서운 줄도 모르고 잠시 울었사오니 그 죄를 알고말고요."

이에 신부가 물었다.

"너는 누구이며 어째서 밤마다 이 창고 안에서 슬피 운단 말이냐?"

"소인의 지아비 아무개가 일전에 생원 나리를 크게 욕보이고 그 길로 몸을 피해 도망을 쳤답니다. 생원 나리께선 분함을 풀 길이 없어 소인을 창고 속에 가두고서 새아기씨의 신례(新禮)가 끝나기를 기다렸다가 때려죽일 요량이었답니다. 해서 지금 여기에 소인을 가둬둔 것이고요. 소인은 조석 간에 죽을 목숨이니 죽으면 그만이오나, 다만 차마 놓을 수 없는 것은 저 품 안의 어린 아기이옵니다. 태어난 지 이제 겨우 십사일 밖에 안 됐으니 소인이 죽게 되면 저 가련한 아이도 따라 죽을 밖에요. 이것이 원통하여 소인도 모르게 목 메이는 소리가 자연히 나온 것입니다."

신부가 이 말을 듣고는 짠한 마음이 절로 일어나 그녀에게 이리하라고 일러주었다.

"나는 엊그제 새로 온 신부란다. 내 지금 너를 내보낼 테니 멀리 도망가 목숨을 부지하거라."

그러자 계집종은,

"소인이 여기서 나가면 좋기는 하옵니다만, 아기씨께선 죄가 가볍지 않으실 터인데 어쩌시려고요. 감히 그렇게 할 수 없습니다."
라고 하니, 신부가 일렀다.

"나야 알아서 막을 방도가 있으니 너는 여러 말 말고 당장 나가서 도망가거라."

이리하여 계집종은 밤을 틈타 멀리 도망쳤다. 사흘이 지나 노생원이 사랑채로 나와 앉아서 건장한 종들을 시켜 창고 안에 가두어 둔 계집종을 끌고 나오라고 하였다. 그러나 자물쇠는 그대로인데 계집종은 그림자도 보이지 않았다. 노생원이 한바탕 난리를 쳐 조만간 큰 사단이 일어날 지경이라 온 집안이 덜덜 떨었다. 이에 신부가 두려워하거나 위축되지 않으며 당돌하게 나와 자물쇠를 풀고 계집종을 내보낸 사정을 죄다 얘기하였다. 노생원은 몹시 분통하였으나 신부가 저지른 일이라 또한 어찌할 수 없어 그대로 둘 수밖에 없었다.

그 후 몇 년 사이에 집안의 재산은 점점 줄어들었고 노인은 이미 세상을 떴다. 신부는 두 아이를 낳았는데, 모두 영특한 재주가 있었으나 집안은 가난하기 짝이 없었다. 어느덧 지난날의 신부도 이제 늙어 죽게 되어 초혼(招魂)하고 발상(發喪)할 즈음에 갑자기 한 중붙이가 나타났다. 그는 곡을 하며 달려와 곧장 안뜰로 들어가더니 땅에 엎어져 한참을 슬피 울었다. 집안사람들은 모두 황당하였다. 이 중이 곡을 마치고 나자 두 상주가 물었다.

"너는 어느 곳에 거처하는 중인데 감히 양반 집안의 부인상에 당돌하게 와서 곡을 하는 게냐?"

중은 눈물을 닦고서 여쭈었다.

"소인은 아무 사내종과 아무 여종의 아들이옵니다. 소인이 대부인 주인마님의 하늘과 같은 은덕으로 다시 살 수 있었사옵니다. 이 은혜를 마음에 새겨 어느 날인들 감히 잊었사오리까? 지금 상이 났다는 소식을 듣고 분곡(奔哭)을 아니할 수 있겠습니까?"

상주 두 사람은 어릴 적부터 이 일의 전말을 익히 들었던 터라 비로소 이 중이 바로 창고 속에 갇혔던 여종이 안고 있던 아이임을 알아차리고 서로 쳐다보며 감탄을 금치 못했다. 이 중은 며칠 동안 행랑에서 머물다가 성복(成服)을 마치고 나자 다시 아뢰었다.

"상주님께선 지금 이렇게 성복을 하여 큰일을 치렀으니 장례를 마치고 나면 이어지는 절차가 있을 터인데, 과연 평소 정해 놓은 장지는 있습니까?"

"집안 선산에 남은 터가 없는 데다 이렇게 가난하고 궁하니 새로 점지하는 것도 쉽지 않다네. 그러니 이게 걱정일세."

그러자 중이 이렇게 말했다.

"소인이 창고에서 나온 뒤로 모친께서는 젖을 먹이고 키우시면서 늘 '네가 오늘이 있게 된 것은 마님의 덕택이니라. 하늘과 땅, 강과 바다도 그 높고 깊은 덕에 비길 수 없단다. 너는 훗날 꼭 그 보답을 해야 한다.' 라고 하셨지요. 지금 모친께서는 돌아가신 지 오래되었지만, 그 남긴 부탁은 지금도 귀에 맴돌아 보답하겠다는 일념만이 가슴속에 굳게 맺혀 있었습니다. 그래서 소인이 바로 머리를 깎고 중이 되었는데, 다행히 신통한 스승을 만나 풍수의 비술을 대략 깨우쳐 지금까지 마음에 담아두고 있었습니다. 이십 년간 좋은 산지를 찾아다니다가 여기서 삼십 리쯤에 있는 아무 좌향의 언덕을 점지해두었습니다. 다른 지사의 말은 듣지 마시고 과감히 묘를 쓰십시오. 그러면 이후 집안의 음복은 다 말할 수 없을 것입니다. 소인의 빚도 이것으로 다 갚을 수 것이고요."

이에 상주가 물었다.

"이미 네가 이렇게 지극한 성의를 내보이니 어찌 다른 곳을 찾겠는가? 과연 그곳이 어디인가?"

"여기서 강을 하나 건너면 바로 인천 땅이니, 상주님과 함께 직접 가서 살펴보고자 합니다."

그다음 날 두 상주는 이 중과 함께 가서 그곳을 살폈다. 중은 한 잡풀이 무성한 봉분을 가리키며,

"이곳입니다, 이곳이요!"

라고 하였다.

"여기는 오래된 무덤 아닌가. 어찌 이곳에 쓴단 말인가?"

"이곳은 옛날 누군가가 쓴 무덤이지만 실제 매장한 것은 아닙니다. 바로 지금 봉분을 헐어서 살펴보면 알 수 있을 것입니다."

이리하여 그 봉분을 헐자 고려 때의 표석이 묻혀 있었다. 상주는 몹시 기뻐하며 날을 잡아 묘를 쓰고 나자, 중은 돌아가겠다며 아뢰었다.

"소인의 일은 이미 마쳤습니다. 주인마님은 복을 받을 곳으로 들어가셨으니 이보다 더한 운은 없을 것입니다. 앞으로 삼 년이 지나면 집안 살림살이가 조금씩 나아지고, 십여 년이 지나면 상주님은 과거에 급제할 것이며, 그 뒤로는 한없이 번창할 것입니다."

여기 상주가 바로 광근(光近)으로, 과연 계사년(1773)에 문과에 급제했으며 여러 청직을 거쳤고 자손들도 많이 이름을 날렸다.

광근이 임자(1792) 연간에 안동부사가 되었을 때, 어느 날 갑자기 영남 지방의 한 풍수가를 만나게 되었다. 그가 모친의 산소를 보고 이곳은 시비가 분분하고 헐뜯는 비방이 여러 번 일어날 징조가 많다고 알려주었다. 그러자 광근이 이 말에 현혹되어 장차 이장하고자 덧널을 파내려고 하였다. 그때 산 위에서 한 늙은 중이 나타났다. 손으로 가사를 걷어잡고 급히 산 아래로 달려와서는 큰 소리로 외쳤다.

"헐지 마십시오, 헐지 마! 잠깐 기다리시오."

광근이 괴이하여 하던 일을 멈추고 기다렸다. 그가 가까이 와서 보니 바로 지난날 묏자리를 점지해 준 중이었다. 그 중은 문안을 올리고 난 뒤 급히 물었다.

"이 산소를 무슨 이유로 옮기시려 합니까?"

"화가 있을 거라고 해서라네."

"땅속이 안온하면 영감께서는 마음을 놓으시겠습니까?"

"그러겠네."

그 중은 당장 왼편에 구멍을 뚫어 영감더러 손을 넣어보라고 하였다.

"어떠십니까?"

"오오, 온기가 느껴지니 화가 생기지 않을 성 싶네."

"얼른 단단히 봉하셔야 합니다. 이제는 쭉 마음을 놓으시고 다시 이장할 생각은 마십시오."

그러더니 중은 인사를 하고 떠나며 말하였다.

"올봄과 여름 사이에 영감께서는 필시 눈병을 앓으실 터인데 그 뒤로 다시는 앞을 볼 수 없을 것입니다. 이 산소를 파헤치지 않고 평안하게 12년이 지났다면 발복이 어느 지경에까지 이를지 알 수 없었겠으나, 지금 끝내 이렇게 되었으니 이것은 가문의 운명이 아니겠습니까?"

그리고는 마침내 떠나갔다. 과연 광근은 임자년 가을에 유행병이 돈 뒤 마침내 눈병을 앓아 결국 실명하였으며, 그 뒤로 오래지 않아 죽었다. 이 중의 말이 과연 딱 맞아떨어진 것이다.

10-13

뛰어난 의원이 병을 낫게 하여 주석을 받음

자하동(紫霞洞)[55]에 사는 정(鄭)진사는 고상한 이였다. 일찍이 남다른 재주를 지녀 거문고와 바둑, 글씨와 그림, 의술과 약재, 점을 치는 것까지 환히 꿰지 않은 것이 없었다. 술 마시기를 즐겼으며 집은 가난하나 별난 취미가 있었다. 텅 빈 한 칸 방에서 그림과 책으로 즐거움을 삼았다. 어느 날 새벽 잠에서 깼는데 한 잘생긴 젊은이가 문을 열고 들어왔다. 그가 말하기를,

---

55 자하동(紫霞洞): 한양 도성의 사소문 중 하나인 자하문 일대이다. 따로 개성 송악산의 골짜기와 자하 신위(申緯)가 우거했다는 관악산 남동쪽 골짜기 등을 지칭하기도 하는데, 여기 이야기의 정황으로 보아 도성 옆 자하동으로 판단된다.

"저는 김포(金浦)에 살고 있으며 성은 백(白), 이름은 화(華)라 합니다. 선생의 높은 이름을 익히 들어서 한번 존안을 뵙고자 하여 찾아왔습니다." 라고 하였다. 정생이 그를 보니 풍모와 거동이 시원시원하며 장쾌하고 말씨에 조리가 있어 시골 출신은 아니겠구나 싶었다. 백생이 소매 속에서 한 작은 병을 꺼내 술을 따라 올렸다.

"처음 뵙는데 이 박주(薄酒)로나마 애오라지 성의를 표하고자 합니다."

정생이 그 잔을 받아 마시니 술기운이 차고 상쾌하였다. 이런 맛은 평생 처음이라 연거푸 두 잔을 마셨다. 이 작은 병은 겨우 두 잔이 들어갈 정도였고 뚜껑으로 잔을 삼고 병 바닥에 작은 찬합이 붙어 있는데 찬합 안에 안주가 있었다. 이 또한 별미였다. 정생은 더욱 의구심이 일었다. 그가 인사를 하고 떠나더니 다음 날 아침 다시 찾아왔다. 이렇게 하기를 연 10일 동안 이어졌다. 정생이 가만 그의 동정을 살펴보다가 물었다.

"자네, 무슨 하고 싶은 말이 있는가?"

"소생에게 매우 간절한 사정이 있사온데, 감히 청하지 못하겠습니다."

"무슨 사정이 있는가?"

"소생의 부친이 병이 나셨는데 지금 몇 년째 앓아 괴로워하고 계십니다. 한 번만이라도 왕림하셔서 진찰해주신다면 이보다 더 감사할 게 있겠습니까."

정생은 벌써 열흘 동안 술을 얻어먹은 데다 그 병의 정체와 원인도 알고 싶어져 마침내 허락하였다. 백생은 몹시 기뻐하며,

"이미 밖에 나귀를 준비해두었습니다."

라고 하였다. 이리하여 나귀를 함께 타고 길을 나서 양화(楊花)나루에 이르러보니, 작은 나룻배가 정박해 대기하고 있었다. 그 배를 타자마자 나는 듯이 가는데 어디로 가는지 알 수 없었다. 이윽고 큰 바다로 나갔다. 정생은 속으로,

'이는 필시 이인이로구나!'

라고 읊조렸으나 영문을 따져 물어보진 않았다. 대신 태연히 술을 마셨다. 그러던 중 갑자기 바다 위에 큰 선박이 나타났다. 비단 돛을 높이 걸고 사공이 소리쳤다.

"오르시오, 올라!"

이 말에 백생은 정생더러 큰 배로 옮겨 타자고 하였다. 이 배는 우리나라에서 만든 모양새가 아니었다. 배 안 선실이 있는데 창문과 난간, 문짝은 모두 침향목으로 장식하였으며, 그 안에는 필통과 차 화로가 놓여있었다. 비단 자리가 깔려 있으며 붉은 휘장도 드리워져 있었다. 선실에 자리를 잡고 앉자 술과 찬을 내왔는데 이 모두 기이한 맛이었다. 백생은 정생을 모시고 앉아 시중들기를 조금도 게을리하지 않았다.

이틀 낮밤이 지나 비로소 한 해안 사이에 정박하게 되었다. 구름과 바다가 하늘에 맞닿은 것만 보일 뿐이었다. 백생의 청으로 배에서 내려오니, 해안가엔 비단 막사가 줄지어 있고 수레와 말이 운집해 있었다. 각자 수레를 타고 이동하였는데, 그들의 생김새와 옷차림새, 성과 궁전, 저잣거리가 모두 다른 모양새였다. 한 궁에 들어가 머무르니 장식의 화려함은 이루 다 형언할 수 없었다. 정생이 이에 물었다.

"이곳이 어디요?"

백생이 대답하였다.

"소생이 속이고 아뢴 죄는 벗어날 길이 없습니다. 이곳은 백화국(白華國)[56]이며, 소생은 백화국 태자입니다. 부왕께서 병을 앓아 천하의 양의

---

[56] 백화국(白華國): 미상이다. 전통시대 한반도에서 남쪽 바다의 전설은 확인되지 않은 국명이 자주 나오는데, 백화국도 이전 자료에는 등장하지 않는 상상의 공간이다. 다만 여러 가지 정황으로 봐서 오키나와 일대를 상정하고 있는 것으로 판단된다. 참고로 '백화(白華)'는 『시경』의 편명이기도 한데, 소아(小雅) 녹명지십(鹿鳴之什) 편엔 제목으로만 남아있고, 어조지십(魚藻之什) 편엔 사랑을 잃은 궁중 여인의 노래라고 하여 주나라 유왕(幽王)을 풍자하는 내용으로 알려져 있다. 이때 백화는 왕골을 뜻하며, 이 편의 전체가 물고기가 숨어 있는 수조(水藻)를 상정하고 있기에 여기 백화국도 이를 차용한 것이 아닌가 싶다.

(良醫)를 죄다 찾았으나 지금까지 만나지 못했습니다. 지금 하늘이 도와 선생께서 왕림하셨으니 내일 날이 밝으면 진찰하고 약을 써주시기를 간절히 빌고 빕니다."

정생은 묵묵히 그 병의 증세가 어떤지 묻지도 않은 채 하룻밤을 묵었다. 다음 날 아침, 태자가 찾아와 안부를 묻고 들어가기를 청하자 정생이 그를 따라 한 궁전에 이르렀다. 그곳은 '태화전(太華殿)' 세 글자가 큰 글씨로 쓰여 있고 웅장하고 화려하기가 비할 데 없었다. 그 안으로 들어가니 국왕이 좌정하고 수백 명의 궁녀가 좌우에서 모시고 있었다. 정생이 절을 하고 올려다보니 국왕은 등에 반송(盤松) 하나를 진 채 앉아 있었다. 정생은 이것을 보고 깜짝 놀라 안부를 여쭐 뿐이었다. 국왕이 대답하였다.

"먼 데서 오느라 고생이 많았겠소. 이 고마움을 어찌 다 표현하리오?"

정생에게 진맥해 보라고 한 뒤 자신이 병이 난 사정을 얘기해주었다.

"과인은 어렸을 때부터 식성이 소나무 먹는 것을 너무 좋아하여 솔순과 솔잎, 뿌리까지 삶아 먹지 않은 게 없었소. 이 때문에 몸이 건조하고 열이 오르기가 점점 심해지더니, 어느 날 등이 견딜 수 없을 정도로 가려웠고 홀연 소나무 하나가 자라났소. 싹과 줄기가 자라더니 반송 모양이 돼버렸소. 솔가지와 솔잎에 다른 물건이 닿으면 통증을 참기 어렵다오. 이게 도대체 무슨 병이오?"

정생은 의서(醫書)를 많이 봤다고 자부해 왔으나 이것은 들어보지도 실제 보지도 못한 괴이한 증세였다.

"물러가 생각해본 뒤에 약을 써 보겠나이다."

그러고는 머무는 숙소로 돌아왔다. 태자는 정생 모시기를 더욱 공손히 하였다. 밤낮으로 궁리해 보았으나 그 증세를 알 길이 없었다. 삼 일 밤낮을 향을 사르고 묵묵히 앉아 있다가 한 가지 묘책이 떠올랐다. 이에 태자에게 말하였다.

"도끼 백 자루와 가마솥 하나, 땔나무 백 단, 냉수 한 동이를 오늘

중으로 준비해 오시오."

이것들을 가지고 오자, 정생은 즉시 가마솥 안에 도끼를 넣고 물을 부어 약한 불과 강한 불[57]을 써가며 달였다. 사흘째 되는 날 쇠그릇에 달인 물을 담아 태화전으로 들어갔다. 국왕의 반송 밑에서 손으로 이 물을 곳곳에 빠짐없이 점을 찍듯 뿌렸다. 그러자 반나절도 되지 않아 솔잎이 점점 마르고 누렇게 변하더니 저절로 떨어졌으며, 해가 질 녘에 는 남은 뿌리들이 새끼손가락 크기만큼 작아졌다. 계속해서 물로 씻어내 자 모두 다 사라지고 흔적마저 없어졌다. 이어서 국왕더러 이 물 한 사발 을 마시게 하였더니, 통증이 구름 걷히고 하늘이 개듯 말끔히 사라졌다. 국왕의 부자는 하늘에 외치고 땅을 구를 만큼 기뻐하며 나라에 사면령을 크게 내렸다. 정생에게 이를 어찌 다 갚을 수 있겠냐며 감사해하였다.

국왕이 이 병이 난 원인을 물었더니 정생이 이렇게 답하였다.

"소나무 독이 몸속에 쌓였기 때문입니다. 목(木)은 화(火)를 낳는 법이라 이 독으로 인해 나무가 자라난 것입니다. 지금 도끼는 찍어내는 것이며 또 금(金)에 해당합니다. 금은 목을 이기는 법이니 이 독기가 해소되어 통증이 저절로 없어진 것입니다. 이것이 도끼와 솥과 물을 쓴 이유입니다."

다시 물었다.

"그러면 이는 어느 책에 나오는 것이오?"

"이 병은 출처가 없어 약도 출처가 없습니다. 다만 의(醫)는 의(意)인 것입니다. 세상의 그저 그런 의원은 다만 의서에 기재된 처방만을 따르 는 까닭에 곧이곧대로만 할 뿐 변통을 할 줄 모르고 간혹 잘못 처방하여 사람을 해치기까지 합니다. 옛날 유부(兪跗)[58]와 편작(扁鵲) 같은 이의 의

---

57 약한 불과 강한 불: 원문은 '文武火'로, 문화(文火)는 약한 불을, 무화(武火)는 강한 불을 뜻한다. 주로 약을 달이거나 음식을 조리할 때 센 불과 약한 불을 적절히 조절하 는 것을 지칭하는 표현이다.

58 유부(兪跗): 황제(黃帝) 때의 명의이다. 고대 중국에서 뛰어난 의술을 가진 인물의

술에 이르러는 모두 뜻[意]으로 풀어서 그 정묘함을 다하였으니, 이는 의서에서 얻을 수 있는 것이 아닙니다."

이에 3일간의 조촐한 연회와 5일간의 성대한 연회로 정생을 신명 받들듯 모셨다. 정생이 돌아가겠다며 아뢰자 국왕이 붙잡았다.

"인생살이란 흰 망아지가 문틈을 지나가듯 빠르니, 마음에만 든다면 어딘들 살 수 없겠소? 함께 부귀를 누리며 남은 생을 다하고 싶은데 어떻소?"

"부귀는 제가 바라는 것이 아닙니다. 저는 제가 사는 거처를 좋아하니 속히 집으로 돌아감만 못합니다."

아무리 고관대작과 화려한 집채, 황금과 백옥으로도 그의 마음을 움직일 수가 없었다. 국왕 부자가 힘써 붙잡으려 했으나 그럴 수 없었다. 할 수 없이 태자가 말하였다.

"선생의 은혜는 강과 바다로도 측량할 수 없으니 이를 보답할 길도 따로 없군요. 하루 이틀이라도 더 머무르시면 전별연을 열어서 보내드리겠습니다. 가실 땐 주석(酒石)을 드리고자 하는데 선생께서 받으실는지요? 이 주석은 바닷속에서 난 것으로 그야말로 보배랍니다. 지난번 선생께서 마신 술은 다 이 주석에서 나온 것이지요. 이것을 그릇에 넣어두면 단술이 저절로 만들어져 천 년이 지나도 마르지 않습니다."

정군은 술을 좋아하는 사람이라 이렇게 답하였다.

"떠나는 이에게 선물을 주는 것은 예로부터 전해오는 예이니 어찌 안 받을 수 있겠소?"

이리하여 마침내 그 주석을 은합에 담아 정생에게 올렸다. 며칠 뒤 길을 나섰는데 하나같이 올 때와 같은 광경이었다. 다시 양화나루에 정박하여 그 길로 집에 돌아가니, 집안 식구들은 보름 남짓을 애타게 기다

계보는 신농씨로부터 유부, 편작, 태창공, 화타 등으로 이어진다.

리고 있었다. 정생은 식구들에게 이 일을 말해주고 주석은 몰래 간직하며 평생토록 즐겼다고 한다.

정승이 옥동자상을 돌려주어 빚을 갚음

정승 이 아무개는 젊은 시절 도량이 크고 마음이 확 트여 얽매이는 일이 없었다. 재주와 국량도 제법 품고 있었다. 하지만 한때 닭싸움[鬪鷄]이나 말 타는 재주로 세상에 이름이 알려졌다.

하루는 동대문 밖 교외로 나갔는데, 어떤 하인이 준마를 끌고 긴 방죽에서 걸음을 훈련하고 있었다. 그 말은 털색이 희고 사슴 다리에 물오리 앞가슴[59]을 하고 있었다. 또 눈은 방울을 걸어놓은 것 같고, 은장식 안장에 수를 놓은 굴레까지 사람의 눈을 빼앗고도 남았다. 이 공은 이 말이 좋아 한번 타고 달려보고 싶다고 하자, 하인은 흔쾌히 그러라고 했다. 해서 이 공이 안장에 걸터앉자 폭풍이 몰아치듯 내달려 어디로 가는지 알 수 없었다. 해가 뉘엿뉘엿해질 때쯤 어느 깊은 산의 큰 골짜기에 자리 잡은 초막에 당도하였다. 이 공이 말에서 내리자 건장한 사내 수백 명이 그의 앞에서 절을 올리는 것이었다.

"저희는 다 양민이올시다. 굶주림에 내몰리다 보니 이렇게 모여들어 녹림당(綠林黨)이 되었소이다. 바라건대 각자 살아갈 밑천을 마련하면 다

---

59 사슴 다리에 물오리 앞가슴: 원문은 '鹿脛鳧膺'으로 말의 다리와 가슴을 미화할 때 쓰는 표현이다. 그 사례가 『태평광기』·「위포생기(韋鮑生妓)」에 나온다. 원문은 다음과 같다. "부락에서 준마 두세 필을 획득하였는데, 용 얼굴에 봉황 목이며, 사슴다리에 물오리 앞가슴을 하고 있었다. 눈은 크고 다리는 날렵하며 등은 평평하고 근육은 단단한 게 준마의 조건을 다 갖추고 있었다.[部落駔駿獲數匹, 龍形鳳頸, 鹿脛鳧膺, 眼大足輕, 脊平肋密者, 皆有之]"

시 양민으로 되돌아가기를 바라고 있소이다. 하지만 지략이 얕아 아직 재물을 모을 방도를 찾지 못하고 있소이다. 이제 낭군께서 왕림하셨으니 꾀를 내어 방도를 내주셔서 저희의 소원이 이루어질 수 있도록 도와주시오."

이 공은 어렵다고 하였다.

"나는 글 하는 선비라서 시나 짓고 글이나 지을 줄만 알지 이런 일은 알지 못하네. 이야말로 나무에 올라가 물고기를 잡는 것[緣木求魚]이고, 뒷걸음질을 쳐서 앞으로 나가려는 것[却步求前]과 비슷하지 않은가?"

이렇게 백방으로 고사하였으나 끝내 받아들여지지 않았다. 밤낮으로 고민하고 고민하다가 어쩔 수 없이 그러자고 하였다. 그러자 저들이 제안 하나를 했다.

"장안의 졸부 홍 동지(洪同知)의 집에는 외아들과 과부뿐이랍니다. 그 집 재산이 수만금이라는데 어떻게 하면 그 재물을 다 털어올 수 있을까요?"

이 공이 부득이 하나의 계책을 일러주었다.

"너희들은 수백 금의 돈을 가지고 서울로 올라가서 홍 동지 집에 드나드는 단골 판수[盲卜]와 무당은 물론 근처의 무당과 판수들을 자세히 탐문하거라. 저들을 이곳으로 꾀어 단단히 결탁한 다음, 홍 동지의 집에 변괴가 생겨 길한지 흉한지를 물어 오거든 꼭 이렇게 둘러대 놓으라고 하였다. '성주신이 납시어, 곧 집에 큰 화가 닥칠 텐데 아무 날이 가장 흉한 날이다. 그날에는 일가의 남녀노소를 막론하고 도망쳐 목숨을 보전해야 한다. 집안에 어떤 변괴가 일어나도 돌아봐서는 안 된다고……' 무당들과 판수들이 모두 똑같이 그렇게 말하도록 한 다음 너희들은 그 집 사방에 잠복해 있다가 한밤중이 되면 기와 조각이나 돌멩이를 집 안으로 집어 던지거라. 이렇게 연달아 사흘 밤을 지속하면 홍 동지 집에서는 분명히 점을 쳐보고 집 밖으로 피신할 게다. 그러면 그날 밤에 그 집의 보물과 돈을 다 긁어오면 되는 거다."

마침내 도둑들은 그의 계책을 따른 끝에 수만금의 재물을 차지하게 되었다. 이에 수백 명이 이 재물을 균등하게 나누고 그에게는 그 배를 챙겨주는 것이었다. 이 공은 씩 웃으며 거절하였다.

"내가 어찌 재물을 얻자고 이 일을 했겠느냐? 한때의 위험에서 살기 위한 계책이었느니라."

그런데 이 보물 가운데 옥으로 만든 동자상(童子像) 하나가 비단 보에 싸여 있었다. 이 공은 이걸 가지고서,

"이것만 가지면 충분하니라."

라고 하였다. 이윽고 이 공은 준마를 타고 돌아왔으며, 저들도 각자 뿔뿔이 흩어졌다. 이 공은 이 일을 비밀에 부치고 발설하지 않았다.

훗날 이 공은 과거에 급제하고 평양감사까지 되었다. 이 공은 홍 동지의 아들을 불러오게 해서 만나보니 아직 젊은 나이였다. 그래서 이 공은 그를 막하의 비장(裨將)으로 임명하여 감영으로 데리고 갔다. 감영 곳간에서 쓰고 남은 재물이 있으면 죄다 그에게 맡겨 관리하게 하였다. 임기를 마치고 돌아가게 되자, 홍 비장이 남은 재물을 어떻게 처리할 것인지를 여쭈었다. 그랬더니,

"자네 집에 가져다 두게."

라고 하였다. 집으로 돌아온 뒤 다시 여쭈자 이번에는,

"자네 집 노모를 여기로 모시게. 내가 좀 뵀으면 하네."

라고 하는 것이었다. 그 말대로 노모가 과연 찾아와 내실에서 만났다. 이 공은 마침내 그 옥동자(玉童子)를 꺼내 보여주었다.

"자당께선 이 물건을 아시겠소?"

부인은 옥동자를 보자마자 눈물을 비오듯 쏟아냈다.

"무슨 일로 그렇게 우시오?"

이 공이 묻자 대답이 이랬다.

"이 물건은 우리 집 가장께서 역관으로 연경(燕京)에 갔을 때 얻어 온

것이랍니다. 저희에겐 외아들이 있는데 저 옥동자가 우리 아이와 너무 닮았기에 얻은 것이랍니다. 이걸 팔던 북경 사람은 아이의 수명을 늘려 준다고 했는데 기이한 일이었지요. 아무 해에 집안에 변괴가 생긴 데다 도둑을 맞은 우환까지 겹쳤었지요. 그때 재물을 모두 잃었는데 이것도 그 안에 들어 있었지요. 대감께서는 이걸 어디서 얻으셨는지요?"

이 공은 그저 웃을 뿐이었다.

"나 역시 뜻하지 않은 일로 얻게 되었소. 자당 집안의 물건이라는 것은 분명히 알 수 있었기에 이렇게 돌려 드리는 거요. 또 내가 평양 감영의 곳간에서 쓰고 남은 재물을 이미 자제에게 맡겨 두었소. 이것이면 전에 잃어버린 재산을 얻고도 남을 거요."

부인은 애써 사양하다가 결국 받았다. 그리고 이 재물로 다시 홍 동지 집은 큰 부자가 되었다고 한다.

10-15

담배 장수를 불쌍히 여겨 의기로 재물을 양보함

영조 무인(1758) 연간 도성 안에는 담뱃값이 치솟아 한 봉지에 서 푼 정도가 되었다. 이때 어떤 칠원(漆原)⁶⁰ 사람이 전답을 모두 팔아 세 바리 때의 연초를 사들였다. 산 비용만 해도 500냥이 들었다. 그는 상경하여 한강을 건너 저물녘에 돌모루[石隅]⁶¹에 도착했다. 이 길에서 탕건에 창옷

---

60 칠원(漆原): 즉 칠원현으로, 권3 제15화 '제말 이야기' 참조. 조선 후기 담배 생산 지역 중의 하나였다.

61 돌모루[石隅]: 동작나루에서 남대문으로 들어오는 중간 지점에 있던 지명으로, 지금의 용산구 삼각지 즈음에 해당한다. 참고로 돌모루는 바위로 둘려 있는 구석진 지대를 의미하며 전국에 이 지명으로 된 곳이 많았다.

을 입은 어떤 노인을 만나게 되었다. 그는 짐을 보고 물었다.

"이게 바로 담뱃짐이요?"

"그렇소."

"지금같이 동이 난 때에 세 바리면 3천 냥은 될거요. 당신은 참 좋은 때를 만났다 하겠구려."

이에 이 담배 장수가 말했다.

"나는 지금 처음으로 서울에 올라와서 사방 어디에도 친한 이가 없소. 객주(客主)[62]를 정하는 등의 절차를 어른께서 혹 가르쳐 줄 수 있겠소?"

"그렇겠지. 자네가 초행에 이런 귀한 물건을 가지고 왔는데, 나를 만나지 못했다면 낭패를 볼 게 뻔하지. 꼭 나를 따라와야 하겠는걸."

마침내 둘은 동행하여 도성으로 들어갔다. 성안을 돌고 돌아 인정 때가 되어서야 노인은 그를 자기 집으로 데려가 편히 묵도록 했다. 파루 종이 울리고 난 뒤였다. 그 뒤 갑자기 노인이 안에서 나오더니 이렇게 말하는 것이었다.

"자네가 가져온 물건이 적지 않아 하루 이틀에 다 팔 수는 없겠네. 타고 온 말이 저렇게 일없이 놀고 있으니 마침 용산강(龍山江)에서 나뭇짐을 실어 올 게 있네. 자네가 얼른 조반을 들고 말을 끌고 가 실어 오면 어떻겠나?"

담배 장수가 난처해했다.

"그러면 좋겠소만 용산 가는 길도 모르니 아무래도 어려울 것 같소."

"우리 집 종놈을 함께 데려가면[63] 되지 않겠소."

---

62 객주(客主): 일종의 중간 상인으로, 다른 상인의 물건을 위탁받아 판매하거나 매매에 필요한 제반 일을 도와주는 상인을 말한다. 특히 지방 상인의 경우 서울에서 장사할 경우 객주를 정해 상품 판매와 숙박 등의 편의를 받아야 했다.

63 함께 데려가면: 원문은 '眼同'으로, 눈을 함께 한다는 뜻으로 사람을 따르게 하거나 물건을 가지고 가게 함을 의미하는 우리식 한자어이다.

이리하여 담배 장수는 꼴을 먹인 후 말을 타고 그 집 종과 함께 길을 나섰다. 때는 막 파루 종이 울린 뒤라 멀리 있는 사람은 분간할 수 없는 상황이었다. 청파(靑瀾)[64]에 이르렀을 즈음, 이 종이 중간에 도망을 쳐버렸다. 담배 장수가 찾아봐도 온데간데없었다. 다시 돌아가려 해도 어두운 밤에 찾아가 한 번 묵은 집을 어떻게 기억하겠는가? 해는 이미 높이 걸린 때로 그야말로 진퇴양난이었다. 그저 말고삐를 잡고 길에서 이러지도 저러지도 못한 채 대성통곡을 할 뿐이었다. 오가는 사람과 길손이 너나없이 이유를 물어보고 그 사정을 딱하게 여기지 않은 이가 없었다.

얼마 뒤 벙거지를 쓴 건장한 사내가 반쯤 취한 채 노래를 길게 빼며 느릿느릿 다가왔다. 무슨 일로 곡을 하느냐고 물으니 담배 장수는 전후 상황을 자세하게 얘기해 주었다. 벙거지를 쓴 그는 얘기를 듣고 한바탕 웃는 것이었다.

"당신이 잃어버린 걸 내 전부 찾아줄 테니 담뱃값을 반으로 나누겠소?"

담배 장수는 펄쩍 뛰며 좋아했다.

"만약 다 찾기만 한다면 담뱃값 전부를 드려도 전혀 아까울 게 없겠소."

그러자 그 사내는 담배 장수에게 이리이리 하라고 일렀다. 말 세 필 중 노쇠한 말을 골라 고삐를 풀어 앞서 달리게 하고 담배 장수와 자신은 말 뒤를 따라 도성 안으로 들어와 돌아다녔다. 그러던 중 노쇠한 말이 홀연 어떤 집 문 앞에 멈춰 섰다. 벙거지 사내가 장수에게 물었다.

"여기가 그 집이오?"

담배 장수가 유심히 살펴보다가 이윽고,

---

64 청파(靑瀾): 정확한 위치는 미상이나 청파동에서 현재의 삼각지를 경유하여 용산쪽으로 흐르는 청계천 지류를 상정한 것으로 판단된다. 파(瀾)는 파수(瀾水)로 중국 섬서성의 위하(渭河)의 지류로, '파교(瀾橋)'라 하여 파수 다리에서 버들가지를 꺾어 이별한 데서 석별의 정을 의미하는 공간으로 알려져 왔다. 아마도 여기서도 이쪽에 흐르는 지류를 이렇게 불렀을 것으로 추정된다.

"과연 맞소!"

라고 했다. 벙거지 사내는 곧장 대문턱을 발로 차며 주인을 불러댔다. 안에서 주인이 나오자 사내가 장수를 돌아보며,

"저이가 당신이 묵은 집의 주인이오?"

라고 물었다.

"맞소."

그런데 주인이 담배 장수를 보더니 이렇게 묻는 것이었다.

"자네 어디 갔다가 이제야 왔는가? 우리 집 종놈이 아까 먼저 와서 길이 어두워 자넬 놓치고 말았다고 하더군. 시방 걱정하고 있던 참이네. 그래도 지금 돌아왔으니 천만다행이고 다행이야!"

하지만 벙거지 사내는 주인에게 버럭 화를 냈다.

"당신 어떤 자이기에 아무 궁(宮)으로 나르던 담배를 중간에서 훔쳐 가로채고 마부를 유인하여 따돌렸소? 빨리 담배 바리를 원래 수대로 다 내놓아야 할걸."

이때 벙거지 사내의 기세가 워낙 당당하고 말투도 다그치는 식이라 주인은 듣고도 멍하니 있었다. 이렇게 반 식경 동안 한마디 핑계도 못 대고 담배 여섯 동(同)을 고스란히 내왔다. 사내는 부리나케 묶음을 풀어 보고는 다그쳤다.

"이 안에 삼백 냥이 들어 있었는데 어디로 갔소?"

황당한 주인은 담배 장수를 돌아보고 말했다.

"자네가 담배 바리를 처음 들여놓을 때 안에 돈이 들어있다는 얘기는 한 적이 없었고, 애초 묶음을 풀어보지도 않았었네. 지금 비로소 가지고 나온 건데 돈이 들어있다는 소리를 하니 이렇게 맹랑할 데가 있는가."

"어젠 굳이 말하지 않았소만 내가 실은 아무 궁의 마름이오. 아무 궁 전장에서 거둬들인 담배와 함께 삼백 냥을 가져오던 참이었소. 지금 이 돈이 없다고 하다니 주인장이 그런 것인지는 내 알 수 없는 일이오."

벙거지 사내도 큰소리치며,

"나는 아무 궁의 하인이오. 한참 기다려도 담배 바리가 도착하지 않아 마침 문밖에 나와 기다리다가 이 마름을 만나 찾아온 거요. 주인이 이 돈을 내놓지 않으면 아무 궁으로부터 별도의 조치가 있을 텐데 버틸 수 있겠소?"

라고 하면서 팔을 휘두르며 눈을 부라렸다. 두려움을 느끼기에 충분한 기세였다. 주인은 다름 아닌 여항의 상것이라, 돈이 들었다는 말은 생판 꾸며낸 것임에도 이미 장물에 손댔다며 지목된 터 누명을 벗을 길이 없었다. 다시 발악했다간 또 어떤 뜻밖의 재난이 닥칠지 알 수 없었다. 이에 어쩔 수 없이 3백 냥을 마련해서 내주었다.

벙거지 사내는 담배 장수더러 담배를 다시 묶어 모두 실어 날라 자기 집에 보관하라고 했다. 담배 품귀로 값이 뛰자 이것을 모두 팔았더니 3천 냥 남짓이 되었다. 담배 장수가 그 반을 사내에게 주려 하자, 그는 웃으며 거절하였다.

"내 꾀를 내어 삼백 냥을 벌었으니 이것으로 아주 충분하고 남소. 무얼 더 바라 당신이 애지중지하는 물건까지 탐내겠소? 반드시 다 가져가고 그런 말은 다신 꺼내지도 마오."

끝끝내 받지 않았다. 당시에 이 이야기를 들은 사람들은 누구 할 것 없이 통쾌해하며 그의 수완을 감탄해 마지않았다.

궁상인 사람이 사행을 따라가 재물을 얻음

옛날 어떤 재상의 문하에 중인(中人) 한 사람이 다년간 출입하였다. 그는 외모가 너무 볼품이 없어 집안에서는 운수가 기박한 궁상이라고 지목하였다. 그러나 재상은 그가 친지였던 까닭에 차마 박대하거나 내치지 못했다.

그즈음 바닷길로 중국에 사신 가는 때가 되자 재상은 정사(正使)로 사행단을 이끌고 출항해야 했다. 그런데 문객 중에 따라가려는 이가 없자 이 중인이 자원하여 수행하게 되었다. 큰 바다로 나왔을 때 바람이 불고 큰 파도가 쳐서 배가 전복될 위험에 처했다. 일행은 모두 낯빛을 잃고 죽음이 코앞에 닥친 상황이었다. 그때 우두머리 사공이 아뢰었다.

"행차 중에 필시 이롭지 못한 사람이 있어서 이런 큰 횡액을 만난 겁니다. 위아래 누구든 막론하고 입은 옷을 다 벗어봐야 합니다."

일행은 결국 이 말에 따라 다 옷을 벗었다. 뱃사공이 벗은 옷을 차례로 물속으로 던지기 시작했다. 그런데 중인의 옷을 던지자 이내 가라앉는 것이 아닌가. 다시 뱃사공이 말했다.

"저분은 저희 일행에게 이롭지 못하니 바라건대 어서 물속으로 던지소서. 체면에 매였다간 배 안에 탄 허다한 목숨이 다 빠져 죽고 말 것입니다. 어서 빨리 저이를 붙잡아 던져야 합니다."

재상은 아무 말 없이 한참 생각한 끝에,

"여기 근처에 섬이 있느냐?"

하고 물었다.

"아무 섬이 여기서 멀지 않습니다요."

사공의 답에 재상은 즉시 배를 돌리라 하여 그 섬에 정박시켰다. 중인을 해변에 내리라 하면서 식량과 솥 따위를 내주었다. 그리고 돌아오는 길에 다시 데려가겠다고 약속하고 하선시켰다. 이윽고 풍랑이 순식간에 잔잔해졌다. 일행은 곧장 노를 저어 떠나갔다. 섬에 내린 중인은 그곳에 머물러야 했다. 섬에는 다른 나무는 없었고 대숲만 우거져 있었다. 그는 바위굴에 자리를 잡고 대나무를 때서 밥을 해 먹었다. 달이 밝고 고요한 밤이면 소리가 들려 들어보면, 바람이 대숲에 불어 일렁이는 소리 같았다. 어느 날 밤 몸을 숨긴 채 그 주변을 살펴보니 기괴하게 생긴 꿈틀대는 물체가 보였다. 그것은 바위굴에서 바닷물로 내려가고 있었다. 잠시 뒤 다시 뭍으로 올라왔는데, 눈빛이 번쩍번쩍한 게 소름이 끼쳤다.

다음 날, 중인은 이 물체가 지나간 숲의 대나무를 모두 베어 그 끝을 뾰족하게 하여 오가는 길에다 쫙 세워두었다. 그날 밤 이 물체가 바다로 내려가다가 찔려 죽고 말았다. 이튿날 가서 확인해보니 어마어마한 이무기였다. 그리고 그 밑으로 진주가 흩어져 있지 않은가. 중인은 이 진주를 하나도 남김없이 줍고 부서진 뼛조각까지 수습하니 거의 열 가마니 정도 되었다. 오랫동안 묵은 이무기가 바닷속의 용과 교미하느라 오가다가 죽창에 찔려 죽은 것이다.

아무도 없는 고립된 섬에서 혼자 생활하는 것은 무료하기 짝이 없었다. 그러던 어느 날 높은 언덕에 올라가 주위를 쭉 둘러보았다. 한 바위 아래에 이르렀을 때 공작새 수백 마리가 놀라 휘리릭 날아 흩어졌다. 그 바위 밑으로 들어가자 수없이 많은 공작 깃털이 무더기로 쌓여 있었다. 그는 이 깃털도 다 주워 묶자 대여섯 동(同)은 되었다. 값어치를 따져보니 이제 자기 집 재산은 걱정할 게 없었다.

반년이 채 지나지 않아 사행단이 이 섬으로 돌아왔다. 그는 진주 가마니와 깃털 묶음을 이 배에 실어 와서 내다 파니 수천 금이 되었다. 이 재산으로 그는 당장 부가옹(富家翁)이 됐다. 그런데 얼마 안 있어 재상이 당대 세력가들에게 배척받아 늘그막에 의지할 데 없는 외로운 신세가 되고 말았다. 중인은 마침내 그를 구제하고 도와줘 평소의 정의를 잃지 않았다. 재상이 죽을 때까지 먹을 쌀과 곡식은 모두 중인의 힘에 의지했다고 한다.

노인이 호랑이굴에 들어가 손자를 안고 나옴

상주(尙州)의 선비 김 아무개는 처음에 관동의 깊은 산속에서 살았다. 그는 아들과 서로 의지하고 있다가 그 아들을 잃는 아픔[65]을 겪고 나자 유복 손자만이 남게 되었다. 손자가 처음 태어날 때 그는 이렇게 하늘에 빌었다.

"우리 집안 대가 끊어지지 않게 해 주시려면 바라건대 이 손자 아이를 잘 보살펴주소서!"

또 며느리가 집안 살림과 끼니를 챙기느라 갓난아이 젖을 못 먹일까 염려스러웠다. 바깥채에 안아다 두고 밤낮으로 잘 보살피며 아이가 울 때면 며느리를 불러 젖을 물리며 아이의 곁을 잠시도 떠나지 않았다.

어느 더운 여름날, 지게문을 열고 더위를 식히다가 밤이 깊어 잠이 들었다. 깨어나 아이를 손으로 찾았으나 잡히는 것이 없었다. 촛불을 들고 이곳저곳을 찾으며 며느리 방에까지 가봤지만 아이는 보이지 않았다. 며느리에게 물어보려 했으나 여자라서 놀라 통곡하며 어쩔 줄 몰라 할 터라 아이를 찾는 데 도리어 해가 될 것 같았다. 결국 조용히 몸을 빼 다시 나와 집안을 샅샅이 뒤지고 나서는 이런 생각이 들었다.

"이 아이를 잃게 되면 우리 집안 대가 끊어지고 내 목숨도 더 이상 부지하기 어렵겠구나! 근래 듣자 하니 뒷산 바위굴 속에 호랑이가 새끼를 낳아 밤중이면 호랑이가 나온 흔적이 있다고 하던데, 이 호랑이에게 물려간 게 아닐까? 한번 가서 살펴봐야겠다."

그리하여 깜깜한 밤중에 바위굴 앞에까지 가 봤더니, 갓난아이가 놀며 웃는 소리가 들렸다. 바로 자기 손자였다. 몰래 저것들이 어찌하고

---

65 아들을 잃는 아픔: 원문은 '喪明之痛'이다. 원래는 실명했다는 의미인데, 『예기』·「단궁(檀弓)상」에 "자하가 아들을 잃고 눈이 멀었다[子夏喪其子而喪其明]."는 데서 유래하여 아들을 잃는 것을 일컫는 표현으로 사용된다.

있나 살폈더니 어미 호랑이는 나갔고 새끼 호랑이 세 마리만이 손자를 데리고 놀고 있었다. 손자도 호랑이가 무서운 줄 모른 채 깔깔거리고 있었다. 김 노인이 곧장 호랑이굴로 들어가 손자 아이를 품속에 안았다. 아이는 아무 탈이 없었다. 바로 새끼 호랑이 세 마리를 내리쳐 죽이고, 서둘러 집으로 돌아와 이전에 있었던 곳에 놔두고서 며느리를 불렀다.

"애가 배고프다며 보채니 젖을 물리거라."

며느리는 와서 젖을 먹이면서도 호랑이굴에서 있었던 일에 대해서는 까마득히 몰랐다. 잠시 뒤 호랑이가 울타리 밖에 이르러 크게 포효하며 위로 튀며 날뛰니 그 소리가 벼랑을 찢는 듯하였다. 김 노인은 칼을 매만지며 창밖으로 나와 앉아서는 큰 소리로 하나하나 따져 가며 호랑이를 꾸짖었다. 그러자 호랑이는 그 앞에 마주 앉은 채 감히 할퀴지 못했다. 이렇게 한 지 사흘이 되어 가까운 마을 사람이 포(砲)를 놓아 이 호랑이를 잡았다.

"이곳은 아무래도 자손을 키울 곳이 못 되니 떠나야겠구나."

김 노인은 마침내 상주로 이사하였다. 손자를 가르치니 글재주가 일찍부터 남달랐으며 그릇도 잗다랗지 않았다. 이 손자가 부인을 맞이하여 혼례를 치르던 날, 김 노인은 비로소 그날 밤의 정황을 얘기해주었고, 온 자리의 사람들은 그제야 놀라워하였다.

며느리에게 묻지 않은 것은 주도면밀함이요, 곧장 호랑이굴로 들어간 것은 담력과 용기요, 이치를 따져 호랑이를 꾸짖음은 굳세고 매서움이요, 손자를 성취시킴은 성실하고 근면함이라. 이 네 가지를 갖춘 뒤에라야 일을 이룰 수 있는 법이다.

비범한 소년이 구룡연에 빠진 사람을 건져 올림

상서 조(趙) 아무개는 사람을 잘 알아보는 안목이 있었다. 하루는 한가로이 앉아 있는데 한 소년이 붓을 팔려고 찾아왔다.[66] 그는 생김새와 행동거지가 단아했으며 머리는 헝클어져 있었으나 몹시 미쁜 아이였다. 상서가 그에게 물었다.

"너는 누구더냐?"

대답이 이랬다.

"어릴 적 부모를 여의고 의지할 데 없어 붓을 팔며 살아가고 있습니다."

"의지할 곳이 없다고 하니 내 집에 머물며 심부름이나 하면 어떻겠느냐?"

소년은 거절하지 않고 그렇게 하기로 하였다. 사환 일을 한 지 몇 개월이 되었다. 그의 됨됨이가 꼼꼼하고 영리하기까지 하여 상서는 더욱 아꼈고 온 집안 식구들도 위아래 내외할 것 없이 모두 사랑하며 소중하게 대했다. 상서의 맏아들이 금강산을 유람하게 되어 가친에게 부탁하였다.

"이 길에 이 아이가 없으면 안 될 듯하니 함께 갔으면 합니다."

상서는 한참 쳐다보더니,

"꼭 그럴 필요 없겠다!"

라고 하였다. 그래도 여러 번 요청하자 어쩔 수 없이 같이 가도록 해주었다. 마침내 함께 금강산으로 들어가 구룡연(九龍淵)[67]에 이르렀는데, 일행 중 한 사람이 발을 헛디뎌 구룡연에 빠지고 말았다. 소년이 돌아보더니

---

66 한 소년이 붓을 팔려고 찾아왔다: 이 이야기의 맥락이 불분명한데, 뒤쪽에 이 소년이 노루를 쫓아가서 사라졌다고 한바 소년과 노루와의 연관성이 짙어진다. 참고로 노루 털로 만든 붓이 널리 쓰였기 때문에 붓을 판다고 하는 소재도 이와 관련되어 있을 것으로 추정된다.

67 구룡연(九龍淵): 금강산 구룡폭포 아래에 있는 연못으로, 내금강의 만폭동(萬瀑洞)과 함께 금강산 내 비경으로 손꼽힌다. 금강산 관련 문학에서 주요 소재로 등장하기도 하였다.

말하였다.

"어쩔 수 없군요, 어쩔 수 없어!"

그러더니 옷을 벗고 연못 안으로 들어가 순식간에 건져냈다. 다시 나와 옷을 입고 앉았는데 그 행동이 차분했으며 숨을 헐떡거리지도 않고 얼굴빛도 아무 변화가 없었다. 일행들이 놀라 어쩔 줄 몰라 하던 터에 이 소년이 건져 올리는 것을 보고는 신기한 일이 아닐 수 없다고 하며 신동이라 부르며 더더욱 높이며 귀하게 여겼다.

금강의 내산과 외산을 두루 구경하고 돌아오는 길이었다. 혜화문(惠化門)[68] 밖에 이르렀을 때 노루 한 마리가 그들의 앞으로 내달려 지나갔다. 여러 사람이 이 노루를 쫓았고 소년도 노루를 쫓았다. 보리밭 안으로 들어가서는 한참이 되어도 돌아오지 않았다. 일행이 애타게 기다리다가 이곳저곳을 찾았으나 종적이 묘연하였다. 다만 보이는 것이라곤 사방 들판에 넘실거리는 누런 보리 이삭[69]과 자욱한 푸른 이내뿐이었다. 날이 점점 어두워지자 집으로 돌아와 이 일을 상서에게 아뢰었다. 상사는 또 한참을 쳐다보다가 말하였다.

"내가 전에 분명히 그럴 필요 없겠다고 했었는데 내 말을 듣지 않아 지금 결국 그 아이를 잃고 말았구나!"

훗날 상서가 별세하게 되자 그 소년이 찾아와 곡을 하였다. 일가가 다 기이해하였는데, 곡을 마치자 집안 식구들과는 한마디 말도 하지 않은 채 훌쩍 다시 떠나버렸다. 소상, 대상에도 다시 찾아와 곡을 하였으나 그때도 주인과는 담소 한 번 나누지 않고 떠났다. 그 뒤로는 아예 소식이

---

68 혜화문(惠化門): 사소문(四小門) 가운데 동북쪽 문이며, 현재 종로구 혜화동에서 성북구 삼선동으로 넘어가는 고개에 그 일부가 복원되어 있다. 도성과 서울 동북쪽 방면의 통로였던바, 과거 금강산 유람의 통로이자 서울 귀로의 마지막 문이기도 했다.
69 누런 보리 이삭: 원문은 '黃雲'인데, 일반적으로는 누런 구름을 뜻하나 다른 의미로 벼나 보리 등이 누렇게 익은 들판을 비유하는 표현으로 쓰인다.

끊어졌다고 한다.

백발의 신령한 노인이 한 서생을 가르쳐 일깨움

중원(中原)에 한 서생이 있었다. 그는 재산이 꽤 많아 연경(燕京)에서 갑부라 할 만하였다. 그러나 품은 뜻이 넓고 커 평생 의리를 앞세우며 재물은 아랑곳하지 않아 고을에 이름이 났다. 저마다 그를 성불자(聖佛子)라며 치켜세웠다. 그러다 보니 끝내 집안의 재산을 몽땅 탕진하여 빈털터리가 되었고 처자식은 추위에 떨고 배고프다며 울었다. 서생은 지난날 한껏 부유했다가 지금은 춥고 배고픔을 면치 못하는 신세가 처량하여 절로 한심해져 눈물을 떨구었다.

해가 지고 있을 때 혼자 보통문(普通門)[70] 곁에 서 있는데, 난데없이 옆에서 누군가가 입을 가리고 웃는 것이었다. 돌아보니 바로 범상치 않은 한 노인이었다. 이에 서생이 따졌다.

"선생께서는 어찌 사람을 보고 그리 심하게 웃는 거요?"

그 노인이 대답하였다.

"그대가 처량하게 탄식하는 게 실로 한 번 웃음거리도 안 돼서라네."

"당신이 내가 아닌데 어찌 나의 서글픔을 알겠소?"

"내 이미 알고 있네! 사람이 가난하고 부유한 것은 개미가 맷돌 위를 도는 격[71]이니 힘쓴다고 할 수 있는 게 아니라네. 허니 그대는 자신이

---

70 보통문(普通門): 북경, 자금성에 있었던 문으로 추정되는데, 현재 이곳은 확인되지 않는다. 보통 도성의 북문을 지칭했던바, 평양성의 북문인 보통문이 대표적이다. 따라서 여기서도 북경의 북문에 해당하는 문이었을 것으로 판단된다.

71 개미가 맷돌 위를 도는 격: 원문은 '磨蟻旋斡'로, 여기서 '마의'는 맷돌 위의 개미를

우활하여 이렇게 가난하고 궁색해졌다고 한탄하지 말게나."

"나도 가난하고 부유함이 이와 같은 줄은 알고 있소. 다만 지금 내
상황을 생각하면 이렇게 후회하고 한탄하지 않을 수 없소."

"그대가 만약 깊이 후회하고 있다면 내 한 곳을 가르쳐줄 터이니 지난
날의 실수를 새겨 아껴서 쓸 수 있겠는가?"

"감히 말씀대로 하지 않겠소이까?"

곧장 노인을 따라서 한 곳에 도착해보니 큰 곳간이었다. 노인은 손으
로 벽 사이의 구멍 하나를 가리키며 말하였다.

"이 속에 쌓아둔 물건은 그대의 재물이니 그대가 실어 가게나."

그 말과 함께 떠나버렸다. 서생은 구멍을 통해서 들어가 손으로 더듬
어보니 진귀한 보물 아닌 게 없었다. 마음껏 이 보물을 실어 가 페르시
아 상인 가게에 팔아서 수만금을 얻었다. 이 돈으로 이전처럼 살림살이
를 갖추었다. 그리고 '인(吝)'자 한 글자를 좌우명으로 삼아 푼돈이나 한
톨 곡식도 친지들에게 나누어 주거나 궁핍한 이들을 구제하는 데 쓰지
않았다.

이렇게 반년쯤이 지났을 때 홀연 문밖에 거지 아이가 배고파하며 우
는 것을 보고 선한 마음의 싹이 다시 돋았다. 그 뒤로 오갈 데 없고 가난
한 이들을 도와주느라 천금을 아끼지 않았다. 이렇게 힘쓴 지 3년 만에
어느덧 이전처럼 궁핍해졌다. 누더기에 삐쩍 마른 모습으로 길거리를
처량하게 걷다가 어느 순간 보통문 곁에 이르게 되었다. 거기서 또 전날
의 노인을 만났다. 서생은 잔뜩 부끄러워하며 머리를 숙인 채 머뭇거렸
다. 노인이 말을 걸었다.

"그대는 뭐 그리 부끄러워하는가?"

뜻한다. 이는 천체에서 해와 달이 도는 것을 비유한 것으로, 결과적으로 넓은 세상에서
인간이 그 운행에 따라 살아갈 수밖에 없다는 의미이다. 『진서(晉書)』·「천문지(天文
志)」에 이와 관련한 내용이 보인다.

"선생께서 가르친 대로 잘 따르고 지키지 못해 지금 또 이렇게 되었으니 어찌 부끄러워하지 않겠습니까?"

"그러지 말게. 정녕 이럴 수 있는 법이니 다시 나를 따라서 오시게."

한 곳에 이르러 창고를 가리키며,

"원하는 만큼 실어 가시게."

라고 하였다. 서생은 얘기해준 대로 죄다 실어와 다시 예전의 부를 되찾아 도주공(陶朱公), 의돈(猗頓)[72]보다 못하지 않았다. 전날의 궁핍했던 사정을 거울삼고 신령한 노인의 당부를 지켜, 한 푼도 허비하는 일이 없이 오로지 인색하게 굴 뿐이었다. 그러던 어느 날 갑자기 이런 생각이 들었다.

'세상만사가 다 끊임없이 흘러가는 법, 예로부터 오래도록 누리는 부는 없었지. 인생에서 부귀란 그야말로 역마(驛馬)가 교체되듯 옮겨가는 것이고 인생도 아침이슬이 해가 뜨면 사라지는 것과 같으니, 애써 수전노가 될 필요가 있겠는가? 내가 좋아함을 따름만 못하지.'

이에 빈궁한 이들을 널리 구제하였다. 그 규모가 이전보다 더하여 불과 2, 3년 만에 가난한 처지와 초췌한 얼굴이 더 심해졌다. 저잣거리에서 구걸하는 지경이 되었으나 그 신령한 노인을 만날까 두려워 감히 또다시 보통문 길로는 다니지 않았다. 그러다가 뜻하지 않게 보통문을 지나게 되었다. 노인이 느닷없이 나타나 길에서 인사를 하는 것이었다.

"요사이 무탈하신가?"

서생은 조심조심 피해 다닌 터라 부끄럽기 짝이 없어 얼굴을 가리며 지나가려 하였다. 노인은 빙긋 웃으며 말했다.

"그럴 필요 없네. 그대가 한 일은 그럴 수도 있을 것이네."

이렇게 말하며 다시 서생을 데리고 한 곳에 이르러 큰 곳집 하나를 가리켰는데 거기에는 금과 비단 같은 보화가 잔뜩 있었다. 이것도 마음

---

72 도주공(陶朱公), 의돈(猗頓): 8권 제16화 '박천의 포수 이야기' 참조.

껏 가져가라 하니 서생은 조금도 사양하지 않고 마치 자기 물건인 양 가져가 마음 가는 대로 마구 써댔다. 3, 4년이 넘지 않아 또다시 이전과 같이 재물은 다 흩어지고 말았다. 이 노인을 세 번 만나 그때마다 보화를 얻었으나 끝내 세상일에 어두운 탓으로 도로 춥고 배고픈 처지가 되었으니, 서생은 더욱 부끄럽고 민망해 보통문 길로 다니지 못했다.

그러던 어느 날 흠천감(欽天監)[73] 길을 지나가다가 우연히 그 노인을 만나게 되었다. 서생은 머리를 감싸고 도망치려 했다.

"그리 창피해 말게!"

서생은 이 말에 얼굴을 돌리고서 인사를 하였다.

"나를 따라오게."

서생이 그를 따라가니 길은 깊은 산골에 풀이 무성한 속으로 접어들었다. 우뚝 솟은 산꼭대기에 오르자 서생더러 조용히 앉으라고 하였다.

"그대 아무리 온갖 놀랍고 참혹한 일이 있더라도 절대 동요하지 말고 꾹 참고 앉아 있게. 또 말을 해서는 안 되네. 꼭 명심하여 조심하게."

잠시 뒤 노인은 오간 데 없고 생은 그 말에 따라 목석인 양 앉아 있었다.

이윽고 매서운 바람이 세게 일더니 우거진 숲속에서 사나운 호랑이가 포효하며 튀어나오고 독사와 큰 구렁이가 꿈틀거리며 기어 나왔다. 이것들은 아가리를 벌리고 서생에게 달려들어 물어뜯으려고 하는가 하면 그의 몸을 칭칭 감고 삼켜버리려고도 하였다. 그래도 서생은 조금도 두려움에 떨지 않고 태연하게 홀로 앉아 터럭 하나 꿈쩍하지 않았다. 얼마 안 있어 하늘에서 우레와 번개가 요란하게 내리치고 폭우

---

73 흠천감(欽天監): 명청대 북경에 설치되었던 천문과 역법을 관장하던 관청이다. 조선 후기 연행기록에 이곳을 들른 기록이 종종 보이며, 현재 북경 조양구에 남아있다.

가 쏟아지더니 신장(神將)과 야차(夜叉) 십여 무리가 하늘에서 내려와 서생 앞에 멈춰 섰다.

"너는 하찮은 존재로 감히 요괴가 일러준 대로 끝끝내 입을 열거나 웃지도 아니하니 그 죄악이 몹시 크도다. 해서 우리가 너를 쳐 없애고 자 하늘의 명을 받들어 내려왔노라."

그러면서 칼과 창 등의 여러 병기로 사정없이 찔러댔으나 서생은 그럼에도 끝내 입을 열지 않았다. 한 식경 남짓 이렇게 하다가 신장은,

"이 괴물은 우리가 제거할 수 있는 게 못 되는군!"

라고 하더니 사라졌다. 또 얼마 안 있어 하늘의 문이 홀연 열리더니 공중에서 벽제 소리가 들렸다. 귀졸이 시커멓게 내려와서는 서생을 붙잡아 하늘의 심문하는 곳으로 끌고 올라갔다. 이에 옥황상제가 광한 전(廣寒殿)[74]에 납시어 그를 심문하였다.

"너는 하계의 요괴로 감히 침묵을 지켜 말도 하지 않고 웃지도 않으 니 그 죄악이 실로 무겁도다. 내 지금 직접 심문하여 네가 말하지 않고 웃지 않는 죄를 결단 내리라."

나졸들에게 분부하여 몽둥이로 때리고 장을 치게 하였다. 그래도 서생은 흙으로 나무로 만든 사람인 양 끝내 입을 열지 않았다. 옥황상 제가 노발대발하였다.

"저런 요물은 이런 가벼운 형으로는 안 되겠구나!"

한 신장에게 명을 내려 지부(地府)로 압송케 하며 그곳의 염라왕에 게 엄하게 신칙하기를 '엄법으로 모질게 다스리라.'고 하였다. 당장 서 생을 지부로 압송하였고 염라왕도 엄히 심문하였으나 서생은 그래도 입을 열지 않았다. 염라왕도 다루기 어렵다고 판단하여 검수옥(劍樹

---

74 광한전(廣寒殿): 천상의 궁전을 가리키는 대표적인 공간으로, 이른바 항아투약(姮娥偷藥)의 고사에도 등장하며 천상을 묘사한 여러 문학 작품에서 상정된 바 있다.

獄), 도산옥(刀山獄), 발설옥(拔舌獄)[75]으로 보내 숱한 모진 형벌을 죄다 받게 하였다. 그러나 서생은 끝내 입을 열지 않았다. 마지막엔 전륜옥(轉輪獄)[76]에 보내 몸을 죄다 꺾어 짓이기고 갈아서 날려 보냈으나 서생의 정신 한 가닥은 조금도 변화시킬 수 없었다. 그곳 관원이 염라왕에게 이를 아뢰자 염라왕은 여러 관원에게 물었다.

"인간 세상에서 가장 견디기 어려워하는 게 무엇이더냐?"

관원이 아뢰었다.

"인간 중에 궁핍한 선비의 아내가 바로 사람으로서 제일 견디기 어려워하는 것입니다."

이에 염라왕은 그를 다시 인간 세상으로 환생시켰다. 이리하여 서생은 태주(台州)[77]의 노(盧) 처사 집안의 자식으로 태어났다. 노 처사는 젊었을 적에 단학(丹學)을 익혔으나 신선술을 다 체득하지 못했고 늘 그막엔 궁벽한 마을에서 변변찮게 살며 훈장으로 지내고 있었다. 게다가 대를 이을 후사도 없어 이를 항상 한스러워하였다. 그러다가 아내가 홀연 아이를 갖게 되자 처사는 밤낮으로 사내아이가 태어나기만을 바랐다. 달이 차서 아이를 낳고 보니 딸이었다. 처사 부부는 몹시 아쉬웠으나 없는 것보단 나은지라 잘 씻겨 강보에 싸 젖을 물렸다. 그런데 태어난 지 며칠이 지나도 아이는 전혀 울지를 않고 결국 소리를 내지

---

75 검수옥(劍樹獄), 도산옥(刀山獄), 발설옥(拔舌獄): 여러 지옥을 지칭하는 것으로, 검수옥은 나무나 나뭇잎이 칼로 되어 있는 지옥이고, 도산옥은 칼을 산처럼 꽂아놓은 지옥이며, 발설옥은 혀를 뽑는 지옥이다. 불교적 세계관 속에서 제시되는 18층 지옥의 일부이다.

76 전륜옥(轉輪獄): 전륜성왕(轉輪聖王)이 관장하는 지옥으로, 흑암옥이라고도 한다. 일반적으로 이곳은 최후의 판결이 이루어지는 장소로 알려져 있다.

77 태주(台州): 중국 절강성 임해현(臨海縣)에 있었던 고을로, 이 지역에 천태산(天台山)이 있어서 붙여진 이름이다. 잘 알려져 있듯이 천태산은 중국 남방 도교의 발상지이자 불교 천태종이 발원한 곳으로 유명하다. 노 처사가 단학을 익혔다는 점과 불교의 환생담이 이어지는 것도 이런 지역성과 연관돼있다.

못하니, 그저 정체가 형성되지 않은 한 고깃덩어리에 지나지 않았다. 이웃 사람들은 천생 벙어리라고 손가락질하였다. 처사가 아내에게 이렇게 말했다.

"우리 집에 자식이 없다가 지금 이 아이를 얻었소. 비록 말을 하지 못하나 얘도 사람이니 잘 길러 봅시다."

이 아이는 세상에 태어난 뒤 15, 6세가 되도록 아이들이 걸리는 온갖 병으로 그 아픔이 여간하지 않았으나 아프다며 우는소리 한 번 내지 않았다. 사람들은 이를 다 기이해하였다. 혼인할 때가 이미 지났으나 마을에서는 모두 벙어리 천치라고 말들을 퍼뜨려 드나드는 중매쟁이 하나 없었다.

한편 흡현(歙縣)[78]에 사는 사생(謝生)은 진(晉)나라 재상[79]의 후예로 지조가 높고 남달라 세상에 자신을 드러낸 적이 없었다. 가난한 채 혼자 살면서 아직 아내가 없었는데, 노 처사에게 벙어리 딸이 있다는 얘기를 듣고 중매쟁이를 보내 그녀와 결혼하였다. 사람들이 다 이를 탓하자 사생은 이렇게 말하였다.

"제갈량은 노란 머리카락의 부인을 얻어서 정기를 수양했으며, 제나라 선왕(宣王)은 무염(無鹽)에서 부인을 얻어 치적을 이루었다오.[80] 내가 벙어리 천치 부인을 얻는 것 또한 나라를 기울일 지략 많은 부인[81]보다 나을 수 있지 않겠소?"

---

78 흡현(歙縣): 원래는 '서현'으로 읽으나 관습적으로 이렇게 불리어졌다. 중국 안휘성 남부 휴녕현(休寧縣) 서북쪽에 위치한 고을로, 그 남쪽에 흡포(歙浦)가 있어서 붙여진 지명이다. 이곳은 중국에서 유명한 먹 생산지로 이를 '흡묵(歙墨)'이라 한다.

79 진(晉)나라 재상: 구체적으로 누구를 상정한 것인지 불분명하나, 위진시대에 사씨(謝氏)가 주요 가문 중 하나였다. 사령운(謝靈運), 사혜련(謝惠連) 등이 잘 알려져 있다.

80 제갈량은 노란 …… 치적을 이루었다오: 제갈량의 부인은 머리카락이 누렇고 박색이었으나 재주와 식견이 뛰어났다고 한다. 한편 제나라 선왕의 부인은 종리춘(鍾離春)으로, 무염(無鹽)은 그녀의 출신지이다. 그녀도 용모가 추했으나 선왕을 뵙고 간언하여 주색과 사냥에 빠져 있던 선왕을 깨우쳤다. 그리하여 선왕은 그녀를 왕비로 맞았다.

마침내 쌍기러기를 보내 혼례를 치렀다. 노 처사의 딸이 사생의 아내가 된 뒤 집안을 정돈하고 잘 꾸렸으며 내실의 법도를 엄격하고 공정하게 처리하였다. 그녀의 맑은 덕과 아름다운 행실은 마을에서 크게 칭송받았다. 바로 말을 하지 않고도 웃지 않고도 일들이 다 이루어졌던 것이다. 어느덧 임신하여 사내아이를 낳으니 사생은 몹시 기뻐했다. 안고 기른 지 몇 년이 되자 말도 배우고 걸음마를 떼니 사랑스럽기 그지없었다. 아내는 그래도 입을 연 적이 없었다. 그러던 어느 날 사생은 그의 아내에게 이런 말을 했다.

"자네와 혼인하여 부부가 된 지 숱한 세월이 흘렀소. 어렵고 힘들때를 지내고 배고픈 적도 많이 겪었으나 지금껏 한 마디 좋다 싫다 말한 적이 없소. 또 이 아이가 태어나 머리가 자라고 점점 예뻐지는 모습에 누군들 사랑하지 않겠소? 그러니 어리석고 바보 같은 남이라도 필시 안고 먹이려고 할 것이네. 한데 자네는 어미의 정이 있을 터인데 갓난아이 때부터 아비를 부르며 말을 익힌 지금까지도 아끼고 사랑하는 소리 한 번 듣지 못했소. 분명 자네가 내게 불만스러운 마음이 있나 보네."

그러더니 발끈 화를 내며 당장 아이를 들어 섬돌에 찧어 죽여버렸다. 아내가 이 광경을 보고는 자기도 모르게 '아아' 하는 소리를 내질렀다.

순간 뭔가 끓는 소리가 크게 들려 서생이 돌아보니 자신은 처음 때처럼 산꼭대기에 앉아 있었다. 아까 경험한 것은 바로 한바탕 꿈이었다.

---

81 나라를 기울일 지략 많은 부인: 원문은 '傾城之哲婦'로, 주나라 유왕(幽王)의 비였던 포사(褒姒)를 가리킨다. 『시경』·「첨앙(瞻卬)」 편은 유왕이 포사에게 빠져 나라를 망친 일을 풍자한 시로, "현명한 지아비는 성을 쌓고, 지략이 많은 부인은 성을 무너뜨리네[哲夫成城, 哲婦傾城]."라는 구절이 있다.

곁에 있던 노인이 탄식하였다.

"끝났군, 끝났어! 지금 달이는 단약이 막 완성될 참이었는데 '애(愛)'라는 한 글자에서 무너졌군. 이것이 운명이니 어찌하겠는가?"

서생은 어리둥절하며 물었다.

"왜 그러시는지 말씀해주십시오."

"그대에게 선가(仙家)의 기운이 있는 걸 보고 세 차례에 걸쳐서 적지 않은 재물로 시험을 했던 것이네. 그대는 한 번도 재물에 마음을 바꾼 적이 없었네. 그래서 나는 이 선가의 묘결로써 시험해본 것인데 끝내 '애(愛)' 자 한 글자로 산산조각이 나버렸으니 이게 운수가 아니겠는가? 저 단약이 다 만들어졌다면 그대와 함께 이것을 먹고 신선 세계로 올라가려 했었네. 그대는 오(惡)와 욕(慾)의 두 관문은 잘 타파했으나, 애 한 관문은 능히 떨치고 벗어나지 못하여 끝내 연단을 이룰 수 없게 된 것이네."

마침내 서생보고 내려가라 하고 노인은 구름을 타고 떠나버렸다. 서생은 헛헛해하며 집으로 돌아와 도기(導氣), 벽곡(辟穀)과 같은 술법을 익히며 오악(五嶽)을 두루 노닐었다. 그 뒤 그가 어떻게 되었는지는 알 수 없다.

10-20

녹림객이 심 진사를 꾀어 데려옴

아주 옛날도 최근도 아닌 시절에 명문 가문의 심(沈) 진사라는 이가 있었다. 창의동(彰義洞)[82]에 집을 짓고 살았으며, 평소 자신을 호방한 사

---

82 창의동(彰義洞): 지금 종로구 통의동, 효자동, 창성동에 걸쳐있던 동네로, 이곳에 사소문 중에 하나인 북소문(北小門)인 창의문(彰義門)이 있었기에 붙여진 이름이다.

람으로 자부하여 예법에 구애되지 않았다. 이른 나이에 진사과에 합격했으나 더 이상 과거 공부가 마뜩찮았고, 또한 음직으로 벼슬을 구해 나가려고도 하지 않았다. 남들이 그 이유를 묻기도 했는데 그럴 때면 그저 껄껄 한바탕 웃을 뿐이었다.

이런 진사 심생은 날랜 말 타는 걸 즐겼다. 당시 왕족이나 고관 중에 살진 말을 보유하고 있는 집이 있으면 반드시 사람을 보내 한번 타 봤으면 한다고 청하였다. 공들도 그의 명성을 익히 알고 있던 터라 흔쾌히 빌려주었다. 심생은 이에 빌린 말을 타고 큰길을 쉬지 않고 무질러 달리곤 하였다. 그러다가 말의 발 움직임이 좀 힘들어할 때가 되면 바로 말에서 공중제비하듯 뛰어내렸다.

"이 말은 이제 지쳐 더 이상 타지 못하겠는걸."

그러고는 터벅터벅 걸어서 돌아왔다. 또한 빌려준 집을 찾아가 전에 확인한 것과 다르다는 둥 따지는 일도 없었다.

그러던 어느 날 이른 아침, 한 마부가 바람을 가르는[83] 준마를 끌고 와 그의 대문 울타리 앞에서 걸음을 연습시키고 있었다. 심생이 그 마부를 불렀다.

"저 말 내가 한번 타고 싶네."

마부가 그러라고 하자, 심생은 안장에 걸터앉더니 고삐를 쥐었다. 순간 산등성이 나무 끝이 눈 깜짝할 사이에 지나갔고, 도성을 지나 고을을 넘어가는 게 무슨 흙무더기 하나 뛰어넘는 것 같았다. 해가 한낮이 되자 말은 조금 지친 듯해 보였다. 심생은 한 술집에 당도하여 이 고을이 어디냐고 물었더니, 바로 황해도 금천(金川)[84] 땅이었다. 뒤에 따라온 마부가

---

83 바람을 가르는: 원문은 '嘶風'인데 이렇게 번역하였다. 원래 바람 부는 중에 말이 '히이잉' 하며 우는 걸 뜻하며, 용맹한 말의 기세를 형용할 때 쓰이는 용어다.

84 금천(金川): 황해도 동남부에 위치한 군명으로, 서쪽으로 평산군, 남쪽으로 연백군, 북쪽으로 신계군과 인접해 있었다. 원래 고려와 조선 전기까지 이 지역이 우봉(牛峯)

타고 온 말을 끌고 먼저 돌아갔다. 타관에 혼자 남은 그는 돌아갈 길이 멀고 아득하기만 했다. 그때 갑자기 관아에서 닦아놓은 큰길에서 말을 훈련시키고 있는 한 마부와 조우하게 됐다. 역시 심생은 그 말을 한번 타 보자고 요청하니 마부가 그러라며,

"얼른 올라 보십쇼."

라고 했다. 심생이 이 말을 타자마자 훌쩍 뛰어올라 날듯 내달렸고, 마부는 뒤쫓으면서 채찍을 휘둘렀다. 오장이 죄다 흔들리고 일신이 붕 뜬 듯 파발(擺撥)하는 역마와 다름없었다. 애걸하고 싶었지만 용감한 사람이란 평이 무색해질 게 두렵고, 뛰어내리려 했으나 몸을 다칠까 두려웠다. 어쩔 수 없이 하는 대로 내버려 두고 가는 대로 꾹 참고 버텼다.

이윽고 말은 내달려 깊고 깎아지른 골짜기로 들어갔다. 수많은 골짝과 봉우리를 지나고 나니 길이 갑자기 확 트여 말이 달리는 길 같았다. 길 왼편으로 붉은 군복을 입은 부대가 대오를 정렬한 채 다가오더니 말에서 내려 가마에 올라타라고 청하는 것이었다. 심생은 이 상황이 도대체 이해할 수 없어 의아할 뿐이었다. 그저 어리석기 짝이 없는 모양새로 말에서 내려 가마에 올라탔다. 가마는 여덟이 지는 팔인교(八人轎)로, 얼룩 표범의 가죽이 깔려 있었다. 가마 앞에서 포성이 한 번 울리자 병장기며 깃발이 좌우로 촘촘히 늘어섰다. 자신에게도 군복이 입혀졌다. 어쩔 도리가 없게 된 심생은 마음을 가라앉히고 자중하며 원래 있던 자리인 양 태연해하였다.

산등성이 하나를 넘어가자 등성이 뒤편 광활한 들판에는 만기(萬騎)의 대오가 정연하게 늘어서 있었다. 보루와 목책이 굉장하고 막사도 구름처럼 잇닿아 있는 곳에 칼과 창은 하늘의 별처럼 꽂혀 있었다. 가마 아래에

과 토산(兎山)으로 나뉘어 있다가 17세기에 통합되어 금천군이 되었다. 특히 이곳은 개성 인삼의 주요 산지로 유명했다.

서 군령을 전하는 화살이 날아 전해지기 무섭게 함성이 여기저기서 일어
나고 취타대가 큰 북을 울렸다. 마치 적과 눈앞에서 대치하는 모습 같았
다. 이윽고 심생이 이 대열의 장벽 안으로 말을 달려들어 가자 장수들과
아전들이 예를 갖추어 문안하였다. 의식이 끝나자 다시 심생 보고 가마
에 타기를 청했다. 거기서 5리쯤을 더 가니, 사방 둘레가 금성탕지(金城湯
池)[85]이고 회칠한 성가퀴도 굉장했다. 성안으로 들어서자 가옥이 즐비했
으며 저자도 늘어서 있었다. 세 겹의 붉은 대문을 통과하자 널찍하고
단청한 수백 칸의 대청이 나타났다. 그 규모가 으리으리하고 아름다웠으
며, 금색 푸른색의 단청이 번쩍번쩍 빛났다. 아리따운 여인들이 좌우에
서 그를 모셔 대청에 올랐다. 심생은 의젓하게 보탑(寶榻) 위에 앉았다.
두령 한 명을 불러 물었다.

"이 구역은 대체 어떤 곳이냐? 너희들은 웬 사람들인데 나 같은 별
볼 일 없는 선비를 속여 이런 꼭두각시놀이를 벌이느냐?"

두령이 아뢰었다.

"저희 부락은 지도나 서적에도 빠진 곳이며, 소임도 관부의 관할 밖이
옵니다. 저희는 사방을 떠돌던 사람으로 배불리 먹고 따뜻한 데서 자며
마음 놓고 살 계책으로 비둘기 모이듯 개미가 무리 짓듯 모여들어 이런
대군이 되었사옵니다. 의롭지 못하게 부자가 된 이의 재물을 빼앗고 빈
궁해도 하소연할 데 없는 사람들을 받아들이는 것이 날마다 하는 일과가
되었을 뿐이옵니다."

이에 심생이 말했다.

"그럼 너희들은 모두 녹림호객(綠林豪客)이로구나. 국법을 무시하고 훔

---

85 금성탕지(金城湯池): 천혜의 요새를 지칭한다. 쇠로 된 성곽과 물이 끓는 해자를 뜻하며
    방어 시설이 철통같은 성으로, 주로 난공불락의 천혜의 요새를 뜻한다. 주로 진시황이
    천하를 통일하던 시기의 군사 전략에서 유래하였다. 우리의 경우 외침을 맞아 강화도로
    피란하는 경우가 많았는데, 이 강화도가 금성탕지인 요새로 인식되곤 하였다.

친 병기를 멋대로 휘둘러 무고한 사람을 죽였으면서도 여태 이를 바로잡기는커녕 나를 두목으로 추대하려 하다니 이 무슨 짓이냐?"

두령도 물러서지 않았다.

"이 산채는 홍 대장(즉 홍길동)부터 지금까지 백 년 넘게 대장 자리를 이어 온 곳이옵니다. 역대 대장들 모두 지략이 뛰어난 분들이라 산채의 군민이 편히 지내왔습니다. 한데 작년에 전 대장께서 작고하시자 군무를 통솔할 수 없게 되었습니다. 저희는 전국을 샅샅이 돌며 은밀히 대장될 분을 찾았습니다. 하지만 나리보다 나은 분을 보지 못했소이다. 해서 감히 준마 한 필로 나리를 금천으로 유인하여 오시게 했고, 다시 준마로 여기까지 모셔 온 것입니다. 천만 바라오니 나리께서 이 산채의 목숨들을 불쌍히 여기시어 우선 충의대장군(忠義大將軍)의 인끈을 맡아 주옵소서."

심생은 한참 고민하던 끝에 철여의(鐵如意)[86]로 궤안을 내리쳐 갈라놓고는 소리쳤다.

"오래전부터 내 재주와 꾀를 한번 시험해보고 싶었느니라. 특별히 너의 청을 받아들이노라!"

이에 무리들은 뛸 듯이 기뻐하며 잔치를 열어 축하하였다. 이때부터 심생은 조롱 속의 새, 어항 속의 물고기 마냥 그저 주는 음식을 받아먹으며 안락하게 지냈다. 며칠이 지나 그는 두령을 불러 물었다.

"이 산채 안에 있는 인원은 몇 명이며 비축해 둔 양식은 얼마나 되느냐?"

두령이 자세하게 보고하자, 심생은 버럭 화를 냈다.

"우리 입 숫자에 남은 양곡을 따져보면 기껏 몇 개월 치밖에 안 되겠다. 왜 일찍 타당한 처분을 구하지 않았느냐?"

두령이 눈을 부릅뜨고 눈썹을 치켜세우며 고하였다.

---

86 철여의(鐵如意): 쇠로 만든 여의봉으로, 길이가 한 자쯤 되는 효자손 모양을 하고 있다. 대개 군대에서 지휘봉으로, 구름이나 지초(芝草) 문양을 새겨 넣었다. 진(晉)나라 왕융(王戎)이 이걸 쥐고 지휘하기를 좋아했다고 알려져 있다.

"이전 대장께서는 천지를 경영할 재주를 가졌고, 귀신도 예측하기 어려운 술수가 있어 우리나라 수천 리에 걸쳐 부호와 큰 고을의 관부면 털지 못한 데가 없었사옵니다. 오직 합천(陜川)의 해인사(海印寺)와 호곡(壺谷)[87]의 이(李) 진사 댁, 그리고 함흥(咸興) 성내 등 이 세 곳만은 틈을 보지 못하였사옵니다. 그 외의 주현(州縣)이나 군진(軍鎭) 가운데 좀 괜찮은 곳이나 제법 사는 마을이야 손으로 다 꼽을 수 없지만, 힘들여 탈취해 봤자 한 달 먹을 식량도 보장되지 않사옵니다. 백 번 궁리하고 따져봐도 실로 뾰족한 수가 없던 터라 이렇게 사정을 아룀이 늦어졌사옵니다."

심생은 호통을 쳤다.

"수를 쓰는 건 내가 할 일이고 그 일을 시행하는 것은 너희들이다. 너희가 뭐라고 감히 문제니 어렵니 따지며 사설을 이리도 늘어놓느냐 말이다. 내 아무 날 직접 가서 해인사를 치겠으니 전군에 이를 통지하되 절대 밖으로 새 나가지 않게 하라."

두령은 깜짝 놀라며 대꾸하였다.

"해인사는 승려 수만 수천이고 돈이나 비단 등속도 산처럼 많사오나 방비가 철통같고 활과 창검으로 무장하고 있사옵니다. 신출귀몰한 저번 대장께서도 감히 엄두를 내지 못하셨고요. 지금 천 리 길에 우리 군사를 움직였다간 위험한 사지로 몰고 가는 일이 되옵니다. 나리께서 군령을 빌린답시고 저희 목숨을 다 죽이게 될 것이옵니다."

심생은 대로하여 두령을 끌어내 목을 치라 하였다. 하지만 주변에서 이 영에 응하는 자가 없자, 그는 직접 검을 쥐고 마구 찔러 죽여 버렸다. 이에 전군이 숙연해졌다. 이어 심생은 다른 두령을 불러 일렀다.

---

87 호곡(壺谷): 호곡이란 지명은 전국에 여러 곳인데 아래에서 안동 땅으로 상정돼 있는 바, 지금 안동시 임동면의 전주 유씨 세거지 일대를 가리키는 것으로 판단된다. 이곳은 표곡(瓢谷)으로도 불리었으며, 18세기 후반 안동의 학자였던 유범휴(柳範休, 1744 ~1823)는 자신의 호를 호곡이라고 하였다.

"너는 군사 중에 얼굴이 하얗게 말끔하고 머리가 영리하여 일처리에 밝은 자 서른 명을 선발하여라. 이들에게 모두 관노 복장을 하게 하고 각자 준마 한 필에 타되 돈 2천 꿰미도 실어 가서 먼저 해인사로 들어가도록 하여라. 그리고 전하기를, '아무 대군(大君)께서 자식을 얻어 대를 잇고자 직접 와서 불공을 드리고, 또 향반(香飯)88을 내어 거기 온 구경꾼들까지 두루 대접하여 사례하련다.'고 하여라. 먼저 이 돈으로 향촉을 마련해 두고 내가 내려오기를 기다리거라. 절대 착오가 있어서는 안 되느니라."

또 한 두령을 불러 지시했다.

"너는 좀 기다렸다가 열흘 뒤 이 노문(路文)89을 가지고 해인사로 달려가서 이렇게만 말하여라. '대군께서는 주상전하께옵서 연거푸 만류하는데다 조정의 신하들이 논박할까 염려스러워 남몰래 내려오시니 주변 군현에서는 알게 하지 말 것이며, 본 절에서 이바지하는 물품도 일체 생략하라.' 이렇게 너그럽고 긍휼하는 뜻을 보이는 것처럼 전하고, 역시 내가 오기를 기다리며 절대 오차가 있어서는 안 되느니라."

그리고 또 한 두령을 불렀다.

"너는 나머지 두령 수십 명과 의관을 화려하게 차려입고 각자 준마를 타고 하나같이 청지기[傔客]인 양 행세하라. 또 군중에서 키가 크고 얼굴이 험상궂게 생긴 자 수십 명을 뽑아서 대군의 관복과 쌍마교(雙馬轎)

---

88 향반(香飯): 사찰에서 내주는 밥을 포함한 음식 일반을 가리킨다. 원래 『유마경(維摩經)』의 「향적불품(香積佛品)」에서 중향국(衆香國)의 향적여래(香積如來)는 먹는 음식이라고 하여 '향적반(香積飯)'이라고도 한다.

89 노문(路文): 일반적으로 벼슬아치가 지방관이 되어 임지에 도착하는 날짜를 미리 알리는 공문이나, 고위 관원이 왕명이나 휴가로 외유하게 될 때 그 편의를 위해 발급해 주던 문서를 뜻하기도 한다. 여기서는 후자에 해당한다. 발급 범위는 여기 이야기처럼 대군(大君)이나 의빈(儀賓) 등의 종실과 정승 및 사신, 관찰사, 통제사, 그리고 특별히 동래부사와 의주부사도 포함되었다. 해당자의 여행 일정에 따라 연도(沿道)의 각 고을과 역참에 차례로 전해졌다.

및 청라개(靑羅蓋)[90]를 준비한 다음 해인사에서 50리 떨어진 지점에 잠복해 있거라. 내가 직접 내려갈 때까지 기다렸다가 즉시 수레를 바꿔 타도록 하여라."

두령들은 모두 저마다 부여된 영을 받들어 떠났다. 심생은 10여 일을 아무에게도 구속받지 않고 편안히 지내다가 이윽고 복건과 도복을 착용하고 한 필 천리마를 타고 산채를 내려갔다. 합천 지경에 당도하자, 따르는 무리는 이미 약속한 곳에 매복해 있었다. 심생은 이내 직접 쌍마교에 올라 비단 차양을 전부 내리고 한밤중을 타 해인사에 당도하였다. 승려들이 나와 그를 절 안으로 영접하였다. 심생은 병풍과 휘장이 몹시 화려한 선방에 발을 뻗고 앉아 주지승과 절간을 주관하는 사람들을 불렀다. 그리고 내일 밤에 불재(佛齋)를 지내기로 약정하고, 이바지할 비용을 낱낱이 따져 항목마다 넉넉하게 지급해주었다. 빙 둘러서서 듣던 승려들은 감탄해 마지않았다.

"훌륭하신 대군 마님은 꼭 부처의 가호를 받으실 것이옵니다!"

이에 심생은 주변 사람들을 물리치고 편히 잠자리에 들었다. 동시에 은밀히 한 두령을 시켜 몰래 절에서 쓰는 가마의 의자를 부순 다음 원래대로 슬쩍 붙여 놨다. 보면 부서진 곳을 알아볼 수 없게 해 둔 것이다. 대군 심생은 피곤하여 쓰러지듯 잠에 빠졌다가 오경 무렵에 잠이 깼다. 산달이 창문에 훤히 비추고 개울물 소리가 베갯머리를 간지럽혔다. 저도 모르게 흥취가 솟아나듯 일었다. 이윽고 방문을 열고 술상을 준비하라고 하더니 또 중을 불러 물었다.

"절 밖에 수석을 감상하기에 좋은 곳이 있느냐?"

---

90 쌍마교(雙馬轎) 및 청라개(靑羅蓋): 쌍마교는 말 두 필이 각각 앞뒤의 채를 메고 가는 가마로, '쌍교', '쌍가마'라고도 한다. 주로 높은 벼슬아치들이 탔다. 청라개는 이 쌍마교에 씌우는 푸른 비단 차양이다. 대군이 타는 이 쌍마교는 화려한 비단 차양 장식을 하고 있었음을 알 수 있다.

"모처가 아주 좋사옵니다."

심생은 바로 옷을 걸치고 나서면서 일렀다.

"너희들이 나를 그곳으로 안내하여라."

이에 중들은 서둘러 그 가마를 대령하였다. 이 가마가 부서진 줄 알고 있었던 심생은 조심해서 걸터앉았다. 여러 중이 가마를 메고 길을 나섰다. 그런데 수십 보쯤 갔을 때 그는 일부러 몸을 기대자 의자가 깨지면서 그대로 아래로 떨어지고 말았다. 몸이 거꾸러지면서 길가로 엎어진 것이다. 중들이 급히 구하려고 하니 그는 기절하여 경직된 상태로 의식이 없었다. 옷도 다 젖은 상태였다. 여러 두령이 업어서 선방으로 되돌아와 급히 좋다는 약을 떠 넣어주고 옷도 말렸다. 한참 뒤 심생이 몽롱한 상태로 일어났다. 자리에 앉은 그는 고래고래 소리를 지르며 화를 냈다.

"나는 무품(無品)의 귀인으로 밖으로 나오면 관찰사보다 위니라. 너희 같은 부자 절에 조정에서 파견하는 관원이 끊이지 않고 드나들 터인데 성한 가마 하나도 없는 게냐? 필시 부서진 것을 대령해서 나를 떨어뜨려 이렇게 상해를 입히려 한 것이렷다. 다행히 죽지 않은 건 하늘이 굽어살핀 것이니라. 허나 머리가 깨지고 어깨와 다리까지 부러졌으니 어찌 예불드리러 왔다가 도리어 평생 불구가 될 줄 예상이나 했겠느냐?"

중들은 뜰아래 엎드려 어떤 변명도 하지 못했다. 심생은 그 기회에 승안(僧案, 승적 명부)에 적힌 중을 하나씩 호명하며 뜰로 붙잡아 들였다. 한 명도 도망치거나 빠져나가지 못하게 대마 끈으로 서로를 단단히 묶도록 하고 어기는 자는 당장 죽이겠다고 하였다. 중들은 벌벌 떨며 율령을 받들 듯 이행하였다. 이때 누더기를 걸친 거지들이 사방 모퉁이를 꽉 매운 채 이 광경을 구경하고 있었다. 무려 수천 명이나 되었다. 심생이 거지들을 보고는 좌우에 늘어선 시중에게 캐묻게 했다.

"너희들은 무슨 일로 여기에 이렇게 모였느냐?"

이에 거지 떼가 일제히 아뢰었다.

"대군 마님께옵서 성심으로 시주하시고 또 무차대회(無遮大會)[91]를 열어 중생에게 먹을 것을 내려주신다는 소식을 들었사옵니다. 하여 백 리를 멀다 하지 않고 무리 지어 이렇게 찾아 왔사옵니다."

심생은 측은해하며 말했다.

"내가 지금 산 사람일지 귀신이 될지 모르는 판에 어떻게 불공을 드리겠느냐? 왔던 길로 바로 말을 돌려야겠구나. 다만 너희들이 먼 데서 먹을 것을 찾아 이렇게 왔는데 낭패를 보고 돌아가면 그 허물이 실로 내게 있는 것이니라. 애오라지 공양하려던 돈 이천 꿰미를 너희들에게 줄 테다. 너희들은 이 돈을 골고루 나눠 가져가도록 하여라."

그러면서 돈을 뜰에 뿌렸다. 거지들은 앞다퉈 돈을 몽땅 다 줍고 나서 일제히,

"대군 마님 만수무강하소서!"

라고 외쳤다. 그러자 다시 일렀다.

"내 너희들에게 첫 번째로 내리는 영이 있느니라. 너희들은 의심하거나 어려워할 필요가 없느니라."

"비록 끓는 물이나 불로 죽이는 솥[92]에 들어가는 일이라도 영만 내리시면 마땅히 따릅지요."

심생이 말을 이었다.

"내 이 원통함을 갚고자 하는데 그렇다고 저놈들을 죄다 죽일 수도 없는 노릇이다. 너희들은 내 말에 따라 이 경내의 선방 요사채 할 것

---

91 무차대회(無遮大會): 승려와 속인, 남녀나 노소, 귀천을 가리지 않고 일반대중에게 잔치를 열어 물품과 음식을 골고루 나누어 주는 불교 행사이다. 원래 인도의 불교 진흥의 주체인 아소카왕이 5년에 한 번씩 이런 법회를 열었던 데 기원하였다. 그래서 따로 '오년법회(五年法會)'라고도 부른다. 우리의 경우 고려시대부터 이와 비슷한 불교 의례로 수륙재(水陸齋)가 있었다.

92 죽이는 솥: 원문은 '鼎鑊'으로, 원래 세 발 달린 솥이나 발이 없는 솥 등 솥을 통칭하는 개념이나 고대에 사람을 태우거나 삶아서 죽일 때 쓰던 솥을 뜻하기도 한다. 그래서 가혹한 형벌을 상징한다.

없이 죄다 뒤져 돈과 재물이며 기물이면 모조리 지고 가거라. 하나도 남겨서는 안 되느니라. 저 흉악한 자들의 잘못을 깨우치고 곤궁한 너희들의 형편이 좀 나아진다면 오히려 내가 큰 음보를 받을 것 같구나. 그렇다면 어찌 저 말라빠진 불상에게 예불을 드리는 것보다 낫지 않겠느냐?"

거지들은 환호하며,

"어찌 감히 영을 따르지 않으오리까?"

라고 하더니 선방으로 몰려 들어가서 샅샅이 뒤져 남김없이 약탈해 왔다. 심생이 이번에도 거지들에게 영을 내렸다.

"너희들 내가 떠나기 전에 어서 빨리 줄달음치거라. 조금만 늑장을 부렸다간 뒤쫓는 중놈들에게 붙잡힐 염려가 없지 않구나."

이에 거지 떼는 일시에 구름처럼 흩어졌다. 한편 심생은 일부러 지체하면서 수십 시각(時刻)[93]을 앉아 있다가 아침 해가 떠서 동창을 비출 때가 되어서야 가마를 타고 길을 나섰다. 100여 리를 내달려 가서는 가마에서 내려 말로 바꿔 타고 급히 산채로 돌아왔다. 거지 떼는 다름 아닌 산채의 군사들로, 거지꼴로 분장한 것이었다. 이들도 차례차례 산채로 돌아왔다. 각자 털어온 재물을 바치니 백만금에 해당하는 것이었다. 병기에 피 한 방울 묻히지 않고 차지했으니 두령들이 복종하지 않을 수 있겠는가.

며칠 뒤 한 두령이 이제 어느 곳을 털 것인지를 여쭈었다. 그러자 심생은,

"아무 날 호곡(壺谷)을 칠 것이니라."

라고 하였다.

두령은 꺼리는 기색이 역력했다.

"호곡은 안동 땅인데 삼면이 다 우뚝한 바위 병풍으로 천 길 깎아지른

---

93 수십 시각(時刻): 대개 과거 시간 개념에서 시(時)는 하루를 12등분으로 나눈 것이며, 각은 이 시를 6등분으로 나눈 것이다. 즉 시는 지금의 2시간을, 각은 15분을 가리킨다. 여기서 수십 시각은 2시간에서 3시간 정도가 된다.

절벽이옵니다. 나는 새도 여기까진 날아 넘지 못한다고 할 정도랍니다. 전면으로 외길 하나만 이어져 있는데 사람이나 겨우 통과할 수 있고 말은 다니지 못한다고 하고요. 동네 어귀의 마을 어귀 초입엔 돌문까지 설치돼 있어서 낮에 열어두었다가 밤이 되면 닫아 두고 쇠사슬로 팽팽하게 묶어 놓기까지 했답니다. 돌문 밖으로 난 작은 길은 또 푹 꺼져 기운 언덕이 절벽처럼 되어 있어서 말은 반드시 조심조심 끌고 가야 지날 수 있고, 사람은 필시 더듬더듬 기어서 올라야 합니다. 이 골짜기의 이 진사는 쌀이 십만 섬이고 돈과 비단도 그만하며, 하인 수백 명이 갑옷과 투구에 활과 화살을 들고 밤새 순찰을 돌고 있답니다. 아무리 등애(鄧艾)가 면죽(綿竹)에 들어갔던 재주[94]와 한양의(韓襄毅)가 등협(藤峽)을 격파했던 공적[95]이 있다고 한들 저 호곡엔 써 볼 수도 없을 것입니다."

심생은 이 말을 듣고 적이 놀란 표정을 하며 두령을 꾸짖고 물러가라 하였다. 그리고 따로 심복을 몰래 보내 이 진사 장원의 동정을 정탐해 오게 하였다. 심복이 정탐한 내용을 돌아와 보고하였다.

"이 진사는 자기 이외에 혈육이 없다가 쉰 살에 아들 하나를 얻었다 하옵니다. 하온데 겨우 보자기에서 벗어난 어린아이가 허약해서 걸핏하

---

94 등애(鄧艾)가 면죽(綿竹)에 들어갔던 재주: 등애(鄧艾, 197~264)는 삼국시대 위(魏)나라의 명장으로, 아전 출신으로 태위(太尉)에 오른 인물이다. 그는 여러 차례 촉(蜀)나라를 쳐서 전공을 세웠는데, 특히 면죽(綿竹)에서 촉장 제갈첨(諸葛瞻)을 격파하여 곧장 성도(成都)를 압박, 결과적으로 후주(後主)의 투항을 이끌어냈다. 면죽은 사천성 덕양현(德陽縣) 북쪽 일대로 성도로 들어가는 길목 가운데 하나였다. 한나라 때 공손술(公孫述)이 이곳 면죽 땅을 차지하여 촉왕(蜀王)으로 군림하면서 주요 거점이 되었다.

95 한양의(韓襄毅)가 등협(藤峽)을 격파했던 공적: 한양의(韓襄毅)는 명나라 천순(天順)·성화(成化) 연간의 명장 한옹(韓雍)으로, 양의는 그의 시호이다. 그는 특히 지방관으로서 치적이 높았는데, 그중에 헌종(憲宗) 때 광서·광동지역의 요족(瑤族)과 동족(僮族)이 등협(藤峽)에서 일으킨 반란을 진압한 것으로 유명하다. 등협은 심강(潯江) 주변의 깎아지른 골짜기 중 가장 높고 험난한 지역으로, 이 난을 일명 등협도란(藤峽盜亂)이라 한다. 난이 일어나자 한옹은 우첨도어사(右僉都御史)가 되어 사방에서 동시에 진격하는 작전으로 평정시켰다고 한다.

면 병치레한다고 하옵니다. 근래에 진사는 인적 드문 절에 가서 자식을 위해 불재를 올리고 불경을 염송하고 있다고 하옵니다. 그러다 보니 집 안사람들이 주변 보호를 더 삼엄하게 하고 있어, 집 뒤편엔 온통 마름쇠[蒺藜]를 펼쳐 놓았고, 남자든 여자든 모두 신표를 차고 있어서 이것이 없으면 적으로 간주한다고 하옵니다."

이 보고에 심생은 몹시 기뻐하였다.

"일이 절로 풀리겠구나!"

즉시 그는 높다란 갓에 도포를 입고 소매 속엔 향주머니와 상아 부채며 구슬 박힌 신까지 간직하고서 천 리 가는 노새에 올라탔다. 한 사람도 뒤따르게 하지 않고 혼자 채찍질하여 산채를 내려왔다. 며칠 안 되어 호곡에 당도했는데, 그곳 지세가 과연 험준하고 가로막혀 있어서 도무지 쳐들어갈 길이 없었다. 그래도 노새가 날랜 걸음으로 평지를 걷듯 참호를 뛰어넘고 벼랑을 오른 덕분에 곧장 이 진사의 장원으로 들어갈 수 있었다. 그는 일부러 이 진사가 집에 있는지를 물었더니 종이 대답하기를,

"멀리 출타하셨습니다."

라고 하였다. 심생은 아쉬운 마음에 한참 동안 대청마루에서 서성였다. 그러다가 그 종을 시켜 내당에 전갈하기를 다음과 같이 하였다.

"나는 진사 어른과 막역한 벗이오. 만나보려 여기까지 찾아왔으나 끝내 주인을 만나지 못하는구려.⁹⁶ 대신 애기 도령이나 한번 보며 아쉬우나마 묵은 정회를 풀었으면 하오."

이런 전갈이 가고 얼마 지나지 않아 종이 아이를 안고 나왔다. 심생은

---

96 주인을 만나지 못하는구려: 원문은 '題凡鳥'인데 이렇게 번역하였다. 벗을 찾아갔다가 만나지 못한 아쉬움을 표현한 어구로, 당나라 때 왕유(王維)의 시 「춘일여배적과신창리방려일인불우(春日與裴迪過新昌里訪呂逸人不遇)」에서 유래하였다. 즉 「문에 다다라 감히 일반 새를 글제하지 못하나니, 대나무를 보면 어찌 주인을 물어보랴[到門不敢題凡鳥, 看竹何須問主人].」

이 아이를 무릎 위에 앉히고 애정을 담아 쓰다듬으며 말했다.

"아이고 고 녀석! 또랑또랑한 게 남다른걸. 우리 벗은 이제 걱정 없겠는걸."

곧이어 소매 속에서 향주머니 등속을 꺼내 아기의 바지 자락에 가득 채워주고 종에게 데리고 들어가라고 하였다. 종이 이 상황을 안채에 자세히 고하자 안주인은 퍽 기뻐하며 그가 바깥주인의 절친한 벗인 줄 단단히 믿게 되었다. 이에 찬을 한껏 마련하여 심생을 대접했다. 심생은 찬을 다 들고 나서 또 한참을 허전하게 앉았다가 마지못해 노새를 타고 떠났다. 그런데 동구 밖까지 나갔던 그는 갑자기 노새를 돌려 돌아와 문전에 멈춰서더니 다시 내당에 전갈하게 했다.

"내가 동구 문밖을 나서는데 한 걸음 한 걸음 옮길 때마다 고개가 돌아가 아쉬운 마음을 걷잡지 못하겠소. 한 번 더 애기 도령을 보았으면 하오."

종은 심생의 자애로운 마음 씀씀이에 감동하여 다시 아기를 안고 나왔다. 그는 노새 위에서 아기를 받아 안고 입을 맞추고 뺨을 비비며 살가운 마음을 누르지 못했다. 그리고 다시 종을 불렀다.

"넌 번거롭지만 안방마님께 다시 여쭈어라. 아이 얼굴에 황달기가 좀 있는데 최근에 무슨 병이라도 앓았느냐?"

종이 '예' 하고 안으로 들어가자, 심생은 곧장 노새를 채찍질하여 한달음에 도망쳤다. 한순간 그의 종적은 묘연해진 것이다. 종이 다시 아뢰려고 나왔을 때 그 손님과 아이는 온데간데없었다. 온 집안은 눈물바다가 되어 서둘러 진사에게 통지하여 돌아오게 하였다. 그러나 돌아온 이 진사는 아무런 단서가 없어 걱정이 태산이라 식음을 전폐하고 말았다.

그러던 어느 날, 집의 종이 아침 일찍 돌문을 열고 보니 봉한 편지 한 통이 땅에 떨어져 있었다. 이걸 가져다가 진사에게 올렸다. 편지를 뜯어보니 이런 내용이 들어 있었다.

충의대장군(忠義大將軍)은 이생 좌하께 글을 드리오. 무릇 땅이 재물을 낳음에 반드시 그 쓰임이 있고, 하늘이 사람을 냄에 각자 먹을 게 있는 법이네. 그대는 곡식을 만 섬이나 쌓아두고도 곤궁한 백성 하나 구제하지 못했고, 천 이랑의 밭을 일구면서도 백 년의 수도 누리지 못하면서 끝내 피땀 어린 낟알이 흙 속에 썩어 나가게 하는구려. 그러니 그대의 하나 있는 아들이 화를 당하는 것도 이치상 당연한 거 아니오. 이 때문에 내가 신명이 내린 계책을 이어받아 아이를 빼앗아 온 것이네. 그대는 '인생은 짧다'[97]는 걸 슬퍼해야 하고, 또 자식을 사랑하는[98] 지극한 인륜을 유념하여 어서 빨리 그 비루하고 인색한 마음을 고쳐 널리 보시하는 덕을 본받아야 하오. 그대의 재산을 반분하여 아무 강변에 쌓아두어 우리더러 운반해 가게 하시게. 허면 내 당장 아이 도령을 돌려보냄세. 오직 그대 판단 여하에 달려있다네.

다 읽고 난 이 진사는 눈물을 흘리며 말했다.

"재산은 자식을 키우기 위한 것이거늘, 아이가 없으면 황금 만 상자가 있어도 어디에 쓴단 말인가?"

이에 장요(長腰, 즉 쌀) 2만 섬과 아안(鵝眼, 즉 돈) 10만 관(貫)을 약속한 곳에 몰래 쌓아두었다. 이튿날 가서 보니 이미 다 실어 가 버리고 없었다. 이 진사는 오히려 약속이 안 지켜지는 건 아닌가 의심이 가시지 않았다. 억지로 참고 5, 6일을 보냈다. 그런데 종이 새벽에 나가 돌문을 열었더니

---

97 인생은 짧다: 원문은 '駒隙短景'이다. 구극(駒隙)은 '백구과극(白駒過隙)'의 준말로, 『사기』·「유후세가(留侯世家)」에서 "한 사람의 일생은 백구가 좁은 틈을 지나가는 것과 같다[人生一世間, 如白駒過隙]"에서 유래하였다. 단경(短景)은 '일경(日景)'이라고도 하며 하루의 짧은 경치로 그 시간이 짧다는 뜻이다.

98 자식을 사랑하는: 원문은 '舐犢'으로, 노우지독(老牛舐犢)이라 하여 어미 소가 송아지를 핥아 주는 것을 말한다. 이것이 뒤에 부모가 자식을 지극정성으로 돌보는 의미로 쓰이게 되었다.

그곳에 어엿한 꽃가마 하나가 놓여 있었다. 가마에는 비단 휘장이 둘러 있고 두 겹의 무늬 담요 안에 고운 새 옷을 입은 아이가 들어 있었다. 이 진사는 놀랍기도 하고 기쁘기도 하여 울며 아이를 덥석 끌어안았다.

"내 아들이구나!"

그러면서 아이에게 물었다.

"애야 어디 있다가 왔느냐?"

아이의 말은 이랬다.

"그날 그분은 노새 위에서 저를 안고 몇 리를 내달려 가서는 편안한 수레 속에 넣어주었어요. 또 어떤 아주머니께서 저에게 젖을 주었어요. 대여섯 밤낮을 쉬지 않고 가서 한 산채에 도착했어요. 거기에 있는 분들은 저를 아주 귀여워하며 잘 보살펴주었어요. 그곳 장막이 화려하고 장난감이 많아 엄마 곁에 있을 때보다 더 나았어요. 어제는 다시 수십 명의 말 탄 기사가 저를 보호하여 밤새 달려 돌문 밖에 두고 각자 흩어져 도망쳤어요."

이 진사는 심생의 고매한 의리에 깊이 감동하였다. 그리고 심생은 군사 한 명도 괴롭히지 않고 막대한 재산을 빼앗았다. 산채에서는 우레와 같은 환호성이 터져 나왔다.

심생은 또 신칙하였다.

"아무 날 함흥을 칠 것이니라."

이번에도 두령들이 들어와 청하였다.

"함흥이야말로 성곽이 높고 가파르며 험한 산과 바다가 막고 있사옵니다. 부사는 3천의 철기가 옹위하고, 고을에는 수만의 견실한 호구(戶口)가 즐비하며, 여기에 중군(中軍)[99]과 도사(都事)가 씨줄과 날줄로 얽혀있사

---

[99] 중군(中軍): 종2품, 또는 정3품 무관직으로, 각 군영이나 순영에 두고 대장이나 사성(使星)을 보좌하면서 모든 실무를 총괄하였다.

옵니다. 이는 해인사에 견줄 바가 못 되고 호곡에 비교하기도 어려우니, 바라옵건대 서둘지 마옵소서."

하지만 심생은 이들을 꾸짖었다.

"영이 떨어지면 이행할 뿐 거역해서는 안 되느니라. 다시 이상한 소리를 해서 군사들의 마음을 현혹했다간 당장 참수하여 살려두지 않을 게야!"

두령들은 모두 물러갔다. 이에 심생은 한 두령을 불러 분부하였다.

"너는 군졸 중에 우매한 자 쉰 명을 선발하여 다섯 개 부대로 나누어 꼴 베는 나무꾼으로 위장시켜 놓거라. 그들을 데리고 함흥성 밖의 나라에서 특별히 방목을 금지한 곳 다섯 군데로 가서 꼴을 베게 하거라. 그러다가 아무 날 밤 어둠이 찾아올 무렵 일제히 그곳에 불을 지르게 하거라. 불길이 치솟기 전에 도망쳐 돌아오게 해야 하느니라. 이를 어기는 자는 참할 것이니라."

또 한 두령에게 분부했다.

"너는 군졸 가운데 일 처리가 괜찮은 자 쉰 명을 뽑아 해상(海商)으로 가장시켜 함선 스무 척에 태워라. 산채 뒤편의 해안을 따라 영남과 관동 지역을 거슬러 올라가면 아무 날이면 함흥성 밖에 정박할 수 있을 게다. 이 계획은 절대 누설돼서는 안 되느니라."

이렇게 분담이 정해지자 심생은 3천의 정예병을 모아 혹은 관원, 혹은 장사치, 혹은 상여꾼, 혹은 거지들로 가장하게 하고 연달아 일정을 떠나게 했다. 아울러 약속한 날에 함흥성 밖 깊은 산속 조용하고 외진 곳에서 대략 합류하기로 하였다. 이 소식을 공유하고 당일 과연 이경의 북소리가 울렸을 때 성 밖에서 화염이 하늘로 치솟았다. 성안 전체가 자중지란에 빠지고 말았다. 관리들은 죄를 묻게 될까 두려워 급히 달려가 불을 끄려 했고, 성안의 장정들도 분주하게 달려 나가는 바람에 부녀자와 아이들만 남게 되었다.

이때 심생은 몰래 두령 넷을 시켜 각자 군사 수십 명을 거느리고 함흥성 네 개 문을 접수하게 하였다. 그리고 관찰사께서 비밀리에 내린 영이라고 둘러대고 아무나 출입하지 못하도록 했다. 자신은 병기로 무장한 군사들을 인솔하여 몰래 성안으로 들어갔다. 관청과 민가에 쌓아둔 재물을 모조리 약탈하여 바닷가로 모두 실어 날랐다. 해운선은 이미 약속한 대로 정박해서 대기하고 있었다. 닻을 올려 바다로 나간 배는 밤낮으로 운항을 재촉하여 어느덧 산채 뒤편 해안에 댔다. 다시 수만의 재물을 얻게 된 것이다.

심생은 소를 잡아 큰 잔치를 열었다. 다음 날 새벽 심 진사는 심복 한 명과 함께 준마를 골라 타고 산채를 빠져나와 자기 집으로 돌아왔다. 사람들에게 대답하기를 번번이 이랬다고 한다.

"팔도를 두루 떠돌며 명산대천을 유람하고 돌아왔다네."

10-21

허생이 만금을 빌려 장사를 함

허생(許生)은 묵적골[墨積洞]¹⁰⁰에 살았다. 곧장 남산 아래에 다다를 수 있는 집으로, 우물가에는 오래된 은행나무가 서 있다. 사립문이 이 은행나무를 향해 열려 있는데, 초가집 두세 칸으로 비바람도 막지 못하는 형편이었다. 그런데도 허생은 글 읽기나 좋아할 뿐이었다. 아내가 남의 바느질품을 팔아 겨우 입에 풀칠하였다.

---

100 묵적골[墨積洞]: '묵동(墨洞)', '묵사동(墨寺洞)' 등으로도 불렸다. 현재 중구 필동 일대로, 이 지역에 사찰이 있었던 데서 유래한다고도 하나 기본적으로 문방구를 거래하는 지역이어서 붙여진 동명이다. 한편 허생은 남촌(南村)의 곤궁한 선비를 일컫는 이른 바 '남산 딸깍발이'의 전형이라고 할 수 있다. 그리고 딸깍발이는 나막신 소리인데, 남산 아래 자리 잡은 이 지역은 비가 오면 길이 질었기에 높은 굽의 신발을 많이 신었다고 한다. 실제 명동 쪽으로 '진고개'가 있기도 했다.

하루는 아내가 몹시 배고파하며 우는 것이었다.

"당신은 평생 과거를 보지 않으니 글을 읽어 어디에 쓰려고 해요?"

허생은 실소를 했다.

"내 아직 글 읽는 게 숙련되지 못했네."

"장인바치라도 할 수 없나요?"

"장인바치 일은 평소 배우지 못한 걸 어찌하겠소?"

"그럼 장사는 못 해요?"

"장사하래도 밑천 삼을 돈이 없는 걸 어찌하란 말이오?"

그러자 아내가 분을 참지 못하고 성을 내며 대들었다.

"밤낮으로 글을 읽고도 배운 거라곤 '어찌하겠소' 뿐이에요? 장인바치
도 못하고 장사도 못하겠다면 왜 도적이라도 되지 않고요?"

이 말에 허생은 읽던 책을 덮어 놓고 일어났다.

"애석하군! 내 본래 독서를 10년 동안 하기로 해서 지금 7년이 되었는
데⋯⋯."

문을 열고 나갔으나 알 만한 사람이 없었다. 그는 곧장 운종가(雲從街)
로 나가서 저잣거리 사람들에게 물었다.

"한양 성안에서 누가 가장 부자요?"

누군가 변 씨(卞氏)[101]라고 말해주자, 마침내 그는 변 씨 집을 찾아갔다.
허생은 길게 목례하고 말을 꺼냈다.

"내가 집이 가난하오. 뭘 좀 시험해 볼 게 있으니 당신한테 만금을

---

101 변 씨(卞氏): 숙종 대에 국중 갑부였던 변승업(卞承業, 1623~1709) 집안을 상정한
것이다. 일반적으로 여기 변 씨를 변승업으로 특정하고 있는데, 오히려 변승업 윗대
일 가능성이 높다. 박지원의 『옥갑야화』 안의 「허생전(許生傳)」과 이 이야기는 거의
비슷한데, 『옥갑야화』에는 허생 이야기 앞에 변승업 서사가 나온다. 거기에는 변가
집안의 국중 갑부로서의 위치가 쇠퇴한 것으로 언급되어 있다. 다름 아닌 나라 안의
제일 부자는 변승업 윗대가 걸맞은 셈이다. 참고로 변승업의 조부 계영(繼永)과 부친
응성(應星)이 한어 역관이었으며, 변승업 자신은 일본어 역관이었다.

빌렸으면 하오."

이에 변 씨는,

"좋소."

하고 그 자리에서 만 냥을 내주었다. 허생은 고맙다는 사례도 없이 가버
렸다. 변 씨 자제와 드나드는 손님들이 허생을 보니 그야말로 거지 행색
이었다. 실 띠의 술이 이삭 패듯 너덜너덜하고, 갖신은 뒷굽이 빠졌으며,
쭈그러진 갓에 검게 때 낀 도포를 걸치고, 코에선 맑은 콧물이 흘렀다.
그가 떠나고 난 뒤 다들 놀랍고 어리둥절하여 물었다.

"대인께서는 저 손님을 아시는지요?"

"알지 못하네."

"지금 하루아침에 부질없이 일평생 동안 누구인지도 모르는 사람에게
만 냥을 쾌척하고 이름도 묻지 않으시니, 무슨 까닭이십니까?"

변 씨의 답은 이러했다.

"이건 너희들이 알 수 있는 바가 아니니라. 대개 남에게 뭔가를 요청
할 게 있는 자는 필시 그 포부를 크게 펼치며 먼저 자신의 신의를 자랑하
기에 바쁘단다. 허나 얼굴에는 부끄럽고 비굴한 빛이 돌고 말은 중언부
언하기 마련이지. 저 손님은 비록 옷과 신발이 해졌어도 말이 간단하면
서도 요령이 있고 쳐다보는데 자존감이 느껴질 뿐 아니라 얼굴에는 부끄
러운 기색이 전혀 없더구나. 꼭 재물이 있어야 자족할 사람이 아니었다.
그가 시험해보겠다는 일도 작은 게 아니고, 나도 그를 시험해보고 싶어
졌단다. 안 주면 모를까 이미 만 냥을 주었으니 이름자를 물어서 뭘하겠
느냐?"

한편 만 냥을 얻은 허생은 다시 집으로 돌아가지 않고, 안성(安城)으로
향했다. 경기와 충청 지역이 교차하는 지역이자 삼남(三南)으로 통하는
길목에 해당한다고 판단하여 마침내 이곳에 자리를 잡은 것이다. 거기서
대추와 밤, 감과 배, 감귤과 유자 등속을 곱절의 값을 치르고 다 사들였

다. 허생이 이처럼 과일을 도거리 하는 바람에 온 나라에는 잔치나 제사상에 올릴 과일이 동나고 말았다. 그러니 얼마 안 가서 허생에게 뱃값으로 팔았던 장사치들은 도리어 열 배를 주고 다시 사야 했다. 이에 그는 한숨을 쉬며 탄식하였다.

"만 냥으로도 과일 경제가 무너지니 나라의 규모를 알만하구나."

허생은 다시 칼, 농기구, 베와 솜, 비단 따위를 밑천으로 가지고 제주로 건너가서 말총[102]을 다 사들였다.

"몇 해 안으로 나라 사람들은 머리를 싸매지 못하게 될걸."

이렇게 말하고 얼마 안 있어 정말 망건 가격이 10배로 뛰었다.

그 뒤 허생은 한 늙은 사공을 만나서 이런 걸 물었다.

"바다 밖에 사람이 살 만한 빈 섬이 있었소?"

"있습니다. 일찍이 바람에 밀려 표류하여 사흘 밤낮을 줄곧 서쪽으로 흘러가다가 한 무인도에 닿게 되었지요. 따져보니 그곳은 사문(沙門)과 장기(長崎)[103] 사이에 있는 섬이었소. 꽃이나 나무는 절로 무성하고 과일이나 풀열매는 알아서 익어 있었으며, 노루나 사슴들이 떼를 짓고 물고

---

102 말총: 전통적으로 제주 조랑말의 말총이 전국에 특수(特需) 되던 상황을 알 수 있다. 특히 남성의 망건 재료로 중요했는데, 원래 망건은 실을 엮어 만들었으나 조선 후기에는 말총으로 만드는 것이 유행이었다. 이 말총으로 만든 조선 망건은 중국에서도 인기였다고 한다.

103 사문(沙門)과 장기(長崎): 사문은 사문도(沙門島)라고 하여 중국 산동반도 봉래현(蓬萊縣) 서북쪽 해상에 있는 섬으로 알려져 있다. 이 지역을 항해할 때 이 섬을 표지로 삼았을 만큼 황해상의 중요한 거점 가운데 하나였다. 그런데 장기, 즉 일본의 국제무역항이었던 나가사키와는 거리가 너무 떨어져 있어서 이 섬을 특정하는지는 의문이다. 따로 복건성의 샤먼(廈門)이나 마카오(澳門)를 음차했을 가능성이 크다. 실제 이 지역의 천주(泉州)·복주(福州)와 함께 샤먼이나 마카오는 중국 남동부 해양 무역의 중심지 가운데 하나였다. 그리고 이 권역과 나가사키는 중국과 일본 사이의 무역라인으로 연결되어 있었다. 박지원을 비롯한 조선 후기 해양에 관심을 가졌던 지식인 중에는 조선이 배제된 이 남중국해의 무역라인을 인지하고 있었다. 그런 바탕 위에서 샤먼과 나가사키 사이를 상정한 것이 아닌가 싶다. 그렇다면 이 무인도는 아마도 이 사이에 있는 섬-류큐열도 등-이 될 것이다.

기는 사람을 보고도 놀라지 않더이다."

이 말을 들은 허생은 매우 기뻐하며 제의했다.

"자네 나를 그 섬으로 인도해주어 함께 부귀를 누려보세."

사공은 그러자고 했다. 이리하여 마침내 바람을 받아 동남쪽으로 향해 가다가 그 섬에 당도했다. 그런데 허생이 높은 곳에 올라가서 사방을 둘러보더니 실망한 빛이 역력했다.

"땅이 천 리가 다 되지 못하니 할 수 있는 게 뭐가 있겠는가? 토질이 비옥하고 샘물도 달고 좋으니 부가옹이 되는 정도는 가능하겠군."

그러자 사공이 물었다.

"텅 빈 섬에 아무도 없는데 누구와 함께 거처한단 말이오?"

"덕이 있으면 사람은 모이는 법이네. 덕이 없을까 걱정이지 사람 없는 거야 걱정할 게 뭐 있겠나?"

마침 그때 변산(邊山)에는 수천의 군도[104]가 있었다. 지역의 주군(州郡) 병력을 동원하여 쫓아 체포하려 했으나 잡을 수 없었다. 하지만 군도도 감히 밖으로 나와 약탈하는 짓은 못하게 되어 바야흐로 굶어 지쳐가고 있었다. 허생이 군도가 있는 산채로 찾아가 우두머리를 꾀기 시작했다.

"천 명이 천 냥을 빼앗아 오면 얼마씩 나누는가?"

"거야 한 사람당 한 냥 아니오."

"자네들은 아내가 있는가?"

"없소."

"농사지을 밭은 있는가?"

군도는 실소를 터트렸다.

---

[104] 변산(邊山)에는 수천의 군도: 변산 지역이 천혜의 요새여서 오래전부터 군도들이 웅거했다고 한다. 특히 1728년 이인좌(李麟佐)의 난(일명 무신란) 이후 그 잔당이 이곳으로 들어와 그 위세가 더 강해졌다. 여기 이야기처럼 실제 조정에서 쉽게 제압하지 못해 오랫동안 잔존한 조선 후기 대표적인 군도였다.

"밭이 있고 아내가 있으면 무엇 하러 이 고생하며 도둑이 되겠소?"

"정말 그렇다면 왜 아내를 얻고 집을 짓고 소를 사서 논밭을 갈아 살려 하지 않는가? 그럼 살아생전 도적이란 오명을 쓸 일도 없고, 살면서 부부의 즐거움도 있을 텐데. 또 돌아다닐 때도 붙잡히는 걱정도 없이 풍요롭게 먹고 입고 하며 삶을 누릴 수도 있을 텐데 말인가!"

"어찌 그런 걸 바라지 않겠소? 다만 돈이 없어 못 할 뿐이지."

이번에는 허생이 웃었다.

"너희가 도적질하면서 어떻게 돈이 없다고 걱정하는가? 내가 너희들을 위해 돈을 마련해 오겠다. 내일 바다로 나와 보면 바람에 펄럭이는 붉은 깃발을 단 배가 있을 게다. 거기에 돈이 가득 실려 있을 테니 너희들 맘껏 가져가도록 하라."

이렇게 허생은 군도와 약속하고 떠났다. 군도는 모두 그가 미친 사람이라고 비웃었다. 그런데 다음 날 바닷가에 나와 보니 정말 허생이 30만 냥을 싣고 나타났다. 그들은 깜짝 놀라며 허생에게 줄지어 절을 올렸다.

"장군이 영하는 대로 따르겠나이다."

"있는 힘껏 짊어지고 가거라."

이에 군도들은 다투어 엽전을 짊어졌으나 기껏 한 사람이 100냥을 지지 못했다. 이를 보고 허생이 말하였다.

"너희들 힘이 백 냥도 짊어지기에도 부족하면서 어떻게 도적이 되겠다는 게냐? 지금 너희들은 양민이 되고 싶어도 이름이 도적 장부에 올라 있어 갈 곳도 없는 신세니라. 내 여기서 너희를 기다릴 테니 각자 백 냥씩 지고 가서 아내 될 여자 한 사람, 소 한 마리를 끌고 오너라."

군도들은,

"예!"

하고 모두 흩어져 돌아갔다.

허생은 직접 2천 명이 1년 동안 먹을 양식을 마련하고서 이들을 기다렸다. 저들이 돌아왔는데 아무도 빠진 이가 없었다. 이리하여 마침내 이들을 모두 배에 싣고 전에 봐두었던 그 빈 섬으로 들어갔다. 허생이 도적 떼를 전부 데려가는 바람에 나라 안에는 이들에 대해 불안함이 없어졌다.

도착한 이들은 나무를 베어 집을 짓고 대를 엮어 울타리를 쳤다. 땅의 기운이 농사하기에 잘 맞아 온갖 곡식이 크고 무성하게 자랐다. 밭을 개간하거나 가래질하지 않아도 한 줄기에 이삭 아홉 개가 달렸다.[105] 이를 수확하여 3년 치 양식은 비축해두고 나머지는 모두 배에 실어 장기도(長崎島)[106]로 팔러 갔다. 이곳 장기는 일본에 속한 지역으로 31만 호(戶)가 살고 있었다. 그런데 마침 이곳은 기근이 크게 든 상황이었다. 허생 일행은 이들을 구휼한 값으로 은 백만 냥을 손에 쥐었다. 그러고 난 허생은 탄식하며 말했다.

"이제 나의 작은 실험은 끝이 났구나."

이에 데리고 갔던 남녀 2천 명을 모두 불러 모아놓고 영을 내렸다.

"내가 처음 너희들과 이 섬에 들어왔을 때는 먼저 부유해진 뒤, 따로 문자를 만들고 의관을 새로 제정하려 했느니라. 한데 이곳 땅은 작고 내 덕이 얕아 실행하기 어렵구나. 이제 나는 떠나련다. 아이를 낳거든 오른손으로 숟가락질하게 가르치고, 하루라도 더 먹은 이가 먼저 먹도록 양보하게 하여라."

---

105 한 줄기에 이삭 아홉 개가 달렸다: 원문은 '一莖九穗'로, 한 뿌리에 이삭이 많이 달리는 좋은 품종의 벼를 지칭한다. 왕충(王充)의 『논형(論衡)』에 일반 벼보다 길이가 한두 자 긴 새로운 벼 종류로 소개하고 있다. 따로 '일경육수(一莖六穗)'로 표기한 경우도 있다. 다만 여기서는 남방 및 해양 지대의 이모작, 삼모작 같은 벼를 여러 번 수확하는 것을 염두에 두고 많은 소출이 난다는 점을 부각하기 위함으로 보인다.

106 장기도(長崎島): 일본 규슈의 서편의 국제 항구였던 나가사키이다. 16세기 말 이후 일본의 서양 및 동아시아와 동남아시아 무역의 중심지이며, 일본 최초의 서양학인 난학(蘭學)의 발상지이기도 하다. 원래 16세기 스페인, 포르투갈의 일본 진출은 규슈의 북부에 있던 히라도(平戶)라는 섬이었으나 천주교 전파 등의 논란으로 이곳 나가사키에 서양인들을 이주시키고 본격적인 대외 교역을 시작하게 되었다. 이후 동아시아 해양 교역의 대표적인 항구가 되었다.

그러더니 남아있는 배를 모두 불사르게 했다.

"가지 않으면 오는 일도 없겠지."

또 은 50만 냥을 바닷속에 던져버렸다.

"바닷물이 다 말라야 이 돈을 주울 수 있겠지. 백만 냥은 나라 안에서도 용납될 수 없거늘 하물며 작은 섬에서랴!"

마지막으로 글을 아는 자들은 모두 데리고 배에 싣고 이 섬을 나왔다.

"이 섬에 화근을 끊기 위함이니라."

라며 돌아왔다.

허생은 나라 안 곳곳을 돌아다니며 가난하여 하소연할 데 없는 이들에게 돈을 내주었다. 그러고도 10만 냥의 은이 남았다.

"이 돈으로 변 씨에게 빌린 걸 갚으면 되겠군."

라며 변씨를 찾아가 만났다.

"나를 기억하시오?"

변 씨는 그를 보고 놀라 물었다.

"당신 모습이 조금도 나아 보이지 않으니 만 냥을 다 잃은 거 아니오?"

허생은 웃음을 지으며 대답했다.

"재물로 얼굴이 번지르르해지는 건 당신네에게나 해당하는 일이오. 만 냥이 어찌 도(道)를 살찌우겠소?"

그러면서 은 10만 냥을 변 씨에게 돌려주었다.

"내가 하루아침의 배고픔을 참지 못해 글 읽기를 다 마치지 못하고 말았소. 당신에게 만 냥을 빌린 게 부끄러운 일이오."

적이 놀란 변 씨는 일어나 예를 표해 사례하고 원금에 1할의 이자만 받겠다고 하였다. 그러자 허생은 몹시 화를 냈다.

"당신은 어찌 나를 장사치로 본단 말이오?"

급기야 옷을 털며 일어나 나가버렸다. 변 씨는 몰래 그의 뒤를 따라가 먼발치서 보니, 허생이 남산 아래로 향하더니 작은 초가로 들어가는 것이었다. 마침 우물가에서 빨래하는 노파가 있기에 물어보았다.

"저 작은 초가는 누구 집이오?"

노파의 대답은 이랬다.

"허 생원 댁이라우. 가난한 형편에도 책읽기를 좋아하더니 하루아침에 집을 나갔지 뭐요. 아직 돌아오지 않은 지 다섯 해나 되었다우. 안사람만 홀로 남아 그이가 나간 날로 제사를 지내고 있지 뭐요."

비로소 그가 허씨 성이라는 걸 알게 된 변 씨는 못내 아쉬워하며 돌아갔다. 이튿날 받은 은자를 전부 가져가서 돌려주려 했으나 허생은 받지 않았다.

"내가 부자가 되고 싶었다면 백만 냥을 버리고 십만 냥을 받겠소? 하지만 내 이제부턴 당신의 도움으로 살아갈까 보오. 허니 자주 나를 찾아와 보고 식구 수대로 양식을 보내주고 몸에 맞게 옷감도 대주시오. 남은 평생 이렇게만 해주면 충분하오. 누가 재물로 정신이 괴로워지는 걸 원하겠소?"

변 씨는 허생을 백방으로 설득했으나 끝내 어찌할 수 없었다. 이때부터 허생이 양식과 옷가지가 떨어질 즈음이면 어김없이 직접 찾아가 챙겨주었다. 허생도 기뻐하며 이것들을 받았는데, 혹 더 주려고 하면 기쁜 얼굴이 싹 가시며,

"당신은 왜 내게 화를 넘겨주려는 거요?"

라고 하였다. 그러다가도 혹 술을 가져오면 아주 기뻐하며 술잔을 주고받으며 취하도록 마시기도 하였다. 이렇게 몇 해가 지나자 이들의 정은 날로 돈독해졌다. 한번은 조용한 틈에 물어보았다.

"다섯 해 동안 어떻게 백만 냥을 모으셨소?"

허생의 대답은 이랬다.

"그야 알기 쉽소. 우리 조선에서 배는 외국과 왕래하지 못하고, 수레는 나라 안을 다니지 못하지 않소. 그러니 온갖 물화가 이 안에서 나고

이 안에서 사라진다오. 천 냥 돈은 재물로는 적은 양이라서 한 가지 물건을 다 쓰기에는 부족하오. 하지만 이 돈을 열로 쪼개면 백 냥이 열 개가 되니 열 가지 물건을 살 수가 있는 거요. 물건의 중량이 가벼우면 굴리기가 쉬운 법이고. 해서 물화 하나가 뒤처지더라도 아홉 개 물화는 잘 굴러가기 마련이오. 이것이 상거래의 일반적인 이치요 자잘한 사람들의 장사인 거요. 그런데 만 냥이면 한 가지 물건을 독점할 수 있소. 수레면 수레 전부, 배면 배를 전부, 한 고을이면 한 고을 전부를 말이오. 마치 그물로 그물질하듯 모조리 계산에 넣을 수 있는 거요. 뭍에서 나는 만 가지 가운데 하나를 남들 몰래 멈추게 하고, 물에서 나는 만 가지 중에 슬쩍 그 하나를 독점하며, 의원의 만 가지 약재 중에 한 약재를 조용히 거래 정지시키는 거지요. 이렇게 물화 하나를 몰래 쟁여두면 수많은 장사치가 일거리가 사라질 것이오. 이는 백성을 해치는 길이오. 후세에 이쪽을 맡은 관리가 나의 이 방법을 쓴다면 필시 나라는 병이 들고 말 것이오."

변 씨가 또 물었다.

"당신은 처음에 내가 만금을 내줄 줄 어떻게 알고 나를 찾아온 것이오?"

이번의 답은 이랬다.

"꼭 당신만이 줄 게 아니고 만금을 가진 이라면 누구라도 주지 않을 수 없었을 거요. 스스로 나의 재주를 따져보면 백만 냥은 만질 수 있다고 자부하고 있소. 그러나 운수는 하늘에 달려있으니 난들 어찌 알겠소? 그러니 나를 활용하는 자는 복 있는 사람이라 필시 부자면 더욱 큰 부자가 될 것이오. 이는 하늘이 명한 바라 어찌 주지 않을 수 있겠소? 이미 만금을 얻은 만큼 그 복력에 의지하여 이행했으니 움직이면 그때마다 성공하였던 것이오. 만약 내 사사로이 멋대로 했다면 일의 성패는 알 수 없었을 것이고."

변 씨가 딴 내용을 물었다.

"지금 사대부들은 남한산성에서의 치욕을 씻고자 하고 있으니, 이는 뜻있는 선비가 팔을 걷어붙이고 자기 의지를 불태울 절호의 기회가 아니겠소. 당신 같은 재주로 어찌 애써 파묻혀 지내며 세상에서 잊히려 하시오?"

이번 답은 또 이랬다.

"예로부터 세상에 묻혀 지낸 이들이 한정이 있었겠소? 졸수재(拙修齋) 조성기(趙聖期)[107] 어른은 적국에 사신으로 보낼 만한 분이건만 포의로 늙어 죽었고, 반계거사(磻溪居士) 유형원(柳馨遠)[108] 어른은 군량을 조달할 만한 능력이 있었건만 바닷가 외진 곳에서 소요하고 그쳤소. 지금 국정을 맡은 자들의 상황은 알만하지 않소. 나는 장사를 잘하는 자라 이 은으로 구왕(九王)[109]의 머리를 흥정할 만하나, 그 돈을 바닷속에 던져버리고 돌아온 것은 제대로 쓸 데가 없었기 때문이오."

이에 변 씨는 길게 한숨을 크게 쉬고 떠나갔다.

변 씨는 본래 이완(李浣) 정승과 잘 아는 사이였다. 이완이 당시 어영대장(御營大將)[110]으로 있었는데, 한번은 그와 이런 얘기를 나누었다.

---

107 졸수재(拙修齋) 조성기(趙聖期): 1638~1689. 자는 성경(成卿), 졸수재(拙修齋)는 그의 호, 본관은 임천(林川)이다. 한때 과거 공부에 매진하였으나 고질병이 있어 벼슬길을 단념하고 평생 학문에만 전념하였다. 특히 천지만물과 우주의 이치를 통관한 학인으로 인정받았다. 또한 사단칠정에 대한 자신만의 견해를 밝혀 심성설에도 조예가 남달랐다. 국문장편소설인 『창선감의록』을 남겼으며, 저서로 『졸수재집』이 있다.

108 반계거사(磻溪居士) 유형원(柳馨遠): 1622~1673. 자는 덕부(德夫), 반계는 그의 호이며, 본관은 문화이다. 원래 전형적인 사대부 가문 출신이었으나 조실부모하고 호란 속에서 지평(砥平), 여주 일대를 전전하다가 32세 때 부안군의 우반동(愚蟠洞)으로 들어가 평생 은거하였다. 이곳에서 조선 후기 실학의 남상이라 할 수 있는 『반계수록(磻溪隨錄)』을 저술하였다. 또한 그는 여기서 군사를 조직하여 명나라의 재건을 위한 중국 원정을 기획한 일도 있다고 알려져 있으며, 『무경사서초(武經四書抄)』, 『기효신서절요(紀效新書節要)』 등 병법에 관한 저작을 남기기도 하였다. 일반시문집으로 『반계일고』도 남아있다.

109 구왕(九王): 청(淸)나라 태조(太祖), 즉 누르하치의 열네 번째 아들로, 이름은 다이곤(多爾袞)이다. 지략이 뛰어나고 용맹함을 당할 자가 없는 재주로 수 차례 전공을 세워 예친왕(睿親王)에 봉해졌다. 또한 이자성(李自成)의 반란군을 제압하여 청나라 제국의 기틀을 마련하는 데도 절대적인 공헌을 하였다. 태조에 이어 등극한 세조(世祖), 즉 쿠빌라이 칸이 아직 어렸을 때 섭정하여 그 위세가 대단하였다.

"일반 여항의 거리 안에도 같이 대사를 도모할 걸출한 인사가 있는가?"

변 씨가 허생이 있다고 말하자, 이 공은 깜짝 놀라며 물었다.

"신기하군! 정말 그런 사람이 있는가? 이름은 뭐라 하던가?"

"소인이 삼 년을 함께 지냈지만, 아직껏 그분의 이름은 모르고 있나이다."

이에 이 공은 일렀다.

"이런 이인이 있다니, 자네 나와 함께 가보세."

밤이 되자 따르는 시종을 물리치고 변 씨와 함께 걸어서 허생의 집으로 찾아갔다. 변 씨는 이 공을 문밖에 서서 기다리라 하고 혼자 먼저 들어가 허생을 만났다. 이 공이 찾아온 사정을 낱낱이 들려주었으나 허생은 못 들은 체하고,

"어서 차고 온 술병이나 풀어놓으시오!"

라고만 할 뿐이었다. 둘은 즐겁게 술을 들이켰다. 하지만 변 씨는 이 공이 밖에서 오랫동안 서 있는 게 민망하여 자주 얘기했으나 허생은 여전히 응하지 않았다. 밤이 깊어서야 비로소 허생은 응했다.

"이제 손님을 불러도 좋소."

이 공이 들어왔으나 허생은 편히 앉아서는 일어나지도 않았다. 몸 둘 바를 몰라 하던 이 공은 이내 나라에서 어진 인재를 구하는 뜻을 얘기했으나 허생은 손을 내저었다.

"밤은 짧고 할 말은 많은데 그걸 듣는 건 너무 지루하오이다. 지금 당신은 어느 직에 있소?"

"대장 자리에 있네."

"그렇다면 당신은 정말 조정의 신임을 받는 신하시오. 내가 응당 와룡

---

110 어영대장(御營大將): 이완(李浣)에 대해서는 권2 제4화 '허생과 오동화로 이야기' 참조. 그는 실제 인조 말년인 1649년에 어영대장으로 조정에 복귀한 바 있다. 이후에도 부침이 있었으나 효종이 그를 다시 어영대장 겸 포도대장으로 등용하여 본격적인 북벌계획을 관장하게 되었다.

(臥龍) 선생[111]을 천거할 테니 당신은 조정에 아뢰어 삼고초려(三顧草廬)하라고 청할 수 있소?"

이 말에 이 공은 고개를 숙이고 한참 생각한 끝에 답하였다.

"어렵네! 그다음 계책을 들었으면 하네."

"나는 두 번째라는 의미를 배운 적이 없소."

그래도 이 공이 굳이 묻자 허생이 입을 열었다.

"명나라 장수와 군사 중에 조선은 옛 은혜를 생각하는 곳이라 하여 그 자손들이 망명하여 우리나라로 들어왔다가 외톨이가 되어 짝 없이 떠돌고 있는 이가 많소. 당신이 조정에 청하여 종실의 여자들을 이들에게 시집보내고, 훈척(勳戚)이나 권세가의 집을 몰수하여 거기서 살게 할 수 있소?"

이 공은 다시 고개를 숙이고 한참을 머뭇거렸다.

"어렵네!"

"이것도 어렵고 저것도 어려우면 무슨 일을 할 수 있겠소? 가장 쉬운 일이 있긴 하오만 당신 이것이라도 할 수 있겠소?"

"그걸 들었으면 하네."

허생은 일장 설파하였다.

"무릇 천하에 대의(大義)를 떨치려 한다면 천하의 호걸들과 사귀어 뜻을 합치는 걸 우선하지 않고는 그 결과를 낼 수 없고, 남의 나라를 정벌하려면 먼저 첩자를 보내지 않고는 성공할 수 없는 법이오. 지금 만주족이 느닷없이 천하의 주인이 되었으나 저들 스스로 중국(즉 한족)과는 친해지지 못하고 있는데, 조선이 다른 나라보다 솔선하여 복종하므로 저들

---

111 와룡(臥龍) 선생: 즉 제갈량(諸葛亮)을 말한다. 와룡은 그의 별호로, 잘 알려져 있듯이 촉주(蜀主)였던 유비(劉備)가 그를 등용하기 위해 세 번이나 초막을 찾아갔던 '삼고초려(三顧草廬)' 고사가 유명하거니와, 여기서도 인재를 등용할 준비가 되어 있는지를 확인하는 절차로 상정한 것이다.

이 우리를 믿고 있소이다. 그러니 자제들을 유학생으로 파견하여 그곳에서 벼슬하기를 저 당나라, 원나라의 고사처럼 하고, 장사치가 서로 출입하는 것을 금지하지 말 것을 진실로 간청한다면 저들은 필시 이를 가까이하려는 우리의 의지로 보고 선뜻 승낙할 것이오. 그럼 나라 안의 자제들을 잘 선발하여 머리를 깎고 되놈의 옷을 입혀서 그중의 선비는 가서 빈공과(賓貢科)[112]에 응시하고, 평민은 멀리 강남으로 가서 장사하게 하시오. 그러면서 저쪽의 허실을 염탐하고 호걸들과 결탁하다 보면 천하를 뒤집을 수도 있고 나라의 치욕도 씻을 수 있을 거요. 만약 주씨(朱氏)[113]에게 요청하여 구할 수 없다면 천하의 제후들을 거느리고 적당한 사람을 하늘에 천거하시오. 그런즉 잘되면 대국의 스승이 될 것이고, 못 되어도 백구지국(伯舅之國)[114]의 지위는 잃지 않을 거요."

이 공은 망연자실한 채 입을 열었다.

"사대부들은 누구나 다 삼가 예법을 지켜야 하거늘 누가 변발(辮髮)을 하고 오랑캐 옷을 입으려 하겠소?"

허생은 결국 화를 크게 냈다.

"소위 사대부란 게 도대체 무엇이란 말이오? 오랑캐 땅에서 태어나 자칭 사대부라고 하고 있으니 이 어찌 어리석은 게 아니오? 저고리와 바지가 다 새하야니 이거야말로 상복이며, 머리털을 송곳처럼 한데 묶으

---

112 빈공과(賓貢科): 당나라 때 주변의 외국인을 대상으로 시행한 과거제도이다. 잘 알려져 있듯이 신라 하대에는 육두품 출신들이 유학하였으며, 빈공과에 합격하였다. 이후 송대와 원대까지 이어졌는데, 원대에는 '제과(制科)'로 그 명칭이 바뀌기도 했다. 이 제과에 합격한 인물로는 이곡(李穀, 1298~1351)과 이색(李穡, 1328~1396) 등이 있었다. 이 제도는 명대에 들어와 폐지되었다.

113 주씨(朱氏): 즉 명나라 황실을 말한다. 소작농 출신의 주원장(朱元璋)은 원말의 농민 반란군을 조직하여 명나라를 창업하였다.

114 백구지국(伯舅之國): 천자의 외삼촌의 나라로, '백구'는 주로 천자가 이성(異姓)의 제후를 부르는 용어이다. 『예기』·「곡례(曲禮)」의 '이성을 일러 백구라 한다[異姓謂之伯舅].'에서 유래하였다. 대개 이런 나라는 제후국 가운데 가장 높은 대우를 받았다.

니 이는 남방 오랑캐의 추계(椎結)[115]가 아니고 뭐요. 무엇을 가지고 예법이라고 하는 거요? 번오기(樊於期)[116]는 사적인 원수를 갚고자 하여 자기 머리 내놓기를 아쉬워하지 않았으며, 무령왕(武靈王)[117]은 자기 나라를 강성하게 만들고자 오랑캐 옷 입는 걸 부끄러워하지 않았소. 이제 명나라를 위해 원수를 갚겠다고 하면서 머리털 하나도 아끼려 하고, 또 이제 말을 달리고 칼을 휘두르며, 창을 던지며 활을 당기고 돌을 던져야 하거늘 넓은 소매 하나도 고쳐 입지 않으니, 그러면서도 스스로 예법이라고 하는가? 내가 애초 세 가지를 말하였는데 당신은 그중 하나도 실행할 수 있는 게 없군. 그러면서도 신임하는 신하라니, 임금이 신임하는 신하가 이렇단 말이오? 머리를 베어야 할 판이오!"

이러면서 허생은 주변을 돌아보며 칼을 찾아 그를 찌르려 하였다. 몹시 놀란 이공은 급히 일어나 줄달음쳐 뒷문으로 빠져나가 내달려 돌아갔다. 다음 날 다시 찾아갔더니 이미 그는 집을 비우고 떠난 상태였다.

---

115 추계(椎結): 일반적으로 '추계(椎髻)'라 하며 몽치 모양의 쪽이나 상투를 말한다. 여기서는 조선 남녀의 머리 양태가 남방 사람들의 말아 올린 형태와 비슷하다고 본 것이다.

116 번오기(樊於期): ?~B.C.227. 전국(戰國)시대 말기 진(秦)나라의 장수로, 당시 막강해지던 진시황에게 반기를 들었다가 실패하고 연(燕)나라에 망명한 인물이다. 당시 연나라 태자 단(丹)이 자객 형가(荊軻)에게 진 땅으로 가서 진시황을 암살하라고 명하자, 번오기는 자신의 목을 내놓아 진시황에게 접근할 수 있도록 하였다.

117 무령왕(武靈王): 전국시대 조(趙)나라의 왕이다. 『사기』·「조세가(趙世家)」(권43)에 의하면, 부친 숙후(肅侯)를 이어 왕이 된 그는 바야흐로 나라들의 첨예한 대립으로 사직이 망할 지경에 이르렀다며 호복(胡服)을 입고 정무를 보고자 하였다. 그러나 신료들의 반대가 거세지자 그 필요성을 역설하여 이를 설득하기도 하였다.

심 재상이 인재를 아껴 좋은 술을 보냄

심제현(沈齊賢)[118], 안응계(安應溪), 정수준(鄭壽俊), 한순석(韓舜錫)[119]은 장흥동(長興洞)[120]에 나와 지내면서 함께 변려문을 익혔다. 마침 남촌 이웃에 사는 판부사 심(沈) 정승[121] 집에서 신부를 맞이하는 잔치를 한다는 소식을 듣고, 네 사람은 서로 협의하여 '걸주계(乞酒啓)'를 지었다. 이 글을 심 정승에게 바치니, 정승이 보고서 감탄해 마지않으며 좋은 술과 맛 좋은 안주를 넉넉히 보내주었다. 이 글은 이러하다.

술은 정해진 양이 없었다[唯酒無量][122] 함은 옛 성인의 아름다운 말씀이요, 마시는 것으로 명성이 남[123]은 또한 고인의 능사였습니다. 이런 까닭에 혜숙야(嵇叔夜, 즉 혜강)는 성품을 도야하면서도 '어찌 홀로

---

118 심제현(沈齊賢): 1661~?. 자는 사중(思仲), 호는 도계(桃溪), 본관은 청송이다. 1687년 성균관 진사가 되었으며 1689년 유생의 신분으로 율곡 이이를 두둔하는 상소를 올렸다가 귀양을 갔다. 이후 음직으로 삼척부사를 지냈으며, 낭청(郎廳)으로『대전속록(大典續錄)』등의 찬수 작업에 참여하기도 하였다.

119 안응계(安應溪), 정수준(鄭壽俊), 한순석(韓舜錫): 이들의 생력은 미상이다. 다만 모두 숙종 연간에 진사시에 합격한 사실은 확인이 되는데, 정수준과 한순석은 1657년 정유 식년시, 안응계는 1660년 경자식년시에 합격하였다. 그런데 확인되는 사료에 의하면 심제현은 이들보다 한 세대 뒤의 인물로 보이는바, 위 설정은 정합성이 떨어진다.

120 장흥동(長興洞): 현재의 남대문 및 회현동 일대이다. 조선시대 남부 회현방에 위치했던 행정구역으로, 이곳에 장흥고가 있어서 붙여진 동명이다.

121 판부사 심(沈) 정승: 즉 심재(沈梓, 1624~1693)로 판단된다. 자는 문숙(文叔), 호는 양졸재(養拙齋), 본관은 청송이다. 1654년 과거에 급제하여 경기도관찰사, 공조·이조 판서 등을 역임하였으며, 1693년에 판중추부사가 되어 기로소에 들어갔다. 두 번에 걸쳐 청나라 사행을 다녀오기도 하였다.

122 술은 정해진 양이 없었다: 이는 공자를 두고 말한 것으로,『논어』·「향당(鄕黨)」편의 "술은 정해진 양이 없었으나 어지러운 지경엔 이르지 않았다[惟酒無量, 不及亂]."라는 구절을 가져온 것이다.

123 마시는 것으로 명성이 남: 주선 이백을 말한 것으로, 이 사례는 명대 문인 설논도(薛論道, 1531~1600)의『임석일흥(林石逸興)』의「제이백(題李白)」에 이 구절이 보인다. 해당 부분은 다음과 같다. "謫仙以飮爲名, 鳴於世稱詩聖, 稟乎天應酒星, 到如今, 不數劉伶."

깨어있으랴'124 했으며, 이적선(李謫仙, 즉 이백)은 술잔에 탐닉하며 '그 저 오래도록 취하길 원하네'125라고 했지요. 장안의 저자에서 금거북 을 푼 이는 하지장(賀知章)126이요, 습가지(習家池) 가에서 두건을 거꾸 로 썼던 이는 산간(山簡)127이랍니다. 이웃집의 술을 훔쳐 마신 것이 어찌 필이부(畢吏部)의 풍류128를 해치겠으며, 마을에서 술 취해 노래 부르는 것이 승상이 정무 보는 데 방해될 것 없답니다.129 하물며 시인 이 목마른 이가 물을 찾듯 술을 좋아함에 있어서이겠습니까? 군자도 탓하지 않을 것입니다.

---

124 어찌 홀로 깨어있으랴: 혜강(嵇康)은 육조시대 죽림칠현으로 특히 술을 좋아한 것으 로 유명하다. 다만 지금 이 구절은 혜강의 작품에는 찾아지지 않고, 당나라 왕적(王績) 의 「과주가(過酒家)」에 보인다. 해당 내용은 다음과 같다. "이날 밤새도록 술을 마신 것은 성령을 기르는 것과는 상관없나니. 보이는 사람마다 모두 취했거늘 어찌 차마 혼자서만 깨어 있겠는가?[此日長昏飮, 非關養性靈. 眼看人盡醉, 何忍獨爲醒]"

125 그저 오래도록 취하길 원하네: 이는 이백의 「장진주(將進酒)」에 나오는 구절로, 해 당 내용은 다음과 같다. "鐘鼓饌玉不足貴, 但願長醉不用醒. 古來聖賢皆寂寞, 惟有飮者 留其名."

126 장안의 저자에서 …… 이는 하지장(賀知章): 하지장은 당나라 현종 때 시인으로, 술을 좋아하여 사명광객(四明狂客)으로 일컫는다. 특히 이백의 시재를 알아보고 그를 현종 에게 추천하며 '적선(謫仙)'이라 불렀다. 이 일화는 하지장이 이백과 술을 마시다 돈이 떨어지자 자신이 차고 있던 금거북을 풀어 술값을 치렀다는 내용이다. 이 내용은 이백의 「술을 대하고 하지장이 생각나서[對酒憶賀監]」라는 시의 병서(幷序)에 보인다.

127 습가지(習家池) 가에서 …… 이는 산간(山簡): 산간은 육도시대 죽림칠현이었던 산도 (山濤)의 아들이며 시로 유명했다. 습가지는 중국 양양(襄陽) 지방에 있는 연못으로, 그가 양양에 갔을 때 이곳에서 날마다 술에 흠뻑 취하곤 하였다. 이백은 「양양가(襄陽 歌)」에서 이곳 습가지에서 흠뻑 취해 있는 산간을 표현한 바 있다. 그 끝부분은 다음 과 같다. "傍人借問笑何事, 笑殺山翁醉似泥."

128 필이부(畢吏部)의 풍류: 진나라 때 이부랑을 지낸 필탁(畢卓)의 풍류로, 그가 술에 취해 이웃집에 담가 놓은 술까지 훔쳐 먹다 붙잡힌 일이 있었다.

129 마을에서 술 …… 것 없답니다: '술 취해 노래 부르는 것'의 원문은 '酣歌'로, 이는 『서경(書經)』에서 정무에 임한 자가 경계해야 할 이른바 '삼풍십건(三風十愆)'의 하나 에 해당한다. 여기서는 심 정승의 지위를 고려하여 관인으로서 술에 취하는 것은 경계할 일이나 본인의 집이 아닌 이웃에 술을 나눠주는 일 정도는 크게 흠이 되지 않으리라는 의미로 사용되었다.

적이 생각건대 소생은 술꾼의 부류이자 순후한 유자의 붙이입니다. 평소 주벽(酒癖)이 심해 애주(愛酒)의 하늘에 부끄럽지 않고, 실컷 마신 이 몸은 아직도 단술이 나는 땅을 찾지 못했습니다. 술집에 이름을 두어 삼십 년 세월을 헛되이 보내면서도, 금문(金門)에 이름 올리기를 천 년에 한 번이라도 있기를 바랐습니다. 근자에 두세 명의 동학들과 벗들이 모여 나누는 기쁨[130]을 얻게 되었습니다. 젊은 시절 남다름을 추구함[131]은 향공진사인 한유(韓愈)와 같고, 중년의 문예를 다툼[132]은 태학서생 하번(何蕃)이라 하겠지요. 한번 마시면 삼백 배가 넘고, 재주를 펼치면 사륙문이 최고랍니다. 서늘한 기운이 서재의 발에 드니 반악(潘岳)의 수심[133]을 견디기 어렵고, 비가 문원(文園)에 뿌리니 사마상여의 소갈병[134]을 얻었답니다. 연꽃은 말이 없어도 가을바람에 십 리의 향을 전해주고, 오동잎이 막 시듦에 때는 삼추가절의 시작입니다. 두릉(杜陵)[135]은 주머니 속에 동전 한 닢 남아있지 않음을 탄식하고,

---

130 벗들이 모여 나누는 기쁨: 원문은 '九四朋盍簪'으로, 『주역』·「뇌지예(雷地豫)」의 효사(爻辭) 중 일부이다. 그 효사는 "구사는 예정대로 하면 크게 소득이 있으니, 의심하지 않으면 친구들이 다 모이리라[九四, 由豫, 大有得, 勿疑, 朋盍簪]."이다. 구사는 네 번째 양효를 뜻하며, 여기서 유래하여 붕합잠은 친구들이 모여 기쁨을 나누는 것을 가리키게 되었다.

131 젊은 시절 남다름을 추구함: 이는 한유(韓愈)가 자신의 젊은 날을 회고하며 남긴 시에서 확인이 된다. 그 시는 「현재유회(縣齋有懷)」로, 해당 시구는 다음과 같다. "少小尙奇偉, 平生足悲咤."

132 중년의 문예를 다툼: 당나라 때 하번(何蕃)은 20년간 태학생으로 있으면서 학문과 덕행이 뛰어나 여러 태학생과 대부들에게 존경받은 것을 두고 이른 말이다. 참고로 하번은 주자(朱泚)의 난리가 일어났을 때 태학생들의 소요를 진정시킨 것으로 유명하며, 한유(韓愈)는 이러한 그의 학행에 주목하여 「태학하번전(太學何蕃傳)」을 남겼다.

133 반악(潘岳)의 수심: 즉 나이 들어가는 근심을 말한다. 반악(247~300)은 중국 서진 때의 대표적인 문인으로, 그가 32세에 귀밑머리가 새자 이를 슬퍼하며 「추흥부(秋興賦)」를 지은 바 있다.

134 사마상여의 소갈병: 중국 전한(前漢)의 문인 사마상여(司馬相如)는 효문원령(孝文園令)을 지내 문원으로 불렸다. 그리고 이때 소갈병을 앓은 것으로 알려져 있다.

135 두릉(杜陵): 즉 두보(杜甫). 그는 「취시가(醉時歌)」에서 자신을 '두릉야객'이라 칭하며

팽택령(彭澤令)[136]은 문 앞에서 백의(白衣)가 오지 않는다고 아쉬워했지요. 그러니 한번 실컷 마실 수 있는 기회가 된다면 애오라지 반나절의 분에 넘치는 여유를 얻을 수 있겠습니다.

오직 상공께서는 나랏일 걱정하느라 술은 조금만 기울이시고[137] 집에 계실 때가 가장 안락하시겠지요.[138] 난향이 그윽한 집에선 정당시(鄭當時)[139]가 손님을 맞이하고, 삼과 백출이 대바구니에 가득하니 적양공(狄梁公)[140]이 선비를 아끼던 마음입니다. 유망한 인재들이 모두 봉혈(鳳穴)[141]을 좋아하는데 그중 백미(白眉)가 가장 뛰어나며, 누구라도 용문에 오르며 청안(靑眼)으로 대하십니다. 그러니 백량(百兩)의 수레[142]에 합당하며 구십의 의례[143]도 기쁘게 바라봅니다. 산 같이 쌓인

재능은 있지만 빈궁한 처지를 탄식한 바 있으며, 또 「공낭(空囊)」에서는 "지금 보니 동전 한 닢 달랑 남았다."라며 자신의 가난함을 한탄하기도 했다.

136 팽택령(彭澤令): 즉 도연명(陶淵明, 365~427). 그가 중양절을 맞아 술 생각이 간절했으나 마실 술이 없었는데, 마침 자사인 왕홍(王弘)이 백의인(白衣人)을 시켜 술을 보내주었다고 한다. 여기서 백의인은 술을 가져다주는 사람으로, 백의를 술 자체를 뜻하기도 한다.

137 나랏일 걱정하느라 술은 조금만 기울이시고: 원문은 '憂國細傾'으로, 이는 두보의 「좌부사 정국공과 엄무공에게 드림[贈左仆射鄭國公嚴公武]」이라는 시에 "어찌 성도의 술이 없겠는가, 나라가 걱정되어 조금만 기울이시는 것이지[豈無成都酒, 憂國只細傾]."라는 구절을 인용한 것이다.

138 집에 계실 때가 가장 안락하시겠지요: 원문은 '居家最樂'으로, 후한 광무제의 여덟째 아들인 유창(劉蒼)의 고사이다. 당시 명제(明帝)가 그에게 즐거운 일이 무엇이냐고 물었더니, 선을 행하며 집에 있는 것이 가장 큰 즐거움이라고 답한 바 있다.

139 정당시(鄭當時): 한나라 때 회양(淮陽) 사람으로 자는 장(莊)이다. 그는 손님을 매우 좋아하여 사방 교외마다 역마를 배치하고 객들을 맞이했다고 한다.

140 적양공(狄梁公): 즉 적인걸(狄仁傑, 630~700). 태원(太原) 출신으로, 측천무후 때 재상이 되어 폐위됐던 중종을 복위시켜 당나라를 부흥시켰다. 특히 어진 선비를 아끼고 중용한 것으로 유명하다.

141 봉혈(鳳穴): 문채가 모이는 곳, 또는 훌륭한 사람이 나는 곳에 대한 비유적 표현이다. 중국 육조시대 유신(庾信)의 「사등등집서계(謝滕王集序啓)」(『庾子山集』 권8)에 "鳳穴歌聲, 鸞林舞曲."이라는 구절이 나온다.

142 백량(百兩)의 수레: 성대한 혼인의 행렬을 지칭하며, 제후의 딸을 시집보낼 때 수레 100대에 예물을 실었다고 한 데서 유래한다. 『시경』·「작소(鵲巢)」에 "之子于歸, 百兩

술과 고기에다 동정호의 봄빛[144]을 빚었고, 거리를 꽉 메운 수레와 말
로 가을바람 속에 성대한 잔치가 열렸습니다. 채색 휘장은 날아오를
듯하니 남촌 고을에 큰 잔치가 막 시작되었는데, 거무튀튀한 장막[145]
은 적막하니 절로 서하(西河)가 괴로이 읊조림[146]을 안타까워합니다.
이렇게 달이 밝고 바람 시원하거늘 이 좋은 밤을 어찌 그냥 보내겠습
니까? 소자첨(蘇子瞻, 즉 소식)이 술 있고 안주 있었음[147]이 부러울 뿐입
니다. 하늘 밝고 날이 맑으니 이런 날을 그냥 보낸다면 왕일소(王逸少,
즉 왕희지)가 한 편 읊고 한잔하던 풍류[148]를 저버리는 것입니다. 슬퍼
라, 가난하고 천한 이 부끄러움을 견디기가! 혹여 고명한 보살핌을 입
어 아이를 불러 맛 좋은 술을 내어 한순간 덕을 내려주신다면[149] 바라
옵건대 금 술잔을 더하고자 하나이다. 족하께 재배합니다.

御之.'라는 구절이 보인다.

143 구십의 의례: 이 역시 혼수품이 성대함을 가리키는 표현이다. 『시경』·「동산(東山)」에
"親結其縭, 九十其儀."라는 구절이 보인다.

144 동정호의 봄빛: 동정호의 봄 풍경을 일컬으며, 따로 '동정춘색(洞庭春色)'이란 술이
있다. 이 술은 입춘 때에 동정호에서 나는 황감으로 담근 것으로, 여러 한시에 등장
한다.

145 거무튀튀한 장막: 원래 울창한 숲을 가리키는 숲을 가리키는 말이었는데, 공자가 이
곳에 노닐다가 한 어부에게 가르침을 받았다는 유래가 있어 옛 현인들이 강학하는
공간을 비유하게 되었다. 관련한 고사가 『장자』·「어부(漁父)」에 나온다.

146 서하(西河)가 괴로이 읊조림: 서하는 보통 공자의 제자 자하(子夏)를 가리키는데, 이
와 관련한 고사는 잘 보이지 않는다. 다만 그가 증자(曾子)에게 꾸지람을 듣고 자책하
기를, '무리를 떠나 홀로 산 지 오래'라고 한 언급이 있는데, 이를 '이군삭거(離群索居)'
라고 한다. 아마도 이를 이렇게 표현한 것이 아닌가 한다.

147 술 있고 안주 있었음: 소식(蘇軾)의 「적벽부(赤壁賦)」 말미에 '客喜而笑, 洗盞更酌, 肴核
既盡, 杯盤狼藉.'라는 대목이 보인다.

148 한 번 읊고 한잔하던 풍류: 왕희지(王羲之)의 「난정집서(蘭亭集序)」에 나온다. 해당
구절은 다음과 같다. "引以爲流觴曲水, 列坐其次, 雖無絲竹管絃之盛, 一觴一詠, 亦足以
暢敍幽情."

149 덕을 내려주신다면: 원문은 '吹水'인데, 보통 바람이 불어 물결이 일렁이는 상황을
의미한다. 여기서는 심 정승이 술을 내려주는 은덕을 비유적으로 표현한 것으로 보았다.

찾아보기

옮긴이 소개

정환국

성균관대학교에서 박사학위를 받았으며, 현재 동국대학교 국어국문문예창작학부 교수로 있다. 고전서사를 중심으로 주변 문학을 함께 고민하고 있으며, 저역서로 『초기소설사의 형성과정과 그 저변』, 『역주 유양잡조』 등이 있다. 최근 간행된 『한국 정본 야담전집』(10권)의 책임교열을 맡았다.

곽미라

동국대학교에서 박사학위를 받았으며, 현재 동국대학교 불교학술원 전임연구원으로 있다. 한문학과 불교문학에 관심을 두고 연구하고 있으며, 저역서로 『삼검루수필』(공역) 등과 논문으로 「100章本 『述夢瑣言』의 서지적 고찰」, 「16세기 필기 『摭言』의 성격과 기록 양상」 등이 있다.

김미진

동국대학교에서 박사과정을 수료하였으며, 조선시대 야담문학을 연구하고 있다. 논문으로 「18세기 야담의 평술(評述) 연구」가 있다.

남궁윤

동국대학교에서 박사학위를 받았으며, 현재 동국대학교 불교학술원 전문연구원으로 있다. 고전산문을 연구하고 있으며, 논문으로 「『청구야담』의 한글 번역 양상과 의미」, 「낙선재본 『어우야담』의 번역 오류와 의미」, 「계보를 획득한 야담들과 그 서사적 특징」 등이 있다.

양승목

동국대학교에서 박사학위를 받았으며, 현재 동국대학교 한국문학연구소 전임연구원으로 있다. 한문학을 연구하고 있으며, 저역서로 『반계유고』(공역), 『디지털로 읽고 데이터로 쓰다: 디지털 한국어문학의 모색』(공저) 등이 있고, 논문으로 「야담의 데이터, 야담으로부터의 데이터: 한국 야담 데이터 모델의 구상」, 「죽음을 앞둔 마음의 나체: 기몽문학의 한 양태와 독법」 등이 있다.

오경양

동국대학교에서 박사과정을 수료하였으며, 현재 중국 길림성 길림철도직업기술대학교에서 한국어 강사로 있다. 고전소설과 한중 비교문학을 연구하고 있으며, 논문으로 「재중 한인 디아스포라 김자순의 행적과 유교 인식 고찰」 등이 있다.

이주영

동국대학교에서 박사학위를 받았으며, 현재 동국대학교 국어국문문예창작학부 강사로 있다. 고전산문을 연구하고 있으며, 논문으로 「『묵호고(默好稿)』 소재 '애귀(愛鬼) 이야기' 연구」, 「한문단편의 '겸인(傔人)' 소재와 그 의미」 등이 있다.

정난영

동국대학교에서 박사학위를 받았으며 현재 동국대학교와 경기대학교에서 강사로 재직하고 있다. 한문산문을 연구하고 있으며, 논문으로 「조선후기 인물기사 연구」, 「조선후기 표류소재 기사 연구」, 「조선후기 기사시 연구: 사건사고를 배경으로 한 작품을 중심으로」 등이 있다.

정성인

동국대학교에서 박사과정을 수료하였으며, 현재 동국대학교 국제처 글로벌인재팀 강사로 있다. 초기 서사 및 한문 서사 전반에 관심을 가지고 있으며, 저역서로 『불설아미타경소』(공역)가 있고, 논문으로 「야담에서 정치적 시각을 구현하는 양상」 등이 있다.

최진경

동국대학교에서 박사과정을 수료하였으며, 현재 동국대학교 불교학술원에서 일반연구원으로 있다. 한문학을 연구하고 있으며, 논문으로 「15세기 관료 문인의 '한양' 이미지: 「한도십영(漢都十詠)」 및 그 차운시 분석을 중심으로」, 「조선시대 사헌부 계회의 문학적 재현 양상과 그 의미」 등이 있다.

최진영

동국대학교에서 박사과정을 수료하였으며, 현재 광운대학교 국어국문학과 강사로 있다. 불교문학을 연구하고 있으며, 논문으로 「청허 휴정의 기문 연구」, 「경암 응윤의 기문 연구」 등이 있다.

한길로

동국대학교에서 박사학위를 받았으며, 현재 길림대학교 한국(조선)어학과 부교수로 있다. 근대 한문학을 연구하고 있으며, 논문으로 「근대 한·중 문인의 필담에 나타난 '중화민국과 유도(儒道)' 인식의 일면」, 「1910년대 지방 유림의 중국 이주 과정과 귀향의 동인 고찰」 등이 있다.

홍진영

동국대학교에서 박사과정을 수료하였으며, 동국대학교 불교학술원 일반연구원으로 있다. 고전소설을 연구하고 있으며, 논문으로 「『신단공안』을 통해 본 여성범죄에 대한 서사적 형상화」, 「종교가사에 나타난 선악의 표상」 등이 있다.

한국야담 번역총서 02

청구야담 下

2023년 6월 15일 초판 1쇄 펴냄

옮긴이 정환국 외
펴낸이 김흥국
펴낸곳 보고사

책임편집 이경민
표지디자인 김규범

등록 1990년 12월 13일 제6-0429호
주소 경기도 파주시 회동길 337-15 보고사
전화 031-955-9797(대표)
팩스 02-922-6990
메일 bogosabooks@naver.com
http://www.bogosabooks.co.kr

ISBN 979-11-6587-511-4 94810
　　　979-11-6587-496-4 (set)
ⓒ정환국 외, 2023